民国武侠小说典藏文库·还珠楼主卷

蛮荒侠隐

还珠楼主◎著

中国文史出版社

图书在版编目(CIP)数据

蛮荒侠隐／还珠楼主著. — 北京 ：中国文史出版社，2016.1

（民国武侠小说典藏文库·还珠楼主卷）

ISBN 978－7－5034－6700－4

Ⅰ. ①蛮… Ⅱ. ①还… Ⅲ. ①侠义小说－中国－现代 Ⅳ. ①I246.5

中国版本图书馆 CIP 数据核字(2015)第 202512 号

点　　校：裴效维　周清霖　李观鼎

选题策划：马合省　责任编辑：薛媛媛　卢祥秋

出版发行：**中国文史出版社**

网　　址：http://www.chinawenshi.net

社　　址：北京市西城区太平桥大街 23 号　邮编：100811

电　　话：010－66173572　66168268　66192736（发行部）

传　　真：010－66192703

印　　装：廊坊市海涛印刷有限公司

经　　销：全国新华书店

开　　本：787×1092　1/16

印　　张：30.25　　　字数：480 千字

版　　次：2016 年 1 月第 1 版

印　　次：2017 年 10 月第 2 次印刷

定　　价：59.80 元

还珠楼主小传

还珠楼主，原名李善基，后更名李寿民；笔名还珠楼主，晚年又改笔名为李红。四川长寿县人。生于清光绪二十八年(1902年)二月二十八日。在同胞兄弟中排行老大，在叔伯兄弟中排行老七。李家世代为官。其父元甫，进士出身，光绪年间官至苏州知府，为人清廉正直，厌恶官场肮脏黑暗而弃官归里，设馆授徒。其母周家懿，四川成都人，也是大家闺秀，知书通文。由于父母教子严厉，李寿民又聪明过人，三岁开始读书习字，五岁便能吟诗作文，七岁能写丈许长对联。九岁时更写出了五千言的《"一"字论》长文，被誉为"神童"，并获得了长寿县衙颁发的"神童"大匾，此匾高高悬挂在李家祠堂。可知李寿民具有惊人的天赋且受到良好的家庭启蒙教育，这也是他后来成为著名作家的基础。不幸十二岁丧父，家道中落，家计难以维持。其母携带李寿民及两弟、一妹，顺江而下，至苏州投奔亲友，幸得其父之门生故旧慷慨周济，勉强度日。李寿民也得以就读于著名的草桥中学(今苏州第一中学)，学习成绩一直高出侪辈，名列前茅。

在此期间，李寿民坠入了初恋的情网。恋人名叫文珠，比李寿民大三岁，为邻右之女。虽非绝代佳人，却也相貌清秀，性格温柔，尤善琵琶弹奏。李寿民爱听文珠弹琵琶，文珠则爱听李寿民摆四川"龙门阵"。一来二往，两小无猜，爱苗在不知不觉中茁壮成长。然而这段恋情却只见开花而未能结果。原因在于李寿民家境贫寒，又是长子，故从二十二岁起，便不得不停止学业，为养家糊口而开始浪迹江湖。起初尚与文珠有鸿雁传书，渐至鱼沉雁杳，后才得知文珠竟然沦落到烟花柳巷。这是李寿民的终生之痛，致使他在很长时间内不作燕婉之想。据说他的小说《女侠夜明珠》，就是为纪念文珠而写的。

李寿民的首个落脚点是天津，而天津也没有辜负他的期望，不仅使他找到了终身伴侣，而且成为他作家生涯的起点。李寿民初到天津，经人介绍，充任天津警备司令傅作义的中文秘书，因其才气横溢，中文功底深厚，深得傅作义赏识。傅作义的英文秘书为段茂澜，是留英学生，与李寿民一见如故，义结金兰。由于李寿民生性散漫，不惯军旅生活，且性格强傲，不肯唯命是从，有时甚至敢于顶撞上司，故不足一年，便拂袖而去，据说还留下一首打油诗，对傅作义冷嘲热讽。傅作义也有过人度量，一笑了之。此后李寿民的职业很不固定，做过宋哲元冀察政务委员会的秘书，天津《天风报》的编辑、记者，还为名伶尚小云写过剧本并结为金兰之契，又曾以"木鸡"（取意于典故"呆若木鸡"）和"寿七"（"寿"指长寿县，"七"指排行老七）的笔名发表短文，接着又进入天津邮政局，当了一名小职员。由于小职员的薪金微薄，不足以养家糊口，又经人介绍，兼做天津大中银行老板孙仲山公馆的家庭教师，为其子女教授国文和书法。不料这一来，却给李寿民带来了桃花运，成为他一生的一个转折点。

孙仲山是一个暴发户，他与李寿民为小同乡。当李寿民进入孙公馆时，正是孙仲山生意的鼎盛时期，其大中银行在全国十三个城市开有十三个分行，其带花园的洋房豪宅在天津英租界马场道占地达二十余亩。孙家二小姐孙经洵，比李寿民小六岁，虽貌不惊人，但温文尔雅，气度非凡，性格坚强。起初，李寿民因初恋的隐恨未消，心如止水，对孙经洵并未在意；而孙经洵乃大家闺秀，对于李寿民这个憨厚的老师，也没有一见钟情。然而不知为什么，两人之间好像有一种无形的引力，既搅动了李寿民止水般的心境，也搅乱了孙经洵小姐矜持的芳心。他们在不知不觉之中，同时陷入了情网。

那时正值民国初年，社会风气虽然有所开放，但封建思想依然根深蒂固，因此他们的恋爱仍如张君瑞与崔莺莺那样，只能在暗中进行。然而天下没有不透风的墙，恋情终于被孙仲山发现。孙仲山首先以"门不当，户不对"以及"师生相恋，败坏家风"来训斥女儿，结果无效；然后又以"只要李先生与小女一刀两断，要多少钱不成问题"利诱李寿民，又遭到李寿民严词驳斥。于是孙仲山便下了个杀手锏，将李寿民炒了鱿鱼，以为如此便可斩断这对恋人的情丝。

然而爱情犹如燎原之火，是很难扑灭的。他们居然想出了一个传递情书的绝妙办法：双方将情书用橡皮膏贴在孙仲山上下班乘坐的汽车号牌后面，李寿民等孙仲山上班后到大中银行门口取信，孙经洵则在孙仲山下班回家后取信。孙仲山做梦也没有想到，他的专车倒成了女儿与李寿民的邮车，自己也被迫当了一回红娘。终于有一天，事情败露。孙仲山自然怒不可遏，一个耳光将女儿打倒在地。这一耳光不仅没有打消孙经洵婚姻自主的决心，反而打得她离家出走。

孙仲山在气走女儿后仍不善罢甘休，必欲置李寿民于死地。他仗着财大气粗，买通了英租界工部局，将李寿民投入监狱。幸亏段茂澜精通英文，李寿民又未犯法，经段茂澜从中斡旋，李寿民便获释放。孙仲山一计未成，又施一计：以"拐带良家妇女"的罪名，将李寿民告到天津法院。1930 年 11 月的一天，法院开庭审判。因为案件属于桃色事件，控告人又是大中银行老板，故记者云集，法庭座无虚席。但孙仲山不敢出庭，派其长子孙经涛作为代表。当审判到关键时刻，孙经洵突然出庭做证，大声说道："我今年二十四岁，早已长大成人，完全可以自主；我与李寿民也是情投意合，自愿结合，怎么能说'拐带'？"此话一出，全场哗然。本来就同情妹妹的孙经涛，更是无言以对。于是法官当即宣判李寿民无罪。此案在当时的天津曾经轰动一时，家喻户晓。李寿民后来即以此事为素材，写成了小说《轮蹄》（又名《征轮侠影》），这也是李寿民唯一的一部言情小说。此案虽了，但翁婿之间的怨恨却终生未解，互不往来。据说《蜀山剑侠传》中那个生相丑恶、专吸人血而神通广大的绿袍老祖，就是影射孙仲山的，足见李寿民对丘丈的怨恨之深。

李寿民为了与孙仲山赌气，也为了报答孙经洵坚贞不渝的爱情，发誓要办一场体面的婚礼，因此在官司打赢后并没有马上成婚，而是想方设法赚钱。直至 1932 年 2 月 5 日，李寿民与孙经洵才正式结婚。婚前孙经洵特至医院做了妇科检查，证明身为处女，并登报声明。新居选在天津日租界秋山街，尚小云赠送了全套家具。婚礼采用西洋式，相当隆重，主婚人为段茂澜，为新娘执婚纱者为袁世凯的孙女袁桂姐（后来认为义女）。婚后不论生活多么坎坷艰难，夫妻始终相濡以沫，同甘共苦，并养育了七个子女。李寿民为了感激至友段茂澜，七个子女的名字皆用段茂澜之字"观海"中的"观"字，即观承、观芳（女）、观贤（女）、观鼎、观淑（女）、观洪、观政（女）。

1932 年是李寿民时来运转的一年，在这一年，红鸾星和文昌星同时在他头顶上高照。新婚不久，天津《天风报》老板鉴于他曾在该报做过编辑和记者,又不时发表短文,文笔优美动人,便请他写一部连载小说。李寿民虽未写过小说,却自信可以胜任,于是一口答应。写什么呢?他立即想到了武侠小说。首先,武侠小说在当时的北方大行其道,十分流行;李寿民也耳濡目染,十分熟悉。其次,李寿民从七岁起,三上峨眉,四登青城,总共在山上生活过一年半,对这两座名山的一丘一壑、一涧一水、一草一木、一观一寺,无不了如指掌,并做过详细笔记,画过游览草图;同时结识了不少和尚道士,听了不少新奇故事,还学会了练功练气。这一切都是武侠小说的极好素材。那么使用什么笔名呢?李寿民觉得"木鸡"只是自我调侃,"寿七"又有点粗浅,一时委决不下。这时孙经洵说话了:"寿民,我知道你心中有座楼,那里面藏着一颗珠子,就用'还珠楼主'作笔名吧。""还珠"既是一个典故,又暗指李寿民的初恋对象文珠,可谓妙不可言。李寿民既佩服爱人的才思,又感激她对自己的理解。因此从当年的7月开始,便以还珠楼主的笔名,在《天风报》上连载《蜀山剑侠传》。不料作品一经发表,《天风报》的发行量便直线上升。不久,天津励力印书局(后改名励力出版社)又将该书结集出版,销售依然火爆。于是还珠楼主一鸣惊人,文名鹊起。从此一发不可复收,此书断断续续写了近二十年,总字数将近五百万,还没有写完。《蜀山剑侠传》一炮打响后,又陆续推出了《青城十九侠》《蛮荒侠隐》《边塞英雄谱》《云海争奇记》等,皆大受欢迎。

李寿民为了更大的发展,便带着天津给他的两大礼物——终身伴侣和作家名望,移居古都北平,并置了房产,成为职业作家,作品源源不断地问世。除了续写在天津的未完之作外,又陆续推出了《轮蹄》《皋兰异人传》《天山飞侠》[①]等。至日寇侵占北平时,李寿民已经推出了八部小说,成为一位享誉平津的著名作家了。然而正是由于他的名声,为他带来了一场灾难。先是汉奸周大文请他出任日敌电台伪职,被他一口拒绝。接着,时任伪华北教育总署督办的周作人亲自出面劝驾,仍遭拒绝。事有凑巧,有徐姓出版商看准了出版李寿民的作品可获厚利,欲将其出版权从天津励力出版社挖过来,也遭到了李寿民的拒绝。姓徐的一怒之下,便托其为日寇当翻译的亲戚,在日寇面前诬陷李寿民为"重庆分子",加上李寿民两次拒绝出任伪职,于是被日寇投进了牢狱。在狱中的七十多天里,李寿民受尽了各种酷刑,如

---

① 后经增订,更名为《冷魂峪》。

鞭笞、灌凉水、用辣椒面揉眼睛等。李寿民的获释也颇有戏剧性，除了孙经洵四处求亲托友斡旋外，还与他精通卜卦有关。一个日军大佐请李寿民为其算卦，竟算得丝毫不差。加之日本人又找不出李寿民为“重庆分子”的任何证据，才被释放。李寿民本来颇通气功，身强体壮，经过七十多天的酷刑折磨，身体几乎垮掉。其视力损伤尤为严重，以致后来只能写大字，不能写小字，创作全凭口述，由秘书记录。

李寿民出狱后，略作休养，为了躲避日寇和汉奸的再次迫害，便只身逃到上海。上海人本来热衷于言情小说和社会小说，所以此前李寿民的小说只在北方流行，在上海少有读者。因此李寿民初到上海时，仅靠卖字糊口，无力养家。后被颇有眼光的上海正气书局老板陆宗植发现，为他安排了住处，请他继续写作，并约定由正气书局全权出版。于是李寿民迎来了第二次创作高潮，除了续写平津未完之作外，又推出了二十几部新作，如《武当异人传》《柳湖侠隐》《峨眉七矮》《蜀山剑侠新传》《北海屠龙记》《虎爪山王》《黑孩儿》《青门十四侠》《关中九侠》《万里孤侠》《蜀山剑侠后传》等。一向热衷于言情小说和社会小说的上海人，像突然发现了新大陆一般，一下子迷上了李寿民那充满了奇思妙想的新神魔小说和新武侠小说，以至出现了“还珠热”的盛况。李寿民在上海的知名度不仅超过了平津，而且盖过了所有上海作家。由于他的小说都是边写边分集出版，所以每当新作一出版，书店门口便会排起长龙。他的巨著《蜀山剑侠传》还被改编为京剧连台戏，在大舞台久演不衰。由于作品广受欢迎，供不应求，李寿民子女又多，家累甚重，不得不同时口授几部小说，每天都在一万字以上。而各部小说的众多人物和故事（如《蜀山剑侠传》有上千人物和上百故事）却井井有条，纹丝不乱，这不能不令人佩服其才情出众，思维敏捷，记忆力惊人。这种巨大的压力使他染上了烟霞癖，成为他后来生活的一大祸害。

直到抗战胜利后，社会初步安定，李寿民的稿酬也相当丰厚，才把家眷由北平接到上海，全家得以团聚。

然而正当李寿民踌躇满志的壮年时期，其创作事业也进入如火如荼的鼎盛时期，却因时局的巨变而使其创作之路走到了尽头。一向风行民间的武侠类小说，似乎突然变成了洪水猛兽，“谈武侠而色变”的气氛笼罩于九州大地，图书馆也通统将其束之高阁，禁止借阅，以至于武侠类小说完全销声匿迹。这就是李寿民的大部分小说皆被腰斩、成为断尾蜻蜓的唯一原因。

这是李寿民无可弥补的遗憾，也是中国文学和中国读者无可弥补的遗憾！

李寿民的最后十来年，一度暂居苏州，旋又移居北京，都是在惶恐中度过的。他虽然没有被戴上什么政治“帽子”，并前后任上海天蟾京剧团、总政京剧团、北京京剧三团的编剧及北京市戏曲编导委员会委员，为剧团写过不少剧本，但似乎总有一种无形的巨大压力笼罩在他的头上，压得他喘不过气来；他的数十部小说似乎都变成了深重的罪孽，他所塑造的那些人物形象更像是变成了憧憧魔影，使他挥之不去。于是他把自己的作品全部付之一炬，一本不剩。这种恐惧感和负罪感，使他犹如惊弓之鸟，不得不“夹着尾巴做人”。这倒帮了他一个大忙，使他在那场“放长线钓大鱼”的政治阴谋中没有上钩，保持沉默，从而侥幸成为“漏网之鱼”，逃过了一劫。然而最终还是没有逃过那“批判的武器”的致命一击。1958 年 6 月，一篇《不许还珠楼主继续放毒》的文章，便把他打成了脑溢血，虽经抢救脱险，终造成左半身偏瘫，生活无法自理，自此辗转病榻两年有余。当他口述完历史小说《杜甫》，秘书以工整的钢笔小楷记录下杜甫“穷愁潦倒，病死舟中”那一段的描写时，李寿民对妻子说：“二小姐，我也要走了。你多保重！”第三天，即 1961 年 2 月 21 日，还珠楼主终于与世长辞，终年只有五十九岁，恰与一生坎坷的中国“诗圣”杜甫同寿。

“尔曹身与名俱灭，不废江河万古流。”（杜甫《戏为六绝句》其二）李寿民虽然一生坎坷，结局凄惨，但他无愧于中华民族，无愧于古老的文明祖国。他在短短二十多年的时间里，创作了总计达一千七百万字的四十部小说，还有几十个京剧剧本。他的《蜀山剑侠传》更荣登于香港和内地两个专家组评出的两个“二十世纪中文小说一百强排行榜”之上。他创造了一种无与伦比的新神魔小说，为中国小说增添了一枝璀璨的奇葩。他的小说曾为一代人所着迷，并将永世流传。

裴效维

2011 年 12 月 15 日于北京蜗居

目　录

还珠楼主小传 …………………………………………………… 裴效维　1

第一回　村舍酿春醪　招来毒龙恶虎
名士逢侠客　言游金马碧鸡 ………………………………………… 1
第二回　避祸作长征　白骨沟前诛猛兽
惊心临绝巘　野人寨里见蛮姑………………………………………… 29
第三回　射银涛　孤身除怪蟒
争家嗣　合谋弑亲夫 ……………………………………………… 38
第四回　病榻话前因　肠断天涯　思亲何处
穷荒欣奇遇　心存故国　投老来归 ………………………………… 56
第五回　通商惠工　恩柔野蛮
角力降虎　智伏神姑 ……………………………………………… 65
第六回　含沙射影　虎女忘恩
篝火天灯　狮王显圣 ……………………………………………… 80
第七回　灯红酒绿　野火烧春
月朗星稀　毛人行刺 ……………………………………………… 97
第八回　谈异兽　奇迹溯洪荒
走孤藤　飞身行绝巘 ……………………………………………… 108
第九回　巨蹄踏黄沙　石破天惊追猛兽
抛刀飞血雨　睛开腹剖见明珠 …………………………………… 125
第十回　智斩玄牦　五指峰英雄除害
烧残野火　三千里孝女思亲 ……………………………………… 142

第十一回　兼弩穿云　匝地芦笙遗爱在
三凶前路　排天碧嶂旅愁多 …… 152
第十二回　却敌仗神旗　一侠腾身惊丑虏
酬恩开盛宴　千人拍手唱情歌 …… 176
第十三回　愤凶淫　单刀探孽窟
怜弱质　飞豆救蛮姑 …… 192
第十四回　跻危崖　双雄攀绞索
窥丑媟　一击碎妖龙 …… 214
第十五回　电掣星飞　千凶毕命
情深意密　三剑同归 …… 239
第十六回　贪美色　恶幕逢奸
拯孤穷　舆夫仗义 …… 263
第十七回　烧盘谷　智用奇兵
搜孽龙　同消丑类 …… 282
第十八回　蒂绝根诛　独怜小草
烟霏雾涌　共话妖光 …… 303
第十九回　火树银花　积秽妖氛飞木难
龙飞凤舞　通灵剑气走青冥 …… 321
第二十回　绿野柳如烟　地胜桃源逢隐士
绣坪花自染　筵开水阁话飞儿 …… 339
第二十一回　涉险探消息　入耳惊闻千里讯
深情同患难　此身忍负百年心 …… 363
第二十二回　情切隐忧　山中选婿
恩深指点　槐下从师 …… 385
第二十三回　额插金刀　处心诛女魅
瞳渗玉乳　无意拜仙灵 …… 404
第二十四回　鬼影幢幢　古洞深宵歼巨憝
滩声浩浩　长江千里送归帆 …… 425
第二十五回　遥山寻远水　迷离春梦孕灵胎
明月棹轻舟　缥缈银潢飞爱侣 …… 444

第一回

村舍酿春醪　招来毒龙恶虎
名士逢侠客　言游金马碧鸡

话说贵州省僻处在我国西南边境上，全境多山，那省城贵阳更是四面被山围绕。省城地势低洼，在群山中间，恰似仰面朝天的一个大钵盂。这些大山没一个不是峰峦灵秀，涧谷幽奇，近郭诸山尤觉出色，最著名的有黔灵、栖霞、相宝、扶峰、南岳、狮子诸山同南明二水。群山当中又以黔灵山为个中巨擘，端的是山青水碧，景物非凡。这山的位置在贵阳省城西北角上，离城不到四里路，出了西门，往北一转，走不多远便到山脚。那里古木千章，清溪萦带，因为离城较近，风景又最佳，四时都宜于赏玩登临。每当佳日良辰，游履来往不绝，近山脚下，更有几处青帘酒旗，从林末树梢中高挑出来，吸引游山的人前去买醉，越加显得动人情趣。

这些酒铺差不多都是山脚下居民所开，他们每人都拥有几十亩山田，就着地势开上一爿小酒铺，趁农作余暇来博一些蝇头微利，遇到田里头忙时，便着家中的妇人小孩帮同料理。贵州民风淳厚，本不愁有人么欺侮他们，再加上山麓上鸣玉涧中的泉水又好，酿出来的酒分外香冽。起初开设的原只一两家，后来买卖日渐兴盛，那些专诚从城里城外赶了去，不为看山而为吃酒的酒徒不知多少。利之所在，众必趋之，近麓人家也都依次开设起来，不多几年，一共开设百十来家酒铺。虽然买卖也很兴隆，若论酒好，还得数那头一个开设的毛家酒铺的玉泉酒同一种酒名叫紫松萝的最为出名。别家的酒不是不好，总是不是失之于浓，就是失之于淡，不如毛家的酒腴而不腻，淡而味永，无论喝得多醉，恰似春天人倦欲眠，懒洋洋的，只有甜美，而无烦躁，色香味三者俱全。

酒铺主人毛惜羽原是外省人，搬到黔灵山居住才只十几个年头，除了山脚下有二三十亩山田同这一个家庭酒肆外，别无恒产。好在他只有一妻一女，人口不多，彼时民间生活程度不高，自耕自种，倒也算是一个小康之家。

左近乡民因他为人和蔼，都同他很说得来。后来他营业发达，那些同业见他所制的酒与众不同，疑心他有秘法，辗转殷勤向他请教，他笑答道："我哪里有许多秘诀。不过看利看得薄，又勤谨一点罢了。因为看利薄，所以不惜工本；因为勤，器皿才洁净；因为谨，才配制得宜。其余便是留神天气的阴晴同汲泉的早晚都有关系。诸位事事不屑留心，所以酿出来的酒比我稍差。都是这里的泉水材料，哪里有什么妙法呢！"众人哪里肯信，毛惜羽被逼无法，挨次到各家亲自指点，把谁家是器皿不洁、谁家是酿的时候早晚不对、谁家是取水不是地方一一指出。众人经过这一次指教，酒虽然好了些，还是不如他的酒样样合适，虽然还是疑他总有一点藏私，因为平日彼此只有好感而无恶感，关乎有利的事不愿公之于众，也是人之恒情，都能原谅他，照这样大家各卖各的酒，倒也相安。

忽然有一年，从石头山搬来一家姓姬的，一家五口，那老的名叫姬天，有两个儿子：大的叫青龙神姬俫，次的叫白虎神姬火，本是石头山的山民，据说是周文王的后人。因为他祖上给大明效过力，在桂藩手下任过武职，他这一族颇有点势力。初搬来的时候，在黔灵山下盖起几间房子居住，倒也安分，除了常常出门去十天半月，或是每隔三五日必往城内去一次，带些金银财帛回来，渐渐置了许多产业，又搬来了许多同族，他所住的地方也就成了一所村落。他本人所住的高房大屋，居然有富贵人家气象。经人打听，才知老人有一个女儿，名叫姬玉花，绰号九龙女，不但本领超群，还放得一手好蛊。当初贵阳总兵王庭栋在石头山都司任上，到野外去看山人跳舞，一见九龙女，惊为天人，便托人前去提亲。那姓姬一族的山人，原最喜欢和汉人往来结亲，又加是本管上司，自然愿意。九龙女过门之后十分得宠，不消两年便放蛊将王庭栋正室害死，她就作了正印夫人，又连着生了一儿一女，愈加得势起来。

彼时正当满人入关不久，大乱之后，山民有好些还未忘明室，看不起清室委任的将吏，时常蠢动，杀人越货之事层见叠出。王庭栋当初原是吴三桂用的一名马童，后来随三桂的水师提督林兴珠作随从亲兵，因为年轻，又善伺人的颜色，不久便升了一名小校。及至洞庭一战，林兴珠投降了清廷，王庭栋也跟着过去，辗转夤缘，升到了石头山都司，并无什么真实本领，如何能镇压得住？偏偏他官运好，这姬天父女非常勇猛，穿山越岭，步履如飞，居然帮助王庭栋把石头山一带山民治伏。王庭栋既爱九龙女的美色，又畏惧她的本领。九龙女还怕汉人日久变心，又给他在茶饭中下些蛊毒，益发治得王庭栋俯首帖耳，不敢稍存野心，仗着床头母夜叉能替他建立功绩，不久便升了贵阳总兵。寨主姬天因为爱女同给女婿帮忙的原故，便全家跟了来。山民习惯山居，不愿在衙内居住，只每隔三五日进城去看望看望。

王庭栋到任之后，便利用寨主父女兄弟，拿出昔日剥削山民的办法来，每隔一两日，便故意叫两个小舅子到省城邻近去劫杀过路客商，做完了案之后，总留下一两件山民常用的腰刀、石弩、芦笙、枪镖、羽矛之类。官府接案之后，当然要行文，请他派兵捕拿。于是他就说山民武艺超群，善于爬山，普通兵卒决难捕捉，一种小盗案，又不便劳师动众，激成民变，情愿自告奋勇，深入山寨私访，非有真凭实据不能捕拿，以免连累无辜。那些文官，只要一遇见人报案，说是山民所为，就要脑袋疼，见他这般奋勇，不辞劳苦，索性不责成捕役，乐得请他帮忙。他原是采访好了的，这贵阳七十二个山寨，谁家有金银财宝、象牙宝贝，全都知道，除掉有几种族繁势大、具有特别本领，那稍微良善一点的，被他早就派了两个小舅子安好了赃。他才带了妻子岳舅一行五人和数百兵丁，安排寨主姬天所传的毒箭，将那山寨团团围住，捡那富足的，一捉就是好几家，也不送官，先在半路上非刑拷问，直到把他们埋藏的珠宝金牙榨取干净之后，随意指定一个山人算作凶手，准备带回去完案，其余诸人，再由九龙女在他们饭食中间下上蛊毒，放他们回去。

当地人有多一半会放蛊，制蛊的法子，是在每年五月端午日，取壁虎、蜈蚣、蛇、蛤蟆、金蚕等毒物，同放在一个大瓦罐里头，里面放下许多蒿草，外面封锁，加上符咒，由这几种毒物在里面自行蚕食。每日天明前便起身朝着瓦罐跪诵咒语，直到第二年端午节，设上香烛，做完应有仪式，打开瓦罐来看，见剩下的是什么，便是什么蛊。譬如剩的是蛇或者蜈蚣，便是蛇蛊或者蜈蚣蛊。主其事的大半都是妇女，等到蛊成以后，再用中指血饲养三天，从此喂在家里，当作神佛祖宗一般供养。山女多美，汉人同她苟合后，她们情爱最重，怕男儿变心，结婚的晚上便把蛊毒下在茶饭里面，从此男子便会永远不能同她相离。她们是极恋家乡的，有些汉人发财以后，如果想要回家，必须据实同她们商量，或是一年半载，三月五月，约定期前准回，还须得她同意。如若不然，只要她们心中一动，便能叫她丈夫毒发身死。她答应让走，而你过期不回，不论相隔几千百里、三年五年，只要她一发恨，仍是没有活路。他们诈取人的钱财，也是用下蛊的法子，而这几种蛊当中，要以金蚕蛊为最厉害,蛤蟆、蜈蚣次之,最平常的是壁虎和蛇。这会放蛊的人又还有两等,最厉害的是练得身与蛊合而为一,能将蛊放出去吃人脑髓;其次便是用蛊涎炼成的细末。那放蛊同放蛊的遇在一处,那就本着各人的道行高下来分强存弱亡了。

王庭栋知道山人报仇心切,擒到山人以后,先叫九龙女用猪血同女人身上极污秽的东西破了他们的蛊,然后再给他们将九龙女的蛊下上,好使他们终身不敢反抗,只要稍存仇念,立刻便遭惨死。这法子原是再也惨毒不过,寨主虽然望女婿做高官荣耀,却反对这种办法。九龙女也知自己道行有限,一旦遇见能手,便了不得,本不愿意,怎奈她性直,当不起王庭栋升官发财心盛,百计体贴温存、甜言蜜语。九龙女受他诱惑,起初不过背着父亲,偷偷把捉来的山人首领下上一两个,后来越来胆越大,心也越狠。再加上到了省城之后,看见许多花花绿绿的首饰绸缎,俱是山人不常见的东西,不由见一样爱一样。王庭栋便利用这个,她每爱一样都先给她办了来,然后对她说道:"这算什么! 你是生长南疆,不知天朝的富贵。只要我能升官发财,好东西有的多呢!"九龙女信以为真,从此天天希望她丈夫升官发财。除了她丈夫偷看别的女人,被她发现,马上醋意大发,连咬带打,不依不饶外,余下只要丈夫说能升官发财,无不卖命一般去干。寨主姬天觉着这事情危险,早晚要出大乱子,着实警告过几回,叵耐婿娇女悍,平日既已惯坏,积重难返,有时还要受小两口的抢白。王庭栋深知山民心性,见寨主不大愿意,便利用那两个小子。姬俫、姬火更是天不知多高、地不知多厚的人,受了他姊丈的甘言利诱,便随他一味蛮干。王庭栋愈加得意,有时连寨主都不通知就去做了。寨主劝他不听,自己不忍看他们这样自残同类,索性叹一口气,躲在一旁去。

似这么过了二三年,王庭栋自然是财宝盈庭,两个小子饱暖思淫欲,也仗势不法起来。民人吃了他的亏,跑到官府那里去告。官府一来看他姊丈面上,二来听说都匀八寨的黑蛮,同榕江剑河深山当中的九股寨,因为王庭栋拿了他们一个小寨主来正了法,打算大举报仇,知道王庭栋这两个小舅子勇猛非常,正在用人之际,不便开罪他们,只得慢慢托人婉告王庭栋,请他转告两个小子不要胡为。王庭栋这人是好财好色又好名的,他不在民人身上打算盘,却去想山人的主意,也是为此,听了此言,知道自己也制服这两个小舅太爷不了,便去告诉九龙女,说她两个兄弟如此胡为,是要害他丢官的。这一句话果然有效,九龙女立刻把寨主同两个弟弟唤来,数说一顿。两个小子从小就怕这个姊姊，果然敛迹许多。不久都匀八寨果然联合许多生蛮进犯省城，来报杀子之仇。也是王庭栋官运亨通，山民本是一勇之夫，只能胜不能败，被王庭栋用了幕中一个谋士之计，又物色到一个武艺精通、以使钩镰拐著名的汉人叫作洪禄的相助，不消两仗，把那些山民打得大败亏输，逃回深山之中去了。

他这个谋士名字叫作黄修，原是一个破落户子弟，偏是奸猾非常，诡计多端。教师洪禄，也是好勇斗狠、好色使酒的暴徒，可是天生蛮力，长短兵器尽都来得。这两个人一文一武，恰好做了王庭栋的左辅右弼，十分重用。王庭栋恃功而骄，满城文武俱都侧目，幸而他还好虚名，对于民间倒还没有过分的举动。他那两个小舅子，好容易听了他姊姊的教训安分一点，无端又来了这两个小人从旁助纣为虐，渐渐地故态复萌，胆子愈闹愈大，索性明目张胆霸占起良家妇女来。民人受了苦处，左不就还是希望官府给他做主。官府没有办法，只好仍去寻王庭栋想法。谁知这回两个小子受了高明人指点，竟不等王庭栋向他姊姊告枕头状，觑着土庭栋在外面花厅闲坐，姊姊烧早蛊不在跟前，双双跑进花厅，鹰捉小鸡一般，将王庭栋挟着出了衙门，抱上马去，带到城外无人之处，将他放下，对他道："你让我们弟兄给你拼命，杀自己人，为的是你好做官。我们却为的是什么？我们随便玩女人，你却去告诉我姊姊来欺负我们。如今我对你实话实说，你做你的官，我们玩我们的女人，你不许干涉我们。遇见有事的时候，我们依然还给你去拼命。如果你再听信别个鸟官的话，告诉姊姊，拿气给我们受，惹得我弟兄性起，就把你偷偷绑起，送到都匀八寨去，任凭他们把你凌迟碎剐。等到你死之后，我才同姊姊去给你报仇。如果你再把今天的话先告诉姊姊，我们杀不了你，就去把那几个乌官杀死，让你去给我们顶罪。你的意思怎么样？"

王庭栋自从大破蛮兵之后，官已升到贵州提督，平日养尊处优，又加上每晚巴结内差事，房务勤劳，身体虚弱异常，适才被这两个小舅子挟在马上跑了这一道，疑是他们野性发作，早已吓得骨软筋酥，又被两个拔出缅刀这一顿威吓数说，不由诺诺连声，还敢说一个不字！姬俅、姬火还不放心，要他遵照山人习惯，折箭为誓。王庭栋在这种野蛮势力压迫之下，只得件件依从。等到惊魂乍定，忽想起自己身为提督，在省城中众目之下，被这两个舅爷横拖竖曳的挟出城来，未免有碍观瞻，太失体统，不好意思就此回去，只得再用软话央求两个舅爷，给他去捉几个飞禽走兽，装作是出来打猎，带了回去。打猎本是山人特长，离山又近，不消一个时辰，便由姬俫、姬火捉到几个野兔狼羔之类，交与王庭栋，王庭栋得寸进尺，又要求姬俫、姬火送他回去，临进衙门之时，自己还要装作叱骂他二人几句，教他二人到时切莫还口，以全自己体面。姬氏弟兄脑筋本来极其简单，此次目的既达，别的倒一概不计较。王庭栋还不放心，恐二人到时不肯受气变卦，又演习了好几遍，这才三个人两匹马一同进城。

王庭栋要显示他小舅子的本领，教姬俫在前牵马步行飞跑，姬火紧跟自己身后。山人的两条腿练得比马还快，姬俫牵着王庭栋的马缰，两匹马十条腿，真好似弩箭脱弦一般，脚不沾尘，直往城内跑去，只吓得鸡飞狗跳，街上居民小贩望影而逃。哪消片刻，赶到衙前，王庭栋正待当着人前，照将才演习的责骂姬氏兄弟一顿，谁知方才衙外闲人小贩本多，忽见衙内提督大人被他两个小舅子横拖竖曳狼狼狈狈挟上马走去，虽然心中暗笑，都知道提督被小舅子挟走，提督太太一定不依，又知大人老爷惯会拿小百姓们煞火出气，再加上这两个小舅老爷都不是好惹的，谁也没有那么大胆，看这场热闹的下文，回家的回家，收市的收市，连那过路的人都不敢朝衙门口望一望。衙门口冷清清，连个人影俱无。

王庭栋满想当着众人责骂二人，遮一遮羞，表示自己方才虽被二人捉弄，结果自己仍有驯教能力，及至看见衙前这般清静，不由又羞又怒。偏偏姬氏弟兄还死记着将才的话，连问："姊夫到了衙门啦，快骂完我们再进去呀！"说时，从衙内正跑出一名旗牌来，偏听了个真而又真。王庭栋不由迁怒于他，大声骂道："本督出城打猎，衙门口连个人影俱无，你们都跑到哪里去了！"说罢，嗖嗖就是好几马鞭子。姬氏弟兄见姊夫打人，便也打算跟着动手。那名旗牌虽然挨了王庭栋几马鞭子，倒还不觉什么，一见这两个小舅老爷也要动手。知道这个却不得了，情急智生，连忙高叫道："小的是夫人喊进去问事的呀！"这一句话果然生效，将王庭栋提醒，方才自己离衙，没有禀报夫人，必定又有麻烦，连忙停打，喝住二人，忙问旗牌："夫人现在何处？可曾知我同舅老爷出门打猎？"那旗牌跪着答道："回大人，方才夫人烧完了香，到花厅寻大人不见。小的们虽见大人同二位舅老爷上马出城，却没见大人留话吩咐，不知就里，不敢妄对。夫人十分着急，传齐众人审问。小的溜了出来，正想出城去请大人回来，不想招大人生气。小的该死！"说罢，叩头不止。

王庭栋听言，知道今天这场麻烦一定不小，暗恨两个小舅子恶作剧，一面骑着马往箭道里走，一面想法措词，又不敢据实说出，怕惹翻了姬氏弟兄，有性命之忧。正在为难之际，忽听二堂里面一声娇叱。立刻中门开放，一队人马杀了出来，把王庭栋吓了一大跳。定睛一看，为首一员女将正是自己的老婆。九龙女姬玉花一眼瞥见王庭栋，将马一夹，斜冲上来，也不容王庭栋答话，就势伸出一双玉腕，将王庭栋抓过马来，回马往衙内便走。众人见提督回转，善后自有夫人料理，也不与外人相干，各自卷甲收兵，各办各事去了。两个小舅老爷见势不佳，恐怕姊姊大发怒火，牵到自己的头上，好在王庭栋发过重誓，不怕他不算，竟自将身后转，由姊夫去坐蜡背板凳去了。

九龙女敬罢蛊神之后，照例要去寻王庭栋，忽然寻找不着，立刻传集合衙人等审问。大家都知提督江山是由夫人打将出来的，不啻是一太上提督，一听夫人传唤，谁敢不去到场！你也去我也去，闹得偌大一个提督衙门，门前一个人影俱无。起初王庭栋还疑惑是众人偷懒，却不知是九龙女在后堂召集众人审问他的踪迹呢。衙中诸人，有人知老爷是被两个小舅老爷挟走，可是谁也不敢多说。九龙女问了两遍，不见有人答话，在二堂上又跳又骂。方才那个旗牌满想讨好，偷出城去送信，却不料讨好不成，反白挨了几马鞭子。后来一个胆大的亲兵对九龙女说了实话。九龙女一听，男人被她两个兄弟用强力挟走。她知山民犯了野性不认亲戚，又急又怒，立刻叫人取来兵刃，带领合衙兵将前去拼命。刚出大堂，便遇王庭栋同着姬氏弟兄同来，心中一喜，也不暇再问详情，当着众目之下，一把抱过马来。王庭栋虽然怀着一肚皮鬼胎，幸而山女好骗，又有野味作证，倒没怎么和他淘气，只不过埋怨几句累她担心罢了，事后才想起那个亲兵所报不实，那个亲兵却早已知机逃走了。王庭栋受了姬氏弟兄这一番恐吓以后，无论姬氏弟兄闹得如何厉害，再也不敢向九龙女提起半个字了。这且不言。

话说姬氏弟兄听了谋士黄修之计制服了王庭栋，出得城来。姬火的马被王庭栋骑了去，二人恐怕姊姊怪罪，连马也不顾得要。二人本是合骑着一匹马，正行之间，忽然觉着腹中饥饿，回家用饭业已过时，寨主姬天见着面总是唠唠叨叨，便不打算回家，正想回城中寻一个酒楼用饭。那匹马想是也同主人一样，跑了一早晨，有点腹内空空，想回家去用点草料，加紧速度往前跑去，却已跑到黔灵山脚下。正要回马，忽然看见路旁林杪上挑着一个青布帘儿，上面用红线绣得有字。姬氏弟兄虽然目不识丁，却因到了省城，与汉人往还日久，知道这是酒家招牌。姬俅便对姬火道："这里不是新开张的一家酒铺？我们何必又往城里去跑什么丧呢?”说着便双双下马,往那酒肆走去。

这时正是二三月间天气,桃红柳绿,满眼芳菲。这酒铺位置在黔灵山鸣玉涧的半山麓上,三面桃花,一面流泉飞瀑,地势绝佳,加以布置构造得法,类似一座三面透风、高敞明亮的大茅亭,凭着亭栏饮酒,可以把水色山光齐收眼底,端的是酒乡中人一个绝好的胜地。这酒肆主人,便是上文所说的毛惜羽,他因为旧肆幅员太小,生涯鼎盛,一遇春秋佳日,就座无隙地,他的玉泉酒又卖出了名,往往供不应求,毛惜羽叹道:“青山避地,原为吃碗粗茶淡饭,过几年清闲岁月,谁知一为衣食,仍是要累人多少俗忙呢!”起初原想历年辛苦,已积下了几十亩山田,索性收市不干,转让别人。经不住多少常年主顾苦劝,又想自己只有一个爱女,老妻业已多年不育,并且还得了痨病,将来老妻身后同女儿陪嫁,还得早点打主意。盘算了一阵,才决定继续干将下去。当下取出历年来的私蓄,把旧日的酒肆改作酿酒的作坊,添用了好些雇工,在鸣玉涧旁择了一个最适当的风景绝佳之处,盖了一所酒肆,代卖饭菜小吃。把一半分作雅座、卧房、厨房,那一半共有六七丈长、两丈来宽,也不去隔断,都算成酒座。外面这一半地方,也不用窗槅,稀稀疏疏,用松木围成三面栏干,上搭松毛篷子,为的是好让饮酒的人饱览山容。这种构造既省事省钱,又极清雅美观。今日才得搭成,还未十分完工,这些老主顾已闻风而至,刚刚早上忙完了一阵,满堂酒客走了约一小半,忽见姬氏弟兄走来。因为这座酒肆房后背着岩角,恰当姬氏弟兄下马处的前面,被那岩角隐蔽,所以姬氏弟兄进城时,没有看见这隐在桃林中新开的酒肆,这时被青帘招饮,走了进来。

姬氏兄弟虽不认得这乡下佬毛惜羽,毛惜羽却早已对他二人不但闻名,而且时常留神,认过他们的面容,暗忖头天新开张,便来了这两尊瘟神,不由暗骂自己老糊涂,什么好地方不找,单在他二人出入必由之路上开什么酒肆！知道这两人不大好惹,急忙唤开酒保,亲自上前招待,暗暗通知两个酒保,千万不可怠慢,又进去要女儿筠玉就在内室不要出来。一切嘱咐以后,自己才亲在柜前料理,由酒保上前端菜。姬氏弟兄入座以后,只喊将好菜好酒拿来。毛家酒肆中的酒菜样式不多,但俱都可口,姬氏弟兄吃喝得有趣,止不住连夸酒好菜好,一眼瞥见一个酒保端了一个托盘,上面摆着一个松毛熏过的大肥母鸡,颜色通红,亮晶晶直冒油光,鸡旁边放着一把叉子,一把极明亮的小刀,还有一大盅鸡卤子,那股香味直透鼻端,不禁馋涎欲滴,急忙唤过那个端鸡的酒保说道:“我们要吃这个。”说罢,便要动手去抓。那酒保慌道:“这是我们铺子里有名的烧腊熏鸡,须要现做才得吃,连烧烤带熏极为费事。二位爷台要吃,小的吩咐厨房再给烤一个来。这鸡是别位客官预定的,凡事有先来后到,我们不好交代,求二位爷台多多容让,稍停一会再吃吧。”

姬氏弟兄闻言正要翻脸,毛惜羽见这边争论,三步并作两步赶了过来,一面抢过鸡盘搁在桌上,一面数说那个酒保道:“你好不省事,我适才怎么嘱咐你的!今日我请这二位爷台用酒,喜欢吃什么只管拿来。这只鸡虽然是余爷定的,余爷是老主顾,岂不知道原谅我们?一只鸡算什么!二位爷台是喜欢早吃,有什么打紧?真是废物,还不走开!”一面又转回身向姬氏弟兄赔小心,眼睛却朝东偏角上一个凭栏看山的少年望去。那少年朝他点了点头,两道长眉往上一耸,似乎在那里冷笑。姬氏弟兄本是粗人,见毛惜羽赔话,反说:“这个老头子真好,我们吃完了,多给钱把他。”毛惜羽笑道:“二位爷光降,请还请不到,岂有要钱之理!请随便用吧。”说罢,走进内室去了。一会又走了出来,亲自托了一个木盘,上面也有一只同样的肥鸡,走到那少年跟前,悄悄说道:“有劳余爷久等。这也是没法子的事,幸而适才小女见老汉忙了大半天,没有吃得好饭,给余爷烧鸡的时候多烧了一只,准备与老汉下酒。不然这烧腊鸡,又要加顶好的酱油烤,又要在松毛上熏,烤一会熏一会,火要匀烤要透,老了不好吃,嫩了不香,鸡油不能透出皮外,做起来极其费事,现做得好一会工夫。老汉虽然只图暂避目前之祸,如何对得起人!”

那姓余的少年单名一个独字,生得猿背蜂腰,长眉朗日,英姿飒爽,顾盼非凡,本是毛家酒肆的老主顾,因同毛惜羽谈得最投契,毛惜羽常做些拿手好菜给他下酒,今日见毛家酒肆迁移新张,特来沽饮。毛惜羽见他到来,百忙中也没和他说,知他爱吃那酱油烧腊熏鸡,便给他烧了一只,平空被姬氏弟兄恃强抢去。直到酒保说出是那位客官所定的,余独才知是毛惜羽的敬意,见姬氏弟兄强横不讲理,原要上前理论,后来见主人申斥酒保,姬氏弟兄又是山人打扮,久闻王庭栋两个小舅横行乡里,无恶不作,便猜是他二人,为怕给主人惹祸,只好强忍心头,这会又见毛惜羽亲自端了一只自己素常喜吃的肥鸡前来赔话,急忙起身让座,答道:“老丈盛情,愚下拜领。老丈既未用饭,有这样的好菜,就请移尊就教罢。”毛惜羽道:“今日不比往日可以随便与尊客同饮,还有一些小事须老汉亲自照料。余爷先请,看菜凉了不好吃。少时人散,老汉再来奉陪吧。”说完便要走去。余独道:“老丈慢走,愚下尚有一事请教。"毛惜羽道:"余爷有话,少时再谈,老汉去去就来。"说罢,匆匆走向柜前去了。余独知他用意,只得罢休,见那肥鸡清香扑鼻,便拿起盘内叉刀,切割下一半来就酒,准备留一半给主人。正吃得香甜,忽见山麓下有十几匹马从城内大道奔来,眼看快到山脚,耳旁猛听一声怪叫,回头一看,原来是那两个山民业已从栏干内纵到外面一个山岩角上,那神气好似招呼山下那两个为首骑马的官儿。这山角离下面差不多有二十余丈高下,两个山民只顾高声狂喊,马上的人却不曾听见。这两个山民着了急,倏地一个梭鱼入水的架势,双手合拢往前一顺,头朝上脚朝下,直往下面纵去。这二三十丈高的半山麓上往下跳,中间还隔着许多突出的岩石,两个山民的身手好不矫捷。只见他们一路连环筋头,手撑足纵,坠石奔流般滚将下去,一直滚到离那群人马前面还有两三丈远近,身子一挺,倏地一个长蛇入洞势,双双穿到马前,一人拉着一匹马的嚼环。那匹马看见从山上滚下两团白影,本已吃了一惊,再被两个山人一拉,吓得前腿举起,人立起来,若不是两个山人拉的劲大,差点没把马上官儿跌翻下地。

酒肆中人见姬氏弟兄大叫一声纵将下去,齐都注目山下,见二人这般本领,不由失口叫了一声大彩。余独见二人身手如此矫捷,甚是惊异,忽听背后有人叹气,回头一看,正是毛惜羽,现出满脸愁苦之容。余独便问道:"这两个山人,敢莫就是王庭栋那厮的两个小舅子么?"毛惜羽点头叹道:"谁说不是?看来的这一群人,想必又是与他们同恶共济的黄修、洪禄们了。"正说之间,姬氏弟兄已陪着那两个骑马的官儿由山下走来。这一堂酒客,起先见两个山人抢鸡,很觉不平。有那认得的自不必说,会罢酒账各自回家。那不认得的问起酒保,知是姬氏弟兄,暗暗伸了一伸舌头,大半脚底下明白。所留下的人也不过十分之一二,这时又见姬氏弟兄跳下山去接上一些人马,内中还有两个官儿,谁也无心再赏桃花,连正路都不敢走,径自从小道走去,只剩下余独和一个穷道人。

肆中酒保早已得了毛惜羽吩咐,不俟人到,安置妥帖。容待二人引人进来,毛惜羽早已含笑迎上前去。同来的二人中有一个文的打扮,正是谋士黄修,生得兔耳鹰腮,拱肩缩背,形状极为猥琐,一嘴的江南口音,进门就首先说道:"适才学生在衙内,听说二位舅老爷同了提督出城,早已算就大功告成,才约了洪教师到府上问个详细,却跑到这个地方喝酒,真正雅得很,雅得很!"姬俫答道:"我听了你的主意,将我姊夫一把挟出城来。"还要往下说时,黄修见酒保在旁，忙拦住姬俫道："我们先坐下吃酒，少时到了贵府再说罢。"说罢分别入座。酒保便要将残肴撤去更换，姬氏弟兄却舍不得那鸡还未吃完，吩咐留下。黄修道："二位舅老爷既然爱吃这鸡，叫他们再做一个来，携带学生也尝尝新。"酒保含笑答道："这鸡烧烤起来极其费事，须得多候一会，请四位老爷不要见怪。"洪禄闻言怒骂道："他妈的！叫你去做就去做，偏有这些无盐渣（云贵一带土语，即啰嗦之意）。惹得老爷生气，将你绑在黄桷树上，用青杠棒活活打死！"那酒保闻言，吓得喏喏连声而退。酒保走后，姬俫便问黄修道："这儿的酒甜蜜蜜香喷喷的，你怎么说会哑人？"黄修知他听错，答道："适才我说的是风雅之雅，并非聋哑之哑。他这里酒好，虽未亲来吃过，早已闻名，并非说吃了便能哑人也。"姬火笑道："你这个人怪有趣的，就是说话太讨厌，常教人听了不懂，等到你问，白转了多少弯，还是听不明白。你照给我们弄婆娘出主意那样说法，有多爽快！"黄修道："学生失口，下次改过。"洪禄笑道："不是我也跟着说你？正说着，你还酸哩！"黄修正要回答，忽听得鼾声震耳。四人齐往四外一看，只见偌大的一个酒亭，除自己这一桌外，只剩东边角上有一个英俊少年，在那里对着栏外桃花自斟自饮，尽西头还有一个穷道人，在那里伏桌假寐，桌上杯盘狼藉，想是饮过了量，打呼的声音时大时细，如同有节奏一般，听去非常好笑。

黄修见酒客稀少，觉着奇怪，便向二人问道："此地背山面水，三面俱看得见桃花，听说这里酒菜都很出名，三月初旬正是游山的好时候，酒肆位置又正当入山要道，怎么酒客会这样的少法？"姬火道："你说错了。先前我们初来时，吃酒的人很多，后来越走越少。我们去接你们时还有十来个人，直到我们归坐才走净的。要说这儿的酒和菜，真是好到极顶，我只爱吃那鸡。"洪禄闻言，迎合二人意旨，忙唤酒保快去催鸡。黄修听了二人之言，却只管沉吟不语，一会摇头晃脑，用手捻着两根淡黄胡子，直喊"可恶"。二人倒未做理会，洪禄正要问他说什么可恶，忽见门外跑进一人，走到四人面前各打一千，垂手直立，禀报道："启禀二位师爷，人已带到。"话犹未了，外面一伙穿短衣服的汉子，早推拥进一个老头儿来。

余独所坐正在当门，见那老者是个文人打扮，须发皆白，被这伙计推推搡搡，业已上气不接下气，口中直说"反了反了"。余独见了诧异，刚要立起身来，走近前去看个明白，忽觉肩上有人拍了他一下。回头看时，正是酒肆主人毛惜羽，朝他使了一个眼色，那意思好似叫他不要多事。余独先本不觉怎样,还要举步前进,猛觉肩头上被一种极大的力量一压,竟不由自主地坐了下来,不由大吃一惊,暗想自己一身本领,怎么被毛惜羽用手在肩头上轻轻一搭,就有这大的力量,无怪自从遇见这酒肆主人,便觉他言语行动有些异样,今日才知果是异人。正要朝毛惜羽说话时,毛惜羽只朝他微笑,摇了摇头,径自走开。余独见了这般景象,只得暂且坐观究竟。

这时酒亭内已迥不似先前气象,那老者的叫骂声,与黄修的劝解声、洪禄的威吓声以及穷道人的打呼声响成一片,好不热闹。原来那老者被适才一伙人拥到二人等座前,黄修装做好人,连忙起身让座。那老者强忍怒气,喘吁吁地说道:"老汉是个安善良民,与诸位素不相识,为何派了一伙强人将老汉掩到此地?是何道理!"黄修道:"杨老先生且莫生气,先请坐下,喝一杯热酒压压惊,有什么事大家从长计较。他们俱是一些粗人,不懂得礼节,少时二位舅老爷自会责罚他们。"那老者仍是不肯就座,道:"我与诸位素不相识,定要将我掩来,到底为了何事?请快说罢。"

黄修闻言,朝四下看了一看,低声说道:"学生黄修,乃是提督衙门文案。老先生先莫着急,学生先给你引见两位贵人。"说罢,便指着二人说道:"这二位姓姬,是王军门的两位舅老爷,几次帮助军门平定民变。去年都匀八寨兴兵犯乱,若不是二位舅老爷天生神勇,慢说全城生灵涂炭,老先生满门家眷恐怕早已玉石俱焚了。他二位不但是绝世英雄,而且还是清高过人。自从帮助他姊夫王军门平定民定之后,军门几次保他二位高官,他们不愿受名缰利索,无论如何辞官不做,可是一遇着地方有事,立即奋起神威为国家出力。要说他们的家业,别的不说,单说在山寨中得来的珠宝象牙,就不计其数。现在堂堂军门,又是他们嫡亲亲的姊丈,真是又富贵又清高又有本领的大英雄。可惜他们二位因为择配甚苛,选不着一个好夫人,如今阃内犹虚。学生同洪教师,与他二位乃是金兰之好,胜过嫡亲手足,为了这件事,昼夜替他担忧。日前洪教师由西门进城,路遇两乘轿子。想是轿夫不小心,将轿中二位千金跌了出来。洪教师本是直人,见二位千金品貌出众,想起他二位尚未娶妻,又想起去年蛮兵犯境,若非他二位出力,打了胜仗,全城的人早已受了山人的荼毒。如今事情平定,却眼看着他二位白立下许多汗马功劳,连个美貌娇妻都没有。老先生枉有这样两个美貌女儿,却藏在家里,不把来献出,岂非太不合乎情理?当时就要连人带轿抬去,与二位舅老爷成亲。是学生恐惊着二位令媛,又恐老先生不知就里,把好事当作坏事,心中着急,一面拦住洪教师，一面派人跟踪，认清门户。昨日好心好意派人前去提亲，谁知老先生不问青红皂白，将来人辱骂出来。依了洪教师，便要带领多人去登门办理。学生诚恐两家言语不周伤了和气，所以派人将老先生请来当面说明，结下这门亲事。不但先生一生吃着不尽，就是二位令嫒也享福无穷。如今两位令坦业已相见，你看他二位何等的英雄！想必老先生是一定慨允的了。”

那老者听黄修说到中间，业已气得颜色更变，这回听他说完，冷笑答道："多承黄师爷的美意。他二位果然英雄，老汉也有高攀之心。只是两个小女无福，早已聘定了人家。请黄师爷转告，另聘高门吧。”

话犹未了，洪禄猛地将桌子一拍，厉声大骂道："你这个老狗才，给脸不要脸！你女儿左不就是一嫁？有人家也罢，没人家也罢，你既收下二位舅老爷的聘礼，便不容你更改。我今晚便命人前去接亲。你只管告我们去！”那老者闻言，气得浑身直抖，说道："哪个收了你的聘礼！我女儿早已许有人家，如何能配二姓！昨日你们派人带了花红彩礼，强要提亲，老汉不住用好言相商，被他硬丢下就走，老汉又派人送到你家。你说不知此事，今日又用暴力将老汉挟持到此，倚势凌人，天理何在！”一路说一路大哭。

这时余独听老者哭诉，已知就里，将目去看毛惜羽时，正站在柜前，神色自然，若无其事的一般；再看那老者，站在黄、洪二人桌前，哭一阵数一阵，又哀求一阵。这时厨下正端了些菜上来，二人只顾吃喝说笑，黄、洪二人，一个利诱，一个势逼。那老者被他们手下围住，走又走不脱，答应又不能答应，气苦到了极处，索性放声大哭起来。二人早与黄、洪二人事先约定，也不开口，一任黄、洪二人去办。这时姬火见老者放声大哭，倏地端了一大碗热酒，走向那老者身前，就着老者张口大哭时灌了下去。那老者本来上了几岁年纪，受了这一番气苦，正连气都喘不过来，冷不防被姬火这一大碗热酒泼灌下去，连呛带喘，闹得衣襟领袖遍体淋漓，神气狼狈到了极处。二人觉得有趣，哈哈大笑，把一个侠肝义胆的余独气得怒发千丈。刚要起身纵将过去打抱不平，忽听一阵极宏亮声音，震动屋顶松毛簌簌落下好些，觉着稀奇，定睛看时，原来是西边角上睡的那个穷道人。

起初那道人进来时，正是满堂酒客，只剩西边角上有一张半桌在余独身后。彼时余独正在凭栏观眺，不曾看见。那道人入座后，饮酒非常之多，酒保怕他白吃，告诉毛惜羽。毛惜羽留神看了那道人几眼，悄悄吩咐酒保："这位道爷要什么，只管端了上去，不许有丝毫怠慢。”酒保自然惟命是从。直到他一路狼吞虎咽、酒足饭饱以后，也不给钱，也不说走，竟自趴在桌上大睡起来。酒保听了毛惜羽吩咐，也未去惊动他。及至二人接了黄、洪二人上来，酒客怕惹事，纷纷会账走去。那有不知道的，由酒保挨桌传告，传到道人桌上，推了多少下，连动也不动。恰好这时二人已经回来，酒保忙着上前招呼，见他与二人坐处相隔甚远，怕喊醒了，万一发酒疯反而不好，只率由他。后来道人睡高了兴，大打其呼，酒保怕惹那四位瘟神不快，便想上前将他叫醒。毛惜羽听见呼声特别，留神一听，忙用手势止住酒保。余独听见呼声响亮，回头来看，才看见是一个醉卧的穷道人。见他一头乱发好似茅草一般，穿一件蓝粗布破烂袍，身上尽是补丁，腰间系了一条草绳，脚下穿了一双鞋子，一只脚后跟业已露出外边；面垢布满，发出来的鼾声却和音乐一般，高低疾徐，若有节奏，非常悦耳。余独觉这道人有些古怪可疑，正待留神观察，忽然呼声停止，接着便是那老者被人拥了进来。余独目击那老者被人凌辱，一腔怒愤，便无心注意到他。这时见老者受欺太过，明知二人勇猛，不大好惹，也无暇计及利害，正待上前，忽听道人鼾声又起。这一次打呼更比适才不同，真是实大声宏，如巨钟怒响，震动顶篷。

就在余独略一缓神回顾之际，那教师洪禄与二人当中的姬火早已不耐，起身一纵，已到那道人跟前。洪禄首先大喝："大胆的贼道士，敢在此地扰闹！"接着就是一脚，朝道人腰间踹去。只听"嗳呀"一声，道人并未躺下。洪禄觉着那脚踹在道人腰际，如同踹在铁石上面一般，被那回力一震，立刻头上发黑，两眼直冒金星。幸是自己没有安心将那道人踹死，只用了三四成力，否则力用得愈猛，回力愈大，这一下就不死也要受了内伤。洪禄本是一个莽夫，如何吃得这亏！正待二次上前，姬火大叫一声，已将那道人就座抓起，高举过顶，纵出栏外，朝着山下扔将下去。眼看道人滚落山涧，姬火哈哈大笑，洪禄更是赞不绝口。余独见他二人如此凶横，如何容得！又待上前，忽见毛惜羽朝着他歪了一歪嘴，适才所听怪呼声又从身后发来，回头一看，那道人仍坐原处，酣卧未动。明明见他被姬火抓出扔在山下，不知怎的，会仍在座上，知道这次两个山民与那两个走狗绝难讨好，又见毛惜羽示意，索性安坐不动，看个热闹。

那姬倈同黄修，也明看见道人被姬火扔出，一转瞬间，见道人仍坐原处未动，先还疑是自己眼花，定睛细看，分明仍在那里，正自奇怪。恰好姬火、洪禄也同时走将进来，看见道人仍在原处，仔细一看，狂吼一声，姬火首先奔将过去，姬俫也纵身起来，弟兄二人，一个抓头，一个抓脚，将道人提在手中，想是防他又弄什么玄虚，叫洪禄取了几根棍棒将那道人毒打。谁知打在道人身上，如同打铁一般，道人仍是只顾沉睡，鼾声越来越大。正打得起劲，余独忽见由内室跑出来一个酒保，朝毛惜羽叽咕两句。毛惜羽立刻颜色一变，走了进去，又匆匆出来，忽趁众人不见，弹过一个纸团。余独打开一看，上面写道：

"小女筠玉已将杨氏二女救在寒舍旧居。仆薄产在此，荆妻老病，暂时不能露面。道士异人，丑类必无幸理。请设法将杨老者救至鸣玉涧上流源头尽处，由瀑布中穿入，当门一洞可以藏身。归告杨君，渠家细软已尽为小女携来矣。"

余独看罢，见黄修同了几名打手仍然围住老头，心想惜羽既然避祸，索性与他来个暗的。想到这里，正不得主意下手。恰好那道人被众人没头没脸打了好一阵，忽然醒转过来，只见他将身子往上一蹦，姬氏弟兄一个朝南一个朝北，双双跌倒在地。众人见道人如此经打，早已疑神疑鬼，忽见他从姬氏弟兄手中纵了起来，立刻一阵大乱，四散奔逃。洪禄在旁，见道人纵起，姬氏弟兄双双跌倒，硬着头皮抢上前去，欲待拦阻。那道人只用手轻轻一抬，洪禄猛觉一股寒风逼来。想躲已来不及，只被道人扫着一点，跌出去有丈许远近，险些将身后亭栏撞成两段。那道人却若无其事一般，慢条斯理地走到杨老者面前，将手往两旁一挥，看守的人纷纷跌翻在地。道人对杨老者说道："你的女儿已被土地女儿救出，放在土地婆婆家中藏着。现在土地公公还想请你到水帘洞中暂避些时，可惜派的人没有出息，办不了事，还是我先带你前去，回来再和这些人算账吧。"说罢，不俟老者答言，上前背转身蹲下去，将手一抄，便将杨老者背在身上，往亭外便纵。余独忽然心中一动，觑空也纵身追将出来。

姬氏弟兄指挥众人打那穷道人，打折了许多棍棒，不曾伤着道人分毫。二人心中一狠，正待下毒手制那道人死命，不想道人忽然醒来，两眼开阖之际寒光射人，便知不好，未及动手，道人身子往上一起，便觉有一种绝大力量往手上震来。二人一个把握不住，双双弄了个仰面朝天。饶是二人一身铜筋铁骨和天生的蛮力，就这一下，虽不曾受了重伤，也跌得虎口震破，头晕眼花，半晌不能转动，容待站起身来哇呀呀直叫时，道人已将杨老者背走。山民一味拼命逞蛮，不知死活，大叫一声，拔步便要追去。黄修一眼瞥见余独跟纵道人身后追去，猜是道人同党，眉头一皱计上心来，见姬氏弟兄要追，便上前拦阻道："那道人不怕挨打，必会妖法。那后面追的那人形迹可疑，定是妖道同党。三位只消将他擒住拷问，必能问出详情。"姬氏弟兄闻言，往前面一看，果然道人背着杨老者在前走得很慢，后面跟着的便是适才初进来抢鸡吃时所见的那个少年，见他跟在道人身后，相隔约有数丈远近，上下峭壁峻崖之间，步履如飞。姬侏便对姬火道："我去追那道人，你去擒那后面跟随的汉子。"说罢，双双纵出亭去追赶。洪禄吃了两回大苦，知道自己带的这一伙人万万追赶不上，只得虚张声势，一面命人骑快马回城送信，说：

"这里发现山寨来的妖人同奸细，二位舅老爷同了洪教师正在亲身擒拿，不过妖人厉害非常，现在被他逃入山去。请军门多派精练壮勇，前来协同擒拿。"一面又命带来的这数十个人，分班将各山口堵住。黄修又喊店主人来，盘问这穷道人和那少年的踪迹。

他这里只管瞎忙乱一气，却说姬氏弟兄分头追赶道人同那余独。先说姬侏追赶穷道人。山民爬山，本有独门拿手，因想抄近迎头去堵，又见道人背着杨老者行走迟慢，越觉手到擒来，便不从正面去追，伏着身躯，绕过一个岩角，攀着岩壁上的春藤，手足并用，连爬带纵，只两三跃已纵到岩顶上面。满想必和那道人碰个正着，谁知到了上面一看，自己上的却不是地方，那道人却在另一处山岩往上慢慢地爬呢。姬侏心想，定是自己一时着急，认错了方向。见道人所爬之处，与自己站的地方相隔才只三四丈远近，中间却夹着一道深沟，仗着身手矫捷，也不再寻路径。往前面一看，岩角旁边有一棵大松树，上面挂着许多古藤，粗如儿臂，顺手一理，略试一试，两手抓住藤条，将身后退丈许，猛地将身往上一起，就势朝着对面山岩悠了过去，悠到半悬空中，然后将手一松，借着这半段藤萝的悠劲，居然将他带过山沟那面。以为这一下虽不迎在道人前面，至少也相隔咫尺。及至落下地来一看，哪里有道人踪迹！再往前面一看，原来与道人还相隔一道山涧，仍是相差不远。姬侏到此并不醒悟，依旧一味蛮追蛮赶，攀萝扪葛，纵山跳涧，时而直上高峰，时而下临绝壑。一任他行同猿鸟，疾跃如飞，只是相隔咫尺，可望而不可及，直累得姬侏气喘汗流，兀是拿那道人没有办法。等到力竭兴尽，欲待不追，那道人却在前面朝他招手嘲弄，恼得他性发如雷，拼命去追，却又追赶不上。

这样相持了有个半时辰，那道人忽朝杨老者道："只顾戏弄憨狗，却累别人遭殃。待我先打发了那厮，送你到水帘洞暂避些时吧。"说罢，又朝姬侏招手。姬俫虽然愚蠢，这时已知道道人不大好惹，追去也是白追，暗恨自己今日不曾带了毒箭来，正在无法可施，又见道人朝他招手，心中一急，忽然急出一条计来，不但不追上前，反朝道人摆手，面转身往回路走去，表示自己业已明白，不再上当了。等到将身退到一座峭壁旁面，估量道人已看不见他，将身贴着山石挨身爬行，绕过一条山涧，悄悄蹑足潜踪爬了上去。探头一看，见道人并未走开，正坐在一块石头上面，回头在和杨老者说话哩，与姬俫所伏的地方相隔仅在一丈以内。姬俫见伸手便可将他二人擒住，心中大喜，打算缓一缓气扑了上去。只听道人对那杨老者说道："那厮被我戏耍这半天，好不有趣。我背着你跑了这许多山路，怪累的，等我休息一会吧。"姬俫闻言，越发怒从心起，正待往前去擒那道人，又听道人道："不好！我忽然心惊胆战起来。这个地方定不是好地方，万一那厮从后扑来，不是玩的。"说罢便立起身来，好似要走的神气。

姬俫明知道人一走又难追上，如何容得！把钢牙一挫，又往前爬行几步，算计万无一失，趁道人背老者起身的时候，运用全身力量，从道人身后扑了上去。看看扑到道人头顶上，那道人好似并不曾知道有人从身后暗算。那杨老者觉着一阵风来，回头一看，见是姬俫，吓得大叫起来。说时迟，那时快！姬俫业已纵离道人身后不到二尺，伸开铁腕钢爪，准备朝道人颈间叉去。就在这间不容发的当儿，那道人却仍若无其事一般，只将身往旁边微微一闪，扬起右手袍袖，大喝一声："无知蛮狗，去罢！"姬俫万没料到道人来这一手，只觉一阵罡风逼来，道人大袖口打到胸前，如同挨了一下重打，一个立脚不住，将身倒跌出去两丈远近，落在岩旁山涧之中去了。道人也不管姬俫死活，对杨老者道："那厮气数未尽，便宜了他。现在土地公公还有我一个徒弟正在受罪，待我将你藏在水帘洞内，再去救他们吧。"说罢，背了杨老者，顺着鸣玉涧上流，一会便到了水帘洞。

这洞僻处黔灵山盘谷深涧之内，外人不但不知名，也从未见过，还是毛惜羽因寻鸣玉涧水源，仗着轻身本领，经过多少险峻之处，才得寻到。见源头尽处，两面高峰插天对峙，峰头相隔不到一丈，两峰上断下连。有一条瀑布，宽有两丈，长有四十余丈，从两峰缺口处轰雷喷雪倒挂下来。先本不知瀑布后面是洞，有一年贵阳天旱，鸣玉涧水缺，天热难耐。惜羽携了女儿来此寻幽消夏，无意中看瀑布稀微，水光中隐见一洞，且喜离洞口不远有一块平伸出来的大石，便纵将上去一看，果然是一座大洞。刻着"水帘洞"三个摩崖大字,便从瀑布中纵身进去一看,里面石床石几,丹炉茶灶,设备非常齐全,知是以前高人隐居之所,几次想将老妻搬到洞中养病,皆因山路崎岖,离家太远,往来不便而中止。

毛惜羽本名毛凌霄,外号人称"追魂土地",乃是江南有名侠盗,只因少年时节结怨太多,后来他的仇人有好几个都学了一身惊人的本领,到处寻他报仇。凌霄自知不敌,带了妻女到云贵避祸,爱黔灵山的风景,便在那里结了几间茅屋,改名惜羽。先还不敢轻易出面,后来无形中在后山得到一种异草,与丹书上所载的朱草相似,惜羽不知就里,误服了一枝,立刻中风,不省人事。幸而遇见一个前辈师叔灵和子柳长素,给了几粒百草活命丹,才得保住性命,痊愈以后形貌大变,与从前宛若两人。惜羽揽镜自照,忽然哈哈大笑道:"吾无忧矣!"他女儿筠玉自幼就从惜羽学会一身本领,见惜羽对镜大笑,便问何故。惜羽道:"我自错服药草改了形象,适才照镜,我连自己都认不得了。当年镖打卫飞黄,剑刺孔强、王烈,原也怪我太已任性,如今他们拜在孔灵子门下,学成了剑术,到处寻我踪迹。正愁没法躲避,如今天赐我变了本来面目,就同他们见面,也不认得。我年已日就衰老,管他贪官也罢,恶霸也罢,滔滔天下,我也管不了许多。从今以后,洗手闭门思过,遇见机会做个小本营生,给你赚点妆奁,招个好女婿,在这好山好水之处享这下半世清福,于愿足矣!"筠玉闻言,看了她父亲一眼,默默不发一言。惜羽也未在意,过不多日,便选了一处好地方,在黔灵山下卖起酒来。

今日因新肆开张,同了女儿前往照料,见姬氏兄弟走来,心中已自不快,后来见了那不平之事,正待想晚间设法去救杨氏二女,却没料到他女儿筠玉竟偷偷从屋后抄小径下山,大白日里去到城内访着杨家,将洪禄差来的防守恶奴,一一用点穴法点倒,然后对杨氏二女说明来意,收拾细软,从后门出来雇了两乘轿子,假说出城还愿,将杨氏二女抬到离家不远的一座破山神庙内,开发了轿钱进去,再从庙后轮流将杨氏二女跳墙背出,引到家中地窖之内藏躲,重又回转山上,请惜羽进去说明经过。惜羽闻言大惊,知道已惹大祸,忙嘱咐女儿休再妄动。知道外面穷道人一个人已足够那一伙人对付,自己暂时虽不便出面,事已至此,索性一不做二不休,匆匆写了个纸条,请余独将杨老者救往水帘洞中暂避些时,再行相机行事。谁知余独还未上前,穷道人已将杨老者救走了。

穷道人将姬俅戏耍了好一阵,将他打落山涧,然后将杨老者背到水帘洞外的石头上面，叫杨老者闭紧双目不要害怕，这才穿瀑而入。杨老者到了洞中一看，这洞竟是轩敞明亮，十分洁净，洞外瀑声如同雷吼一般，下地以后，便跪谢穷道人相救之德，又问他女儿究竟是否被土地菩萨救出。穷道人道："你两个女儿晚间便会同你相见。这里有我在酒肆中捞来的馒首，你可暂时充饥，休得乱动。我去办点事就来。"说罢，脚一顿处，无影无踪。杨老者也未看出他是怎么走的，越加相信是神仙搭救，只可惜匆忙之中没有问得他的名讳，只得跪在地下默祝不提。

话说余独跟踪穷道人，明明看见他相隔不远，总追不上，忽听身后有叫喊之声，回望姬氏兄弟追来，心想穷道人虽然本领非凡，身上却背着一个老年人，莫如自己先替他挡一阵，好让他乘便逃走。想到这里，不但不跑，反倒迎了上去。却没料到姬氏弟兄是抄近路分头追赶，容得余独看出，姬俅已将穷道人追往岩后，看不见了。就在余独微一迟疑之际，姬火已然赶到面前，一个"饿虎擒羊"式，纵起丈许多高，便向余独扑来。余独高叫一声："来得好！"不但不往后退，反倒迎上前去，身微往下一蹲，就势抢步上前，一个"霸王举鼎"的招数，去擒姬火双足。姬火扑得力猛，见扑了一个空便知不好，想避已来不及，被余独一把将左脚擒住，就势回身转步，用"仙人抛球"的招数将他扔下山去。余独擒他时，本就知道山人勇猛力大，又被他在手中一挣，险些把握不住被他挣脱，这才就势变招，扔了出去。他们交手的地方，原在半山中一个突出的峭壁上，上下相隔有二三十丈。余独满以为这一下姬火虽不死也必带重伤，却没料到姬火力大身轻，山人祖传武术，跌扑纵跳别有专长，未可轻视。只见他身子在半悬空中接连两三个"鲤鱼打挺"，不知怎的被他捞着了一根半山壁上的长春藤，手足并用，比猿猴还要矫捷，不消几翻，又复纵了上来。姬火本比姬俅来得乖巧，起初小看穷道人，吃了一个大亏，适才小看余独，又上了一次小当，这次上前动手竟自留起神来。余独武功本来不弱，叵耐姬火练就钢筋铁骨，几次打在他身上，若无其事一般，可是要被他打上一下，却承受不起。还算余独封闭谨严，没有被他打上。二人就在这悬崖峭坂之间拼命相持了半个多时辰，不分胜负。

余独正待卖个破绽诱他上当，忽然崖下高声呐喊，放箭之声响成一片。觑便往下看时，原来是洪禄调来壮勇约有数百人，将山下围住，各执弓箭朝着山上喊放，却是但听喊声不见放箭，好生纳闷，后来才明白是因为姬火也在上面，他们投鼠忌器，不由心中一宽，越发不理他们。和姬火又打了一会，忽听一阵喧哗，山崖下面的箭如飞蝗一般射来。余独知王庭栋手下兵勇得了九龙女姬玉花真传，惯用毒箭，不由有些惊慌起来。且喜这些兵勇箭法不准，总是相隔余、姬二人交手之处数尺内落下。余独和姬火动手，本来就够对付，再被这箭一分神，渐渐手忙脚乱起来。又打了一会，山岩下兵勇忽然发一声大喊，一面射一面朝岩上走来。余独见势不佳，正想抽空逃走，倏地后面飞来十数根套钩，闪身不及，钩倒在地。岩后又窜出二十多个兵勇，抢上前来，将余独生生擒住。原来黄修见洪禄调了壮勇和弓箭手来，因余、姬二人打成一团，恐弓箭无眼，误伤了自己人，特意命一些箭手在岩下呐喊放箭，虚张声势，存心将箭射不准，以免伤了姬火，暗地却教二十多个壮勇各持套钩，从僻径爬上山去，趁余独全神贯注前面之际，同时将套钩撒出，将他擒住。那套钩形同五指金抓，放开收合，形式极为精巧。当初王庭栋平乱时，因见山人纵越如飞不易擒获，才想出这个法子，被他生擒的山人也不知有多少，再加上余独不曾防备后面，故此手到擒来。

洪禄等将余独擒住以后，一路推推打打，来到毛家酒肆，就把这里当作了临时公堂。洪禄、姬火、黄修三人当中分座，壮勇等分侍两旁，将余独绑在庭柱之上。正待喝打，忽见姬俫狼狼狈狈的跑了回来，暴跳如雷道："我追那个狗贼道，追了半天总追不上。末后我绕着山涧，偷偷从他后面上去，眼看一扑便将他擒住，被他一下将我打落在山涧之中，幸而落在一盘春藤上面，不曾受伤。等我爬起身来，已寻不见他的踪迹了。"说到此地，一回头看见余独绑在柱上，大吼一声，伸开两只铁掌，正待往余独颈边叉去。忽听一声怪叫，疼得姬俫满地乱滚。众人大惊，上前看时，原来是一粒黄豆大小的精圆铁弹，不知从什么地方飞来，将姬俫左眼打瞎。黄修一面着人快飞马去请医生救护，一面吩咐留神奸细。众人到处寻找，哪里有什么奸细踪迹！只有店主毛惜羽颤巍巍地站在西北角上，好似十分害怕的神气。

这时洪禄正要吩咐从人拷打余独，黄修心中一动，连忙出言拦阻，唤过毛惜羽道："你这酒肆容纳奸人，拒捕官兵，如今你是否同谋尚不能定。现在柱上绑着的强盗，适才问你，你说是过路的酒客，只知他姓余。也不来管你，只命你拿着地下皮鞭，也无须要他招供，先将他鞭背五百。看你打得认真不认真，我便能看出你是否与他同谋。你如故意买放，将你带回衙门，定要将你从重治罪。你可愿意？"惜羽闻言，暗骂："好奸贼！你明明是试探我的虚实。打重了，你见我年老多力，定是贼盗党羽；打轻了，你却说我买放。你不用狐假虎威,一会自有你的好处!”心中虽然如此想,脸上却一丝也不露出,故意装出怕官的神气答道:“小老儿今天初次开张,便遇见这个穷道人来扰闹。我恨他们切骨,虽然上了几岁年纪打不动人,只要大老爷不见怪,不封我的店门,小老儿情愿拼着老命不要去打他,给大老爷出气。”

姬火、洪禄见惜羽连走道都不利落,教他去打人,岂不便宜那强盗?正要拦阻,黄修忙使眼色,悄悄向二人耳边说了几句,自己却站起身来去慰问姬俅,一面着人快催医生,直献殷勤,一面仍留神惜羽的举动。

这时惜羽已将长衣服脱去,卷起两袖,露出一双瘦如枯柴的双臂,在地下拾起马鞭子,回问洪、黄二人:“可要撕开强盗背上衣服?”姬火见叫这样一个糟老头子去打人,已觉不耐,再看余独,却眉轩色举,若无其事一般,因黄修再三嘱咐,只得勉强忍住闷气,在鼻孔内哼了一声,也站起身来,去看他哥哥姬俅去了。毛惜羽腹中自有盘算,慢条斯理走到余独面前,用力抓住余独领背,撕了一阵,好似年老力弱,不曾撕动,却已累得气喘吁吁,故意没好气骂道:“狗强盗!衣服穿得这般结实,我就这般打你,看你有啥法子!”说罢,抡起皮鞭,有气无力,轻一鞭重一鞭的,没头没脸朝余独打去。黄修在旁正看得真切,忽见余独大吼一声,两臂一摇,周身绳索一齐震断。被绑的柱子晃了两晃,一阵喀嚓之声,险些将这酒亭攀倒,只震得篷顶松毛降落如雨。惜羽连跌带爬,钻在适才黄修坐的那张桌下,直喊“饶命”不迭。

余独震断绳索,将身往外便纵。那些壮勇纷纷上前拦阻,被他一路拳打脚踢,挨着便倒。姬火、洪禄也慌不迭地追了出来,刚与余独先后脚纵出亭子,忽听一声怪笑,面前一闪,站定适才那个道人,让开余独,伸出双手将众人去路拦住,说道:“那逃走的是我徒弟,你们追他则甚?”洪禄、姬火出来时,已各自取了兵刃,见道人回来,不由分说,举缅刀当头便斫。那道人更不躲避,反将头迎上前去,挞的一声,只斫了一道白印。那道人也下还手,一任二人一路乱斫,只不放他们过去。这条路径非常逼仄,被道人这么一拦,谁也别打算过去。那狡猾一点的兵勇,知道不是道人敌手,还想绕道去追余独,不想无论走到何方,俱有道人身影拦住。道人被洪、姬二人斫了一顿缅刀,好似不耐烦起来,倏地往二人身上一撞,手指点到处,洪、姬二人俱都不能动转,各人执着缅刀,好似泥塑木雕一般,不言不动,吓得这些兵勇四散奔逃。那道人从从容容挟着洪、姬二人,走进亭中临时公案之前,朝二人腰际点了两下,洪、姬二人不由自主地跪倒在地。

那姬俅眼中中了一弹，痛彻心肺，好容易飞马将贵州外科名医回春叟罗念祖请来，才将左眼弹丸取出，敷了丹药，便听一阵大乱。黄修正陪侍姬俅在侧，伸头往亭外一看，见穷道人跑了回来，放走余独，将众人去路拦阻。先还以为道人手无寸铁，未必敌得过洪、姬二人，及至见缅刀斫在道人身上毫无影响，便知不妙，虽然还在敷衍医生，心中已有一番打算。后来见洪、姬二人全被道人制住，好汉不吃眼前亏，趁着众人忙乱奔逃之际，从栏干内钻将出来，往外正要寻路逃走，忽听耳旁风生，回头一看，左面一粒铁弹斜飞过来，将鼻头打个正着，立时痛彻心肺，"嗳呀"一声，一翻一滚，顺着山坡跌下去了。姬俅经名医将弹子取出，左眼已瞎，敷上好些丹药才得清凉止痛。刚将身起立，一眼看见适才打他下涧的那个道人，挟着洪禄同他的兄弟姬火进来，将他二人点跪在地，手下兵壮纷纷逃避。仇人相见，分外眼红，也不顾创口疼痛，大吼一声，就近抄了一把缅刀，纵近道人身旁，一刀当头斫去。那道人猛地回身道："你来正好。"言还未了，手伸处，将姬俅也如法炮制点跪在地。

这时众人俱都逃避一空，只剩三人口定目呆跪在当地，神气好不狼狈。道人指着三人骂道："尔等平日倚仗狗官势力欺压良善，若不报应你们，天理难容！反正没人来替你们讲情，不如把你们杀了吧。"说罢，抢过洪禄手中刀，首先朝洪禄斫去。忽然桌子底下的毛惜羽起身跑了过来，攀住道人拿刀的手，直喊："道爷饶命。"那道人看了毛惜羽一眼，笑道："你敢替他们讲情么？"惜羽道："小老儿怎敢讲情！只是杀官如同造反，那二位又是王军门的内亲，小老儿吃罪不起。求道爷看在小老儿避难他乡，安身立业不易，暂时饶了他们吧。"道人道："你倒是一番好意，只恐他们日后倒难饶你呢。"惜羽道："那只好到日再说。今日总是在小老儿店中出事，怕受牵连，还是请道爷开恩吧。"道人道："你既怕事，我便看在你的面上，饶他三条狗命。他如不服，只管到云南碧鸡山去寻我。"说罢，起身便走。惜羽忙又上前拉住，使了一个眼色，说道："他三位俱被道爷法术制住，如何能够起身？道爷索性成全小老儿到底吧。"道人闻言，瞪了惜羽一眼，悄答道："好一个土地公公！真有许多做作。"说罢，回身指着三人骂道："尔等作恶多端，本当取你狗命，又恐连累好人。我今日虽饶了你，下次再要横行不法，定用飞剑取你狗命！"说罢，朝着三人背上打了一巴掌，回身便走。惜羽忙喊："道爷休走！请留法讳。"那道人也不答言，眨眨眼踪迹不见。

回看亭中，洪姬三人业已起立，只是周身酸麻。三个人五只眼，各各面面相觑，不作一声。姬氏弟兄原是直人，见惜羽进来，便要上前道谢。洪禄忙使眼色止住，一面朝惜羽大喝道："你放走妖人，本当将你带回衙去问罪！念你年老无知，又不是妖人对手，现在快去将我们手下人同黄师爷找来，就说妖人业已逃走，叫他们备马，送大舅老爷回府养病。"惜羽见他又在发威，又好气又好笑，只得诺诺连声，出去替他唤人。惜羽出去后，洪禄埋怨姬氏兄弟道："二位舅老爷如何想给这种乡下老儿道起谢来！虽说他曾帮我们说话，但是那妖道也决没有那样大的胆子就动手杀官。幸而我拦得快，不曾失了体统。"正说时，亭外又是一阵大乱。一会纵进一人，手执缅刀，腰悬弓矢。三人吓了一跳，定睛看时，正是寨主姬天，因听逃出去的兵壮就近送信，听说两个儿子吃了一个穷道人的大亏，舐犊情殷，带了一些同类，准备来拼老命。及至近前见姬俅瞎了一只眼睛，道人业已逃走。问起根由，三人俱吞吞吐吐，说不出一样话来。寨主早接兵壮报信，说是为了两个女子起事，知他三人不肯明言，恶狠狠看了洪禄一眼，立逼着两个儿子带领从人回家养伤去了。

洪禄所带来的兵壮见道人已走，又都上前侍立，少不得被洪禄责骂一顿。再派人去寻黄修时，却在山坡下一个泥塘内寻着，满脸血污，业已跌了个半死。扶起身来一看，鼻准头业已被铁弹打穿，幸是从旁打来，只将鼻准扫去半边，不曾伤了性命，一路哼哼唧唧。扶上亭来，二人见面，真是哭不出笑不出。惜羽连忙将逃避的酒保寻了回来，打水暖酒，与他们洗用，好半会才将这一群瘟神送走，总算洪禄口中虽硬，倒还未忘解救之恩，没有寻惜羽的晦气，只不时拿话点惜羽，不准将吃亏之事向人前说起。惜羽自是说什么便应什么。

洪、黄二人回去，便接人报信，说杨家二女被一个女子用点穴法将看守人点倒从后门救走。洪、黄二人跟究踪迹，才知那女子浑身穿黑，头上蒙着一块青布，形似山女打扮，杨女由她用轿护送出城。再传轿夫来问，也说那三个女子，一个步行，两个坐轿，说是出城烧香还愿，抬进山中一座破庙门前下轿，付钱进去，等到日黑不见出来，进庙去看，不见踪迹，都传说是庙内菩萨显灵等语。洪禄还不十分相信，亲往那座破庙察看，进去便吓了一跳，原来庙中有一座神像，竟与那穷道人十分相似，这才深信不疑。二人为献媚官亲，弄巧成拙，还有两个人受了重伤。洪禄越想越气不过，命人将那像打碎，抬出去用火焚化。先还怕他作怪，许久不见影响，才得放心。黄修毕竟细心，想起那日自己所挨的那粒铁弹，命人前去寻找无踪，后来知道医生那里从姬俅目中取出那粒尚在，便命人去要了来收着。洪禄问他有何用处，他也不说，只每日派人往黔灵山附近，暗中寻找与这粒相同的铁弹，寻着一粒便赏银二两，多寻着多给，这且不提。

那毛惜羽原有一身惊人本领，黄修命他去打余独，他装作去撕余独背上的衣服，趁着众人不注意时，用重手法将捆余独的绳索捏成腐朽，轻轻对余独说出“索解快逃”四字。余独早已会意，等惜羽转身取鞭时，两膀微一用力，绑绳纷纷断落，就势逃了出去。惜羽却故意装作害怕，爬在桌下。后来见穷道人回来将他三人制住，举刀要杀，本想不管，一听道人话里有因，分明叫他上前劝解，这才起身讲情，也无非是为了病妻爱女，安土不愿重迁，得过且过之意。及至将众人送走，天已黄昏，连忙吩咐收市。打发众人去后，将门关上，回进屋内，见了爱女筠玉，埋怨道：“你做事真是莽撞！背我把杨家二女救出也就罢了，为何又用明珠弹将那小子打瞎？那姓黄的是个文人，没有武艺，你也用弹打他，险些丧了他的性命，累我着了半天的急。幸喜他搜时不曾注意后屋，万一你要被他搜出，叫为父怎了！”筠玉抿嘴笑道：“那有什么要紧！真要被他们看破，索性明张旗鼓，杀他一个落花流水！先本不想打那姓黄的，可恨他竟疑心到爹爹身上来，强逼爹爹去打那姓余的。女儿虽明知爹爹是假作，却气不过他那胁肩谄笑、狐假虎威的一张鬼嘴脸。也是那厮狗命不绝，被庭柱挡住，不能打他的正面后脑，女儿又不便明显出去，只得从屋后侧面打他。本可将他两太阳打个正穿，偏偏那厮逃走心急，被石头绊了一下，仅仅扫着他一点鼻尖，他便像泥球一般滚到山底下去了。”惜羽忽然吃惊道：“你打他们的弹子呢？上面刻着我当年的名字，这倒是不可大意的。”筠玉道：“当时我因兵刃暗器全在家中，还是在前天往山后去打飞禽，随手揣了三粒弹子在身边。那些狐群狗党走后，女儿正在外面拾着一粒打蛮人的那一粒。适才医生走后，爹爹可曾拾着？”惜羽道：“也是我忙中有错。我用手法解除余独的绑，便假装害怕，躲在桌下，没有注意到那粒弹子，人走后遍寻不见。我知那医生手法甚佳，定能将那粒弹子取出。如果是在医生手内，还可设法取回。要是被黄修拿去，此人虽坏，心思极细，早晚便是祸根也说不定。”筠玉道：“爹爹太也心细。那弹子上仅仅只有一个霄字记号。爹爹如今易名变相，已无人知道来历，哪能拿这当作凭据？女儿在屏后看了半天，始终没有见那姓黄的拿着弹子在看。不是医生随手放在行匣之内,便是还在亭中,明早再仔细寻一寻,能找见也未可知。”惜羽道:“但愿能找见才好。如找不见,我日内再抽空去医生那里将它盗了回来。如再无有,你从此以后,凡是带有当年暗记的暗器,俱不要拿出使用,以防不测。天已不早,那杨氏二女还在家中,杨老者尚在水帘洞内,须要早些设法安顿才好。你不管这场闲事,未始无法教这两个小子息了邪心。只顾你一任性,害得家人无家可归了。下次做事总要仔细寻思,切不可像今日一般,虽然暂时得胜,却无法善后呢。”筠玉道:“爹爹只会埋怨人。杨老者虽是书香人家,却是十分寒苦,家无良物。女儿去时,知道他日后不能安身,收拾他的衣服细软,总共值不了几两银子。为保全他家清白同二女贞操,这种破家扔下就扔下,有什么稀罕!”

惜羽素来娇纵惯了她,不愿再和她辩驳,等她说完,便催她快走。筠玉忽又问道:“那余客人呢?”惜羽道:“他逃了出去,便被那位道爷将他救走。我猜他也许到水帘洞内与杨老者一同暂避也未可知。”筠玉忽然高兴得跳起来道:“说起那位穷道爷,真是大快人心!可惜不知道他的姓名。女儿听他话言话语,有些知道爹爹的来历呢。”惜羽道:“谁说不是!他今早一进来时,我便看出他异样,才嘱咐众人不许丝毫怠慢。我猜今日之事,他必是误打误撞,打了这一个抱不平。他到此地吃酒,虽不一定访我,必有所为而来。看他那一种关护我的神气,言语中常点出我的根底,同那一身本领,定是前辈剑侠一流,混迹风尘,游戏人间。他如愿意见我,此时也必在水帘洞内。待我送你回家,然后往水帘洞内,将杨老者接到我家。趁黄修伤重,不暇顾及,又经那位道爷一闹,疑神疑鬼之际,将他父女连夜送出境去安身,省了许多心事。”筠玉道:“爹爹总是这样!女儿都这样大了,还要爹爹送!爹爹到水帘洞,女儿也去,还想见识见识这个剑侠异人呢。”惜羽道:“你这孩子真会磨人。那我们就走吧。”说罢,先叫筠玉出外,然后进内将门窗关好,由天窗飞身出来。酒肆一干佣人,早经惜羽假说今日新张,大家忙累,又经这一场大闹,叫大家全回去安歇,明早再来,自己愿在肆中留守。家人以为东家体贴,俱都分别散去,这也是惜羽老成慎重之故。

当下父女二人先回家中,惜羽装作门外望月,以防有人窥探。由筠玉进内禀明母亲,在酒窖中见了杨氏二女,说了一个大概,匆匆用篮子带了些饭食出来。见四外无人,父女二人趁着月光,抄了山路小径,施展夜行功夫,不多一会便到了水帘洞外。惜羽先飞身穿瀑而入，果然杨老者与余独俱在那里。放下饭篮，先唤筠玉入洞相见。杨老者已经余独说了详情，便向毛氏父女拜谢救女之德。惜羽道："小女做事太已莽撞，虽然将令爱等救出，却害得老先生无家可归了。"杨老者闻言，正色答道："恩公，话不是这样讲。老夫虽是寒家，忝为书香后裔，况且大女丹姝已字云南王人武。荆妻去世，道途辽远，许久不通音信。久想送女出嫁，益因家中无人主持，全家三口同去又有许多不便，岂肯令爱女失身！日间几次想将老命相拼，俱被那一班狗奴拦住。难得令爱小小年纪，具有这等英雄肝胆、菩萨心肠，将二小女救出罗网，真叫人感恩不尽！寒家那一堆破书烂家具，弃之有何可惜！何况令爱心细如发，还带了些出来呢。"惜羽见杨老者虽然年迈，谈吐豪爽，已自心喜，又听他说起大女已许配云南王人武，不由拍掌笑道："天下事竟有如此巧法！那王人武是我外甥，多年不知他的踪迹，却不想是老先生的令坦！我正愁老先生此后无处投奔，如今不但老先生有了安身之处，说不定异日我还要前去避祸呢。"

双方认了亲戚，越谈越近，惜羽又唤筠玉上前认过长亲。问起穷道人踪迹，才知道适才已来过走去，并将余独收归门下，命余独在定更以后下山，连夜伴送杨氏父女先到云南投亲，然后再到碧鸡山去受业。那道人姓单名鹗，江湖上因他行踪飘忽，出神入化，又爱吃酒滑稽玩世，称他为醉方朔，陆地真人。惜羽久已闻名，知他是有名剑侠，失之交臂，好生惋惜不止。因时间尚早，洞外明月从洞口那一挂水晶帘子射进洞来，照得须眉如画。余独来时，又怕洞中寒冷，拾了许多山柴，在洞中生起火来，越觉古洞香融、景色幽丽了。大家围火对月，直谈到初更向尽，才由余独背着杨老者同返惜羽家中。

这里再补叙一笔。那王人武本不姓王，原是先明永历帝的孙子。自从永历帝被吴三桂叛弑，皇子继业永昌府，逃出到一个旧臣家中暂避。那旧臣姓余，非常忠义，与皇子改了个姓名，叫作王承嗣，以示为皇室留后之意。彼时清廷网罗四布，到处搜寻明朝宗室，被一个奸人告发，到余家搜拿永历皇子。余家满门死难，只有余家长子余怀明夫妇远游在外，不曾死难。皇子王承嗣也被一个侠女名叫玉罗刹毛玲娘的救去，逃到江苏太湖隐居，第二年便生下王人武。因清廷追拿紧急，夫妻二人携了幼子到处流转，此时常和惜羽相见。后来惜羽因仇人太多，恐怕玉石俱焚，又知大势已去，天亡明祚，无力挽回，便筹了一笔巨款，打发他三人到四川去远避。他夫妻父子三人才走不多几天，惜羽便遇仇人寻来，几乎伤了性命。惜羽的妻子张氏也是有名的女英雄，夫妻二人见势不佳，携了一些细软，带了幼女筠玉，连夜逃往四川，暂避仇人凶焰。船至巫峡，忽然遇险，幸喜惜羽精通水性，人未伤命，只身边带的一点有限的金银外，其余尽都落水，才移到黔灵山居住。

那杨老者名叫宏道，三年前同了妻女，应云南一个王姓大家重聘，前去就馆。送来有极重的聘金，嘱咐要全家同去。宏道也是前明的宦裔，秉承祖父遗教，饿死不做清廷的官，同他老父在贵阳教书糊口，家道十分寒苦。好容易送上门来一个好馆，每年束脩送到五百两银子之多，聘书一定便是三年，还先送两年束脩，连同往来川资都由王家给付，只可惜父母年老不能同去，便将银子留下十分之八在家中，雇了一个佣人，请老父辞别馆地，在家中享清闲之福，自己却携了妻女动身。来接的人是个青年壮汉，到了昆明才告诉宏道，王家已移居山内。宏道也没有丝毫疑心，竟高高兴兴随他上路。当下由那来接的人先寻客店住了一夜，将原雇的车轿开发回去。宏道不常出门，也未在意。第二天早起，那人已另雇好了一班车轿，离了昆明，走了两天便穿入乱山之中，直走了十多天才得走到。主人王承嗣已迎候门外，原来是一个三四十岁的儒生，将杨老者迎了进去，又拨了几间静室同两名男女从人安顿眷属。宏道见这所房子气象轩阔，屋宇众多，所教的只一个五岁孩子，名叫人武，真是又聪明，又淘气到万分。先只猜是隐居山中的大户，后来才觉形迹可疑，女主人常常出外，一走便三月两月。渐渐主人吐露真情，才知是明室后裔。宏道本心怀明室，自此愈加用心教读。他长女丹姝，只长人武一岁。有一天人武的母亲玉罗刹毛玲娘，忽然向宏道妻子示意，要聘定丹姝作儿媳。宏道夫妻自是愿意，当天说妥下定。宏道教女婿读书数年，平日家信都托王家代收代转。屡次想回家归省，俱被亲家留住。宏道思亲念切，第三年上，才由王承嗣夫妇派了几名健仆，将宏道的父母接来。宏道更是安心授业，不再思念故土。

一住六七年，宏道父母双双病故，遗嘱还是要归葬祖坟。等到丧事办完，宏道便向王承嗣夫妻请求扶柩回籍。承嗣道："我这云龙山，不但山明水秀，岩谷幽奇，与尘世隔绝，并且有许多好风水绝佳之处。本想请亲家将姻伯父母在山中卜一个佳城，无奈是奉有遗命，亲家孝思纯笃，既遇着这等丧葬大事，愚夫妇也未便挽留。小儿人武，我的本意原想叫他将经书读通以后，学点武艺。承亲家多年陶熔，颇有成就，又承亲家不弃，结了姻亲，愚夫妇十分戴德，已曾命人在亲家原籍为亲家置了一些薄产。亲家回到故乡，尽可闭门度日，无须在外受苦了。就是小儿人武，愚夫妇也要命他去外寻求明师，学习武艺；艺成之后，再命他到贵阳登门亲迎。此别四五年中，山居与城市隔绝，愚夫妇又是避地之人，往来太不方便，亲家也无须再为跋涉。如遇必要时，愚夫妇自会派人前去接的。”宏道知他夫妻避祸隐名，行踪诡秘，说的俱是实情。大家商量走后，仍由承嗣夫妻派人布置扶柩。只苦了人武与丹姝这一双小夫妻，平日因双方父母家法甚严，虽然同在一家读书，耳鬓厮磨，感情亲好，连笑话从未说过一句。先还年幼不觉得，如今都渐长大，一旦尝这数年别离之苦，真有说不出的酸咸来，惟有互道珍重，眼巴巴含泪分手。

宏道回转家乡，果然承嗣给他置了数十亩田产，一所房屋恰够居住。安葬双亲以后，加上这十年积蓄，生活本可安定，不料宏道命宫磨蝎，到家不满一年，先是老妻死去，第二年又遭了把天火，将房子烧掉。读书人本不善经营，那几十亩产业渐渐受人欺骗典卖殆尽。宏道无法，只得仍教点小馆，将就糊口。几次想回云龙山去，又想亲家行时，曾说不派人接不可贸然前往，再者道途又远，川资为难，只得作罢。眼看女儿渐渐长成，云南音信渺然，好生着急，这回遇见这种天外飞来的奇祸，除了亲家那里更无别处可以投奔。难得惜羽肯助川资，再好不过。当下到了惜羽家中见过二女，筠玉又端出酒饭，饱餐一顿，收拾收拾，趁着天色未明，由余独护送出境，抄小径往云南云龙山而去。

第二回

避祸作长征 白骨沟前诛猛兽
惊心临绝巇 野人寨里见蛮姑

话说余独同了杨氏父女连夜动身，因为怕黄修洪禄预先派人在路上防守，走的是山路小道。虽然不甚难走，那杨氏父女素常不大出门，走不上几里路，已然气喘吁吁。这一行四人，一个是上了年岁的老人，那两个是盈盈弱质，余独心中虽代他们着急，不时还要劝慰他们几句，走三二里路歇一歇，从戌初动身，走到天明，才走出不到三十里路程。杨氏父女明知要走出省城境外，才勉强能脱危险，后来走得鞋破袜穿，两足肿疼，寸步难移，没奈何只得走进一个树林内歇息。

余独见杨氏父女实在无力再走，这条路又是山谷僻径，慢说雇用山轿，连个人迹俱无，只得随着坐下，低头再想主意。这座树林位置在一座山坡上面，里面满开着许多桃李花儿，南方天气温和，又在春二三月间，杨氏父女虽累，还不觉冷，进林的时节天已快亮，月光西沉，被山角遮住，林内还是黑沉沉的，仅依稀辨得出一些路径。及自坐定不久，渐渐曙色展开。遥望远处，一轮火一般的红日正从东方升起，映着天边的朝霞，青的是天，红的是日，褐色的是云，五光十色，配搭得十分好看。余独不由叫了一声"好"，杨氏父女贪赏晓景，也俱忘了这一夜的跋涉辛苦。杨宏道腹中饥饿，起身走向余独，去取他身上带的干粮。无意中碰了树枝，被枝头积的露水坠了几点在衣领内，冰也似凉，不由打了个寒噤，忽觉寒冷起来，连喊"好冷"。丹姝背着一个小包裹，里面是一件"一口钟"，听见爹爹喊冷，忙取出来与宏道披上。四人奔走一夜俱不觉冷，容到见了阳光反都有了寒意。余独便将毛惜羽赠的食匣揭开一看，不但有冷饭团同咸菜鸡肉之类，还有四瓶自己爱吃的玉泉酒，急忙取出杯箸，寻了一块山石，将酒饭取出，请杨氏父女同来吃喝，提一提神，好准备上路。

这时朝暾已上，阳光斜射进树林中来。满林的秾李夭桃，承完清露，又受朝阳，越发显得肥润。四人对着这一林春色，满眼芳菲，吃的是美酒佳肴，俱都忘了颠沛流离之苦，尤其是杨宏道，兴致勃勃，拈须微吟，大有想对景赋诗之意。丹姝见妹子碧娃天真烂漫，憨不知愁，拿着一个熏鸡腿，只顾一丝丝撕来下酒，老父也还有闲情做诗，只余独一人虽然亦举杯豪饮，面上却满布愁云，知道前路漫漫，正不知有多少艰难辛苦！又惦记着未婚夫婿，多年不通音问，此去能否相见？想到这里，不禁忧从中来，装作起身玩日，却背着人去擦眼泪。刚起身走了几步，忽听空中鸟鸣。抬头一看，见是一大群山鸟从去路上飞了过来。丹姝也未在意，心中仍是不住愁烦。

一会工夫，余独来催上路，仍由余独肩了行囊食匣，杨氏父女互相扶持，慢慢往前行走。走不了二三里路，入一个山沟之内。等到认清日头，辨准方向，知道走错了路。再往回走时，忽然一阵怪风起处，飞沙走石。余独朝空中嗅了一嗅，喊一声："不好！"忙叫杨氏父女快寻隐身之处，自己连忙去了行囊，拔出在酒肆中得来的一把缅刀，迎上前去。杨宏道不知就里还要问时，忽听一声虎啸，震动山谷，接着三条野猪亡命一般跑来。后面追来一只猛虎，有黄牛一般大小，蹿坡越涧，如飞扑来。杨宏道几曾见过这种猛兽，又加上了几岁年纪，战战兢兢，牙齿直打对战，寸步难移。丹姝虽是女流，眼看老父危险，忽然把心一横，抢步迎在宏道前头，正待舍身救父时，那只猛虎已被余独砍了一刀，大吼一声，从余独身上跳过，掉转虎躯伏在地上，一条六七尺长的大尾巴把地下打得山响，尘土飞扬。丹姝、碧娃都是救父心切，姊妹二人守着老父前面，也不逃避，战兢兢圆睁秀目，看那人虎相斗，反倒一丝也不害怕。

那老虎本是被人赶来，看见几只野猪，便想吃顿好早餐，追到此地，忽见一个生人迎上前来，舍了野猪，后足一顿，飞扑过来。余独闻得虎啸早已留神，见猛虎迎面扑来，忙往下一矮身，自己反从猛虎胯下穿过，反臂对虎胯下就是一刀。那虎受伤不重，越发忿怒，蹲身蓄势，又朝余独扑来。这次比上次还要来得猛烈，余独不敢迎头去砍，仍用前法让过，又是一刀正砍在虎胯骨上。那虎又大吼一声落下地来，正落在杨氏父女身边，相隔不到一丈。起初余独只顾杀虎，不曾想到杨氏父女并未躲开，这时见他父女与虎为邻，大吃一惊，恐怕伤了杨氏父女，救人情急，不暇计及利害轻重，未容那虎作势，单臂举刀，将足一点纵将过来，向那猛虎当头劈下。那虎连受两次刀伤，本已发了野性，二次纵落地下，站起身来一抖，浑身虎毛根根直竖，正待作势扑去，忽见敌人纵身过来，大吼一声，张开血盆大口，伸开两只虎爪，纵起虎躯，扑上前去，与余独迎个正着。人虎相拼，俱都纵有丈许高下。余独身纵空中，见虎来势猛急，无法躲闪，知道性命交关，大叫一声，用尽平生之力，奋起神威，迎头一刀，直砍入虎额之内，将刀陷住，急切间拔不出来，知道要被虎爪抓上，不死也带重伤，急中生智，连忙手中捏住刀柄，用力一按劲，就势往旁一侧，从虎肩臂上滚翻过去。背贴虎臂时用力一绷，正待就势纵开，只听一声大吼，震耳欲聋。余独因是累了一日一夜，情急拼命，用力太猛，不由震晕在地，容待勉强将身爬起，才见那虎趴伏在地，相隔有十数丈远近，仍是作势欲扑的神气，这时余独业已气尽力竭，刀又不在手内，又不知那虎死活，不敢轻易上前，只得就地上拾起两块石头，慢慢移步向前，相隔猛虎有二丈远近，然后将石朝虎打去。余独手法本准，一下打个正着，见那虎圆睁二目，一动也不动，这才近前看时，那虎业已死去。细看那虎，连头到尾怕没有一丈多长，身体比黄牛还粗，虽然受伤身死，依旧生气勃勃，卖相威猛。暗想虎死不倒威，真是一丝也不假。再寻那把缅刀时，业已不见，想是被那虎用力一甩，不知落到何方去了。正要回身去看杨氏父女，忽然一阵芦笙响处，四外来了数十个山民，赤着上半身，各持缅刀弓箭标枪，将杨氏父女与余独团团围住。

余独大吃一惊，适才斗虎已是力竭神疲，兵刃又不在手中，遇见这些山民，如何抵敌！正在惊惶失措之际，倏听一声娇叱，山坡上纵下一男一女。男的年纪不过十六七岁，女的也只在二十岁左右，相貌身材十分俊美灵秀，俱都是穿着一件鹿皮半臂、虎皮战裙，腰悬弓矢，手持缅刀，赤着一双白足，只女的脚下穿了一双草鞋，头上秀发披拂，左耳上套着一个酒杯大小的金环。众山民好似对这一双男女非常敬畏，纷纷闪开一条道路。那男女二人走近余独面前，女的首先说道："这只老虎是你打死的吗？你姓什么？怎么会到我们的山上打虎？快说！"余独见山女说的是贵州口音，汉话非常流利，知道不是生蛮，容易与她说理，略放宽心，便躬身答道："在下余独，因为陪送一位老友家眷前往云南投亲，贪走小路捷径，误入宝山，遇见猛虎扑来，被我将它杀死。在下是远方人，不懂贵山规矩，如有冒犯，还望二位山主宽恕一二。"那男的闻言正要说话，女的秀眉一耸，杏眼微瞋，那男的便不作一声走开去了。那山女也不还言，上下打量了余独几眼，笑对余独道："我这里也没有什么规矩可犯，只不过我们山中猛兽最多，虽离城甚近，轻易无人敢来。

此地叫白骨沟子,是我们野人山的入口处。今早我同我兄弟出来打猎,那只大老虎被我兄弟逼出山来了。我恐它伤人,特意带了他们前往搜寻,赶它回去。这只虎原是我兄弟留着解闷的,被你打死。他们怕我兄弟不愿意,才将你围住,等我姊弟二人前来发落,并无恶意。打死我们一只虎倒无关紧要,不过你这人说话有好些不符,我得仔细和你谈谈。你可愿意随我们到山里去吗?”余独因杨氏父女亡命潜逃,自己奉了师命,担着护送责任,山女性情难测,怎敢答应!便设辞推托道:“我们赶路心急,等将敝友家眷送到云南,回来再登山拜望如何?”

那山女闻言微嗔道:“我们又不会生吃了你,好心好意叫你到山中去玩些时,你倒推三阻四起来。你以为我还不知你的来历呢!”说罢,也不再和余独说话,朝身旁站着的山人叽哩咕噜说了几句,便听轰的应了一声,便有十余个山人走向杨宏道面前,要将杨宏道父女搀起往东路走。杨宏道吃那猛虎一吓,早已浑身瘫软,转动不得,忽见来了一群山民,手持各式刀矛弓矢将大家围住,这时又道来搀他,吓得战战兢兢,面无人色,哪敢说个不字!丹姝、碧娃二女见才脱虎口又入狼群,本自心惊,忽见这些山民过来搀他父女,以为必有凶险,不俟山民近前,便想往山石上去寻一自尽,偏偏两腿无力,还未站起重又跌倒。那山女见杨氏姊妹狼狈情形,对余独道:“你一人带着这一群累赘老弱,还敢走几千里路去云南呢,你哄鬼罢!”口中喊了一声,众山民一齐住手。山女一手拉了余独,走近杨氏父女面前,先端详了丹姝、碧娃两眼,然后近前,一手拉起一个,含笑说道:“你们不要害怕。我不过想请你们到山上谈谈,这人又不肯说实话,故此才叫他们前来请你们起身。我看你们这般软弱,大约也未必走得动山路,我叫他们抬你们走吧。”说罢,便对那少年男子说了两句,将虎皮战裙脱下,唤过十余名山民,取了些绳索,用七八根长矛扎成两个排子,将虎皮裙铺上。两个山民抬着一头,姊弟二人先将杨氏父女三人扶坐上去,山女又点手招呼余独也坐上去。

余独起初原不愿意随她进山,婉谢既然无效,又见那山女命十几个山民走向杨氏父女,疑她用意不善,还想抽空夺过一件兵刃,只要胜得为首之人便可镇住。不想山女随手将他一拉,便身不由自主地随了就走,不由大吃一惊,知道动武自己也是不成,一时没了主意。复见山女安慰杨氏父女,又命山人用长矛搭排抬送,不像有什么恶意,才放宽心,安顿好了杨氏父女。一则见丹姝与杨宏道并坐一排,第二排已有碧娃在上,男女有别,不大方便,二则自己自命英雄，反任人抬着走，岂不被山女看轻自己连山路都走不动！便婉言谢绝道：“我还能走山路，山主请坐上去吧。”山女道：“你既不肯坐，我陪着你走。”余独只好点头道谢。丹姝起初原在惊惶，见后来的这个山女虽然一般拿着兵刃，吐属却甚文雅，又见余独没有什么不好表示，虽不好当着余独明问是否能去，估量已不致有什么大凶险，因怕老父年迈，矛排又无遮拦，山女扶她上坐时，她紧随了老父同坐一排，以便扶持。碧娃独坐一排，听山女唤余独上来与自己同坐，好生为难，正在着急，忽听余独推辞，才放宽心，愈加敬重余独的人品了。山女见杨氏父女坐好，又命人肩了余独行李，招呼了一声，便由她那兄弟用一根铁叉叉进死虎胸膛，肩着在前引导，山女陪着余独在后押队。余独见那男子单手掮着七八百斤重的老虎，步履如飞，暗暗惊异，幸喜自己不曾鲁莽动手，不然闹翻了脸，那还了得！一路走一路细看那山女时，不但仪态明艳，英姿飒爽，皮肤莹洁，如玉一般，而且面容颇有几分与借羽之女筠玉相似，端的是山川灵气之所毓钟，好生惊异。几次问她姓名，山女只说：“到了自知。你连实话都不肯说哩，问我化外之人姓名则甚？”

由辰初走到午末，整走了三个时辰，也不知越了多少深沟大谷、悬崖峻坂，经过多少危巇绝壑、猿迹鸟道，余独纵有轻身功夫，疲乏之余也走了个浑身是汗，不住偷偷换气。那山女早已看出，笑道：“适才好心叫人抬你，早就料你们汉人走不惯山路，偏偏好作假。实对你说，我家中出来走到白骨沟子，平时我们抄小路，还用不了半个时辰。我因见你那三个同伴太以软弱，怕吓了他们，才嘱咐我们的人慢慢走。如果要同我真跑起来，你还更不行呢！”余独吃了奚落好生惭愧，也不好再说什么，又见她谈话聪明，行动豪爽，自己一举一动都瞒不了她，祸福本是注定，事已至此，无法解脱，莫如到了她那里，索性与她开诚相见，倒省却许多心思，想到这里，立刻心下坦然，精神振起，不似先前心虚迟疑了。那山女又好似有了觉察，对余独笑了笑说道：“再走十几里就到我家了。我兄弟性情不好，你不要似先时那种藏头缩尾的，决不会叫你吃亏的。”余独闻言，惟有含笑点首。走到后来更为难走，临到快到时节，抬排的山民忽然换作单行，鱼贯将排高举过顶，空着左手，单用右手平托出去。余独在后先还不大觉得，忽听前面杨氏父女齐声惊呼，往前看时，杨氏父女坐的矛排业已转过山脚。余独便想抢步上前看个究竟，山女一把拉住道：“前面是落魂溪、毒蛇涧两个险地，你的同伴没有见过，所以害怕。我兄弟已用绳索将他们绑在排上，过了索桥便到我家。你放心，不妨事的。你一人赶上去，你也没有走惯，走错了休得怪我。”余独见她说话真诚，只得止步。

这十几里山路，差不多均是羊肠小道，百余人作单行走时多，所以余独与杨氏父女相隔有数十丈远。容到余独也绕过山脚，山女便唤余独止步。余独往前一看，不禁吓了一跳。原来前面峭崖壁立，仅半山脚上有一条尺许宽的山道，还是极光滑的溜坡，下临千丈深沟。人行时左脚高右脚低，左肩已紧挨着山壁，右半边身子还得侧偏向右边，脚下稍一抓不住劲，滑溜下去便是粉身碎骨；再加上下面溪水急流，雪浪高喷，声如雷吼，真是天下第一奇险！慢说余独见了惊心骇目，就连那走惯山险的山民，也是在那里慢慢一步一步的行走。余独细看那些山民如何走法。那空手走的山民，早将兵刃插在身后，两手攀着岩上春藤往前移动，看去还不为难。惟有那抬排的山民，右手各举着排悬出半空，第一第三两个举排的人，手抓岩壁春藤，往前走了一步，再由第二第四两个举排的人如法交替，一步一步往前挪。这条险道差不多有百十丈长，余独好生替杨氏父女提心吊胆，好容易才盼他走完，上了好走的路，已急得满头大汗。

山女道：“前面还有一条险路，从前是用飞藤渡人，如今被我做了一座索桥，不险了。只这条路无法子想，你如害怕，让我驮你过去吧。”

余独这时再也不敢大意卖弄，只得带愧点头。那山女虎皮裙早已解去，下身只穿一条粗布短裤，便把腰间悬的一挂不知什么兽筋成的绳子解下，先将一头把自已束了个结实，另一头束在余独腰间，说道：“我本想背你过去，我知道你们汉人心中虽然不干净，外面却有许多假道学，不愿男女接近，说不得让我费一点事。走过去时，你如觉着脚下不得劲，要往下面深沟滑去，你只不要害怕，由他去滑，有我在，决不妨事。”说罢，便在前先行。余独随在身后，相隔尺许，也照山民走法，见山女有时也用手扶藤，却不似其他山人吃力，行若无事一般。余独先也不觉怎样，才走出十丈远近，便觉脚下滑难受足，又不好用力，虽知有山女保护，也恐失脚之险，不敢丝毫大意，屏息提神，随着走了好一会才得出了险地，幸喜不曾贻笑，再看前面山民已走出有半里多路，坐在那里歇息。

山女先将绳子解下，仍悬腰间，同走近前一看，杨氏父女才刚悠悠醒转，原来适才已吓晕过去。山女好似不大过意，对余独道：“我请你们来，因我已略知你们来历，原有一番好意，不想他三人如此不经吓，倒是我的错处了。

好在来时难，去时却易哩。"说罢，便吩咐动身。余独见杨氏父女绑绳未解，知道仍有险遇，担心也是无法，只率由他，便上前安慰了杨氏父女几句，随即起身。又走过一个山岩，便见前面有一道宽有十余丈的山涧，较仄处设有一座索桥，上面横七竖八铺了许多木板，宽才不到二尺，随风摇摆，对面山坡上早站着无数男女山民，见山女率众回来，齐声呐喊，声震山谷。山女命她兄弟背虎先行过去，然后口中喊了两声。对岸便有十数个山民奔上桥来，走到桥心喊一声，倏地两边分头分开，手脚并用，钩住桥边，将身倒悬桥下，将一座绳桥绷了个四平八稳。山女先命抬排的人抬了杨氏父女走过，这才请余独随身过去。这些山民见了山女，纷纷膜拜在地，山女只把头点了点，亲身解了杨氏父女绑绳，仍命抬着前行。

绕过一个岩角，便见对面有一个广大平原，隔着一条清溪，四面俱是佳木繁荫，奇花异卉，只当中一个石堡，面前有一片里许方圆的广场。众人走到小溪旁边，涉水而过。余独见那小溪宽才丈许，见山女轻轻一点纵将过去，便也随着纵过。那山女揖客入寨，又命山妇将杨氏父女搀扶进去。余独细看那石寨，虽是山石堆成的一个圆顶，类似篷帐般屋子，却是高大爽洁，尤其是寨外那些大小错置的山石缝中，却丛生着许多不知名的野花，藤蔓披拂，白的是石头，青绿的是叶是草，红的、紫的、黄的、绯色的是花，是野果，在骀荡的和风中自由摇曳，非常清丽美观。及至随定姊弟二人入寨，才看见进口处并无门户，只就寨顶上垂下来的春藤野花，密密层层的编成一架大帘子，下端排在离洞八尺两棵石柱上，好似人家搭的葡萄棚子一样，想是晚间入睡，便将这花帘放将下来，就是算关门了。寨里面容积甚大，分成三进。头一进是个敞屋，两旁石壁，各有四个五尺见方的大洞一样，自方才门外所见的花帘支架出去，算是窗户，所以寨中光亮明爽非常。当中有一个长约八尺、光滑如玉的青石的条案，案后当中放着一个三尺方圆的大石礅，案右端同样也放着一个略小的石礅，俱铺有一张虎皮。案前两排，由大而小排列着十二个石礅，上面也铺着不同样的兽皮。离案两旁约有三四尺远近，在两旁石礅尽头处，各有一个尺许方圆三尺高的石柱，柱顶上放着一个有磨盘大小、形同石皿的石盘，盘心业已被烟火熏得乌黑。盘当中竖着一根粗如儿臂的高有尺许的铁竿，竿顶有一个铁条制成透空的铁篮，篮中还有烧烬的余柴，想是晚间烧来发亮之用。室中地皮俱是青石，又加山民打扫清洁，所以净无纤尘。

余独不待细看，已被山女催请入内。杨氏父女惊魂乍定，来到这种异境，连气都喘不上来，自有山妇搀扶他父女先行。余独随着山女进了第二进口，一看这入口处，是一个高有六尺宽有六尺的洞，洞口挂着各种兽皮缝制的帘子，里面却分成三间石屋。当中一间虽较外面稍小，因为这寨是圆形，第二进恰在腰中，虽分三间，仍是非常宽大。室当中设着一圈圆的石礅，一数恰是十四个，也铺着兽皮，居中一个最大，其余皆是一样。每个石礅面前都有一个铁架，上面挂着许多大小不同的钩叉钳之类。这一圈石礅中心，是一个八尺方圆的大火池，虽然也被烟火熏黑，却是非常整洁，一丝余烬都没有。虽无窗户，四壁兽皮帘子打起，从隔室透来的光亮，也还显得明敞。山女命山妇先将杨氏父女扶入右手石室，便邀余独入内。里面四壁俱是兽皮张贴，地下也铺着各种兽皮，非常温软，靠外壁处也有同样花帘。室当中有一个七八尺方圆、二尺多高的石礅，上面铺叠着几张大皮褥子，与石头一般大小，厚有二寸，摸上去非常光滑柔软，不知是何种兽皮所制。别处还散列着许多大小石礅，有铺兽皮的，有没有的，想是代表桌椅之用。

进室以后，山女便请四人在床上落座，自己先对身旁山妇说了两句土语，山妇便转身出去。不大一会工夫，两个山妇分捧着一个大葫芦，一大盘清水，一个大木盘，当中搁着一大块鹿脯和一把生野芹，五六把小刀，五六把勺子，一块斩板，还有二三十个糌粑，一大罐热腾腾的麦糊。山女笑道："你们远来，受了许多辛苦，想必又饿又累了，快来吃喝点吧。"说罢，便命人将一切饮食之物放在一个高大一点的石礅上，又将铺着兽皮的小石礅随手提了几个过来，围在一起，一面招呼众人入座，情意非常殷切。山女的兄弟适才扛着死虎，早已跑到后面去了。杨氏父女也看出那山女虽然英武，面目十分纯善，不似有什么恶意，又加腹中饥饿，也就坦然随了余独入座。余独自进房来，几次想问那山女的姓名，都被山女含笑拦住，说道："你们只要不嫌我是化外野人，话长着呢，有什么话吃喝完了再说。"余独也就不好多问了。

当下山女居中落座，杨氏姊妹分坐她的两旁，余独挨着碧娃，杨宏道挨着丹姝。坐定以后，山女便命随侍的山妇山女出去，先将盘中刀子、糌粑一一分与众人，然后将那勺子取在手中，揭开装酒葫芦，将酒倒在勺内，首先递与宏道，然后再取勺子斟酒，挨次递与余独与杨氏姊妹，自己也倒了一勺，左手举勺齐口，道："你们吃酒呀。"说罢，自己饮了一口放下。众人不懂此地风俗，恐怕谦虚反而失礼，又知山人性直，俱都依样葫芦做去。山女见众人都喝了一口，举刀在那七八斤重的一块大鹿脯上，横七竖八切了几十刀，都切成了粽子块形式，每块足有二两多重，再用刀一刺，便刺起一块来往口中嚼吃。余独还好，只杨氏父女哪见过这碗大的酒勺同大块的鹿肉，半斤重一个的糌粑，虽拿过来，不知怎样吃才好。山女见他父女为难，便取了一块糌粑，切成半指厚的薄片，再取了一块鹿肉，分切了许多碎片，夹在糌粑之内，分递与他三人。杨氏父女急忙放下手中刀子，接过来咬了一口，果然非常甘香美味。那酒也不知什么东西酿成，颜色粉红，又香又甜，里面还有酿子花片，非常适口。那勺子是半个葫芦底制成，底上钉着一块平底的铁，虽然有柄，装上酒放在桌上，却不会倾倒。

第三回

射银涛　孤身除怪蟒
争家嗣　合谋弑亲夫

大家吃喝了一阵，余独忍不住问道："适才那位男的小山主呢？怎么不一齐请来食用？"山女道："我兄弟性子野，又不听说，他正在烤虎肉吃呢。只管吃喝我们的，不要管他。"余独道："我看山主英武聪明，异乎寻常，不知贵族怎么称呼？还是一向生长此山，还是从别处移来？能让我等知一个大概么？"山女笑道："那有什么不能？日内我还有事相烦你们哩。"

余独闻言，吃了一惊：听她语气，暂时决不让自己走开，误了恩师之命如何是好？正要想问她何事相烦，那山女忽然起身，往门外窗前望了一望，见无甚人，然后转身入座，说道："我们这一族，合族都姓云，本在云贵交界深山之中居住。自从我祖父因为一桩小事，和我伯祖父发生意见，我伯祖父是一族之长，执掌生杀之权，性情非常刚暴，我祖父受他凌虐不过，带了全家逃到省城，经过此山。谁想已有两种生蛮在此盘踞，他们都是性野力大，穿山越岭，步履如飞，视人命为儿戏，除了有时三五成群出山去劫杀汉人外，常年无所事事，不是打猎、钓鱼、捉蛇、射鸟来充饥外，便是两族自相残杀一阵，得胜之族将擒来的俘虏生生嚼食，因此两族一天比一天减少。等到我祖父到此，每族也不过剩了六七百人。他们这两种，一种是猎虎寨，一种是黑蛮，分踞两个山头。黑蛮所居便是本寨，不过当初并没这寨，这寨还是我父亲在日所修的。那猎虎寨前胸刺着无数花纹，由头到背披顶一张整虎皮，脸上刺了一脸的虎纹，走起路来手身并用，比黑蛮还要残忍凶狠。他们也不知用矛刀弓箭，只用本山产的一种干藤，上面系着一块碗大毛石，还用一块木头，上面挖了许多槽孔，将鹅蛋石放在槽内，用时便发出去。这两样便是他们两族用的利器，打鸟兽和敌人是百发百中。

"我祖父全家来的一天，本随着有许多不服我伯祖虐待的同族，约有二百多人。起初本未想在此山居住，原打算到省城买些盐糖红布，绕道到木里去安身立业。走过此山时正赶上天黑,大家在林中睡下,第二日早起,不见了我祖母和两个同来的人。起初疑心是被猛兽拖去,后来寻了半天,寻着蛮人用的系石木。我祖父小时候被同族拐卖到省城富家为奴,住了有七八年,那家教书先生爱他聪明,曾偷偷教他读过书,所以足智多谋,后来受不过主家虐待逃了回去,原想将本族整顿,教大家读书耕田,不想曾祖父死去,便被伯祖逼走。曾祖父在日,因他精通汉语,各族与汉人交涉,都来请他当通事,见多识广,一见这是生蛮用的器械,便知不好,当下吩咐众人往山内搜寻。经过许多险峻山崖,已经快到日落,果然发见一群猎虎寨,将我祖母同族等三人绑在一棵树上,剥了赤身,正在那里围着跳舞。等到跳舞尽了兴,便要抢上前去生吃活人。我祖父见势在危急,这种猎虎寨力大无穷,凶狠不要命,迎头去敌不但众寡悬殊,而且他拼起命来,虽说自己这面俱带有毒箭刀矛,也难免死伤多人。又知祖母被困在内,投鼠忌器,当下先将带去的人分头埋伏,另外选了几个脚程轻快、最会拔山飞树的同族,拿了两块大石,远远朝那为首之人打去。等到将敌人引过了埋伏,一面命人抄路前去救人,同时埋伏发动,也不同他们对打,只用家传毒箭朝这些猎虎寨身后射去。猎虎寨,果然中计。那毒箭见血封喉,非常厉害,这一仗猎虎寨死亡甚多,我们的人一个受伤的也没有。猎虎寨打起仗来虽然凶猛残忍,却是能胜不能败,败起来就是一窝蜂。为首的猎虎寨姓犬名大山,见手下的人中了我们毒箭,只倒在地下滚了两滚便断气身亡,首先望影而逃。手下的人更不消说得,仗着生长此山跑跳得快,各不相顾,亡命一般逃了回去。逃了半途,又遇见本寨的黑蛮,见他们聚众飞奔,疑是前来打劫,拦住他们去路,争杀起来。

“平日黑蛮原打猎虎寨不过,这天猎虎寨因为受了我祖父的重创,惊弓之鸟,惧怕后面追兵,无心恋战,有的绕路逃回,那逃不及的被黑蛮打死了好些,又擒住了十来个俘虏,照例拷问:‘何故来此开衅?又这样的不经打?’那些被擒的猎虎寨极蠢,还不知是因为在山外偷抢我家人惹出来的祸,只说是今天从山外捉了三只肥猪,正预备祭神犒众,忽然来了两个熟娃,用石头打我们酋长。我们追出去不到一弯路(生蛮语,一里为一弯),从后面丢来许多细尖棒棒,我们碰着一的的(生蛮语,一点为一的的,细尖棒棒指箭),立刻倒在地上,打两个滚就敲啦魂(生蛮语,称死为落魂,或敲魂)。大司说那些熟娃请得有神下界,吓得我们不敢回脸和他打,想逃回洞去。碰见你们,并不是想来捉你们的肥猪。你们如要敲我们的魂,千万把我们的头留住。我们死后，变成蛇鬼保你（生蛮互残，必将俘虏生吃，恨深者，食完其人肉以后，再将死者之头聚置广场之中，令妇女溲溺其上，以为如此则那些人死后必不能再生人世，及为鬼厉复仇。生蛮又最迷信，黔地多蛇，以为蛇皆神鬼变化，往往任其毒噬，敬若神明）。本寨黑蛮原比猎虎寨聪明，为首的大司名叫岑珠，平时同猎虎寨互相残杀，全仗他用些计策取胜，才得在猎虎寨暴力之下勉强存活。虽是生蛮，却到过都匀八寨，不似别的生蛮生息山中，从未离开一步。偏巧内中有一个俘虏中了一支毒箭，是斜穿在他背后背的那张虎皮上面，没有伤着皮肉，带箭逃到这里，不曾因伤身死，被别的黑蛮看见，问起那俘虏，知道这是熟娃请神打出来的尖棒棒，因为听说碰着一的的便要敲去了魂，不敢用手去摸，便请大司岑珠去看。岑珠知是山民用的毒箭，拔将下来一看，上面土语写着我祖父的名字。岑珠比其他黑蛮心思来得灵巧，正愁猎虎寨凶顽，常来骚扰劫杀，听了那些俘虏之言，知道他们畏箭胜于蛇神，便想就此利用，连忙率领手下黑蛮朝我祖父追去。

“我祖父打了胜仗，得了好些虎皮，祖母、同族俱已生还，山道不熟，不肯穷追，正要回去，忽见许多黑蛮追来，急忙分配好了众人，准备弓刀接战。还未等我祖父号令放箭，岑珠已按住众人，弃了手上绳石，远远先全体伸高了手，行了个山人全礼，跪伏在地，然后独自高举双手，跑到我祖父前面，用土语高问神人何在。祖父已看出他们没有什么恶意，上前问他何故来追。岑珠懂得些山人土语，我祖父做过通事，更是什么话全懂，等他说明了来意，才知道这些黑蛮因为受猎虎寨的欺负，常此下去，一个不小心就有灭亡之虞，难得天赐神人下降，只凭毒箭一门，尽够制伏他的敌人，执意苦求我祖父到他那里去做山主，他情愿将大司地位让我祖父。我祖父因木里那里山明水秀，满河黄金，原想到那里去安家立业，经不住岑珠同全体黑蛮痛哭苦求，又恨猎虎寨残忍凶横，答应在此住三个月，派了几个亲信同族去采办毒药。原想传完了毒箭就走，不想到此一看，这里地势险峻，风景甚好，而且出产甚多，本山野生着无数的青果同各种酿酒的果子，又是本山主人情甘让位，不比几千里路远去木里。那里本有一个土皇帝，手下有兵有将，人又多，又有各种兵器，到了那里还得用命去拼，和他打仗争夺。住了几天，越住越舍不得走。我们最重信实，说话不能反悔，正不好意思同岑珠去说。也是合该在此安身，那岑珠想对猎虎寨示威，没将擒来俘虏杀死，将他们一齐放了回去，叫他们传语犬大山，说这里已请有昨日杀死他们多人的神人相助，现在正采办毒药制造毒箭,不日便去扫平他们。示威原不要紧,话却不该这样实话实说。犬大山见俘虏逃回,问他情由,才知神人用的细尖棒棒名叫弓箭,也是人做的,而且现在所剩不多,还要赶造,怕神的心思去了一半,便想偷偷前来报仇雪恨,因为怕我们毒箭厉害,派了十几个猎虎寨人先来盗箭。幸而我祖父平时防备得严,各人的箭各人带着,并不存放一处,只有数百根备而不用的毒箭被他们偷了去。失箭的第二天,我祖父知他必定前来生事,便同岑珠商量,将全体黑蛮与我们的人都分配埋伏,妇女小孩一齐藏开,准备给他一个厉害。果然到了晚间,那些猎虎寨拼命杀来。这次比初次见面不同,虽说我们将他打退,却是死伤不少。幸而他没将弓盗去,用箭全凭蛮力手丢,没有准头,我们又有人调度,不和他一味蛮打,所以他死的人比我们还要多好几倍。接连打了几次,俱是他们吃亏。犬大山连受几次重创,再说来打,手下的人俱都有些不服指挥了,这才自知力竭智穷。被他从黑蛮俘虏口中问出岑珠如何请求我祖父情形,他一面潜藏山谷,不出来露面,一面悄悄留神,打听我祖父何时起身便来报仇。不知怎的被岑珠得了音信,见我祖父行期快到,率领全体黑蛮跪哭挽留,又将他一个同族妹子嫁与我的爹爹。我祖父本已打消行意,只是无法出口,我爹爹又恋着我庶母,几方凑合,便住了下来,只不肯去接他的大司之位,谁知后来因此几乎全家丧命呢!

“那些猎虎寨听说我们全体不走,虽然忿怒怨恨,却也无计可施。我祖父总觉这是一个后患,他们住的地方比这里还险,又不能搜完杀净,再加上我们山民一向俱受汉官欺负,不肯改土归流,去受汉官的气,宁愿跑到深山中去作生番,如何又去残杀同类呢?不过遍处都有猛虎守在旁边,终非长久之计。这才想法先断了他们的出路,一步一步逼紧他们。那里穷山恶水,寸草不生,势必要从小路偷出打猎。只要捉到为首的犬大山,便可逼他归顺投降,一经朝蛇神面前起誓,永不会再反叛残杀了。我祖父同我父亲以及岑珠等商量好了计策,便照样去做。猎虎寨本来不懂什么存粮,全凭劫杀打猎为生,不多几天就恐慌起来。彼时我们的毒药业已运到,造了不少毒箭。猎虎寨有几次拼命冲杀出来。俱被我祖父用绳套陷阱活捉了许多,射死的也不少。除射死的不算外,那些活捉到手的,都用好言劝解,要他朝蛇神赌誓,永不侵犯,才放他回去。倔强不听话的,也杀了两个做榜样。又过了几天,放回去的猎虎寨人因为起过毒誓,虽不敢公然反叛,犬大山却不敢再出来。他们食粮断绝,竟自相残杀起来。我祖父猜知时机成熟,带了黑蛮杀攻进去。

犬大山仍是不肯屈伏，同了几名死党同我祖父死斗，被我祖父一刀斫翻在地。等我祖父近前去看，他倏地从地上翻身纵起，两手扣紧我祖父的咽喉。幸而我祖父手急眼快，一刀将他刺死，才未丧命。犬大山一死，猎虎寨一齐归降。我祖父便照预定主意，划出山南一带作为他们安身之所，立下禁条，不许再吃生人，并教给他们种青稞麦子同造酒，渐渐也传他们用刀用箭之法，去打飞禽走兽。猎虎寨和这里的黑蛮，除死亡外，还共剩一千多人，倒也相安无事。我祖父到底上了几岁年纪，被犬大山死前猛力在颈上一捏，又被他在胸前踢了一脚，受了内伤，第二年便即死去。自从制服猎虎寨之后，岑珠几次三番要退位相让。我祖父心中不是不愿意，一则当初说的话不愿反悔，二则岑珠虽然一本至诚，他两个儿子一个叫岑树，一个叫岑月牛，都是心野力大，多数黑蛮俱都服使，我们是远客，虽然都是山民，因为新旧之分，风俗习惯各不相同，想在此住个三年两载，显些本领能干，取得他们欢心，再取大司地位。知他们还是有些怕猎虎寨，所以没依岑珠，得胜之后未将猎虎寨全数杀死。一则不愿过分自残同类，二则也是留为异日之用。偏偏岑珠感恩心盛，见我祖父不肯当大司，等我祖父一死，便去请我爹爹来当。我爹爹是直肠人，见岑珠再三敦劝，便答应下来。

“其实我祖父初来时，他们敬若天神，那时如接了他大司之位，按照此地风俗，再由父传子，什么事都没有。我祖父不接，死后又由我爹爹来接，这些黑蛮本来见我爹爹力气不大，又没他们跑得快，已经不大乐意。又加上那些猎虎寨野心难驯，吃惯了生人，不吃难受，在我祖父死后，我爹爹接了大司之位不到一月，偷偷将这里的黑蛮捉了两个去生吃。岑树和岑月牛早就心中万分不快，借此散布流言，说我爹爹不该在以前拦阻我祖父，放那些猎虎寨活命，如今才发生这事。这些黑蛮原经不住蛊惑，几次要寻我父亲的晦气。此时岑珠未死，先得了信，暗地召集黑蛮，着实跳骂一顿，说：‘云家是我们活命恩人，他做大司，犹如我做一样。哪个敢有异心，我便和他拼命！’当下又把他两个儿子一人打了一顿青杠棒，差点没有打死。岑珠力大非常，曾经单手摔死过一只猛虎、一只豹子，最为黑蛮爱戴，经他一阵发威解说，才把祸事无形消弭。我爹爹每日恋着庶母，只顾把本山产的金砂药材命同族运到省里去换衣物食用，始终睡在鼓里，不知黑蛮对他日渐变心。

“又过了六七年，大约我才六七岁，岑珠忽然得病死了。平日我大母不大爱我，我爹爹同庶母对我都非常疼爱。这一天晚上，我爹爹刚把这座石寨砌成，当初并没有怎么布置，只有外面那个火池同一些石礅。因是冬天，外面又在下雪，我爹爹、庶母和我正围在火池旁边饮酒烤猪肉吃。忽从外面慌慌张张跑进来一个同族，他说听见他婆娘说，她从黑蛮情男口中得到机密，岑珠两个儿子在明早天明去火葬岑珠祭神之时，四面埋伏下许多黑蛮，要将云家满门和同来的人一齐射死。我爹爹闻听立刻慌了手脚。还算我庶母有主见，一面喊那同族再去打听，一面赶紧收拾弓、刀同应用之物。知道黑蛮人多，我爹爹能力有限，无法抵御，只有带领同来的人逃走。一会工夫，那同族又回来报信，说因为岑氏兄弟防我们明日有人漏网，在出口处下了许多埋伏，并将两个险要之处的索桥撤去，插翅也难飞渡了。我庶母一面叫我爹爹不要慌乱，一面叫那同族出外招呼我们当初同来的族众，悄悄绕过寨后，往毒蛇涧那条僻径会齐逃走，千万不可露出一些痕迹才好。那同族走后，我庶母便召集全家，背了弓、刀应用之物，即时绕到寨后，等我们云家族众到来同行。她自己却断后，在寨前把风，以防那同族出去喊人，惊动黑蛮追来。幸而那天下雪，黑蛮怕冷，都不肯离他的巢穴。那同族人甚机警，又跑得快，大家相隔本近，不多一会便都偷偷赶到。有许多同族竟主张不走，明天和他们拼命。我庶母知道，我们要论力量和跑山都不如黑蛮，所长只是毒箭，如今黑蛮全都学会，我们人少，他们人多，决无胜理，再三拦阻才罢。

"我庶母生长此山，道路极熟。那毒蛇涧原名毒神涧，涧中有一条十几丈长的赤鳞红蛇。多少年来，直到我父亲手里，俱是按照一向例子，每日必用打来的野兽，从涧旁一个石岩上扔将下去，落在涧当中一块大石头上，由那蛇上来自行吞食。万一有一天打不到野兽，便将犯罪的黑蛮与俘虏来的猎虎寨代替。以前黑蛮对那蛇敬如天神，慢说是别的举动，连这条僻径也从无人敢走。那蛇见每天俱有人给它预备食物，除了雨过天晴爬上涧来晒晒太阳外，倒也不出涧伤人惹事。我庶母幼年极喜随着大人爬山越岭，一天看见捉到许多石鸡，以为可以得一顿好烤鸡吃，后来才知道吃不到嘴，那是今天没有打着野兽，又没人代替，要给蛇神送去的。她一来好奇，二来淘气，悄悄瞒着父母，从这条僻径上绕到涧中腰那块大石上守着。一会工夫，上面将二十多只石鸡扔到石头上面。她算计上面的人业已走开，跑过去解开绑鸡的索子，取了两只，还想再挑两只肥的。先是听见下面水响，本来她就有点做贼心虚，急忙回身往涧下一看，从上流头水皮上飞也似的游过来一条大红蛇，有一抱粗，没顾得看它身子多长，只头昂起水面有一人多高，吐着三四尺火一般的信子，直往那块大石蹿了上来。我庶母一见吓了一大跳，不顾命的飞逃，慌忙中逃错了方向，竟往去路逃了过去，等到发觉，那蛇已从涧底蹿了上去，盘在大石上面，拦住回路。那些石鸡被庶母解了绑索，有一半业已往上飞起。那蛇并不慌忙，昂起蛇头，张开血盆大口，朝着上面一阵呼吸，长信乱吐，那些飞起的石鸡一个个自会落在它的口中。蛇颈只一屈伸之际，蛇口一张，鸡身入了蛇肚，五颜六色的鸡毛从蛇口喷洒出来，映着日光满空飞舞。那二十多只石鸡，除被我庶母偷了两只外，一个也没有逃脱。我庶母越看越害怕，幸喜自己伏在一个隐秘所在，不曾被那大蛇看见。叵耐那蛇吃完还不就走，反盘在石头上面眠睡起来。看看日色沉西，回去既没有路，只得悄悄轻脚轻手往去路爬了下去。走出去三里路，便见有一片悬崖峭壁布满藤萝，爬上崖去一看，上面竟是一片大平原，长着许多青稞和花果树，还有泉眼。我庶母便将那两只石鸡生吃，当了一顿晚饭，在树林中睡了一夜，第二日一早，提心吊胆，试探着走向回路。那蛇已不在原处，只石上盘了一大圈蛇印和一些鸡毛。急忙飞跑过来，知道黑蛮敬蛇如神，从蛇口内夺食是不能告诉人的，父母盘问，只说是采花果迷失了路，始终没向人前提起。以后她又去偷看那蛇多少次，渐渐觉出一到冬天，黑蛮纵有孝心，那蛇在冬天是不领他们情的。彼时她的父母都被猎虎寨捉去生吃，难得我祖父替她报仇，因此嫁了我爹爹。岑珠死后，知他两个儿子要向我爹爹生事，早就留神这一条路，偷偷去察看了好几次，恰好又逢冬天那蛇不会出来伤人，所以只嘱咐机密行事，并不惊慌，果然平平安安，沿着毒蛇涧僻径，到了昔日避蛇之处。

“第二日早起，岑氏兄弟带了许多黑蛮，去请我全家合族同去安葬岑珠，跑进寨中一看，人影皆无，四处寻找我们的同族，也一个不见，估量得信逃走，赶到各处山口查问，俱说从未见一人走过，后来发现雪中脚印，寻到寨后僻径上去。那通僻径最险之处原有一条尺许粗、两丈多长的石梁，已被我庶母在人过完时两头折断，又抛了许多我们穿不着的皮衣在下面冰上。那天雪本下得大，我们过去还没有停住，除由寨后转入僻径处因为人多杂乱雪迹还有几处可寻外，上了石梁便是分单行走，足印已被后下的雪遮满，对岸看不出来。山民看积雪的厚薄来察寻兽迹，本极灵敏，岑氏弟兄走到涧旁，见石梁两头折断，正要命人用飞索渡涧之法过涧来看。不料他们立足之处正是那条红蛇盘踞之所，那蛇到了冬天便潜伏洞中不出，被我庶母折断石梁坠将下去，那石梁有好几千斤重，坠将下去，冲碎冰层直落涧底，想是将蛇窝捣破，落在蛇的身上。蛇一负痛惊醒转来，恰好上面冰层业已冲开一个两丈方圆的大洞，便从下面蹿将上来寻人晦气。当时我们人已走完，不曾遭它毒手，岑氏弟兄回来察看时正值中午，又是那蛇每日睁眼的时候，听见上面人声嘈杂，再也潜伏不住，呼咙一声，蹿上涧来。那些黑蛮本就畏惧涧中蛇神，岑氏弟兄逼他们飞索渡涧察看我们足迹，已不愿意，站在涧旁害怕为难，经不住岑氏弟兄威吓，还未得准备过去，那蛇已蹿了上来，吓得岑氏弟兄同众黑蛮四散逃奔。立得较近一点的，被那蛇长尾一绞，卷了十余个坠下涧去吞食，一个也未得活命。我庶母虽然带了全家逃走，还不放心，怕他们跟踪追来，一面吩咐大家埋伏，准备他们过来迎敌；自己挑了几个能飞能射的人，早在对岸岩石旁边潜伏。见岑氏弟兄居然寻到这条路上，要用飞索渡人越过石梁，正要等他们飞起身来用箭去射，忽然看见红蛇出现把他们惊走，这才悄悄回去。后来探看了几次，居然敌人经了这一回大惊，说我们全家因想从涧旁逃走，俱被蛇神吞吃，从此不敢前来窥探，只远远朝涧跪拜一阵，每日仍将野兽飞禽由岩上推落到涧当中大石上去祭蛇神。那蛇在冬天本不出洞，那天原是头晚上被我庶母无心中折断石梁弄痛了它，才惊醒转来寻事，第二天起依然寻地潜伏。我庶母先也怕它出来，后来去看几次，见无甚动静，涧当中那块大石上面却堆满了跌得半死的各种野兽飞禽。黑蛮枉自费了许多孝心诚意，毒蛇却不来享受，黑蛮反以为蛇神生气，祭献的禽兽越多。第五天上，我庶母才决定去搬了回来享用。第六天黑蛮又来祭蛇，见昨日一大堆禽兽不见，个个高兴欢呼，以为蛇神要多才欢喜，越发敬献得勤起来。又加上岑氏弟兄连梦见两次蛇神，心中非常害怕，索性命手下黑蛮打了野兽飞禽，头一批先得供蛇，第二次打来才可自己食用。幸而此山有不少的温谷，鸟兽又多，虽不难办，但是以前他们打猎法子极蠢，舍命拼来口中之物，却贡献给了毒蛇。他们不想法子除蛇，也不怪那蛇贪得无厌，仍是一味敬奉，只怪岑氏弟兄不该去追我们到蛇涧上去，闯了这种大祸，害得他们三餐难得两饱，日久怨生，渐渐都恨起岑氏弟兄来。

“我们逃出时带的食粮哪有多少，我庶母只记着从前去时是满林果木、遍地青稞，却忘了是冬天，草木凋零，正为吃的发愁，偏偏借那毒蛇之福，每日现成有人送上门来的飞禽走兽，不但免了饿，还吃不完。虽然高兴，哪知这究竟不是长法，转眼交春，蛇便出来，又怕一个不小心被敌人看破，便有绝粮之忧。后来察看那些野兽当中有一种刺猪，肉极细嫩，可以当家畜养，便择那未曾跌死的选出几对,关在岩洞中喂养。先想给它肉吃,谁知那刺猪却不吃肉,是吃青稞的,我们还不够吃到交春,如何能喂它吃?想它明年养小猪,又成画饼。不想我爹爹无意中去追一只三角黄羊,追到一个大崖洞里面,竟伏着有成千成百的三角黄羊,回来说与大家。我庶母带了众人赶去一看,不但黄羊甚多,还堆着半洞的青稞,我们全家同族一年也吃不完。那些黄羊从未遇见过人,多是没有心机,除了爱满山飞跑外,人若近前,倒反立着不动,一任人随意擒捉宰杀。黄羊俱吃青稞,那里青稞遍地野生,到了成熟,黄羊便用嘴衔到洞中,存起过冬,却被我们又来享现成。当下把那霉烂腐朽的择出,余者都成糌粑,人与猪俱都有了食料。交春以后,除偶尔想吃野味尝新外,因黄羊的肉比什么都好吃,味道比鹿肉还要香些,有这许多黄羊连养的刺猪,也就不常在毒蛇口中去夺食了。

“我们全家快快活活在后寨过了上十年,我已有十三四岁了。先是我嫡母给我添了个兄弟,比我小两岁,取名二狗。我庶母也给我起了个名字,叫大兰。她也随着生下一子,取名三虎,便是适才你们看见的我那兄弟。我们在后寨倒还平安无事。前寨黑蛮都受尽了岑氏兄弟的虐待,大半都恨入骨髓。岑氏弟兄又互争雄长,手下的人也分成了两派,各自仇杀,如同水火。再加上猎虎寨当中忽然出了一个厉害人物,渐渐想起前仇,要来报复,前来攻打数次。幸而我祖父在时传的那些应敌方法,岑氏弟兄还能应用,虽然没被他们攻进寨来,死伤也是不少。还算他们对待外敌时倒能合力同心,不然早就吃了大亏了。他们真坏,外敌来时同外人打,外敌去了又是自己同自己打,末后两年简直以仇杀为事。到后来岑月牛将他哥哥杀死,自己硬做了大司。他哥哥手下死党,一则一股气,二则知道岑月牛比岑树还要残暴,他们比较人少得多,前面逃出要受猎虎寨宰割,后面又是他们不敢去的蛇神涧,不逃便要遭岑月牛的杀害,只得到处寻找岩洞藏身。后来搜捉越紧,他们无法,在一个大月亮的晚上商量了一阵,觉得本山什么地方都去过,只有父老相传认为圣地的蛇神涧那边没有去过,虽然石梁已断,仍可用飞索渡人过去。反正是一个死,当下用抽签之法抽出十个黑蛮,自己投身涧内去祭蛇神,作为借道,好让余下的黑蛮过去。万一蛇神不答应,大家一齐将身敬奉蛇神,也许能博一个来生之福,强似被岑月牛捉去宰杀生吃。主意决定后,便偷偷绕到蛇神涧。黑蛮都不把死当回事,朝涧中叩完了一阵头,将春藤做好飞索,被抽出的十个黑蛮高叫一声纵下涧去,准备那蛇吞食,其余黑蛮便从飞索上身子悬空悠过对岸。等到人已渡完，涧中的黑蛮在水内游了一阵，不见那蛇来吃，有两个还想活命的，攀着涧壁藤萝先爬了上来。余人见无甚动静，便问上面为首之人：‘还是明日再来敬献，还是就在涧中死等？’

“正在这时，我们涧旁住的防守之人早已被他们惊动，往寨中送信。我们不知究竟，以为是岑氏弟兄前来偷袭，立刻悄悄下了埋伏，由我庶母同我带了数十个同族赶到涧旁，大家准备就势冲杀他一个措手不及。我庶母真是足智多谋，一面止住众人，吩咐将弓拉足对准他们，一听号令就放。自己却带了我爬到他们临近观察动静，听他们问答情形。见并无岑氏弟兄在内，已明白他们过来并非劫寨，只不知他们是何来意。及至涧中黑蛮不耐下面寒冷，无心中听那为首黑蛮说道：‘我们原是怕死在岑月牛手内，外面又有猎虎寨，无法逃走，才向蛇神爷爷借道。如今蛇神爷爷不来享用，想是可怜我们也说不定，再不就是来的不是时候。莫如你们上来，到明天中午再来敬献一次，蛇神爷爷再不享用，那就是真怜念我们了。’说到这里，我庶母同我才知他们也是避岑氏弟兄之噜苏来。一国不容二主，他们人数又不少，正打算怎么应付，涧下面黑蛮刚爬上来一半，还有三四个爬到当中。就在往起爬之际，忽听上流头一阵水响，月光底下远远望去，好似两点绿火带着一条很长的银线，其疾如箭，冲风破浪而来。稍微近前，便看见昂出水外亮晶晶七八尺高一根圆柱，正是涧中盘踞的那条红蛇，两点绿火便是它的眼睛，想是适才到上流闲游，还不知那些黑蛮向它进供，这时倦游归洞，看见水中人影，昂头往上一看，倒未注意着涧壁爬的黑蛮，径往人多的岸边直蹿上来。大约它白天吃黑蛮上供的野兽业已吃饱，倒不似上回贪多用长尾来卷，只一口将立得最近的为首黑蛮吞了下去，钻落水底嚼吃，搅得水面直响。

“我越看越气，正要等它二次上来，赏它一箭，偏偏那些死而不悟的黑蛮，看见红蛇上来也不逃跑，一个个跪在地下直叩头，一面催那抽出的十个黑蛮下涧喂蛇。我庶母虽然胆大，因为历来习惯，也没有想起就此将毒蛇除去。我自幼从庶母学了一点本领，又加我吃过虎奶有点蛮力，从来胆大，不懂得害怕，只用全神注观动静。那蛇在涧底将人吃完，二次将头昂出水面，鬼哭似地呱呱叫了两声，好似非常得意。那十个送死的黑蛮虽然甘心送死，见那蛇这般厉害，到底害怕，谁也不敢迎进前去，都躲在涧旁泅泳，静等那蛇自来享用。那蛇竟偏不享现成，四外看了看，仍往涧岸上蹿来，长颈一伸又咬住了一个，还未及掉头下涧吞吃。我同庶母伏的石崖正在那群黑蛮头上，看得非常清切。我见那红蛇这般凶毒,早就心中有气。平日因我庶母不许我到涧边去,并说那蛇如何神异。我从未见过还有些害怕,及至亲眼看见,也不过是比普通蛇生长得大,也没什么特异之处,不由胆壮起来。见它第二次又来吃人,哪里容得!我原会两手射箭,趁它刚咬住人还没有掉身的时候,两手的箭同时往它两个发绿光的蛇眼打去,居然被我打个正着,将它两眼打瞎。只听一声极难听的怪叫,蛇身腾起有好几丈高,想是负痛不过,在涧中上下跳掷怪叫,涧中的水被它搅得波翻浪涌,不时蹿上涧来,用长尾四面乱扫,大有寻到仇人才甘心之势。它的气力也实在惊人,慢说是人被它打上要成肉饼,长尾到处,只打得涧壁上树木折断,沙石崩坠,满空乱飞。那班黑蛮仍是战战兢兢伏在涧岸之上,吓得动转不得。幸而那蛇瞎了两眼,又是急痛攻心迷了方向,蹿上来都不是地方,没有被它扫着,可是照它那种乱蹿,说不定被它碰上,那就非送命不可。我庶母先若知我用箭射蛇,那是非拦阻不可,及至见我将蛇两眼射瞎,那蛇只一味乱迸乱叫,声势虽然厉害,却连方向都辨不出来,哪里像从来传说它能祸人福人?立刻把埋怨的心肠改成夸奖。后来见那蛇越跳越厉害,几次差一点用长尾打在那群黑蛮身上。在这危急之间,黑蛮还不知躲避逃命,只跪在那里发抖。

"我在暗中用箭射蛇时,岸上黑蛮并未看见。那箭有二尺多长,业已深入蛇目,上面有倒须刺,不易被蛇甩落,利用这一点立刻想起了一条好主意,命我趁机改用身佩毒箭再去射蛇的七寸,又教会了我一套话,我庶母才命我现身出来,站在黑蛮身后一块山石上面。我庶母装作侍立在侧,高声用黑蛮语说道:'涧中蛇神屡害生物,已伏天诛。天爷爷特命女神下凡,降生本山,知我们黑蛮今晚要遭大难,特地用神力宝箭先将蛇神两眼射瞎,以作儆戒。谁知蛇神仍是兴风作浪,想吞食你们。现在你们如果诚心归降,急速躲到女神背后,由女神将蛇神射死,以除你们大害。如若不然,那蛇少时认明方向跳上涧来,非将你们全数吞食不可!'那些黑蛮本已吓得心惊胆战,忽听他们身后有人说话,又吓了一大跳,个个回头。因为我从小打扮就爱自己出主意,生得又太白,不要说黑蛮不像,连我父母都不像。他们听我庶母说完了这一套假话,又看见我生相打扮都是从未见过,在月光底下都把我当作了活神,跪在地下叩头。我也插言,叫他们快寻地方躲避,我除蛇要紧。那些黑蛮一阵欢呼,都四散寻路,往我身后爬来。他们这一喊不要紧,那蛇本已蹿得有些力乏,势子渐缓,这多人大声一喊,被它寻声辨出方向,从涧中掉头蓄好势子，倏地朝我这一面如长虹一般猛蹿上来。那些黑蛮正在寻路躲避，一见那蛇飞蹿上来，有那落后的吓得软瘫在地动转不得。

“我早在崖上认清那蛇蹿上来时总是张开大口长信直吐，这次又是笔直一般蹿上。蛇的上半身才蹿上涧岸，被我觑定蛇口蛇颈两处连射了七八箭。此时心中也未始没有一点害怕，见箭射蛇身俱都反震落地，好似不曾射进。正后悔适才射它两眼未用毒箭，好叫它毒发攻心而死，现在它虽瞎了两眼，无奈身长力大，别处又射不进去，如何是好！因见来势太猛，箭已用完，还未及纵身去躲避，那蛇已怪叫一声溜下涧去。这回在涧中翻滚跳掷更为厉害，却不似先时往上乱蹿，长尾打得水皮山响，涧水涌起十多丈高，声势骇人，震动山谷。我先还不知头一箭已由蛇目射中它的咽喉，又从庶母手内悄悄要了几支毒箭索性站在涧边，遇机仍射它的两眼。等了一个多时辰，那蛇毒气攻心，精疲力竭沉下涧去。我们还以为它未死，直等到天色已明，蛇肚灌满了水浮漂上来，便又射了它两箭，见无甚动静，才命黑蛮下涧用长藤拖了上来。知他们谁也不敢去剥蛇皮，还是我同庶母亲自动手。近前一看，起初那两箭业已由蛇眼直透蛇脑，因为那是我射石鸡的玩意，箭上无毒，所以容它猖獗一夜，倒作成我收伏了许多黑蛮。涧底送死的十个黑蛮，除去先爬上来两个，后来又爬上来五个外，余下三个在蛇第一次中箭落涧时，两个被蛇长尾扫在崖石上面打成肉饼，一个业已被水淹死。我母女费了许多事，才寻出蛇肚腹中间那道白线，能以进刀，刚把蛇皮剥下，从蛇脊梁上落了一地的明珠。那蛇肉也极好吃，蛇皮、蛇筋、蛇骨全有用处，又收伏了许多黑蛮，全家都兴高势盛起来。前寨黑蛮听见蛇神涧闹了一夜，并未敢来看，第二日到处寻不见逃走的黑蛮，反疑心也是跟我们一样被蛇吃了，每日仍旧用野兽来上供，自然是便宜我们。我听降民说岑月牛如此残暴，当时就要领众到前寨去杀，就便报了前仇。我庶母说：‘降民人心不知是否安定，且过些日再说。’那些降民自我杀了蛇神，我们这里又完全是大家做大家吃，除了我家享用稍有厚些外，并不苛待他们，现成的青稞猪羊堆积如山，又加我年龄虽小力气比他们都大，敬我如同天神一般，简直是从地狱升到天堂，哪里还有二心！

“过了两个月光景，这些黑蛮因在我们后寨过得安乐，有那与前寨黑蛮有亲密关系的，便偷着前去探望。到了前寨，看见他们既受岑月牛的虐待，又被猎虎寨侵凌，生活比那畜生都不如，不由将后寨如何好法说了出来。他们去的第二天，便带了两个女子逃到后寨来隐藏。起先原怕我们知道，他却不知我庶母怕以前那些黑蛮虽然归顺，日久难免不生异心，时时刻刻都在提防，稽查很严。他们又蠢，只知道藏在他们洞里，被我们一查就查出来。依我庶母，就要将他们一起杀死，以儆别人。审问的时候，才知逃到后寨来的两个女子，俱是带人的情人，带她的人同她们非常恩爱，才偷偷去带了进来。他们也明知我们平日虽然恩宽，家规却极严厉，不论何人犯了，俱要处死。可是因为他们和那两个女子情爱太深，不忍见她们在前寨受罪，情愿到后寨来过几天安乐日子，等到查出，再一同去死。我见他们情有可原，又问出岑月牛许多暴虐情形，个个都想背叛，便想借此将前寨收复。我虽然年幼，又不得嫡母欢心，自从杀了毒蛇以后，我庶母同我隐然做了一寨之长。我爹爹倒不大管事，我说话做事，降民自不必说，连我家同族也无不依从。我先向庶母替他们求情，免了他们死罪，然后对他们说道：'这次不杀你们，是因为你们虽然偷到前寨，却没有把后寨情形泄漏的原故。如果再有人去说出毒蛇已死，我们均在此地安居，不但要你们的命，所有黑蛮都得逐出后寨，任你们去受岑月牛的虐待，也不许你们再回来了。'当时只说了这几句话，也未责罚他们，暗地却和庶母计议，叫几个有本领的同族暗中留神，重要口子俱换了自己心腹。那些黑蛮与前寨女黑蛮有牵连的很多，后寨女黑蛮与前寨男黑蛮有牵连的也不少，他们见头两个黑蛮偷偷带人进来，查出以后，因为没有漏出后寨真情，不但无有事，反各跟着享安乐，果然大家都学样起来。他们因为我说过，只不准走漏真情，他们偷偷到了前寨会见他们的男女情人，只说他们自己都在一个女神住的所在，有吃有穿，非常舒服，对于别的，至死也不吐真言，对方如果愿意同逃，便把他带进后寨。我派的那些防守的人，早就听过我的吩咐，后寨黑蛮出口时不用拦阻，只须分人报信。我同庶母便下了埋伏等他们回来，以备万一泄漏，引了前寨黑蛮全数来攻。及至见他们带来的人并不多，然后由我带了几十个人先拦住来路，问明详情，再命他们起了誓，查出并无虚言，才分配他们住的地方。此端一开，不消半月，你也去我也去，把前寨黑蛮带进有一小半来。余下不是岑月牛的死党，便是以前因为岑氏弟兄之争和后寨这些黑蛮有仇，再不就是素无瓜葛的仍在前寨受罪。我们起初不将前寨收回，是我父亲听了我祖父遗嘱，因为受了岑家好处，不到危急不要伤害岑家的子孙。我同庶母劝了不听，这才想下这招亡纳叛的主意。见前寨黑蛮纷纷自己归顺，知道时机成熟，便劝我父亲说：'我们夺回前寨，只不伤岑家人的命就是，何必坐视前寨那些黑蛮无辜受岑月牛虐待不

算，早晚还要死在那些猎虎寨的手里呢！’

“我父亲被我说动了心，刚要打发人到前寨去查看动静，忽然有两个偷往前寨的黑蛮气急败坏的飞跑回来说道：‘前寨因为他们的人在一月之内无故不见了多人，正在疑神疑鬼，不想今天猎虎寨的头子蓝牝牛率领大队来攻，把守寨口人少，抵敌不住，纷纷死亡，岑月牛正率手下迎敌。虽未进前去看，那猎虎寨势子甚大，眼看前寨不保了。’我一听此言，立刻告诉我父亲前去救应，趁此收复前寨。我父亲领了大队，用飞索渡人越过神蛇涧，先杀出去。我和庶母早就寻出一条绕出前寨口的石洞秘径，今日正用得着。除留我嫡母同少数同族看守外，我同庶母便带了数十名心腹同族，抄那山洞秘径杀到后面，与我父亲带的人会合。主意打好，便分别照计而行。那猎虎寨敢于贸然大举来攻，原是近日俘捉了一个前寨黑蛮，拷打口供，问出岑月牛的虚实，欺负前寨人少，看看打到前寨门前，却没料到我们突然出现，将他们围在当中，两下夹攻，连前寨黑蛮也感奇怪起来。当时因防前寨的人不分敌友，派有从前降民在高处呐喊，说是奉了天降女神之命前来解救他们。前寨黑蛮见这些救兵如从天降，人人努力争先。这一仗只打得猎虎寨纷纷死伤逃亡。只有那为首之人带了百十个死党拼死命迎敌，力大如牛，纵跳如飞，我们的人伤了好些，都奈何他不得。我见那伙人个个拼命，恐怕伤人太多，才吩咐让出一条路让他们逃走。那为首之人实是厉害。由他自己带了那百十个死党断后，容他们的人都逃到退路口上，这才回身飞逃。我们从后追杀，直追近他们的巢穴才算罢休。事后检点，当场打死了有一百多，生擒了二三十个，我们的人连死带伤也好几十，前寨死伤的人更多。还有把守寨口的有十几个。已被他们攻进来时先生擒了去。我对我爹爹说明，将擒来的人放了一个回去，要他们与我们各将俘虏交换。那放走的人回去，正赶上那些猎虎寨恨毒我们，已将生擒去的俘虏绑在树上，预备生吃，听说我们肯拿二十多人去换回十几个俘虏，自然以为上算，仍叫那人回信，双方折箭为誓，当天晚上各自将人换回。那岑月牛两膀被猎虎寨所伤，成了残废，又见手下黑蛮经后寨降民说我们对人如何恩德同我斩蛇神异，从此无须再把生命换来的肉食去献给蛇神享用，一个个欢声雷动，连他手下死党都一齐归顺我们，知道大势已去，竟自一头碰死。我父亲上前拦阻已来不及，当下便做了全寨之主。知这猎虎寨虽然是个隐患，吃过这般大苦，暂时决不会再来骚扰，仍由我和庶母二人出主意，给全寨先立下许多家法。渐渐将后寨的青稞种子移到前寨播种，每人分给他们一对黄羊，叫他们各人先用青稞青草去喂，等到生了小羊再吃。后寨作为牧羊的场子，将蛇神涧改为毒蛇涧，两边打了木桩，用春藤结了一座藤桥。又命我们懂汉语的同族拿了许多山中出产，连那蛇身上的珠子出山到省城去换我们要用的东西和盐糖布匹，大家都过起快活日子来。

“我爹爹因为爱庶母同我的原故，与嫡母心意不投，有一天晚上喝醉了酒，去到嫡母房中。前半夜还听见他夫妇二人拌嘴，第二日去看，我嫡母同兄弟二狗已不知去向，只我爹爹死在床上，颈间青紫，手上还紧捏着一个汉人用的绣花包袱同一双小金镯子、一张血书。我原认不得字，也不知上面写些什么，看神气我爹爹是被我嫡母用手掐死。正赶我庶母也起了来，见我爹爹被嫡母害死，手上拿着那个小包袱，连忙一把从我父亲手中取下塞在身上，才去唤人来搭将出去安葬。我们本族死了人，家族子孙当时是不哭的，要在葬后第二年听见杜鹃鸣声才跑到坟地里去看，觉出杜鹃能回来人死却不能复生，这才痛哭的痛哭，恩爱深的便在坟地里去寻死。若是死者被人害死，夫妻子孙，无论如何都是要报仇的。像我父亲的仇，只应庶母、同族替他报，因为是我嫡母，我是不能代报的。

“我父亲死后，大家照例比力气准大，共举我做了女大司，做全寨之主。我庶母每日吃完了饭，带了缅刀弓箭，遍山去寻我嫡母踪迹，始终也未寻见。自从我爹爹死了以后，猎虎寨几次前来报仇，俱被我杀退。后来他们在山南寻着了一片水源同草地，也有许多黄羊野兽，见有了吃的，又打我们不过，虽未明言讲和，已有好些时不来扰乱了。有一天我庶母吃完了饭，跑到我爹爹坟前大哭了一阵，又带着缅刀弓箭去寻嫡母，临行对我说：‘那晚出事后，到处查问各出口处防守的人，俱未见她母子二人逃出，定然还在山中岩谷间潜藏。自己已寻她二年，未曾遇见，太伤心了。这次再寻不见他们，便不想回家了。’我拦了几次，终于被她抽空走去，三天不见回来。我打发人满处寻找，好容易在一个高岩下面一盘老春藤上面将她寻着，业已两天多未进饮食，奄奄一息了。她说她想全山都已找遍，只有后寨过去一个悬崖，因为隔有千百丈深潭，无路可通，从来上面不见人兽之迹，疑心我嫡母藏在上面。照例仇人是要自己手刃的，所以她又瞒了我到了那里。见无法过去，费了半天事，先由这边手攀春藤下去，打算先下到潭底。洑水过去，再寻对岩春藤攀越上去。谁知两崖春藤都垂到半悬腰为止，慢说这边岩壁隔下面还有百十丈高，无法跳下，即使冒险纵到潭中，泅水到了对岸岩下，那里都是苔藓布满，其滑如油，峭岩陡立，四无攀援，如何能上？我庶母那时心恨仇人简直和疯子似的，无论如何危险困难，非飞渡过去不可。她将弓袋和刀含在口里，把这盘春藤解放下来，使劲蹬着这边崖壁，悠荡到对面去。那春藤又不够长，我庶母抓的又是近梢处，用得力猛，才悠到半空藤便折断，幸而她情急智生，顺着悠势拼命往对壁纵去，居然被她捞着对面壁上春藤。她已把死生置之度外，一口气也不缓，死力往上飞爬。刚刚翻到岩上，忽见一团黑影往头上打来，登时一阵头痛脑晕，两手把持不住坠下崖来。她坠落的地方离下面还有百丈，潭中尽是露出水面的石峰，也是合该她要多活几天，对我说多少要紧话。坠到半山腰中，忽被一盘春藤接住，算是没有送命。她在昏迷之中，还恍惚听得顶上有大石推落下来坠入潭中的声音，一会工夫便不省人事。过了好多时醒来，身子受了重伤转动不得，几次想要自杀，弓刀已从口中失落，心中一急又晕死过去。似这样时醒时迷地在那藤上挣了半天多的命，我们寻见她时，费了很多的事总不能到对崖去。还是我亲身用飞索渡人之法纵到那盘春藤上面，将她背在身上。回来倒还容易，只消我们的人将飞索拉起，便回到原来的崖上。只不过由春藤上往回起，碰到崖壁时要留神用脚先去抵住，得留点神罢了。我将她背回家中，先灌了她许多汤水，将她救醒，听她说了遇险情形，便疑心打她那团黑影定是我嫡母同兄弟二狗，但是不好对她说出，以免她听了生气着急。她当时虽然侥幸活命，头脑胸背受了好些震伤，多日也未见痊好。她又性子急暴，恨不能立刻赶到那里再去寻探仇人踪迹。我哪里肯让她去，也不敢离开她，直到晚间才回房去睡，又派了几个黑蛮轮流在她门前看守，以防她黑夜逃去报仇。

"过了有十来天，我正盘算自己是小辈，照例不能代她报仇，后寨悬崖十分险峻，如果仇人真在上面，经她去过一次，必有防备，还未容你爬了上去，人家居高凭险，只用砸下两块大石，将上面春藤削断，便可要了她的命。她又那么报仇心切，照这样下去，仇报不成，还得将自己的命饶上。我是她生的女儿，她又那么疼爱我，岂能眼看她白白前去送死呢！越想越愁，就睡不着了，起来走到窗外，一看天星，业已到了半夜。我原住在二进洞内，心想我庶母也是当时恨得通夜不睡，何不走到她房内去看望一下？她如未睡，就便宽解几句。她住在尽后面，前寨分五进石屋，第四进第五进只中间屋内有大窗，上面还装得有铁条，原是堆藏粮食用的，因为怕她从窗户私自冒险出去，才将她搬在第五进东屋内养病。我图省事,便从寨外走,想从第三进壁窗内进去,再走到她的房中,原没什么用意。谁知刚走离第三进窗户不远,忽然看见窗外一条黑影一闪,直窜进寨旁树林之内去了,接着便听见林中发出一种芦吹的声音(芦吹,芦管所作,发音尖锐,山民多喜用之)。正要跟踪察看动静,忽从后进传来一种扑打声音,恐怕庶母屋中出了变故,也顾不得查见奸细,忙往后追跑去。在我脚刚纵到窗户上,猛觉脑后一股凉风,知是奸细暗器,慌忙将头一偏,果然一支雕毛毒箭擦耳而过,避得稍慢一点,被他射中准死不活。脚才落地,后边扑打声音越听越真,还隐隐听出庶母唤我之声。我当时心忙意乱,也无暇顾那放箭之人,慌慌张张奔到庶母房中一看,门外防守的两人已中毒箭身死,我庶母正和一个浑身长着长毛的妇人扭在地上打滚。我未及看清是谁,上前将那毛人擒住,用屋中现成的麻索绑了起来。知道外面还有余党,芦笙不在手中,无法聚众,恐是猎虎寨所派,忙于要知他行刺人数好急作准备,未及盘问,那毛人反高声喊起人来,听去非常耳熟。室内只有火池内一点余光,看不真切是谁,正在诧异。我庶母病中和人拼命,业已累得力尽精疲,身上又被火烧伤,坐在地上喘气,一听那毛人叫唤,拼命从地下纵起,抢上前去,扣紧那山民的咽喉。我已寻得松燎,近前一照,不由大吃一惊,原来那毛人正是逃走的嫡母,被庶母用力扣住她的咽喉,两眼翻白,眼珠努出,业已快咽气了。我连忙拦阻庶母,先将两手放开,并对她说:'外面还带有余党,等问明了再说。'庶母听我的话将手松开,容她缓了口气,经我母女几次用松燎烧她逼问真情。原来她因我爹爹不和她恩爱,宠爱庶母同我,夺去她儿子将来承继大司之位。那日酒后和我爹爹论理,我爹爹将她毒打,她儿子二狗看不过,帮她的忙,差点没被爹爹踢死,因此怀恨,母子二人合力将爹爹弄死。知道前寨逃不出去,逃到后寨崖上。那里并无山洞鸟兽,只有潭中的生鱼和野草松树。知我庶母要寻她报夫仇,两年来不敢出面,只得在崖上掘了个土洞安身,吃生鱼野草度日,受尽千辛万苦,日子一久,身上长了许多长毛。我庶母还不容她,日前又从藤上纵爬过去。她母子逃走时,只带了十几支雕毛毒箭,因为留着射鱼,舍不得用,才拿木棍将庶母打下潭去,偏偏又掉在盘藤上面。她见庶母不曾死,原想推石头来砸,因恨庶母不过,索性留她多受几天罪,才不用石去打,每日几遍去看她在藤上挣命为乐。

“不曾想到第三天再到崖前去看,正赶上被我救走,见我们人多,知我厉害,不敢放箭打草惊蛇,后来越想越恨,才决计趁没有月光之时前来行刺。她母子二人自从吃了两年野草,身轻如燕,过那深潭一样也使春藤渡过,却不怎么费力。他们在那日清早便纵过崖来,这里路径本熟,她本不知我庶母住在何处,先寻到一个同她最亲的同族家里,趁那男的外出,母子二人将他妻子杀死,藏过一边,等那男的回家,又将他擒住,在门外插上草标,便不怕有人进来(山俗夫妇交合或男女偷情,无论在家在野,均于门外路侧插草标为记,见者即不得擅入,绕道而行。犯者即以白刃相见,不死不止)。那男的还不知妻子被杀,被她母子用毒刑拷问,供出我同庶母住处,然后将那男的一并杀死,将他家中食物饱餐一顿,恐人撞见,另寻隐秘之处藏伏。到半夜本想先来刺我,行至后进勾起杀心,才改变主意,偷偷进去,先将屋外防守的人用毒箭刺死。

"我庶母本非睡着,听见响动正要出门来看,她已进门,举箭就刺。我庶母本是生蛮,虽在病中,力气原比她大,又加彼时火池正旺,业已认清她是谁。仇人相见,分外眼红,一手先将毒箭抢来折断。两人都是拼了死命相争,直打了好一会,有一次差点没滚进火池烧死。也是活该我庶母能报夫仇,不死在她手内,她竟会不要她儿子一同进来,否则我庶母不等我来救,就死在她母子手内了。

"外面那团黑影竟是我兄弟二狗,共只二人,才放了宽心。她知被擒必死,说了这一番话后,并不向庶母求饶,只求我在她死后不要去害她儿子。我知此事完全由她主动,我兄弟是年幼无知,正想答应,忽听前面有人说话声音,正是后半夜替班防守之人。她忽然满面通红,两眼露出凶光,高声喊道:'什么天降神女!分明是我丈夫从雪地里捡来的汉蛮女儿,如何能乱了家法,做你们大司!'末一句还未喊完,我庶母已抢上前去,就用她的半截毒箭扎入她的咽喉将她刺死,一面急忙命我伏在门侧不要动,说是事关紧要,随即纵出房去。我以为她又去追我兄弟,哪里放心,从后追去,便听有两三个人倒地的声音。外面火池还旺,往地下一看,进来接班的二人俱都身死,我庶母手中仍捏着那半条毒箭。我以为她发了疯狂任性杀人,彼时心乱如麻,先将她手上箭抢来扔进火池,然后将她抱进屋内。"

第四回

病榻话前因 肠断天涯 思亲何处
穷荒欣奇遇 心存故国 投老来归

“我庶母病中打了半夜,连杀三人,力已用尽,快要死了。我正要去唤人取些汤水来,我庶母连忙摇手止住,命我将耳朵凑上前去,对我说道:‘你原不是我同你爹爹亲生。自从你祖父、爹爹打败猎虎寨,我嫁了你爹爹,夫妻十分恩爱,当年便怀孕。到九个月上,我同你爹爹冬天出去打猎,顺着虎迹走到前面山口,天降大雪,山路太滑,时光已晚,恰好路旁有座岩洞,想到洞中住一夜,明日回来。我怕你爹爹冷,也没对他说,一人出洞捡了些枯柴,准备生火取暖,回洞时节,一不小心跌了一跤,痛晕过去。醒来一看,你爹爹手上抱着一大一小两个小女孩,用一个绣花包袱包在一起,正偎坐在我的身后,火也被你爹爹升好。我以为是双生,很喜欢,只不知你爹爹从哪里得来的花包袱。你爹爹因我产后气虚,也不肯明言,只是笑。先原打算坐到天明就走,不知怎的竟会双双睡着。天亮时,忽然觉得身上又热又沉,睁开两眼一看,原来是一只浑身黄紫花斑、吊睛白额大老虎,正盘踞在我夫妻面前,两只前腿恰好搭在我的身上,所以觉得异常沉重。彼时你爹爹也惊醒转来,我们都吓了个魂不附体,知道这种猛兽不大爱吃死人,想必是见我夫妻睡着,错疑已死,所以不曾伤了我们性命。我在虎爪之下无法逃避,索性装死,等它自走,一面悄悄去摸放在手旁的刀,准备万一。正在这危险万分之际,忽然想起昨晚所生的两个孩子,以为定被猛虎吃了下去,不由又恨又急。我便趁你爹爹睁眼偷看那虎时,朝他使眼色,意思是想叫他也去将刀摸在手中,两人合力,抽空腾起身来将那虎刺死。正在用眼睛示意,那虎忽然起身,伸了一个懒腰,张开血盆大口,打了一个呵欠,转过身去,重又蹲下。当它起身转侧之际,我同你爹爹看它磨牙伸舌,以为要来生吃我们,正想就势纵起给它一刀,忽然一眼看见虎肚皮下还吊着一样东西,定睛一看,正是那个绣花包袱，内中一个小孩正含着虎乳不放。那虎好似怕伤了小孩，起身时动作很慢，直到它转过身去，才轻轻将头一个吊在乳上的小孩挣落，又将乳头移给第二个小孩吃。头一个小孩吃不到乳，哇的一声哭了起来。因为每排虎乳相隔约有尺许，两个孩子包在一起，无法同喂。那虎听见小孩哭便着了忙，又挣脱第二个去喂第一个，第二个也哭，它又去喂第一个。这样好几次，那虎好似不耐烦起来，忽然张开大口，似乎要发威狂吼，还未吼出，又自己收拢，站起身来，往洞外只一纵，便出去有十几丈。一会工夫，只听虎啸连声，震动山谷，渐渐越听越远。我同你爹爹先想伺便杀它，及至看见它并未将小孩吞吃，反倒拿虎乳去喂，知道我们两个孩子必然是神女下界，不由看得呆了，未及动手，那虎已自己跑去。急忙赶过去将小孩抱起一看，绣花包袱上竟有许多虎的牙印，当时也不及再说什么，恐那猛虎把我们生的孩子当它生的小虎看，等它回来走不脱，当下由我抱了小孩，同你爹爹往同路飞跑。快要跑进山口不远，忽然后面猛虎狂啸，登高一望，果然是那只吊睛白额大虎从后穿山越岭追赶前来，知道它是想抢回两个孩子。我们夫妻慌得没有法，你爹爹本领不济，我又是在产后，昨晚今早水米不打牙，雪又大天又冷，又跑了一大截山路，虽然带有弓刀，终恐万一抵敌不住，反做了猛虎口中之物。因那虎肯用乳去喂小孩，想来不会伤她们，万般无奈，才想出将两个小孩先寻地方藏了起来。空身迎敌，将虎打死更好，敌不过时，它不见小孩在我们手内，必另去寻找，也好得多。我本是将两个小孩藏在一起，你爹爹一定不肯，百忙中也未对我说出原因，由他将那绣花包袱撕做两半，一半包一个，分两处避风雪的小洞内藏好，外面还用石头封闭。刚刚藏好，那虎已越追越近。我夫妻故意又引它逃出去有半里地才回头迎敌。起初看只一只老虎，谁想它身后还跟着一只比它较小的老虎，登时人虎便争斗起来。先前洞中喂小孩的那只吊睛白额大虎，见我们手中没有抱着小孩，狂吼两声，连跳带纵如飞而去。同我们斗的一只老虎，被我射了一箭又砍了两刀，毒发身死。彼时身旁带的毒箭已在昨天用完，只剩下射虎的一支，又被那虎中伤时在地下打滚折断，不能再用。恐那只大虎回来寻仇，无法抵御，急忙寻地方躲避起来。果然那虎回来，对着那只死在地上的老虎狂吼了一阵，忽然长啸一声，拨转身往东路就追。我们藏身的地方甚高，远远望见前面一个毛人手中抱着一个东西，看去好似包小孩的花包袱。那大虎追赶在毛人后面，连吼带纵，飞也似的追赶，转眼之间便越过两个峰头，隐隐听得虎啸之声，看不见踪影了。我同你爹爹急忙赶到藏小孩之处一看，只有一个还在，那一个藏小孩的洞口，石头业已搬开，连小孩同那包袱俱不见了，情知是被那毛人抱走。我又心疼又力尽，一阵难过，不由晕死过去。等到醒来，你爹爹和许多同族已将我抬回寨来。我见这孩子长得又白又大，非常心喜，只可惜失去那一个。你父亲命许多人持了毒箭，山内山外搜寻了好几天，慢说失去的小孩，连那猛虎、毛人也都寻不见踪迹，只得罢休。这个女孩便是你，因为吃过虎轧，从小就力大身强，聪明伶俐。我只奇怪你长得有些像汉人，还不知道你不是我的亲生。等到你有了两岁，你爹爹有一天晚上喝醉了酒，当着大婆娘（指正室）说出经过真情，才知你果是汉人之女。原来我夫妻追虎，遇见风雪不能还家，打算在那洞中过夜。我出外去取柴枝生火时，你爹爹忽然听见小孩哭声，寻到洞角，摸着一个很长的绣花包袱，拿到就明处一看，原来包着一个女孩，相貌甚好，看出是汉人之女。正要等我回来商量，偏偏我进洞时跌了一跤，晕死过去，接着也分娩了一个女孩。你爹爹急忙之中用刀将脐带割断，将包袱打开，将两个小孩包在一起，然后将火升好取暖，用身上带去的青稞酒将我灌醒，知道我劳不得神，也未对我说那包袱来历。等到我夫妻把一葫芦酒喝完，抱着小孩双双睡去，谁也没想到那洞便是虎穴。那虎进来时，你父先被儿哭惊醒，正见它进来，并不伤人，先奔洞角，想是见包袱不见，浑身虎毛一抖，正要发威，一回身看见我怀中抱着的小孩，便慢慢朝我走来。你爹爹先时惊慌失措，没了主意，及至见虎走到面前，才想起危险，正要用脚将我蹬醒，已来不及。那虎进前，先张开嘴将包袱含去放在地下，然后将肚腹凑将上去。包袱中的小孩好似吃惯了虎乳似的，含着虎乳吮咂起来。你爹爹知道猛虎不大爱吃死人，两只虎的前爪又搭在我二人身上，稍一转动触怒了它，大人小孩都没了性命，索性屏气装死，等它自行迁开，再唤我纵身起来和它拼命。不多一会，我也被虎惊醒。那虎因为两个小孩不能同时喂乳，小孩一哭，它不耐烦走去，我们才得逃跑。后来听见虎啸，你父亲知它来追原来的小孩，来不及说出实话，彼时又稍存了一些私心，便将包袱撕成两半，将你藏在虎的来路容易寻见之处，却将亲生女孩另寻隐秘之处藏好。他的意思是我们亲生之女虽好，你也非常可爱，又加老虎肯用乳喂你，定有神助，将来必有出息。想能将两个小孩都保全更好，如若不然，那虎将你夺回，也就不再伤别人了,却没料到老虎又约了一个同伴来。后来那只也是母的,想是它见自己不能同时喂两个小孩,再去寻一个帮忙。那虎见我手中并未抱着包袱,留下一虎同我们打,自己便去寻你,不料竟未寻着,反被一个毛人将我亲生之女抱去。我听完了这一番话,虽然怪你父亲不该存私心,反把亲生女儿丢失,爱你的心还是日甚一日。大婆娘却不然了,她因彼时没有生育,又见你父亲同我非常恩爱,好生不服。按照本山规矩,凡是擒来汉人,应该是祭蛇神的,谁要隐藏不报,便是死罪。她知道你是汉人之女,几次三番蛊惑你父亲将你丢到毒蛇涧去祭蛇神。你父亲如何能舍?反将她大骂了一顿。还算她怕你父亲,没敢前去告发。又过了几年,你父亲被岑氏弟兄逼逃后寨,你那块包袱因为绣工甚好,便改作了你父亲的肚兜,改的时候,看见里面藏有一纸血书。你父亲和汉人早年曾常来往,可惜识字不多,只知你是一个姓林的知府之女。彼时大婆娘已生下二狗,我也才生了你兄弟。你父亲虽不喜欢大婆娘,却喜欢二狗。因见岑氏弟兄自相残杀,知道大婆娘将来必把真情对二狗说知,和你成仇,便想把血书留下,准备异日她母子不能容你时,你拿着血书、包袱去寻汉人认祖归宗。大婆娘知道了你父亲这番用意,以为二狗仍有做家主之望,对你仇视也渐为好些。谁知你天生神力,全寨敬服,不久便诛了毒蛇,夺回前寨,隐然做了一寨之主。你父亲虽做大司,反仗我母女二人之力压住众人。她越想越气,便趁你父亲那日酒醉之时,先用好言同你父亲说,要你父亲在生前将血书取出,对你说明经过,由你出山去寻原来生身父母,把二狗正式作为承嗣,被你父亲痛骂了一顿。后来想是越说越僵,又被你父亲毒打,这才母子二人狠心将你父亲合谋害死。你父亲死后,我同你先后进房,看见你父亲手上拿着的一纸血书,便猜出了一半。我知我娘家素来厌恶汉人,若知你非为我亲生,决不能像如今这般拥戴,并且也不能在此存身。我要拼死去报你父亲的仇,你兄弟又小,别人更不配做全寨之主,我又不舍你离我远去,所以一向不对你说明。今天我大仇已报,我死在眼前,你可将血书、包袱藏好,连对你兄弟也不要泄漏。你如不愿在此,也等你兄弟长成能做大司,再行出山认祖归宗。你那被毛人带去的妹子,左耳上有五粒朱痣,倘能寻见,便领她回来。'说完,将血书包袱交付与我,才由我去唤兄弟来送终。她同我兄弟见面,未说了几句话,全寨的重要头目都得了凶信赶奔前来。我庶母挣扎起来,略微吩咐了一些后事,便即死去。我因她从来待我恩厚，又不便背了本山规矩当人哭泣，哀伤到了极点。当下我再将嫡母弑夫又来行刺庶母的事重说一遍，连被我庶母刺死的人也推在她身上。我庶母平日待人恩威并用，赏罚严明，颇得众心，大家听了她的遗言，对我愈增加了多少拥戴好意。

“不多日子，我把本山的出产，命通汉语的同族去换来许多他们喜爱之物同牛羊鸡鸭，分给他们喂养畜牧。过了两年，人人都富足起来。知道全寨信服，全没二心，渐渐禁止他们残吃生人，假说有神托梦，说吃了生人，死后便下地狱。等到号令通行，又故意叫亲信同族到省城去购买许多应用家具以及各种陈设。那些生蛮见了个个喜欢，我才对他们说：‘这些东西全是汉人日用之物，并不难造。本山有的是木材，只需找几个汉人巧匠，便可仿造出来大家用。别的东西，本山没有的，也可以拿牛羊药材去和汉人交换。’他们果然被我说动了心，推出两个人来，求我去聘请良工巧匠来教他们。我还故意不答应，经他们再三求情之后，我才答应派人去请。我原是思念生身父母，才想出这许多主意，使汉、蛮接近，好打听我父母消息同那张纸条上写些什么。但是我听庶母说，汉人虽然表面文弱讲理，存心却是非常之坏，只知取利，背义忘恩。这野人山虽与省城隔近，因为险崖峻坂，深沟峭壁，猛兽又多，生人进山，不是被野兽所伤，便是被生蛮所杀，很少有人生还。万一那些巧匠知道我寨中虚实，报告汉官前来搜剿，为我一人私念，却害了全寨生蛮，怎对得起人！话已说出不便反悔，只得推说：‘汉人最怕人多，你们相貌凶恶，言语不通，他们一害怕，俱不敢进山来，就是勉强设法将他们弄进山来，也决意不肯传授。你们一定要请，只有听我分派挑出十个通汉语的人去跟他们学，学会了再转教大家。’众人对我自是言听计从。过了好几天，我才将主意想得周密稳妥。通晓汉语的人仅仅也不过十几个，我自幼就爱听爹爹教我说汉话，长大以后，又利用汉语结下这十几个心腹。我将一切布置分配好了以后，先领众人去同蓝牝牛打了一仗，大获全胜，知道他们不会再来扰犯，由这些心腹当中选了两个得力可靠的人，扶我兄弟代我做大司，然后亲自出山。先在山口外村落中借了一家农民房舍，才命两个精通汉语的同族，赶了一大群猪羊进省城，换了好些银子，再用大价聘了几个有名木匠、泥水匠，假说是一个发了财的山民，要在野人山不远的小村中盖一所大房同做一些应用家具，给各人家中放下丰富的安家银子，叫他们先来看看地势及用多少材料，再回城招工。匠人知道山民的活好做，并无一人动疑，高高兴兴跟着前来。到了我住的那一家，我便请他们先打牙祭（云贵犒劳工人酒肉均在朔、望，谓之打牙祭）。酒到半酣，从酒内放下迷魂花，等他们醉得人事不知，半夜里将他们蒙上两眼背进山去。先放在后寨，解醒过来说明用意，叫他们不要害怕，事完自会送他们回去，一面拨了许多人斫伐山木，动起工来，命那十个同族用心跟他们学手艺，我每日从旁监督。后寨峭崖孤立，只崖顶当中是一片大平原，除了毒蛇涧那里有多人轮班看守，只要他们想逃，就立刻杀死，此外无路可通。他们也知道厉害危险，又加我每日美酒块肉好生待承，只盼工完回去，谁都尽心相教，并不偷懒。那些同族学会了又去教别人，不消半年，把后寨修得和汉人画上的宫殿房子一样。全山的人也都学会了许多手艺。完工以后，送了他们许多银子，这回却将他们装在青稞包内，黑夜送出山去。那里早预备下有一只粮船，他们吃了迷魂花酒，不用回头草是永远昏迷不醒的。我们把他们当货物一样，由南明河穿清水河，经黔江，入乌江，直到思南鹦鹉溪，在一个荒僻之处靠岸，将他们运上岸去，把船连夜开走，只留一人将他们救醒，再泅水追上船只回来。谅他们省起必定猜神疑鬼，不会想到我们就在省城附近野人山内。我同那几个匠人时常见面，越混越熟，渐渐朝他们打听我家下落，才知他们多不认识字。知府这个官哪一省都有，他们也不知那官有多大，只知道官是管打人同要钱的。有钱就纳粮完税，没钱卖儿女产业去交纳，再没有，见官差就跑，跑不了就坐监受罪。至于姓什么叫什么，是哪里人，他们当老百姓的不但不知道，也不敢打听。青年人有不懂事爱打听，被问的人就不愿意，有时还要挨老人的打骂，所以从小到老，从老到死，对官都不大清楚。除非那官真好，少要他们的钱，路上撞错了官的顶马不挨打，不轻易派官差，遇见年荒催粮不紧，不时辄派差下乡捉人，照这样，他们才敢公然打听他的姓，都叫他作青天，供起生人牌位，又不叫他官了。再不就是那官真坏，一年四季官差跑遍了全乡，东家杀鸡西家宰狗，像给死人上供一般足款待多天，再卖儿卖女，完了正粮完副粮，交了正税纳附税。只要有一家打官司，左邻右舍远亲近戚一牵连就是几十家，家家都得遭殃，亲戚朋友不是新年也跑到衙门班房中去团聚。田地荒了无人种，粮得照样完，钱还得照样花。官再一出门同下乡，更了不得了，从官起到差尾巴个个都得应酬，叩头礼拜，把官接进来，跪在地下，随便给问他几句话，任官高兴不高兴，糊糊涂涂给他们判了一些罪名，是也得是，不是也得是，再叩头礼拜送他。把人带走了，或打或枷或押或砍或充军，一家子哭死都无人敢问一声。刚把人捉进去，派写万民伞的绅士又来叫这人出钱，把名字写上了，有钱的托绅士求情。花钱还可把大罪化小小罪化无，没钱只得等死。一人犯罪全家承当，一家打官司十家百家受牵连。老百姓恨在心里，冤在肺里，哭在肚里，气在脾里，发泄在大肠里，天天拿解手咒他快快痢脱。当然也要背人打听，给他取下什么阎王剥皮的诨名。至于不好不坏平平常常的，他们也不感激也不恨，就不容易知道姓名了。至于皇帝为什么要派官，既派官为什么又不一样，有好有坏有平常，只准官说话，不准老百姓放屁，坏的还得送他万民伞，是什么意思，老百姓花钱，给大官小官官子官孙官亲官友去花，什么意思，他们都不知道，连我也越听越糊涂。我问不出头绪，又怕我生身父母是个坏官，与其让人家当痢疾咒骂，还不如永远是山民的好，因此我想打听我生身之父是青天是剥皮之心更切。知道问这些匠人决难问出根底，因他们说要问官的详情，只有城里读书人才晓得。

“我将他们送走以后，又再想妙计去寻读书人。谁知读书人心眼比他们多，又加那伙匠人回去添枝添叶一说，多是害怕，凡遇山民请去教读，便不敢来。有那来的，多是些没品行的穷秀才，随了派去的人，仍用前法运到这里，他们也只知闭门读书，不问天下兴亡，也不打听时事，倒知道官的大小，说了几个知府姓名，也俱和血书上不对，打听不出，这远不说。他们心地大半非常之坏，令我异常生气。原来他们来时，多是听了那些匠人传说我是这里女王，尚未嫁人，如何好法，银子又给得多。他们油蒙了心，全都有所希图而来，哪有什么好人！头一个来的是一个穷秀才，这人姓黄，最为卑鄙无耻。初见我时，跪在地下，口称我仙主，连头都不敢抬，还有许多做作丑态。后来见我们这儿人除我升寨发令之外，全都是随随便便，他渐渐同我动手动脚起来。我以为他巴结我，同我表示亲近，我没有放在心上。他虽不能说出我家根底，因他识字总不少，每到傍晚无事，便请他教我认字写字。有一天晚上他教我写字时，忽然过来装作把我的笔，用他那又脏又黄的长指甲搔了我几下手心。我不懂他什么意思，忍不住问他。他又红了一张猪肝色的鬼脸，忸忸怩怩答不上来。我想这许是汉人的风俗习惯，也就作罢。过了两天，我写字时老闻见一股臭气，回头一看，他正在龇出一嘴黄牙，鬼头鬼脑凑在我头发上闻呢。我也还不以为他有什么坏心，当他是在身后看写字呢。似这样种种令人讨厌的举动甚多，我因不愿他同别的山民接近走漏消息，他就住在对门。此时他住的那间没有开窗，第二进门前又有我的心腹拿着兵器把守，他除了到我室内，一步也不能出去，相离甚近。那天正值我们这里杜鹃花开，过月光节，我多吃了几杯酒回房就睡。到了半夜，忽然觉得脚上有些刺痒，醒来一看，我脚旁伏有一团黑影，脚上微微有些热痒，疑心花帘未下，被山中花熊跑了进来，顺势一脚踢出，只听"嗳呀"一声跌倒在地。此时火池还有余光，我已听出是人，便起来点了松燎，一看原来是他，在地下哼哼不起，近前一看，已被我踢得鼻青脸肿，折落了一个门牙。我还有些过意不去，便搀起他来，问他：'为何在半夜里进来？有话何不喊起我说，自找苦吃？'话犹未了，他忽然一个翻身，爬起重又跪下，抱着我一双大腿，从腿肚子到脚缝一路乱闻乱舔。我不知他今晚到底是什么意思，疑是他日久思家，所以像猫狗一般乞怜，想叫我放他回去。正要拖起细问，因他舔得我下半截直发痒，忍不住笑出声来。这一笑不要紧，他便和疯狂一般站起身来。便想抱我往床那边走，口里还直喊'仙主救命'。他却不知平时一二百山民同我比力都拉我不倒，蜻蜓摇玉柱，我不动脚，如何能移动一步！他抱了两下抱不动，口里气喘吁吁，臭味直喷出来，两只手满身乱摸索。我已渐渐明白他起了脏心，本想站在那里，看他还出什么丑态。因他一路乱摸，又好气又好笑，不耐烦再和他纠缠，一弯腰将他倒提起来。他才知不是路，像杀猪一般叫唤，直喊饶他狗命。依我性子几乎想将他撕成两半，终因还想打听我家下落，怕断了路，强忍气将他放下，他已连疼带吓晕死过去。第二天一早，便命人将他装入青稞包内，用前法送走。后来又找了几次，人虽不似他可恶，却也好不了多少，渐渐闹得去的人成了熟脸。恐人看出根脚，只剩下几个生脸的人要去买卖山产，不便再做请人的事，我家行迹仍未打听出来。

"有一年年终，又同我兄弟出山打猎，从虎口中救下一个孤身老者。他曾雇有一个挑夫，担着行李，那挑夫已被虎咬死。我看他行李中俱是书和笔砚，便将他接回寨来。一问，那老者姓周名齐，是一个先明显宦的遗裔，立誓不做满人的官，一向以教书糊口，年终辞馆回家，明年还没有馆地，家中还有妻子儿女，景况甚寒。我便问他：'可肯留在寨中教我读书写字？'我先还以为他那大年纪，不会肯与我这种生蛮杂在一处生活。谁知他一听我肯留他在这里,竟喜欢得跳起来。他说道:‘为了衣食走遍天下,都是奉着满人正朔,每次散馆,也都是为向学生讲说胡儿的暴虐,想使凡经教过的学生心存明室。闹来闹去,稍微知道我一点的人都不肯要我。伯夷、叔齐耻食周粟,死于首阳,首阳还是周土。想不到在这深山穷谷之中,居然还留下这一片干净土地为老夫息壤,岂不快哉!’当时痛快答应下来。过不多时,我见那老者忠义正直,很放心由他到处游玩,不过防他遇见猎虎寨,总派两个得力的人护卫罢了。他又和我商量,要将妻子儿女接来,情愿不要束脩,分几亩青稞地与他自在耕种过活,同受本寨法度。我巴不得他能如此,第二日便命人陪他去将家小接来。”

第五回

通商惠工 恩柔野蛮
角力降虎 智伏神姑

“他不但学问甚好，而且深通兵法以及垦地修寨之学。过了不到一年，本寨经他整顿出主意，相度山谷险要，因势利便，教山民在农隙认字讲武种桑畜牧钓鱼贩货，又立下九条法规，全山遵守，三年工夫，渐渐把本山治得家家富庶，人人安乐。初来时山民嫌他老弱，口虽不敢说，心里难免总有不服的地方。自经他修好了两处栈桥，有一次猎虎寨前来报复，被他用一百六十七人设下诱敌巧计，杀败猎虎寨千人之众，山民才改了轻视之心。后来他种种设施经我强制实行，大收成效，全寨的人更加心悦诚服，都尊他为老爷子。我自经这位老人家指教，读了不少的书，全山的山民无形中也受了很多的益处。他们起初住的地方多是土洞和树顶的小屋，穿的是兽皮围裙，现在除了衣服正等全年头一次布织成，下半年就可穿上身外，人人都有了房子和家具。我们感念他的功劳，将后寨让出来与他全家居住，还拨了许多男女山民分班服侍。

“最令我高兴是第一年终，我试出他别无二心，把血书取出来，向他探问我家的踪迹。他才把血书读完就流下泪来。我一问他什么原因，不但把我父母什么来历都说出来，并且他知道下落。原来我父亲林衡玑也是贵阳人，与他还是旧交，虽然迫于亲老家累做了满人的官，却是一清如水。二十年前在湖南麓州府任上，得罪了湖南巡抚周某，被他设计陷害下在牢内。我母亲正带着身孕，起初以为我父亲决难活命，满拟怀的是个男儿，遵了我父亲吩咐，间关千里，带了一个老家人逃回贵阳，想给林氏门中留一线香烟，不想逃至石头山搭了贼船。起初几日，贼人见我母亲主仆二人行李单寒，并未动手。等到过了白马洞，我母亲刚刚分娩生下了我，那船靠岸打尖，离岸十里山中便是贼船贼头家里。那贼头姓卫，忽然上船，看上我母亲美貌，立逼要抢上山去。老家人被他们打死。我母亲不从贼决难活命，从了贼，慢说我母亲出身书香之家，深明大义，宁死不肯，即使暂时苟且偷生，异日何颜去见公婆丈夫？又见生的是个女儿，更没指望，决计寻一自尽，又不肯将官家之后落在贼人手内。幸而那贼头家住山内，还怕我母亲产后受风，又叫那伙贼船伙一起哄，仍任我母亲躺在舱中床上。好在门窗紧闭，也不怕我母亲寻死，一个个在船头上闹起酒来。我母亲见事在紧急，少时贼船便要开近贼窝，强逼上岸从他；想跳河碰死，又怕被贼人发觉，反而早些受辱，只得咬破中指，用白绫写下一封血书，藏在我的胸前。又将蜡烛包打开（小孩初生之包，云、贵乡间多名之为蜡烛包），加了一块厚棉。表面上装作屈从，只推产后身弱，须等满月才能相从。那贼头果然喜欢，毫未动疑。将船开离贼家不远停住，那贼头便命人去叫山兜来接。我母亲抱了我坐上山兜，总想不出一个好主意：她自己殉节，还能保全我的小命。后来经过一座悬崖，前面不远便是贼家，越想越急，越急越没办法，便拼命从山兜中纵爬起来，决计跳下悬崖，母女二人同归于尽。不想匪头在山兜旁边护送，见我母亲着急情形，早已看出一些形迹，时时都在留神，我母亲刚一纵起，便被他一把抱住。我母亲急怒攻心，不由急晕过去，着急时失手一甩，将我甩入那下看不见底的悬崖之下去了。等到醒来一看，身子安安稳稳睡在一个人家家内，房子并不甚大，布置非常干净整洁，旁边站着一位老太太同一大一小两个女孩子，以为已落贼手，那老太太定是贼人母亲无疑，拼了必死之心，一面张口痛骂，便想蹦起来往墙上碰去。谁知人家早已防到此着，未容我母亲纵起，大的一个女孩约有十三四岁，便上来将我母亲按住，头一句话就说道：'大娘休要错认了人。我哥哥已将贼人打死，扔落山涧去喂虎狼了。我们是救你的。'言还未了，那小女孩已端了一碗银耳粥上来请我母亲吃。我母亲闻言定神一看，那老太太果然是慈眉善目，一脸正气，谈吐从容大方，颇像一位官家命妇，毫没一些小家气。那两个女孩也是活泼端庄，举止安详。屋内并无一个男子，因被她们按住，便在枕上叩谢。请问前情，才知他家姓箫，也是先明宦裔。太太的丈夫箫任业已故去，生有一子二女，奉遗命不许做满人的官，由江西搬到贵州山野中隐居。救我母亲的是他儿子，名叫箫逸，本领十分了得，那日因在山中打猎，看见船中抬上一个妇人，装束虽不富丽，却不像山中人打扮，起了疑心，暗地跟踪下来。猛见妇人寻死，便上前将那伙贼人一个个打倒在地，供出实情。他只见我母亲手中扔起一个小包囊，并不知包中还有婴孩。当下他又问出他们种种恶毒行为，便将他们一齐打死，扔入崖下。那一带野兽甚多,由他去喂豺虎。见我母亲业已在山兜中晕死过去,便举着山兜送回家去救治。复返身去寻贼船,上面只有一人看守,问出那贼头住家,又将那人打死,绑上一块石头,与那看船的一同沉入河内。又寻到贼人家中一看,那贼头并无家眷,只有二贼在内。贼家住在一个山凹转角处,非常僻静,所以贼党在不远处被杀竟不得知。那位箫英雄除恶务尽,又将这两人杀死,搜出许多金银,放一把火烧尽。回得家来才知还遗失了一个婴孩,立刻回到原处去找寻。跳下崖去一看,只有一盘半折长藤,垂离崖底不足三尺,随风飘拂,余下四壁同地面俱是光光的石头,上下相隔数十丈,别说是刚出怀的婴孩,就是大人也要摔成肉泥。想寻那婴孩尸骨包裹回信,竟是遍寻不见,地下血印虎迹非常零乱,贼人的残肢断骨东一块西一块,说不定那婴孩尸骨已被老虎衔走也未可知,那还何处去找?只得回来。我母亲以为我已落虎口,伤感了一阵,幸喜保存贞节,在箫家住满了月,便由那位箫英雄护送进省。偏巧福无双至,祸不单行,到家不到一月,我祖父母相继下世。多承箫英雄将在贼人家中得来的金银赠了不少,才得将我祖父母安葬。

"这位老人家原是我祖父门生,闻信前来吊唁,听说我父亲被周某陷害。他与周某是同族,幼年同学至好;曾经两三次聘他去作幕宾,被他拒绝——为了救我父亲,从我母亲手中要了一些银子,连夜赶到湖南,再三求情,才将我父亲救出。周某还留他在衙内帮忙,他只敷衍,惟说等我父亲出了狱,才能就他的事。及至我父亲出监,他先将我父亲送走,将行李搬入抚衙内住了一日,第二日推说到湘江去看个旧友,星夜逃了回来。我父亲见祖父母已死,更无志功名,先同我母亲将余下的钱买了点田,过了几年又给我添了一个兄弟,全家颇能温饱。不想周某还气不出,写信给贵州巡抚毛人俊,要陷害我父亲同这位老人家。我父亲无法,只得变卖田产,全家逃往广西投亲。这位老人家也被一个门生接去避祸。我父亲走后总无音信回来。这位老人家因听我母亲说过遇险写血书失去一个女孩子事,却没想到我还在蛮人堆里活着。据他推想,当时一定是我母亲失手把我甩到山崖下时,正落在半山腰那盘春藤上面,春藤虽断,不曾落地,后来被虎衔去用乳喂养,巧遇抚养我的父亲同庶母,所以才不曾死。我因老虎于我有救命之恩,从此打猎遇见虎,虽然也追着玩,我决不去伤它。说也奇怪,无论多厉害的老虎,遇见我总是回头就跑,从未像别的猛兽同我对敌过。

"我即打听出我生身父母下落,几次想离山出外找访,都被这位老人家止住。他说我父亲走时,原说是往广西榕州去投亲。因是多年不曾通信,非常想念,曾托便人去探望两次,回来都说找访不着,连那家亲戚也不知去向,想是中间有了什么变迁,隐居到别处去了。如今人心太坏,道途险阻,你虽然有本领,到底是个孤身女子。你父母果在那里还好,明明不在,何必空跑一趟?我听了他这一番话还是不肯死心,正要想个什么妙法打听,不想本寨又出了事故。南山凹中潜伏的那些猎虎寨,我因不愿残杀多人,每次和他们打仗,从不肯赶尽杀绝。谁知他们的大司蓝牝牛,因屡次打败,含恨在心,不知从什么地方请来一个山女和一个姓贾的男子。这两人俱非他们同族,却都是十分英雄了得。头一次和我们开仗,先是那姓贾的男子和我交手,差一点被我一刀斫死。那山女上前解救,连打了三天俱无胜负。后来我用周世伯诱敌之计,虽然打了个胜仗,因为是那山女断后,竟没有占到他们多少便宜。

"过不了几天,蓝牝牛派人来说,我前次打胜仗是凭了诡计取胜,不能使他们服输,要叫我择日子和地方与神姑角牛力。(角牛力是生蛮的一种风俗,遇有双方起了冲突,各持一理不能相下时,各请出公证人来,择好一片宽大地方比力。谁力大谁就得胜,谁就有理。比不过的人,无论其目的是为女人、为牛马、为田产,均由得胜者自由取携。法极野蛮而条规颇严,往往因对方情急,不依条规取胜,激起众怒,便兴械斗。)他们输了,自然任凭我们处置;要是我输了,便把全寨让他们,将我一家逐出山去,不准回来。那神姑便是山女的名字,我以前和她交手已知她力大非常,幸而我从小学过这种比武力气法子。比力气不难,最难是守那几样条规:一不准用脚,二不准用手,只用前胸和对方去碰,谁把谁碰倒,再起来用头对顶,谁要退后便算输,第三次各用右手搭敌人左肩,左手从敌人右臂穿上去,和自己右手相连,如此将敌人环抱,仍是不准动脚,要将敌人扳倒,似这样连胜三次才算赢,赢不了三次从头再来。以前用这法子比力的人,败的不必说,胜的差不多都累吐了血。有时两人紧抱着,死命扭着翻滚,落到岩下深沟之内去丧命的是常事。我知道这种比力气法子危险,但要是不答应,立刻便失了众心。全寨黑蛮已有好几年没有发生过这类事情,一听见我要和敌人角牛力,欢喜得焚燎跳火,满山欢呼,巴不得借此试试大司神力,看看空前未有的热闹。他们却不知我胜了也是受内伤,不久人世;要是败了,我固然不能生还,我的同族被逐出山不能安居,他们又岂能安乐?可是他们受我多年厚待和周世伯一番教导,仍是退不了他们天生乖戾的野性，很觉灰心。当下我答应了来使，打发回去后，便请周世伯来商量布置，选了双方交界之处做角牛力场。那地方两面俱是高崖，当中是一片五六亩大的平地。双方的人各在崖上守望，一面派一个公证人随比力气的人下场。他们派的便是那姓贾的黑蛮，我便派了我的兄弟。

“日期一到，全寨黑蛮像发了狂一样，到处乱唱乱跳。双方入场，各向天神前照例起誓。这时我同神姑都各只穿了一件皮围腰，头上也没戴什么东西，看得很清楚。起初只觉得她很好看，这时两下一对面，不由大吃一惊。她不但长得美貌，讨人喜欢，左耳珠上竟有像血一样的五颗红的圆痣，和我庶母临终遗嘱所说的话一样。当时无暇说话，便角力起来，心中只顾盘算用什么话去探问她的根源，未免分了一点神，差一点头一阵就败在她手里。此时两方面带去的人都分在两面山坡上观阵，由我两人拼命相撞，连个大气也无人出。我小时学这角牛力玩意时，因为一撞人就倒，渐渐谁也不敢和我比试。我没法子，便和大树去撞，练得差一点的树只消经我两三撞就要撞折。神姑天生神力，要说比力气倒也难分上下，无如我的前胸练过几年蛮劲，她撞我不易受伤，我撞她久了便要受伤。我本来就有点爱她，又看出她耳上五粒红痣，知是虎口中失去的妹子，益发不愿意她受伤。只是她败了不要紧，我却败不得。老这样各不相下撞个不停，两人都要吃亏，如何是好？正在着急，不由想出了一个好主意。最后一次，等她撞我时，我只迎个七分，身子当时自然往后仰一点，只要脚再往后一退，出了圈子便算输了。她觉得占了上风，来势很猛，周身内的力气都运在上半身，乘势撞来。她却不知我用的是计，上半身虽然只用了七八成，下半身站得很稳。就在这一霎眼的当儿，我趁她余力将尽，才把周身的力量用去，前胸往前一绷。她本来身体就失了重心，又加力已用完，要收势回去的当儿吃这一绷，将她撞出去有三四步，出了圈子，晃了几晃才得站稳。我用这种妙法，明是撞一下，暗中却是两下，并没有被人看出，她就输了。按理这一场比完应该比第二场，谁知我们这边带去的人，见我堪堪失败忽然得了大胜，轰雷一般叫起好来。

“没有容到我喘息定后与对方答话，神姑竟自恼羞成怒，将手一挥，连声大叫起来，声如虎啸，震动山谷。我正不明她的用意，那姓贾的男子已自退去，对面山坡上观阵的一群猎虎寨也好似非常害怕，一个个飞一般地乱窜乱逃。比试以前，周世伯知猎虎寨最无信义，凶险奸狡，怕他们借角牛力为名，内藏奸计，四面下上伏兵，又派了一支兵去暗袭他们的巢穴。我见他们这一阵大乱，先还以为我们的埋伏发动，暗怪周世伯不该胜负未定不问明我就动手。再回看我们同来的人依然未动，又好似不像伏兵发动神气。正在奇怪，那神姑仍是大吼个不停。我刚要举步过去问她，就在这总共没有多一下下（平声，音哈，土语转眼之间），渐渐从远处山谷中传来了应声，和神姑吼声相似，四面都有，还不止一处，很快的愈听愈近。立时腥风四起，飞沙扬尘，树叶乱飞。我这边山坡上的人也是一阵大乱，四散奔逃起来。我才听出那声音是真虎。我兄弟站立我处不远，正命他去保护周世伯时，转眼之间，成百的大老虎从四面山坡上连声吼叫，直往我同神姑的立处窜了过来。我虽然有点蛮力，似这样多的猛虎如何打发得开！我先不知是神姑叫来的，她既不逃，我也不能逃，拼着死在虎口，站在那里不动。这时两边山坡上看的人已逃得没有了影儿。那一群猛虎当中有一个头子，生得比黄牛还大一倍，白额黄斑，吊睛突出，金光四射，首先纵下坡来，只一纵便到了神姑面前。神姑不但不逃，好似同它非常亲热，迎上前去，两手抱着虎头不住抚摸，口中不住发出虎声。余下的老虎都朝着大虎和神姑趴伏下来，把头朝着我这一边不住张口大吼。我正在想主意之际，忽听远远蛇皮鼓蓬蓬，芦声吹起，知是周世伯发出的信号。虽然埋伏发动，这多猛虎，也无济于事。我被猛虎包围，怎肯害怕示怯！依还挺立场中，静看那神姑闹什么把戏。本山虽有虎，偶尔打猎遇见，至多也不过是三五个，这成百成千的虎，竟不知从哪里来的。正在心头盘算，那神姑忽然作了一声虎啸，她身旁的大虎也跟着吼了一声，立刻便从对面窜过七八只牛大的老虎，朝我身上扑来。我知道人单势孤，虎又太多，无法抵挡，只在场中和这七八只虎跳高纵矮地一味闪躲。末后一只虎迎面扑来，我刚刚纵开，斜刺里又有三只虎当头扑到。我知无法避让，情急智生，我也不知那时会有那么大的力气，被我顺势捞着一只虎尾，抡圆了在头上一摔，先将旁的两只虎撞开，手松处将手上的虎甩出去六七丈远，撞到山石上面跌个半死。这一来恼了神姑身旁那只吊睛白额大虎，大吼一声纵将过来。其余那些成百的虎都大吼连声，如同潮涌一般如飞扑到。我知道决难活命，一时无法逃避，又加累了好一会，力尽神疲，脚底下被地上石块一绊，跌了一跤，仿佛觉得那只吊睛白额大虎业已纵趴在我的身上。只听震天价一声虎啸，我便昏晕过去。一会醒来，忽听只有一只虎在那里发威，声音远不似适才宏大。悄悄睁眼一看，那只大虎正站在我的身前不远，神姑拿了一把刀，几次作势要走上来。那虎好似在我身旁守护一般，不住地张牙舞爪,连声吼叫,老不让她近前。那些成百的虎也不似方才那般吼叫凶恶,各自分散在山坡上蹲伏游行,毫无伤害之意。这时芦笙、蛇皮鼓的声音已遍山响应,越来越近。我这时本可伺便逃走,一想这样回去非失众心不可,反正是个死,索性站起身来。那大虎见我起立,反朝我身前挨挤,并不见有恶意。我知这东西定是虎王,不可力敌,姑试抚摸它一下,那大虎竟愈觉驯善起来。神姑见了这般景况愈加忿怒,拼了命一般持刀砍来。我正要上前抵挡,那大虎竟抢先一纵,一口衔住神姑的刀,只一甩便甩出去有几十丈远。神姑见虎归顺了我,没了主意,气得在地下打滚,哭了起来。那大虎见神姑哭,又舍了我去就她,用舌去舔她的脚。正在这时,忽然一声呐喊,我这面山坡上,周世伯同我兄弟领了许多人,张弓搭箭,作出要射的神气,直喊:'神姑投降!'神姑见他们的人不知去向,我们的人却来了这多,大啸一声,从地上爬起,骑在那只大虎背上,只一纵便上了对面山坡。那大虎还回头望了我几眼,才和那成群的虎一齐退去。

"我见那虎对神姑同我的情形,不由想起我庶母说起从前得我时在虎穴中受虎乳喂养的事。那虎既不肯伤我,定是那只喂我的虎无疑,念在以前恩义,便命众人不可放箭追射。率众回寨,问起周世伯,才知他听见观阵的人逃回去报信,说我虽然得胜,却被神姑叫来了成百的老虎将我困住。他一听大惊,知道那些黑蛮胆怯怕虎,定以为神姑是什么虎神,不敢前来接应。幸而他带的那些接应的人大半是我同族,便将存亡利害关系对大家说明,命我同族在前,黑蛮在后,又一面吩咐飞传各路埋伏,稍微变更原定方略,依旧发动,意思是两方的人都被虎吓散,哪一方拿得住人心不乱便占上风。万一擒住了蓝牝牛,我也被神姑擒住时,还可彼此交换。知道那成百的虎不是人力所能打散的,便命前队的人拼命吹打起芦笙同蛇皮鼓往前走。正在发令之际,我兄弟赶了回来。他便命我兄弟赶上前方偷袭的一派人,叫他们务要生擒蓝牝牛同那姓贾的男子才好。自己还怕黑蛮不信服,又将头发披散,赤了双足,捧着一支宝剑,假说他有法术退虎,才将众人镇住,一同进发。刚刚到达山坡,我已从地上爬起,也是真巧,差一步,我被虎扑倒的丑态竟会没有被大众看见。我同族不必说,那些黑蛮起初周世伯命他们放箭都不敢,这时见我果有伏虎的能力,又将虎都赶在对面山坡上,愈发以为我是天神,暴雷似地呐喊了一声,将神姑吓退。其实神姑秉性非常倔强,并不害怕我们。她因从小在虎穴中长大,把虎看作家人,见我们的人都手持毒箭呐喊要射,怕伤了虎，才行退去，这都是后来才知道的。

“当下检点人数，我们的人，并未受伤，虽然未将蓝牝牛同姓贾的擒住，总算大获全胜，还擒了许多俘虏。有那当时逃避不及的猎虎寨，躲在树上看见我同虎对打，不知我是被石块绊倒跌了一跤，还以为用巫鬼的法术制伏了虎王哩，回去一传说，个个都生了畏惧之心。我又用周世伯的主意，将擒来俘虏好言劝解，用酒食安慰，放了回去。这些俘虏回去又一传说，蓝牝牛手下益发没了斗志，渐渐有携家前来投降，甘愿为奴的了。问起降人，知道他们人心已散，便命降人作领导，进攻他们的巢穴。蓝牝牛无法，领了百十个心腹逃入一个山凹孤崖之中，困守月余，粮水两绝，只得出来投降。一问神姑踪迹，才知那日角牛力后并未回来。姓贾的等了三日，说是前去寻她，也是一去不返。恐手下猎虎寨害怕变心，不愿对众说明实话，假说神姑在山里僻静处行法，一向守着机密，这日势穷投降，才说了实话。

“我因想和我妹子相见，才决意收服猎虎寨，一听她不在，大为失望，便问蓝牝牛：‘起初神姑是怎么来的？’他也说不大明白，只知他们在去年有一天，从一个山洞中擒着一个睡着的生人，便是那姓贾的男子。他们正想把他拿来祭虎神，那姓贾的本领非常了得，醒来见被人擒住，大吼一声，挣断了绑索，抢过一把缅刀斫伤了好几个。蓝牝牛同了多人费了许多手脚，才二次将他擒住。刚把祭人之火点着，忽然从远处山崖上如飞一般纵过一个女子，浑身上下只腰间斜围着一张鹿皮，跑到蓝牝牛面前指手画脚，说话声音非常尖亮，似人言又不似人言，看她意思好像要释放那姓贾的。蓝牝牛爱她生得美貌，又欺她是个孤身女子，想将她抢回寨去。同她用手势比了半天，因为言语不通，便用手去抱，吃那女子一掌打了一跤。蓝牝牛生了气，招呼众人一齐上前。那女子见蓝牝牛人多，只一纵便到了姓贾的面前，手臂粗的春藤吃她一扯就断。她解了姓贾的绑，抱在怀里，一纵就是六七丈远，看守的人被她打翻了好几个。容到蓝牝牛率众追来，她已纵出去很远，在一个山崖上立定。蓝牝牛吃了亏，又被她将人抢去，怎能甘休！偏巧那崖是个孤崖，蓝牝牛便吹起叫子，召集全数猎虎寨把山崖围住。因为崖径很窄，上去的人都被他二人打跌个半死，便命众人放箭，逼他二人投降。那姓贾的朝那女子比了阵手势，那女子忽然仰天长啸，声如虎吼，一霎时便有成百的老虎蹿山越岭而来。内中有一只便是我那日所见的吊睛白额大虎，首先蹿到崖上。那女子同那姓贾的双双骑上虎背，纵下崖来，带了虎群往西南方而去。猎虎寨早已闻出虎的腥风，再登高一望，见虎有那么多，赶紧亡命一般觅地逃跑。这次蓝牝牛虽然没有死在虎爪之下，手下逃避不及的被虎伤了好几十个。当时蓝牝牛以为得罪了虎神，杀了好几个同类去祭。谁知虎神并不领情，不来享用。过了好几个月，直到第二年并无动静，可是他们个个提心吊胆，如同大祸将临，有时遇见老虎，不但不敢去捉，反跪下来任它吞食。老虎原本是怕人的，见人如此软弱，甘心情愿去孝敬它，吃着了甜头，当然得尺进步，不时三五成群出来寻人去吃。他们那里虽敬的是虎神，一向并没虎患，经这一来，一出门便怕遇见虎神丧命。他们不怪老虎太凶暴，想法子合力一心去制服它，只怪首领不好，得罪了虎神闯出这大的祸，害得他们妻离子别父死夫亡，渐渐对蓝牝牛起了二心。末后一次，蓝牝牛见虎势猖狂，也不想法抵御，仍用老法子拿人去孝敬，激怒了一个聪明的猎虎寨，当众说道：‘祸是我们大司闯的，却拿我们去填虎口！看那日来的虎何止上百？我们都杀了祭它，也管不了两顿，而且每次杀人祭神，神都不来享用，却每次寻活人吃。明明是祭神的人不称虎神的心愿。我看既是大司得罪了虎神，他又没法替我们抵抗，今天说这个该死，虎神要他，明天又说那个。我看我们都未必该死，只他一人该死！我们把他杀了祭神，虎神如果享用，不再吃我们，大家另举大司过太平日子；如若不然，那是虎神没理。反正早晚都被它吃光嚼光，咱们就合力同心和它拼个死活，也比跪着送死强！’话犹未了，果然激起众变。蓝牝牛虽然力大，到底一难敌众。他只将说话的人打死，还打伤了好几个，到了仍是吃大家将他擒住。刚要绑好举火开刀，忽然一阵腥风，飞沙走石，大家知是虎来，吓得丢下蓝牝牛四散逃避。这次只来了那个大虎同那一男一女。蓝牝牛正要逃避，那女子口中“嘤”了一声，跳下虎背。那大虎只一纵便将他扑倒，衔到那一双男女跟前放下。那女子同姓贾的在一起数月，居然学会了人言，当下便叫那姓贾的对蓝牝牛说，那女子自小生长虎穴，那大虎便是她母亲。她住的地方有成千的猛虎，都听她和那大虎的号令。要叫蓝牝牛奉她为主，不然她只消长啸一声，便唤来成千老虎将众人吃完。蓝牝牛知道不答应他们是不行，自己平日又非常暴虐，如果失了大司地位更是危险，就是仍做大司，众心业已背叛，回去仍要丧命，想就此利用，不但大司地位稳固，而且还可侵犯我们，便和那一双男女商量，假说他们新来，众心不服，请他二人暂时做副大司，将来众心服了之后再说。那女的没有名字，因她有伏虎之力，就唤她作神姑。当下姓贾的和神姑仍上虎背，叫蓝牝牛回去送信。蓝牝牛回去一看,自己的人以为他业已葬身虎口,正商量焚燎举火角牛力另举大司呢。见他回来,便要上前厮杀,忽见女虎神同那姓贾的骑在虎背上,随在他的身后,登时惊慌大乱,又要逃跑。蓝牝牛连忙高声止住,说是他已请得虎神的儿女神姑来做副大司,此后老虎不会吃人了。经他再三解说之后,将神姑和那姓贾的迎进他们洞去。蓝牝牛又把老虎不时伤人对神姑说知。神姑便朝那大虎吼叫了几声,那大虎吼一声便即回去。从此果然他们那一带不见虎迹,那大虎也不见回来。蓝牝牛知道众人视神姑若天神,神姑虽生在虎穴,什么都不懂。那姓贾的同她寸步不离,又精通蛮汉语言,日久难免不被神姑夺去大司地位,便想了个坏主意,请神姑与猎虎寨角牛力。他的意思,神姑虽然力大,从上千猎虎寨中挑出二百个力大的和她轮流比力,岂有不累之理?等到看出她力乏,自己再行下场将她比倒,岂不人前显耀?叫手下看了神姑虽然有伏虎本领,还是不如自己力大,好稳住大司地位。他头一日将比法告诉了神姑,第二日便开头比试。那神姑真是力大性长,连比了百十个都占上风,上来的人一碰就倒。比得她不耐烦起来,她叫下余的人寻了根粗长的石梁,用两块方石架上,要大家站稳了用力顶住,她站在这一面和他们顶对,哪方退后算哪方输。姓贾的拦她不听,她一人和几十个猎虎寨对顶,顶了有好一会没有胜负。忽然被她奋起神威大叫一声,用得力猛,将尺许粗的石梁顶为两段。石梁那边的猎虎寨好几个受了重伤,她站的地方山石都被她踏碎了好些,吓得众人都跪伏下来。蓝牝牛知道厉害,哪敢同她再比!过了不久,他又对神姑说我们这寨中如何富足快乐,平时如何欺凌他们。神姑被他说动,前来攻打我们。自从吃了两次败仗,才想出用角牛力来取胜,不想又遭失败,神姑也不知去向。蓝牝牛不敢对手下说神姑失踪未回,后来吃我们追逼不过,手下的人非要他请出神姑抵敌,瞒又瞒不住,打又打不了,只得率众投降。

“他因平日听姓贾的说过神姑住的虎穴,我急于想寻找我妹子回来,便叫他领我前去寻找。我只带了我兄弟和几个亲信,连那蓝牝牛不到十个人,由此往西南走过了几十个山峰,经过了无穷的险路,走到一个高崖上,忽然听见虎啸。我们便往下一看,下面是一个广大深谷,半山崖上尽是奇石怪洞,连一根草树都没有,谷底同石头上、洞穴上,蹲着的、趴伏着的、在地下打滚的、抖毛发威的、长啸的,也不知有多少老虎!我那妹子神姑高高坐在一个岩洞门前,大石上面,一边蹲趴着那个吊睛白额大虎,一边站着那个姓贾的。我虽然看见了她，知她不知根底，又在虎穴生长，野性未驯，底下又是成百的大虎，如何能下去同她对面交谈，说明来意？这时同去的人差不多都吓得变了色，连大气也不敢出。我命他们潜伏好了以后，正要想法子下去。那蓝牝牛见我带的人都四散分开藏了起来，独他离我最近，忽然起了坏心，趁我一个不防备，猛地一羊头从我背上撞了过来。我一时避不及，被他撞这一下，从崖上跌落下去，上下相隔怕没有好几十丈！虽然我生长南疆，惯于跳高绕矮，无意中吃他猛力一撞，失了脚，就不死也要带重伤。我当时在空中往下坠落时，头朝下脚朝上，头晕眼花，眼看离地越近，下面都是坚硬怪石，身子悬空又无处着力，空自胆寒。快落地时，忽见一团黄影，猜是往上蹿的老虎，急中生智，顺手一把，果然被我捞着虎颈皮，乘它纵起也是往下坠时，在虎颈上一使力，才把这虎下坠的力缓了一缓，就势骑上了虎背。那虎受了一惊往前一纵，便将我带离神姑坐处不远。我忙抓住了虎颈皮，将两脚提起站上虎背，一用力便纵到神姑跟前，一见面便吃她抱着，扭结起来。偷眼看见底下成百的虎正和潮水一般往上纵时，神姑身边的大虎忽然站起身来，张牙舞爪狂吼一声，那些虎又都纷纷后退。这次神姑同我打，竟是手脚嘴一齐来，我险些吃她咬伤。那姓贾的见神姑制服不了我，便思上前两打一。刚要近前，那大虎吓退了众虎，仍是蹲伏在原处，看我们两人打，一动也不动，谁也不帮，这时见姓贾的来帮神姑，它忽然叫了一声，便要扑过来。神姑想是明白那虎的用意，一面同我打，便用汉语止住那姓贾的，虽然说得不大好，那意思说她的虎妈爱她又爱我，外人同别的虎近前帮忙是不行的。我正愁没法子制服神姑，又不愿伤她，她性子又长力气又大，像这样打到何时才能算完？还怕我兄弟和同族见我被蓝牝牛暗害必不肯容，万一争斗起来，惊动下面成百的虎如何是好？忽听神姑和姓贾的说了这几句话，不由触动了我的灵机，知她难以讲理，一面应付她，一面高声对姓贾的说道：‘你们休把我当作了敌人，我是好意来接你二人同去享福的。真要讲打，你先叫神姑停停手，我把来意说明。不合你们意思再打不迟。’姓贾的闻言果然愿意，但是怕近前来拉劝被大虎误会要咬他，便高声叫神姑停手。那神姑疯了一般，好似不曾听见，仍和我死命扭结。我无计可施，心中非常着急。又打了有好一会，那大虎想是不愿看我们姊妹自相残杀了，猛地一个虎势将我两人扑倒。我正疑心它翻脸，它已用嘴衔着神姑的鹿皮围腰往一边拉去。我已松了手，神姑仍然抓着我的腰带不放，两只脚死命乱挣乱舞。姓贾的见她不撒手，也趁势上前劝解,将她的手掰开,由那大虎将她衔过一旁。我也累得只有喘气的工夫。那大虎才将神姑放下,姓贾的近前还没有张嘴说话,吃她一巴掌打出去有好几步,差点跌倒。她微一喘息,又要返过来和我拼命。这次那大虎却不让她近前了,横在我二人当中。好在我是不想打她的,那大虎只拦她一人,气得她又跳又哭。那姓贾的费了半天唇舌才得劝住一点。我便对姓贾的说明来意,因为周世伯再三嘱咐,没将真话全说出来,只说我二人是一母双生,她被猛虎衔去喂养,寻她多年,无意中看见她耳轮上五粒红痣,与庶母遗言相符,特意来接她回山享福。又说我们寨中现时如何如何好法,胜似猎虎寨那里十倍等语。神姑才得转怒为喜,渐渐同我说起话来。

"她原是自小在虎窟中受那只大虎喂养长大,无事时常骑虎闲游,第一个人便遇见那姓贾的。他本是先明石柱司宣抚使秦良玉部下大将贾万策的侄子,名叫贾存明。明亡以后,那年受人陷害,改了山装,逃到野人山内潜伏了三个多月,带的食粮用尽,困卧在一个山洞中,每日采些野果打些野味充饥。这日正在洞中熟睡,被神姑走来看见,觉得和自己相似,忙跑到水边照照,回来一比,果然她才知道世界上还有和她生得差不多的形象的东西,又稀奇又高兴。她并不知自己是人,那睡在山洞里的也叫作人,只是很愿意和他亲近。拿神姑那么野性的人,初次遇见同类,竟不敢上前去唤醒说话,只守在他旁边,等到快醒再跑开。一连去偷看了好几次,俱赶上姓贾的在闷睡。最后一次才决定想去和山洞里睡着的同类说话,还没走到洞前,从山崖上远远往下望去。这一次她更奇怪了,竟发现了成千成百的同类在那里吵闹跳纵,心中高兴得了不得。及至渐走近了一看,这些同类虽然一样是生有两只脚两只手,也都是立起来走路,可是要和姓贾的一比,那就差太多了,一个个都是怪眉怪眼,相貌凶恶,胸前背后满是奇怪花纹,披着一件兽皮,在那场中瞎吵瞎闹,一个个看不顺眼。这才觉出像自己这种同类跟同类,并不像飞禽走兽来得一样,千百同类中竟难得有一个好的,不由意懒心灰,决计还是到洞中去寻那睡着的同类。她因在旁掩着偷看,没有留神到她所谓好的同类已吃这些多的坏的所害,绑在一边,要开刀举火祭神呢。她跑进洞中一看没有,很觉失望,及至出洞再找,一眼望见姓贾的绑在那里,她便从洞顶如飞跑了下来。先时她怕人多,老是掩掩藏藏的,这时虽不知姓贾的吉凶,见姓贾的是绑在那里,又是在死命挣扎,当然不是他心甘情愿,为要前去救他,也就不怕人多了。她还没有走近姓贾的身前,忽然发现那堆同类当中,竟有一个头子在那里指挥一切，见她下山，便迎了上来拦住去路。她也知那头子是问她来意，偏自己不懂他说自己是哪一种话，自己比了一阵，这头子索性同她动手动脚起来。她本不知那头子是什么用意，后来要动手拉她走，才觉出那头子不怀好意，或者也要想将她绑起来，一害怕，顺手一推，却没料到那头子竟这般脆弱，一推就倒。她见这些同类虽多并不管事，才大着胆子跑到姓贾的跟前，扯断绑的春藤将他抱起救到山崖上去。那一伙便是蓝牝牛同手下的猎虎寨。神姑见他们追来，上面又无路可逃，也颇心慌，为了姓贾的，只得和他们抵挡，一经交手，才知这些坏的同类都不经打的。后来蓝牝牛吩咐张弓搭箭威吓，神姑并不知道那东西厉害，射上要人的命。姓贾的却知道不好，说话神姑又不懂，便用手比了两次。她见姓贾的着急，她也跟着着急，一急，不知不觉就长啸起来，去喊她虎妈背她回去。她虎妈闻声追来，一见人多，便也连声大吼，把虎子虎孙全喊了来，将猎虎寨惊走。姓贾的当然随她一同骑着虎妈回去。他虽然看出神姑与那些虎颇有渊源，尤其是那只大虎，但是自己究是个生人，那虎又多，终日包围在侧，老是提心吊胆。幸而神姑非常爱他，饮食坐卧都在一起，喝水有的是山泉，吃可就难了。神姑生长虎穴，每日吃的都是小虎给大虎衔来的獐鹿野兔之类，从小就会吃生肉。姓贾的本是山民中世家子弟，像那样连血生吞如何能惯？第二日便拉神姑骑虎仍回原处，寻着了他遗失的行囊，内中有一把缅刀、一副弓箭，还有镰刀、火石、水壶同几件衣服，回去便用山石堆了一个火池，取了些枯柴，片了些兽肉，拿刀叉着肉，烤来与神姑同吃。神姑一吃熟肉很香，取回的东西又从未见过，见一样爱一样。姓贾的便把那些东西名称告诉她，那是弓箭，那是火石。他说一样，神姑也跟他说一样，一学便会，一会便记得。姓贾的也很爱神姑，只可惜她不通人言发愁，见她如此聪明，便细心教她说土语同汉语。不消几月，神姑虽然学会了土语汉语，姓贾的终不惯与虎同居。有一次大虎不在家，不知怎的，神姑将别的几只虎逗急，她力量比虎大，身体又轻又灵活，一纵就是十几丈。那几只虎忽然发作了野性，它们奈何神姑不得，便要拿姓贾的出气。神姑连忙去救护，二人要纵开原也无妨，神姑偏学那大虎发威负隅时光景，两人倚着一个岩角里，自己站在姓贾的前面，和虎斗，任她多大本领，也敌不过好几只猛虎，况且后退又无路，还要顾看那姓贾的。她一着急又作虎啸，去唤她的虎妈。偏那日大虎走得远一点，大虎没有回来，反招了更多的虎。那时这些虎当中已有好些吃过猎虎寨，尝过人肉味道，又见大虎不在，也想吃那姓贾的，都一齐拥上前来。正在危急之间，那只大虎忽然回来解围，吓退了众虎，可是在人虎相斗时，有一只虎眼看扑到二人面前，姓贾的怕伤了神姑，蹿出来一刀将虎砍死。大虎见了死虎大发咆哮，几次要向姓贾的扑去，都吃神姑死命抱着虎颈，连哭带打滚，才算饶了姓贾的。经这一来，姓贾的越发觉出与虎相亲的危险，知道要想单独逃走，不但办不到，也舍不得神姑。他见神姑爱他用的那些东西，他每日便教她用刀射箭之法，神姑果然喜欢非常。那时已问出神姑从小是在虎穴中长大，便说：'你并非大虎生的，虎只能生虎不能生人，定是小时被虎从什么地方衔来喂养的。弓刀并不稀罕，山外人世上什么吃的用的穿的都有，只可惜你什么都没见过，也不知道。慢说汉人的车马、宫室、衣服、享用一切，就连前数月所遇那些生蛮的生活也比这里强得多。'神姑道：'我也听你说过，那里都比我这里好，见的东西、用的东西也多，不过那是别人家呀，他们能给我们看，给我们享用吗？'姓贾的原读过几年汉人书，便哄她道：'照古时候，谁的品行好，能够给大家想法子，叫大家享福，大家就请他为王为头子，把他给大家所享的福又分出来，共同送给他享受。这福他先虽给了大家，还是享了回去。大家虽然将自己的福送与他享，可是平日享的仍是他的福。在当王当头子的受了大家的敬意，觉得无以为报，越加用心思想法子，叫大家越多享福越多受用。大家见当王当头子的给他们享受越多，越想回报，于是从上到下，从王和头子到大家，都是客客气气的享福受用，谁都有吃穿用度，大家差不多一样，谁也不会争夺谁的。现在却不然了，人也多了，心也变了，至于享受，已有古时候的人给大家想下法子，觉得够了，无须再想了。不过人是一天比一天多，大家都愿意享现成，懒得一同往前进。人心既不一，便你争我夺，只要一夺到手，当时不过暂时的麻烦，却可打自己一生享受的主意。有一两个聪明人一起头，大家都学样，你也争我也夺，多的夺到了少的，自己又因分不均匀，再分成几个少的，彼此再争再夺，强的夺到了弱的，过不久，比他更强的再来夺他。这样相传了几千年，直到如今越来越厉害。只要你有大力量胜得过别人，别人的东西便是你的。不要说蛮荒，中朝还比蛮荒来得厉害。我那日睡在洞中，醒来被那群生蛮绑住。我挣断了春藤和他们打，并没见输，只打不过那为首之人，二次又被他擒住。后来你来救我，我见那头子被你一推便倒，现在越发看出你有天生神力，又加有你虎妈可以指挥这成百的猛虎，只要听我的话，拿你这大力量同手下这群野兽，就能将那些生蛮镇住，去做他们头子。如今当头子又不似古时候难，要给大家想法子享福才能做得长。只要老有力量，便可坐着随便吃喝享用，谁不愿意就杀谁，多舒服！岂不胜似在这里过苦日子呢？'神姑果然听动了心，依了他的话，骑着大虎，制服了蓝牝牛，两人都做了副大司。神姑没见过世面，到了那里一看，果然吃喝都与虎穴里不同，又经蓝牝牛一蛊惑，说我们这里比他们更好，神姑起了野心来打，几次都吃我杀退。后来角牛力失败，发了野性，不愿回去，只舍不得姓贾的，便亲身悄悄去接。姓贾的也舍不得她，强她不过，无可奈何，只得随她仍回虎穴，原想相机仍劝她出山。神姑自在蓝牝牛那里食过了熟肉、甜酒、糌粑，也是心中老想，恰好我这日寻到，说明来意之后，立刻转怒为喜。

"姓贾的还怕我有诈，先叫我折箭为誓，仍要坐那大虎同去。我一一答应，先叫神姑制住群虎，不叫上崖。我去寻我带来的人时，蓝牝牛同我兄弟已不知去向。问起他们，才知蓝牝牛将我撞倒，正想往回路跑，吃我兄弟同两个同族将他拦住大打起来。打了一会，被我兄弟将他推落到一个山涧之中去了。我兄弟见我同神姑已见面说话，没事了，不知从什么地方被他寻着一只才生下不久的小虎，想带回去喂着玩，恐被大虎知道，先自偷偷翻山跑回去了。我只得带了手下同去的人，陪着我妹子神姑同那姓贾的回来了。她到了寨中，见我真是一番诚心，才叫她虎妈回去。进寨一看这寨布置同饮食用品，喜欢得连嘴都合不拢来。我再慢慢教她语言规矩，又知她同姓贾的虽然恩爱并未成婚，便择日全寨跳舞，与他二人成了婚礼。又在后寨旁边悬崖上面另修造了一所石室，与他夫妻二人居住。没事时我姊妹兄弟妹夫四人便去寻周世伯读书认字讲经论古。那些归降的猎虎寨受了几个月教养，也都渐渐驯善起来。

第六回

含沙射影　虎女忘恩

篝火天灯　狮王显圣

“谁知好日子竟无福享受！那蓝牝牛被我兄弟推落山涧，只跌伤了一条臂膀。他在山凹中因为无法上来，腹中饥饿，便去采野草野果捉蛇虫吃，无意中吃了一种怪草。他又发现涧旁还有一个旱洞，他便住在里面，每日仍用野草野果蛇虫度日。转眼到了秋末冬初，草木枯黄不能下咽，他越想越恨，又害怕要饿死。他却不知吃了那怪草之后力气大足，身轻如燕。那涧崖峭壁除涧旁潮滩上生着许多草木外，崖壁上光滑滑的寸草不生，只离地二十多丈有块伸出去的崖石。他几次想爬上去，用尽心力都未办到，早已绝了望想。这日不知怎的，被他无意中着急一跳，忽然觉得身子纵离那块崖石竟差不了几尺高下，便站好了地势，试一用力再纵，居然到了那块石上，还发现有路通到上面，不费一点事，被他寻路逃了上来。他上来后，首先回到旧日巢穴一看，那里已变成了野兽盘踞之所，知道手下人投降以后并无一人回去过。那野兽虽多，好在都是些狐群野兔之类，容易打发。他寻了几件猎虎寨遗落下的兵器，打死了几个狐兔作为暂时的粮食，把其余的也都赶走。先在旧穴住了数月，每日偷偷跑近我们寨前，想寻一个熟人打听消息。偏巧这日遇见他旧日的一个最亲信的猎虎寨，先说他自己的经过，然后问起我们寨中详情，知道不但那日我被他推下崖去不曾受伤，还将神姑夫妻收服，如今大家全很安居，过好日子。他便劝那亲信替他传知他手下的那群猎虎寨，说他业已生还，并且遇见天神，给他吃了仙草，身轻力大，一纵便有数十丈高，叫大家先订下日期，再定主意抢我们的山寨。那亲信倒也聪明，知道这些猎虎寨自一归降了我们，不但没罪受，还很享福。我们待人又不分客主，十分恩厚。谁也不肯再背叛我们，重去受那蓝牝牛的虐待。我们稽查又严，凡是猎虎寨所居之处，必有两家黑蛮在他挨近处住。昔日仇敌，如今差不多不是两下联了亲，就是成了好友。要替蓝牝牛传这种话，不但人心已变难得生效，说不定听话的人还要前去报告，闯出祸来。再三劝蓝牝牛死了这条心，另打主意，最好远走高飞，省得被我们知道，难逃活命。蓝牝牛见这人不听他话，便逞强用暴力将这亲信人捉回去拷打，非逼他去游说众人不可。这人被他吊打了三天，终于趁他出外觅食，用嘴咬断绑的春藤，逃了回来报信。我同周世伯一商量，都以为这是个隐患，立刻带了人前去搜擒。谁知这厮见吊打的人逃回，知道不妙，先自隐藏起来。我们接连搜寻了个把月，也未看见他踪影，以为他逃出山去，日久也就懈怠下来。

"想是我在这里的缘分将满，过不了几个月，周世伯忽然中了瘴毒瘫废在床，饮食都需人服侍，病势日重一日。偏这时候，我妹子神姑忽然有一天想到她出身所在的虎穴中去闲游。往常她出门总是同贾妹夫一块，从未离过，这日因为同妹夫起了一点小口角，斗气独自一人只带了两个近身的山女前去。妹夫知她一向有个牛性，要如何便如何，谁也强不过她，气来不过个一天半天不会消的，只得由她。我妹夫没跟去不打紧，差一点使我不能在此存身。我妹子神姑本是许久没有回老家，想去看望她的虎妈同那极小时候在一块玩的虎友的，及至回到虎穴一看，她虎妈和几只老虎正扑倒一个人，打算张口要吃呢。她自从受了周世伯的教训，虽然性野丝毫未改，可是已懂得爱惜人命了。一面作起她叫惯的虎声去止住她虎妈，一面往下纵去。她虎妈听见她叫声，又见她回来，果然停嘴不吃那人，高兴得直吼，纵到她跟前和她亲热。她同虎妈亲热了一阵，便走到那人跟前一看，原来正是我们遍处搜寻不见的蓝牝牛，因为吃她虎妈一扑，业已受伤倒地，不能转动。我妹子起初原和蓝牝牛在一起共事好几个月，彼时蓝牝牛对她非常恭敬，两下并无恶感。她便把蓝牝牛抱到虎穴中去躺着，又到上面将随去的两个山女接了下来，用带去的干粮酒脯给蓝牝牛吃。蓝牝牛起初见她，以为她既同我成了一家，又在虎口之下同她相遇，想必定要擒了回来治罪，本想逃走。奈因被虎一扑，胯骨脱了节不能动转，满拟束手待毙，不曾想到神姑不但没有伤他之心，反用酒食喂他，又见她只带两名山女在侧，以为她又和上次一样负气逃回虎穴，便用言语试探。虽知神姑只是归探虎妈并未背叛。可是从谈话口气当中，听出神姑同我现时虽然骨肉情亲，对上次角牛力输在我手中之事，总觉是个终身不忘的羞耻，觉得离间我姊妹的感情不是办不到的事。当下一面恭敬神姑,故意又提起前事,再挑拨了几句。神姑先是半晌沉吟不说,后来被他说动,大怒起来。据那回来的山女说,神姑发怒时不住地在山洞里纵跳,暴躁如雷,洞口山石被她一阵踢打得乱溅乱飞,末了又息怒低头呆了一会,猛地蹿到蓝牝牛跟前,就地上抓起,待要将他甩死的神气,忽又放下,喝问道:'我虽然输在我姊姊手里,但是她待我甚好,你不该提起我的心事。如今你须要替我想个法子,怎么才得使我去掉这个羞耻,叫大家背后不羞我,还须不伤我的姊姊。你如光说闲话,不能替我想出好法子,我也没脸回去,我就活生生把你甩死!'蓝牝牛知她业已中计,故意做出为难的神气,说道:'法子倒有,就怕你不肯依从,说了也是白说。'神姑性子本急,他越不说,越逼着问。末后神姑又要恼了,他才叫神姑将跟去的两个山女带到洞的深处,不准偷听,他却同了神姑走出洞外。商量了好一阵,神姑才高高兴兴唤两个山女出来,随她回去。走时照例仍是她虎妈给她骑着,送她回来。神姑本打算四人同骑那虎,那虎想是也恨坏人,蓝牝牛只一近身便咆哮起来,神姑怎么对虎叫唤也是无用。蓝牝牛又负着伤,不大好爬山路,神姑只得命两个山女扶着他一同回寨。到底他做贼心虚,不敢就和我见面,又对神姑说了一套话,叫神姑绕着山路回到神姑住的住所隐藏,他暂时先不露面。那时神姑已受了他的蛊惑,言听计从,回去之后将他藏在后崖旁一个石洞之内养伤。第一步先下令给他的左右不准走漏风声;另拨了神姑最喜欢的山女名叫荷二姐的到山洞去服侍蓝牝牛,准备等他伤势痊愈,就照他的计策行事。神姑身边服侍的人,差不多都感激我的厚恩,见她把我的仇人偷偷接了来如此厚待,又那么鬼鬼祟祟,连我妹夫都瞒起不提,虽不知道他们什么用意,大家都不以为然,但都知道神姑力大性暴,怒发时,谁招惹了她,便被她抓在手内,倒提双脚,一撕两半。我妹夫同她是恩爱夫妻,还时常吃她的亏。她既说不准走漏消息,谁也不敢在太岁头上动土。

"也是活该奸媒败露,蓝牝牛伤势本重,又走了百十里山路,愈加痛得厉害,只我这里有周世伯配下预备打猎时受伤人擦的一种百草膏药可以医治,她偏又打发那同去的山女来取。这山女名唤鹰儿,虽是黑蛮,随我多年,我因她聪明伶俐,才拨去服侍神姑夫妇的。神姑也很信任她,所以派她来取药。这山女人颇忠义,她已觉出蓝牝牛不怀好意,神姑同我俱要受他的害,便把当时经过同现在他们的举动悄悄告诉给我。我听了非常着急,周世伯又在病中，无人可以商量，他二人所说背人的密语准知于我不利，但不知他们如何下手。想来想去，只得装作是给他夫妻二人说和，前去探视一下动静。到了那里，正遇见我妹夫愁眉不展，一人坐在坡前。我便劝他哄哄我妹子，不要和她一般见识了。我妹夫答道：'大姊，我知道她是这样性子惯了的，谁还放在心里？只是她昨晚回来到今天，虽然和我仍像往常一样，可是她不断地一人往后崖跑，我这里用的那苟二姐也忽然不见了。我想跟她到后崖去，她便拦住不让去，稍一和她争执，她就要发大气。我夫妻二人蒙大姊如此恩待，并是至亲骨肉，我怕她性情不好，并容易受骗，万一做了对不住人的事，叫我如何对得住大姊！'我听他话中有因，便猜他也从匠人口中得了消息。正要和他细谈，偏巧神姑走来，刚见了我，面带怒容，末后脸又一红，呆在那里有好一会。我故意说东道西，对她极力亲热，又问她要百草药膏作甚。她本是个直性人，不会说诳，张口结舌答不上来。我不愿窘她，故意说：'想必是鹰儿假传你的话，给她的情人要吧？'她忙说：'对了对了。'此时我暗暗好笑，我已知蓝牝牛藏身之所，口中和神姑敷衍对答，信步往后崖便走。刚刚走离那崖洞不远，神姑忽然抢到前面抵住，问我到崖后去作甚。我仍作不知，假说：'因为好久没有到那一边走走，想将那洞收拾出来，建几间石室，作消夏之所。'她闻言虽说不出什么道理不让我去，可是脸上神气难看极了。我本打算故意边说边走，那崖洞原是我小时收拾出来歇夏的，里面并没多大，只要一进洞去，便迅雷不及掩耳地将这祸害弄死。我也不给神姑说穿，只说蓝牝牛是我仇人，到处寻搜不见，却被他偷入后寨崖洞潜藏，偏巧被我寻着，所以要将他弄死。如此既除了害，又不伤神姑的面子，岂不两全其美？不想神姑见拦我不住，我老是笑嘻嘻地说着话往前走，眼看已走到洞口，她忽然翻了脸，对我发怒，明说她洞中有事，今日不能由我进去，并且还不许我在她住的地方停留，再隔三五日，她定到前寨寻我算账等语。依我性子，当时就要和她争斗起来，只因想起我原是虎口余生，承我庶母恩厚抚养多年，我早打算等他姊弟二人成立，多学一点知识，能以服众，我就让位去寻我的生身父亲，这片家业迟早是他们的，何苦伤什么和气！一想到此，我立刻改了笑脸，对她说道：'我今日到此，原是给你同妹夫讲和，顺便到后崖看看，并无别的用意，不料倒叫妹子你生气。这是何必呢！我爱你同弟弟，慢说不叫我到后面来，就是叫我将大司之位相让也是情愿的。你有什么心思只管和我明说，只要于理无亏，当姊姊的没有不答应的。我现在到前面等你，听你的话吧。'说完，我回转身就走。等我用飞索渡过后寨，回望她正和我妹夫争吵呢。我远远还劝了他们几句，就回来准备。我知道我同族心腹中有一人和鹰儿打过野郎（山俗未婚先合，名为打野郎，非有孕，终身不能为正式夫妇），悄悄传他进寨，命他半夜里抄秘径险路去向鹰儿打听消息。这人才走后不久，忽有人进来报告，以前投降的四个猎虎寨的千长（千长即山酋，位在大司之下），被神姑派人叫进后寨去了。我一面暗下密令，传知我的心腹加紧防备。

到了半夜，我兄弟捉住了一个刺客，我连忙起来拷问。这刺客就是四个千长当中的一个，起初未归顺时，因他力大心狠，颇得蓝牝牛亲信，后来叛了蓝牝牛率众归降。他不知本山规矩：只有我是一个头子，虽然统率全山，有生杀之权，也不过住的地方与众不同，多享受一点，其余的人除周世伯、神姑夫妇算是客体理当尊重外，别的人名位虽有高低，享受完全一样，谁勤慎，谁心思灵，谁就过的日子比别人强；不同外人打仗，各做各人应做的事，做完了事，大家在一起歇息玩耍，谁也不准欺负谁。这刺客以为他四人领了那多的猎虎寨前来投降，无论如何我也要重用他们，至不济，原带过来的人总得让他领带。他却不知本寨原不须要他们投降，准他们投降，不过是不愿自残同类。他们降了过来，我们还得分出牛羊用具房子给他们食用。虽说本寨地利无尽，耗去的牛羊用具仍可用人力去取回，到底还费我许多调度管理的精神心思。若不是为了想教三族合一，免得年年打仗互有伤亡的话，像他们这种野性生蛮，谁愿意和他们在一起安居呢？其余三个千长比较还好，只他见我待他和其余猎虎寨一样，虽说食穿住用都比原来舒服，但是终嫌没有权柄，再加本寨全数的人耕作畜牧、打猎钓鱼、养蚕织布，男女各有各的事，除了春秋好天气同祭祖节外，谁都得做事。我虽不常亲自去做，出主意、想心思、考查勤惰、调度买卖、添换物品、安置他们房子、读书写字，实际上比他们还要劳苦。他想和从前当头子一样，众人去寻了吃的来敬奉他，还得由他随意打骂，不劳而得如何办得到！他放肆惯了的，受不了这种拘束，几次想带了原来的手下回去。偏偏他手下起初因为一出世便受强横有力的头子的暴虐待承，过惯了苦日子，不觉的，以为他们天生力小的人应该如此，及至归降了我们，日子一久，都觉得这是天堂，谁再肯受他们的活罪？再加我用周世伯的主意，三族杂居，凡男女爱慕和别族女子成婚的，除照例犒赏外，余外还由公上奖牛羊各二头，意思是想借此去掉他们的成见，使三族连为一体，免得日久生祸端，同时也是暗用自己的人去监察这些野性难驯的生蛮。慢说他四人威信已失，手下人乐不愿反，即使他们愿反叛，也不易号召在一处。他含恨在心，莫可奈何，只得随众度日。这晚行事，是因神姑自我走后又同妹夫闹了一架，仍去和蓝牝牛商量。她全是受了蓝牝牛的挑拨，想起前事，一见我就红眼，又加妹夫不会调解，越发僵上了火。蓝牝牛一听她说起我仿佛有些怕她，便猜当初角牛力我一定敌神姑不过，必是神姑一时失了步用错了力才败了的。这种胜败两伤的比武，他正可从旁取利。先劝神姑得尺进步来和我说，要和我平分，一个前寨一个后寨，各霸一方，手下的人却只要那些猎虎寨，其余同族和黑蛮仍由我统率，牛羊房子出产一方一半。如我不依，便二次用角牛力来打赌。神姑说得好，她在虎穴中过的是畜生日子，承我将她接来好待承，再要夺我牛羊房子，太觉不对，不愿意，只想同我再比一次武，赢了我，遮回以先羞脸，仍是好姊妹等语。蓝牝牛见此计说她不动，假说这不过是借此为由，我必不答应，就可动手比武了，并非真要各分一半。神姑又说我素来爱她，她欢喜什么，只要我看出意思就送给她，万一她和我一说我就答应，岂不更无法比武了？蓝牝牛又说道：‘这就是你姊姊的诡计，成心用虚情假意使你不好意思翻脸，却使你永远在她手底下坐吃，留一个话柄，她好独自称尊。假如真要分她一半，她必不肯的。’神姑这才怒道：‘我本未想起此事，都是鬼支使碰见了你。你这一提起，害得我又恨她又爱她，如今因为带你来，还和我丈夫翻了脸。既然你说她平日对我是虚情假意，那我倒非同她比上一回不可。只是不管我这第二次输赢怎样，如果你说的不对，休想活命！我明日就依你去做，只是我姊姊素得人心，万一她倒真个答应分我一半，那些猎虎寨不肯归我，又该怎么办呢?’蓝牝牛道：‘你不知我们猎虎寨全有一股子特性，决不喜欢你们这种过日子法。当初他们投降，实在是逼得无法。我旧日手下四个千长，每人有二百多心腹。为首的一个名唤追马，是我最宠信的心腹。只要我有法子，一喊他们，他们都来。你如不放心，只要你能将他们四人唤来，我同他们对面一商量，再由我想一个法子，不愁我的人不会过来。我们把主意安排定后，你再照我的话去说。你姊姊如果答应，可见得她怕你。从前你虽然输了，现在也算将面子争回。如果不答应，你再去和她角牛力，岂不是好？'神姑答道：'我从没有私自唤过前寨的人到此，这四个千长肯来吗？'蓝牝牛道：'这个我自有法子，不过仍得借你的力量才行。'说罢，便将身上带的虎符取出递与神姑，叫神姑就派苟二姐拿了这符到前面去寻着那四个千长，将虎符与他们看，说他已到了神姑这里，现在神姑同他唤他们前来有要事相商等语。那虎符是一块虎皮，反面用火石画上许多像蚯蚓一般的花纹，只蓝牝牛与四个千长各人有那么一块，算是他们的护身符和传话的凭信。那苟二姐奉了神姑之命，到前面先寻着追马说了来意。追马本就想叛，忽一听蓝牝牛到了后寨，还和神姑联了手，高兴非凡。他同苟二姐连寻着那三个同伴，告知一切。这三个千长起初虽埋怨我不另眼相看，日子一多，觉得我们这里都是如此，又加上吃穿用样样全比从前强，也就相安，不作他想，经不住追马和苟二姐再三苦劝，才有点活动，一同前去。他们前脚走，早有我安排下的耳目前来报信。好在我早有通盘打算，不怕他们反上天去。既是神姑喊他们，索性装作不知，等他们有点举动再说，所以他们来去都未加拦阻。这四人去见了神姑和蓝牝牛，异口同声都说所有猎虎寨俱同这里的人分开离居，差不多全已死心塌地归顺。如果神姑和我明要，成不成虽拿不准，还不坏事，要是叫他们暗中起事，不但决不能行，非泄漏机密惹出祸事不可。蓝牝牛一面用他的猎虎寨人土话叫这四个人对神姑说，只要我肯答应，他们手下一定归到神姑这边来。四人对神姑照话一说，蓝牝牛忽然又劝神姑先不必急，等他伤势好了再和我来说。此时我妹夫贾存明已从鹰儿那里得知此事，又担心又害怕，觉得神姑忘恩负义，大是不该，劝了神姑几次，白吵了两架，仍是拦阻不住，夫妻差一点没大翻脸。晚饭后，见神姑又到崖洞中去，悄悄跟在她后面偷听，听到这段话，不由怒气上升，撞进去对准蓝牝牛就是一刀。人没杀成，反被神姑抢上前去将刀夺过折断，将我妹夫抱回石室，用春藤捆了起来。蓝牝牛看出神姑虽然被他说动，总还是犹疑不决，只想争回脸面，不愿伤我，话言话语当中已有些疑他蛊惑，又说如果他说的话是假，还要寻他算账。再加上我妹夫又不愿意他们这种举动，越想越怕弄巧成拙，这才想出这行刺之计，趁神姑抱我妹夫出去的当儿，悄悄叫这四个千长就在今明晚带了毒箭缅刀，掩入我住的寨中将我刺死。他心想若能将我刺死，便不怕旧日手下不归附他，剩下神姑一人便容易对付了。这四个千长被他甜言蜜语说动了心，以为事成有大享受，答应之后，回到前面一看，见无甚动静，以为他们到后寨去我并不知道，益发高兴。四人一商量，那三人都知我厉害，不敢前来行刺，末后仍是公推了追马。这厮平时见我出入常是单身，不带一人，卧室没有人守护，也没有门，以为只要我是在睡着便可下手。他却不知我睡梦惊醒，暗中又还有准备。还未容他走进我的室内，恰值我兄弟探望周世伯的病回来，半途中遇见到后寨向鹰儿探听机密的心腹。我兄弟问他何往，他对我兄弟说了个大概。我兄弟闻言大怒，当时就要去打死蓝牝牛，与我出气。那人知他性如烈火，只服我一人，别人调解不住，深悔失言，只得假说我正要寻他商量收拾蓝牝牛之事。我兄弟才气急败坏地赶了回来，走到寨旁，忽见我卧室窗前花柱上伏着一团黑影。他想起从前，以为我嫡母生的兄弟又来寻事，他便轻脚轻手掩上前去。偏偏那晚我坐在前面火池旁，静候到后寨去的人回来报信，并没有睡。刺客趴在我的窗口见我不在，打算先进窗来寻个地方潜伏，等我回来睡着就好下手。这全寨石室，只我那间卧室的窗户外面是个斜坡，离地有一人多高。那刺客盘着窗外花帘的柱子才能看见里面，怕跳进来有响动，便由花帘的柱子抓住窗沿往里爬。刚把上半身伸进窗来，两只脚还悬在窗外，正待伸进，被我兄弟从后掩至，纵上去，两手抓住他一只脚腕，使劲往下一坠一甩。要论刺客的本领力气本也不弱，无如我兄弟本来力大，又经周世伯拿了一本《五禽经》给他练了两年，不但力气长大，手脚更非常灵活，刺客只是一些蛮力，又是出其不意，被我兄弟这一甩，甩出去有七八丈远，撞在山石上面晕死过去，一丝不费力就将他制服。

“我兄弟见刺客是猎虎寨的千长追马，早就知他心怀不忿，又在这半夜三更带着缅刀毒箭偷进我的卧室，定然不怀好意，恨极了，先用刺客的刀砍断他一只腿，倒拖着来见我。正在审问之间，到后寨打听消息的人又回来报信说起前情，并说苟二姐已做了蓝牝牛的情人，因疑心消息是鹰儿走漏的，向神姑进谗。幸而鹰儿素得宠信，我问神姑话时又一毫没有牵涉到她，才免了一顿毒打，然而已不让她随侍在旁，以后消息恐难打听了。此时处境很难，神姑既护庇着蓝牝牛，我不愿和她翻脸，她被恶人利用，早晚不定生出什么祸事。想来想去，只得问完刺客口供，先将他吊起，叫我兄弟明日不要对人说起夜间有人行刺之事，也不许到后寨去问神姑。一面唤来二十个得力的亲信同族，火速将那三个千长擒来，并去传谕大家，暗中不动声色，严防那些猎虎寨勾结，表面上仍若无事一般。这三个千长擒到以后，知道奸谋败露，非常害怕。我先用好言安慰一阵，问出了实话同蓝牝牛的诡计，便将他们一同捆起，拨了十几个人轮班看守，静候神姑动作。神姑本不知蓝牝牛行刺，蓝牝牛原约四人三日内行刺成否俱要回信，等到第四日全无动静，心中未免发慌。偏偏神姑因那日一怒之下将妹夫绑在屋内，原是怕他絮叨干涉，并无恶意，神姑回屋依旧将他松绑亲热，不过她出去时仍要将他绑起。妹夫自命英雄，如何受得自己妻子这般欺负，无奈力气没有神姑大，斗又斗她不过，只有气在心里，一连三日饭也不吃。神姑怕他饿坏了身体，着了急，与他赔了多少好话，第四日早起放了绑陪着他在屋内，连蓝牝牛那里也未去。妹夫虽然进了饮食，总是坐在那里，怒气冲冲一言不发。神姑见劝他不转，又生了气，要再绑他。妹夫忽然转怒为笑，去寻纸笔写字。神姑并未留意，心中仍然惦记着与蓝牝牛商量如何争回以前的面子，趁妹夫高兴时又抽空去寻蓝牝牛。蓝牝牛便说仍教苟二姐今晚悄悄去喊那四个千长来问话。

“二人正在谈话，忽然鹰儿手中拿着一封信，说是我妹夫说他有要事出山去一行，留下这封书信与神姑，叫神姑拿信去寻周世伯之子周鸣锵看，便可明白。神姑人虽聪明，对于读书却是不行。我们几个人都在无事时求周世伯教读书写字，只她教时还好，过后便忘，后来一赌气就不学了。我妹夫本是贾万策近族，山民世家，从小就读过书，又从周世伯学了多日，写的又是草字，神姑当然更看不懂。先还以为妹夫定是连日气闷，想到外面游散游散，并未在意，哪里料到妹夫是因见她老和蓝牝牛在一齐鬼混，劝说她不听，还将自己绑起，认为大辱奇耻，又疑神姑变了心，与蓝牝牛有了私情，又羞又恨，决意弃她而去呢。倒是蓝牝牛鬼心眼多，那日神姑夫妻吵架以及妹夫被神姑绑禁室中，他又是知道的，细问了神姑连日和妹夫不睦的情形，心疑妹夫定是因劝神姑不转，跑到前寨讨好。他想同神姑苟且已非一日，一则因伤未痊好，二则知道他们夫妻恩爱，不过难得他们有此嫌隙，正好乘机下手，巴不得信上所写如他所料，便劝神姑速去寻人看信。周世伯住的地方相隔本不甚远，神姑唤人请来了周鸣锵，一看妹夫的书信，才知是和她决裂。信上大意写着妹夫因全家被奸仇陷害，逃入野山，又被猎虎寨捆绑要杀，多蒙神姑救到虎穴，配为夫妇。本想隐居深山，白头偕老，不料神姑野性难退，言行刚暴。妹夫念在以前救命之恩，又爱她，平时不与她计较，不料这次竟忘了姊妹骨肉之情同我相待之恩，勾结蓝牝牛与我为难，自己劝她，忠言逆耳，反被捆禁，受尽羞辱，她和蓝牝牛形迹亲密，尤其令人伤心短气。现已觉得忍无可忍，决计弃她，到昆明山中访友出家，望她急速洗心革面，献出蓝牝牛，与我言归于好，以免被奸人播弄，两败俱伤。又说她有孕在身已经三月，万不能和我角牛力等语。

“神姑听完这信，急得一路大哭，跑回家去什么也不顾了，匆匆问明了我妹夫去的方向，知道走了好半天不大好追，便跑到高处大声虎啸，将她虎妈唤来，骑上虎背就追，想将妹夫寻回。按说妹夫虽走了半日，要坐虎去追岂有追不上之理？无奈神姑对于出山的路径不熟，又负气不肯前来问我，只知朝直路去追，一直追出野人山外好几百里。她一个山女骑在虎背上，后面还跟随着几十只老虎，在山中时大家已知道她能通虎语，只要有她在，虎并不伤人，还不怎样，这一走到有汉人的地方，人家看见这多老虎，胆小的自然一见就跑，有那胆大有本领的岂肯坐视！她刚走到有人烟的地方，吓得家家闭户关门，行人四散奔逃。她见追了多远并未将人追上，才想起妹夫单人步行决走不了这么远路，便又往回路来追，直追回到山口，仍未寻见妹夫，复翻身又往去路去追。似这样往返两次，太阳业已偏西，沿路上的人逃得没个人影。等到她第三次往回路追寻时，她正走过一个村寨，忽听一阵锣声，由寨里跑出来五六十个人，手执兵器弓箭，容她带的这群老虎刚刚冲过，那箭如下雨一般朝她身后射来，连射中了十几只老虎，同时又听见和雷一样响的声音，飞过来许多火弹，沾在虎身上便燃烧起来，虎负痛一逃，火越大，比箭还厉害。神姑几时见过这般厉害的东西？连她的虎妈也吓得连声吼叫，背着她直往回路就跑。幸喜虎快人慢，没被那伙人追上，那箭还不似我们的箭有毒，只有六七只被火烧伤的虎逃窜没有影子。她骑着虎妈，带了许多受伤的虎，狼狼狈狈哭着逃了回来。此时我已得了妹夫私自负气逃走、神姑骑虎出山去追的信，我恐怕她走入汉人地界惹事，又怕引了外人追赶进山，一面传令布置山口，亲身带了数十人迎上前去。她见了我跳下虎来，竟忘了前怨，反拉着我想法替她去寻妹夫。我一面答应她即忙派人四处代她追寻，又见她带来那些虎有好些中了箭伤不住狂吼，便取出周世伯配的金创药，因为谁也不敢近前，叫她自己代虎去拔箭上药。我平日最爱打猎，那天原是见虎吼得可怜，出于无心的举动，谁知此后本山的虎竟不再伤人了。当下我问明了神姑逃回来的情形,便劝她道:‘你这样蛮干是不行的。妹夫走时既留有地方,必定是借此看看你能改悔不能。要是今天真追寻他不回,包在我身上,我定会派人到云南去将他寻回来的。’她当时对我说这番话真是非常感激,不但前嫌尽释,反和我说了许多后悔的话,只求我不要再杀害蓝牝牛,因为人家既忠心帮她,她不忍心见他送命。我因她为人固执,只得勉强答应。谁知当时我怕他夫妻情重着急安慰她一番话,以后未能办到,蓝牝牛这个祸根不除,终究成为今日之害呢。

“我妹夫既一去不归,神姑又非常性急,先是每日都来催我寻找。派了好几起人去到云南昆明附近各处山中寻找,俱无踪影。日子一多,神姑渐渐由想生恨,怨我妹夫不该太已薄情。蓝牝牛看出神姑心意,乘机献媚,又有荀二姐给他出力拉拢,不知怎的竟会勾引上手。我知道此事,非常着急。山民中夫妻感情不投,原可随意分合,另寻旁人;妹夫又是那样决绝地弃了神姑而去,神姑另和别人成婚原不亏理。无奈这个蓝牝牛既是一个凶恶奸狠的人,又不是我们同族,还有以前仇隙,岂非异日大害!神姑素来执拗,无法阻拦,知道劝她也是不听,除了随时小心防范外,简直想不出一个好法子。那蓝牝牛比我妹夫更会得女人欢心,神姑竟和他打得火热。两月前神姑忽然亲来寻我,还是要和我分家,将猎虎寨拨过去归她管领。此时我寻妹夫未寻着,却在无意中从回来的同族口中得知我父母消息。一听神姑那样说法,心想这片基业原是我寄父、庶母遗留,当然得归她和我兄弟享受,不过蓝牝牛和我们以前有仇,心怀恶意,我如将全山交出,自己单人出山去寻我生身父母,全山黑蛮和同族定受蓝牝牛的害无疑。意欲再留此半年细细布置一番,想法使我兄弟得到全寨人的爱戴,将大司之位让给我兄弟去做,然后我再脱身一走。主意决定后,我便答应了神姑,将所有猎虎寨都拨归她管,只周世伯全家住的地方除外。神姑见我如此慷慨,自无话说,只有鹰儿不愿随她,要回到前寨来。蓝牝牛原以为我不会应允,想借此挑拨神姑和我拼命,及至见我竟然一说就照办,大出意料,不但不知感激,越以为我是怕她,朝夕图谋,想将全山都夺过去才好。气得我兄弟几次三番要和神姑、蓝牝牛拼命,都被我拦住。可是因这一来,愈加添了我的忧虑,知道我若一走,他姊弟二人决难相容。他二人相争蓝牝牛得利,自是叫人忿恨,就是他姊弟内中伤了一个,我也对不住死去的庶母。

“正在每日愁思,忽然周世伯被他儿子寻来一种药草,吃了下去渐渐病愈。我心中大喜,便和他去商量我的行止。他因瘫废昏迷,前后不到一年,本山竟出了这种不幸的事,非常难过。依他老人家之见,主张我去寻着了生身父母后便接了回来,无须将山让出。先将后寨分与神姑,已是大大的失计。如再将前寨让给我兄弟,全山的人早晚非受猎虎寨的害不可,岂不把多年心血付与流水,还害了全山黑蛮和同族受异族宰割,大大不可!我原有我的心思,又因从周世伯读了些诗书,实不愿再和这些山民再处下去。当时我只含糊答应,说是这一层待我访着生身父亲再说,只请代我想个主意,我出山去这一年半载,如何才能使我兄弟镇得住大众,和后寨不动干戈。他知山民最信神鬼,命他儿子周鸣锵由一个亲信同族护送陪伴,秘密进省,由周鸣锵独自悄悄买了许多药品、硫磺、矾硝以及应用的东西回来,先做好了百十个‘流星赶月’,择好一个僻静崖壁,用药和磺硝在石壁上画了一个大人骑着一只大狮子。头十日,正好山中跳舞赶郎之期,我特意邀了神姑和蓝牦牛来吃肉饮酒,和我们一同拜月。等到大家都喝了七八成醉,跳唱正欢之时,我忽然装疯倒地,跳起来满山飞跑,纵跳了一阵回到原处,故意装作我庶母附体说话的神气,说本山的人不久便有大祸临头,全山人都要死绝,只有供奉狮王神才能免祸。我兄弟便是狮王神的次子降生,若我在半年内能让出大司之位给我兄弟,不但保得全山平安,还能叫全山人等越发快乐。大家如果不信,十日后夜晚三更,大家可跪在寨前高峰上面,眼看东方悬崖石壁上,狮王神当显出法身给大家看。说完,我便自行倒地,口吐白沫,不省人事,过了一会才起来。神姑性急,抢先对我说适才狮王神显圣之事。我故作不信,和他们争论。等众人都异口同声,直到周世伯也故意说亲眼得见的确如此,我才故意气忿忿地说道:‘既然你们大家全说,我本人总未听见。好在狮王神说是再过十天便显法身给我们看,此时也无须争论,且到那晚上见了法身再说。如果是真,为了全山生灵祸福,我无不依从。’大家都觉这话说得有理,仍旧尽欢而散。

“这种假作神圣替我兄弟收买人心,并且借此镇住神姑和蓝牦牛,法子再好不过,但是选用的那一个悬崖石壁,中隔千百丈深沟,石壁又非常险峻光滑,极难飞渡。那几十个特大的‘流星赶月’,还可预先请周鸣锵在头一天趁人不见,偷偷悬缒过去藏好待用,那石壁上用矾硝去画神像,以备显圣之时用火点燃，非我亲去不行。事情又非常机密，除我和周世伯父子，连我兄弟本人都不能让他知道。神像最早也只能在前两个时辰去画，画早了被风吹露湿就要不灵。我细想了两天，亲身去查看了好几回地势，才将放流星之事完全托周鸣锵去办。第八天我装起病来，我住的卧室外面加上帘子，派了几个有本领的心腹山女防守，不准外人进来。原定是第十天晚上三更时分去看狮神显圣，我对大家说：‘我无论如何有病，准在三更以前赶到。’大家都以为我舍不得让出大司之位气病了的，俱没想到是我在捣鬼。我还怕神姑误撞进来找我，期前假说我因在病中，恐到场不能行礼，请神姑先代我去领着众人焚燎。应用的药品硝磺早经配好运去，神像画法也早由周世伯教会，不过要画得大些罢了。

“到了那日初更以前，我便从窗户跳出，偷偷用飞索度过悬崖，再用春藤拴在树上，将身缒到那块其平如镜的石壁上面，用配好的药硝画了一个似人非人似狮非狮的东西，近头处正齐壁顶，恰好安上一根引火药线。画好已近二更，留下周鸣锵点流星发火。急忙赶回，业已快打三更，再由正门出去，赶到拜神的峰顶。全山的人，除了紧要口子派人加紧防守以备万一外，都在峰头跪成一片。我们山中看时候全看星宿，自从周世伯来，才添了打更滴漏。三更过不多时，对崖流星放起，恰似百十盏天灯满空飞舞，不一会又是一阵火花过处，石壁上面现出一个半狮半人的东西，有半盏茶时才渐渐消灭。慢说山民不曾见过，就连我若非自己办的玄虚，也要当是神灵出现呢。这一来把大家全都哄信，都是又惊恐又稀奇，立刻对于我兄弟恭敬到了万分。我便对人众说决定遵神的命，在半年内将大司让我兄弟去做，以免神灵降祸，问大家意思怎样。大家虽然怕神降灾，平素对我兄弟感情不错，换他来做大司也甚愿意，但是因我对他们有功有德，无缘无故失了大司之位，俱觉得过意不去，异口同声说我让位以后，仍要举我做副大司，与我兄弟同为全山之主。我只得随意敷衍了几句，推说病尚未痊，要回去静养，先自走回。

“我刚进屋，我兄弟忽然跟了进来。他素来性暴气浮，惟独对于这次神灵显圣之事始终未发一言，每天总是愁眉苦脸。我见他哭丧着一个脸，便问他：‘神灵要你做大司，我已答应，至多还有半年就让给你。不久你便是一山之主，正应该喜欢，同大家在前山吃酒庆祝才是，为何这样气鼓鼓的？’他只坐在石礅上流泪，也不答言。我连问几句，都快急了，他才说道：‘姊姊你不用装假了,我全知道,你无非是想丢下我们走罢了。'我见他竟然知道我的机密,大吃一惊,连忙禁他,不要往下再说,同他走出了屋,到僻静无人之处一问。原来他平素和周世伯的女儿文美最为要好,那日见我酒后装疯,便对文美说:'狮神太已不公平。本山全靠姊姊辛苦治理,大家才有福享,如何不让姊姊做大司?太不对了。'文美原是听周世伯说过,便将此中详情对他说了,只未说我不是他亲手足。他听了知道我要出山去,便吵起来,不但自己不愿做这便宜大司,反要当众说出机密,让我走不成。吓得周文美着起急来,再三劝阻,说:'你要这么一来,不但你姊姊失了威信,以后不好服人,要让神姑他们知道,还要惹出大祸。我爹爹知我泄漏机密也不能饶我。你只能请你姊姊早去早回,千万不可泄漏此事。'后来拿寻死要挟,他才将他念头打消。因为他从小是我带大,姊弟感情极好。他实在不愿意我走,愁思了多少天,决定亲身来苦求,他决不愿代我做大司,请我无论如何不要走,边说边哭。我被他逼得无法,没奈何便对他说神姑才是他亲姊妹,我只是一个外人,久已想去寻找生身父母,无奈不知道详细踪迹,又因他年纪还幼,如今神姑寻回,他也渐成大人,恰好得知了我父母的下落,正好将全山交出,分给他姊弟二人管领。因为蓝牝牛在神姑身侧,是个祸害,才想出借神服人的计策,好使众人心服。神姑和蓝牝牛再图谋前寨,仍恐走后出事,所以又定下半年期限,就这几月中细细指点交代,教他能依着我的章法去做,同时在行前如能设法将蓝牝牛除去更好,如若不然,也要多想一点防范之法,一等诸事稳妥无优,即时动身去寻找生身父母。劝他不要固执,反而不美。我反复劝了他好几遍,直到答应他寻着了父母一同回来,他才点头。周世伯这人真是足智多谋,老成持重,他的子女也俱都能文能武,非常能干。难得他女儿文美肯和我兄弟要好,正可借此给我兄弟添个帮手。我便择日给他们照汉人规矩下定婚礼,结了亲事。

"前日我将本寨诸事一一交代指点我兄弟,又在各口子上添了许多防备,才和周世伯商量动身之计。才一进去,便见他屋内坐着一个穿得极破烂的生人。本寨到处都有人防守,也不知他是怎么进山来的,事前连一点信都不知道。周世伯和我引见,叫我上前行礼,又叫我赶紧命人去抬酒来请那人喝。那人也不说话,只管喝我们那里的青稞酒,一口气喝了两大葫芦,站起身来也不告辞,往外就走。周世伯恭恭敬敬送他出去,这时他才说了一声

'下月再见',涕涕拖拖,拖着鞋往前走。我因他是个生人,恐防守的人不让他出去,正要叫人护送,周世伯连说不必,只叫我随他进去。我问起此人怎么会到此地,是不是周世伯打发人将他请来。周世伯细细告诉了我此人的来历。原来此人是位出家的道爷,不但本领高强,道法精通,最可喜是他和周世伯同我父亲当年俱是莫逆总角之交。他姓单名鹗,因为好喝酒,人家都叫他作醉方朔、陆地真人。"

余独与杨氏父女自从坐定吃喝,便听这姓云的山女说她以往身世,滔滔不绝,不但说得有条有理,而且音声婉妙,举止从容,一点也不带山人气习。后来又听了她的出身,才知是个宦家之后,虽然生长南疆,却也读书识字,各人都把疑惧之念抛开,听得出神,忘了倦意,及至说出那穷道人单鹗的名字,益发要聚精会神往下细听。这时大家早已酒足饭饱,山女便唤人来将残余撤去,汲些新泉来饮。余独恨不能她早点说出师父踪迹,便问:"这位道爷后来怎样?"山女答道:"要不是这位道爷,我也不会请诸位来此。且等新泉取来,我再往下细谈如何?"

一会新泉汲来,山女吩咐余人出去,接说道:"这位单爷,后来见面我也叫他世伯了。他也是贵阳人,小时与我父亲、周世伯、还有一位双姓欧阳的世叔,四人同学读过书。除我父亲因为祖父年老家贫,不得已降志辱身去做官外,周世伯是教馆度日,惟独他和欧阳世叔每日装疯卖傻,歌哭无常,有一天忽然不知去向。后来我父亲在知府任上,他二位还寻了去相见,业已改了道装,当时劝我父亲急流勇退,住了三日不辞而别。我父亲也觉他言得极是,答应了,因循两年没有照办,后来他受人陷害,几乎身死。他此次是无意之中到野人山采药炼丹,清早听见有人读《檀弓》《左传》,以为有什么高人隐居。他已成了一位剑仙,能够飞行绝迹,我们防守的人如何能够见他?被他按照书声寻踪,看见鸣锵、文美兄妹坐在岩脚下向阳处高声朗诵,周世伯也正站在旁边闲望。他出家后也曾见过周世伯两次,年前又到贵阳寻访,打算送点银子,一打听,才知周世伯全家搬走,不知下落,不想多年老友却在此地相遇。两人都欣喜非常,周世伯又把自己隐居此间经过和我的来历告知。周世伯正要喊人叫我去见他,恰好我自己进来。这位单世伯无事轻易不大爱说话,自从那日走后,过不一月又来过几次,来了我也必去相见。他很夸奖我几次,寻亲的事却叫我不要急,说云南经过路上,有好几处都有坏人。

我素未和汉人交往，单身行走既不便又危险。我自然不服，他便叫我和他先打，打得过便可以去。连打他几次，我全输了。我见不能去，很伤心失望。他才说并不是不叫我去，还未到时候。削了一柄木剑，叫我每次在他来时学点剑法。他说一时无处寻觅好剑，暂时且先拿这个学。我因听周世伯说他已成剑仙，能将身与剑合而为一，御气飞行，几次请他练给我看，都未允许。前些日，他喝酒喝高了兴，又加我和周世伯从旁再三请求，他才答应。只见他手一扬便是一道白光，两三人合抱的一株大枯树，被白光一绕就成两段。我见了高兴得了不得，求他教我。他说他从没收过女弟子，因为世交，又见我肯用功，偶尔遇见，指点武艺还可，那飞剑又不是容易学成，他不常在山，带在身旁多有不便。经我再三苦求，才答应给我另寻一个有本领的女剑仙做师父，这次到云南寻亲便可相见。我问何时才可前去。他说替我将同行的伙伴寻着，就可动身了。他和周世伯心意有些大同小异。周世伯遁迹蛮荒，不践异土，独善其身的。他却是凭着本领游戏人间，以救汉族人民的疾苦来修道家的外功的，所以他遇见资质好、根基厚的人，便即度去收归门下，也不知代人打了多少抱不平，做了多少好事。听说除欧阳世叔外，他还有一位姓乐的师兄，剑术愈发高深。我这才信服天下能人甚多，凭我天生几斤蛮力，竟是一无用处。他前日走后，忽然在昨晚半夜三更到了周世伯那里，叫人将我找去，说是他昨日在黔灵下救了一家姓杨的父女三人，还收了一个弟子名叫余独，就由这新收的弟子护送那杨氏父女至云南去投亲，那家亲戚又是单世伯的生平好友。今早必从这野人山外经过，这四人千里长途非常艰险，命我先去接进山来款待数日，随同一路动身。并说我父亲已不在原处，现在已和杨老先生的令亲住在一起。我和这四人结伴同行，彼此俱有益处。如从小路越山行走，虽然艰难一点，还有奇遇，命我不可错过机会。我一闻此言，便即唤起我兄弟，乘月夜出山等候。到了野人山口，我命人四路迎探。去的人还未回来报信，忽然路旁深草里跳起一只老虎。我们追到树林之内，恰巧遇着四位，形象穿着人数俱和单世伯所言相符，你又说出姓余，知道不会有错，恐天光大亮后被路人看出我们踪迹，未及说清原委，便把四位迎接到此。我想这三位定是杨家父女了？”

余独和杨氏父女听完她这一席话，早都变忧为喜，宽心乐意。杨氏父女通了姓名道谢之后，余独便问：“家师醉方朔既然昨晚到此，想必未走？昨日承家师不弃收列门墙，尚未畅领训诲，意欲专诚前去拜见。请领在下前去，不胜感谢。”山女道：“昨晚单世伯来时，吩咐完了上边的话，命我将本山安置安置，随你们起身。叫我仍姓本来的姓，取名林璇。他说他就动身到湖广去办一件未了的事，明年才来看望周世伯，在我未出山时，便先飞空走了。行时曾说杨老先生的令亲已由云龙山移居莽苍山红心谷，云龙山别业仍在。我同胞兄弟林璜和杨老先生令亲王人武是师兄弟，日前才由舍弟将我父母全家接到红心谷去的。两家既同在一处，我们做一路走再好没有了。”余独听说师父已走，好生依恋，因为山女林璇传了醉方朔留下的话，便和杨宏道商量，决定随本山主人取进止。

大家又坐谈了一会，林璇的兄弟云虎进来请林璇出去升座理事。林璇叫云虎和余独、杨氏父女一一见礼之后，然后说道：“本寨一月两次稽考全寨人等耕作渔猎的勤惰，颇费时候。因我不久要走，须和我兄弟同去分配赏罚。远客到此，无人作陪，如果诸位愿看看此地风俗，不妨同去，省得在此闷坐。”余独本想看看此地的殊方异俗同主人作为，自是愿去。只杨宏道上了几岁年纪，从昨日起连受惊恐疲劳，又同林璇坐谈了这一大半天，恨不得歇息一会才好。丹姝、碧娃原想跟去见识见识，因为要陪侍老父，只得作罢。余独便和林璇说知，留下他父女三人在室内歇息，还派了两名山女侍候。

第七回

灯红酒绿 野火烧春
月朗星稀 毛人行刺

林璇、云虎领了余独走到头一进宽大石室之内，那青石条案旁站着四个山装武士，见大司出来，高举两手拜倒在地。林璇先请余独和云虎在青石案右边石案上坐定，自己也走到青石案后大石礅上落座，口中嘤咛了一声，那四个披着鹿皮半臂的武士站起身来，拿起手中芦笙，一路吹着往寨门走去，一会工夫，忽忽之声到处响应，衬着出谷回音，越显出苍凉悲壮。这时虽然只是申酉之交，两个大石柱上焚燎盘内的火业已升起，火光熊熊，光照全室，一点不显黑暗。不到半盏茶时，吹芦笙的武士将芦笙掖在腰间，手执长戈走至案前，先趴伏在地拜了两拜，口中说了几句土语。林璇把手一挥，四人同时起立。林璇吩咐道："叫百长们进来，今日有贵客在此，可命他们各用汉语回话。"四武士闻言，轰的应了一声，又走出洞去领进来了十二个男子。四武士走至案前，将长戈一顿，仍然退立林璇身后侍立。这十二个山民高举两手拜倒在地，行完了山礼，各人分向两列方石礅上依次落座。余独见这十二个山民虽是一般打扮，皮色却是黑白不同，知道皮色黑的是黑蛮，皮色白的想必是林璇的同族了。正在猜想，忽听右面坐在最前一个年纪较长的老人起立说道："今早场期由我值班。这半月收成甚好，除东山洼因为山水发动，将青稞冲没了一半，糟掉青稞三百多亩外，余下全山青稞禾稻都长得十分茂盛。经我再三查看，并无一人偷懒，现有他们缴来的信木俱在外面，请大司随意查看。"林璇道："晨田之事有你们这几个老年人经管，我甚放心。东山洼的弟兄所种青稞被山水冲毁，不是人力所能防范，等到收获之期，由公存粮下按本期收成发还给他们便了。"那老人躬身代为称谢，重又坐下。接着左面第一个老黑蛮起立说道："报大司得知：本期打鱼由我和十二个叔伯弟兄们值班，渔区中除毒蛇涧、落魂溪照旧打鱼公摊给大家食用，下余的腌腊归公，等过年再分赏大家食用外，正月里大司从山外买来养在鱼塘里的鱼秧已有三寸多长了。”林璇点首称善,仍命他照旧经管,自己不日再到鱼塘去查看。那人回完了话归座。接着便是管打猎的报本月猎得野兽多少,共得兽皮多少张,兽肉大家分食多少,下余归公存腌腊多少,猎人有无受伤,如何抚恤犒赏;管畜牧的报牧羊繁殖、杀用分配以及留种之数;管酿酒的、管制盐的、管做木工的、管采办山中药材的、管出外贩卖的、管向城市收买应用物品的、管金银窖的、管造弓箭刀矛的也都各人报了收成,俱都条理井然,一丝不紊。余独好生惊异,悄问云虎儿,才知自去年下半年起,所有山中田产牲畜,俱由林璇想出法子按人口同劳力平均分配,每一种事业中抽出十分之三归公,到年终运出山去,换来许多山民心爱之物,作为年终犒赏勤劳之用,另抽十分之一作为公存,以备发生意外之用,其余谁勤谨谁就能多得。由林璇在这两族山民中轮流抽出一百三十人,再选出十二个作百长,每人领着十二个人管一件事业,率领众人作工,每月两次考查勤惰,今春又添了纺织布匹正在举办。山地肥厚,草木丰美,又加大家过着好日子,人人努力争先,希冀得年终犒赏,从无一个偷懒的人。好容易一天比一天兴盛,姊姊又要走了。说话中间,力托余独帮他劝姊姊最好不要走,就走也去了就回,省得他心中想得难过。余独见云虎儿天性憨厚,语言率直,非常喜他,便安慰他几句。

二人正在接耳密谈,林璇已发落完毕。十二个山民俱都回完了事,刚要起立行礼,林璇吩咐“且慢”,随即指着余独说道:“今早我出山去接来的四个贵客便是我同行伴侣。我已决定遵守狮神之命,日内便将大司让给我兄弟去做。他虽做了大司,本山之事仍照我以前立下的规矩办理,毫不更改。你们可传给大家,到第五日上我当众让位,以免狮神降祸。至于我本人,决计随了新来四位贵客到云南去了。”云虎儿是早经林璇嘱咐,如要执意拦阻,便和贾存明一样偷偷逃走,一去不归,闻言虽然肚内伤心,还不敢说出拦阻的话。那十二个山民一联闻言,先是面面相觑呆了半晌,第一个石礅上坐的老人忽然立起说道:“大司对我们有天地深恩,虽然狮神显圣不容大司不让,全山的人决不舍得大司丢下我们走去,特意公举大司退位后做副大司,仍就做我们的主人。如有二心,神天不佑!望求大司千万不要说出‘走’字使大家伤心。”说罢轰的一声,余下的人全都随了那老人跪伏在地,要林璇打消走意,有的竟流下泪来。林璇从小生长山寨,与这些山人虽非族类,情逾家人,一旦远别,也不禁伤心掉泪,但是自读诗书,颇明大义,既知生身父母所在,岂容不去!便唤他们起立,说道:“非我无情离开你们,实因狮神梦中与我托兆,我须出外三年才保得全山人等平安,否则连我俱有灾害。你们不让我走,岂不害了大家还害了我?好在我兄弟人极公平厚道,三年后我必定回来,你们何必固执一时呢?”山人本极畏鬼神,又加亲眼见过狮神显圣,虽然不愿林璇走,也觉无法可想,齐声说道:“我们平日虽然管着众人,此事所关太大,我等却不敢做主,请大司再多留两天,且等传知大家之后再说吧。”林璇见他们情意殷殷,只得点了点头,等众人行礼退出,才约余独回室叙谈。早有山女来报,杨氏父女俱都在锦墩上睡着。林璇吩咐将二进内火池火生起,晚餐烤鹿羊肉下酒,先无须去惊动杨氏父女。

姊弟二人陪了余独到二进火池旁落座,天已黄昏,一会山女将火生着,酒肉也都端了进来,林璇才吩咐将杨氏父女请来饮酒,连林璇姊弟共是六人,大家围坐在火池旁边。余独见那鹿羊肉有的整块,有的片得极薄,通红一片,便照两个主人吃法,先将盐水抹在肉上,将面前铁架上刀叉钩钳取了下来,铁架放在火池之内,小片的挂在钩上,再去放在火架上层熏烤,大块的用叉叉好放在火架上,再用钳子不时翻转。杨宏道不惯这种吃法,便由林璇择那薄片烤熟了给他。丹姝、碧娃先嫌腥膻,禁不住主人殷殷相劝,尝了一点觉着好吃,也跟着大吃大喝起来。少时随侍山女又捧了一大盘腊野味同辣腌咸菜、大桶米糊进来,林璇仍命她们出去无须随侍。

饮食到了半酣,余独见林璇兀自沉吟不语,便问何故。林璇道:“看今天神气,本山人众恐怕还不肯让我走,所以很觉得为难。”云虎儿巴不得林璇打消走意,他和余独坐处最近,便用手拉了拉余独襟袖。余独明白他是想自己代他挽留姊姊,自己不该先前答应了他,想了一想只得说道:“山主治理本山德威并著,既然大家如此爱戴,好在山主堂上双亲俱在云龙山杨老先生令亲那里居住,不如等在下将杨老先生送到云龙山后,将二位老人家接送到此,既省山主跋涉,又符众人期望,岂非两全其美?”林璇不知余独是为敷衍云虎儿,话不由衷,还以为余独不愿和她同行,勃然变色,答道:“照本山向例,不容外人长久居此,慢说是做他们的首领。他们这样坚留,也为不知我生身来历之故。我本想将真情说出,好容易脱身,只因除我以外,便是神姑居长,他们若知我是以外姓承继大司,就不能由我再让给兄弟,按理应由神姑承袭。假如是贾妹夫在此我还放心,怎奈神姑再嫁异族对头,定为异日本山之害,由他统治全山,便苦了这一方生灵。诚恐我走后我兄弟镇压不住,受神姑、蓝牝牛欺凌,才假托神意而行。若是说出我生身来历,我兄弟虽然有狮神显圣一节，神姑受蓝牝牛蛊惑，终不肯甘休，并且日后我也不能再来看望我兄弟。真情既不能说，他们万一不让我走，说不得还须借重你们四人一臂之力，再来一回神明显圣。我正在这里打算，你不是不知单世伯行时之言，怎么也说出此话！如嫌我随行不便，你四人只管先行，我单人随后上路就是。”

余独见林璇把话听成误会，心中好生不安，又不便把云虎儿托他劝阻之事说出。正在为难，忽然外面跑进一个山女报道：“周老爷子来了！”林璇改怒为喜，连忙起立，同虎儿迎了出去。还未出门，已听一个老人声音由外走进说道：“佳客到此，都不邀老夫来陪饮一杯，女主人真欠罚哩！”余独转身一看，来人已到了面前。这人是个老者，依旧穿着明代衣冠，童颜鹤发，银髯飘洒，身高六尺以上，声如洪钟，气度雍容，虽然也拄着一根山木做的拐杖，神态却非常朗健，身旁随侍着一个儒生打扮的少年，英姿飒爽，丰渠夷冲，丝毫没有一点文酸气。知道来人定是周氏父子，不由肃然起敬。刚刚将身站起，林璇已迎上前去答道：“侄女今早出山去接同伴，原打算同到世伯家中拜见，偏偏的今日是个会期，忙了多半日天色晚了，打算明早再陪客过去，不想世伯兄早到先来了。”那老者闻言笑道：“适才虎儿叉了一只大虎回来，打算与小女烤虎肉吃。虎儿抽叉时节，小女贪玩，正打算去断那条虎尾，不想那虎气犹未断，忽然狂吼了一声要扑起来，幸是虎儿手急眼快，仍将虎结果。小女已受了一些惊恐，没有口福，只能吃我配的药，吃不成虎肉了。我见虎儿只顾和小女说话，问起原因，才知你已将四位贵客接来。我想你一定要来寻我，越等越没有信，想走来罚你，却没想到今日是会期，这倒错怪你了。”说时一眼看见余独躬身站在旁边，杨氏父女也都起立，便对林璇道：“这几位想必是余壮士和杨老先生父女了？你也不与我老头子引见引见。”林璇道：“世伯到来先埋怨人一顿，我哪有闲空说话呀。”说罢，便给大家引见。余独与杨宏道各向周氏父子道了倾慕，然后落座，重添酒肉，吃喝起来。周齐便向林璇道：“余壮士与杨老先生到此，想必你行期不远了吧？”林璇面含愠意说道：“怕还不敢一定做一路走呢。”周齐问是何故，林璇便将余独劝阻之言说了一遍。周齐闻言，已有些猜是林璇错疑，又见余独满脸通红看着虎儿，吞吞吐吐，更明白余独必是为敷衍虎儿说错了话，笑对林璇道：“你错会了余壮士的意了。你想他几千里长途护送着三位老弱，就是没有你单世伯留下的话，得你这样有力伴侣同行，岂不多一条臂助？哪有不愿之理？我看定是你兄弟骨肉情深，不愿你分离，托余壮士婉言劝阻。他新来此地，不好意思拒绝，才故意说出这种违心之论吧？”

林璇闻言，见虎儿低头不语，知道周齐所料不差，自己错怪了人，有点不好意思，正要说虎儿几句，忽听外面一片喧哗。一会工夫，两个山女急跑进来报道：“后寨树林中失火！火势甚大。”周齐忙叫林璇吩咐众人不要惊慌，一面准备钩竿刀斧等物，然后留下几名山女侍候，匆匆约了林璇姊弟出寨察看。余独也要前去，便随着四人一同走到高处一看，后寨西方一带树木全被燃烧，火光烛天，天心皓月都成了灰白色。遥听人声嘈杂，乱成一片，周齐便对林璇道：“此火现在还断不定是人放是野烧，只是现时气候干燥，那些树木又是多年老物，容易着火，决非人力所能救灭。你可同了你兄弟和余壮士，领了前寨的人赶到火场，吩咐前后寨人等将火场周围树木砍断，取浓密树枝蘸饱了水填塞火路，以免到处延烧，波及全寨。我同鸣锵在此稍微布置，再令鸣锵与你前去接应。”这时众山民早将应用之物备好，林璇别了周齐父子，同了余独、虎儿，率领众人渡涧走到火场一看，方圆数十顷，由后崖直到下面的一片树林，已全被火延烧，只听劈剥爆炸向嫩绿树枝上发出来的呼呼之声如音乐交奏，红光火焰直冲霄汉。有些火势稍稀、还未全燃的树林中，不时见有豺狼虎豹狸猿等野兽如冻蝇钻窗纸一般到处狂吼乱窜。那地方住的猎虎寨已都逃得没有个影子，离火场百十步外便闻见木焦味，燃着的零枝碎干满空飞舞，火烟呛鼻，炙肤热痛欲裂。林璇见神姑、蓝牝牛俱都不在，一面着人通知他们前来救火，自己请余独和虎儿各带百十人，换了兵刃，分抄两路，抢往上风砍树木隔断火路，自己迎着火势前面，约束众人如法下手。一会工夫，去人来报：“神姑、蓝牝牛二人遍寻不见，只寻着了几十个猎虎寨。问起他二人踪迹，俱说近些日来，神姑时常用虎啸去唤来几十只猛虎，宰了许多黄羊去喂。今天吃晚酒以前，还见二人引虎为乐，后来又一同转过火场那边树林之内，还带了几十斤牛羊肉去，以后便见天火烧起，始终未见他二人打林中出来。大家都怕天火，各觅崖洞藏躲，别的就不知道了。”林璇闻言，好生奇异，心想难道这火是神姑他们放的么？后寨是她的地方，何苦自害自呢？寻思了一会，想不出是什么意思，只得先行救火。再说林璇、余独、虎儿带了众人分三面施救，周鸣锵也领人赶来相助。直到天光大明，虽将火路隔断不致延烧，火势仍未熄灭。林璇又命虎儿去换人来替班轮流救火，并带些酒肉与糌粑来与大众同吃。到了下午火势渐衰，仍未寻见神姑、蓝牝牛，留下虎儿看守，自己陪了余独回到前寨。

自昨晚林璇等走去救人，周齐便先回去看望眷属，见女儿文美只不过日间受了一些惊恐，并未受伤，安卧片时之后，业已复元，听说前寨来了两个女客，俱是年幼美貌聪明，便要周齐带她前去相见。周齐自从将文美配与虎儿，早就移居在离后寨不远的寨坡上面，盖了一所木瓦房居住，虽离火场较近，一则隔有两条溪涧，二则又在上风，并无妨碍。周齐也想和杨宏道谈谈，嘱咐好了家人，便领文美到前寨与杨氏父女相见，老小五人俱都十分投契。到了半夜，救火的人尚未回来，周齐对杨宏道说道："今晚的火许是野烧，只能隔断火路，难于扑灭。老兄携着弱息流亡奔走，定然劳累不堪，要等女主人回来，知等到什么时候！何不移尊就教，前往荒居，与二位令爱安顿了住处，老兄与我同榻而眠，岂不是好?"文美巴不得与丹姝、碧娃相聚些日，又从旁竭力劝驾。当下周齐父女便对随侍山女留下了话，陪了杨宏道父女同至家中，谈了一会安歇。第二日听说林璇等尚未回来，索性留杨宏道父女在家等候。林璇回寨，不见杨氏父女，山女报说被周老爷子接去。林璇对众人道："我只顾救火心急，也没有安顿他三人住所，还是周世伯会替我款待佳客。他那里虽没有前寨大，因是新修的瓦房，倒也精致，倒不如就请诸位在那里住还要好些。余壮士连日劳乏，不曾安歇，昨晚又帮我救火，累了一夜。我们索性到周世伯那里去，吃罢了饭安歇一日，再作动身之计罢。"说罢，陪了余独同到周齐家中。大家见面互谈了一会火势，林璇又把寻不见神姑之事说出。周齐沉吟道："以她和蓝牝牛的本领，决不会葬身火窟，其中必有原故。且等火灭之后，仔细探寻他们踪迹，如果再寻不见，说不定火急时又回了虎穴。但盼今明日能下一场雨才好，所幸这两日没有大风，不然乱子还要大些呢！现在火势虽减，余烬未灭，仍须随时救熄，火场不能离人。余壮士连日辛苦，还须歇息半天。神姑忽然不见，大有可疑。你四人只可轮流救火，不可大家累在一起，一旦有事，支持不住。无论如何，须等神姑生死踪迹决定，火势完全消灭，你们才能动身。好在杨老兄令亲不会离开原地，此去原是间关投亲。此间不受外人管辖，无殊世外桃源，平安已极，何必忙着动身，诸位以为如何?"杨氏父女原是逃难，凡事须仰仗余独，不肯自主。余独虽然见师心急，巴不得早将杨氏父女送到，一则有师父留下的话，须与林璇做一路走，二则主人情意殷殷，遇见这种天降大火阻滞行期，也是无法，惟有耐心静等火灭之后同走。林璇见余独愿意等她同行，自是心喜，便请余独也住在周齐家内，以便与杨氏父女一同款待，自己好安心前去救火。余独仍要跟去帮忙,经周齐、林璇再三婉谢,请他稍微歇息,到晚间再行奉烦,余独只好作罢。林璇走后,周齐便领余独到周鸣锵旧房内去安睡。余独真是连日辛苦太甚,一倒便睡着,直到天黑好一会才睡醒转来。早有林璇派来伺候的山人领了余独走到前面,周齐、虎儿夫妻、杨氏父女俱都在座。

原来林璇回去并没有少歇,稍微办理了一点日常之事,赶紧挑选了数百人,去将昨晚救火的人换回。教虎儿、鸣锵先回去歇息,到晚上再来替班,二人俱都不肯。林璇对虎儿半吓半劝的,才将虎儿先劝回来歇息。议定本人和周鸣锵做一班督率救火,晚上三更后再由虎儿同余独来替。虎儿回来,周齐便命他速去安睡一会,晚上好做事。连着人打听好几次,不但神姑、蓝牝牛踪迹不见,连那苟二姐也不知去向。蓝牝牛手下四个千长,除去行刺林璇的一个因伤身死外,余下三个,自从将猎虎寨拨归后寨,林璇不究既往,也由神姑要去。先也是打寻不着,这日下午靠崖的一面火势渐稀,众人过去察看,崖旁一块突出的峭壁业已被火烧断,倒了下来,把地都压陷了好几尺,有的地方山石打得粉碎。在一堆碎石旁边发现了几具半焦枯的尸身,内中有两个,认出是那千长,余人俱都成了枯炭灰,辨认不出来是哪一个,也遭了火劫。至于火势,火路虽然被众人隔断,无奈那些树林多是千年古木,又高又大,枝繁叶茂,加以山中春藤含有油性,也容易着火,烧断了的枯枝带火到处飞舞,落在哪里哪里便起火。幸而人多手快,虽然有几处着火,俱都当时扑灭,未成巨灾。火场的四围虽然经众人挑了涧水泼漉,火势渐小,当中却依旧烈焰冲天,近火场百十步内,山石都烧得通红,奇热异常,慢说扑灭,连身子都难近前,看神气除非天降一场大雨,否则哪想全灭!没有十天八天决难办到。如果再一刮山风,那简直就不得了!

周齐得信,好生疑虑,那火势虽大,只要解救出力,但盼不起大风,至多不过多延几日。惟独神姑、蓝牝牛、苟二姐这三个隐患不知去向,偏偏那火在他们三人失踪以后才起的,觉得非常奇怪,想了一会亦想不出是什么原因。恰好余独、虎儿双双醒来,周齐便和二人说了。虎儿便猜神姑定是在火急时,骑了她的虎妈,与蓝牝牛同转虎穴。周齐道:“你姊姊同我先都是这么猜想,那苟二姐又往哪里去了呢?她自和蓝牝牛苟且后,便去帮蓝牝牛勾引神姑成奸。偏神姑醋心太重,上手以后,不但不准她和蓝牝牛亲近,有一次竟将苟二姐打了几十藤条,差点没要了她的命。事后苟二姐向神前刺咒,立誓要报神姑的仇,跑来向你姊姊诉苦,愿代我们作内应,趁空将神姑、蓝牝牛二人刺死。你姊姊将她骂了一顿，她跪在地下再三央告，求你姊姊不要泄漏她来说的那一番话。你姊姊答应了，她才走去。自那天回去后，我便派人打探她的动作，听说她回去后，忽然再也不理蓝牝牛，对神姑比从前还要恭顺。神姑终是不大满意，在这起火危急的当儿，岂肯还带了她一同逃命之理？这里头疑点甚多，不到火灭以后不易明白，莫是祸变之来，常在人不知不觉之中？你姊姊火灭以后，其势不能久留，你千万诸事不可大意。”虎儿闻言，点了点头，说是要出去看看火势。

他走后，周齐和余独谈了一会，不见虎儿转来，先以为他又赶到火场去助林璇救火。快到三更，林璇叫人来对周齐说，因为在火场后面发现十几具尸身，便聚集后寨猎虎寨点数，才知蓝牝牛手下千长还有一个名叫金蛇的，因为发疟疾在家中养病，不曾葬身火窟。林璇再三向他盘问，才知神姑、蓝牝牛自从狮神显圣，对前寨本已死心。忽然那日金蛇因为采着一种野果好吃，每日尽量采摘。偏偏那种果树不多，近处采摘完了，便往远处，采来采去，无意中走进一个山洞，那洞竟通到狮神显圣的崖上，他怕冲撞了狮神，正要回去，忽见那里果树甚多，贪心不足，刚想偷采一点再走，忽然遇见一个毛人。他疑是狮神出现，吓得连滚带爬由洞中逃回，到了后寨，回头一看，那毛人还紧跟身后。这时神姑、蓝牝牛，还同了两个千长，正在林中打鸟玩，一听他说毛人是狮神，吓得也想逃跑。不想那毛人身子和飞一般，一纵就是几十丈，抢上前拦住蓝牝牛的去路，只一照面便将蓝牝牛擒住。神姑一着急，也不管那毛人是神是怪，上前去救。金蛇业已逃在远处，回望神姑刚走到那毛人面前，未及动手，蓝牝牛业从地下起立，同那毛人说起话来。眼看他三人指手画脚谈得非常高兴。一会工夫，毛人走去，蓝牝牛又唤金蛇和那两个千长近前，吩咐不准对人说起。金蛇因为受了一些惊恐，回家便病到如今，以后就不知道了。再问常侍神姑的山女，俱说自那日起，神姑和蓝牝牛和那两个千长，每日总带着十几个近身心腹，挑着许多酒肉走向那火场树林之内，并不许其余的人跟随窥探。日前又由神姑唤来了数十条猛虎，与人在一起玩耍，来了不多日就着了火等语。周齐闻言沉思了一阵，忙请余独去替林璇回来，有话商量。再问来人：“虎儿可在火场？”来人回说：“并未曾见。”越发添了忧虑。

余独正要起身，恰好虎儿面带惊色回来。周齐便问虎儿何往，虎儿说自己出外，见月色甚好，特地赶往虎穴去探看神姑是否在彼处。谁知到了那里一看,一点响动俱无,只见下面有一个十多丈长的东西好似在那里蠕蠕闪动,月光下看不甚清。起初还道是山石,在崖上往下面看了一会,不见动静,便援着春藤悄悄爬了下去。忽然一脚踏着一个毛茸茸的东西,低头一看,竟是一个虎头,好似被什么猛兽用嘴咬掉下来似的。再往前走了几步,到处都是虎骨、虎头和怪兽吃残了的虎腿。虎儿心中奇怪,渐渐走离那东西不远,忽听鼻息咻咻,对面有两点蓝光闪动。乍着胆子向前又走了几步,猛觉一阵腥味扑鼻,定睛仔细一看,前面卧着的东西竟是一个从未见过的怪物,头有一间小房子大,从头到脚有两三丈高,两只眼睛闪电般发出蓝光,蹲伏在那里,吓得虎儿魂亡胆裂,不暇再看怪物的身长,拨转头就往回路跑。刚刚抓着适才下来时用的一根春藤,业已惊动怪物,追了过来,行动时腥风大起,发出了破锣般的怪声,身上沙沙儿响。虎儿刚刚援着春藤,快离下面不远,那怪物业已赶到脚下,猛地往上一蹿,一口未咬着虎儿,将一大盘有人臂粗、由崖顶直垂到下面的百年老藤咬住,只一甩,连根拔起,拉了下去。在这危机一发之际,幸而虎儿急中生智,觉着春藤往下一紧,就势踏着藤梢用力一纵,到了上面。那藤生长山石夹缝中何止百年,根深蒂固,吃这怪物往下用力一拉,连那着根处一块两丈方圆的一块大山石都被带了下去。虎儿在上面,从沙石坠落声中,猛听扑隆一声大响,接着一声破锣般的怪吼过去,翻腾了两下,就不见动静。冒着大险回头一看,那怪物许是被坠下去的那块大石打得晕了,竖着身子,上半截还在崖的上面纹丝不动,估量它的全身少说也有十七八丈长。一会工夫又在那里闪动,吓得虎儿再不敢停留,飞跑逃了回来。

周齐见一波未平一波又起,平心静气想了一想,忙命虎儿随着余独先去将林璇、周鸣锵替回。余独、虎儿领命去后,不多一会林、周二人回来。周齐说起前事,如果那个毛人是逃走了的二狗,这事便不大好办,只不明白他们何以要自己纵火烧林,着火以后又不露面。还有虎儿在虎穴中所见的那个大怪物,想是洪荒遗下未绝种的旱龙之类。这类东西身躯长大,猛烈非凡,它将虎穴中猛虎吞吃尽后,无处觅食,早晚要到本山来侵害人畜。听虎儿所言,他已援着春藤爬到崖上,那怪物才赶到脚下,定然行动不甚敏速,也不会往高处纵,这还好对付一点。此事必须预为防备,以免人畜受伤才好。林璇道:"周世伯之言甚是有理,那虎穴我曾去过,四面俱是壁立高崖,虽然有条虎行之路,宽处还不到五尺,窄的只有尺许,路径还非常弯曲,高下错落不等。那怪物既如此高大深长,定是从上面爬落下去的,决不容易爬了上来。

这里去虎穴只是一条道路，中间还隔住一处广大深沟、两个山峰，那怪物一天半日未必能以到此。侄女打算明日天一亮，便带几个得用的人，携了毒箭兵器，先到虎穴探个仔细回来，再和世伯商量除害之法。侄女真叫命苦，思亲多年，恰好容易承二位世伯指教，得有成行之日，无端又连发生事变，耽误行期，真是哪里说起！适才在火场见十几具猎虎寨尸身前面，倒下半截山峰，将山石都压碎成了一个深坑，后来又在碎石堆中掘扒出半截尸首，也许神姑、蓝牝牛等避火时节，正赶上山峰倒下将他们压死也说不定。如果神姑不在人世，侄女虽然后顾无忧，又觉对不住已死抚养的庶母了。"周齐道："我也曾作此想，不过神姑、蓝牝牛身手非常矫捷，尤其是神姑，纵身就是十几丈远，轻如飞鸟，山峰倒下以前，必定炸裂发出大响，岂有不知避让之理？这事现在还说不定，明早你去虎穴探看怪物须要小心，不可被它发觉。你走后，我当亲去火场，到那山峰下面察看，或者能看出一些迹兆。你连受劳累，可去歇息安睡，今夜我去前寨代你主持便了。"林璇也真觉身体劳乏，现时用不着自己，正好抽空安睡养息精神，准备明早去探看怪物行踪，便依言告辞走去。周齐安顿好了杨氏父女，吩咐鸣锵去睡，径到前寨来，见林璇正在召集全山千百长等说话，见周齐走来，俱都起身为礼。周齐便问林璇："为何还不去睡？"林璇道："适才回来，接着后寨来人报信，火场中的余火又延烧着了一大片青稞。余壮士和虎儿叫多派一些人去，我传齐大家，才将人调派停妥，忙了一阵，又不觉困了。特意等世伯到来谈一会再去睡呢。"周齐道："你一人关系着全山人的福祸兴亡，假如神姑尚在，心存叵测，除你之外无人能敌。你从昨早出山接客累到如今，不曾休歇，在祸变到来之前，最要紧是将精神养好，以便临时应付。你还是早些去睡吧。"林璇道："这火如果再不停歇，山风一起，真不堪设想呢！"周齐道："那也无法。只盼天能下场大雨，就不妨事了。"说罢，又连催林璇去睡。

林璇回屋去后，周齐正与众千百长闲话，忽见林璇面带惊疑之色走了出来，对周齐道："适才我刚走到我卧室门口，忽听我屋中喘息之声非常急促。等我赶了进去，守屋的两个侍女，一个叫春桃，一个叫春燕，春桃不在屋内，春燕却昏倒在地上，口中直吐白沫。我用山泉将她灌醒，问她为何这般死睡。她说适才春桃出外有事，她等了一会不见回来，正挑开我屋内花帘往外探头观望，猛觉一股子异香透鼻，登时头脑昏眩，迷惘中见有两个毛手来掐她的脖子。她力气本大，一面死命挣扎，想喊人求救，竟如梦魇一般张不开口来，直到我将水泼在她脸上，才觉头脑一阵清凉，惊醒过来。我起初还以为她是梦魇，后来一见她脖颈上青紫了两块。我再命人去寻春桃时，却在离我窗前不远的一块山石下面横卧着，唤醒了一问，她原是出外小解，也是闻见一股子香味便不省人事了。近日来因遵世伯之命，随地小心，寨前寨后连同各要口俱派有人防守，先寻近寨前一带的防守人查问，俱说连日月色甚好，防守的人分配又极周密，无论是人是兽，决难进寨一步，他们从来未看见过什么响动。春桃仅止闻见香味昏去，颈上还无伤痕；春燕颈上青紫了两块，还带有指甲印，明明是人手所掐，决非无缘无故。我已命人将各屋花帘上挂起风铃蒺藜，添人防守，以备万一。趁诸位千百长在此，想请十几位去，再将各要口的人唤回，问他们今天可见什么可疑之事。世伯以为如何？”周齐点头称善。

当下周、林二人一面分人到各要口传唤，又对在座千百长指示了一些应变之策，才请他们各按职守去做。众千百长散去后，一会各要口防守的人唤来，问起前事，大半都说没有看见什么响动。只防守落魂溪涧岸的一两个本族百长，原是林璇得力心腹，说上半夜奉命防守落魂溪，接班以后，便将带去的二十人，照林璇分派地点分散开来。他二人却拣那最要紧所在拿着兵器弓箭瞭望。一个是在崖上，一个是在溪涧旁边，两下相离约有一二十丈，比较所带众人隔得要远一些。站到三更，林璇回来时还好好的，在涧边防守的一个看不真火势，想和崖上的一个掉换一下，唤了两声不见答应，觉着奇怪，跑过去一看，崖上的一个百长连他近身不远的一个防守人俱都倒在地下，昏昏睡着。好一会才将他二人喊醒问时，说他正在崖上观看火势，忽听近身处有人倒地的声音，忙走过去查看，才往前走了不几步，猛觉一股香味钻鼻，使劲嗅了一下，立刻头脑昏眩，身子发软，便不省人事了。再问那手下人，也说是因为闻见香味倒地，别的倒无甚响动。

第八回

谈异兽 奇迹溯洪荒
走孤藤 飞身行绝巘

周、林二人见问不出什么端倪，嘱咐了几句，仍命他们各回防地。刚打发他们出门，忽听远远轰隆一声大震，恍似天崩地裂一般，知道有了变故。林璇首先纵身出外，跑上高处一望，月儿已到中天，照得涧谷通明，春风拂面，十分清爽；西望火场，火光熊熊，白焰冲霄，火势仍和适才回来时一样，并未减小；近处各要口防守的人，三个一堆五个一丛，影绰绰地在那里交头接耳，想是议论适才震响之事；余外静荡荡的无甚动静，只西南角上一大片迷濛，和起雾一般，看不大清楚。这时随侍的人也跟了出来，林璇便命人去喊防守的人来问。周齐扶了一支竹节也随后走到，问林璇可曾查见什么。林璇说："那大声只震响了一下，走到此处，只剩一些山谷回音，并没响第二下，看不出什么迹兆来。我已命人去唤他们在外防守的人来问，一会来了总可知道一点。"周齐道："你可曾听出震响的方向来么？"林璇道："适才听时，好似在南边呢。"说到这里，猛地心中一动，指着西南角对周齐道："世伯你看，月色这样好法，独有那边昏雾沉沉，连几个山峰中俱都隐没。那里正是往虎穴去的路，莫不是虎穴的怪物在作怪么？"周齐往前仔细看了看，说道："这月光照得到处通明，惟独那边如此昏暗，据我看来绝不是雾。适才震响，分明是大山崩倒的声音，你听去又是在南方，想是连日大火将山脉烧燃，勾动那边山脚地火将山峰震倒也说不定。"

二人正在揣想，传唤的人业已纷纷来到。还未及问，忽见西南方有十几个人亡命一般跑来，及至近前，看见周、林二人，气急败坏地说道："大司快快想法，大祸来了！"林璇见那为首之人正是五指山一带山人的百长云九熊，便问出了什么变故。云九熊道："从前些日起，我们就时常听得虎啸。前天黄昏时候过了一群虎，约有百十多只，跑得很快，连头也不回，我们以为是神姑喊虎到后寨去。这本是近来本山常有的事,俱未放在心上。及至后寨起了野火,接着大司派人传令,说五指山是去虎穴的要口,命我等轮班防守,留神神姑、蓝牝牛等来往。我兄弟十熊年轻喜事,听说火起以后神姑、蓝牝牛不见踪迹,猜是回了虎穴,今早起来便自告奋勇,要偷偷前往虎穴打听明白,好见大司报功。我因神姑同那群虎都非常厉害,再三劝阻不听。他裹了些干粮,还约了本房侄儿二牛同去,直到天黑不见回转。

"我正替他着急,前一个多时辰他惊慌没命地跑了回来,说是他在午前就同二牛赶到虎穴,沿路上静悄悄的安静极了。及至到了虎穴崖顶,先寻了僻静之处隐身,往下一看,神姑、蓝牝牛不在那里,也没看见一只虎在下面跳动。依着二牛便要回来,我兄弟不死心,他前次曾随大司往虎穴去过,知道神姑和那虎王常在下面一个崖洞内藏身,想下去探看个究竟,万一遇见,便假说火势快灭,奉了大司之命来请神姑回去,想必不会伤他。他二人又都有兵器毒箭,也不怕别的野兽,便一同沿了春藤下去。那崖原是凹进去的,他二人追到半截往下一看,崖凹口有两只老虎横卧在一块黑颜色的大石旁边。怕在不上不下的时候惊动了虎,扑纵上来无法抵挡,正要喊二牛援着春藤往上走,二牛却说那两只虎是死的,下去不妨。我兄弟再仔细一看,果然一只虎断了一条腿,那一只只剩了上半截,还有一大摊血迹。下面春草很深,又长着一片黄颜色的野花,和虎身上毛色相混,乍看不易看出,知道虎卧总是蹲着,没见有横躺在那里的。他二人也没想一想那里是虎窝,这两只大虎是怎么死的,冒冒失失还往下走。挨近虎身那块黑颜色的石头,一头正在二人脚底下,看去有一两丈高,还有一头深藏在崖凹里面,看不出有多长。看看下离那块石头还有三四丈,忽听有猛兽打呼之声,连忙用目往四处查寻,猛见那块大黑石头在那里颤动。先还以为是眼花,及至定睛一看,那块大黑石头倏地往上高起,一条水桶般粗两三丈长的东西,像黑蟒一般从那块黑石旁边直竖起来,一下扫到崖上,连二人脚下春藤带崖石俱都打得纷纷断落。二人知道不好,连忙往上飞爬。就在这一转眼的时候,忽听打破锣般一声大响,那块大黑石头从崖凹内掉头走了出来,这才看出是一个其大无比从未听见过的怪物。那怪物生得浑身漆黑,两只蓝眼有火盆大小,晶光射眼,头上生着一只丈多长的大角,那嘴像一只掘地的铁铲,上嘴短下嘴长,平伸出来有一丈多长,黄牛般粗的两只死虎被它用嘴铲起,只嚼了两下,便咽了下去,把十熊、二牛二人吓得浑身乱抖。我兄弟还算手脚快些逃了上来，二牛吓得骨软筋酥，两手抓住春藤，一步也爬不动。十熊先时是只顾自己逃命，到了上面，见二牛不曾爬上，大胆想去拉他上来时，那怪物已慢慢走了过来，举起前脚搭在崖壁上面，伸出长嘴往上一铲，活生生将二牛一口咬住，只两三嚼便吃下肚内，一眼看见十熊在崖上探头，又要往上爬来。我兄弟心惊胆战，不要命地连爬带滚往回路逃走，刚刚跳下那座山崖，一阵脚软神昏，踹闪了步，坠落在崖旁深涧之内，幸而水深，他又精通水性，才没有死。那山涧离上面有好几十丈，四无攀援，在水内泅行了半日，直到天黑，月光上来，才泅到水源尽处，寻着一条窄径逃了回来。他刚落下水去时，听见那怪物在崖那边虎穴内狂吼，不时还有重东西撞的大声发出，差不多两个时辰才住。当他在崖上探头准备去救二牛时，才看清那怪物的模样。那怪物周身漆黑，头是个长方形，有一间小屋子大小，前额上圆圆鼓起一个大包，包后面生着一只角，有七八尺长，木桶般粗细，亮晶晶映着太阳放光。身子站在地下，有深草蓬蒿掩着，没看出是几条腿，从头到尾差不多长有二十来丈，头比尾高，相差总在两三丈高下。声音像打鼓锣一般。虎穴那一群虎想已被那怪物吃得差不多了。

“我先还不怎么信，不一会，老鸦口炼铁房住的几个弟兄叔伯也都抛了行当奔命跑来。老鸦口前面的那一座山本来离虎穴最近，跑到山上便能看见虎穴景致。自从去年底，周老爷子说那里水势急砂石好，又有天然的火井，便于淬磨刀箭打造铁器，虽然离虎穴近，因为隔着两条大深沟，虎过不来，设下那座打铁房，图个近便，果然那里从未见一只虎打那里经过。有时打铁的人累了，还常跑到前面山顶上远望成群的老虎打架。起初他们都是早去晚回，今年正月，大司命在两月内赶造出二百把大刀同三千箭头，才留一班人做夜活。他们因为太忙，已有多日不上山顶去玩了，今日午饭后，该着五天换班的日子，去的人都听说神姑不见的信，到时太阳虽然业已偏西，还能看远处。他们接了班，有几个先不做活，打算到山头看看神姑可在那里。一上去便见一只虎也没有，只看见一个黑颜色的怪物在那里用头撞崖壁。那山与虎穴相隔也有二里多路，要走到还不止十里，居然听得蓬蓬的大响声。后来忽见从怪物身后一个石窟窿里蹦出两只虎来，不知怎的被那怪物发觉，也没见它怎追，只一回身，那一只长尾正扫在一只虎的身上，远看那虎稍微动了一动,便倒在地下。还有一只想是吓晕了头,不朝往日常行的路跑,反倒朝崖壁上纵,一个纵虚了脚,落将下来,被那怪物张口往上一接,咬个正着。不一会工夫,便将这两只虎吃了下去,站起身来,竖起那条尾巴,像老虎发威似的抖了两抖,伸了个懒腰,便走往一个崖凹中伏着去了。那怪物是六条腿,他们说的形象也和我兄弟说得差不多。我们站在高处往远处看,先以为是个不经见的怪兽,还不觉得那怪物生得长大,及至两只虎出来一比,才知那怪物大得出奇,黄牛般的老虎的身躯只比那怪物的尾巴粗不了多少,还没有它长。越看越害怕,正要回来报信,那怪物只一会便醒,又跑出来向四面崖壁乱撞,有时也用两条后腿着地,举起四条前腿往崖壁上爬,抓得崖头春藤和上面生着的小树直往下落,总未见它后腿离地纵起多高。它爬了一会没用,急得又往四壁去乱撞,才看出那怪物虽然厉害,能吃老虎,却不会跳高纵远。虎穴四面俱是峭壁,又高又深,往常老虎下去的路,只崖中间有一条偏斜窄径,余外俱是由几十处峭出来的崖石上纵跳下落。那怪物脚才搭上去便将崖石抓断,看来那怪物已如同陷在深坑之中,决难上来,大家才放了一点心。谁知那怪物忽然一阵发威,先跑到场当中站定,猛一回身,将那升起的高头低了下来,张开六条腿,翻蹄亮掌,用前额直朝北面这块崖壁撞去,砰的一声大响,连山谷都起了极大的回音。远看尘土飞起,壁上碎石草树纷纷坠落,有许多石树从高处震落在怪物身上,腾起多高,那怪物好似通不知觉,撞了一下也不喘息,复翻身奔向场心,拨转头又撞第二次。它撞得也真是地方,虎穴一面是连山,只北面是一座孤峰,又加这次是怪物认定了一个地方去撞,被它撞了几十下,这边山顶上的人都觉着地在微微震动,总以为怪物太蠢,难道还将山峰撞倒,爬了出来不成!谁知它撞到后来竟和疯狂拼了命一般,有一下一头撞过去,轰隆一声,竟将北面崖壁撞裂成了一个大缝,峰顶上倒下一片和怪物身躯相仿的大石来。可惜落下来远了些,正落在怪物的后股上面,将怪物打了一溜滚,同时那座峰头也有些摇摇欲坠的神气。这边山顶上人才觉出那怪物要是一跑出来,大家都没了命。先前是看得呆了,经不得有人一提,吓得丢了家伙,纷纷跑了回来,经过我那里来与我送个信,顺便要点吃喝。我这才相信,一面命家里婆娘准备酒食款待他们,刚要先由我那里叫人来禀报大司,刚把饭煮熟,忽然天崩地裂般一声大震,我们住的那几间石瓦房都震得乱颤,屋顶瓦片碎落了好些。出外一听，虎穴那边轰隆叭啦的大声直响，知道定是怪物撞倒山峰跑了出来。大家饭也顾不得吃，同往这里逃跑，走出来有半里多路就听不见声响，但愿怪物不往这里来才好。现在我们十几个腿快的赶在前面，后面还有连男带女大人小孩子一大群尚未赶到，请大司快想法子！”说到这里，后面山民率领妇孺约有百余人也都赶到。

林璇命左右先安置好了众人食宿之所，领去歇息，只留下两三个首要人问话，另与他们预备饮食。林璇正要和周齐商量防御之法，九熊忽然失惊道：“我只顾率领众人逃来，我兄弟十熊如何不见？”说罢，便要前去寻找。林璇道：“十兄弟素来聪明有胆子，想必落在后面，不久自会到来。你先歇息一会，再作计较。”这时全寨山民有一半得这凶信的，都惶惶然如大祸之将至。奉命防守的人因为林璇法令严肃，虽然心慌，还看不出。余下的自从大震响过后，纷纷出来，站离林、周二人不远，三个一堆五个一丛，交头接耳，个个惊慌，疑神疑怪，不知如何是好。周齐见此景象，忙叫林璇先将众人的心安住才好办事。林璇闻言，当下传令，叫人出去转知大家道：“那怪物虽然长大厉害，这条山路长有数十里，其间许多峭崖深沟，那怪物身躯虽然如此长大，可不会纵跳，它非将这几十里石山全都撞穿不能到此。慢说它到此势有不能，就是算它能以到此，至少也得十天半月，定有除它之策。这种害人的东西，它不来，我们还要去寻它，怕它何来！大家休要害怕惊慌，本大司同周老爷子定有除它的主意。”又命人去告知火场诸人，省得以讹传讹，得信惊慌。吩咐已毕，悄问周齐作何打算。周齐高声道：“这有何难！不出三日，管教那怪物腹破肠流，你还得两样千古难逢的至宝以壮行色。起初听了大震响，我还以为有什么了不得的变故！今夜月色甚佳，无端辜负好酒不饮，却来此跋涉劳顿，真不值呢！”林璇便问：“可知那怪物什么名字？”周齐笑道：“天机不可泄漏。如今真相已明，静等三日之内下手除它。无论再有什么响动，俱不足为异，那怪物也决跑不到此，只管放心。我们进寨再作长谈吧。”

林璇知道周齐故意大声说话以安众人之心，便点头笑道：“世伯之言极是，我们进寨再谈吧。”说罢，命左右领了九熊等前去寻找饮食及安歇之所，亲自扶了周齐同进寨来。落座之后，这时身边随侍的人还剩两名心腹山女，林璇又借词将她们调开，才向周齐道：“适才听世伯之言，莫非这怪物甚是厉害么？”周齐道：“谁说不是！这种水陆两栖怪兽，名为牦象，头如犀牛，顶生独角，长嘴如铲，钢牙似锯，额际有骨坟起，锋利胜逾百炼之钢，六只肥蹄内藏利爪，身长力大，猛烈异常，遍体生有细鳞黑皮，最善攻山陷地，差不多的小山峰，被它的头撞几下便倒。此乃洪荒以前的怪兽，蚩尤同轩辕氏交战于巨鹿之野，兵败时，曾用它头触不周山，阻挡后面追兵，便是此物，后世以讹传讹，以为不周山乃蚩尤撞倒，并无其事。这种怪兽有雌有雄，虽然一般刀枪不入，但是各有一处致命所在。雄的致命所在，是颏下到颈间的一根软骨，非常脆薄，一撞便碎。雌的致命所在，是从咽喉到尾际的一道白条，兵刃可以刺得进去。雄的较雌的还要生得高长，只是无尾，嘴也比雌的短些。它们求偶生育均极繁杂，而雌的性尤残忍无情，不是饿到极处，决不肯同雄的配合，配合之后，便将它头上那块坟起的额骨，昂头用力朝雄的致命所在一顶，将雄的弄死以后慢慢享用。同时腹内也有了身孕，要过数十年才胎生出小牦象来。因为它食量大得吓人，三五十个野兽还不够它一顿，它又身躯蠢重，行动不及别的野兽迅速，只仗头去触山，将山触倒，再用脚去扒吃那些被压死的生物。这种法子，到底所得有限。除去勾引雄的与它配合，找一顿饱餐外，终年总是饿的时候多。偏它极能忍饿，只要伏在深水之内，将头身往水泥内一埋，便能数十年不食。它生下小牦象之后，起初也极疼爱喂养，一到小牦象长到长有丈许，它便馋涎欲滴，先还舍不得吃，一来二去，那些小牦象如不离开，终究仍做了母亲口中之物。有了以上原因，天然淘汰，一天少一天，渐渐地绝了种。想不到《洪荒异物记》上的东西会在这里出现。据我所知，这种怪兽生得最长大的也不过只有十来丈，如何会有二十丈长？想必这座野人山当初原是洪荒时滨海之区，经过多少陵谷变迁，将沧海变成山林，地骨转变时，这东西藏在一个深凹有水的泥穴之内，外有山谷遮蔽，石骨坚厚，不易钻出，就在里面生息，不知何故日前冲了出来。我想那怪兽如果是牦象，决还不止一个。所幸它虽然凶恶暴烈，只能爬走，不能跳纵，行动迟缓，除它虽非易事，还能想法。山民最信神鬼，日子一多便生变化，被它冲到此地，不但人畜受伤，全寨都要变成一堆砂砾了。”

林璇便问：“此兽既如此厉害，凡人怎能近身？应该如何下手才是？”周齐道：“我也是根据古籍同传说，究竟这怪兽是不是牦象还说不定。我想天明以后，你我一同冒险到虎穴那边寻个适当所在藏身，看看怪兽动作与周围形势，再想主意。适才你屋内两个侍女连那落魂溪要口上防守的人，先后闻见香味倒地，你侍女颈上还现有青紫伤痕，情属可疑。如果我的推断不差，皆与火起以前与神姑、蓝牝牛说话的那个毛人有关。明早你我前去，还得多加小心，少带些人，越严密越好，以免你我去后仇敌乘虚而入。”正说之间，余独由火场来到，手中拿着一株被火烤得半焦的野花。周、林二人便问：“火势如何？”余独说：“火势经大家奋勇施救，比前半日已好得多，只要不刮风，就不下雨也不妨事。因为遇见一桩奇事，与起火事有关，特来报知。”周、林二人忙问：“何事？”

余独道：“我自日里听周老先生说，起火前那个毛人怕是以前逃走的二狗，我到了火场格外小心。适才那一声大震过去不久，我正站在靠近火场的一个山崖上面，指挥众人去断那一带燃烧未完的树木，忽听一个救火的山民惊慌失措地大声喊叫‘有鬼’。我随着他手指处急往崖西角一看，果然有一团黑影行走如飞，正往西边火场纵起。我忙取出身上带的弩箭，跟踪上前追赶。彼时火势甚旺，那团黑影原是绕着走，那意思想越过一堆燃烧未完的矮树跑到那边崖角去。他刚纵起空中有两丈多高，被火一照，看得清清楚楚，正是一个红眼浑身白毛、似人非人的东西。我忙将手中弩箭用联珠手法打去，那毛人身子悬空，不及避让，好似脸上同肩膀上都中了一箭，只听他大叫一声坠下地来。地下山石业已被火烧得通红，又被火燎着他身上的白毛，当然禁受不住。他想是知道被我擒住难得活命，虽然连受重伤，身上又被火烧燃，他竟不顾命地从火地上接连几纵几跳，等我再用弩箭去射时，已被他跳入对崖那边不见了。我是因为有火阻隔，无人纵得过去；就过去，地下火热，也无法立足，只得唤来众人，钩倒那丛矮树，用水淋藤柳垫足，绕道过去查看。忽然鼻端飘着一点香气，大家都头昏脑晕起来。及至走到毛人中箭坠落所在，那里原是一片山石，没有草树，忽见地下有这一株被火烤焦了的花，连根拔起倒在地下。因为它长得奇怪，生平从未见过，又不像原生在那里的花草，疑是毛人遗留，无心中拿近鼻端一闻，又觉头脑有些昏眩，险些儿跌倒在火地上面。那毛人身轻如叶，疾如飞鸟，七八丈宽丈许高的火堆被他一跃便过。要不就势将他擒住，定为异日之患！我以为他受如此重伤，虽然逃了过去，火毒攻心必然倒地，定了一会神，又往前寻找他的踪迹。那一面的火势东一堆西一堆，山崖险峻，非常难走，又不能似毛人能够从火上飞越，七上八下，绕走多少险路，才到对崖。一看，原来那边只是一座孤崖，两面被大火围上，一面是我去的来路，后面临着一个数十丈深涧，借着月光火光照入水面，波浪滚滚，一些影踪都无有。照那形势，毛人除非跳入深涧之中，定然无路可走。上面石头烫得脚下发烧，只得回来。令弟虎儿也得信赶到，他说那里是毒蛇涧的源头尽处，下面是泉眼，到处尽是极大漩涡，扬花沉底，无论多大水性的人，掉下去就被漩涡卷入泉眼，决难生还。他去年练习水性，曾用极粗藤索系着身体下去，才一入水，差点被漩涡将藤卷断，慢说泅泳，手足都不能自主，急忙喊人抬了上来。毛人在情急时坠下去决难活命！并说他对那山崖地理甚熟，通体充实，全没有一个洞穴，也许那毛人已死在水中，已命人往下游日夜留神，毛人尸体浮出水面，便知分晓。我两人正在说话，忽然换班的山民来说起这里有两个侍女同落魂溪防守的两人，适才闻见异香昏迷晕倒，全山寻找奸细，并无影踪，说不定就是这毛人所为。刚巧我管的那一面火势又减了一些，同去的两位百长俱都说得一口好汉语，看上去颇为精明可靠，我便托他们暂时代管众人，特意将这株花带来与二位过目，就便请问是否还搜寻毛人生死踪迹？"

周齐将那株花接过一看，连根须才只尺许，花形与芍药相似，却是五瓣花攒在一起，有冰盘大小，干粗约有寸半，十分坚滑，叶如人掌而大，也只五片，颜色翠绿，虽然通体被火烧焦，却看出那花瓣不下十五六种颜色，想生时一定异常鲜艳，只想不起这花的出处，便对余独道："照余壮士所见那毛人，再加火起前后发现之事，定是逃去的二狗无疑。他必是遇神姑、蓝牝牛，说起贤侄女出身隐秘，想乘机夺取全山。自知力势不敌，知道这种怪花人一闻见香味便即倒地，趁你从火场回来歇息，想跟踪到你房中行刺，却没料到你在我家中耽误些时，扑了个空。落魂溪是往来要口，他借风力送花香，先将防守的人晕倒才得过来，走到你花帘前，又遇见先出去的侍女与他走了个迎面，被他如法炮制。因为他志在行刺，这两处俱未伤人，及至走到你卧室窗户下面，看你不在室内，便想越窗而入寻个藏身之所，等你进去坐定，冷不防用花将你晕倒行刺。见还有个侍女在内，无法进去，恰好你那侍女到窗口去望她的同伴，他就势仍照适才方法，想将那侍女也弄晕过去。偏偏风力不顺，那侍女中毒不深，神志还不十分昏迷，恐她缓醒过来，这才动了他的杀机，纵身入内，想用手将她掐死。两人正在挣扎，你已带了随侍的进去。他听出脚步声音，知道入内的人不止一个，并且来人已有了警觉。那花虽能将人醉晕，大概还须得借风力，不然便须凑近敌人鼻端。他自知一个弄巧成拙便难生还，只得先逃出窗去，相机行事，后来我们盘查紧严，更觉难以下手，决定逃回去再作计较。他年来伏处山中食了异草，无心中得来轻身本领，便趁大震响时，由忙乱中纵逃回去。山民报仇心重，何况他已知了你的根底，更以为你占了他大司之位，势不两立。只要神姑、蓝牝牛真是如我们之望，在火起时逃入虎穴，被怪兽牦象所伤，剩他一人，又连中火伤箭伤，即使不死也不妨事了。所可虑者，神姑、蓝牝牛还在，又从二狗口中得知底细。二狗山中隐匿，崖洞甚熟，先寻了安身之处潜藏，如能在你未走时将你刺死，更称他们心意，否则等你走后才出来与你兄弟为敌，就难预防了。为今之计，一面当心火场，你可先寻地方安歇些时，养好精神，明日我和你去探看怪兽行踪，再等到火灭兽除，好歹寻出神姑生死踪迹，才能上路。说不得余壮士同杨老先生父女，还要耽搁些日子了。"

余独道："起初只听林小姐令弟说那怪兽形态，他因在黑夜匆忙之中，语焉不详，所以不敢妄作主张。适才听周老先生说怪兽乃是牦象。昔年先祖在日，先父随宦云南，因取草海中污泥烧砖，修垫大观楼基，从泥里掘出一副怪兽骨骼。彼时有一位姓邢的博古通儒，知道此物名为牦象，又名玄牦，同先父曾广搜许多载籍考证。先父《滇南行脚录》曾载其事，说此兽乃洪荒以前龙形怪兽，不但身躯庞大，性烈异常，额际肉包最能攻山破石，无坚不摧，并且周身俱是厚皮细鳞，除雄、雌各有一处致命伤外，刀枪不入。此兽两个蓝眼球内藏着两粒日月珠，晶光四射，能避水火，连它身上的皮俱是人间至宝，得一富可连城。它虽然那般厉害，但是身躯蠢重，行动较别的猛兽来得迟缓，只要胆大心细、长于跳踔之人，未始不能致其死命。不过此兽也颇有灵性，对于身上致命所在防卫极严。雌的那条长尾能鞭碎山石，人若被它打上便成肉泥，要想近它身前也非容易。先父当时也曾提起此兽有几样克制，不知能用与否。明早去时，请林小姐预备两面大铜锣，如果一时措手不及，别的铜器也行。昨日在火场见他们煮水时用的两口大铜锅，想必能够代用，不妨带去试试。果如先父遗书所言，便有除它之法了。"周、林二人见余独不但知怪兽牦象的来历，还知除它之法，闻言大喜，周齐便叫林璇唤进人来，吩咐将周鸣锵喊起，去替余独，帮助救火。林璇又吩咐准备铜锣铜锅，明早应用；听了周、余二人之劝，多派守护的人防备奸细刺客，入内安歇去了。周齐又请余独也睡一会。

余独本名逸民，乃先明忠义之后。他父亲余希圣，学识过人，文武兼全，尤其精于博物之学，明亡以后隐居衡山落雁冈，三十年不履尘世，晚年生下余独，爱他天资颖异，想将平生所学尽心传授。不想余独生来轻文爱武，不肯用心读书。到余独十六岁上，父母双亡，因为好打不平，无心中惹下一场杀身之祸，改名余独，逃走江湖，遍访名师习武。文事虽未尽得乃父所传，而在少年时多好奇，对于乃父记载的异物异事自是默记于心。先听虎儿说起虎穴怪物形状，便疑是小时听见父亲说过的牦象，因为正赶上自己值班救火，想问明了虎儿再说，路上问虎儿未免问得详细一点。虎儿因他四人一来便要将姊姊带走，已自不快；山民素来崇拜英雄，前日在山外初见余独，不见他有什么施为，入山时行走险径还须林璇扶持，未免加了一点轻视；及见余独仔细问那怪兽形象，误会成余独笑他胆怯，不曾将怪物形状看清楚就逃了回来，心中生了气，只为姊姊待如上宾，不好发作，彼时又到火场，也不答余独的回话，径去救火。余独知他为人粗率，原未在意，后来射中毛人二次又问，更引起虎儿不快，贸然答道："你这样问得详细，难道有本领将怪物除去吗？"底下还说了不少讥刺的言语。余独也是年轻好胜，闻言心中大怒，借题回到前寨。刚将毛人之事说完，听周齐说那怪兽果是牦象，心中大喜，这才自告奋勇，话虽说了出去，到底只听传言和遗书上所载除兽之法，以前并未见过，不敢大意，听周齐劝他先睡，也想养足精神，除兽时多用点气力，随意谦逊了几句，倚着锦墩假寐。心中有事，哪里睡得着！加上周齐代林璇调度众人发号施令，室中不断有人来回话，更难安睡。

天光已亮，余独才觉有点迷迷糊糊似睡非睡之际，忽听一阵芦笙之声随风吹到，不一会芦笙声音由远而近，耳旁又觉出有许多人跑进屋来回事，接着便是周齐和林璇对答。只听林璇吩咐："快照上次将埋伏设好，来的女子只许活擒不许用毒箭伤害。如抵敌不住，可引她到远寨前，由我出去对付。"言还未了，又听一个回事的人跑进来报道："那女娃已快到寨前不远，指名要一个叫林璇的出去同她说话。"余独心中一动，睁开两眼一看，屋内有五六个回话山民正随着林璇往外走去，忙问周齐："外面可是又发生了什么事？"周齐道："天交曙以前，听见野人山口传来紧急的芦笙吹号，接着有人来报，南山口外闯进一个汉装女子，和把守要口的山民争斗起来，吃她打翻了十几个，直往山口冲进，行走如飞，各要口同守望的山民迎上前去都擒她不住，适才得信，已然赶到寨前不远，指名要林小姐出去。你那日进来的是通贵州省城的东山口，这南山口外便是绕赴云南的山道，虽不似东山口那条路来得险峻，因为滩转甚多，极易迷路，连日防守严密，那女子竟能单身闯进寨来，定非弱者。林小姐更姓改名还是前两晚的事，除我家同虎儿外并无人知，何以她会晓得，指名叫阵？其中必有原故。我因你连日劳乏，天亮后便须到五指山去观察怪物，原想不惊动你随林小姐去看个仔细，你既醒来，我二人一同去吧。”余独连答“遵命”，因是和衣假寐，只稍微将衣整理结束了一下，就盆中凉水喝了两口，擦了擦脸，便随周齐同至外面。早有回报的山民说：“大司已与来的女娃在坡那边楠木坪交开了手。”周齐闻报就在前面，自恃腰脚尚健，便不用备就的山舆，径自扶了鸠杖，同余独往前走去。

这时晨曦已从崖坡树林中斜穿过来，碧空千里，越显山高，石地上湿润润的，石缝和土地上的花草饱含晓露，又沐朝阳，越发显得鲜肥可爱，摇曳生姿。余独自到此山，连日忙于救林劳累，昨晚小得安息，睡眠不足，清晨起来，被迎面和风一吹，又涵泳了一片山林野趣，顿觉天机活泼，神志一清，尽自一路观赏，陪着周齐朝前走去。两地相隔不过半里，哪消片刻，早到了楠木坪，听四外寂静无声，也没听见呐喊，上了高坡，才听见兵刃相接发出铮铮之声。往下一看，四面坡上，观战的山民何止上千！坪中林璇和一个穿黑衣的女子，一个用剑一个用刀，正斗在一起，刀光剑影舞成一片白光，在坪中滚来滚去，杀了个难解难分。看阵的山民俱怕大司受伤，一个个瞪圆了双眼，连大气也不敢出。余独见那黑衣女子使得一派好越女剑法，林璇的刀有时夹杂着几手六合剑，虽然看不出是什么家数，却是兔起鹘落，纵跳如飞，变化神妙，与那黑衣女子恰好打了个平手，各不相下，看到惊险之处，连余独都替她二人捏一把汗。周齐恐二虎相争必有一伤，再加来人指名要林璇出见，必有来历，只是二人都打得正在紧要关头，林璇向来不喜人相助，无法与她二人解围。正在焦急，忽听余独“嗳”了一声，将脚在山坡一顿，一个“神鹰掠兔”飞身入场，高唤：“二位小姐且慢动手，余独来也！”说罢，业已纵到场中，林璇与那黑衣女子也都双双罢战，上前与余独说话。

原来那黑衣女子，正是黔灵山下酒肆主人大侠毛惜羽的女儿毛筠玉，因为头上包着一块黑绢，在动手时节发招又疾，所以起初余独不曾认出。及至筠玉见林璇力猛刀沉，身手敏捷，难以取胜，情知打不过这山女，自己要见的人就见不着，又不愿用暗器在此伤人结下恶感，少时不好和主人相见，想用家传越女剑法中绝招败中取胜。叵耐那山女刀法虽然毫无家数，却是非常眼疾手快，身法轻灵，一把刀舞了个风雨不透，得空便入，急切间卖不出破绽。正在无计可施，正赶林璇一刀从下三路扫来，筠玉忙将身一纵让过刀锋，脚才着地，使剑尖舞起一团剑花，分心刺去。林璇按刀往上撩，铮的一声迎个正着，筠玉借劲脚尖一点，纵身出去有两丈远近，原想等林璇追来，反背回身，上用“仙猿望月”作个虚势，使敌人措手不及，下面却用“反步连环腿”扫将过去，将敌人打跌擒住，再逼她领自己去见本山主人。法子原想得不错，却没料到林璇身长蛮荒，长于跳跃，险些弄巧成拙。筠玉脚才点地，林璇已随后跟踪追到，一刀往筠玉脑后劈来。筠玉刚要回身使那绝招，忽然脑后有金刃劈风的声音，知道不好，连忙缩颈低头，手举长剑，“朝天一炷香”，护着上面，又是铮的一声迎个正着。筠玉得理不让人，就势回转身躯，甩剑尖从斜刺里往林璇左腿刺去。林璇看来势不急，一刀斫过去，被筠玉用剑一挡，身子闪了一闪，还未站稳，筠玉的剑又到，一着急，反腕一刀，朝筠玉的剑上横着一挡。这回两人都使得力猛，各人手中刀剑都被横荡开去，差点飞脱了手。就在彼此稍一疏神停顿之际，筠玉站的方向恰好与余独打了个照面。余独自在黔灵山酒肆之中和她见面，已非朝夕，一见是她，知道定是跟踪前来，来护送杨氏父女的，深怕出了差错，连唤带纵跳到场中，且喜二人俱无胜负，经余独一喊，便都停手罢战。余独正要和二人引见，林璇忙道：“这位女英雄既非外人，此处不是待客之所，且请同到寨中再谈如何?”说罢，便携了筠玉的手，同余独先上坡来，见了周齐，吩咐手下山民各按职司去做，加紧防守各要口。

四人一同回寨，入内落座。林璇命随侍山女去准备酒食。山女出去后，余独先与大家一一引见，问起来意。筠玉道：“日前你和杨老先生父女走时，我因他们俱是老弱，你人单势孤，意欲护送出境再行回去，爹爹执意不允。我虽不好过分倔强，心中总觉不快。第二日早起，爹爹忽然变计，不但许我追来，连他老人家也和我同行。我非常高兴，满以为你带着老弱行路，无论如何也追得上。谁知追了一天一夜，沿路遇见人就问，并无一人见过你四人的踪迹。我疑你们又被奸贼派人捉了回去，爹爹却说是不会，也许你们半途雇着车轿绕往大路去了。我同爹爹又绕往大路，仍未寻着，路上遇着你的师父陆地真人，他同我爹爹背着我说了好些话，说你四人现在野人山他一个姓林名璇的世侄女家中，叫我爹爹先回家去，着我到此寻你，又给了我十几两散碎银子同三个锦囊，上面写着地点和日期，要到了地头对准日期才能拆看。我自小跟着父母长大，从未离开，这次爹爹竟听了你师父的话，命我来追你们一同到云南去，并且说到了云龙山就在王家暂住，无须回贵州去。我爹爹年迈，母亲又在病中，如何能舍？偏我爹爹倒狠心，非逼我照办不可，说是这里头有好些原故，你师父的话决定没错，到时自见分晓，不但我爹爹有益，我还可以得一位女剑仙作师父。我听了此话，才答应同爹爹分手，由你师父亲送我到前面山口。我原想请他同来与你相见，他说还有要事在身，须去践约，指明了入山路径，化成一道白光飞空走了。

"我入山时天还未大亮，山路弯环甚多，又非常险峻，若非你师父预先说明，差点走迷了路。刚走完了一截曲折盘旋的山径，便遇见此山防守的人拦住去路，内中有一个会说贵州话的。我对他说明来意，他说本山并无有一家姓林的，他们都是山民，要换前些年，早把我捉进山去生吃了，还说了几句不中听的话。又加上我执意要走过去，他用一根长矛拦我，惹我性起，将矛夺过折断，动起手来。我本不愿伤人，随便拨倒了几个便纵了过来，也不和他们真打，遇见拦阻的人，能让开就让开，只一味往山里乱闯。他们见我跑得快，一面吹那芦笙，所经之处，箭像飞蝗一般从我身后射来，侥幸没被他们射着。后来芦笙的声音四面响应，等我跑到前面坪上，四面的人何止上千！各持刀枪弓箭包围上来。我正愁不好对付，忽见这位姊姊纵身下坡拦住去路。我不知这位姊姊便是林璇，问她她又不肯说，我一时情急便动起手来。林姊姊的刀法身法真是轻灵无比，若非你下来解围，我还不知要现什么眼呢！"

林璇因为适才接报来人非常勇猛，所到之处如入无人之境，又是个女子，先存下较量之心。筠玉一见面便问："此地可有林璇？速速引我前去相见，免你一死。"林璇当着若干山民，既不便公然承认自己便是林璇，又嫌筠玉出言狂大，心想不管你是什么来意，且同你见了高下再说。林璇自从出世以来，仗着力大身轻，心灵性巧，从未遇见过敌手，连神姑天生神力都败在她的手内。一经和筠玉交手，才觉出来人剑法变化无穷，与神姑、蓝牝牛的一味乱杀乱砍迥乎不同，若非近两月来从陆地真人单鹗学了一套未完的六合剑法，几乎抵敌不住，好几次奇惊大险，都仗身轻眼快避过，这才大为惊异，果然单鹗说的话“人外有人，天外有天”，一丝也不差。如今还未出山便遇见这种劲敌，前路更不知如何难走！又加火场余烬犹烈，怪兽牦象未除，心中有事，更加添了烦躁，恨不能一刀把敌人劈死好去办事，奋起神威，一刀紧似一刀，使了个风雨不透，依然占不着丝毫便宜。正在心急，恰好余独赶下来解围，一听是自己人，还是同行伴侣，不由变敌为友，再加上筠玉丰神绝世，语言俊朗，宛然女中丈夫，不似杨氏姊妹还有几分闺阁气，惺惺惜惺惺，益发敬爱。听完筠玉的话，便抢答道：“妹子适才实因姊姊来势太急，妹子名字也是新近才由单世伯所赐，别有为难之处，不愿目前就使众人知晓。又听人报姊姊本领高强，想要领教领教，匆忙中却忘了妹子新名山外并无人知，除了单世伯打发来的，还有何人？一时糊涂，多有冒犯，姊姊休得见怪。”周齐道：“连我平日自负有两三分明白，也忘了这一层，真是越老越糊涂了。”筠玉道：“这也休怨姊姊。也是妹子年幼狂妄，不预先说明是奉单真人之命而来，又加上连遇见好几处防守之人相打，打晕了头，看见姊姊，以为也是敌人，才有这场误会。好在你我以后既是同舟共济的一家人，俗语说得好，不打不成相识，谁也不会再行计较，无须再为提起。妹子素来性直口快，姊姊行期可曾定下？杨老先生父女现在何处？可能请出一见？”余独便将别后情形以及来此便遇后寨失火、毛人行刺、虎穴中出了怪物之事，大略说了一遍，又对林、周二人重行详叙筠玉单人去救杨氏二女如何智勇等语，大家互相说了些敬佩的话头。一会工夫，端上酒肉糌粑，筠玉黎明前动身入山，沿路与人动手，正觉腹中饥饿，也不作客套，大吃大喝起来。林璇越看筠玉越投脾胃，款待得十分殷勤。

大家用完了酒食，山女撤去残肴，余独便对众人道：“自从昨晚大震响后，还不见怪兽有什么动静。我意欲带上四个胆大的山人先去窥探一番，诸位以为如何？”周齐道：“昨晚原说今早起来，我们三人一同前去观察怪兽动静，因毛小姐来这场误会耽误些时，如今天已交了辰正，要去还是一同去。如见怪兽可除，便把它除去，省得余壮士又多一番跋涉。二则此时前去并无人知，即使奸人有异动，也在晚间，不会在此刻发生，岂非两便？至于寨中主持，只要预先安排，多加防守，布成疑阵，暗中再嘱咐虎儿、鸣锵格外处处留神，倒还不甚需人。不过毛小姐远来跋涉未免劳累，如肯在寨中歇息，就好代我等防备万一，使我等无后顾之忧，就更妙了。”林璇便问筠玉可愿留守，筠玉年轻好奇，自恃身有绝艺，听说这里出了怪兽，想去见识见识，便说：“去留俱愿效劳，不过我初来情形不熟，人地生疏，恐怕误事，还是都去的好。”周齐明知白日不会出事，本愿筠玉一同前去，可以多一个好帮手，因怪兽牦象太已凶猛，此去除它，并无十分把握，筠玉远客初来，不便请她前去涉险，既然出乎她的心愿，再妙不过。当下稍微计议，林璇唤来侍女，悄悄传知二十多个胆大善于纵跃的心腹山民，命云九熊率领，各人持了铜锅铜锣大刀毒箭，分头绕道至五指峰前，与周、林、余、毛四人会齐，再行进发。众山民领命去后，林璇又将寨内外及各要口重行布置了一番，命两名山女带着水酒葫芦，转道往五指山去等候。先是余独陪了周齐，装作出外闲游，林璇陪了毛筠玉先至火场，观察了一回火势。经周鸣锵、云虎儿一夜努力，火势已然衰减，火场当中一大片虽然仍是火焰冲霄，离火场近的地方二三十丈以内，树木藤草业已斫伐净尽，不时用水逐步往前泼洒，只要不刮大风不致成灾。将筠玉与二人介绍相见后，问了问落魂溪、毒蛇涧两处可曾发现受伤毛人尸首。虎儿说：“自从毛人中箭失踪后，就派有专人在他逃走的山崖左近四面留神观察，落魂溪、毒蛇涧沿岸俱派得有人，昨晚至今并无什么异兆。”林璇闻言，仍命鸣锵、虎儿加紧留神，并说寨中尚有要事待办，今日也许不能到此换他二人回去歇息。因虎儿也是年少喜事，性急贪功，并未将除怪兽之事告知；背着虎儿，对鸣锵说了真情，叫他救火还在其次，最要紧还是注意那毛人二次出现，当他如发现异兆，立刻派人往五指山送信，虎儿心粗，全仗他主持等语。

林璇吩咐完了一切，业已延迟了有半个时辰，仗着腿快身轻，也许能赶上周、余二人，便问筠玉：“可曾走惯山路?”筠玉道：“妹子只在黔灵山不时上下，像这样险峻的山路倒未走过。姊姊生长此山，一定行动如飞。如果姊姊走慢些，也许能够跟上，太快就不行了。”林璇猜她是谦辞，答道：“妹妹勿须太谦。我因周世伯行路迟缓，须要走到无人之处才换他平常坐的山兜，不比我们走得快，所以抽空到火场嘱咐他们几句。抬周世伯的人是我两个心腹同族，非常得力，走得也极快。如今被我耽误了一会，前面有一山涧，纵过去便是往五指山的近路，我们快走罢。”说到这里，筠玉忽然想起要小解，四顾无人，便去山崖旁边，解了解手，于后起身。二人随说随行，不消片刻便到林璇说的山涧，下边是毒蛇涧的支流。岸这边是个壁立的山崖，岸那边比这边要低下五六丈，两岸相隔也有六七丈远近。林璇先寻了崖这边一根长春藤，说道："妹子先行引路罢。"将那根春藤先行理好，去了旁枝，拿在手中试了试，然后绕到崖涧下面，择好适当地点，两手先抓着藤的上半截，侧转身背向对岸，两脚踹在这边崖壁用力一顿，那藤便笔管一般直悠起半空，同时身已翻转向着对面，两手捷如猿猱，顺着势往稍近处倒换，看看悠到对崖，倏地一稳身形，俏生生手持藤梢立在对面崖岸上，顺着春藤往下援落时，竟比松鼠援藤还要轻灵。筠玉见林璇天生神力，身手如此矫捷，好生赞佩，知道援藤过涧不难，最难是藤起半空再换手的一股巧劲，不大好稳，两岸岩石险恶，下临百丈深潭，奔流急湍，虽然自己水性精通，万一不慎落在水中伏礁上面，便要粉身碎骨。这才想起林璇问她走惯山路不曾，分明是初见时险些着了自己的道儿，明虽不分胜负，无形中却输给自己，想借此翻翻本，不由暗自好笑，心想你虽生长蛮荒，惯会翻山跳涧，其如我轻身功夫已臻绝顶？想到这里，故意装出为难神气，高气说道："姊姊飞索渡涧，身轻如燕，妹子如何能行？这不为难人么？请将这藤抓紧，妹子取一点巧，借姊姊的光过去罢。"其实林璇并非真心要考量筠玉，因一向用春藤渡涧惯了的，以为筠玉本领既在己上，适才同她过毒蛇涧，虽然涧面较窄得多，筠玉是纵身过去，自己也是照平常习惯渡过，好心自己先寻了春藤，削去枝叶，先纵过去领路。正要用石头系藤甩回，请筠玉过涧，忽听筠玉如此说法，林璇何等聪明，已听出筠玉有点多心，只得两手用力将藤把紧。只见筠玉略一结束，将身往藤上一纵，两手往旁一分，先摆了个"飞鸟停枝"的架势。林璇只微觉手中稍震了一震，见筠玉站在离崖丈许，下临绝壑，又滑又溜的春藤上且不走动，恰如一朵莲花玉立亭亭，随风摇摆，身子和粘在藤上一般，不由又惊喜又佩服，又替她担心，怕说话分了她的神，坠下涧去性命难保，急得两手捏紧藤梢直冒汗，二目圆睁，向着前面，连大气也不敢出。忽听筠玉在藤上高叫道："姊姊休要松手，妹子献丑了！"言还未了，仍是两手平分，两目注视春藤，提气凝神，使用"踏雪无痕"绝顶轻身功夫，摆着"飞燕投怀"的架势，脚不沾壁般疾如金丸下转，顺流而下。眼看快离这岸还有丈许，林璇正在定睛注视，忽见筠玉两手合拢，往下一低身，猛觉手中一震，耳听克支一响，头上飞过一团黑影，春藤断成两截。春藤原具弹性，又被林璇扯紧，这一断，近十丈长的春藤恰似一条长蛇般在空中夭矫屈伸，直飞过去，把林璇吓了个心惊目眩，以为筠玉一定葬身绝壑。正要探头去看时，忽听耳旁有人说道："姊姊走吧。"回头一看，筠玉面不改色，静静地站在身旁。原来筠玉故意卖弄，临到快把春藤走完，使一个"童子拜观音"的架势，用"恨地无环""夹手剪"的重手法将春藤夹断，同时脚尖在藤上一用力，"独鹤冲霄"，纵到岸上。林璇关心太甚，一见藤断惊慌失措，当时虽看见一团黑影飞过，竟没料到又是筠玉卖弄，一见筠玉安然无恙，又惊又爱又好气，丢了手上藤梢，一把将筠玉抱紧道："姊姊真是天上飞仙，吓煞妹子了！"筠玉见林璇言动发乎至诚，适才未必便是卖弄，倒有些不好意思起来，强辞答道："妹子虽学过几天轻功，若非姊姊先飞藤过来，没了着脚处，还真无法过来呢。"林璇人极爱才，先前虽有些嫌她卖乖，经她一说，反觉她说的是实，素来量大，倒也坦然，倒加了几分敬爱。二人一路谈说，越谈越高兴。筠玉看出林璇对她一片真情，不由后悔自己不该多心，错疑了她，害她倒吃了一大惊，想来想去想不过味，便对林璇道："妹子年轻，又加父母钟爱，任性惯了的，行动说话常多不检，难得你我一见如故，意欲与姊姊结为异姓姊妹，以便时常领教，不知姊姊能允妹子高攀么？"林璇闻言大喜，便商量除了怪兽回来正式在神前焚香结拜，先叙了年庚，以便称呼。林璇比筠玉大好几岁，当然居长，叙了口盟之后，愈加亲热。

第九回

巨蹄踏黄沙 石破天惊追猛兽
抛刀飞血雨 晴开腹剖见明珠

二人随谈随笑，已离五指山不远。先遇携酒水的山女，说是未见周、余众人，知在前面，及至到了云九熊门首，见周齐带了两名从人在那里凝望，便问余独何往。周齐道："我乘山兜同余壮士到此，遇见九熊的兄弟十熊，正和我们派出来的人们说那怪物动静。他说他昨晚见怪物还不知隔多远，大家就亡命奔逃，又因和他兄长斗了两句口，还未进饮食。他本来好酒贪杯，走到路上腹中饥饿，心想怪物那样厉害，逃到哪里也不得了，知道哥哥藏得有多年陈酒，平时被嫂嫂收住，轻易不给人吃，如今全家逃走，莫如趁此时机回去享用，临死也来个酒足饭饱。想到这里，偷偷跑了回去大吃大喝，吃到天明，并未听见怪物有什么响动。仗着酒胆，二次前去探看怪物动静，才知五指山前面的一座山峰已被怪物撞倒。怪物在前面峰脚一个旱潭内，正和一条大蟒纠盘在一齐斗呢。他见那条大蟒浑身五花斑烂，长有二三十丈，目如闪电，腥风扑鼻。倒峰旁边有一个数亩方圆的地穴，那蟒想是在峰下面洞穴中盘踞多年，不曾出世，被怪兽牦象将峰撞倒，惊动了它，跑将出来与怪兽拼命。二怪相遇，必然两败俱伤。余壮士得知此事，因十熊说山路极为难走，山兜不能背我过去，见你二人未来，执意留我在此，带了十熊等先去探个动静，相机行事。我拦他不住，已率领众人到前面去了。"

林璇闻言，忙拉了筠玉跑往高处，朝虎穴那边一看，虎穴前面的一座小孤峰果然震倒，把平时往行的去路隔断，隐隐看见前面尘土飞扬，知道山路隔断，周齐决不能过去，只得下来，仍请周齐在九熊弟兄家中等候，自己同筠玉前去助余独一臂之力。林璇、筠玉刚往前走了三四里，便听见有敲锅打锣之声随风吹到，知道余独业已先到动起手来，恐怕有失，连忙脚下用力，一路飞奔，又越了许多崖涧沟谷，走离倒峰还有里许，漫山遍路都是昨晚震碎了的大小石块，耳旁不时听见破锣般的怪吼。及至身临切近，忽见山路当中平空陷下一个大深沟，两面壁立，相隔约有两丈，有一条藤子绞成的索桥分系在两岸大石上面，猜是余独用来渡人之物，怪不得探路的人都说周齐无法过去。林璇、筠玉因相隔不远，无须打索桥缘过，双双纵了过去，猛听吼声越急，不时也听见几声敲锅打锣之声。二人往前飞奔，越过了那座断了的孤峰，听那吼声偏在西南，连忙寻声跟踪前去，刚走到一座山崖，见带去的山民各寻隐僻之处。藏住身形，手持铜锣铁锅，时缓时疾的打，大半都现满脸忧惧之容。九熊、十熊却拿着春藤鞭子到处巡视，遇见那打锣不力的便给他几下，一眼看见林、毛二人走到，慌忙跑了过来，说道："大司快来，余爷正在底下和怪物斗呢。"林璇、筠玉闻言，纵身向前，朝崖下一看，下面的盆地自从那座孤峰倒后，陷了一片深洼，已与虎穴相连，所占地面甚广。余独业已换了一身短装，紧身缚袴，一手持刀一手持弩，在和那怪兽相斗，不住地纵跃避闪，往来驰逐。那怪兽牦象果然大得吓人，从头至尾长有十五六丈，浑身乌黑，映日生光，白天看去，比虎儿、十熊等说来还要显得狰狞凶猛，兽蹄起处，踏得尘土飞扬，响震山谷。壁雾中隐隐看见怪兽头上好似有一个彩色斑烂的长鼻，定睛一看，原来是衔着半截大蟒的身躯，并非长鼻，那般粗长的大蟒竟被它吞下大半截去，其厉害可想。见余独并不曾得手，深怕力乏失闪，娇叱一声，双双纵了下去。

原来余独颇知怪兽牦象的来历，知道此兽非常厉害，其性最畏金铁之声，一经听见，便疑是同类求偶，周身软醉无力，少去一半凶猛，所以才自告奋勇，明说探视，已存下除兽之心。及至到了五指峰，见林璇、筠玉还未赶到，遇见十熊回报，虎穴旁山峰震倒以后，平时经行之路平空陷了几处深沟绝壑，周齐绝对不能坐着山兜过去。余独便对周齐说明，不等林、毛二人，先领人去探看一番。周齐虽是见多识广，长于博物，只知牦象身躯蠢重不会纵跃，原打算亲身前去偷相地形，因势利便再定除害之计，后来一听余独所言，早明白了他的心意。到底二人俱凭载籍，这种亘古不轻出现的凶猛怪兽究属不敢大意，所以仍愿同来，以防万一不济好留一个最后打算。及至见余独要单人领众前去，知他为人持重，可以前往一探，只嘱咐多加小心，不可轻易涉险；又命九熊兄弟统率诸人，凡事均听余独指挥，不准违拗，任他先去。

余独别了周齐，依着十熊引导的路径，才离虎穴不远，便听见蹄声吼声响成一片，时起时止，猜是怪兽仍与大蟒相斗。预先嘱咐众人休要害怕，到了前面，各觅隐僻之处四面藏伏，一听吩咐，便将带去的铜锅铁锣拼命敲打，并不用他们上前，只自己一人下去，一面结束停当。到了地头，往下一看，那怪兽牦象正和大蟒在盆地上拼命相持。先是牦象蹲伏在地，一条两三丈长尾笔一般直朝天竖起，身上黑皮细鳞不住闪动发光，像波纹一般起伏，一张一丈七八尺长、三四尺宽的长颚大嘴，露出一排像大门般的钢牙伸向前面，两只火盆大小映日生光的蓝眼，瞪视着离它身前七八丈远的一条大蟒。那蟒有黄桶般粗，长着一身五花斑鳞，头比身子略细，两腮凸出，目如闪电，也是将身在地上，盘成一大圈，将头昂起有好几丈高，吐出好几尺长的红信，像火焰一般闪动，向着面前的敌人待隙而动。

两者相持并没多大工夫，牦象猛地将身往下一坐，头一低，正待朝大蟒冲去。那大蟒更不怠慢，只把头一摆两摆，就在它这头颈屈伸之际，二三十丈长的蟒身疾如飘风，像长虹一般抛起，张开大嘴，吞吐着火一般的红信，直朝牦象颈下咬去。这时牦象刚站起身来，伸开六条大树一般的粗腿，未等开扑，那蟒已快到它的颔下，忙把头往下一低，用它头上凸出的巨包去撞蟒头，就势将头一偏，张开小桥般的大嘴往蟒身中半截就咬。偏那蟒乖觉不过，见一头扑了个空，就势在牦象光溜溜的头皮上滑溜过去，同时防着敌人咬它蟒尾，倏地朝天甩起，五色斑斓，映着日光飞舞，炫丽已极。牦象一口未咬着大蟒，刚抬前面双腿，昂起小屋一般大头，张开长嘴，想掉头去咬第二口时，哪知大蟒行动矫捷，身子刚滑过牦象的背，倏地将尾梢甩在牦象顶上长角，身子往下一侧，只见牦象身腰上平平添了一条彩圈。那蟒像转风车一般，瞬眼工夫，早将牦象拦腰束了好几道，掉转头往牦象颈腹间便咬。牦象二次咬了个空，身子反被大蟒拦腰束紧，丝毫也不慌忙，只把头低了下来，用下颚紧贴着那一片白色要害之处，口中发出破锣一般的怪吼。那蟒甩身躯束住了牦象，正张开血盆大口来咬时，被牦象贴着要害，别的地方又皮坚如钢咬不进去，便也用力紧束牦象的身躯，眼看牦象中半身有两丈方圆的身躯被蟒束得渐渐缩小起来。

余独在上面，暗想这两个怪物这样拼命相持，结果自然是一死一伤，自己正可坐收渔人之利，不过那蟒如果得胜，这东西行动如飞，不可不早作防备。回身一看，带来的这些山民，除九熊、十熊和两三个胆子较大的，近身看得见的几个俱都吓得面色铁青，身子不住抖战，瞪眼望着下面，大气也不敢出。其余伏在四面的人，想必也是大半如此。原来山民最畏蟒蛇，平时奉若神明，任其吞食。林璇虽在毒蛇涧诛了怪蛇，到底隔年不久，积习难改，今日一见下面这条大蟒比林璇所斩之蛇还要来得异样，以为涧中蛇神还阳，畏蟒之心更甚于畏怪兽，除去几个胆子最大、又深受过周、林二人教化的外，余人个个心寒胆战，只须有人惊呼，喊一声“跑”，立刻便会奔溃回去。余独见了众人这种胆怯情形，心中暗暗着急，只得悄对九熊兄弟二人说，叫他们传语大家：“少时果大蟒先死，你们只须急打铜锣铁锅；要是怪兽牦象被大蟒弄死，着那手法好的，先用弓箭射瞎它的双眼，它便不能为害。不管下面蟒兽胜负，我决有本领除害，休得害怕。”刚嘱咐了这几句，忽听下面怪吼越急，那蟒也发出滋滋的怪声。

这时牦象的腰腹已被大蟒束小得约有一半，猛见牦象身子不住地颤动，前半截身躯自项以下忽然往粗处膨胀，倏地一声大吼过处，身子往起一立，腰腹等处又渐渐粗将开来。牦象中间两条腿离后腿最近，身躯前半截高粗后半截低细，被它用力一震，身上被大蟒束成的七八道彩圈立刻往后滑溜下来。那蟒本已吃不住这般大劲，溜到中间被两条中腿隔住，还待再往上束去时，被牦象屁股后面一根三丈来长、木桶般粗细的长尾疾如电闪朝背上反打上来，叭的一声山响过处，蟒身早着了好几处。那蟒一护痛，滋滋一声怪叫，顾不得再缠束仇敌，不等牦象长尾第二次打到，像旋风一般一绕一转之间，自行解缠，横着蟒身平蹿出去有二三十丈远，落在地上又盘成了一大团，和先前一样将头昂起。看着前面牦象，好似也累乏了力，并不追赶过去，只将身稍往侧转了转，与大蟒正面相对，重又蹲伏下来，口中喘息，在日光下好似开了锅的水一般直冒白烟。

待了不到半盏茶时，那蟒二次又蹿起身来，仍是如法炮制。牦象依旧用下颚贴紧颈腹间要害，将身颤抖，结果仍和将才一样，那蟒着了一尾鞭逃走。似这样斗到第三次，余独暗想这两种东西都是力大性长，我等到何时才能除它？何不趁它两方都不能动转之间，偷偷下去伏在暗处，给它来一冷箭，相机行事？想到这里，悄悄绕到牦象身后，寻着一条路径，纵身下去，鹭伏鹤行，绕向牦象前面，藏在一块山石后面。往前一看，因为牦象的头低下去朝着腹部，看不见什么形象，只见那条大蟒身子束着牦象，将头伸下在牦象腹颈之间，不住摆动，口中红信乱吐，不时喷出五色烟雾。余独知道这蟒一定其毒无比，如果牦象先死，除它比牦象还难，自己业已心急冒险跑了下来，除了与这毒蟒怪兽拼个死活，决无反顾之理！想到这里雄心陡起，把心一横，整了整身带的兵刃暗器，依旧俯身前行。快离牦象身前还有不到两丈地面，已觉腥味扑鼻,往前一看,那蟒的头已停止摆动,睁着两只闪电大眼注视着前面,口中不住喷那五色烟雾。那牦象想是禁受不住大蟒口中的毒气,大头也不住地乱扭,只不肯将下颚离开那要害所在。大蟒也想是知道仇敌受创,毒雾越喷越急,牦象身上皮鳞颤抖得也越发厉害起来。

余独猛地想起,若不趁此时下手,再有一会,大蟒便被牦象用力震散开去,无论遇到哪一方都没了命,不敢怠慢,端起手中弩箭,先觑准大蟒两眼,用联珠手法射将过去。才一出手,便听大蟒滋滋一声惨叫,接着便见牦象猛地将头一扬,一匹彩练在日光下往空甩起。余独唤声"不好",连忙横着一踩脚,"燕子三抄水",接连三五纵,跳出去有二十几丈远近,回头一看,不由又惊又喜。原来余独两箭正中蟒眼。那蟒在牦象腹下早已看见余独走来,想是欺他生得渺小,又一心对付大敌,没把余独放在心上,及至被余独用弩箭射瞎了双目,急怒攻心,将身解散,从牦象腹下照准余独站的方向蹿来,满想一口将仇人吞入腹内,却忘了大敌当前。那牦象被蟒一缠,因为要护着致命所在,将下颚去贴住,总想等蟒头伸过来,还可趁便去咬。那蟒也颇乖觉,只在它大嘴前面盘旋,想伺便咬它要害,竟不上钩。最后这一次,又拼命将毒气从口内喷出,想等牦象禁受不住把头一扬,便可上前去咬。牦象正恨大蟒,欲得而甘心,忽见它要从嘴底下穿过,就口之食,岂肯放过?就势张开小桥一般的大长嘴,迎个正着,大蟒一下用的力猛,将身窜入牦象口中有大半截。牦象原想一口将它咬死,慢慢受用,不曾想到它先是非常吝啬,空教自己馋涎欲滴,这会又忽然慷慨,整个奉敬起来,未免觉得承当不起。那蟒周身逆鳞,又是负痛钻进口去,见物便咬住不放,害得牦象吐又吐不出,咬又咬不断,急得乱迸乱跑,口中带着十余丈长的半截蟒身朝天飞舞。

余独见已得手,忙朝上面发令,叫九熊、十熊兄弟快快打起锣锅来。他这一声喊不打紧,惊动牦象,便朝他直冲过来。这东西从头到尾长有二十来丈,头到脚,前面高有三四丈,后面也高有一二丈,余独适才站在它的前面,还齐不到它的腿径,慢说是和它对敌,就被它脚踹尾打一下,也要变成肉泥。幸它身子蠢重长大,奔跑不十分快,又加口中带着半截蟒身碍事,等到近前,余独已早横着纵开。牦象扑撞了个空,肚内肠肝被蟒咬住,疼得它怪吼冲天,越发忿怒异常,顾不得再追余独,用那大嘴钢牙使劲去咬,想将蟒身咬断,偏那大蟒也是皮鳞坚厚,只急得牦象在场中乱踏乱转,地上沙石飞扬,尘雾四起。余独一手持剑一手持弩,急切间不得近前,只围住牦象身前身后跳纵,等候机会到来纵入牦象腹下,朝那致命之处下手。那牦象衔着半截蟒身跳转了一阵,忽然克滋一声,立刻便有几股血水像涌泉一般从口中四外喷出。那大蟒的肉骨虽然被它咬断,无奈皮鳞坚韧,依旧连着,蟒性虽长,一则误窜入牦象腹内,其热难耐,余独的弩箭用毒药制过的,射中的地方又是蟒的两只眼睛,不多一会毒性发作,又被牦象口中钢牙拼命一咬,两下夹攻,当时便死在牦象腹内。牦象觉着蟒皮还在口内连着,索性蹲下身子,将长嘴用力合拢,使劲去铿嚼。余独先就地下拾了两块石头朝它打去,石头打在牦象身上,弹蹦起好几丈远近,通没着个理会。

余独知它一心注意去咬掉那半截蟒身,没把自己放在心上,渐渐走近它面前两三丈远,朝它颈腹间那块白色的致命所在一看,果然从颈项下起有一条白线,颈腹交界处白得更宽,圆圆的有尺许周围。适才牦象和蟒斗时,曾见它用下颚紧贴不放,估量牦象周身厚皮密鳞,刀枪不入,那块白的必是它致命所在,偏那口中挂着的半截蟒身,无形中做了它的挡箭牌,不能从正面用弩箭去射。崖上的山民早就心慌,又加见牦象把那么粗长的大蟒都吞吃下去,越发心惊胆战,把铁锅打得疏一阵密一阵的,牦象只死力想铿掉半截蟒身,好似锣锅之声对它通没影响。余独初下来时,头一次见着这种大得出奇的洪荒怪兽,心中也颇为害怕,及至看牦象吞蟒下腹,只追了自己一次便即停步,行动并不十分迅速,渐渐胆子越来越大,听上面锣锅之声似有若无,满以为并不顶用,也不再催众人加急紧打,竟自绕向侧面,想去射那致命所在。因知牦象身长力猛,嫌箭射远了少了力量,还难准确,一路试探着往前行走,渐行渐近,早忘了处境危险。眼看快离牦象身侧只有不到两丈距离,停了脚步往前一看,牦明黑大圆光的大腿竟和六株大树干一般,并排爬站在当地。从腿缝中望过去,那块白的所在只见得一半,余下都被大腿挡住,同时牦象将口中似连珠断的半截蟒身铿嚼得山响,白沫横飞,腥气扑鼻,长嘴边空涎似细瀑一般流下。

余独知道时机不可错过,那牦象只消把碍口之物咬断,自己便没了性命,不敢怠慢,端着弩弓,比好了准头,手指用力,觑准牦象大腿骨和那半截蟒身相并的缝隙里直朝颈腹间致命所在射去。这支弩箭端端正正射将出去,牦象丝毫也不曾觉察,以为此箭决不虚发,眼看箭已穿过牦象腿际,转眼就射中那致命所在。就在这疾如闪电的一会工夫,偏赶上牦象无意中把头一扬,右腿略起了起,弩箭的后半截被牦象大腿根一碰,失了准,箭头一歪,只在那一块白色的边缘上擦碰了一下便即落地。牦象已自觉察，一偏头颈，看见余独站在旁边，打破锣般一声怪吼，口中仍带着那半截蟒身，扭转身朝余独直冲过来。余独见第一支弩箭被牦象碰落，射了个空，好不可惜，端起弓弩待将第二支箭比准发出，牦象已然昂头转身冲了过来。余独大吃一惊，连忙将身往旁横纵出去。这次因为两下隔得较近，牦象身子虽然蠢重，身长却有二十来丈，任余独纵得多么快，一回也不过纵三五丈远近，好容易将身纵开，脚还未及停留，牦象将身略一横转便可赶上。余独哪敢怠慢！忙用"燕子三抄水"、"黄鹄摩云"的纵法，接连几纵才出了险境。这时牦象腹内大蟒已死，疼痛略减，又因余独用箭射它要害，哪里肯舍！六只大蹄奔腾，震得地动山摇，紧随余独身后追赶不停。余独看出它弯转不灵，不往直径逃避，只和它绕圈子。牦象追赶余独不上，益发忿怒，怪吼连天，后来见余独老是往横侧里纵避，惹得它性起，便将口中衔着的半截蟒身连那水桶般粗细的长尾一齐摆动，往余独扫将过来，好似两条蛟龙般，随着牦象身躯盘旋飞舞。余独慢说去射它要害，离牦象十丈以内休想近身，有好几次略一疏忽，差点被那长尾扫上。

一人一兽一路闪转追逐，地下尘土砂石激起多高，只累得余独气喘吁吁，汗流浃背。最后一次，余独乘牦象拨头追逐之际，先用"蜻蜓点水"身法纵出去有四五丈远，脚才着地，牦象回身追来，已离余独不到三丈。余独冒着奇险且不纵避，回头看清牦象颈腹间白团，用连珠箭法发了出去。因为时机紧迫，不暇计及射中与否，射了三箭回身便纵，猛觉身后衣角好似被什么重东西绊了一下，知道不好，危机一发不敢回看，脚底下一按劲，"鹄跃登坡"，一连气纵出去三十多丈。回身一看，连珠三箭依旧空发，牦象依旧安然无恙，睁着两只火盆大小的眼睛，凶光四射，正往自己追来。适才定是被它前面的半截蟒身扫着了一下，蟒身有鳞，所以觉着身后衣服被重物所绊，幸是自己见机逃避得快，再近些须怕不被那蟒身扫成肉泥！惊魂乍定，不由出了一身冷汗。猛想起这牦象如此通灵，射它要害绝难射中，似这样拼命和它奔逃追逐，自己费尽气力，它却略一转动便即追上，时候一长如何支持！就在略一沉思，喘息方定，牦象业又追离前面相去不到十丈远近。余独见牦象前额的一只蓝眼映日生光，真是大得怕人，猛想起自己遇事则迷，现有这样大两个目标，为何反舍易求难？想到这里，不敢再像上次涉险，未等牦象再为走近，忙即纵开，同时一回身，朝牦象两只火盆大小的眼睛用联珠箭射去。

这次余独处处留神才得看清，原来那牦象真个通灵，一见弩箭朝它飞来，又认是敌人射它要害，头一低，先用长嘴护着颈腹间要害之所，等箭快到，只头略昂，大眼一开一合之际，余独放出去的四支连珠弩箭飞离牦象眼睛数尺以外，竟好似被什么东西挡住，撞了回来。余独大为惊异，一摸弩囊，只剩了两支弩箭，不敢再为妄发，脚不沾尘重又纵开，这几箭全同虚发。牦象更如疯狂一般，追赶越急，余独连缓气的工夫都没有了。正在精疲力尽之际，忽听崖上面的锣声锅声格外震天价响将起来，这次居然聊生点效，那牦象六蹄翻飞，追赶余独正紧，被锣锅之声一响，急然停步，反倒爬伏在地，浑身战抖起来。

就在余独惊惶回顾之间，忽听一声娇叱道："余壮士休慌，我两人来了！"余独定睛一看，来人正是林璇和毛锜玉，已从崖上飞身纵下，落脚处正在余独身旁，离牦象爬伏处还有四五十丈。锜玉手持长剑便要飞身上前，余独迎上前去高叫道："毛小姐休要造次！此兽力大心灵，只可智取，伺便用暗器取它致命所在。二位千万不可涉险！"言还未了，锜玉业已横跃十丈，接连几纵到了牦象身侧，朝着牦象颈间一剑刺去。只见牦象将头一扬，着先甩起口中衔着十余丈长的半截大蟒，大吼一声站起身来，把余独吓了一大跳，知道牦象周身刀枪不入，这一下要扫上，立刻粉身碎骨。再定睛往前一看，锜玉业已纵到牦象背上，攀着它颈项间那支独角。牦象反倒重又爬伏，颤抖起来，好似不知身上有人一般。原来牦象闻得锅锣之声大震，以为有雄的向它求偶，照它平日习惯，紧闭双目，伏地颤抖起来，锜玉近前并未看见，及至被锜玉宝剑刺了一下，一则锜玉用得力猛，二则她那剑非常锋利，虽未透皮穿肉，多少总有点疼痛，这才惊动了它，将头一昂，甩起那半截蟒身。锜玉艺高人胆大，先在崖上往下看余独和牦象追逐，虽觉这怪兽真个庞大，还不十分在意，又加崖上山民见大司来到，精神大振，九熊、十熊持鞭再一督责，不由自主地将手中锣锅拼命敲打，牦象闻声爬伏，减去了若干威猛。所以锜玉脚才落地，便即飞身上前，及至纵身到了牦象身旁，才看出这东西真是凶猛长大达于极点，自己身躯还齐不了它的腿肚，如何近身下手！所幸牦象二目紧闭并未觉察，自己到了它的面前，仗着手中宝剑削铁如泥，不假思索，贸然朝牦象颈间纵身刺去。猛觉剑尖刺在牦象身上并未透入，反被弹力将虎口震了一震，急忙抽剑想落下身来时，牦象的头倏地偏着一昂，口中半截粗如黄桶的蟒身横扫上来。因为牦象前面太高，挡住锜玉纵身从旁去刺，身子悬空使不上力，见牦象衔的蟒身扫来，知道不好，不敢往下降落，右脚搭在左腿，"独鹤冲霄"，借劲使劲，往上起了有丈许高下，高牦象顶背还有两丈。偏巧牦象口中蟒身来势甚急，往筠玉脚底扫去。筠玉正在危机一发无计可施之际，猛觉脚底有重东西撞到，急中生智，灵机一动，就势两脚在蟒尾上一垫，纵到牦象背上，上面经适才大蟒缠绕，留有余涎，其滑如油，知道滑落下去便是死路，一眼看见牦象头上独角，不敢怠慢，提气凝神往前一纵，伸手攀住角根不放。惊魂乍定，以为牦象必不肯甘休，谁知将身到了牦象的背上，牦象反倒沉静起来，重又伏倒在地，颤抖越疾。筠玉好生不解。

这时林璇、余独也都双双飞纵过来，见筠玉虽然安然无恙，却是身在牦象背上，骑虎难下。那牦象虽然颤伏不动，但是这回爬伏不似先时，前面有半截蟒身，旁侧又跪伏着粗如树干的大腿，将颈腹间要害遮住，即使亡命涉险，也无法下手，又恐一击不中惊动了它，将口中蟒身乱舞，万一甩到上面扫着筠玉，如何是好！林璇和余独站离牦象身侧四五丈远近，干瞪眼望着它奈何不得。余独猛想起适才因为锣声不振差点误了自己性命，恐崖上诸山民稍一懈怠又引得牦象野性复发，告诉筠玉，传令众人紧打锣锅不可稍停，先制住牦象，就这样颤伏不动，再行设法。林璇闻言，因为隔离上面不远，便将手中刀朝上面连挥个不住。谁知上面山民误解，以为是命他们停止不打，俱都停下手来。锣声才一停住，余独知道不妙，正要请林璇纵到近处呼唤，牦象业已站起身来，怪吼一声，板斧似的大牙克滋一锉，半截蟒身被它忽然锉断，张开桥洞般的大长嘴往二人直冲过来。林璇、余独哪敢对面迎敌！拼命回身纵逃。牦象便跟在身后，怪吼连天，追逐不休。筠玉在牦象头上看得清楚，便喊林璇道："姊姊，你们还不分开来，遇便回身赏它一箭多好！"一句话将林、余二人提醒，果然分了开来，一个往东一个往南，四面八方分头乱纵。牦象认得余独适才曾用箭射它，舍了林璇径追余独。林璇趁空回首纵近崖侧，高呼众山民快将锅锣打起，不准怠慢。谁知这怪兽心性甚灵，锅锣之声只能骗它一次，这二次便失了效用，等到崖上众山民二次打起锅锣，它竟不甚理会。余独起初同牦象追逐，已累了个力尽神疲，幸而林、毛二女赶到，才缓转过来。这次被牦象在场中追赶，绕了十几个圈子，又纵跳了百十回，累得身法散慢，通体汗流。林璇见锅锣之声已制不住牦象，牦象专追余独，情势危险，几次想引牦象来追自己，牦象通没作理会，好生代余独着急。当下三人一兽像走马灯一般转个不停。

筠玉在牦象背上也是心急，几次想用手中剑去刺牦象的双目，叵耐站立之处是牦象的项背交界处，离牦象双目不下两丈，下面滑不留足，纵身上面去刺其势不能，若将手中刀掷去，中间又有一个隆起的大包阻隔，即使比准命中，也不能将双目同时刺瞎，身上所带暗器又在适才情急逃命纵到牦象背上时脱了挂钩，坠落在地。正想不出好主意，见林璇纵在牦象身旁接连几纵绕到牦象前面，张弓搭箭回身便射，同时牦象怪吼了一声，脚子往下一蹲，将头连连起伏摇摆。筠玉在上面存身不住，猛地脚一滑踹在牦象角旁，觉着脚底下软绵绵的和别的地方不同。那牦象被筠玉无心中这一踹，好似有些护痛，平空将头直扬了起来。若非筠玉身手矫捷，紧攀着它的独角，差点没被它甩落出几十丈去。筠玉等牦象势子稍缓，定睛往脚下一看，缘着牦象那只独角要根有一条四寸宽的白边，隆起有寸许高下，未生黑鳞，轻轻将脚点了一下，果然软绵非凡，猜是它的要害，正待举剑刺将下去。谁知这角际白边果然是牦象象身最脆弱之所，筠玉虽只轻轻用脚一点，牦象已自觉察，顾不得再和前面敌人厮缠，把头不住起伏摇摆。筠玉不敢怠慢，却先不去惹它，索性将左臂抱住那只独角，将身紧贴，静等它宁贴下来再行下手。牦象接连将头摇摆了一阵，忽然狂吼一声，将头一低，翻开六只大蹄直朝前面冲去。筠玉被它摇晃得头晕目眩，仍拼命攀紧独角，站在上面，由它带着奔跑。

牦象这一冲跑出去便是一二百丈，林、余二人早已纵身避开。牦象追了一阵，见仇敌没有了踪影，将头一偏，一眼看见余独追离它身左只有六七丈远近，猛地旋转身追将过去。这时余独只剩了腰中一支弩箭和手中一把大刀，见牦象怒睁着火盆大小蓝眼，六只大蹄踏在地上，如打雷一般追将过来，怎敢和它对面！连忙回身便纵。余独和牦象相持这半日，本来就有点脚软神昏，这回牦象跑得急，余独逃得也紧，更是力乏，还想绕到牦象身前再用箭去射，却没料得牦象回身甚急，等到追来才想起危险，喘息未定，慌不迭地往前纵跑。牦象身长体重运转不灵，余独应该照方才往横的纵开才对，不知怎的竟会慌了手脚，也朝直路纵跑，精疲力尽之余，纵跑得本不如先时快远，又加牦象要害中伤野性发作，翻蹄亮掌，骇鹿奔犀一般昂头追来。林璇早看出余独危急，紧追牦象身旁，直喊："余独快往斜刺里纵躲！"偏偏迎面起了逆风，余独又在亡命奔逃之际，一句也不曾听见。筠玉在牦象背上，见余独命在顷刻，着了急，把双脚用力在牦象角际软肉上直踏，疼得牦象更如疯狂了一般，益发死命追赶，将头连连摇摆。筠玉在它背上，竟如海洋里遇见大风的失舵孤舟一般，随它直起直落，哪消片刻，便将余独追上。余独正在纵跑之间，猛觉后面风声呼呼蹄声大震，回头一看，牦象的长嘴已离自己身后不过丈许，喊声“不好”，用尽平生之力往前一纵，一个疏神，被地下半截大蟒的身躯绊了一跤。牦象直冲过来，伸出那一张小桥般的长嘴便铲。筠玉还不知余独跌倒，见牦象渐追渐近，面前有那一块隆起的大包阻隔，忽见余独没了影子，知道不妙，不问青红皂白，左手紧攀独角，右手用尽平生之力，朝牦象角际软肉上刺将下去，只听扑刺扑刺两声，立刻便有一股血水像涌泉水箭一般迸将起来。同时牦象护痛已极，狂吼一声，中间同后面的四蹄着地，前蹄连头猛地平举起来。筠玉原不知那软肉是它致命之所，因见用剑不能刺它二目，又见它周身俱是厚皮黑鳞，剑刺上去，它一丝也不觉得，有时在硬处反震得自己的手生疼，适才无心中发现角根旁软肉，又见余独情势危殆，性命难保，才用力一剑刺去，果然软嫩非常，一刺透穿。正在心喜，猛见一股红箭冲起，没看清就里，未免吃了一惊，又被牦象将头昂起往后一甩，那只粗如水桶的独角直朝身上压来，脚底下又其滑如油，且存身不住，脱了手从牦象背腰中滑跌下来。筠玉情急智生，看看滑到腰腹中间，离地还有丈许，蹉紧双脚，横着在牦象身上用力一垫，一个“鲤鱼打挺”，借劲横纵出去有七八丈远。

就在这一转瞬之间，筠玉脚才落地，还待往旁纵跑时，那牦象已离了原处，发出惨厉的吼声，六蹄翻飞，连头也不回往前面飞跑，将地上尘土带起有数十丈高下。看看冲到前面峭崖，猛地见它将头一低，朝那面崖壁撞了上去。耳听山崩地裂一声大震，对面那座山壁平倒下来，正压在牦象身上。筠玉关心余独，一眼见他横倒在地，连忙纵上前去看时，林璇也自赶到，见他身前汪着一滩鲜血，宝剑已不知去向，牦象适才在他身上跑过，仔细一看，幸喜未遭践踏，虽然晕了过去，并不曾死，胸头还有热气，恐牦象从坠崖下面爬起又追回头来，无法避让，二人先将他抬到隐僻之处，唤崖上山民用春藤系住身子拉了上去，回望牦象已被那座倒下的山崖压尽，半截后身横卧在地，不见起立。林、毛二人顺着牦象经行之路赶去，一路尽是鲜血，走到断崖之前一看，牦象身旁横卧着半截粗如水桶、长有七尺的断角，前半截身子被石块压住。二人恐它还不曾死，见一块重有千斤的大石块正压盖在它的头部，试探着合力才得搬开。猛见一道蓝光从石缝中直射上来，把二人吓了一跳，忙纵到远处，取了两块大石朝那石缝中蓝光打去，不见动静。二次近前定睛仔细观察，偌大的洪荒猛兽竟被三人生生杀死，放光之处正是它的一双怪眼，不由心花怒放，欢喜得直迸。断崖上打锣锅的山民，因见犵象往这面奔来，俱都吓得纷纷往四外逃窜，且喜并无一个受伤。林璇这才回身去，将崖上众山民唤了下来相助，先着人与周齐送信，一面将断崖下余石搬开，太大的不好搬，便取兵刀钉耙等物来凿断。山民多力，又见三人除了巨害，益发视如天神，兴高采烈。人多好使力，还费了半天事，直到未申之交才将碎石搬完，现出犵象全身，从头至尾足有二十来丈，一条长嘴可吞全牛，虽然身死，两只怪眼还是蓝光闪闪，血水漫了一地，地皮都陷低了几尺，身子横卧在地都有两丈多高，真是大得吓人。

这时余独业已缓醒，二次走将下来。大家想起适才险状，俱都不寒而栗。彼此细一检看犵象伤处，除角上软肉被筠玉刺了一剑外，颈腹间白条连中了余、林二人三支弩箭，余独的一把大刀又从颈腹间要害处整个刺了进去。犵象先时又生吞下半条毒蟒，未免不好消受，几处要害接连重伤，内外的毒一齐次第发作。这东西性子最烈，见报复不成，肚内毒发，身如火焚，禁受不住，这才一头撞死，临死余威竟将数十丈山崖撞倒了半边。余独从犵象颈腹要害处寻着刀柄，拔了出来，才对林、毛二人说经过的险状。

原来起初余独见犵象追赶甚紧，林璇为救自己，好几次用箭从旁去射，俱未命中，猛想自己弩囊内还剩有两支弩箭，适才因为有蟒身阻隔，不敢随意妄发，此时蟒身已被它咬断，门户大开，不趁此时下手，等待何时！想到这里，打算冒险一试，便将脚步放慢了些，回身一看，犵象追离自己仅只三四丈远，不敢怠慢，端起弩弓，一箭对颈腹间的白团射去，恰好射个正着。同时林璇几次用箭引犵象改追它不成，她想起犵象口中大蟒已被它咬断，何不径射它的要害？特地脚下用力接连几纵，从侧面绕到犵象面前，心中大喜，张弓搭箭一连射了两支，俱都命中。余独的弩箭短小，射程又远，再加上纵跑半日心惊力乏，虽然射中了犵象要害，毒未发作，犵象暂时还承受得起。林璇用的是百石大弓，箭长三尺，又经毒药炼制，两箭俱贯咽喉，这一来将犵象逗急，大吼一声，正往前冲，偏巧避箭时将头连摇，筠玉在它身上一滑，无心中踏痛了它角根软肉，比中了两箭还痛。犵象情急，野性大发，顾不得再追前面敌人，想将筠玉甩落，余、林二人才得借此机会纵向旁边。犵象将头甩了一阵，人未到口，箭毒突然发作，先前射中时，仗着身长力大还可支持，一经毒发攻心，便如发了狂一般，翻动六蹄朝前冲去。这时余、林二人既然射中牦象要害，原应躲向远处待它自毙才是，偏生余、林二人俱都胆大贪功，各人身上还剩有一两支箭，见牦象中箭后并未身死，还想再射一下，不但不避凶锋，反跟随牦象身后飞奔，想等它回身时再射。谁知跑得身临切近，牦象一偏头看见余独追将过来，余独气力已成了强弩之末，牦象回得太快，来势太猛，一个忙中有错，只顾拼命朝前飞奔，不及往旁纵躲，及至听得后面吼声越近，回头一看，牦象正伸出一张小桥般的长嘴，露出上下两排比板斧还要长大的钢牙，离自己身后不过丈许远近，不由吓了个心惊胆战，知道稍一挨近便成了它口中之物，连忙回身纵远。偏巧适才被牦象的咬断半截大蟒身躯正横卧在余独去路前面，余独一个惊慌失措，不曾留意，被蟒身在脚底下一绊，从蟒身上平跌出去。还算身手矫捷，看要跌倒，知道收脚不住，后退性命难保，索性用力往前一扑，蹿出去有两三丈远近，正就势翻身朝天，想用一个"鲤鱼打挺"往前逃命，牦象业已追到，张开小桥般长嘴便铲。就在这千钧一发之际，正赶上筠玉在牦象背上朝独角根际软肉上刺了一剑，牦象一护痛将头往起一昂，两只前蹄平举起来。这时余独眼看葬身牦象口中，忽见牦象将头昂起，正露出颈腹间那一块白的致命所在，猛地灵机一动，大喝一声奋起神威，从地下一绷劲纵起身来，手举大刀，"穿云拿月"式，觑准牦象颈腹间白团一刀刺去，只听扑的一声好似刺在一面鼓皮上面，一柄大刀直刺入牦象颈腹之内。余独业已气力用尽，手一软松了刀把，一阵头晕眼花，从三四丈高空落下身来，脚才落地便即晕倒，昏迷之中只听一阵雷鸣地震，呼呼风声，尘沙扑面，从自己头上飞过，便不省人事了。那牦象将头举起何止十丈！余独本刺它不到，因是牦象低头用嘴来铲，倏地将头昂起，余独就在牦象的头离地丈许之际拼命刺去，若非余独身法轻快又是情急拼命，这刀一刺空，就不死在牦象口中，也被它踏成肉泥。就这般凑巧，余独就追纵上去三四丈才得刺到，落下来时正跌在两只前蹄中间。牦象刚被筠玉刺了一剑，又被余独刺中咽喉，周身毒发，两目已昏，并未看出仇敌落在它的脚下，只以为余独仍在面前，一味狂吼往前猛追，余独竟从他六条大腿的中缝里逃了性命。

林璇、余独、毛筠玉三人正在互谈经过，忽见一个山民由崖上窄径飞奔下来，到了三人面前说道："周老爷子听说除了怪兽，非常高兴，说有要事与大司商议，命我送信，请大司先回五指峰去一趟。"林璇闻言，恐怕火场出了什么事故，因周齐、余独俱说牦象身藏异宝，便请毛、余二人监督众山民，连那半截蟒身也抬过来，与死牦象放在一起，动手开剥，匆匆拔步便走。筠玉也要跟去。林璇吩咐众人一切听余独指挥，不准违命，然后同了筠玉抄近路援着春藤飞身上崖，不多一会到了五指峰。周齐正在九熊门前瞻望，见二人走来，便迎上前去称贺。林璇先问："可曾听火场有什么动静？"周齐道："适才连接两三起去火场探听的人回报，说是令弟与鸣锵俱都非常努力，火势渐衰，大白日里决不致发生什么变故了。"林璇闻言才得放心，又将蟒兽厮拼、三人合力巧除牦象、连遇多少惊险之事约略说了一遍。周齐道："据我所知，与余壮士也相仿佛。我因此兽异常高大蠢重，虽有致命所在，决非人力所能除去，原想同去观察地势，用火攻将它烧死，却没料到余壮士这般胆大冒险，竟敢单身下去除它。也是凑巧，偏偏又钻出这条大蟒与它纠缠，我们倒得了几分渔人之利。昨晚余壮士曾说牦象一双蓝眼睛内藏有两粒日月珠，能入水不浸入火不热，连那周身的皮俱是人间至宝。其实牦象一身可宝可用之物甚多，还有那条大蟒，既然如此凶恶长大，身上必有蛇珠之类的宝物。我意欲亲往一观，叵耐山路业已隔断，别人无此神力送我过去，所以才命人请你回来携带我前往，一则开开眼界，看牦象形态是否与我所知的相符，二则代你们策划，好取牦象、毒蟒身上的宝物。你看如何？"林璇见周齐不畏跋涉，处处替自己打算，又高兴又感激，只是山路已断，中间隔了那么一个又宽又大的深沟，背着周齐恐怕未必纵得过去。筠玉见林璇为难，笑道："姊姊怎么见事则迷起来，那条深沟两岸不是都有春藤系好吗？"一句话将林璇提醒，索性转烦筠玉背了周齐从藤上飞行过去。筠玉此时对林璇业已当骨肉般地看待，周齐又是老年人，便含笑点了点头。周齐命人将备好的筐篮酒食携着先行，仍乘原来肩舆到了深沟旁边。林璇先纵身过去，将那几根春藤绞成的索桥手中用力试了一试，然后招呼筠玉背周齐过去。筠玉闻言，站在周齐面前，蹲下身去，端定周齐两膝，请周齐将手攀紧双肩，走到沟旁，先纵身到藤上试了试，放开脚步，似点水蜻蜓般飞身过去，两三丈远转眼越过，到了对岸。林璇吩咐肩舆就在沟旁静候，勿须过去。

筠玉闻言，走到牦象头前一看，火盆大小一对蓝眼映日生光，并未闭拢，那颈尤其长大得吓人，虽然横卧在地，还有一丈六七尺高下。筠玉站在当地不好下手。索性将身一纵，纵到牦象头上，靠着牦象鼻根，举剑往左眼边缝中便刺。筠玉原因牦象双眼像琉璃玛瑙一般又硬又明，想将它整个剜了下来，谁知这一剑刺上去，竟仿佛刺在坚钢上面，反震得手生疼，剑尖在上面滑了一下，差点没有失手。筠玉大为惊异，接连用力又是几剑，剑刺上去只是沙沙作响，一剑也未刺入，白用了一会力气，只得跳身下来，说与周齐。周齐也想不出该用什么法子，林、余二人也各持大刀去试了试，俱未得手。众人无法，因为时光已到未正，只得商量姑且试试将皮剥下再作计较。起初以为眼睛尚且难取，剥皮定非容易，及至林璇用大刀朝牦象身上白条试了试，竟是迎刃而解，非常顺溜，众人俱都大喜。余独、筠玉看得兴起，也各持刀剑寻一根白条下手，不消一会，已将上半边牦象的皮剥通到颈腹间白团之处。林璇在前，正愁前面有鳞，刀刃难入，及至划到白团跟前，隐隐看出颈腹间鳞缝中也现出许多白色细纹，和树叶上筋络一样，从那块白团直分到前面头额上面，便用刀顺着白色细纹往下再划，果然一丝也不碍刀锋，划来划去，划到头上那块大包，再也划不过去，又回到白团跟前，另寻一缝白纹另划。余、毛二人也赶来帮忙，三人各从白团上分出来的十几条白色细纹上下手。那些白纹有的通到额前便止，有几条分通耳鼻口眼各处，眼看快把那些白色条纹划完，筠玉无心中将剑斜插到牦象皮里去往上一削，二寸多厚的牦象皮竟自随手而起。筠玉心中大喜，忙喊林、余二人来看。林、余二人也如法炮制，各用刀剑削剥。周齐又唤旁立的山民上前相助，各用兵刃从全身有白色条纹中掀的掀，剥的剥。人多手众，不多一会，竟将牦象上半边身躯的兽皮剥掀起来。

众人正在努力动手，忽听林璇猛地一声欢呼。筠玉、余独过去一看，原来林璇将兽皮剥到鼻端，白色条纹业已划完，无论如何用力大刀都刺不下去。正在为难，猛见牦象长嘴唇中间有两条红线，分左右直通到上面独角根际。先拿刀试了试刺不进去，林璇不死心，知道角根上坟起的一团白肉最为柔嫩，纵到牦象头顶仔细观察，用刀先把通红线的嫩肉用刀划破，剜起一条，才看出白肉里面的红线较粗，并且中间也有白纹，再拿刀尖顺着红线中间白纹往前一理，顺顺当当地理到牦象嘴唇皮中间，刀理处前面自然纵开，比先前刺白条还要省事，再绕向下面，顺那条红线往上再理，却一丝也不碍难。原来牦象全身，刀刃可入的地方全在那些白条，那些白条的枢纽又全在独角根际的软肉，被林璇无心中发现，所以到处迎刃而解。林璇理到牦象耳旁，因为这一面的头贴紧了地皮，无法下手，弄得纵身仍然回到独角根旁，索性将角旁软肉一齐剜掉，寻着另一条的红线，照样用力去理，理到贴紧地皮的一部分停止。似这样将角旁八九道红线全都理完一看，恰好将牦象前额各部分划刺出许多各式各样的方圆块子，然后回身到上半边，用刀从皮里斜插进去，往起一掀，觉着并不吃力，嘶的一声，应手起下一块梭子式的兽皮，有四五尺见方，满皮俱是细鳞，非常柔软光滑。

这时余、毛二人已顺着牦象腹下的白条往尾部划，两下相隔约有十余丈，林璇便喊近身的几个山民上前帮着揭皮。揭来揭去，眼看揭到两只大眼跟前，林璇从山民手中要过铁铲，从皮缝中插入，往上一掀，只听一阵嘶嘶沙沙之声，一会工夫，一只大眼附近的边皮业已掀了起来，猛然从皮缝中闪起一道光华。林璇更不怠慢，用力再往上一掀，哗哗连声，将牦象一只左眼连皮带眼眶眼膜一齐掀了起来，接着便有一道蓝光射出。定睛一看，牦象眼窠中端端正正现出茶杯大小一粒宝珠，晶光往上直冲，蓝霞照眼。林璇心中大喜，不由欢呼了一声，用手一摸，竟是和玉一般坚硬，用手一摘便摘了下来，真是晶圆光华，映日生缬，捧在手中爱不忍释。余独、筠玉、周齐闻得林璇欢呼，也都赶了过来，看见这粒宝珠，赞叹不置。再看牦象那一面火盆大小的眼膜，原来是一块光滑明亮的白皮，并不似适才看去像水晶神气了。周齐道："果然它两眼藏着两粒日月珠。此乃万年难得的至宝，贤侄女好生收下。这东西身躯太大，还有那条大蟒，今日一定开剥不完，火场也不能不兼顾。快将它的右眼内一粒宝珠取了出来，派几个山民看守，我们回去，明日再来。诸位以为如何？"众人闻言称善。因为牦象右半身贴紧地皮，不好下手，商议了一阵。筠玉出主意，命人抬过许多大石，又去斫了几枝青杠树，削去枝丫，命二十多个山民，连林、余、毛三人，先将青杠树插入牦象身躯离地空隙中，合力喊一声"起"，将牦象的一颗大头支离地面数尺，分别用大石搁住，然后撤去青杠树，由林、余、毛三人下手如法炮制，又将那粒珠子取到手中。林璇执意要将这一粒赠给筠玉。筠玉虽然喜爱非常，却因林、余二人舍生忘死差点送了性命，自己却来享现成，不好意思接受，推来推去，末后又要让给余独。林璇道："妹子又要作假了。我这人心肠最实，若只得这一粒，我便没有出力，有人肯送给我，也决不推辞。我同你两人成了姊妹，比别人都亲热，性情又相投，既然得的是两粒，当然这一粒归你才是。余壮士这次最出力，差点还送命，本来应该将我这一粒送他。一则我舍不得，二则因我两个都是女子，他也决计不肯收的。我向例不作空头人情，所以我想了这一会，决计和你瓜分。只可恨这只该死的牦象，我们有三个人，它却只有两粒珠子。要是多有几粒，我们多感谢它！"林璇因为喜极忘形，把心中一片天真之言随口照实说出，把众人都引得笑了起来。余独是客，又知牦象身上可宝之物甚多，本来巴不得筠玉得这粒宝珠，自然极口称是，再三劝筠玉收下。周齐又深知林璇性情，也帮着林璇劝说，筠玉只得谢了众人收下。

三人重又动手，揭到牦象额前大包，竟比别处费事得多。末后，三人另又寻着了几处经脉，才得将皮揭起。里面并无珠宝，只有十二个栲栳大的圆骨朵，攒作一起，黑亮亮的，非常坚硬。大家慢慢剜肉挑筋，费了好些事，才将这十二根骨朵取了下来。虽不知道有什么用处，但因那十二根骨朵每根长有五尺，头甚大，中间到梢上颇像一柄锥形，拿在手中颇为沉重，可以当兵器使，又疑心骨后脑髓里也许还藏有珠宝之类，便将它都取了下来。筠玉见牦象能用头上大包撞倒山崖，知道此骨坚硬非常，随手取了一根往身旁山石上打去，五六尺见方高下的一块山石，被筠玉轻轻一击，应手立成粉碎。众人大为惊异，各人再用宝剑大刀试了试，用力斫刺上去，休想动它分毫，才知也是宝物，便都交与山民，准备带回。

这时天已将近黄昏，牦象左半身的皮已被众人揭去，只剩右半边身子紧贴地面，无法下手，林、毛、余三人又将牦象脑子劈开，仍是一无所有。周齐再三催众人回去，只得停手，明日再来开剥。当下周齐吩咐只带一小半人回去，留下九熊兄弟同余下山民看守牦象和毒蟒的尸身。因为那里临近虎穴，怕群虎回来，众人无法抵敌，命众人只在崖上轮班瞭望，遇有虎豹之类，无须近前，只须从隐身之处用毒箭去射，射倒几个，余下自然惊走。分配已定，林璇接周齐之时，早命人回去取来酒食，众人因为就要回去，便一齐留与防守的人。由山民分别拿了那十二根兽骨连那些小块皮骨，先将周齐缒了上去，取道而返。要知后事如何，且听下回分解。

第十回

智斩玄牦　五指峰英雄除害
烧残野火　三千里孝女思亲

话说林璇、余独、毛筠玉三人斩了怪兽牦象，得到了日月宝珠，因牦象同那条毒蟒身躯长大，当日开剥不完，周齐说火场余火未熄，不可大意，当下分配好了留守人的职司，林、余、毛三人兴高采烈将扶了周齐，过了两处险地，并由随行山民分携兽皮兽骨，取道回寨。行至中途，林璇跑到高处远望火场，火势比昨日更觉减小许多，越发高兴。大家虽然累了一个整天，人逢喜事精神爽，一丝也不觉饥乏。快要行到寨前，连接着几起山民报信，说虎儿因听回去取酒食的人说起，众人已将他昨晚所遇的怪兽除却，还收拾了一条毒蟒，怪大司同周老爷子瞒着他不带他去，急得在火场乱迸乱跳，若不是怕火场出事，几次都想赶来，叫人与大司送信，着余英雄回去替他，让他也去开开眼。林璇闻言笑道："这孩子疯了，这有什么好玩的。"便叫来人回去送信，给他说怪兽已除，要看明日仍可前去。救火要紧，不准擅离一步。说罢，带人自去。周齐坐在小舆上，与众人一路谈笑，走到寨前，业已天黑。林璇揖客入内，又命人去请杨氏父女与虎儿之妻周文美同到前寨，一面吩咐杀牛犒众。不一会，杨氏父女同周文美到来，林璇便对筠玉道："姊姊真饿急了。你们诸位等吃烤牛肉，我先去吃点体己东西再来。"说罢便往外面走。筠玉因和丹姝、碧娃别后重逢，颇为亲热，又加上杨氏父女俱和她道谢搭救之恩，众人只顾周旋应对，没注意到林璇出去。直等到山民将酒肉端来，还未见林璇回转，叫人到她室中去看。侍女春桃进来报道："大司适才进屋，匆匆吃了一块糌粑、两片冷牛肉，便往后寨火场去了。"众人都以为林璇定是到后寨去将虎儿、鸣锵换回，因为大家同来坐定都觉有点饥饿，周齐做主，请大家先吃起来。眼看酒肉快要用完，不见林璇回转，虎儿和周鸣锵也不见到来，才觉得有些诧异。周齐便命人到火场去看大司在那里不在。余独道："让晚生去吧，就便也好替周、云二位回来歇息一会。"周齐因余独舍生忘死累了一日，正要发言拦阻，余独因想起昨晚与虎儿斗口之事，除了牦象之后，不但心中气消，反觉得自己没有容人之量，知虎儿急于回来，没等周齐回话，业已起身走去。

余独去了一会，众人正在室中谈话，忽然虎儿气急败坏地跑了进来，大声说道："岳父大事不好了，我姊姊不见了！"周齐见虎儿急得满头大汗，知道必有了差错，忙问根由。虎儿道："我因急于想回来看宝贝，久等人去替我不见到来，已在心焦，适才余兄到火场，说我姊姊已去了好一会，问我们见着没有。周大哥觉着奇怪，便传落魂溪、毒蛇涧两处要公的人来问。有两人说，黄昏过后，见我姊姊纵过了毒蛇涧，往火场那条路走，不几步，忽然口中咦了一声，便往涧那边一片山崖侧里跑去，由此就未见面。那里本有一条斜径可通火场，他二人当时也未在意。周大哥便命那两人指引那条路去寻找。找了一会不见踪影，我又喊了半天，不见应一声。周、余二人都说决是神姑、蓝牝牛和那毛人闹鬼，因想不起好主意，怕工夫长了姊姊遭了别人毒手，他们还在那里寻找，叫我赶快回来送信，请岳父快想好主意寻我姊姊。"众人闻言，头一个筠玉着急，乱了起来，忙着就要跟去寻找。周齐略微寻思了一下道："若论林侄女本领，就是神姑、蓝牝牛和二狗等诸人合力也吃不消她，如今可虑的是又像昨晚一般，被他们用那带香的异草将她迷晕过去，这事就难说了。今天晚上虽然月色甚明，毛姑娘此地路径不熟，既愿前去帮着寻找，只可由虎儿陪了前去。但是你二人不可走在一起，须要两下隔个三五丈，彼此互为关照，一见有了什么动静再行上前，以防二狗还在又用那香草迷人。"嘱咐好了以后，周齐又传进几个有本领老成持重心腹千长，命他们约束众人不要惊慌，大司是去寻神姑等下落去的，决不碍事。

筠玉同虎儿早领了周齐吩咐，由虎儿在前引路，二人一前一后，急匆匆渡过落魂溪、毒蛇涧，赶到火场，见着周鸣锵，问起余独，说是已寻路往狮王显圣那一带山崖寻找去了。筠玉又问了问林璇失踪所在，叫虎儿领她前去一看，正是昨日同林璇往虎穴去经过之地，地势甚为险峻。虎儿心急，见筠玉只顾查看，便对筠玉道："毛姊姊不要在此寻找了，这里山石将才都被我们踏翻过来了。"筠玉也不去理他，仍是凝神细心四下观望。虎儿老怕林璇迟则遇害，心中万分忧急，正想和筠玉商量两人分头寻找，筠玉忽然指着路侧一块大石问道："日里我曾随姊姊到这里来过，并不见有这块石头。这块石头是我们走后派人移来的么？我记得这里还有几株小松树，怎么不见呢？"

虎儿见筠玉不提正文，老这么枝枝节节的，益发不耐，二次想要张口，刚说得"姊姊"两个字，猛听筠玉惊呼道："在这里了！"说时迟，那时快！筠玉往起一纵身，一手攀定那块大石边角，施展神力往怀中一拉，就势在石上一个蜻蜓倒竖，翻身越过石后崖上，脚未站定，就势反背侧身，一脚踏纵石后踹去，同时两手一分，"大鹏展翅"，推向大石上面。那块大石高有六七尺，厚的地方也有一二尺，其重何止千斤，被筠玉这一拉一踹一推之间，竟自倒将下来。在那大石将倒未倒之际，筠玉两手正按的石背，就势又用力往前一扑，一个"鹞子翻身"，随着大石倒地，飞身纵了过来，真是捷比猿猱，快如飞鸟。只听轰隆一声巨响过处，大石倒地。筠玉早拔出宝剑，伸手下腰，先提起大石后面的两三株密叶矮松甩向旁边，当时便现出一个仅可容得下半人高的小洞。筠玉将剑指着洞内道："再不出来，我便要取你的狗命了！"连唤两声不见答应，惹得筠玉性起，起手中剑往洞内刺去，只听刺的一声，还是不见响动。筠玉定睛往洞内看了一看，伸手入洞，用力往死一拉，拖出一个身材长大的毛人来，手中拿着一丛野草，月光下见他身上被火烧覆了好几处，胸前中了一支毒箭，又被筠玉宝剑将左腿刺断，业已死去。

这时虎儿业已进前，认出那毛人，便对筠玉说道："这毛人便是我们的仇人二狗。他手上拿的那草有毒，人闻了便会晕倒。"说罢，便把二狗中的那支弩箭拔起一看，高叫道："这正是我姊姊常用的毒箭！我姊姊既将他射死，姊姊又到哪里去了呢？"筠玉便问虎儿："生长此山，可知这洞内深浅？"虎儿答道："这里山洞，是深一点的我都知道，惟独这里平时尽长着密叶刺松，这洞我是时头一次看见。"筠玉闻言略一寻思，秀眉一竖，对虎儿道："二狗虽死，神姑、蓝牝牛尚无下落，姊姊吉凶未卜。我意欲冒险往洞内去查看一下。你如见我入内不出，千万不可轻入，急速去喊周、余二位到此，用弓箭严防洞口，再去与你岳父送信。"虎儿正说"让我进去"，言还未了，筠玉忙喊："虎弟禁声！快快往旁边埋伏起来！"虎儿正不明筠玉是何用意，忽见洞内现出一丝火光。虎儿、筠玉刚把身让避在旁边，便听见洞内有人说话的声音。筠玉侧耳一听，忽然高兴得大声朝洞内喊道："余兄既然寻着，快出来吧！这边回去近得多，毛人已弄死了哩！"说罢不一会，洞内先爬出来了一人，正是余独，出洞以后，便伸手进去朝洞内招呼，随手拖出一个女子，正个适才失踪的本山大司林璇，业已昏迷沉沉不省人事，接着后面又出来了十几个山民，手上分携着林璇失去的刀箭。

原来虎儿走回去报信后，余独又找了一阵，不见毛人踪影，忽然心中一动，因火场不能离人，只好托鸣锵一面救火一面留神查看，自己带了十几个山民，问明狮神显圣同猎虎寨发现毛人的那条路径，带了一些未燃着的火把同引火之物前去寻找。刚走到狮神崖靠近，一见那里山势陡峭，丛草没膝，加上这些山民虽然生长此山，这里却并未来过，虽然月光如昼，道路却非常难走，又不敢出声，恐怕打草惊蛇。正督率众山民拿着兵刃探路，高一脚低一脚地往前行走，忽听最前面一个引路的山民喊得一声"好香"，便即翻身倒地。这跟来的十几个山民，起初一听到狮神崖心中就有点胆怯，一见前面同伴忽然倒地，都以为狮神显圣，吓得纷纷往回逃跑。余独却猜是那毛人未死又弄玄虚，连忙持刀准备。定睛一看，山高月小，涧谷通明，哪里有什么影子！留神近前一看，只崖上生着许多野草，正是昨晚毛人手上所持之物。那条山路本仄，下临绝涧，须要将身擦崖而过，想是先前引路的那个山民从那毒草下面走过，脸碰在草上闻见香味，再用力一嗅，所以昏迷倒地。且喜那山民是往前扑，不曾坠入山涧，忙喊回众山民道："你们快回，大司有了踪影了。"那伙山民对林璇极有忠心，这句诳话果然发生效力，闻得余独这么一说，又见无甚动静，才围了拢来，便问："大司呢？"余独怕众人也中了香草的毒，吩咐不要进前，知道冷水可以解毒，吩咐先取了些涧水将引路的人救转，然后对众人说道："望这崖上香草，正是昨晚毛人二狗所用的毒草。如今大司不在，定是被他用香草迷倒劫去。既然寻见此草，跟踪前去必能寻着大司踪迹。不过此草又香又有毒，须要捏着鼻子过去才好。"这些山民倒有一多半懂汉话的，闻得余独之言，俱都兴奋起来，互相告语说："大司已有了下落，快去寻找。"说罢，便由余独在前，一手捏着鼻子，一手用兵刃先削去前面壁上香草，再往前行走。先还怕自己势孤，惊动仇敌，无法抵挡，非常小心在意，及至见绕过这面悬崖峭壁已看不见再有香草，并无动静，不由又把来时万分之一的希望打消。正埋怨自己神经过敏，劳而无功，忽然脚底下当的一声，踢在一件东西上面，低头拾起一看，原来是半截糟烂了的断箭，越知道离毛人巢穴不远。又往前走了几步，果然发现路旁有一个大洞，月光只照进去丈许远近，里面黑洞洞的。余独拾了一块石头掷了进去，不见有什么动静，便吩咐将火把点起入内。这些山民虽然害怕，经不起余独老拿话鼓励众人，劝以利害，只得仍由余独在前，率领众人，各持火把往洞内走去。余独恐洞内藏有仇敌同猛兽，不时掷石试探，俱无什么动静，连发现了许多山民用的东西，前后还看见一处地上有兽皮、水壶同两块熟腊味，越猜是二狗存身之处，吩咐众人格外留神，往前行走。也不知走了多深，越走路越仄，忽见前面地下躺着一人，定睛一看，是个女子打扮，有点像日里林璇所穿的装束，近前一看，果然是她，业已仰面朝天倒在地下，手旁抛着一把缅刀。余独大吃一惊，拿火一照，脸上红润润的，如中酒熟睡一般，知道定是中了香草的毒，出洞取水太远，又怕里面还有僻径藏着敌人。正预备命人悄悄抬了先从原路退出洞去，用水救醒转来再作计较，忽被一个山民发现林璇脚头还有一个半人高的小洞，从洞外透进一点月光，先前急于要顾林璇，没有看见，知道这洞通外面。余独摸不透洞外是什么所在，不敢大意，正和那人打听。筠玉人本机警，自从将二狗死尸拖出后，因见他身上带有箭伤，那毒箭又是林璇所用之物，便猜洞内定还有人潜藏，正在留神察看，忽听洞内有许多脚步声音走动，以为敌人果然打此出现，忙命虎儿潜伏左侧，与敌人一个措手不及。及至一听说话声音非常耳熟，过细一听竟是余独，不由心中起了一些希望，当下应声，等到人走出来一看，果是林璇，忙用清泉救醒转来。

一问，才知林璇回寨以后，心中惦记着虎儿，恐他心急，到屋略进了一点冷牛肉与糌粑，想赶往火场与虎儿述说经过，好叫他喜欢喜欢，自己再替虎儿、鸣锵救人，换他二人回来歇息。因大家都累了一日，恐余、毛二人也要跟去，所以并未通知众人，径自往后寨走去。纵越过了落魂溪，月光底下看见涧那边崖石侧面有一个黑影一闪。林璇先以为是涧旁防守之人在那里行动，起初并不在意。那片崖石，并不是林璇必经之地，已然走向侧面，猛想起今晚是防守的人，头上都插着一片白羽，适才见那黑影为何没有？莫非又是什么奸细？想到这里，仗着艺高人胆大，也没经呼左近防守的人，便回身向那片崖石走去，想查看一个明白。刚走到崖石后面，忽见一丛密叶矮松后面露出一个半人高的小洞，月光正对洞口，看得分外清晰。低头一看，洞口的茂草业已踏平，知道内中不是藏得有人便是野兽巢穴，随手取了一个石子打向洞内，觉得滚进去甚深，半晌没有动静。正待仔细查看地下足迹是人是兽，忽听脑后风声，知道有人暗算，连忙一手拔刀，一手拔出弩弓毒箭，身子往下一矮，旋转过头来，猛觉一股子奇香袭脑，登时头晕眼花倒在就地，迷困中只依稀看见一个毛人影子，便不省人事了。

余、毛二人拿林璇的话推测二狗致死之由，定是二狗用迷人的香草将林璇醉倒之后，当时不及将林璇弄死，又恐露了痕迹被人看破，想将林璇从小洞中拖回老巢，再行用刻毒之法报仇雪恨。他先将林璇拖进小洞，复翻身运过旁边一片大石，仍照往时将小洞掩没，准备再来的地步。洞中原本黑暗，又被大石将洞中遮没，又由明处走到暗处，没有留神到林璇手上弩箭。林璇本是失了知觉，不知怎的，在昏迷中右手刀松了下来，刀尖误触左手弩弓的机簧，发将出去，恰好将二狗要害射中了。那毒箭见血封喉，哪得不死！经这一来，林璇虽然死里逃生，却证明了二狗身死，神姑、蓝牝牛既未和他在一起，不是被火烧焦，便是火起时逃回虎穴，葬身牦象腹内，去了永久的后患，好不高兴。这时火势经连日扑打，虽然余烬未熄，却已减去十之六七，用不着大家都在那里。林璇因祸患已去，急于长征，要回去和周齐商量，只得仍命鸣锵、虎儿留守，自己同了余、毛二人，命人抬了二狗尸身一同回寨。周齐早已接报，听林璇说了究竟，便命传那两个曾经看到过毛人的猎虎寨前来认看，都说那日神姑所见的毛人便是此人。并且有一个猎虎寨，在那天火起以前，还见神姑、蓝牝牛、荀二姐等到林中去时，他在后面跟着偷看，还见有这毛人在内。这一番询问之后，虽然没有寻着神姑、蓝牝牛等尸首，都猜是神姑、蓝牝牛已决不在人世，要不然决不能连毛人的老巢都抄了个遍，还查不出神姑等踪迹的道理。大家愈加放了宽心，当下将二狗火葬之后，静等火灭上路。周齐毕竟老谋深虑，做事持重，第二日又派了许多可靠的人四下出发，满山崖洞溪谷中去寻查神姑等的踪迹，连查了两天俱无结果。天公助美，到第三天早上忽然下了一场大雨，将火场余烬全都熄灭。除了不走的人舍不得林璇，心中难受外，余独、筠玉和杨氏父女个个暗中庆幸。火势全灭以后，周齐又命人到火场附近寻找神姑等死活下落，仍是一无所得，只好作罢。

这时虎穴那边，由余独、虎儿、筠玉、林璇四人每日分班前往，整整开剥了两三天，经多少人动手，才将那牦象和大蟒的皮骨剥了回来。牦象身上，除了那一对日月珠同那坚逾精钢的骨朵外，并无别的珠子，那蟒蛇更是一无所有，众人未免失望。林璇因周齐、余独据载籍上说，牦象的皮同那条大尾，用一种药草名叫绕指柔又名如意莲的，和上硝硝过，使其柔如绵，做成衣服能避水火刀枪，便将那条长尾送给余独，以作酬报。余独知那皮制成衣服不但善避刀枪水火，睡在上面冬暖夏凉，里面一条筋更是一条宝刀不断的绝好长鞭，忙即道谢，将筋抽出，剔去血肉，连皮打成一包收好。余下的皮，除有白纹处可以分开，别的地方，任何利器俱难下手。只顾都有十几块零皮，最小的也有六七尺方圆,余者俱都过丈,身上两张整块分左右面,俱都一般长宽不算,六只大蹄宽约三丈,长有十六七丈。虽然柔软,也不便携带,只得将一张送与虎儿,一张留在寨中,作为林璇存放,异日亲身来取。将那十几张小皮赠给周齐、云锵兄妹每人一张,杨氏父女每人一张,约敷一身衣服之用。周齐说自己拿它无用处,虎儿虽得一张大的,不懂制法,还不如别人的可以做褥垫用,便把来转赠虎儿。林璇笑道:“世伯太疼女婿了。世伯虽不用制成衣服与人交手,拿做被褥,冬天取暖夏天御暑也是好的。我兄弟难道他还要两份吗?文美妹子还有一份呢。”周齐闻言笑了笑道:“既然如此,我先用些年,将来再给他们吧。”林璇又将那十二根牦象骨朵分赠鸣锵兄妹、虎儿、余独、筠玉同云九熊、十熊兄弟,每人一根,余者连所剩十来块零皮一起打成包裹,准备带走。又拿出些山民心爱之物同牛酒,犒赏那日出力之人,然后定期大宰牛羊,置酒野宴,举虎儿代自己做大司,就便与全山山民作别。

到了那日的前一天,林璇先在寨中设下家宴,吩咐走后寨中应行举办之事。饮酒之间,林璇对虎儿道:“如今祸害既去,做姊姊的明日便要长行。本山一向举办的田渔畜牧、土木工艺,俱都一天比一天兴盛,我走之后,可仍由那些老年人分担职守办理。如无大过,不可轻易更动。考察勤惰,固然他们会按时告禀,但是自己也要经心才是。种桑养蚕织纺的事刚在举办,不知将来收成如何。要是好不必说,山民的心理什么事都是要紧在开头,开头要好,便一往直前往下做去,从不会偷懒;要是不好,他们做起来就没有兴会了。你如见收成不好,他们并不知道,千万不可形于辞色,只故意用话引他们上路,一次不好有二次,今年不好有明年,决无不成之理。本山有了许多财富,什么都不用愁。只要能使万众一心,大家便可永久过舒服日子。后寨猎虎寨虽然非我族类,又加上以前神姑、蓝牝牛的引诱,不似以前驯善,但是他们蛇无头而不行,已造不出什么大反来。不过这种人天性比黑蛮狠毒得多,难于教化,我在这里还可恩威并用,使他们与黑蛮本族杂居,变化他们的气质,我走之后,你才、力两不如我,虽则有周世伯时常指点于你,到底他老人家替你操不完这许多心。多一事不如少一事,好在他们既已移居后寨,索性由他们,不必再叫他们搬回。你同弟妹,将周世伯连底下用人全移到前寨居住,表面上对他们千万不可现出歧视,暗中却不得不防。落魂溪、毒蛇涧两处险要,平时如不便设防启他们疑虑,可在那里按我从先守屋图样,急速造起几排房子,将本族心腹搬几十家前去,明是住家,暗中监视,并命二十个精明强干之人到后寨去牧羊，就便同他们拉拢交情，好打听他们的举动。再命前寨的人练习十步传防之法，一旦有警，只须你发出一个号令，全山都可响应。固然是防备万一，兼可防备山外之人前来侵犯。余外存有昔日我和周世伯亲身勘察的几处入山要道同险径，修理的修理，设防的设防。平日无事，除了照以上所说勤慎去做外，还得随时留心请教周世伯。如有该当举办之事，由你先赶头去做，同时再极力奖励他们跟着学，无须强逼。他们为名利所诱，自会踊跃上路。无论何事，不问过周世伯千万不可妄动！”说罢，又重重拜托了周齐父子与虎儿之妻文美。

周齐自不必说，文美何等聪明，见林璇谆谆嘱咐，无微不至，早明白这一别决非一年半载所能重逢，想起林璇平时情义，不由流下泪来，虎儿也是眼睛红红的伤心要哭。林璇也是惜别，心中难受，恐勾起虎儿小孩脾气又来强留，只好忍痛用好言安慰虎儿夫妇。虎儿知道林璇去志已决，决难挽留，不住口地含泪坚问归期。文美哭着说道：“你真是个呆了！你听姊姊说了这一番话，不是一年半载焉能回来的！”虎儿一听文美之言，心中一着急，跑过来双手拉着林璇，未及张口，先自“哇”的一声哭了出来。林璇见虎儿竟如此姊弟情长，也是难以割舍，怎奈思亲心切，不容中止，也不知用了多少安慰的话，还答应无论如何，至迟不过两年，即使不能将生身父母接来，也必来此看望，再定行止，好容易才将虎儿劝住。这一席离筵，慢说周、林、虎儿等人，就连余独、筠玉与杨氏父女也没有吃得痛快。众人随意用了一点，便命人将残席撤去。到了晚间，林璇又备下祭席，到义父母墓前上香辞墓。一到坟前，林璇想起抚育之恩，不觉大放悲声，虎儿夫妇也随着痛哭了一场，旁观的人无不伤感。

回寨坐定不久，大家正在各诉离愁，忽见服侍林璇的两个心腹山女春桃、春燕，每人口上衔了一把明亮亮的大刀，跑进室来朝林璇跪下，求林璇带她们二人同行，否则便死在林璇的面前。林璇才说得一声“你们何须同去”，春桃便要横刀自刎。幸得余独、筠玉手急眼快，将她二人的刀分别夺了过来，喝住二人，不准妄行短见，二人还是跪伏在地不肯起来。筠玉连日同林璇同起同卧，也颇喜欢这两个山女伶俐，转身对林璇说：“我们同行虽有六人，却有一半是文弱的。她二人生长大山，力大身轻，带了去颇有用处，姊姊何必如此固执？”林璇道：“妹子哪里知道！我屋中共有侍女八人，外面还有十几个最得力的心腹，因为平素我对她们还厚，一听我走，个个背人同我说要跟了我去，你叫我带哪一个去好？都带又万无此理，并且还得将有用的留给我兄弟。都走了，他更难了。你不信问春桃、春燕，她们准是因见我不允，才推她二人来打头阵，我如答应，便中了她们的套儿，大家都来要跟我走了。”筠玉闻言将信将疑，便问春桃、春燕：“你主人所说是否果有此事？”二人因大家心事俱被主人猜透，把脸涨得通红，强强说道：“我二人也不管别人，不带我二人去便是一个死！”说罢哭泣不止，筠玉也为起难来。后来还是周齐道：“要按说像她二人同去，你们倒是真用得着。不过大家都要同去，这就不好办了。依我之见，索性你将他们都一齐喊来，由我们大家晓谕他们一番。因为春桃、春燕从小在你跟前近身服侍，别人不能和她二人比，当然带走。不过余人一个不带，他们也决不肯甘休，索性再多带上四个，若是走平路雇用车轿，他们如愿随去，便命他六人先作舆夫，抬着杨老父兄女三人上路，岂不又得用又放心，还符了他们的愿望，三全其美？如果要嫌去的人多，我自有主意。”

众人闻言，俱都点头称善。林璇便命人去将这些人唤来，共是六个女的十七个男的，俱都生得雄健非凡。周、林二人将话说明，并说：“谁怕劳苦，仍可明言不去。”众人异口同声，齐说：“跟随大司，就是火山刀山都不在心上。只求带了同走，慢道抬山舆，做牛马也干！”林璇闻言，将眼望着周齐。周齐道：“大司将才说她本舍不得你们，无奈不能都带了走。大司将来还是要回来的，都走了，叫谁帮她兄弟办事？所以除了春桃、春燕因为从小近身服侍离不开，必须带走外，你们这二十几个人都是一样，不带谁走也不好，只好用抽签来决定。你们各人去取一根木片，打上各人记号，木片长短须要一样，将它和乱，由我等给大司蒙上双目，由她自己抽着谁是谁，去的不要喜欢，不去的也不要难受，左就她是要回来的。你们看怎么样？”山民都以为这种办法极为公平，哪知周、林二人早已不约而同地商量好，选中了四人，抽签不过遮遮众人耳目而已。众人半忧半喜的，一会将木片取到，先将林璇双目用布蒙住，由周齐将木片和乱，叫林璇去抽。林璇早已明白周齐心意，先将每根竹片都暗中摸了一下，然后一个一个的抽出四根来，恰好是三个男的一个女的。三个男子当中，九熊的兄弟十熊也是其内，余下两人，一个叫云田，也是林璇的同族，一个叫岑春，是个黑蛮。那女的是春燕的妹子，乳名叫作四儿。这四个人虽然个个勇猛忠心，却是秉性骜，极为难制，周、林二人早有打算，特意借抽木片为由将他们抽走，省得林璇走后不易管束，他们又都立过功劳,犯了法规不忍重罚处置,反不如由林璇带走,且还可路上得他们用处。四人见把自己抽中,个个兴高采烈。余人虽然懊丧,也是无法。林璇便命他们准备行装,除了所抬的山舆外,每人只准带随身兵刃弓箭和一个随身小包袱,行时俱都换成汉装上路。吩咐完了六人,又对余人安慰了一番话,各给了些犒赏,才打发他们散去。要知后事如何,请看下回分解。

第十一回

兼弩穿云 匝地芦笙遗爱在
三凶前路 排天碧嶂旅愁多

第三日便是行期。第二日天还未亮，林璇便招呼众人起身，用了点酒食，备好极丰富的干粮酒脯同零整金银。一切俱准备停当，外面芦笙响了三次，天已大亮，林璇才邀众人到寨外广场上与全山山民话别，让大司之位与虎儿。众人出寨一看，寨门外广场四外生了八堆大火，放了二十四只大酒缸，好几千山民各持兵刃弓箭，业已排成了一个大圆阵，鸦雀无声地站在那里。见林璇出来，各举手中兵刃朝天高呼了三声，随即匍匐在地，直待林璇上了广场当中现搭的木台才行站起，个个都带惜别之容，有的竟泪落不止。林璇心中也是十分伤感。那木台旁边，早有隔宿宰好的四十九只黄牛同三百六十只黄羊，分七层排在那里。林璇上台以后，先说自己奉狮神托梦，为全山祸福计，不能不暂时离开这里。新大司是我兄弟，极有本领，又加有狮神默佑，必能使大家以后日子还要过得快活。我走之后，一切仍是照我法子去做。请大家务必安心辅佐新大司，同过快活日子。有谁不服，便请上台与新大司角力，以定去取。”说罢，停了一会。一则众山民自经林、周二人教化，早已大变气质，二则虎儿生具神力，除林璇外，谁也不是对手，所以并无一人应声。

林璇见众心一致，甚为高兴，又说道：“大家既然愿意辅助新大司，死活都随他主持，现在由我与新大司起，俱各折箭为誓。就此请新大司就任吧。”说罢，拔出身旁预先准备下没有毒的长箭，飞纵到前排当中牛背上，从牛口中将箭刺了进去。虎儿随后纵上，也将一支长箭插入牛股，二人箭上俱已蘸有鲜血。林璇口中忽然长啸了一声，众山民也都分排依次上前，各取身佩弓箭，按各人身份，往那牛羊身上刺了进去，也都蘸有鲜血，静听林璇吩咐。林璇见众人行动非常整齐，口中喊得一声：“我们替新大司祝福吧！”说罢，众人便都分散开来，张弓等候。虎儿早将一个彩球绑在自己箭头上，往天射将出去。虎儿箭才发出，林璇娇叱一声，一箭追去。虎儿箭头上绑有彩球，射程较慢，恰好被林璇一箭追上，正中箭头彩球，弓动箭速，两只箭连为一支，直往云中穿去。众山民哄的喊了一声，也各将弓箭朝天射去。一时千弩齐发，欢声雷动。那些箭原是直射上去，少时缓了劲，又都纷纷坠落如雨。山民本都长于射箭，早就算好准步，箭上各有暗记，并不见他们移动抢先，各人只一伸手，便将原箭接到，偶尔有几个对得稍偏一点，也都差不了许多。众山民接箭到手，齐声喊道："我等如不遵新大司的吩咐，愿受天神降罪，和箭一样！"说罢，各将手中箭折成两断，往台前掷去。林璇、虎儿的箭射程最高，最后落下。林璇见箭落稍偏，便未容它落下，眼看离地三四丈，便在牛背上纵起两丈多高，接了下来，就地纵回台上。两箭掉头落地时业已分开，一支上面挂有彩球，落得更慢。虎儿也和林璇一般，纵身接到手中。姊弟二人双双在台上，等众人将箭折定，然后虎儿要过林璇手中的箭，朝林璇跪下行礼，将林璇的箭高举过头，朝着众人在台上转了一周，恭恭敬敬插入身背的一个竹筒之内，然后将自己的箭举在手中，对众人说道："我如不听我姊姊的话，不照她所说去做，也和这箭一样，受天神降罪！"说罢，将箭折为两断，半截插入牛口，半截插入牛股。吩咐一声，早有旁边站立的四个山民将牛搭去埋葬。

这里虎儿才喊得一声："请大家分散吃团圆酒！"言还未了，旁立的武士举起芦笙吹了一阵，虎儿便随全山山民分散开来，争先恐后地欢呼上前，各用佩刀割取牛羊肉，并用瓢往大缸中盛酒，就在那八个火堆上烤吃就酒。众山民吃喝了一阵，又互相拥抱，在阳光下跳舞歌唱起来。林璇虽然在寨中陪众人用过了饭，见众人吃喝得高兴，也跟着上前，夹在众人中吃喝，喝时喊筠玉、余独也去尝尝。那些有职司的吃喝了一阵，又去将各要口防守的人换将回来受用。好在他们都托人代他们折箭为誓，无须再补行什么仪式，来到就吃。这一顿聚餐从巳初直吃到申末才完，只吃得二十四只酒缸个个朝天，四百余头牛羊只剩了些骨架，才各自扶老携幼回去。

虎儿虽然惜别，也觉出今日之会，就连昔日姊姊做大司，也无此整齐荣耀，又伤心又感激，回寨以后，便和文美磨住林璇，非要多住上一月才能放走。林璇哪里肯允，经周齐从旁相劝，只再住三日才罢。好在带的干粮大半不是熟物，除了糌粑之类，均无须再费手脚，便也不去动它。林璇原打算第二日黎明上路，因虎儿夫妇、周齐父子坚留，还有三日勾留，猛想起自己枉自从小生长此山，连那由毒蛇涧通狮神崖的小洞近在咫尺，竟会不曾觉察，前些日差点被二狗送了性命。此番长行，不定三年两年才能回来一看，何不趁这三天光阴，再行细心查看一番，省得将来又生事变。想到这里，便和周齐、虎儿说了。姊弟二人约了余独、筠玉，命人用山舆抬了周齐，一则查看形势同隐僻崖穴，就便请余、毛二人观看山景。到第二天上，果然发现虎穴那边还有几处洪荒以来未经人迹的洞穴，最奇怪的有一个山洞，命人带了干粮拿着火炬探险。第三日回报，竟能通至贵州城外黔灵山不远的一个溪涧旁边，因为有到四十多里远近，不似他洞可以完全运用石块堵死，尤其是那一面无法下手，只得先用石块将这边洞口填塞十多丈。因见那里除了那石洞，竟有好大一片山地，便命虎儿可移些山民来此耕种，就便防守，再三叮嘱，千万不可大意。余外又相度了几处地势，该防守的派人，该设险的设险，众人俱佩服林璇人虽豪爽，却是心细如发。

直到第四日早起，才由虎儿召集全山山民与林璇等送行。临歧握别，大家都非常难受。林、毛、余三人因为杨氏父女得罪权要，决定择山路僻径行走，由六个山民分抬着杨氏父女，出了野人山口，便转向西南，走入云岭，穿着千余里丛林密菁、绝嫩深壑，西行到云南，等到过了草海，再由青麦地山道折入云龙山去。筠玉又提议将大家称谓改过，杨宏道年高有德，林、毛二女又和丹姝、碧娃十分投契，算是长众人一辈，连余独也跟着林、毛二女呼唤老伯，余人俱按兄姊妹称主仆呼。议定之后，众人才行上路。周齐父子与虎儿夫妻，同了本山许多首要人等直送至西南山口以外。林璇等再三催谢，两下才挥泪分别。

这道云岭山脉，在地图上原属南岭山系，西起云、贵交界草海之南，向东蜿蜒直入贵省，横卧贵阳南面，绵亘于乌、阮、盘、柳四江之间，为长江、粤江的大分水岭，野人山便是它的支脉，层峦纵翠，高峰刺天，里面尽是各寨山民杂居之地，汉人从不敢打山里经过。林璇仗着精通当地土语，又具有一身惊人本领，走这条路既可避官府耳目，比较走云、贵驿道，由贵阳图云关经平坝安顺转普定渡三岔河越过凤凰山场，再走纳雍缘六冲河、天生桥、七星关到毕节顺乌江北源至草海，要近路程三分之一，虽然爬山要劳累些，但是杨氏父女既有六个山民轮流抬走，众人又都长于蹿高纵矮，在山里头行走可以随意疾驰没有拘束，饮食一层除了所带的干粮酒脯外，因为人多，还带得有篷帐行灶，山中到处都有清泉同各种珍禽奇兽，取之不尽，用之不竭，一丝也不用忧虑。至于路径，众人虽未来过，恰好那六个山民当中的黑蛮岑春，因为先代林璇到云南、广西探听父母下落和采收物品，曾经来往过几次，林璇又向野人山中惯于出外、熟知地理的老人问过仔细，写有路程单，只须按照以前山民经行之路行走，只消半月便可到达。

众人上了野人山后，先是沿着野人山麓樵径行走，穿过由平坝往定审去的驿路，行了半日，走到一个小村落中。因为那村未至前面官道，虽有几十家的蛮汉居民，并没有安寓客商的旅店，岑春道："这里地名叫玉山场，拐过山脚便是云岭，山里头的人尽是土著和蛮民，虽然也可借他们地方落脚，打尖买东西却不大方便，十几天路程，要遇上大雨同山水，就得绕着路走，迟到好些天。这里虽然是个小村，还有一家杂货铺，主人们想想看有什么带的东西没有？"林璇一想，走了半日，也该歇息歇息吃点东西了，便叫岑春、十熊前去借地方打尖。二人得令，放下挑子，飞跑到前面去，不多一会回来说道："主人们好造化！他们正吃晌午饭，有一家还办着吉庆事，煮得好腊肉、莴笋汤、白米饭呢。"众人闻言，便叫他们引了前去。杨氏父女坐了半大山舆，也要下来舒散舒散。大家都是步行，六个山民，四个抬着两乘空山舆，两个挑着行帐，林、毛、余三人也各将身背小包袱放入空山舆内，由岑春、十熊挑着担子在前引路。

走到那家门首一看，果然门外挂得有两块红布，摆着有十几张桌子，人坐得满满的，尽是当地的农人，在那猜拳喝酒，大块地吃肥腊肉，见众人走来，俱都纷纷站起，显出惊异神气。余独首先上前，说是要借地打尖，少时再行酬谢。那为首一人听说来人不是官府，是往云岭游玩的山客，立刻非常高兴起来，笑道："今天是我得了个儿子做满月，诸位客人来给我儿子逢大生（云、贵乡间生子，做三朝、满月还有外人前来撞席者，谓之逢大生，如来客身份较高则喜，以为其子将来亦如来客也），求之不得，真该歪（川、黔土语，表示客气之意），还说什么酬谢！这里有煮现成的两只腊猪同腊鸡、腊鸭子，点得有一大锅菜豆花，粗糙的饮食，客人们快请过来吃，等我叫他们腾两张桌子出来。"说罢，不俟余独还言，忙朝门内喊道："幺姨妈！么毛今天满月，来了好几位逢大生的贵人。快些端一蒸笼扣肉，再煮点新鲜的腊肉，端几大碗豆花，把腊肝肠、猪头肉切几大盘来下酒，再切点萝卜干、兜兜咸菜连酥油辣子，好作相料，一齐端来！"说罢，又忙着喊："大毛弟，王老幺！你们两个馋痨饿鬼只顾抢菜吃，快来帮我搭桌子！"言还未了，便有三四个壮年农人俱都吃得头红脸胀的，帮着擦桌子摆碗筷，主人口中还是不住地殷勤让客就座。余独、筠玉见这主人自打一见面，就未容人还过口，一个劲的张罗，仿佛吃他是万不容辞似的。虽然言语行动土头土脑，却是豪爽真诚，一丝也不作假，不由想起山居的人到底风俗淳厚得多，正在腹饥，也就不作客套，便回身招呼众人过去入座。彼时西南边省民风极好，内外之分甚严，那主人见还有四个女客，便要请女客到他屋内去饮食。余独知毛、林二人决不愿意，便用婉言谢了，当下主仆分两桌坐定。那主人姓王，不时两边敬酒散菜。

众人好生过意不去，想给他银子，知他不受，还是筠玉聪明，假说要看新生的小孩。那主人闻言，喜容满面道："我王三才做了一辈子老实人，竟修不下一个娃娃。去年无意中在河坝救了两条人命，不久我婆子就有了喜，上月添了个男娃娃。虽然是头生，我想他易长易大，便叫他幺毛，今天满月，恰好能见天日，天幸贵客来给他逢大生。不是姑娘一提，我还忘了请这位杨老贵客给他起个名。只讨你老人家的寿，别的我也不想。"说罢，又高声唤："幺姨妈！快将幺毛抱来，请贵客给他起个好名字，易长易大。"言还未了，便听一个老妇人声音在门内说道："三娃，我切完腊肉就想到这个，我以为你未老生糊涂了呢。我怎好出去见生客？你要陪客，大毛又粗手粗脚，还是叫王老幺来抱去吧，他还细致些。"说罢，早有一个汉子跑进门去，抱来一个婴孩。杨宏道原懂得一些星相，见这家主人纯然一片天真，心中一高兴，便问了生辰八字，一算，竟是个大贵大奇之命，暗暗惊奇，也没对主人明说，随口夸赞了几句，便给婴儿起了个名字叫作王醴，号叫芝泉，暗寓芝草无根、醴醛泉无源之意。取了名字以后，筠玉、林璇与碧娃丹姝见那婴儿生得天庭饱满，大耳垂轮，一双眸子黑如点漆，又大又圆，面皮又细又红润，非常喜爱，俱都抢着要抱他。那婴儿也怪，竟懂得认生，谁抱他都哭，等到一落筠玉手中，却仿佛认得似的，不但转啼现出微笑，反咿哑咿哑像要说话似的，喜得筠玉用手直推林璇，叫林璇看。因和林璇同行，她带的金银甚多，自己要银子无用，便将身上带的十几两银子取出那一个十两整锭，对主人道："这是我们六个人给娃娃的百岁钱，请你收下。"那主人万没料来客会有这重的礼，这种添寿的钱又照理不能不收，不由面带愧色，称谢道："诸位贵客，哪能赏他这么多的银子！够我们过两年的了（彼时川、黔一带人民生活极低，斗米四十五斤，较北方及下江之斗约三倍，才值数十钱而已，如遇大丰年，其值尤贱。至清道、咸间，川米亦不过两许银子一石，计四百五十斤，乡学客教一四两银子一年之馆，全家终年有肉食）。这教我们怎当得起呢！"筠玉原懂得各地乡风，便笑道:“这是给娃娃添寿的,我们能拿回,你可是个头生,能不要吗?你要嫌不过意时,我吃你们这里的咸菜腊肉与猪头肉好吃,你给我们包些杂四包(‘杂’土音音‘赭’。西南乡俗,行人情逾时,主人每有所赠,谓之带杂包,亦土语也),我们就领情了。”主人闻言,忙说:“那还用说!”一面吩咐抱婴儿的汉子进去,将腊货兜兜咸菜装两大篓来送给贵客,口中忙不迭地向众人称谢,将婴儿仍接抱过来,又问众人到云岭什么地方去,回来时千万到我们这里再吃一顿豆花。众人只含糊其词的答应。一会工夫,门内老妇唤人进去,抬来两篓咸货咸菜之类,足有好几十斤。

筠玉正说太多了不好带,十熊正和主人家中一个汉子跑了过来,见筠玉要推辞,忙接口道:“这肉好吃,他既好心相送,我们还是带了走吧。”筠玉还未说话,那汉子忽朝主人耳边啾咕了几句,那主人忽然大惊失色道:“将才诸位贵客不明说往哪个地头去,差点误事。幸亏那边桌上几位大哥说了实话,不然就糟了!”余独忙问何故,主人道:“诸位到云南怎么不走官道?却走这险恶的云岭山路,还同着几位堂客。这条路从前只有采药材的人因图就便沿路采药打此来往,如今云岭出了两恶一怪,连山中生蛮都要逃出山来,无人敢打那里行走。贵客们最好另打主意,改路吧。”余独道:“我们俱喜游山玩水,又好打猎,所以才打此山抄近行走,决不换路。你且把两恶一怪是些什么,说出来我们听听,看我们可能降服得住?”主人道:“那一怪,我只知道会生吞活人,虽有山中逃难山民说起,但是其说不一,不大清楚。那两恶俱是两姓生蛮的头子,不但本领高强,行动如飞,心肠更是狠毒不过,内中一个听说是龙生的,又凶恶又爱弄婆娘,专一喜吃活人脑子。贵客们如定要从山里经过,入山四五百里还没有什么,沿途就有许多猎虎寨人,只要有本领还能打发,一过孽龙荡,再往前就难说了。且喜我去年所救的两个人正是两恶当中的一个,乃是夫妻二人,男的叫蔡野神,女的叫金花娘。当初我在无意中救的他二人,临分手时,给了我一支断箭,说是不论是我或是我的亲友,只要拿着这支断箭寻他,他有十分力使十二分。我留着它无用,不如送与贵客,带在身旁备个万一。不过有了此箭,这一恶虽然可以把仇人变作亲家,那一恶一怪却比他夫妻厉害十倍。依我的主意,贵客们将箭带去,见了蔡野神,叫他给诸位想法过去。他如也劝诸位休能过去时,哪怕多走些路,还是回来另打主意为是。”说罢,便命人入内取那三角小旗。

林、毛二女闻言,只笑了笑,不但不放在心上,并不愿将那断箭带走。毕竟余独久闯江湖，见多识广，素来行动谨慎，虽然看出林、毛二人心意，但是自己也不便接箭示怯，只抽空拿眼望了望杨氏父女、丹姝、碧娃惊弓之鸟，听说要走两三千里大山，虽然林、毛、余三人本领高强，因为自己一家老弱，总有些担心，又听主人如此说法，愈加害怕，再加上余独用目示意，益发着了慌。碧娃首先拉着林璇道："姊姊还是将那断箭带了去吧。"丹姝也跟着说："姊姊本领虽然高强，出门还是有备无患的好。"林、毛二人还未答话，主人已将断箭取来递上。余独趁势一手接过道："既然杨家两位妹子主张谨慎，我们就领了主人盛意吧。"林璇因余独已然接箭在手，不便再说不要，只筠玉瞪了余独一眼。众人见那支断箭仅剩头上小半截，箭镞形如小叉，当中有一个"天"字，并无什么别的奇处，因为尚要赶路，仍由余独将箭带好，和主人彼此道了谢，作别上路。转过前面山角便入云岭，仍由杨宏道独乘一架山舆，丹姝、碧娃合乘一架，由男女六个山民分抬两架山舆、两排行帐食物，林、毛、余三人仍是各背包裹兵刃步行。路上筠玉还笑余独胆小，余独对筠玉素来敬爱，由她去说，只笑不做声。林璇接道："你也休笑余大哥，当初我也是向不服人，自从遇见你，交手之后，才想起单老世伯所说'人外有人，天外有天'那句话。我倒不一定不要那箭，不过借人家力量保护，不好意思去接便了。就是我们用它不着，到底也多一处问听路的，你嫌它则甚！"筠玉才住了口。

众人行行说说，入山越深，渐渐走入丛丛密林之中。空山寂寂，并无居人，只有众人的笑语和足音与山谷相应。也不知行过多少危崖峻险、鸟道羊肠，起初还有樵径可寻，走到后来，到处都是野花杂草，深可没膝，看不清脚下路途。尤其是时当春夏之交，丛草里蛇虺甚多，不能不加一分谨慎，因此上行走便慢了些。看看走到日落黄昏，忽然走进一处山谷，两峰对立，峭壁排天，中间只有四尺宽的门户，越显得气象雄伟。岑春说："这谷叫天门谷，外狭内广，中有三四条岔道。谷中景致甚好，前年打此经过，里面还住得有几家常年采药的山民。"众人一听这里居然还有人家，因天色向晚，便催促快些赶到前面去。及至入谷一看，初进去时两面石壁峭立，阴森森里凉气袭人，头上现出一条青天，不时见有几片归岫闲云缓缓移动。那谷是河底，生长着草，两面壁上却生满了藤萝、小松、香草之类，不知名的野花开得十分鲜肥。那谷又是东西对向，众人迎着斜阳走去，有时对正了东西方向，遥望远处，一轮西下的红日像火轮一般射出万道光芒，照在赭色的山石和那些花草上，越加显得庄严之中又带几分幽艳。众人在这天然美景中一路行走一路领略，早都忘了疲倦。走出去没有三五里地，两边山崖忽然向两面展开，越往前走路越宽，隐隐看见前面绿幽幽的现出一片竹林，不时听见远处泉响。近前一看，那片竹林已把去路挡住，竹子粗的都有瓦钵粗细，劲节凌云，翠色如染，有时微风过处，枝叶琤琤，声如鸣玉，与远处泉声相应交响，和琴声一般。

众人急于赶到有人家的地方去投宿，佳景当前也无心观赏，因竹林茂密，只得择那疏的地方穿过。又走了有两里多路，竹林渐稀，又听得泉声震耳。众人已走得口干舌燥，想先取点山泉解渴，举目四望，那泉声好似就在眼前面不远，只看不见泉源在哪里。一路走一路留神，不时又分头跑向靠两面山壁跟前去看有无溪涧，俱都失望而归。这时前面斜阳只剩了半角红影，天边尽处，天色已现深青，一轮半圆不缺的明月已代替了斜阳，从众人身后射出清光，与天际落霞遥相辉映，人影在地，清风徐来。众人只顾脚下赶路，不知不觉中都忘了笑语，四外静荡荡的，越听出泉声震耳。岑春坚说："前年打此经过，那几家人家就在竹林附近，还有水井，如何会连影迹都没有？"林璇、余独都以为是他记错，这样荒山，哪里会有人家？便把投宿之想打消。决计再赶一程，万一遇见人家自更省事，如若没有，好在来时既走这条山路，就没有作此打算，只须前面寻见源头，便即打开行帐，支起帐篷，用罢饮食，明早再走。谁知又走了五六里路下去，走到前面一个崖坡下面，天色已晚，仍是只听泉声，不见水在哪里。众人不但口渴，又都饥饿起来。林璇又命人上坡去看，仍是没有结果，所带水囊中的余水又都在路上口渴时饮尽。筠玉首先说道："真是天下事不能两全。起初入山时，到处都是野荆棘碍足，蛇虫又多，怪讨人厌的，却到处都是溪涧，泉水又清又甜。入谷以后，风景之好，我生平从未见过，路又干净又好走，偏又没有水喝。最奇怪的，连一株桃杏树枣树都没有，就有许多极好看的松竹，也解不了饥渴。照这样走到天亮也未必摸着水喝，大家肚子怪饿的，不如我们吃点干粮再走吧。"大家都觉言之有理，便歇下来，先取出些饭团糌粑和腊肉咸菜，先吃饱了，再往前面寻水喝。

众人都在饥渴劳累之际，不做寻思，拿过来就大口嚼吃，只杨氏姊妹一人拿了一个冷饭团同少许咸菜，丹姝还略吃一点咸菜，碧娃连咸菜都不吃，只吃白饭。起初众人在疏星微月之下看不十分真切，后来被筠玉看见，说道："喂，你这个呆子，这好的腊肉咸菜你不吃，怎么净吃白饭？"碧娃道："我本来吃东西就口味淡，又口渴了这些时，再要一吃咸的和油腻，少时不是更渴了吗？所以我不敢吃咸的。”众人先还不觉意，春桃、春燕原是双抬丹姝姊妹，上面还附有重物，比众人还要口渴，放下山舆，随便一人抓了两块，一路吃着，飞跑到前面去寻水源。等到众人吃完准备动身，又歇息了一会，才跑了回来说道：“我两人跑出去有好几里路，高处低处都看过，人家没有不必说，不但水源溪涧没有，连那泉声都听不见了。”众人本觉口渴，被她二人这种拂意的话一说，适才正在饿中，腊肉咸菜又都好吃，不免多吃了两块，除杨氏姊妹外，个个都觉得舌干口燥，喉咙里要冒出火来。不往前走更没办法，万般无奈只得忍渴，强打精神再往前赶。走不多远，才觉出这渴竟比饿还要厉害，有两个山民直喊心烦头晕起来。因为天上虽有月色，到底不如日间看得真切，深怕路旁或有溪涧，被不留意错过，个个东张西望。

又往前走了一阵，筠玉也觉渴得难受起来，她向例好胜，一鼓起勇气，脚底一按劲往前赶去。林、余二人知她是往前寻水，便也追去，一口气便是十多里。正走之间，忽见筠玉往路旁山坡上跑去，余、林二人刚走到山坡底下，忽听筠玉大声喊道：“水有了！”一句活把二人精神提起，连忙跟踪上去，还未走到筠玉身旁，忽见月光底下一道银箭，从筠玉身旁山坡上直泻了下来，触在石上，淙淙发出碎响，定睛一看，竟是一道碗口粗细的清泉，好似天赐给众人解渴一般，刚刚从山坡上面流下，还未到底，不由又惊又喜。刚走到筠玉身前，筠玉已然伸出两手在一块石头下面，想去接水到手来喝。林璇一看不好，顾不得喊，忙伸手在筠玉双手上往下一拍，打落在地，忙说道：“妹子，你知这水是吃得吃不得，就这么大意！我生长云岭，连听见带看见的不知多少，这种水不知从什么地方初次流来，所经过之处不知有多少毒蛇毒虫爬过！它是初次流到此地，沿路虫蛇余毒还未冲净，一个不留神吃了下去，毒发起来如何得了！”筠玉道：“起初大家盼水像盼星星一样，好容易寻到又吃不得，难道就干看着它不成？我实在渴得难受，宁死也不做渴鬼，我还是要吃。”说罢，又要用手去接。林璇慌忙又拦住道：“你先不要忙，我不是叫你不吃。这水必有源头，春桃包内带得有银针同试水石，等她们来了，我们寻到源头用瓢儿接着，试完有毒没有再吃多好！不然误中水毒，果真死了也罢，只是求生不得求死不能才难受呢。好妹子，你还是信我的吧。”说时，余独因恐后面众人心中着急，早已赶将回去送信。

众人听说前面发现有水，俱都喜出望外，脚底下加劲，不消片刻便行赶到。偏偏天公做美，浮云散尽，清光大来，虽然月儿还未到圆时，却已照得四外清澈，空林如画。林璇忙命春桃、春燕取了水瓢、银针、试水石，留下杨氏父女，带领众人，顺着水的来路越将过去一看，原来那水并不是打山顶上面流来，上坡略走了几步，水便成了平行。那里山石竟好似横着的一道天然石槽，直流到筠玉起初立脚之处，因为那里稍低，盛不住水，才拐弯往下坠落。那水头虽然只得碗口粗细，却是来势甚疾，月光底下看去，直像一股银箭一般，如飞往前泻走，有时遇见山石阻碍，竟激起四五尺高的水花，看上去十分清洁。筠玉道："姊姊也太多虑，你看这水虽在半山坡上，经行之处都比别处来得低，明明是一道常流的山泉，日久年深，将正石冲成山子，想因连日天干，水源忽断，这时泉涌处又冒出水来，仍由故道流走，水印都有这么深，已然能以容水，哪里是什么初次流来的泉水呢？"林璇终不放心，仍约束众人道："这水流势甚急，左近必有瀑布。泉源既已见面，便不愁没水喝，何忙在一时呢？"边说边走。果然往前走了不远，便听涛声震耳，近前一看，果然是一道小瀑布，虽只有茶杯大小，水多势劲，被洞口一束，竟如一道银虹一般，直从洞口夺门而出，激射出三四丈远，才落半山坡那面水槽之内，星驰电闪一般，白光闪闪，往前滚流。

筠玉道："天爷爷！这可寻到了源头了吧！我们从它不落地就去接来吃，总不怕中什么蛇虫遗毒了吧？"林璇只笑了笑，果然照她所说站在一旁，用水瓢迎头去接。没有着意用力，被水一冲，竟将林璇持瓢的手震荡开去，差点将瓢甩脱了手。再一看瓢内，只有湿痕，并无滴水。筠玉笑着一把将林璇手中瓢抢过来说道："姊姊你竟等试水罢，接水你还外行着呢！"说罢，掉转瓢，顺着水势往前一抄，竟盛了大半瓢水递与林璇道："我的小心姊姊，请拿去试，水已到手，我也不着急了。"林璇笑着接了过来，先将银针投下去，再拿出来，春桃早将火点燃松燎仔细一看，并无什么痕迹；又将试水石投了下去，就着松燎一照，也不冒什么白烟水泡，知是上等清泉。当下将余水泼了，也照筠玉的样接了一瓢，首先递与筠玉道："你嘴急，你先吃吧。"筠玉道："说也真怪，我先看到这里的清景寒泉，渴也就止了一半。适才接水又被寒气一逼，竟不渴了。不过当姊姊的要疼妹子，怎好就不领呢？"说罢便喝了两口，直喊"好极"，仍还递与林璇。林璇取过，拿到口边一喝，果然入口甘芳，其凉沁齿，登时烦渴顿蠲，心神为之一爽。余独早由春桃另取一瓢接水奉上，余人也各用身带水壶接来痛饮，俱都赞不绝口。

林璇见那里景物清幽，山泉甘美，众人行了一日，未免劳累，反正前行也是无有宿处，看了看星色，知道连日不会有雨，便命春桃先给杨氏父女送泉水去，一面和余、毛二人商议食宿之地。依着林璇，因这山路虽然不甚险峻非常适宜，原想将帐幕行灶安置在适才山坡前停放山舆之处。偏偏筠玉小孩子心性，见那山泉发源之处有亩许方圆平泉，一面是青嶂排云，下有一箭银瀑，半山坡上满是许多奇花异草，微风过处时闻妙香，前面又是一望平芜，极目无尽，茂林修竹，如笼雾烟，比较下面风景要美妙得多，把"好姊姊"直喊了好几声，定要在水旁搭篷安灶。林璇本来爱她，情逾骨肉，拗不过她，终因明早起来绕路，山舆行帐皆系蠢重之物，抬上抬下虽然所绕的路不远，一则多耗人力，二则这里山径太已逼仄，上下不便，只得依了筠玉一半，将帐篷仍搭原处，单把行灶搭在上面，大众在上面对月饮食，将佳景领略个尽兴，到了夜分再下去安歇。筠玉点头认可之后，林璇便请余独去接杨氏父女。春桃、春燕，四儿回去取行灶食物，就便搀扶杨氏姊妹同来。十熊、岑春、云田三个男子择坡前避风向阳之处支好帐篷，再来同进饮食。

一会工夫，三个山女扶了杨氏父女随了余独来到，一问可曾饮过山泉，碧娃道："我本来不大渴，我爹爹和姊姊尝了一口，嫌冷不敢吃，我也只尝得一口，等少时热了再吃吧。"筠玉道："你两个真是呆子！我到后来并不口渴了，因为平生没有吃过这样好泉水，我家黔灵山鸣玉涧的山泉就算好了，都没这水的甘芳醇永，吃了叫人神清气爽，我越吃越爱吃。先只吃了几口，谁知倒勾起了口味，一连气足吃这一半瓢。你两个太已文弱，走这长的山路，连冷水都不敢吃，路上怕不把你们渴死！快些练习起来罢，到了云龙山，好歹我得教你两位练习武艺，省得像前次被人欺负。"林璇见筠玉说笑得手口不停，又指又说，便笑道："周世伯常劝我不要浮浮躁躁的，须要带一点闺秀气，我总以为率真终比扭捏作态好得多。近日一见妹子，竟比我还要不客气，自己也不算算有多大年纪，竟想收姊姊作徒弟，我真替你害羞！"筠玉正要还言，丹姝道："毛姊姊原说得是，学文武一样，论什么年纪大小？我姊妹二人正因文弱，才连累爹爹吃许多亏苦，害得如今奔走流亡。此番到了云龙山，好歹也要二位姊姊传授一些武艺。即或学不到二位姊姊的十分之一，但能保身，不致平日受人欺负，于愿已足了。"林璇正要还言，筠玉已抢着说道："我说怎么样？可见得丹姊、碧姊都想习武呢。我们几个人都是情同骨肉，难道还要客气不成吗？"林璇道："真个是我除有几斤蛮力身子还轻外，什么武艺也没有学过。虽然单世伯偶然指点，也只一知半解。那日初遇妹子，如不是你手下留情，又遇余大哥赶来解围时，怕不被你宝剑穿上几个透明的洞儿！此番到了云龙山，别的先不用说，你那一套家传的越女剑法却非教我不可！”篛玉笑道：“啊哟哟不当人子！我想教丹姊、碧妹学点武艺，你都有点说我妄自尊大，怎敢收老姊姊做徒弟呢？”林璇笑道：“不羞！谁是你的徒弟！对你说，你教得好便罢，若是藏私，怕不把你捶扁！管教这个好当人老师的尝尝滋味，看看徒弟是不是容易收的！”篛玉道：“未从学剑先打老师，你这个徒弟我越发的不敢收了。”林璇将脸一绷道：“你倒是教也不教？”说罢，伸手便要往篛玉胁下伸去。篛玉素性触痒，前些日与林璇同卧，无意中被林璇发现，两人时常闹着玩。篛玉一见林璇又要掏痒，忙不迭地说道：“我教我教！”一面说，两脚一点，早已纵身出去，仍说道：“这般挟制人，我死也不肯真心教你！”林璇见她才得跑脱又在那里卖乖，便装出要去追赶神气。篛玉知她脚程飞快，怕被追上吃亏，连忙拔脚往高处跑去。林璇笑着，拔步便追。一个是就练内家轻身功夫，一个是幼长南疆，天生异禀，俱都身轻似燕，步履如飞，加上两人身材娉婷，容华绝世，月光如水，照着两条倩影飞驰，真比画儿还要好看。二女脚程迅速，不多一会，已然追向峰那边，看不见影子。

碧娃只顾听笑，丹姝见二人追远，忙对余独道：“余大哥快去追她们回来，这里路生又险，看把路走迷了！”余独先见篛玉今晚格外高兴，也甚心喜，又见她和林璇斗口，轻颦浅笑，容光焕发，又是那等轻身本领，不由看得呆了。及至听丹姝一说，虽然明知二女一身本领，决不致走迷了路，因为人已走远，观望不见，觉得扫兴，一时情不自禁，站起身来也往峰上追去。快达峰顶，还遥闻二女笑语喘息之声，林璇似已把篛玉追上，心里一喜欢，脚底一按劲，接连几个纵步便达峰顶。再往峰后一看，石危路险，到处都是丛林密菁，竟看不见二人影子，连喊两声“篛妹”，也不见应声。先猜二女行了半日，饥渴之余痛饮了许多山泉，见这里僻静，觅地小遗，因此装未听见，否则适才还听她们笑语之声，怎的到此反而不见？想了想不便穷追，隔了一会才高声又喊，仍然不见应声，心中好生奇怪。暗忖篛玉虽然容颜美秀，语言隽爽，不拘形迹，又是自从相见直到如今，总是厮抬厮敬，举止沉稳，不似和别人那般随便；便是林璇，生长南疆，言行豪爽，对自己也从无戏言，俱决不会藏在一旁和自己开玩笑，峰岭阻隔甚远，也决不会另行绕路回去。南疆野岭，毒物怪异甚多，来时王三曾说前途二恶厉害，莫非在无意中中了人家的埋伏不成？

想到这里，心里一着急，正要往峰下纵去，猛抬头往尽前面一看，林菁尽处仿佛有一片平地，一边靠着山崖，似有两条人影一闪，以为是林、毛二人在那里。相隔已在三里左右，知难喊应，便纵身连跃，到了峰脚，林菁中竟有一条极弯曲的仄径通向前面，因为林深菁密，峰上面不易看出，并且看出有几根二女用刀剑削断了的残枝横在地上，益知是由此穿出。有了这条道路，无须用"渡水登萍"之法穿越林梢，连忙拔步往前追去。

那路径时宽时仄，两边都是两三丈高以上极繁茂的林菁，仿佛人工开成的一般。余独一心只想把二女追回，丝毫没有在意，只顾顺路追赶，不消片刻，将那片林菁走完，一片广崖斜横，深涧阻路，已到了适才所见之处，二女踪迹仍是无有，又喊了两声，不见回应。这时月光正从身后照来，余独方自有些忧疑，不住往前寻视，猛见地面上一个乱蓬蓬的影子一闪即逝，擎着大刀，回头一看，身后广崖上有不少一二尺大小的圆洞，别的却无甚动静。算计那洞口太小，不似山民所居土穴，定是野兽蛇虫的洞窟，洞穴甚多，自己人单势孤，犯不着去招惹。正在犹疑不定之际，忽闻二女说话之声从前面溪涧下传来，跑向侧面涧边上一听，竟是越听越真，仿佛语声就出自涧底。低头往下一看，那涧甚是深险，水更清澈，从上到下约有三四十丈，两边涧壁上奇石磊砢，藤蔓牵附，幸还不难下去。此时已有了戒心，不知二女吉凶，不敢再出声妄喊，先将兵刃暗器取出准备好了，衔在口内，循着二女语声攀藤而下。眼看到底，不见一个洞穴，只闻人语，匆忙中不及静心去听，以为二女被禁石内，好生惶急，忍不住正要叩石相唤，耳边似闻林璇说道："洞已走完，仙人未见一个。这水有甚好玩？行帐篷还未搭好，回去晚了，看你余哥哥、杨妹妹们着急！外面无路可通，我们回去，拾几个石蛋子给他们玩吧。"接着又听筠玉说了声："留神，外面有人。"便不再言语。余独闻言，宽心大放，忙喊："璇姊、筠妹，是我！你们在哪里？害我好找！"筠玉方接口道："我们在这里，你怎么会找得到？"余独顺二女语声一找，溪藤起处，石隙中现出一个小洞，大才容人，林、毛二人一个立在洞侧，一个斜倚洞口，各持着一块发亮光的东西嘻笑相唤呢。余独入洞一看，里面不但宽广整洁，而且到处通明，映着满洞透明钟乳，幻成异彩。最奇怪是一路望向前面，到处都有像二女手上所持形如鹅卵发出亮光的东西散嵌在壁间，不由又惊又喜，便问二女："怎得到此？"筠玉道："我们出来了好些时，怕他们担心，一路走着再说嘛。"林璇要由洞壁上洞口出去，没有钟乳石笋碍手碍脚，可以走得快些，便说："那石蛋子明处无光，不要也罢。”筠玉力说：“天明即要起身，奇景难逢，无缘再至，要顺来时洞径回去，好教余兄见识见识。”并说：“洞中还有一件稀奇东西，尚不知名。余兄久走江湖，许能认识，就便再取几个这种发光的石卵回去，岂不是好？”余独素性好奇，又加是筠玉的盛意，自然愿往。林璇一不拗众，三人便同往回路走去。

路上筠玉谈起经过。原来筠玉越过峰后，见下面尽是丛林密菁，拔剑一挥，刚削断了些，忽见一条仄路，回顾林璇已将追近，知她说了必做，恐被追上呵痒，打算绕道逃回，一见有路，便慌不择的往前路去。因这略一停顿，林璇追得越近，笑骂道：“好你个不识羞的师父！本事没教一点，倒让徒弟追得直跑。今天我要饶你才怪！”筠玉见林璇离身不足十丈，心里发急，猛一眼见道侧两行合抱古树的前面转角处，似有一块地方林菁甚稀，仿佛内中是块空地，心中一动，打算跳将进去伏躲片刻，等林璇追过了头，再跳出来往回路逃跑。那片古树原是又高又大，正可遮住后面的目光，筠玉跳了进去，林璇本难看出，偏巧筠玉纵起时，见前面果是一片空地，约有两丈方圆，正自心喜，眼看及地，忽然看出落脚之处乃是一个深穴，一时吃惊，不由“嗳”了一声，连忙将气一提，两条玉腿往起一蹉，就势身子一偏，一个“风飐落花”的解数，两脚找地，俏生生立在穴口石沿上，总算身手矫捷，未曾踏空坠落。心神略定，暗忖这里怎会有这么一块石地，还有洞穴？低头往穴内一看，其深约有两丈，靠前一面隐隐有光。一则艺高人胆大，二则正是绝好藏身之所，一面握剑准备，便往下纵去。到了穴底一看，并非死穴，靠前一面竟是一座又深又广的石洞，越往里看，越是光彩辉煌，到处通明。先还疑是野人生番所居的巢穴，细一观察，洞中钟乳四垂，石笋林立，那光便发自壁间，高低错落，灿若明星，分明是一座地底洞天，并无生人寄居之迹，又猜是仙灵窟宅，不由动了好奇之想。正要走入，忽听身后一阵风来，情知有警，忙把头一低，一纵步往前蹿去。正待回身横剑迎敌，忙迫中剑尖扫处，一片铮锵玱琅之声，近侧钟乳折断了好些。彼此都吃了一惊，一看来人正是林璇，因为正追之际，忽听筠玉惊讶之声，人已不见，循声一找，也发现了那片地方，知筠玉定藏在穴内，跟踪追下，果然在内。筠玉忙低语道：“姊姊不要闹，你看这洞多好，说不定有仙人隐居在内。我们无心遇到，许是缘法，快同我进去看来。”林璇见了这般奇景也甚惊喜，便不和筠玉再闹，一同迈步由钟乳石笋中绕行过去。

二人虽有寻仙之想，同时也还防着洞中有甚怪物虫兽之类潜伏，暗中也颇戒备。走了里许，境象益奇，珠缨锦屏，到处辉煌，哪里都是明如白昼，兀自看不到底，除了这些千奇百态的钟乳外，别无异状。那发光之物俱嵌在壁间乳隙之中，大如鹅卵，色彩不一，洞中光明便由此物所映照。先时疑是有主之物，还不敢妄取，及见走入老远没一些动静，筠玉几番虔诚通白，除了空洞回音而外，毫无应答。后来走了二里多路，猛见前面正中央一片形如幡幢、晶光幻彩的垂乳之下，伏着一个怪物，通体墨黑黝暗，直泛乌光，生得凤头独角，蛇颈蟾身，三条怪足，前一后二，前足半跪，后足高拱，由头至股，长约三尺，势欲飞扑，形态甚是奇怪。二女斗过玄牦等恶兽，虽然胆大，因是初涉奇境，蛮荒怪洞中骤然遇见这等平生未曾见过的怪物，也未免有些惊心。各自娇叱一声，紧握刀剑，纵上前去，正待斫下，那东西竟似睡着一般，动也不动。细一看，不特像是死的，再用剑柄轻敲身上，竟发出丁丁之音，周身冰凉铁硬，那一双八角怪眼虽然眼珠突出，也甚坚硬，竟似有人用一种不常见的黑玉制成，并非生物。荒山古洞，哪得有此？好生奇怪。筠玉正自抚摩寻思，忽听林璇惊噫了一声道："难道这等石头东西还会下蛋么？"筠玉忙绕向怪物身后一看，见林璇手里拿着晶光射眼、一紫一青的两个鹅卵，正是一路上所见发光之物。筠玉笑道："怎见得是这东西下的？"林璇笑道："我还乱说？不是亲见，连我也不信。这不是凭据？"说时朝怪物股下一指。筠玉顺林璇手指处一看，怪物两条后腿高拱处，产门业已半开，里面含着一个微微发光的圆东西，虽没有林璇手中所持的大，形式却是一般无二，只颜色暗黑，不似那两个青紫鲜明罢了。一问林璇，才知从怪物脚下得来，只想不出玉石制成之物怎会产卵？越看那两个越爱，知是宝物无疑。试一扳取壁间发光的怪卵，却是坚凝异常。仍恐洞有主宰，不敢随便毁损，当下一人持了一个，仍往前行。行约半里，渐深渐暗，那发光的怪卵也不多见，路却宽大，一会到了尽头，始终不见一个生人生物。正要回转，将那发光的怪卵多取些回去分赠大家，筠玉忽然发现后洞有一穴口，探头出去一看，只见两面绝壁，清溪映月，壁间野藤，大逾人臂，山花怒发，红紫争妍，倒影清波，因风散乱，真是景物清丽，幽绝人间，连声赞好，便拉林璇同爬在洞口藤荫中往外浏览。林璇取手中怪卵往洞外月光下一伸，却是暗无光泽，好生扫兴。筠玉道："姊姊，这种照夜的宝物不是拿来明处看的，叹惜甚子？"二女俱不知洞外可通上面来路，正商量要回去，恰值余独寻来，这才同路回转。

行至怪物潜伏之处，余独仔细一看，连那所产怪卵俱都非晶非玉，非金非石。三人并力想将它抬起，却是重有万斤，以三人的神力武功，那东西似生了根一般，竟会抬不动分毫。再一取壁间钟乳上所嵌的石卵，别的钟乳微用力一碰就折，有卵之处却是坚牢异常，休想取下。用刀剑一削，一个用力太过，便将怪卵削裂，迸出一团光华，荧荧落地。低头一看，乃是一层薄薄的发光流液，一落地便浸入石中，那股气味说不出的难闻。三人费尽心力，只弄破了几个，一个整的也未到手。时已不早，多毁无益，只得罢休，仍持了原来那两个出洞。刚一纵上那条仄径，余独猛一回顾，又见身后不远一条黑影窜入林菁之中，方要注视，一阵风来，满林吹动，起伏如潮，哪还看得出逃影的方向？再看前面，林、毛二女已然跑出老远，连忙追去，知众人定等得心焦，急于回去，忙大步赶去。三人前后脚，还来到了峰上。春桃、春燕两个山女因将帐篷搭好，来请主人去看，一问丹姝、碧娃，主人和毛、余二位相次过峰，已有半个多时辰，不见回转。春桃姊妹素来忠勇，恐遇上毒蛇猛兽相持，各持大刀毒箭赶上峰来，恰好接个正着。主仆五人下峰，见了杨氏父女，互说经过。余独只顾随着二女谈说高兴，竟把两次所见黑影当作林间伏雉，没有提起。这时随行男女山人已将行帐搭在坡下，众人就崖上山泉重进了些饮食。余、林、毛三人互相谈起适才互追入洞探奇经过，筠玉又将那两个石卵取出，大家传观。那石卵映月即暗，一经放在背光之处，便发出亮晶晶的异彩，里外透明，隐隐有波纹起伏。杨宏道虽然多读奇书，也测不出那怪物和石卵的来历。

大家言笑晏晏，不觉夜深。南疆中气候原是昼热夜凉，早夜间相差甚多，余、林、毛三人俱是天生异禀，一身武功，还不在意，杨氏父女前夜已添了两三次衣服，终于难禁风露，要入帐安歇。筠玉因清景难逢，兀自恋那飞瀑鸣玉、星月流天，强拉余、林二人相伴谈话，不肯就卧。林璇便命春桃、春燕服侍杨氏父女入帐，将掘好的火池升起，以免受寒。碧娃立时笑道："我今天行来，看沿路上都是好景致。此去且有得看呢。明早我们还要赶路，毛姊姊也看得够了好月亮，与常年都有何不同！我们一齐到帐中去秉烛夜谈，也省得分着两起，大家都寂寞呢。"筠玉还未答言，丹姝微嗔道："碧妹就是这等贪玩，我姊妹怎比得三位姊姊哥哥的体力？爹爹年迈，多年没走过长路，幸是承林姊姊之赐，有轿子坐，从早起坐这一整天，也有点累了，你还不服侍他老人家早睡？明天好早起赶路。你只顾起劲，岂不阻了姊姊哥哥们的清兴么？"筠玉笑道："没见你这人一来就以老姊子自居！说得碧妹怪可人怜的，碧妹你莫听她。杨老伯累了一天,原应早早安歇,我们进帐不睡反吵了他。沿途风景虽多,这般良夜银涛却不易得到。我此番随众行止,要是独身到此,正好作一个空桑三宿呢。你如有兴,等老伯睡了,只顾添件衣服来同我们玩就是。如今看似不早时候,也不过亥初光景,你们又是坐轿,明天走碍得甚事?”说时,杨宏道已躬身向三人道了安置,丹姝、碧娃俱都含笑不语。姊妹双双扶了老父,顺着那条银线一般的玉泉往坡下行帐中走去。

林璇道:“我看杨老伯偌大年纪,对人还是这等恭敬,难怪人说汉人礼多。”筠玉笑道:“哟!我们都是汉人,你是山人,难怪那般粗野呢!”林璇道:“毛丫头你懂什么!我虽在山人中生长,论他们的语言文物,自然不如我们汉人,如说他们那对人忠信,处事公平,好便好在那横野少礼之处,无怪孔夫子都要赞许野人呢。像杨老伯乃是因为受了我等相助,有了感激之心,举动言谈全出至诚,不必说了。像我昔日为学汉话,招来的许多汉人,面子上都是恭而且敬,斯文斯文,可是十个有九个包藏祸心,论起品行束正,还不如粗野的山民呢,你单笑话山民怎的?”毛筠玉道:“是我说错了,山主莫要见怪。本来嘛,野人山原是我们林姑娘长养幼游之乡,况且还受过姑娘的生聚教训,怎能与那贪残无厌的生番野人相比呢?”林璇道:“你不要刻薄我。以我这些年的经历,总觉山民心要干净,比汉人容易教化些。”筠玉笑道:“你大概见的只是你们的那一两族山民罢了,如以我这些年随我爹爹所闻所见的那些山民,只恐你想要教化他们也非容易事呢。现在且不说,此去云龙山数千余里,总要遇上些生蛮野独,你我俱通山情土语,如来侵犯,且和他们先礼后兵,试看如何?”

余独见二人又要争论,便拿话岔开道:“二位且莫争论,倒是明日上路,已离王三所说的三凶巢穴不远。虽然二位本领高强,我们到底携有三个老弱,也得预先安排一下才好。”筠玉方要答言,碧娃正同春燕走来,未近前便喊:“二位姊姊还不睡么?”林璇闻声回顾,往二人来路上一看,猛一眼看见行帐旁有两条毛茸茸的黑影一闪不见,同时碧娃、春燕也自走到。一问,丹姝已服伺杨宏道分别安卧,睡时觉着心跳害怕,并拉春桃在帐中同睡作伴。那行帐共是三个,一个为杨氏父女与春桃卧处;一个为余、林、毛三人卧处,两下勾连,可以相通;另一个是春燕、四儿、岑春、云田、十熊等五人卧处,掎角之势,不相连属。碧娃本想就卧,不知怎的觉着神志不宁,不能安枕,想起空山住宿,有些胆虚,想喊余、林、毛三人回帐安歇,一人又不敢独行,又恐丹姝见怪，不便把春桃拉起同来，偶见春燕从帐外走过，便要相伴来请三人去睡。林璇问余人睡未，碧娃道："我好像看见两个人披着头发勾着腰在他们帐侧说话，我只看见半边脸，内中一个高的好似岑春模样，见我和春燕走出，便往帐后转过去了。"林璇又问："春燕出帐则甚？可曾看见岑春？"春燕说："大家累了一日，知道主人离睡还早，本都躺下歇息。后来听见帐外有人咳嗽，恐主人们回帐唤人，便唤起岑春，先走出来，正遇杨二小姐吩咐陪同前来出帐时，只看见岑春一人背着脸走过帐后，当时又见第二个，余人又俱睡熟，想是杨二小姐看错了眼吧？"林璇所见黑影虽是两条，因为碧娃、春燕异口同声俱说一个是岑春，另一个也是自家人无疑，便没放在心上。

因碧娃再三催着安歇，渐渐天上又起了云层，将月儿遮没，待不多时，众人便一同回帐。林璇便问："今晚夜宿何人轮值？"春燕说："此时还是上半夜，该是十熊值班，等月儿一偏过山头，就该春桃起来替他了。"林璇心中一动，忽又想起前事，觉着适才月光下所见两旁黑影头发，好似比随行诸人长乱得多，十熊更是出山时新铰的头。一个若是岑春，另一个决非十熊，知他平日虽然勇猛，晚来却甚贪睡，疑他误了值班，或请别人替代，命喊十熊进来问。春桃去了一会，拉了岑春睡眼矇眬地走来，十熊却未见到。林璇一问，春燕说："不但十熊不知去向，便是岑春适才困极，虽被我唤起，一听外面主人并未呼唤，重又卧倒，直睡到众人回帐，我去唤他才醒。除该班的十熊和我外，余人自安歇后，谁也未曾离帐一步。如今附近俱已找遍，不见十熊影子，不知何故？"春燕细心，特地将云田、四儿等唤起，拉了岑春前来回话。林、毛、余三人一听，便知有了差池，余独更想起黄昏时追寻林、毛二人，月光下所见的毛人影子，两下一证，愈知所居不是善地。筠玉断定附近必有生番野人巢穴，只不知来人既是存心来犯，将十熊擒去，帐中的人俱都睡熟，何以又不加伤害？好生不解。林璇却料来人必是见出为首之人俱在山坡上面，月光又明，下面篷帐架设在平地，上面远望逼真，又不知帐中虚实，是否全数入睡，所以不敢轻举妄动。便连十熊也必是发现敌人，一时贪功心盛，恃勇独擒，不肯唤人相助，却不料敌人来的不止一个，还未与前面的人交手，早被敌人从后袭来。生番野人原有掳人勒赎之习，土著地理本熟，一得手即从帐后伏行，穿着捷径逃去，少刻如不来暗算，明日必有分晓。但是上路没有多日便吃这种暗亏，与其坐以待敌，不如寻上门去，说好便罢，说不好便杀他一个落花流水！便问余、毛二人："谁愿留守？谁愿同行？"

正说之间，忽然大风骤起，走石飞沙，吹得满山遍野的林木声如狂涛怒吼，天空乌云密布，更有暴雨欲来之势。那牛皮和山麻制就的篷帐，风儿兜得甚是饱满，沙石打在上面似击鼓一般，蓬蓬沙沙，汇为繁响，如非木桩钉得牢靠，几乎被风揭去。牛皮榻上丹姝被语声惊醒，与碧娃姊妹两个一听，有了生番野人将轮值的人悄没声的绑去，早吓得浑身抖战，口里直喊："林姊姊，天黑风大，不知虚实，恐遭野人暗算，万万去不得！"余独走出帐外看了看天色回来，也力说："月黑天阴，风高路险，要去也须等云开月出以后。"林璇也觉路太荒广，帐有老弱，不知野人窟宅所在，难免徒劳，只得强忍怒气，都等月出再作计较。因十熊已被人擒去，不能寻敌，还得防他来犯，三人略一计议，先主将云田、四儿等俱督唤过来，聚在一处防敌力量厚些。筠玉说："这般不妥，不如仍是分作两处，各派一人在帐外，互为守望，一遇有警，便即吹笙为号，比较有个呼应。"林、余二人俱都称善，因为春燕灵警，便命她带了岑春、云田、四儿等到原帐中防守，由云田、四儿分班在外瞭望，本帐中只留下春桃一人看守，林、毛、余三人不时分头出去绕帐查看。因为风大，日间天气太暖，夜中未设风门，烛光全都熄灭，火池中火力已弱。筠玉试取出怪洞中得来的石卵一照，竟是合帐光明，宛如白昼，便分了一个石卵给林璇。各人出外时握在手里，黑影中看去更如一颗茶杯大小的明星一般，光芒四射，百步之外纤微毕睹，比起帐中还要明亮得多。余独看得有趣，出外查看时，也向筠玉要来握住照路。筠玉笑道："也是我们胆大自恃，如换别人，一面防人暗算，还敢拿着这么亮的东西好叫人对光放冷箭么？"林璇道："你不知生番野人天生怕神怕鬼，这样宝物他们从未见过，说不定有了它反倒吓退了呢。我正愁他们不来，无处寻找，难道还怕他们来么？如非杨家姊妹胆小，害怕敌人不知藏在何方，他们又在暗处占了便宜的话，我正恨不得拿它照了路寻上门去。十熊如被野人生吃，明早必有人来，还可略分首从给他们厉害。十熊如死，我不斩尽杀绝才怪呢！"三人只管谈说、分班出视，过了好些时并无动静。丹姝、碧娃见老父睡得甚熟，未被惊醒，但盼明日平安上路，省受一场惊恐，也算不幸之幸，便将残火添旺了些，又加了一床被盖上，眼睁睁望着三人英姿飒爽走进走出，只管悬心吊胆，暗祝神佛默佑不置。

一会林璇进来说："风势渐止，东方已略有点亮。"林、毛二人益发振起精神，准备天一亮便即往前搜索。春桃闻言，在帐外答话："东方发亮不是天明，不是山那边有人弄甚亮东西，便是有人在山沟里升火。现时天上虽没星宿，冷气露气都重，离天亮还得个把时辰呢。”二人闻言出去一看，四外俱是黑沉沉的，只东南方近山一带地方似有些微亮影。筠玉虽幼随父母奔走江湖，对于气候早晚并未留意体会。林璇和所带一干男女山民，俱都生长南疆，熟悉山中气候，除观星月知时外，遇见无星无月之夜，也能因露之多寡、天之寒暖，断测时候毫厘不爽。林璇心急，见寒露犹重，果然不是将明气象，好生失望，后来一想，天虽未明，那发亮所在必是野人聚集之所。起初苦于不知他的巢穴，今既知道相隔非远，岂不正好前去？便和毛、余二人说了，匆匆回帐一商议，决定留下余独、春桃、春燕、岑春四人守帐，保护杨氏父女，林、毛二人带了云田、四儿前往搜寻敌人，救转十熊。丹姝、碧娃固觉此行太险，便是余独也说：“天明只隔个把时辰，不如明了再去，较为稳妥。”无奈林、毛二人俱是艺高人胆大，又加上路心切，哪把一些生番野人放在心上？一任劝说无效，终要前去。余独道：“只要遇事小心，以二位的本领原无大碍。那两个夜明卵不到必须用时，还以不取出来为是，以防敌人冷箭暗算，伤了四儿、云田。”林、毛二人依言，各将那粒石卵收起，带了兵刃暗器，装束一切停当，各道一声“慎重”，便自别了余、杨诸人，施展轻身本领，快步如飞，往东南方追了下去。

行有二三十里，越往前越看出前面发亮是山那边有人烧火，料是敌人窟穴无疑，走到尽头便是山脚，四人飞身上了山头，往下一看，山那里也是一片平阳，四面都是竹林围绕，正当中生着一堆大火，千百生番各持刀矛弓箭向火围坐，个个耳带银环，头插鸟羽，赤身如漆，只腰间围着一片兽皮。正中央坐着一男一女，却是半蛮半汉的装束。男的身上穿着明人武将的衣冠，下身却赤着一双白足，生得面如重枣，长眉大目，背插双枪，腰悬弓箭，身材容貌均甚雄伟。女的高髻云鬟，面色微红，眉眼隐露威光，身着一件短黄衣服，长约及膝，满绣金花，腰围虎皮裙，也是赤足草鞋，背后插着十来把刀叉，腰悬一个革囊，鼓绷绷的看不出中藏何物。林璇知那伙山民也算是生蛮中较为猛烈的一种，名叫铁洞族，亘古穴居，身材矮小，发乱如结，貌似猿猴，力同虎豹，前两年带了桃、燕、十熊等隔山行猎，曾遇见过几个。当时爱他们勇力，曾想收服，已然擒到，因为言语不通，未带通事，他们疑心要把他们带了回去生吃，行至中途，终于咬断蛇皮索逃去，不想这里会遇见这大一群。因见那男女山酋颇似汉人，当场并没有杀人准备，好似跳舞初罢，遇见阴天围火。听山酋传谕神气，又不见十熊踪迹，看不出绑走十熊的是否这一伙山民，不愿无故杀戮，悄命云田、四儿各持连珠毒弩同自己制就的神火埋伏山头，以为疑兵之计，一闻号令，便即先行举火，然后相机放箭。自己同了筠玉绕道下山，抄在男女山酋身后，听他们说些什么。

二人俱是捷如猿猴，身轻飞鸟，只一会便绕往那男女山酋的身后一片竹林之内。侧耳一听男女山酋问答，果是云、贵一带土音。立定以后，渐渐听那女的埋怨男的道："没见你这等脓包！捉几个人也费这么大的手。仙王在洞里头这多年啦，也没见出洞过一回。他们远来，仙王又没受过他们一回供养，怎会显出神光去保佑他们？你看我这些东西都穿戴旧啦，自从汉客们知道这里仙王吃人，又加那条孽龙同一些狗种不问男女，到手便死，不给人一点活路，谁也不朝这条路走了。没处弄去，捉来他个把人有什么用？明天他们要是带了东西逃了，我不依哩！"男的道："仙王的事难道我们还不知道？只为适才他们报信说，有男女三人从仙王洞内好出好进，疑是仙王朋友，没敢下手。后来派了铁狗和莽子同去打探，他们又在水神池边那等从无人敢去的所在望月，越发不敢下手，正想进他帐头去偷点东西，不想被他们手下的人觉察，亏得莽子从那人身后掐住喉咙，那人出不得声，捉了回来。等到再去，便见那两团神光时常在帐前出现了。我并非怕事，那回遇见那穷道人，你忘了么？如再是个使剑光的剑仙，岂不送死！你只见捉来的人无甚出奇本领，又说他主人以前也是个土王，新让的位，还是个女的，并不会使什么剑光法术，胆便大了，你保得住他那话真么？这条路有两恶一怪，又说'一怪好遇，两恶难当'，远近千多里何人不知？他们无本领怎敢经过？我为是怕和上次一般，虽然给他们下了埋伏，却要摸准了虚实再行下手，所以才命你兄弟带人前去，也不难为那捉来的人。他如好惹，等天明号角一起，我们便迎上前去，两下夹攻，人只留一个祭神，好歹把东西留下给你。如不好惹，再看事做事，把人还他，岂不是好？"林璇正暗骂"十熊蠢才，不会见话答话"，又听那女的冷笑道："你是被那穷道士吓破了胆了。他既是剑仙，那条该千刀万剐的孽龙怎不除去？却来欺负我们！今日那群人若是剑仙，他见丢了人，就是阴天，他一飞便几十里，怕不立时寻上门来，还等这一夜都无动静。他们既有三人到仙王洞去过，莫不是把仙王下的神蛋偷了两个出来吓人吧？"

林璇早就按捺不住，不等说到这一句，便将身旁带的那粒石卵取出暗握掌中，对筠玉道："我深悉山情，山民虽多，我们穿有玄牦皮制的软甲，不畏刀箭。请你如此如彼，我先单独上前要人。能将众人镇住，恭恭敬敬交出十熊，早些上路，免却杀戮，更好；否则动起手来，自信也还能以应付。”筠玉闻言连称好计，匆匆去讫。林璇已知十熊在此，无心再听下面的话，倏地一个“燕子穿云”的解数，右手横刀，左手一扬，夜明卵平空纵起十来丈高下，直往山民丛里纵去，口中大喝道：“无知蛮人，擅敢偷捉我的手下！快快交还便罢，如若不然，看我用飞剑将你们斩尽杀绝！”一个人声到人到，黑夜之间，手中夜明卵光华照处，恰似一朵斗大流星，精光荧荧自天飞坠。铁洞族素畏鬼神，新近又尝过剑仙味道，不由吓得一阵大乱，纷纷奔逃。还是那两个山酋比较胆大，女的一个尤为镇静，不但不退，反用土语高声喝止：“众人勿惊，有我在此！”林璇未等落地，早将夜明卵藏起，用刀指着男女山酋问：“我的人藏在哪里？快交出来，饶你们不死！”男酋方要答言，女的悄扯了他一下，假作笑容答道：“我们不知那人是仙人手下，多有得罪。我们并未欺他，人就在这里，请仙人自带了去吧。”林璇还不知女酋业已看出破绽，深悔自己预先没有查出十熊所在，一句话便被她难住。又不便说不知，仗着还有准备，假作发怒道：“你们捉了我的人去，你不恭恭敬敬送他出来，还要我亲自动手么？此时不给你个厉害，你们也不害怕。就此诛戮，显我心狠。那旁山头有一古树，且看我飞剑斩断，给你看个榜样！”女酋正使暗令命众人围了上来，闻言却也将信将疑，口里故作惶恐，目光却早注定来人的动作。林璇高声把话说完，口喊一声“飞剑来也”，手朝前面一指。筠玉早就埋伏在彼，闻得暗号，一手握着夜明卵扬了一下，另一手举剑用力朝那株大树斫去，“喀嚓”一声，断成两截。林璇甚是得意，方以为这一来定将众人镇住。正要回身答话，忽听身旁女酋一声断喝，四面八方千百众人各举刀矛如潮水一般杀来。那女酋犹恐众人为林璇所惑，一面动手，一面用土语高声喝道：“这丫头果然是偷了仙王的宝蛋来此吓人。你们没见山上发亮时树下有一个她的同党么？那两个女的定是她的同党，快分人去追上捉来，夺她的东西啊！”一面喊着，和男酋率众人杀了上来，喊杀之声震动山谷。

林璇万不料山酋如此机灵，见计被识破，知难善罢，仍是不愿多杀。心想我虽不会飞剑，却也要让你们见识见识。事已至此，再说无益。见四外山民各持刀矛如环围拢，齐作汉语，直喊：“投降免死！”不禁又好气又好笑，长啸一声，将手中百炼缅刀一摆，一个旋风急转之势，刀光过处，只听一片呛啷啷之声，近身众人手中兵刃立时折落大半。同时男女山酋也自飞到，女酋当先，手持两柄长枪当胸刺到。林璇刚横刀格过，男酋的手中双戟又到，林璇二次格过，虽觉二人力猛，并未放在心上，正待施展身手，谁想那女酋左手虚点一枪，右手枪竟脱手飞来。林璇将身一侧避过，谁知山女将右手向背连拨飞刀飞叉，疾如飞蝗连珠打到。林璇存心卖弄，胸前暗运气力，等飞叉到来，不但不避，反倒迎上去，前胸对着叉头用力一绷，朝女酋对面倒撞出去。山女骤不及防，差点没被叉柄打中，那叉攀肩而过，飞出二十余丈落在竹林以内，碗口大的巨竹被撞折了好几根才行落地。女酋见林璇不但未伤，恰如没事人一般，不禁大为惊异。林璇有心戏弄，也不和二酋正经厮杀，脚一点便是十多丈高矮，只管朝那山民群里横着刀背打去，等二酋追到，交手一两个照面，又复照样纵起。杀不一会，毛筠玉见计不成，山民势众，忙去嘱咐好了四儿、云田不可妄动，自己喝一声飞身纵下，举剑朝二酋刺到。她这一路剑法自然厉害，只管围住女酋直转。山女见斗她不过，手下山民又被林璇兔起鹘落，指东打西指南打北，大半怯于先声，纷纷畏避，不敢力战，只慑于平时法威，一味喊杀，虚张声势，没有后退罢了；再看男酋，本领虽然较高，纵跃却都不如来的二女，知道不易取胜，一着急，猛生毒念，一面下令吩咐放箭，一面觑便探囊取那暗器。忽听号角之声起自西北，男酋一听，知道二女大有来历，忙喝道："二位姑娘且慢动手！等我人来问明了话，还你的人如何？"

筠玉正杀得兴起，哪里肯信！又见众人大半插了刀矛，张弓待放，益发不肯放松女酋，只管一剑紧似一剑杀上前去。林璇虽不明这里的号角，毕竟生长南疆，晓得山人心性，知道二酋甚是勇猛，斗了这一会并未见败，不似用甚缓兵之计，必有原故，反正也不怕他们闹鬼，能把事情平息，岂不是好？闻言便往圈子外一纵。正要高唤筠玉住手，筠玉和那山女，一个是不信男子之言，疑有诡诈；一个是被筠玉剑光逼紧杀晕了头，休说男子招呼，连号角之声都未听清，好容易卖得一个破绽，用尽平生之力往侧面纵出好几丈，趁势掏出革囊中所藏恶毒暗器烈煊五毒梭，照准身后筠玉回手就是一下。筠玉得过高明传授，料出女酋有诈，知她会发连珠暗箭，一见逃走，并未敢追，也想用暗器伤她，早将两件暗器取在手内，故作追势。方要照女酋后心打去，忽见女酋回身把手一扬，便有一点寒光打来。筠玉志在卖弄，一紧手中连珠弩，舍却女酋不打，头一弩照准那点寒光打去。耳听丁蒲两响，两方暗器撞在一处，恰好针锋相对，立时火星乱溅，几溜黄烟四散飞射，双双落在地上。

那五毒梭乃山女苦心制成的毒药暗器，不特梭尖上用秘制毒药喂饱，梭头上还设有撞针机簧，人被打中固无生理，否则如见梭来用手中兵刃去格，便上了她的大当，只一触动机簧，梭头上往里一缩，上皮胞便自裂开，里面所贮毒药便化烟射出，一被射中，立时烧伤皮肉，中毒难救，就是不被射中，隔得近些，闻着那股毒气，重可昏倒，轻也要头晕些时。筠玉原出无心，居然免了一桩祸事。两下先都准备将暗器连珠发出，这一来双方都微微吃了一惊。就在这略一停顿之际，林璇已纵将过来，高喊："筠妹住手，他们已允还我们的人了！"正说之间，号角之声越吹越近，女酋已自听清，同时男酋也纵将过来，止住女酋勿动，且等去人回来问明再说。这时天色真个黎明，所幸除有几个山民略受微伤外，未死一人，双方主脑的人俱都无恙。停手之后，女酋仍自面带怒容，男酋只管朝她劝说不休。林、毛二人站在当地，各把刀剑入鞘，静等人到再作计较，也不和山酋答话，神态甚是暇逸。欲知后事如何，且待下回分解。

第十二回

却敌仗神旗　一侠腾身惊丑虏
酬恩开盛宴　千人拍手唱情歌

双方等了不多一会，忽见一队山民从来路上越山而来，为首二人，一个正是余独，另一个也穿着半汉半蛮的装束，身材比男酋略小，容貌却与那些铁洞人相似。后面跟着三四百铁洞人，个个手持刀矛，腰佩弓箭，举步如飞，转瞬到了面前。为首山民手中拿着王三所赠三角小旗，一下山即往男女二酋面前跑去，余独却往林、毛二人面前跑来。

三人相见，一问，原来余独自二人去后，见东方虽有亮光，近处更黑，心甚悬念，不时去往帐外瞭望。丹妹、碧娃更是胆寒，几次请余独去将隔帐的春桃、岑春喊来聚在一处，好放心些。余独怜她二人胆小，只得应允。因为两帐相隔不过十丈，去时也忘了将帐外防守的春燕唤进帐来保护杨氏父女，偏巧岑春贪睡，又在他帐中睡着。春桃怄他不过，存心想等主人回来降罚，使其挨打，便由他熟睡，也懒得再喊，见余独来唤，才上前揪着岑春耳朵，一阵乱扯乱喊，将他唤醒。余独又数说了二人两句，未免稍微耽延了些个时候。刚要出帐，忽听碧娃远远惊呼了一声，外面似有多人走动。余独也是久经大敌，知道有警，悄嘱二人准备，匆匆一整兵刃暗器，飞身纵出一看，大地黑沉沉的，除却四面山石林木的阴影外，并无别的动静，只是不见春燕在前帐外，还以为是碧娃见帐中无人害怕唤了进去，心终不放，带了岑春、春桃忙往前帐跑去。方冀无事，谁知走离帐前还有两三丈路，一眼瞥见侧面一排整齐黑影，形如一圈土墩，不似先时所有，心刚一动，忽又见黑影中有光影微闪，喊声“不好”，刚嘱岑春二人留神，猛听一声暴噪，四外黑影不知多少，全数立起包围上来。余独一着急，心里惦记杨氏父女安危，脚底下一按劲，平空七八丈高下，直往帐门前纵去。刚一落地，从帐内飞也似跑出一个山民，手持一把明亮亮的大刀，刚喝得一声，便和余独撞个满怀。

两下都是一个急劲，来人虽然勇猛，毕竟余独武艺得过真传，长于应变，来人骤出不意，吃余独右手兵刃朝看来人的刀分心一绞，当啷一声，来人虎口先自震开，心刚一惊，早被余独就势一个“鹰拿燕雀”，上头刁着来人的左腕，跟着侧身进步，一靠腿，便将来人踢倒，连忙按住，就地下夹背连肩抬将起来。正待扔出，抢进帐去，帐中有火，暗处走向明处，余独又练就一双夜眼，看得逼真，一见来人是个半蛮半汉装束，帐中还聚着二三十个发如乱草的山民，各持刀矛弓箭围在榻前，杨氏父女已吓得浑身抖战。知道擒的定是为首山酋，心中大喜，念头一转，顿生巧计，立时住手不扔，一刀背将那山民的刀打落，将手中刀架在他的颈上，正要挟他脱险，忽听那山民用汉语高叫道：“我们是一家人，有话好说！快些放手，莫要杀我！”一面喝止帐中山民勿动。帐中山民见余独擒了他们山酋，正待冲杀上前，听山酋一喊才行止住。余独仍在不信，喝道：“我同你素不相识，怎说一家！今晚无故两次侵犯，快命你手下蛮狗退出，将我的人放回，再等我们的人全数回来，好好送我们上路，方能饶你不死！”言还未了，那山酋大叫道：“哪个怕死！这不是你的路旗？”余独低头一看，山酋手中拿着一面三角小旗，正是山外王三所赠之物，忙喝问道：“你便是三凶中的蔡野神么？”山酋道：“该打的！那是我的姊丈，会被你捉得到么？快放手啊！”余独恍然大悟，情知不会有错，刚把手一松，春燕忽在山民丛里挣跑出来。余独方要问林、毛等四人下落，那山酋已抢说道：“你们帐外面还有人，既是一家，不要争杀起来，受了伤对不住三么公。”一句话把余独提醒，一面招呼杨氏父女不要害怕，正待和山酋出去止斗，忽听人声喧哗，一伙山民有的还带着伤，已绑了春桃、岑春拥进帐来。那山酋将手中三角小旗一举，又说了几句土语，众山民忙即呐喊一声，松了二人绑索。

余独惦记筠玉、林璇等四人，忙问山酋，才知那山酋原是铁洞族之长，姓雷名大锤，有一姊姊外号金花娘，本领比他高强得多，最受山民爱戴。起初以劫杀汉蛮和野兽生吃为业，自从十年前，金花娘在山中遇见一个生长南疆的汉人名叫蔡野神的，两下不用人帮，连打了三日三夜，打累了歇，歇完了又打，金花娘还给人家兽肉糌粑，吃饱了再打，终无胜败。第三晚上，两人俱起了爱心，释兵修好，结为夫妇，命全山各寨都推蔡野神为首。自从蔡野神做了土王，才渐渐禁止他们劫杀，生吃人兽，教他们使用刀矛弓箭，打猎种地，订立规章，赏罚修明。虽然有时仍免不了劫掠商贩行客的货物，却少伤人，有时高了兴，不犯他的禁忌，行时还赠以寨中出产的生银。自己也一年一次，带了通汉语的山民，着了汉装，出山采办食用之物，有时只和妻子同去。后五年出山，因管闲事，杀了一个有势力人家的独子。虽然逃了回来，可是官府知他常时出山，搜拿甚紧。最后一回，夫妻二人又出山去，竟被番子所愚，用酒灌醉绑了起来押送赴县。路遇王三，因以前夫妻二人在他家借宿，送过他许多银块，那押送的差人恰巧又有两个仇家在内。起初只想报那赠银之德，害那有仇差人误了官事，回县去挨一顿板子，便悄悄缀了下来。行经一个荒林以内，那伙差人也有十来个，押着这般紧要差事，以为二人用生麻浸水绑起不会出脱，竟在半途把从二人身上夺来的许多银块取出，闪过一旁，分起赃来。那水渍生麻又经过药力泡煮，结实已极，比牛筋差不了多少，犯人被绑，越挣越勒，越勒越痛，任你一等一的好汉也难挣断。蔡野神夫妻被擒醒来，因为性情急暴，生平没吃过这等亏，不住乱骂乱迸，受了许多凌辱打骂不说，那些该死的差人因见金花娘美貌，欺她虎落平阳，不时还去亲嘴乱摸，有一个不留神又吃金花娘咬了一口好的，于是结仇更深，受苦愈甚。这时正双双倒在一株大树下面拼命挣扎，求死不得之际，万不料救星天外飞来，吃王三背着众差人，偷偷蛇行进前，用一把解手小刀将二人绑的麻索割断。二人俱是天生神力，性如烈火，这一脱了绑，直如龙虎生灵，略微伸了伸绑麻木了的手脚，连王三和他说话都顾不得听，怪吼一声，便往众差人奔去。

王三只想放了他夫妻逃走，一见去寻众差人拼命，又不便出声呼喊追他回来，知道闯了大祸，如被众差人看破，自己身家性命那还了得！不敢上前，只吓得拾起刀，绕道树后，慌不迭地跑了回去，心里正在悔惧，不知行藏泄漏也未。蔡野神夫妻看看虽然勇壮，平时没见他们和人动过武，此次被捉，兵刃早被差人收去，手无寸铁。那些差人俱是附近两县精通武艺的有名干捕，不说他夫妻二次落网，官府问出自己是放他的人，难以幸免，便是差人打他不过逃了回去，万一看出破绽，也难免于后患。有心想和妻子说了，连夜逃往他乡避祸，一则恐本来无事反启人疑，况又连累亲友乡邻，问心不过；二则舍不得自己一些家业。方自惊疑，忽然蔡野神夫妻提着一包银块，周身血迹，闯门而入。一问，所有差人全被杀死，一个不留，因他是救命恩人，特来道谢，将那包银块全给留下，行时又送了这面三角小旗，并在旗上留下一个暗记，回山召集人众，说夫妻性命全仗王三，无论谁见着此旗，不问是王三本人或是他的亲友，不但不许惊动，好好款待，如有需助之处，无不应命，虽死不辞。一等数年，也未见恩人到来，又因两次闯了大祸，恐再遭暗算，不敢出山探望，常时对众说起，俱都牢记在心。

近一年来，山中出了妖怪和一个厉害无比的山酋，行旅里足，正劫不着东西。今晚因有两个山民报信，说仙王洞去了一男二女，后来跟踪去探看，得知所携行帐食用之物甚多，前文业已表过。蔡野神便命他内弟雷大锤带了三百山民，绕出前面去断来人归路，相机打劫。本来早要下手，因在一月以前吃过一个穷道人打扮的剑仙大亏，死伤了好些精干山民，蔡氏夫妻和雷大锤等几个山酋俱几乎命丧飞剑之下，见来人出入仙王洞如无事人一般，行径与穷道人相似，本想放过，金花娘动了贪心，执意不肯，才派他出来，准备弄明白了虚实再行下手。后来起了风云，天阴路黑，大锤看见两团亮光，益发加了慎重，只在附近择地埋伏，未敢冒昧行事。偏巧随去的山民人有一个甚是机灵，自告奋勇前去探看，仗着路熟，手脚轻巧，一路蛇行，到了岑春等帐前。恰值林、毛二人去后，春桃见岑春贪睡，正在和他拌嘴，被那山民偷听了去，回去向大锤一报信，知道这些人并非剑仙，立时胆壮起来，便命这三百山民绕路将两座帐篷围住，自己带人去抢中间那座帐篷，余人也跟着动手。到时余独正往春桃帐内，大锤等一进去，杨氏父女几曾见过这等凶恶阵仗，碧娃惊呼了一声便即吓倒，帐外巡守的春燕寡不敌众，早吃众山民擒住拥进帐来。大锤见四人除春燕会武外俱是无用，以为别帐之人都也如此，无须接应。正在搜寻金花娘心爱财物，忽然在余独所披的一件外氅中翻出那面三角小旗，不禁惊喜交集，一问春燕，旗的主人现在别帐，甚是英雄，诚恐手下山民无知，加以伤害，忙命众山民只看住四人，不许侵害，自己好心赶出来阻止。不想一出门便被余独赶来擒住，等到春燕、岑春被释，才得变敌为友。王三因为那旗存着无用，念着众人与小儿取名的好处，又劝阻不住众人走此险路，一时高兴，取出相赠，却不想少却众人许多险阻波折，并还因祸得福，岂非奇遇？余独因听大锤说早就绕道过来埋伏后路，刚给围上来不久，未见林、毛四人，又知去的地方正是蔡野神夫妻同众山民跳舞之所，因想为敌天阴后并未散去，林、毛等四人前去，正好遇上，恐动起手来，不问谁伤俱是不妥，便要大锤拿旗赶去阻止。大锤说相隔还有一二十里，去已无及，他带有号角，能吹起达意，也是蔡野神平日排练就的，那里闻声，便知吉凶进止。说罢，一面命人吹起号角，一面请帐中诸人同去相见。余独因急于要知林、毛四人下落，行帐用具撤携既是费手，杨氏父女惊魂乍定，碧娃更是绝后回生，正命人煮水压惊，天明将近，早寒犹重，恐受感冒，一问附近并无别的土著，只允自己同往，留下春桃、春燕、岑春三人，俱在中帐以内守护杨氏父女，一面服侍整顿行装，以便回时起程。大锤因余独是持旗的人，不敢违拗，好在有他回去已可复命，便同余独率领众人，吹着号角，飞步往前跑去。

余独和林、毛二人见面，话未说完，蔡野神夫妻一听大锤说了经过，见了那面三角小旗，来人又个个英雄，立时转怒为喜，转恶为敬，三人一同进前来拜伏在地。林璇识得山礼，见他如此尊敬，也忙率余、毛二人还以敬礼。蔡氏夫妻益发欣慰，便命吹角聚众，宰牛猪等兽，天明回寨，置酒款待恩客，一面命人去接帐中诸人。林璇知他情重心诚，万难推却，正要称谢，忽见一个山民踅近蔡野神的身旁，战战兢兢地低声说了几句。只见蔡野神两道长眉往上一竖，拔出佩刀，朝定那人便斫。林璇见势不佳，忙一纵步上前托住他的腕子，问是何故。蔡野神忿忿道："今日之事都是这厮来报的信，昨晚无知，捉了恩客一名手下的人，命他在山头看守，不想适才忙乱之际，被人放火诱往一旁，回来人已不见。万一要被铁锅冲孽龙手下的狗子偷偷抢劫了去，岂不送了命！今晚我们先时虽然无知，事后侥幸双方未死一人，正是喜事，他却闯了这祸，叫我怎对得住？不杀他如何能以消气！"林璇一问十熊被人劫走，心刚一惊，筠玉忽然想起云田、四儿也未见下来，忙对林璇道："我来时，曾嘱云田、四儿藏向僻静的退路上，十熊既然押在坡上，莫非被他二人看见，见这里人多势众，偷偷放了，逃回去与余大哥送信去了么？"林璇一想，颇近情理，一面劝止蔡野神夫妻，一面仍请余独回帐，督率众人搬了篷帐带了行李，将杨氏父女抬来，同往蔡寨主洞中拜山，扰他一顿盛宴。筠玉不喜和山民交谈，也要和余独同去。行时林璇悄嘱她取下几色山民心爱的礼物，带来相赠蔡氏夫妻。金花娘因来人是恩人朋友，贪心早就收起，执意要派乃弟雷大锤率领数十山民带了兜子前去迎接。三人拗她不过，只得应了。毛、余二人去后，金花娘便拉林璇在火堆旁山石上坐下，双方谈得甚为投契，俱都相见恨晚。谈到旭日初升，林璇正惦着十熊、云田、四儿三人安危，雷大锤已用兜子将余、毛等一干人连行李用具齐抬了来。林璇见十熊、云田、四儿也在其内，心中大喜，一问情由，果如筠玉所料。云田、四儿救了十熊之后，见双方动手，山民太多，恐难取胜，林、毛二人又连嘱不准妄自上前，好在相隔不远，只得同了十熊飞跑回去，与余独报信，打算将春桃、春燕、岑春三人也一起叫来助战。中途曾遇见大锤带着一群山民飞跑，因不知余独在内，见山民势众，忙躲一旁，所以互相错过。

蔡野神听罢喜道："幸而没被孽龙手下擒去，要不的话，此刻早该他们撕成八块了。"林璇先听蔡野神说起孽龙，以为是另一族生蛮酋的名字，忙着劝解野神不杀那个失事的山民，后来又同金花娘畅谈，没有在意，及听野神二次提起，猛想起王三所说三凶，便问野神："孽龙是人是怪？有甚厉害？"金花娘道："厉害着呢！此事说起来话太长，这里也不是待客的地方。前边麻烦太多，诸位就想走也不行，反正得住些日才能走，且到家再说吧。"说罢，嘬口一声长嘘，便从竹林深处跑出一伙山民，各持着旗帜芦笙鼓皮之类，为首三个山民各牵着一匹欺霜赛雪的川马，飞也似地跑将过来，拜伏在蔡氏夫妻的面前。蔡野神将手一举，内中四个山民便将蛇皮鼓敲起，鼓声蓬蓬，响应山谷，不多一会，四面八方的山民俱都聚集拢来。执旗的再将旗招展了几下，立时便排成了一个阵势，步伐甚是齐整，宛然军家布置。余独方要向筠玉说话，忽听蔡野神笑对众人道："这里只有野骡，并无骑马。有一个骡队倒还驯熟，现在山西南把守要口，以防孽龙手下侵犯，不曾在此。这三匹川马还是那年自跑来的，马主人许是一个行家，不但上山下岭稳快非凡，渡河越涧纵越如飞，而且心性灵巧，并不用人看守，平时随便放青，只我夫妻高声一喊，立即奔来。去年差点被孽龙手下偷去，因此与他结上怨仇，说来真是羞得死人，如非有我内弟一个姊妹帮忙，恐已不能在此安居。可惜只得三匹，不敷应用，山兜又非待承贵客之礼，意欲请余兄和林、毛二位姑娘分乘两骑，愚夫妇合坐一骑相陪如何？"林璇道："同来诸人只我三人为首，杨家父女均甚文弱，不惯骑马，余者皆系手下佣人，无须管他。有此二马，足供我三人乘骑，只是有累蔡寨主夫妇合骑，好教人过意不去哩！"蔡氏夫妻见林璇等甚是直率，不似以前所见汉人有许多虚礼客套，益发快意，招呼一声，便请三人上马，当下蔡氏夫妻同乘一骑当先引路，林、毛二女同乘一骑居中，余独独骑一马殿后，芦笙动处，各自一牵辔头往前驰去。

那马体格不甚高大，却是神骏非凡，一路翻蹄亮掌，得得连声，不消片时已跑出三十余里。余独暗忖这马跑得如此快法，后面山民决跟不上，及至回头一看，雷大锤手执一根三尺余长的红旗当先，后面山民紧紧跟随，漫山遍野而来，相隔五人马后不足半里之遥。细一看，虽然山民脚步如飞，仍按着先前所排阵式，经行之处恰好是一个长广平坡，越显得行列井然，有条不紊。再看杨家父女，所坐的山舆已另换人抬起，春桃、春燕等男女六人分随左右，杂在山民队伍当中，一样走得飞快。暗忖蔡野神夫妇竟有如此高明的教练，比起林璇手下山民并不见弱，好生惊佩。又行了二十余里，经过了好几个转折，山径越来越仄，渐渐走入一个山谷之中。谷径纡回盘曲，甚是险恶，有些地方直不能并辔联骑而行。偶一回顾，身后相随的众人已看不见一个，先以为被山角挡住，及至路径稍微宽直，再一回顾，只剩十多个山民同春桃、春燕等六人，因为路仄，各用手举着山舆飞步跟来，心中已自奇怪。忽听芦笙皮鼓在前面吹打起来，八方应和，山谷皆鸣，真个热闹已极，只是不见有人。林璇知将到达地头，把手一招，余独一勒马缰，三人二骑并骑缓缓前进，一任蔡野神夫妇当先驰去。

不一会，春桃等也同了杨氏父女赶到。余独悄问四儿："后面跟来的那许多山民，为何一进谷口便即不见？"言还未了，林璇知这些山民当中难免有通得汉语的，适才窥见蔡野神夫妻的面容似有隐忧，所住的地方又不似素常一般山民土著喜居之地，谷中形势险要，半出人工，必有机密布置，自己是客，恐无心中误触了他的禁忌，闹得彼此无欢，连忙以目示意，止住二人问答。正行之间，前路越发宽大，蔡野神夫妻已驰出里许之遥，渐渐到了尽头。三面都是寸草不生，油光滑亮，高有百十丈的峭崖，地下三五成丛，植着许多矮松和一种类似枯枝、极易燃烧、众人用来钻木取火的火杨，空隙处多半俱用一缕灰麻绕成一个个大有丈许的圆圈，用木钉将它钉住，圈中石土看去颇为松浮，三人的马到此，忽然不受驱勒，竟自曲曲弯弯绕行前进。三人见那马所行之处俱是麻圈以外，暗忖圈中必是陷阱无疑，那马经过训练知道避让绕越，蔡野神夫妻以马让骑，原来为此。只是山寨所在，平日祭神告天跳舞之所，最要它宽大平整才好，怎么地方本就不大，还置上许多陷阱？如说是用来制敌，又不应把埋伏设在根本重地，胜了还好，万一事败，覆巢之下焉有完卵，岂非太蠢？三人俱是一般心意，以为蔡氏夫妻仍是妄作聪明，弄巧成拙，白费心思。正自窃笑，尽头处一座大石壁当中忽然裂开一个大孔，一块两丈来方圆的巨石平空往上悬了起去，不一会便现出一个同样大的圆洞。蔡氏夫妻回头带笑，将手一招径往洞中驰去。

林、毛、余三人一同进洞一看，里面竟是异常高旷，别有一个世界。一片广场，其大何止百顷！地平如镜，当中一片十多丈宽的驰道，直达里面不知多深。两旁火炬林立，直排下去，照耀全洞，甚是光明。那火炬与林璇寨中所用样式不同，平地竖着炬竿，高约两丈，竿顶一个五爪形的铁抓，外有铁环套束，抓中各抓有碗口大小一束细长木条，那木条俱经过一种野产的山油浸过，极经燃烧，炬竿下也横着几束同样的木条，想是准备随时添用。每隔两根火炬必有一个山民站立，大约是司火的。回顾适才悬上去那块大石，原来是封洞的，石顶上钉有铁环，由一个大铁抓抓住，抓上有练，旁置铁锁铰车，众人进洞以后，已垂了下来将洞口封住。耳听鼓笙之声越近，往前一看，蔡野神夫妻已然住马不进，适才在后失踪的那群人，仍由雷大锤为首，忽从最前面地底升起，鼓吹欢呼而来。等三人走进前去，众人也到了蔡野神身后，大锤一声号令便自分开，向两旁俯身散去。蔡野神夫妻便请三人下马，杨氏父女、春桃、春燕等也自走到。金花娘说："前路尚远。"命人仍抬着杨氏父女同行，一面同了蔡野神、雷大锤过来，与林、余、毛三人手拉手牵成一排，往前走去。

余独因那众人人是中途绕了间道回去，由地底走出，洞口封闭谨严如防大敌，主人相待却极虔敬，不似含有丝毫恶意，觉着古怪，处处都在留神观察。这时山民散开，笙鼓止处，忽听前面波涛汹涌之声。定眼往前一看，冉往前数十丈，火炬由稀而无，远处黑影中似有无数大小白影，由上面数十百丈高处倒挂下来，暗忖如此宏深奇伟的大洞，不想还藏有这么多的瀑布，路上并无水痕，这么大多的水量，偏又不见归纳流出之所，莫非洞尽头处还有一个与外相通的大溪涧么？方自沉思，猛觉脚底一空，忙一定神，稳住脚看时，原来已到了众人出现之所，脚底下便是一个数十丈宽、五六丈长的穴口横亘前路。那穴也甚深广，一面是空的，一面有人工搭成半木半石磴的道，斜行往下，又溜又陡，难怪马匹不能下去。林、毛、余三人仍由蔡、雷三人挽手同下，杨氏父女由山民抬着后随。穴底一样火炬辉煌，下有二三十丈才得到底，面积比上面虽小得多，也有数顷方圆，除四壁洞穴密如蜂房外，地下一堆堆的尽是些黑铁一般的大小生银块子，沿途有不少山民俯伏拜谒，只不见一个山女。大家走完全穴到了尽头，穴壁上忽现出两扇红门，门外才见有两排手执短矛腰悬弓矢的女子。蔡野神夫妻到此，方命山民住了山舆，请出杨氏父女。金花娘口里嘤了两声，门内便跑出二十余个山女，先跪地行完了礼，上前捧起杨氏父女往门内便走。那些山女妍媸不一，有的生得极其丑怪，再加上那一身装束，杨氏父女若非有林、毛、余三人在侧壮胆，几乎吓出了声。杨氏父女进门以后，蔡、雷等六人才挽手而进。到了门中一看，里面也是一间极广的地穴，用木板砌成了数十间大屋宇，不但陈设华丽，所有汉人用具大半都有，而且精美，直似富贵人家的第宅，哪像个披发纹身的蛮人窟穴？一问来处，才知是蔡野神招赘以后，好些年来的购置经营、苦心结构。

众人进了两三重屋宇，才到了延宾之所。当中仍是山俗，放着一座大火池，屋顶早已吊好宰杀洗净的一牛一羊，皮也烤得半熟，肉香四溢。池旁陈列着二十多个木墩，墩旁挂着刀叉用具，另有数十年轻山女，捧着山芋糌粑酒食之类俯身侍应。蔡、雷三人到此才放了手，先向火池一拜，口中喃喃默祝，这才举手揖客就座。林璇先代众人用山礼向主人道了谢，然后命毛、余二人，杨氏父女，春桃、春燕等男女六个山民也跟着围火坐下。蔡野神道："我知道汉人和熟家人都不喜吃生肉，我夫妻虽是野人，颇晓汉俗，等我开刀祭了火神，大家只管随意吃食，生熟老嫩各听心爱，不要勉强，反没意思。吃喝完了，再听我说那该死的孽龙崽子。三位贵客俱甚英雄了得，即使忙着上路，不能帮我夫妻将他除去，也许能给我出一个好主意，防备他来侵害，也不枉我们相交一场。"林璇想起洞外所见，忍不住问道："听寨主所说，难道寨主住在这等隐秘险要的地方，外面又有那般周密的防备，莫非竟是为了他么？"金花娘闻言怒形于色，接口指着他兄弟雷大锤说道："谁说不是！都是我兄弟惹出来的祸事。"还要往下说时，蔡野神抢着拦道："这事也是该当，怨不了他。如非大锤无心遇上，我们知道厉害有了准备，迟早被他闯了来。纵不全家都死在他手，我们也休想讨得公道，看起来还是因祸得福呢。诸位贵客半夜到此时想已饿了，吃完慢慢再细说吧。"大锤听乃姊一说，本有忿忿之色，闻言欲言又止，众人俱未在意。

蔡野神说罢，便从木墩旁摘下一把长钩、一把尺半长又薄又快的小刀，站起身来，用钩向牛头上一搭，那被屋顶铁练套住倒吊起的一只肥牛便被钩住，荡了过来。众人见蔡野神手法甚快，左手钩住牛，右手在牛头上一旋，便被片下一大块半焦的皮肉来，口中又默祝了两句，将肉掷在火里，算是祭完了神，随请众人开割。林璇知杨氏父女不惯，也在墩旁取了钩刀，照样钩住了牛，先片了三大块敬了主人，等蔡、雷三人接过吃了，然后捡那焦黄熟脆肥嫩之处削了些掌大薄片，蘸了盐水酱水，递给杨氏父女，又代他们向山女手中取了三块糌粑一并交过，由他们夹着自吃，这才招呼毛、余二人各自下手。这里山俗请客，虽用的是极尊敬丰盛的待承，到了动手开吃，却是客敬完了主人，主人不再还敬，各自挑喜吃的尽情醉饱。吃喝了一会，金花娘起身，照样又拿烤羊开刀同吃。林璇生长南疆吃惯了的，自不必说，便是毛、余、杨等五人也都是早就腹饥，吃得甚香。只见那一只烤牛、一只烤羊在火池上面荡过来荡过去，除杨氏父女和筠玉食量一个比一个小外，像蔡、雷三人与春桃、春燕等六人，九个俱是大量，林、余二人也非弱者，真称得刀起肉飞，酒到杯干，不消顷刻已吃去一半，还加上许多山芋糌粑，酒和山泉做陪衬，方行醉饱。野神看众人一一停了刀叉，夫妻双双起身，用土语向大锤说了几句，大锤仍是带着不忿之色而去。野神将余剩的牛羊酒食赏给服役的山女，就在火池旁食饮，不听呼唤不许进去。吩咐已毕，方行请众人去往别室细谈。众人跟着他夫妻走向尽里层一间较小石室之内落座。金花娘起身提起壁间挂的水葫芦，取出许多碗来，给众人各酌上一杯山泉，然后说出与孽龙结仇经过。

蔡野神道："那孽龙并非妖怪，原也是一种生蛮。他们那一族名叫缠藤寨，人数并不多，惯爱在隐秘污积的山寨之中居住。以前在省城买东西，曾听一个老通事说，他们祖先本是蟒种，天性凶狠，身长逆鳞，手能断蛇切木，纵跳如飞，力大无穷。祖家居在泸水东南山中，起初也颇强盛，谁也敌不过他。据说在蜀汉时，被武侯爷爷用一把火烧死了许多，只剩下一点妇孺，逃在这山的西南百余里的荒山凹里潜伏，地名叫作铁锅冲孽龙荡。以前畏惧汉人如同天神，因他以藤为衣，以蛇兽为食，又轻易不敢出山一步，所以外人极少知道。我这里与他邻近，好心叫我随时留神。我一时大意，再加从未见过，竟自忘却。谁想我那年失事遇救回来，无心谈起，被大锤兄弟听去，背了我寻到他的巢穴，捉回他一个同党，又救回一个我们失去三年的一个女娃子，才知他们族中新近出了一个又狠又恶的头子，便是那孽龙拉拉。不但常时埋伏要路，劫杀汉蛮行客，还贪淫无比，因是多年没出过山，只知朝惯走的路绕向道上害人，不知我们在此；如若知道我们与他邻近，早晚必要寻来侵害。那女娃子在三年前因追野骡误入了他的巢穴，被捉来的那个同党擒去逼做老婆，日久通了他们的言语，知道底细根由，还算忠心，忍受许多苦处，始终没有说出我们在的地方，才得无事。可是孽龙淫凶无比，那同党恐他知晓必要强取了去弄死为止，便将她藏在冲后一个极隐僻的洞内，日里出去夜里来睡，他们除日中聚齐外，各人食住原是散的，始终也未发觉。

"这日合该有事，那女娃子因为思家心切，铁锅冲地势既险，孽党又多，那同党是见时忽动淫心所以留她，如换遇着别人，早被吃下肚。不敢独自逃回，想来想去，便装着生病，说那洞潮湿太重，不宜居住，又说人生了病，不能同他睡，须吃一样仙草才能痊愈，要他背着出了冲，寻到那仙草医好了病再一同回去。这原是俟便脱身之计,那同党信以为真,依了,果然背了那女娃子,还未跑出冲来,在冲口正遇上大锤和几个手下。那女娃子见是自己人,连忙喊救。那同党打不过人多,虽被捉回,身上还受了刀伤,竟会在半夜里扯断绑索逃走。我夫妻明知惹出了事,一则仗着我夫妻二人本领;二则缠藤寨人号称身有逆鳞,刀枪不入,及至一看捉来的人,除脚底用火烫烧过,长有沙石松香,比我们的脚结实,善于爬山外,所说逆鳞,只是天生来像鱼鳞一般的花纹,并非能避刀矛弓箭,与传言不对;三则救回来的山女,我先未细问,她不敢多说,不知孽龙拉拉那等厉害,以为不过气力比常人大些罢了,一时疏忽,看轻了他,几乎惹出大祸。还算天幸,我虽早有这一个大洞,因为我们的人都爱亮爽,洞中白天都要点火,洞前的地又不够用处,路更曲曲弯弯,许多缺点,除夏天热极之时来此避暑洗凉快澡外,见那捉来的同党时,恰巧是在山南五十余里的老家里,幸得这样,才有现在这个退路。

“我当晚见那人一逃走,只分派好了人准备万一,并无前去侵他之心。谁知天一亮,便听见来路上的牛骨哨子呜呜乱响,知是敌人来犯,连忙赶迎上去。只见一百多个缠藤寨人身上套着藤桶裙,手持木枝石块,拿刀矛兵器的还没有一半,一人一根骨头哨子乱吹乱迸,凶神恶煞一样飞快杀来。为首一个身高一丈五六,赤着上下身,周身果有逆鳞。先还当是花纹,谁想竟是刀枪不入,一交手,我们的人被他捞着往石地上一甩便是个死,要不就被他一爪抓裂肚皮,乱吸人血,这就是那孽龙拉拉。不一会,我们的人已死了好几十,他那边一人未伤。放出毒箭,孽龙是射不进身,他的手下又有那个缠藤寨做的桶裙,足有三尺来长、二尺方圆,穿在身上可上可下。箭射上路,他只把背一躬头一缩,射他下面,他只将身一蹲,俱被遮住,将箭挡住,有的还绷了回来伤人。我夫妻见不是路,忙发号令吩咐我们的人速速四散逃命,抄小路和密路逃到这里聚齐,一面我夫妻和大锤三人拼了命上前去阻敌人追赶,连斫他几刀,不但一些未伤,我还险些吃他捞了去死于非命。要说当时本难逃脱,无巧不巧,那孽龙贪淫,看我妻子美貌,只追我妻子一人,他那手下也是如此。我彼时已差点几次死在他的手里,先吓昏了心,还不敢上前去救,明知孽龙脚快,我妻子必被追上,不死定要擒回去作践,也是个死,心里一着急,正想追回去与他拼命,要死夫妻死在一堆,万不料会平空遇救。

“我妻子逃的地方正是一条大山涧上,一路满是枯木乱草。她刚跑过没两步,与孽龙两下相隔不足十丈,一两纵便可追上。正在万分危急之时,忽从涧底飞蹿上来一条大钩尾蛇，一尾巴将孽龙钩住，往下便拖。孽龙虽有断蛇之力，一则蛇太长大，偏巧我妻子一时情急，见后面追近，回头将手中长矛朝他打去，忙中没有发准，被一株老树一碰，矛头正扎在一块火石上，火星四溅，竟将一大片的枯木杂草引燃，立时成了野烧，风又是个顺风，正朝他们烧去。他们生性最为怕火，孽龙好容易将蛇尾扯断脱了身，一见火起，吓得带了手下同党亡命一般逃了回去，我妻子方得未遭毒手。回到这里，再一细问前一天逃回来的女娃子，才知他们先也有个头子，因为祖传畏汉如神，本可无事。偏生这一年，那头子的女儿去往孽龙荡中洗澡，忽似有东西拉她往水底去，等人赶去救时，已然沉落。荡中原有一条孽龙，头生三叉独角，以前一年总得出水晒两次鳞甲。荡水极深，他们惯吃蛇蟒，那头子久已想杀龙来作食粮，每次俱未得手，白白伤人。那龙深伏荡底，彼时已有三年未出，平日如非自己出水，休想找得到它。一见女儿无故沉下水去，还不知是龙作怪，只知他女儿沉时拼命喊救，必有原故，又见好一会不见上来，荡中的水乱转，他们全族俱精水性，便派了几人入水去寻。不料下去一个死一个，不是断了头便是裂脑而死。正打不起主意，前后约过有一个多时辰，忽见那龙缠绕着他女儿身子，闭着双目，满口流涎，鼻息咻咻，缓缓浮游上来，听见上面多人叫喊，只把龙眼睁了睁，和醉了酒的一样。那头子一面疼着独生女儿，一面又想吃龙肉，便用粗藤将龙套上岸来。那龙正缠抱着那女娃子昏昏睡去，还不知死在顷刻，一点也没怎样蹦跃，便被他们弄死。

“众人便把龙肉吃饱了两顿，由此他女儿有了肚子，直怀了好几年，大得连路都走不动。生时，他女儿正睡在石头上，只听胯下拉拉一声怪叫，孽龙便拱破肚皮钻了出来，落生便有三尺来长，两三个月工夫，便有他们的大人身量。他娘自然当时身死。他们因他力大，身有真鳞，都把他当作神人投胎，齐把头子杀死，放他为首。又因他生时满口拉拉怪叫，就把他叫作拉拉。才十几岁，生得一丈五六尺高，凶恶淫毒，厉害不过。先还不知出山害人，就打有一年无事闲撞，捉到两个贩货山民夫妇，吃着甜头，便常常出山，成了大害。这一知道山中还有我们哪里肯放过去？当时虽然被火惊走，并未死心，隔不到几日又来侵犯。我夫妻虽然有了准备，到底敌他不过，第二次又死伤了许多人，都被他们当场生吃，他的手下却伤没几个，由此更是常来侵犯。我夫妻虽然费尽心力千方百计地防御，到底仍是敌不了他。后来被逼无法，只得逃避到这里，仗有天生险僻的谷道，他们一时寻找不到。但是我们全寨一两千人,全靠渔猎种青稞为生,长久避居谷洞之中,日月一久,岂不活活饿死?况且迟早难免不被发觉,仍是一场大祸。想来想去,无计可施。这日我和大锤带了二百人,从谷中一条暗道绕往老家坪上去采割青稞,不想又碰见他十几个手下正在窥查我们藏往何处。我们一见孽龙不在其内,正好捉回来杀了,与死去的人报仇。想好计策,四面包围上去,仗着人多,居然一个未跑脱,当场杀死了十三个,只留下两个活口,准备拷问虚实。匆匆割了些青稞,将死人用火焚化,活的扎紧两眼绑了回来。恰巧擒来二人当中便有上番逃去的那人在内,我唤来那女娃子来做通事,打算用刑拷问。那人倒也口直,还未用刑只一哄便说出来。才知孽龙想着我妻子不到手,定要将我全寨的人一齐杀死,因我们藏躲不见,每日派人四出搜寻,一无音信,便发暴怒乱打手下同党。并说那孽龙甚是聪明,不知怎的一来,近日居然也会敲石取火,不但不怕,再过几天寻不出我们,便要各处放火烧山。总算缠藤寨人原是祖辈以来怕火,他虽不怕,手下同党俱都怕火如神,由他两个亲信人和一些心爱的女子再三劝阻,才歇了放火烧山主意,对我妻子仍是不得不止。

“我知照此挨延下去,总有大祸临头之日,惶急之中,因他好淫,想好一条不要脸的主意。我内弟雷大锤有一个姊妹,家住云南都匀县梅花沟子迷香寨,长得千娇百媚,美如天仙,可是天生是个海量。她的野郎(土人跳舞,彼此如果相恋,便同往隐僻处苟合,名为野郎。俟女有孕,或过一定时期,始成正式夫妻)不知有多少,多半和她交上不到半年,便害痨吐血病死,她的颜色却一年比一年娇艳。那里山民都知她是个祸种,偏是见了无人不爱,为她吃醋争风互相仇杀死的更是常见的事;又有一身好武艺,不得她喜欢,谁也近她不得。后来迷香寨主沙黄见她迷死的人太多,强逼她父母用铁链将她锁闭在一个土洞以内,已有年余,尚未释放,每天哭泣求死。她爹娘又舍不得,寨主之命又不敢放,几次托人带信,要大锤去求情,将她接到此地。我夫妻恐她来此迷人,并未给他们回信,此时正用得着。我便和大锤商量,先将捉来两人一个杀死,另一个放他回去向孽龙讲和,送孽龙一个绝色美女,并答应事成之后,将那女娃子仍送还给他做老婆。那人免死,又得老婆,自是心喜。当下一面命大锤夫妻往都匀迷香洞去将他姊妹花娘娘沙柳燕连夜接来,一面由我夫妻二人仍旧绑紧那人的双眼,故意绕了许多路,押送到将近铁锅冲的地方才行释放。

“那人回去与孽龙一报信,原约定一月之内必将美人与他送到,这一月中居然不曾来此扰害。大锤走后,越想越惭愧,又恐孽龙等不到日子便来侵犯,我夫妻两个连商量打算了好些,此地如再被寻到,不能再有退身之所,决计舍了老家,就在此和他拼个你死我亡。趁他未来以前,命我们的人一面试探着分头出外采集食粮,早夜打猎,以防日子长了,连那喂的牛羊猪也不够吃。一面仔细相看谷中地势添置的添置,修造的修造,在寨内设了封寨大石,寨外设下陷阱,那有麻圈的便是。多采山柴,用本寨山油浸过藤排练火阵。寨中设下五百火炬,昼夜不休,万一遇上,被他发觉追来,索性诱他入谷,发火烧他。一切布置还未完成,已是一月期满。大锤带了沙柳燕,中途遇见发山水阻住回路,尚未到来。孽龙当我骗他,先把报信人生劈两半,全数出来找我报仇。找了两天未找到,满山乱喊,要我献出妻子,否则一个活人不留。我实在气忿不过,带了二百个勇猛不怕死的手下,从暗道抄往铁锅冲去烧他的巢穴。到了一看,那里尽是些石洞,又无食粮用具,只有蛇蟒的皮堆积如山,无甚可烧。一口气不出,见他出入口道上有一片大树林子,我便自己当先,站在高处乱叫,引他来追,打算诱入林中,四面发火烧他。谁想他脚底下飞快,我又因先喊几声,相隔太远他听不见,走得隔近了些。他看见我们的人,一路怪叫,拔步追来,还没跑到树林便被追上。可怜我们那多的人都奈何他一个不得,只被他擒着,不管你矛刺刀斫,他全不怕,一手抓住一只脚,两边一撕,便是血淋淋的两片。还仗着他每撕一人,必要咬嚼几口,才去追第二个要耽延一些时候,不然的话,还不知要弄死我们多少人哩!一会他手下党羽也自赶到,我情急无奈,只得放火逃命。谁想这次不比上次,他见火起,竟晓得灭断火路,一点不似他手下同党那般害怕,抢在前面,整株散树一拔便起,拿在手中,用树根一阵乱扑。眼看火势将灭,我们的人虽然在那里穿林四散往回路奔逃,可是那火一灭,他和他手下同党仍要回身追杀,怎能跑得他过?

“又是该当有救,他那树根忽然带起一枝残火甩出老远,被风一吹重又燃着,正落在深林之内,立时烧将起来。恰好我们的人刚刚逃过火这一边来,被火将两下隔断。风又是朝他那边吹,他的人俱怕火不敢上前,只剩他一人,手持两株连根大树,还想将已燃之火扑灭,跟着进来。忽然一片山水暴发也似的连珠暴响,从火林中冲出成千累万的野骡子,由孽龙身旁斜冲过去,也不知哪里来的。这里以前虽不时出现野骡,不过几十百个一群,从未见那等多法,黑漆漆一大片,被火头一扫,齐向他身前冲去。这东西也甚凶猛，寻常我们手下一个人走单，遇见了它，哪怕是一个失群的，如不拿着刀矛弓箭，还未必制得它住。孽龙虽然厉害，力大无穷，禁不起来数太多。本来这东西生性倔强，不顾死活，只知一味向前蛮撞，不晓后退，再被身后的火一逼，益发势子疾如潮涌。孽龙尽管用树木乱打，野骡仍然丝毫不往后退，他一个不小心，竟被骡群冲倒。先冲骡群最少，都是几十个一排，成抱树木被它们一挤便断。孽龙党羽早已吓得逃没了影，只孽龙一人在地下受骡群践踏。我以为任他钢筋铁骨，经这一来也要踏扁，谁想晃眼工夫，竟被他从骡群中纵了起来。这时火头渐渐烧近，野骡越更冲空逃命，他还未站稳，又被骡群挤倒。似这样拔起连倒，野骡也着实被他弄死了不少。末一次他挣起身来，想是气力用尽，多少吃了点亏，晓得独力难支，寡不敌众，怪吼一声，从骡背上连纵带逃，越过骡群，往回路逃去。事后我一查去的人数，又死了三十多个在他手里，好生后悔，不该一时气盛，白死多人，并未占着一点便宜。

“孽龙当日受了踏伤，一连好几日不曾来犯。等他伤愈，正准备大举复仇，大锤带了沙柳燕已然来到，急切间无人送信，先和柳燕商量好了日后怎样通风报信的主意，以便凋着时机下手除他，然后命那前番逃回的女娃子陪去做通事。柳燕换上我妻子装束，随我和大锤，带了数十人同往冲外，引他出来。他刚要动手冲杀，那女娃子忙用他们的土语将他止住，说明来意。柳燕此来，先还不愿嫁与孽龙，原是大锤再三苦求，说是一时权宜之计，只等里应外合除了他时，必有重报，这才勉强应允。谁想她一见孽龙那等雄壮，竟变了个心甘情愿，不等我们说话，便现身出去连唱带舞起来。孽龙自出娘胎，几曾见过这等美女，而且又是喜喜欢欢送上门来，不比劫来的山女一到手先吓了个半死，再一交合，不消片刻便惨叫而亡，自己同类又都是些丑怪面，相差真是一天一地，不由当时骨软筋酥，欲心大动，凡是通事代说的话，无不点头应允，恨不得当时抱了柳燕就要下手。柳燕更有主意，一味和他撒娇送媚，叫通事女娃子代话：自己不通他们的话，要将那女娃子带去，朝夕传话作陪，等话通了方许送回。不过适才孽龙初见女娃子时颇动淫心，此去却不许他稍微沾染，余外还代我们要挟了好些。等孽龙件件依从之后，才上前扑在孽龙怀里，由他抱起，一路亲亲热热往冲里走去。可笑那么凶狠猛恶的孽龙，竟被柳燕一个初见面的女孩子制得心平气和，言听计从，岂不是个怪事？

“起初大家都当柳燕必助我相机报仇，我妻子那日偷偷跟去，在暗中看出柳燕神情可疑，不似忠心。果然日后通事女娃子归报，她到了孽龙那里，因为一个怪物，一个天生淫贱，两人昼夜淫乐，恩爱非常。一则初去言语不通，二则到底还顾着至亲情义，尚未泄出这里的底细，只是不时派那女娃子来索酬谢。这里物件都是汉人手制，无不精巧华丽，她来时又都见过，去未多时，今日要这样，隔些日又来要那样。命女娃子回问她何时才有下手除却孽龙机会，她却一味支吾。因她每次来要的，俱是我妻子心爱之物，如今不能出山，往来客人又绝了迹，无法添买，她又是索讨不已，没有个够，稍不遂意便即发怒，带话出来恐吓，真叫人气得哭笑不是。我知这不过暂保目前，决不是事，迟早她必与仇人打成一路，还是随时准备和他一拼的好。一面假意将就着她，一面益发加紧埋伏，布置教练。又想起那日所见骡阵大有用处，可以擒来教练好了应战。这东西大巢离此有六七百里，那日想是遇山赶青，被火惊了一下，竟助我们多人脱难。这东西出来，少时也是百十成群，因它只知前进，擒起来并非难事，只需追在它的后面，用长索圈捡那走得最落后的一个套倒，便可就势拖了过来。绑起饿上几次，一次三五天，磨去它的野性，再喂上些青稞大豆，你再赶它也赶不走了。你遇上骡阵骡群，常是漫山遍野争先恐后此擒彼轧而来，你只避过正面，纵向身后去捉，决无乱子。它见同类被擒便害怕，前冲更速，如若迎了面，你不惹它，它也冲扑上来，只有一个对你怒叫，一逃不及，便没了命。我费了四五个月工夫，全寨千几百人不分昼夜，同心合力筹办，除练好了几百野骡队去防守那日去送柳燕出去的一条要路口外，如说这寨，只恐铁壁铜墙也未必有此坚固厉害呢。这里寨外四崖全伏有人，寨内外更有许多埋伏。他不来则已，来了能取胜杀死了他更好，如真再败，豁出与他同归于尽也说不得了。前晚通事女娃子回来说起，柳燕因孽龙淫凶，为讨他的欢心，新近还带了四个同党，走出山外数百里，在一个大村镇中连劫来了十七八个汉蛮女子，每晚总要使孽龙弄死个把助兴。这罪岂不是我造的！照这样，不特他本人，便是捉到柳燕也难轻饶。就他不来，我们也应先下手为强，何况这一双猪狗皆是祸害呢！”要知此事如何，请看下回分解。

第十三回

愤凶淫　单刀探孽窟
怜弱质　飞豆救蛮姑

话说林璇、余独、毛筠玉、杨宏道、丹姝、碧娃姊妹，率领春桃、春燕、四儿、云十熊、云田、岑春等一行十二人，随定蔡野神夫妻、雷大锤三人，连同他手下的山寨人众，穿越过许多崇山峻岭、危崖绝涧，到了蔡氏夫妻所居的深山大寨以内，用完了酒食，移向密室落座。蔡野神谈起铁锅冲山酋孽龙拉拉为害之事。蔡妻金花娘因祸事由她兄弟大锤身上所起，埋怨了几句，大锤忿忿走出。众人俱未在意。蔡野神仍然补叙经过，并请林、毛、余三人相助为谋。

众人听了，俱都义形于色，尤其是林璇，天生义侠热肠，听到孽龙拉拉许多淫凶惨毒之处，早气得粉面通红。蔡野神话刚说完，便站起身来，对着余、毛二人说道："天底下竟有这样凶恶的东西！照女寨主所说，此去麻烦甚多。我们想必也要从孽龙荡那一方经过，反正要遇上，何不少时便赶了前去！一则早些上路，二则就便把这些猪狗杀死，以为这一方的生灵与往来行旅除一大害呢。"

毛、余二人未及答言，金花娘插口道："如是以前，那孽龙荡却藏在深凹子里，本和他碰不上。自从我内弟的姨表妹嫁与孽龙，为他设下毒计，除去山西南蜈蚣夹子因是我和他两交界的要路口，现时还看在贱婢分上，没好意思公然侵扰外，余下如蛇盘峡、金猪岭、火涧梨花溪、槐花冲、恶鬼冲、鸡肠坝等平日来往山客惯走的七个险要通路口子，都常埋伏得有他手下的缠藤寨人，近月索性连那些山民的家都命搬了去。如由此前行，非经这七个要路口不可。每处虽只有三五个、十来个把守，可是他们俱是力大身轻，凶狡非常，一遇有人走过，便将牛骨哨子吹起，此应彼和，声音异常尖锐，可以传到数十里之遥。孽龙纵跑起来飞也似快，闻声即追去。任是当时冲出口去，骑着好马逃，也没他快。何况这些口子离他巢穴最远的才六七十里的山路，不消顷刻,必被追上。如是大帮人多,内中有那见机一点客商,急速舍了本人马匹货物行李不要,觅一僻静隐秘之处藏起,或许还能做一个漏网之鱼,不致随着大家同死。如是人少,不用孽龙自己到来,就凭那守口子的几个就冲不出口去。除这七个口子外,便是数百里相连的峻岭危峰,又峭又陡,直上云天,差小一点的雀鸟也难飞渡。三位贵客虽然英雄了得,像杨老太爷和他两位姑娘俱弱得连路都走不动,又生得花朵般的人儿,休说不能一同过去,不怕三位见怪的话,余英雄本事如何不敢说,林、毛二位先也略领教过,虽比我夫妻要强得多,如与孽龙交手,胜败好自难说呢。依我主意,还是请三位暂住十几日,等我夫妻把埋伏全都造好,计策想好,然后请三位相助同去。先埋伏好了野骡队,然后命人诱他过来,一同除他。胜了固好,一有不好,便舍却此洞,引他进来,将埋伏发动,点通洞内外地底暗藏的油池火阱,不把他那一群猪狗孽畜烧化成灰才怪哩!"

山女性直口快,这一番话,在金花娘,因嫁了蔡野神多年,学了一些礼节应对,当着贵客,还以为是委婉说出,蔡野神虽连递眼色,想要她住口,也没做理会。林、毛、余三人俱是心高气傲,哪能入耳!话一说完,毛锜玉首先冷笑了笑,对林璇道:"我不信比那牦象还要厉害。我们心急赶路,自问无能,本想得过且过,不敢妄干他人之事,现照女寨主这一说,倒真要见识见识这条孽畜有多么厉害了。"

林璇深知山民性情谈吐,虽然一样心里不大舒服,却听出金花娘自己做了几次惊弓之鸟,已然吓破了胆,惟恐自己蹈她覆辙,那些话完全是一番好意,不是在小看人;并且除害以前不能携带杨氏父女同行,也是实情;见锜玉面带微嗔,语中负气,便答道:"我们承三位寨主如此厚待,何况又还关系本身的安危,害自然是要除的,杨家父女三位不能当时同行,须等除害以后。女寨主所说也是实话,不过我等俱都上路心切,十天半月实难耽搁。那孽龙,三位寨主连同全寨之人均非其敌,厉害一层自不容说。我三人既敢前往,自然也有一些准备。此事倒无庸女寨主代为焦急,我三人意欲权留一天,不特杨家父女三位,便连我们所带六名佣人,虽然都会一些本事,也去不得。他九人暂借这里安身,我三人忙了一夜未睡,先自歇息,养好了神,今晚星月上时,先往他巢穴之中探查一回动静,得下手时,便将为首孽龙拉拉除了,再行搜杀他的余党。否则回来再与三位寨主商量设计,力取不成可用智取,好歹也要将此大害除去。"锜玉接口又道:"我三人能成功固好,即或能力不济，知难而退，也不致引火焚身，替三位寨主结仇，使孽龙由此破脸前来侵害。只管放心就是。”蔡野神人甚机智，自不必说，便是金花娘也听出二人不服，[illegible]玉言中有刺。暗忖：我倒好意，恐误了你们性命，对不起恩公，你却怪人！后来一想，口出大言必有真实本领，适才初见二女刀箭不入，手中宝剑削铁如泥，那多的人竟没奈何她们一点，兄弟大锤也颇了得，与姓余的才一照面便被擒住。闻听人言，汉人与山民不同，大半男的胜过女的，自己是为好，人家自告奋勇，何尝又不是为好？那姓余的听人说话，满面笑容，看着那姓毛的姑娘一言不发，好似没把此事放在心上，他的本事必比两个女的还大得多。对敌时自己这面未伤一人，分明手下留情，也许他三人还有绝大本领，因为心慈不肯妄杀好人，没有使出也说不定。反正成否俱是帮自家的大忙，怎好与人怄气斗口？想到这里，心一平和，便把气压了下去。

野神虽不敢断定除害有无把握，却看出三人俱是能手，无奈平日有些惧内，又知妻子性急，话一出口便要说完，恐将尊客得罪，连使眼色未拦住，果然来客生气，语含不忿，妻子脸上也有了怒容，方恐两下说僵，忽见妻子脸色转了过来，忙接口道：“贵客不要多心，委实那孽龙十分厉害，所以我夫妻明知三位英雄了得，也只想求一善策，未敢便望相助。不想三位贵客如此仗义，我夫妻感激不尽。内人所说那些话，也因以前几乎吃了大亏，深知铁锅冲地势奇险，恐诸位冒险前去出了差池，问心不安，并非看低三位的本领。再加这里所有埋伏都快成功，到日再去诱他前来，不但一举全胜，决无败理，而且也少担许多心。既然诸位上路心切，愿助我夫妻除害，自然是求之不得。三位初来此山地理不熟，除我夫妻和内弟外，无人可充向导。偏巧今晚又值这里拜月祀神大典，不能分身。如任三位自去，就是说明路途方向，也无法走进，弄巧还要进退两难。事关全寨祸福，万无全仗外人、自己袖手旁观之理。请三位看在王恩人情面，多留三二日，等今晚祭罢了神，明日由内人守寨，我前行引路，黄昏起身，多带一些干粮，算准那孽畜与贱婢痛饮淫乐之时到达，见事做事。能成更好，不能成，那与柳燕同去的女娃子曾探出他荡侧密林中另有一条秘径可以通出此山，尽可命她指引，绕将出去。此外我因诸位来路山口外是当年私杀官差犯案之地，恐投罗网，未便前去。一则山中行商为孽畜所断，无人敢来，许多日用之物无从购办；二则为了防备万一事急之时多条退路，曾在半年以前，暗中派遣有十名心腹，在蜈蚣峡子要口里面通梨花溪的地方一个山窟窿内，开通了一条三十多里长的地道。日前来人说大约至多还有半月可以完工，现在算计只有五六天了。杨家父女和同来诸人便由此出去，三位在前途接引，也保得平安通过了。”筠玉抢答道：“寨主为我们设想周密，足感盛情，不过成败尚自难定。幸而胜了还好，败回了怎见保得逃生？倒是我三人地理不明是个难题，既承寨主美意前引，我代我姊姊答应多留一二日再去。如真不行，也只好等行了再走，怎好教我杨老伯与两个妹子去钻洞呢！”林璇听筠玉说话刻薄，自身到底是客，连忙以目示意。筠玉也觉稍过，便不再说。蔡野神心想你这丫头真个年轻，晓得什么！明晚前去，好教你知道厉害！此时也不便和你争论。偷看金花娘，正招呼那两名心腹山女准备山果献客，没有留神听话，乐得省事，装着不解，再经林璇拿话一打听，也就揭过，宾主言笑如初。

余独这些日情苗滋生，见筠玉薄怒微嗔，语啭莺簧，坐在一旁，不知不觉看出了神，始终没有答言。等四人争论已毕，偶一回顾，碧娃正对丹姝耳语，目视自己窃窃偷笑，丹姝正怒禁她，不由脸上一红，老大不是意思，见杨宏道手按水杯沉吟，面有忧色，便踅过身去设词安慰，忸怩之状又看到碧娃眼里，益发忍俊不止。林璇回身看见，便问：“碧娃，笑些什么？”碧娃趁筠玉向金花娘询问铁锅冲的形势，正背着脸，便朝余独一努嘴。林璇先时也曾看见余独出神之状，这才明白碧娃窃笑之意，当着外人，不便和筠玉取笑，只暗记在心里。丹姝为人庄重，颇不喜妹子这等举动，又因毛、余俱是恩人，更恐恼了他们，又恶狠狠瞪了碧娃几眼。碧娃见大姊颜色不善，也就罢了。不料蔡野神先因余独在旁一语不发，本就觉着奇怪，及见碧娃和林璇朝着余独努嘴，眉语目动之状，益发不解。见余独正和杨宏道闲谈，便走近前去，一拍余独肩膀说道：“我猜余老哥本领高强，胜过我们十倍，适才大家商量，却没说一句话，敢莫是另有高见不肯赐教么？”说到这里，碧娃刚过去取泉水，走近二人身侧，闻言想起前事，不禁又对余独含笑看了一眼。余独心中带愧，又想在碧娃面前解释，省得少时她们向筠玉说笑，起了误会不好意思，匆促之间，不假思索，脱口答道：“我适才并非发呆，只因痛恨孽畜淫凶，一时想不起除他妙策，打算今明日晚间前去窥探一次虚实，回来再打主意。见寨主和林、毛二位正说得在兴头上，自知无能，只可依人成事，再者一不拗众，所以没有开口，寨主休要会错了意。”蔡野神听他所说与林、毛二人大同小异，颇似饰辞，又见他脸上神色不定，未免将信将疑，仍以为是有话不肯明说，随便接口道：“孽龙厉害，铁锅冲形势奇险，余老哥真要单身涉险，还须慎重一二呢。”余独少年英勇，心直性傲，这时正没好气，闻言也和筠玉一样，以为蔡野神轻看了人，冷笑一声答道："锄强扶弱，我等分内之事，何况我等又承寨主厚礼相待，岂有袖手之理？不过我自有我的主见，空谈无补，别人也无劳问，反正是为寨主出力，想必不致见笑吧？"碧娃听出语带双关，颇有嗔怪之意，好生羞愧，径向一旁去寻别人闲话不提。蔡野神无心答话，见余独面带不悦，也觉无趣，只得拿话岔开，闲说了几句，出房安排晚间拜月盛典去了。

毛筠玉正向金花娘打听孽龙有甚克制与铁锅冲形势，林璇、碧娃相继凑了上去，两下问答，谈得甚是起劲。丹姝抽空取出针线，在替老父补缀一件旧夹斗篷，以备日里山行时御风之用。杨宏道因昨晚没有睡够，又受了点惊，老年人饭后多喜午睡，趁着余、蔡二人对语时，便倚在锦墩上假寐，业已睡着。只余独一人见众人会谈，不便凑上前去，坐在那里独自生了一会闷气，因嫌碧娃淘气，又迁怒到蔡野神头上、。忖：孽龙拉拉一个无知蠢物，不过身长貌恶有些蛮力罢了，也值得如此害怕！听此人所说，分明意存轻视。碧娃更是不该，自己和筠玉父女救了他父女一家，间关数千里护送他三人长途跋涉，于德不可谓不厚。即使有甚不是，也应维护包涵，自己和筠玉不过连共患难，性情又极其相投，自然情感要近密些，又没什么不检点的言行。适才仅仅见她言谈犀利，举止豪迈，英气勃勃，迥非庸俗女子令人观之起敬，稍微多看了两眼。她也是十二三岁的女孩子了，身在危境，全没一些顾虑，反倒如此轻狂，全没一点闺阁气！只顾她笑人不要紧，林璇已似有些觉察，如非她姊姊再三怒目禁止，还许公然去向那一个取笑。一个不巧，岂不闹得无私变成有弊，大家不好意思，自己更是置身无地。林璇和那一个又爱玩笑，一经误会，难免不常时以此为谈笑之资，长途千里，怎样处法？越想越怄气，除了践实适才之言，独往铁锅冲涉险一行，能够一举而刺杀首恶固是人前显耀，即便不成即归，也可不辩自明。想到这里，雄心顿壮，因听金花娘和林、毛等人说今晚黄昏便开始拜月，月亮一出，立即杀牛犒众，全寨山民争奇斗胜，舞跳为乐，还有许多行乐盛举，便连林璇也未见过，俱思一看。自己如要明说前去，必定有人拦阻，结果必致三人同去。照金花娘所说铁锅冲的路径与孽龙习尚，早晚饭后俱是他纵淫吸血的时候，事后必要昏睡好一会才醒。如乘众山民拜月热闹的当儿再行起身，赶到那里天决未亮，恰好孽龙酒色昏睡之际，便于下手。虽说天将近明他手下缠藤寨人不会早起，但是擒贼擒王，不入虎穴焉得虎子！厉害的只孽龙拉拉一个，其余那些无知藤人，即使事后被他们发觉也不足为虑。看似过于冒险，如论实际，似比黄昏前起身，夜间到达还要容易得手些。只是路径太已弯转难行，且到夜间再看，如能得便用一两件山民喜爱的东西，诱得这里一个山民做向导，那就更妙了，否则连日星月交辉，极易认路，只要方向下误，当无迷失之理。主意打定，金花娘忽说："大家长途劳乏，请往前面别室午睡，到了晚来好作长夜之乐，正可借此养精蓄锐。"当下丹姝也过去将老父唤醒。春桃等男女六人早有寨中侍女领往他家安置。林、毛、余、杨等六人随了金花娘走出房去，到了前面第二层木板砌成的一间大屋以内，里边早由蔡氏夫妻命人安排下六架细藤编就的吊床，又派了六名通汉语的山女服役，道了一声"请睡，少停崖顶神场上再行相见"，便自走去。炬无烟，光明四壁，时闻木清香，屋宇洁，被榻温软，众人连日山行，几曾有这样不担心事的好所在睡过？昨晚又累了一夜，大半倦极，倒身其上，觉得舒适异常。初卧时还在互相笑语，各道奇遇，就枕不多一会，便自梦稳神安，熟睡起来。

这一觉直睡到日落西山。春桃、春燕、四儿三名山女，同了云田、十熊、岑春等在别室先醒，到内洞宴聚之处一看，四外静悄悄的，主人和三位寨主俱都不在，只火池旁有一山娃子倚壁假寐，唤醒一问，才知主人们俱在安卧，寨主和全寨人众已经在崖上布置，便叫十熊等三名男子在前面等候，由那山娃子领路，寻到林、毛、余、杨等六人的卧室，才行唤醒。室中服役的六名山女见众贵客醒转，忙着分别出去，取水的取水，报信的报信。一会四名山女捧了盥具、山茶进来。

众人饮用方毕，金花娘已得了信，带了两名山女赶到，一进门笑对众人道："这里风俗与别处不同，拜月一年只有这初夏和中秋两次，一次是十三，一次是十五，全寨人众都在广场中聚齐。因为是月亮将圆未圆之时，所以男女定情俱在今晚，算是初婚。婚后男女只要觉出对手方不合意，尽和别人相交也不过问。等到八月十五晚上月亮已圆，男女两方的情爱如若未变，才算是正经夫妻。除非内中死了一个，终身不再和别人交合。如若有了奸，被人发觉，男的不过罚些牛羊青稞与一些难得的东西，给女的做解恨礼，女的能饶他，收了礼，仍可算是夫妻，否则双方离开，各干各的。可是女的不死，男的终身不能再参与这拜月盛典，只好和平日未嫁的女儿或刚过四月十三拜完月初婚不久的妇人偷偷摸摸。如果是女的与人做了正经夫妻，再犯了奸情，那就糟了，不但一份陪嫁的财礼拿不回去，娘家十家有九家不会代她纳解恨礼，也在今晚拜月之前，由男的招集好了亲友，把女的衣服脱去，赤身站在场中，以表女的不要脸，然后由亲友中请出六个人来，连男的共是七人，每人拿着七支梭镖照准女的身上便打。除男的为首外，其余六人俱是陪视，男的如想把女的弄死，必朝女的要害之处打去，余人也学他的样。那梭镖长有五六尺，钢铁镖头，长有尺半，便是凶狠的野兽也经不起这一镖，何况他们准头早都在平日练就，一任女的身子灵活纵跳如飞，也经不起七面四十九根同时连珠般的夹攻。如若想逃，越发使旁观的人看不起，那四围早布满持蟒鞭木矛、男家请来的亲友，不等逃出人圈早被打死，往往梭镖打没一半，女的身上早被十来根梭镖钉在地上了。她的一线生路，只有那男的念在以前情义，头一镖故意先打错了准头。如发出去插在女的离身三尺的地里，那六人便知男的有心饶她一条活命，各自学他的样，手中梭镖不再往女的身上打，只照准第一镖落处打去，这余下的四十八根梭镖，一样在女的头上身前飞来飞去，决打不伤人。女的自然也明白男的饶了她，只管在场中呼号纵跳，却是假的。等到这六人的梭镖发完，讲究一根不倒，都斜插在地土上围着女的，和男的那七支镖成为一个花样，还不使有一支镖头露出一点，更得给女的留一条出路，使她从镖林中侧身可以穿出，不致碰着，这意思是说并非众人镖法不准，只因女的命不该死，镖发出去时被风吹歪了些没有打中。万一女的当时吓破了胆，穿出时一下小心碰了几根梭镖，便说适才不中是由女的身上附有邪魔鬼怪，虽不致还要她的命，可是每天都要代这七人去磨一次镖头，直到三年之后才完。本族人醋心甚重，情义也重，女子犯奸情死在镖下的固然不少，临时心软卖放的也甚多。这类事每年都有好些起，少时日头一落尽，星月上来便先举行。我丈夫虽是汉人，从小就在南疆中穿来穿去，会说各种土话，知道许多地方的风俗。他说本族经他为主，才算是半开化，以前却是最野性的生蛮，想不到有这样通情理讲贞节的规矩，有好些地方的山民都不似这样。

“诸位尊客全是汉人，便是林姑娘虽然生长在云岭山中，听说从未出山，恐怕这里的好些奇怪耍子都未见过。适才我夫妻说话不留神将尊客得罪，心甚不安，特地借这盛会，一来与诸位接风，二来逗诸位一个欢喜，解解心焦。本想等诸位睡个足，到了黄昏月上奏乐开头之时再来迎请，适才娃子来说诸位尊客业已睡醒，我夫妻不在，全寨的人都在崖上，只留下七个娃子服侍，多有怠慢，不要见怪。这时崖上正在安排，诸位如嫌吵闹，少时听请，要不一同上去也好。”金花娘像联珠迸豆般操着半熟的汉语，一连气说了一大串。众人见她一个山女，生长在众人之中，只有一个汉人做丈夫，能到此地步，也真聪明难得。

篘玉心灵，因她一进门就喜笑颜开，迥非日间面有忧色之象，说话也异常和缓多礼，夹叙夹议面面圆到，暗道：“好一个会说话的山婆！这先忧后喜，如非今晚该是他们喜庆日子，说不定还有甚花样呢。”正在好笑，偶然一眼望到余独长眉微皱，目敛英光，低首视地，仿佛在想什么心事，不禁心中一动。想问他还没有出口，林璇已和金花娘答了话，说：“正想一观这里的奇俗盛典，就烦相带即刻同往。”众人自无异议，当下由金花娘在前引路，林、毛、余、杨主仆等十二人后随，且谈且行，走出地底到了前洞上面，走向那条又长又宽火炬如林的驰道。篘玉见火炬益发旺盛，先时所见下面那些司火的山民却一个不在，便向金花娘道：“你们强敌密迩，今晚倾洞而出不留一人，又有一个深知个底的贱婢在彼，万一他乘隙来犯，不特危险万分，全洞内外埋伏所用的心机岂不白费了么？”

金花娘笑道：“这个无妨，我们早已想到。一则这里地势隐秘，深藏峡谷之中，柳燕虽住过一两天，路径只走过一来一往，去时走的又另是一条路。同走的山娃子极忠心，在神前发过誓，叫她传话索需，每次来时都很留心，不一直往寨里来，只往山西南蜈蚣夹子向防守的人答话，再命人送信与我夫妻前去，要使她背叛、引鬼入室，打死她也不行。柳燕自来，路决认不得。再者今日午后还得着一个喜信，说柳燕有时也觉孽龙纠缠，经常如此不论天癸日子，有些讨厌，想讨他的欢心，又避了经期，给他出主意，教他带人远走山外去掳劫镇集中汉山民的妇女物品。原意以为天生淫女只她一个是海量，别人不过在经期中代她，弄死吸了人血就算啦。她又知道孽龙虽然力大无穷，却怕着许多不稀罕的东西，其中最厉害的是山漆桐油和当地孽龙潭池沙地里出产的一种沙虱子。她背地做有两个小皮袋，一个藏着山漆，一个装满沙虱。那孽畜遍体除小肚子和前后颈窝外都生有铁一样的鳞甲，虽然刀枪不入，可是一沾上漆和桐油，一两天便能挨着烂去。除非将沾着的鳞生生揭去，才保得住旁处。揭时其痛无比，不揭又怕全身烂完，因他鳞甲一片贴一片，和蒜瓣相似，一发怒和吸人血吸得高兴时，周身的鳞片片张开。沙虱这样东西有大有小，大的长到一寸，不飞动时直像一块干泥，细点心还可看见；小的和针般细，一粒米来长，不易看出，头上有锥刺，尾上有针，背上有剑须，能飞能迸，专喜往腥膻的地方扑。小虱原是毒蛇甲缝中生长出的，刚出生便去吸毒蛇的血，蛇一发痒便往沙地里去，连擦带抖才遗留在沙里的，毒性很大。缠藤寨人周身足底大半俱有松脂粘附，沙虱最不喜那种松香气味，他们身无片甲反倒无碍。那孽龙本是妖种，身上又腥又膻，从小仗着身有逆鳞，擦了松脂反倒有害，再着鳞滑也擦不上去，恰好合那沙虱的心意。孽龙喜怒无常，甲缝常开，开时只一被沙虱钻将进去，这种毒虱钻头不顾尾，只一见血肉便拼命往里连咬带钻，如是钻了半截被人发觉，无论你是用手用针镊，你就把它后半截扯断也不会出来，而且越钻深，越直往内里攻去，至死方休。幸而它命不长，至多留在肉里七八天便要吃得胀死。未死前，人被它咬得奇痒奇痛，除非将那片肉挖去，直无法可施，死后毒也留在身上，照样痛痒，不烂也得难过上几十天。大虱容易发觉，虽拔了出它全身来，疼痒肿胀也要重些，如若掐断得快，那钻到肉里的上半截至多只能活上半日也就死了。惟独那小虱，最小的细如牛毛，又快又尖，非钻到皮肉里不易发觉，吃了人血，便在肉里渐渐长大到与大虱一般身量，要在肉里过上多日才死，多月才能减痛，真个厉害无比。孽龙开甲缝时被它飞将进去，等到甲一合觉着疼痒难禁，再找已无踪影，所以怕它入骨。每次不要多，只有两三个沙虱就够他受的。这东西以前并没有，许是孽龙恶贯满盈，天神降罪，这一两年他那里才有的。自打吃了毒虱几次亏，时刻都留着神，也不敢再到沙地中去，居然好久没有遇上。这一天不知何故惹恼了柳燕，两件法宝一齐拿出，又假说自己会有神法，能随便拘遣许多沙虱。这一来果将孽龙降住，对她又爱又怕，百依百从，一些也奈何她不得，因此有恃无恐。

"谁知前两天，孽龙又带同党赶往山外数百里大墟集中，掳劫擒回许多妇女，当天晚上已好几个被他弄死。柳燕每次俱在旁观取乐，这晚不知何故肚疼人倦，径去安歇，没有看完，以为这些妇女必然都死，至多能分着活上三四天，经期净后罢了。当晚临睡时天还早，所留的二十九名妇女，预计至少要死一小半。第二日起来一点人数，只多死了一名，居然剩有二十八名之多，又以为孽龙见自己走了无甚兴趣，只再弄死了一个便去睡了。当时还在心喜自负，见孽龙无端午睡，她自己人不舒服，浑身酸软，也懒得喊醒来问，晚间病势越重，索性连看也未看，仍然放心安睡，第三日又睡了一整日夜。第四日早起，才想起三日未见孽龙来看望自己，与往常不同，心中奇怪，忙跑往每日淫乐处一看，不但二十八名妇女个个都活在那里，并且除一个又胖又高生得奇丑的妇人赤身坐在孽龙怀里，形相甚是亲热外，剩下二十七名，每人都穿好了来时的衣服，另有一口袋山金，还有许多袋肉干做路上食粮，由孽龙派遣数十名党羽，用竹竿布皮扎成兜子，准备抬了护送回去，正在打发她们走呢。

“柳燕一见大为惊异，正要跑上前去查问，孽龙已从座位上跑了下来，满面笑容。头晚柳燕走后，孽龙又弄死了一个山女，嫌不足兴，见她生得肥壮，便从后面拉上床去一试，竟是如意非常。那丑妇先还害怕，后见孽龙爱她，因想求活，把吃奶的气都使出来，这一晚竟和孽龙纠缠到了天明才行歇手。因为言语不通，孽龙把我们的山娃子叫去做通事，和那丑妇说，只要安心在那里不走，不但不弄死她，还要好好待承，与柳燕一般疼爱。丑妇闻言自然喜出望外，恰巧第二天柳燕未在场，为博孽龙欢心，把一身本领全都拼命施展。丑妇虽是个贱货，心眼却好，看出孽龙离她不可，便趁高兴头上撒娇说，同劫来的女人都是她的亲族乡党，既然无用，何必再弄死她们？要想自己安心在此嫁他，便请将那二十七名妇女派人抬送回去。孽龙为了讨她喜欢，立时应允，说定第三日早起放行，事先也没和柳燕打个招呼。等柳燕来到，下去说没几句，柳燕又淫贱又泼辣，见已引鬼入室，平添了一个分宠的对头，如何容得！当时醋性大发，劈手将孽龙一推，跑将上去就要打那丑妇。丑妇已知道出山掳人俱是柳燕的主意，好些姊妹亲友受了她的大害，送了许多性命，本就恨她入骨，这时见她忽来拦阻打人，又为争宠争爱，当时如不把她压下去，日后性命仍是难保，一横心，便挡了她一下。丑妇力气比柳燕大得多，先还有些胆怯，不知孽龙心意如何，帮她不帮，只拿手挡，并不敢还打。柳燕因打她不着，先是大骂孽龙无情无义，不将这丑泼妇吃了代自己消恨，却不甘心，后见孽龙不理，越发情急暴跳，喝令旁立山民上前相助。那些缠藤寨人知柳燕是孽龙的红人，不敢不依，正要拥上前去相助，不料孽龙伸手一拦，说两个都是他心爱的活宝，他谁也不帮，更不许两打一。这一拦不要紧，那丑妇看出孽龙分明偏袒着自己，还不下手等待何时？立刻改守为攻动起手来。柳燕如何能是丑妇对手？不一会便被丑妇打了个头破血流，头发也抓落了好些，最后无法，才逃往孽龙身后藏躲求救。丑妇更能见风转篷，得好就收，当着孽龙说：‘我两个都是山主心爱的人，只可和和气气陪山主快活，谁也不许排酸吃醋。你如答应，我便饶你。’孽龙一问通事，山娃子存心照直一说，孽龙本嫌着柳燕不能容人，听胖妇说这一番花言巧语，正合心意，喜得孽龙大笑，事后不但没安慰柳燕，反说：‘出山劫人是你说的，好容易得到一个宝贝，你又吃起醋来。平时你总拿沙虱子和山漆吓我，如今我也有了制你的人了。听话便罢，不听话我便叫新得的活宝打你。’柳燕何等心深，当时吃了从未吃过的大亏，虽然又气又急，眼泪只望肚子里流，外表不但未显，还装出了一脸笑容，说：‘我巴不得多几个活宝，使山主日夜快活，并非吃醋。只为她是后来，没和自己说，就叫山主放人。这些妇人虽不能陪山主尽兴，总可吸几顿饱的人血，她却把来放了。自己为爱山主，忠心太过，气不服她这些行为，才动手打她，不想遭了一顿屈打。打不过，认输就是。那沙虱子和山漆，一则闹着玩，二则想山主爱我才故意弄的。你既然害怕，我把它取来烧毁如何？’随说随跑回屋去，隔了一会取来一皮口袋山漆、一皮口袋沙虱子，因孽龙怕闻见二物，便命山娃子扔入深潭中去。这一来，果然将孽龙又哄欢喜，一手一个，抱着她和丑妇乱亲乱摸。她见孽龙性发如狂，坚执回房，以坐实她不吃醋，并能容让。其实柳燕诡计多端，一面用那两样克制之物去吓孽龙，又恐一个不巧将他弄翻，孽龙不过暂时皮肉受苦，自己当时就没了命。常拿出吓人的乃是两个空皮袋，原备闹翻时好打开来，证实自己只是故意取笑，并非真事，后来命山娃子扔入潭里的也就是那两个空皮袋，真有漆和沙虱的早藏在隐僻之处。回得房去，便背人痛哭了一场，心恨孽龙与丑妇切骨，恨不能立刻把这一双狗男女弄死才称心意。今早天一亮，便派山娃子往蜈蚣夹子送信卖底：她趁着丑妇此时言语不通，故意卖好，放松一步，要我们急速设法为她报仇。

“我们起初只知孽龙怕沙虱子，无奈这东西只在潭边沙地中有，无处寻觅，没奈他何。柳燕行事机密，如今已会说他们的话，便是山娃子也不知她口袋里藏什么东西，一取出来，孽龙便吓得怪叫，现在才知道，一个装的是山漆。孽龙因怕山漆和桐油，他那里这两种树本就不多，又被他命人斫净，柳燕这一口袋山漆，许还是独个儿偷偷跑往那片从无人去过的原生漆内觅取来的呢。可是我们这里漆树遍地都是，桐油还费点事，他也没有山漆怕得凶，我们要割取点山漆真叫容易。平日我们最怕的是柳燕引鬼入室，经此一来，这一层暂时已不会有事。就算能来，休看我们人都在崖上面，洞中洞外无人防守，可是这里地势最好，崖顶四角都有专人登高瞭望，左近五十里有人行动都可以望见，一声暗号，不消片刻，回洞的回洞，迎敌的迎敌，防守的防守，各有各的事。外面打他不过，如真到此，就不行，还不能拼出百十条人命,引他入伏一齐死么?我丈夫午后一得信,立刻命人采办山漆,割取毛竹做了唧筒,虽还不敢前去找他,总算多了一桩克他的东西。今晚恰好诸位尊客到来,得此喜信,且快活上一晚,明日大家再商量除他的主意多好。诸位但看前边上崖的暗道,可知我丈夫用尽不少心机了。除此之外,还有不少单人上下的暗道,由上而下只有一根绳子,不消一会便落到洞底,不过不能请诸位打那里上去。你看适才我得信回洞,不比由洞底上来快得多么?"

众人闻言,方知她面有喜色之故。因有杨氏父女,一路缓缓前行,不觉已将那片驰道走了一半,顺金花娘手指上崖顶的暗道一看,前面崖顶忽裂,现一个二尺来宽三四尺长的一个长方大洞,正当驰道之中,由上面挂下一片绳梯,有数十丈长短,下有木桩绷紧,可容二人并行而上。还未近前,遥闻崖顶喧声如潮,甚是热闹,仍由金花娘为首,十二人分着四排,六个男女山民分扶着杨氏父女蹑梯而上。到了崖顶一看,上面是一片绝大的广场,石地平坦,寸草不生,正当中用土堆成一个圆台,广约二亩,台旁四围俱有大树木柴树枝堆积,台上升着与台相差无几的大火,烈焰熊熊,上冲霄汉。全寨山民不下三四千,除了蜈蚣夹子留了有限几十个人外,全都齐集在那里。每人俱是首如飞蓬,上插鸟羽,耳戴银环,腰围兽皮,肩上搭着一件五颜六色的披肩。男的皮肤都生得和漆一样颜色,看去甚是矫健,女的生得清秀的却不少,有的一群一群围坐地上,随意叫啸歌唱,有的攀藤系索,由崖下往崖上搬运山柴酒肉,忙乱清闲虽各不同,个个都显着无拘无束、没有尊卑、没有彼此、喜极忘形之态。蔡野神杂在众寨山民当中指挥呼喊,帮同布置,兴冲冲的,忙得满头大汗。

林、毛二女先见众山民高崖举火上烛重霄,正好使对头容易看出方向,岂非不智?及至立定身一查看四外的情势,崖顶离地虽有百十丈高下,可是四面八方乱山杂沓,圈拱如环,近崖诸峰更比崖顶高出一倍不止,尤其是铁锅冲孽龙潭那一面,高岭蜿蜒宛若屏障,那崖的形势,恰似乱山之中陷下去的一块盆地,又由盆地当中拱起一个比诸山都要低下一半的石堆,而且峰回石转,岩壑幽深,螺径弯旋,曲折反处。生人休说打从外面进来,便是林、毛二女那等眼力和绝顶聪明,由高望下,匆促之间也寻不到出路,真是一个形胜绝佳的根本重地。算计蔡氏夫妻必然仗有这些山岭遮蔽,敌人不易窥见,才敢如此肆无忌惮,一问金花娘,果然铁锅冲地势更低得多,休说孽龙潭那边看不到这里的火光,连在隔山的那面也见不到一丝烟影。

众人正赞地形之奇，蔡野神忽从场当中望见跑来，互相为礼之后，便说："日头快落下去，时辰将到，一切准备停当，请诸位尊客入座观礼，那旁已设了席位。"筠玉顺他手指处一看，火台前面用木块还搭起一个台阶形的高架，约有七八层，每层设有木板，相隔约有二尺，顶上一层独宽，似一长方形角平台，台上铺着藤席，当中一个丈许大的矮圆木桌，桌上瓦瓶插着一大束山花，围着木桌放着十来个半尺高的竹簟，想是主人和来宾的座位，笑对林璇道："主人如此厚待，足感盛情。只是离火这近，天气又热，莫说风吹烟子炝人，便是烤也被它烤焦了呢。"筠玉说时虽是低声，已被蔡野神听见，含笑答道："这里气候与别处不同，日里甚热，早晚甚凉，少时日头一落，我们久居不觉，你们三位有本领人也不妨事，像杨老先生父女三人便难禁受了。一则崖顶不比往时在平地来得宽，再远了地方不够用，二则怕少时山风寒凉，火近点好，虽然这里看离火稍近，隔那火台也有七八十丈呢，搭时曾往对准风头，火苗子只往对面去，不但烤不到人，连烟子也吹不过来的。"众人随着蔡氏夫妻且谈且行，近前一看，果然离火还远，因为火场大逾二亩，火势太大，适才没有看出。还想看看火台前那些奇异陈设，雷大锤忽从木架旁走来，手里举着一个半尺多粗的火竹筒箫，贴紧面门一吹，发出牛叫一般的声音。箫声才起，众喧立寂，崖顶数千人立时齐把双手高举过顶，悄没一丝声息，大锤箫声一住，便同时朝着火台五体投地拜伏下去，一动不动。

蔡野神夫妻首先拜罢起身，也不说话，只将手一举，揖客上架。架上阶层甚高，除林、毛、余三人外，杨氏父女仍由春桃、春燕等六人连扶带举捧到最上一层。座位共是九个，蔡野神便让余独居中首坐。林璇知道那是寨主之位，恐余独不知，拿话一点。余独本就谦让，自然益发不肯，蔡野神只得罢了。金花娘又来让林、毛二女去坐，二女更是坚持不就。蔡氏夫妻并非做作，只缘当地这一番礼节，按着平日，除非两寨相拼敌胜我负，认错伏输不得已外，便是受了对方大恩，或是所求过奢对方还未允许，遇上像今日这样盛典，便请他来参加，坐主位首席，对方慨然上坐时便是一家，否则算是强人所难，主人也失了面子。好一点的谦谢两句不入席而去，其怨还小，强横的觉着坐了不是要自己吃亏，便是要自己为他卖命出死力，当时不坐即走未免有些示弱示吝，本不甘愿，主人再要拿话一挤，一个沉不住气，或是用刀将那座位劈碎，或是双手举起丢掉，结果一怒而去。山民虽然粗暴的多，有些地方却极讲究过节，因来者是客，以礼请来，无论对方给他怎样难堪，只不动手伤人，当时终是含忍过去，可是由此两下便成了不并立于世的大仇，永无了结。有的竟认为一出自己寨门便不算客，等对方走出不远，立时追去争杀。蔡野神夫妻此举却是稍有不同，一则因箭旗是恩人王三赠与余独的，又是一位英雄人物，恩人之友，与本人亲来无异。至于林、毛二女，也算是恩人的朋友，日里言语相争，越显义气，又承他三人自告奋勇合诛孽龙，同仇敌忾，已然允帮大忙的人，理应以最尊之礼相待。及见三人俱是一般坚谢，这一来变成了自己一家人的神气，当着手下人众，认为面子十足，日后就由三人之力将仇敌除去，也算是没有求着外人，心中高兴已极。主客坐定以后，又打手势，命春桃、春燕等六个山民勿须下去，就在上面二层木阶上列坐观礼饮食。

大锤在架下仰望上面客已入席，二次又举起竹筒箫一吹，众男女山民才爬了起来，掉转身向着蔡氏夫妻和来宾跪伏在地。蔡氏夫妻连忙起立，去至台前，举手由上而下起落了三次，算是答礼。大锤三次吹箫，数千山人纷纷散开。余独心中有事，盘算不休，一眼望到下面的雷大锤，人本长得矮小，偏举着那和他人相差不了多少的大个竹筒当箫吹，一吹起来，除一双滴溜溜乱转的三角黄眼睛仁露出在外，连鼻子带嘴全都埋入了筒里去，厥状更显丑怪，正自心中发笑，忽见大锤如飞纵了上来。平台矮桌前共设九个竹簟，原空着有他一个位子，众人正站起让座，大锤脸上仍和日间含忿走出的神气一样，朝众人略一举双手行礼，便用土语朝蔡氏夫妻说将起来。众人自从初见蔡、雷等三人，听的便是云、贵一带山中的土语方言，后来问起，因当地土语有音无字，同族不一，并且声调繁复，世世代代相传，时有遗忘，话不够用。蔡野神继位以后，首命众山民习学汉语，虽积久难改，山民对于语言文字更非所习，会者仍是无多，可是大半都能懂得。蔡雷等三个为首的更是轻易不说一句本地的话，这时忽然用土语说话，猜是必有原故。先见金花娘和他兄弟争论，语正急碎，众人固然不懂，连林璇多习土语的也是不大明白。随后蔡野神见众人似在怀疑，用汉语解劝，林璇再拿所听一参详，才知每次拜月盛典都是大锤一人司箫发令，令人吹笙击鼓，为众进止。尤以司箫一职关系向着火神行礼，最为重要。那空竹筒极其难吹，须要实大声宏，经过长久练习才吹得动，吹完之后，他底下本还有许多职司，他却说今日心中不爽，自己因仇敌未除，又无心肠找婆娘。同时想起他一个叔叔名叫雷银豹的，去年死了老婆，恰巧前日抽签，轮到他带了五十个山民率领野骡队把守蜈蚣夹子的要路。他平时就长在那里防守不得回来，当着今晚这样盛典，仍叫他冷冷清清在那里，心中老大不服，故此和蔡氏夫妻说，竹筒箫一吹过，底下的事谁都做得了，好在蜈蚣夹子山洞暗道业已打通，不比以前要走老远，去来过不了一个时辰，正好由他去将银豹换回，让他快活上一晚，寻个对儿中秋做夫妻。金花娘知他兄弟情性不好，日里犯了脾气，不定又想什么主意，怕他闯祸，不准他去。蔡野神却因他叔侄感情极好，脾胃相投，估量他以前三遇大险，久已胆寒，决不敢往铁锅冲去涉险，此外哪还闯得出甚祸事？他个性又倔强固执，大好令节，何苦使他一再生气？便帮向乃妻劝说。金花娘才行答应另派两名千长代他司仪发令，又再三叮嘱不可任性胡来，天一亮，原防守的人一同回去，便即归寨，与诸位尊客商办除害之事，大锤方悻悻而去。

余独料他此去必非无因，心想自己本打算暗中前往，苦于路径不熟，出来时兵刃暗器俱未离身，如随他去，岂不正好拿话逗他，诱其引路？想到这里，忙站起身来说："我素不愿看以男凌女的事，如今盛会须待夜半，天时尚早，左就无事，意欲随令亲往蜈蚣夹子一行，观察形势，看看有无可以利用除敌之处，就便同了令亲的叔叔回来参与盛会，也还不迟。"说时众人俱未留心，蔡氏夫妻留了一留，余独再三要与大锤同去，便依了，将大锤唤住。只筠玉笑对余独道："我听说荒山古洞中毒蛇厉害，又是夜间走路，大哥此去虽有雷寨主同行路熟，也须留意一二才好。适才上崖时我曾命春桃姊妹和四儿一人带了一根牦象的头骨，我看这东西坚逾精铜，丈许方圆山石一击立碎，比起刀剑暗器还有用些，休说蛇兽之类，便是一条真龙，只须拔高纵过他头，轻轻一下也送了终。原准备我三人少时盛会后做些玩意，以博寨主夫妻一笑，你把它带去防身如何？"余独听出言中之意似已明白自己心事，不禁心中一动。大锤还在说："暗道新辟，洞中无蛇，两头路上虽然难免遇上，我生长此间足能应付，无须再带别的器械。"筠玉笑道："你熟，我们余大哥却生呢，万一你不在侧，无心巧遇，岂不要费事么？可惜恰好我们三人一人一根，少时便许有用，不便相借，否则我想连你也带上一根才好呢。"随说，早从春桃那里要过一根牦象头骨朵，亲手递与余独，连说："此行小心，快去快来，省得使人担心。"余独听她话越露骨，恐别人看破，不敢答言，匆匆接了过来，随了大锤，作别取路而去。众人带来的那些牦象头骨，路上无甚用处，俱都打包藏好，这三根还是筠玉在午睡前取出，上崖时暗交三山女带好。蔡氏夫妻俱未看过，这时一见这等栲栳大的奇怪兵器，好生稀罕，要了一根正在观玩，林璇忽然想起一事，不禁"噫"了一声。筠玉问："何故失惊？"林璇只说了个

“他”字，筠玉已知就里，伸手暗中一扯林璇衣角。林璇会意，正暗忖筠玉胆大心细，智勇双全，怎便如此疏忽托大？还未及低声询问，下面忽有一个千长吹起芦笙，一人为首，千人响应，不一会，芦笙止处，鼓声大作，蔡氏夫妻无暇过问别的，忙将骨朵还了春燕，起身站向台前。众人往下一看，火场四外的山民忽如潮水一般朝木架与火台中间那片空地挤拢，地只十七八丈长，一边还紧挨着火台，人不能隔得过近，人却数千之众，如何能容得下？幸而横里与崖一般宽，几达百丈，勉强可以相容。大家争先恐后抢上前去，顷刻工夫便围成了一个窄长条的人圈，林璇趁下面人声步声散乱如潮之际，悄问筠玉：“何故如此大意？”筠玉抿嘴一笑，悄悄回答了几句。林璇方始明白，终觉不甚放心，又问：“你真有把握，何不早办多好？”筠玉说：“决无错。时候未到，且看一会热闹再说。到时，我再提你的醒。”

这时下边真个热闹已极，林毛二人先看倒也有趣，看到后来，不禁勃然大怒。原来下面山民围成了一个长方形的圈子，以后接着便是四五十名身着五色花披肩，手执上插彩羽的芦笙，由火台后面大踏步走入场中。先用手中芦笙一横，将四外的山民一推，使那圈子变得齐整整的形式，只当中朝着木架平台的一面留出丈许长的空隙，算是门户，另由八个执着长矛和大旗的山民分两头站开，将四面大旗四根长矛对列，搭成一个旗门，场中一伙山民才将芦笙吹起一种呜咽凄凉的调子。一阵吹罢，各自四外分开，各将芦笙插向背后，取出腰中围就的丈八蟒鞭，一半贴向前后人圈中站立，一半分两旁蹲在地下，将当中一片围成了正方形，与木架平台相对，刚刚站好，便听火后男女山民悲号怒吼之声。为首一个山民赤着上身，头上顶着一大捆尖锋木柄寒光闪闪长约五六尺的梭镖，手上挽着一根长麻索，索头套在一个年轻山妇的头上，后面六个同样打扮的山民帮同拉着那山妇的手足，一路横拖竖曳，恶狠狠往旗门前走来，一任那山妇哭喊悲鸣，全没一人做理会。到了平台竹架之下，为首山民将手中麻索用力一扯一甩，其余六人再随势一推，那山妇禁不起过分摧残，一声惨叫，跌跌跄跄掼出去老远，爬伏地上，闭过气去。七人仍是视若无觉，进向台上宾主举手伏地，行那山礼。

林、毛二女见那山妇被那七个山民这等凌践，简直猪狗不如，好生不平。正要开言，忽见金花娘悄声说道：“这女娃子是我们这里的美人，今年才只十七岁，和那男的还是去年才成的夫妻呢。只因她从小没了父母，有一个哥哥又死在孽龙手里，去年四月，她本想和她表哥子做夫妻，报他照看之情，不想被那男的用强力硬夺了去，并说如不嫁他，便将他表哥子杀死。她也不好，以为那男的是我手下世代千长，有功之人，不敢前来告诉，当时和他拜了月神，只睡了三晚，仍和她情人私会，以为到了八月中秋，可以当众说出不愿，便可解纷，先把目前难关渡过再说。不想男的仍拿那一番话挟制她，为救情人性命，无可奈何，又没向我告诉。勉强成了夫妻之后，虽未敢再和情人私会，可是对那男的恨如切骨，没有一丝情意。男的怄她不过，渐渐因爱成仇。日前她受苦太重，想约那情人逃出山去，被男的捉到，定在今日照我说的山中规约处置。我昨日方才知道，很可怜她，无奈这是祖宗留下来的规矩，只有男的自愿饶她以外。别的事我夫妻都能做主，惟独今晚的事稍有偏向，立时失了众心，做不得寨主，眼睁睁无法救她。看男的眼都急得通红，除非真个月神有灵，使那男的七支梭镖都打空以外，必死无疑的了。”林、毛二女闻言，事出强夺，女的本有情人，山俗重情不重礼，势所难怪；再一看那山妇，虽然饱受糟践，仍掩不住她那天生美秀，这时正躺在台下，玉容无主，娇喘如闻，气忿之中不由又添了几分怜惜。

照例女的不能死着进场，须在场外对着男子或是怒骂或是诉说旧情以冀哀怜，说完方始进场，更不能死在场外。那男子见女的还未苏醒，跌足怒骂她装死。山妇忽然在地下转动了转动，倏地挣扎纵起，一反先时惊心骇战苦苦乞哀之状，戟指顿足大骂那男子仗势逼人，狠心挟制，霸占别人的老婆，末了又害人性命，话甚恶毒。男子只恶狠狠望着她一言不发，静等她一住口，上前拉她入场。谁知那山妇这时已把死生置之度外，骂时不等男子来拖，两手将头上麻索用力一扯两断，喊一声：“你老娘今日看你的本事哩！”声随人起，一纵身便自飞落场内。四外山民先见她哭喊求哀，俱都笑她无耻，及见她后来这般壮烈，不等男的拉到场中代解绑索，竟自断索飞身而入，不由轰的一下同声喝起彩来。这时平台上面的林璇最为不忿，一则身居客位，见连女寨主都无从为力，不便乱人规矩，二则深知山俗奇特，众怒难犯，又有杨氏父女老弱在座，正自代那女的焦急，无法挽救。忽听筠玉附耳低语道：“这山女太可怜了，就算和人私通，也是情有可原，也不应由许多男子欺凌一个女的。我们救她一命如何？”林璇忙道：“你不明他们的规矩。休看尊为上客，如真犯了他们忌讳，况又在他们拜月祭神大典开头的当儿，管保立时群起和我们拼命。我二人无妨，杨老伯和两个妹子可就苦了。”筠玉笑道：“你这会又胆小起来。你没听山女头先前说的话么？救不成算是命该如此。我自有道理，准保无事就是。”林璇知筠玉精细，只嘱咐放小心些。筠玉随手将果盘内干胡豆抓了一把去吃。

二人话刚说完，山妇已然走到方场中心，狂叫一声：“你们动手罢！”随手便将上下身衣服全行脱去，赤身叉手往地上一站，静候梭镖到来。那男子已将山妇恨疯，早将头上那个梭镖丢地，与六个助手分取在手，巴不得一梭镖将她当胸透穿钉在地上，大喝一声：“不识皮脸的浪淫娃子，躲好了！”说罢，手起一梭镖照准山妇胸前打去，那六个助手也各将手中梭镖举起，跃跃欲试，只等看准男子头一梭镖落地的方向地位便即下手。一干山民知他有名手准，俱以为这一镖万无不中之理。男子与山妇相隔原有十来丈远近，由木架左面往右面打，男子力大手准，镖发出去笔也似直，又劲又疾，台上台下的人看去，都以为必中无疑。而况男子头一镖刚发出去，第二镖又抄到手中，接连待发，除本人七根梭镖外，还有六名助手四十二根，七面夹攻，看情势，头一镖即便没有将山妇钉在地上，也必打伤无疑，谁知事竟不然。说时迟，那时快！男子的头一镖照准山妇发出，已然相隔只有三两丈远近，寒光如闪，眼看打中，那梭镖忽似半中腰被人用力碰了一下，忽然自己拐了弯往斜刺里飞去，夕阳影里，亮晶晶闪起一条尺许长的镖尖，颤巍巍斜插在山妇左侧三丈远近的地上，崖顶尘土夹杂，火星飞溅，并未打中。这一来，休说男子本人意料所不及，便是平日夫妻恩爱，临场安心宽恕妻子，放她一条性命，故意打歪，犹也决不会相差这远。全场人等见了这般奇迹，不由轰雷也似齐声惊讶起来。这一镖是山妇生死关头，山民认为有天神主宰，那六名助手照例以此为准，便纷纷耍起花样，照头一镖落处打去。那男子一见不中，也没想到别的，气忿过度，当局者迷，以为自己并未饶她，那镖是被风吹歪了的，竟忘了平时规矩和神的信心，还不照惯例，仍举手中镖接二连三照准山妇打去。说也奇怪，一连三镖，镖镖如此，都是发出很准，一到中途便拐了弯往左偏去，休说打中，连边都挨不到。四外山民俱当山妇命不该死，有了神助，喧声鼎沸，如同潮涌。

男子急怒攻心，还要赶近前去硬刺时，金花娘早在台上见男子镖刚发出，筠玉只手朝前一指，便偏飞过去，才知筠玉闹鬼。事关大局，恐下面山民看出破绽不好处置，再一看男子已错了规矩，正好就此禁阻，连喝两声。男子耳音为众声所乱，没有听明，手中第四根镖又发出去，依然打歪。就在此时，蔡野神也跟着起身喝止，听候发落。早有手下两名千长飞身入场，将那男子唤住，拥至台下，同时六名助手也各打完七根空梭镖，各自退去。山妇死里逃生，做梦也未想到，认是天神垂佑，含泪向天叩头默祝，谢了天恩起身，从梭镖林中绕步穿行出场，走向台前跪下。金花娘已指着那男子骂道："没见你这不要皮脸的狗东西！你说你老婆赶野郎，并没听说你看见有事。如今杀她，果然天神不容。头一镖没打中，就该仍照歪处打，竟敢违抗天神之意再朝人打么？你连发四镖都未打中，可知理亏呢！犯了神怒，降下祸来，你担得起么？本当将你责打，念在今天是个大家快活的好日子，权且饶了你。但是从今以后，她已是二世人了，不准再去寻她背时，听见么？如不的话，莫怪我抽去你的筋条，叫你为不得人！"男子想起适才之事，也觉自己以前强夺别人的情人不对，今日又去杀她，定是天神不容，也害怕起来，反不住向天叩头求恕，立时改了恶相。金花娘吩咐男子起去，正要遣走山妇，筠玉却要她把山妇喊了上来，有话询问。金花娘只知筠玉闹鬼，因天色向暮，筠玉暗器极小，并未看出有东西发出，也当她会有法术，益加敬重，便依言唤上。因天已不早，下面第二拨杀妻仪式跟着举行，少时月亮一出便要拜神，径由林、毛二女去与她问话，也未在意。山民素畏鬼神，底下原有五起同类的事，一则当事男子没有头一起凶狠，二则仇怨不深，三则都是隔日较多，当时只管亲身看出奸情，想把女的置之死地，日子一久，事过境迁，未免有些回想旧情，起了踌躇，再经这一来，俱馁了点气，临时心肠一软，更恐天神今年不愿杀人，闹个没趣，恰巧不约而同地俱把镖存心了歪里打去，结果一个山妇也未被打中。筠玉一念之仁，连第二回事都未费，便救了六个山女的性命。

蔡氏夫妻染受汉人气息甚深，只为积重难返，本不愿有此一举，见终场未杀一人，甚是高兴，当下起身站向台前，拔出背后插的一面上绘星月的三角小旗向台下一挥，那代大锤执事的千长便将手中鹿角哨子吹起，立时台下上千一色装束的男子各打动蛇皮鼓，吹起芦笙，分列一个圆形队伍，围着火台转将起来。转了一阵，蔡野神夫妻走下台去，一声号令，众山女纷纷上前，将崖旁空地上堆的许多铁架抬向火台四围列好，众男子便去将洗剥好的整只牛羊猪鹿等家畜野兽抬过。那些铁架俱为烧烤之用，高与火台相等，两边各有一个三角架子，当中是一根可以转动的横梁，斜着向有火的一面横支出去，牲畜便穿在横梁当中，恰好不远不近挨在火边。架子下面有两头三角架子，均能半腰折转，各有一个带挽手的轮轴，由细铁链钩通到上面，咬着横梁两头的轴随时转动。两个山民管着一副，随便烤牲畜的那三面。筠玉烤到半熟时，另有山民提着陶桶，手持尺许长的麻布刷子，蘸了桶里的岩盐水往牲畜身上去搽。等到牲畜插向架上，一切准备停当，月儿已到中天，下面欢声四起中，蔡野神手中拿着三个装满火药的竹炮往火台上一扔，三声炮响过处，数千男女山民鸦雀无声，各自围着火台一行行排开，只空着中间丈许方圆一块空地。蔡野神夫妻同了几名千长便走上去，向台前五体投地跪下，口中喃喃祝告。全体山民也一齐跪倒，同声祝告，虽然甚低，因为人多声众，又用的是本族土语，声团而疾，恍如电雷聚哄一般，轰轰之声，震得四山都起了回应，约有半刻工夫，便即拜了几拜一同起立。蔡野神夫妻奔上木架平台，一声长啸，山民全都散开。举旗一挥，先由四个捧着盘的山民奔向台边，烤肉的山民将轮轴一搬，架子便反转倒下，离地只有二尺。四山民拔出腰刀，就横梁上烤熟的各种牲畜，捡肥嫩处各片了些，飞也似端上架来。接着两个山民抬着一坛了青稞酒到了架前，旁边闪过四名山女，各取酒葫芦灌满，捧上平台。蔡野神再从座中起立，由身上拔出三把小快刀，先各叉起一片较大块的烤肉，由台上用力接连掷在火里，然后取过一葫芦酒，倒了些药粉在内，往火中掷去。酒中有药，落在火里冒起一股五色火焰，台下全体山民又是一片欢声雷动，各自奔向崖口，四个一群，六个一伙，将备就的酒各抬过一葫芦打开，再奔向台前拔出佩刀，大块地割了各样烤肉，围在原地方去大吃大喝，欢呼如雷。每一群人虽有多寡，数目由二起，十九都是男女各半，极少单的。台上主人自然也是殷勤劝客，敬酒敬肉。司肉司酒的执事，一面自己也在吃喝，不时取了酒肉往平台献上，众人哪吃得完！

当蔡野神夫妻二人举行仪式时，筠玉从那被救山妇芹芹口中得了许多虚实，已和林璇商量好了，心中有事，算计时辰将到，正在无法措辞，忽听金花娘道："再待一会，他们便要一男一女合起来跳舞唱歌寻欢了。同时那些已成了夫妻的，也各把平日练就的玩意当众施展。今晚因有诸位尊客在座，个个都想争奇好胜，一定有许多拿手，连我夫妻未看过的都有在内。我们这里都爱树木和水，在此拜月，实为防敌备患，没有法子。这崖的西南有一条磴道，可通到崖上一个暗谷之中，那里面地势不平广，不能做拜月之用，却是有水有树，并且长有十里，高高下下，随地都有草坪，最宜于几十成群的人做踏歌快乐之用。尤其是少时月光一偏正照进去，把里面的山果林木照得和白天一样，景致真是再好没有。我夫妻在这崖上拜月祭神已有数年，草没一根，树木更是绝少，他们会情说爱全不相宜，只能在本晚约定，另择日子地方相会，不能尽性快活，上下都不愿意，谷中又没这大地方。本冬才打好主意，动手修一条田谷中通至洞底的暗道，以防不测，刚巧前日才得修好，甚是隐秘便捷。如不愿在此呆坐观看，少时他们吃醉了酒，唱完一套情歌，有情男女必往谷中去连唱带舞。诸位如也前去，大概除了事前抽出来的有十个防守瞭望的人们，没有一个不去的。他们总择谷中有高大树林的草地上，有的唱有的舞，有的在此献完了玩意，便赶去谷中，随时献玩意给人看。诸位一面闲游，一面挑那好的观看，岂不比这里一样样坐等强些？去否听便，反正我夫妻是不能离开的，只不过见有两人一行走向僻处、外插刀矛的地方，不要去惊散他们便了。"

林、毛二人闻言，正合心意。筠玉首先抢答道："这样再好不过。我和林姊姊先去，杨老伯和二位妹子有春桃等六人服侍，愿去也可由他六人陪往，不愿去就坐在这里，如难禁风露，可命人引他们去睡。我二人今晚要玩个尽兴，不天亮不止，勿须等了。但是谷中路径和这里风俗忌讳全不知道，有芹芹带去，得她指点也无妨了。"说罢，又推说恨恶蛇虫，将春燕、四儿身背的牦象头骨要到手里，与林璇一人持了一根带好。金花娘见了那两根奇怪骨朵，猛想起大锤与余独同往蜈蚣夹子去替他叔叔雷银豹回来，早就该有人到，为何到了此时，三人不见一个归来？便问蔡野神："可是大锤日里不忿气，夜晚前去闯祸？"筠玉忙插口说："我们余大哥智勇双全，有他同行决无差错，如见令弟所行不善，就不能劝止，也当独自先回。如今未到，必是令叔不肯回转，三人见面谈得投机，左就无事，今晚留在那里了。"蔡野神也说："不会，否则蜈蚣夹子那里也必派人送信，勿须多虑。"金花娘深知乃弟为人，横起来连命都不要，终觉心中难安，并且去铁锅冲新近又得了一条捷径，虽极难走，却难不倒他，惟恐前去生事，意欲再候片时无信，打发一人前去，看他到了无有。林、毛二女不便多说。

这时下面全数山民大半酒酣肉饱，天性发露，纷纷拍手唱起情歌，野腔土语倒也自成音节，令人听了有欢娱之思。又是数千山民一同拍手踏歌，唱的舞的，一手一式，都是男欢女慕相悦之意，越显得艳丽之中现出混浑敦厚的气象。唱着唱着，果然成双配对，男女互相拥抱，几对一群，载歌载舞，由崖西南方磴道缓缓走了下去。月明之夜遇着这等奇情奇景，端的是柔情蜜意，歌舞欲仙，艳绝人间，当之心醉。春桃、春燕等六个男女山民看得情不自禁,也在崖上捉对儿歌舞起来,同时献技山民跟着开始。林、毛二人见时已到,哪有心情细看?先拍手夸赞了一阵,对蔡氏夫妻道:“谷中景致,说起就令人想去,真个太好了。我姊妹二人这就去吧。”

说罢作别,带了山妇芹芹,顺崖西南下去。前行不远便到谷口,遥见月光正照谷中,谷径甚宽,两旁俱是平坡斜坂,古木千章挺生浅草原上,坡顶方是峭崖峭壁,那各处疏林大树之下,已有不少对山民在彼。男的头上鸟羽如雪,身穿彩色半臂披肩,腰围兽皮,耳坠铜环,自膝以下全赤。女的是一件由肩至膝的百折白麻布桶裙,腰围绿草,头戴花箍,赤着藕一般的双臂双腿。男女装束大都一色,正在翩跹舞踏,唱着现编现答、决不同样的情歌,此应彼和,空谷回音,响震林木,洋洋盈耳,看去又似画图又似梦境。女自身材面容固多秀美,此时便连日里看去那般丑形怪状的男子也与景相称,不难看了。

林、毛二女略一观赏,见山民入谷尚未走完,后面来者尚多,恰好路旁有几株老树和一片怪石,前后一端详,抽空将芹芹一扯。芹芹早知二人心意,连忙跟着走进。三人见后面山民只顾歌舞狂欢而来,并未觉察,全谷长有十里,蔡氏夫妻就欲中途相请,一时也查问不出,必以为在隐僻之处登临游玩,即便发觉,也差不多功成归来了。当下略微整理结束,径由芹芹带路,由树石后面绕过谷口,取路往铁锅冲而去不提。

第十四回

跻危崖 双雄攀绞索
窥丑媟 一击碎妖龙

且说余独性情好高，为人正直，对于筠玉虽因前缘注定，在不知不觉中，敬爱之心一天比一天增长，可是发乎情，止乎礼，并无一丝邪意、半点私心，不想至情无形流露，被碧娃看出。少女童心，人又聪明刁钻，不免心里好笑，发在脸上。可是碧娃也极感余独救他一家、千里护送之恩，不但不愿破坏，还恨不能他和筠玉得成连理才称心意，正深恐筠玉孤芳自赏，不肯委身屈就，怎敢用些无礼的话去取笑筠玉？不过烂漫天真，一时淘气，朝余独努了努嘴，笑了几次。谁知余独无端内愧，深恐筠玉知道，日后在路上和自己生分，偏巧蔡野神又话不投机，将他激怒，当时一负气，心想解释碧娃的意思，免得日后去向筠玉取笑，决计践实和蔡野神所说的话，冒险独探铁锅冲。偏又路径太生，洞崖出路曲折难行，虽在事前问明，如无人引路，一不小心仍要走错。恰巧大锤凑趣，起行时筠玉又给他备了一根牦象头骨朵，而且言中有因，似已看破，说不定她和林璇少时也要前往。惟恐落后，不敢多言，急匆匆同了大锤上路。原想在路上用言语激动大锤同行，谁知大锤也和他是同一心意，见他跟去，巴不得说他同行，多一能手相助，于是两下一拍便合。哪里往甚蜈蚣夹子去！径抄险要捷径，翻山越岭，攀藤缒箩，直奔铁锅冲飞跑下去。

起身时还早，日色刚刚偏西，走到路上，余独问起铁锅冲的形势虚实，大锤道："如在平日我也不敢前去，只因今日娃子送信，我表妹沙柳燕已知孽龙变了心，叫我们设法报仇，她作内应。能和她刺死孽龙更好，即便到了那里被敌人擒住，也可以说是前去约请孽龙夫妻到蜈蚣夹子赴宴的。姊夫日里原有这个主意，打算隔些日，拼着死些人，约他前来，设下漆坑，诱他大醉之后陷入在内，不过不是今天罢了。我只把日子说远些，给姊夫作准备。有柳燕在，也坏不了事。如今有你同往，就更好了。"余独知他有勇无谋，不愿跟人去，蹚彼浑水丢人，便答道："你准知柳燕一时之忿可靠么？依我想，孽龙身上刺得进去的要害，你我俱都知道。这东西醒时虽难近身，不是说他淫乐之后便和死人一样么？你我反正是要他死，不到事急，切不可先让柳燕知道。否则你只引我到了那里，你自去和柳燕商量，我独自去刺孽龙。不能下手，你再和柳燕一同暗算他，你看好么？"大锤想了想，再和余独一商量，觉出余独愿意到那里后分头下手，便即允了。

二人一个是练就内外功夫，身轻行速，一个是久惯攀越险阻，捷同猿鸟，虽然山道难越，并未放在心上，步履如飞，才走到日落起昏时候，已离铁锅冲不远。大锤说："时候尚早，冲内缠藤寨人正在用饭时候，待一会他们饭后齐往溪中洗澡，因无人敢惹，从未出事，极为大意，连要口上几个瞭望的人，都听说常时一个不留。彼时暗中溜进去最为妥当。否则便要等月上中天，他们睡熟以后，一则太晚，恐孽龙睡后醒转，不能下手，二则口子绝险，只容三二人并肩通过，防守人睡时往往堵门而睡，进去恐将他们惊觉误事，再则太高，也不易上去。我们由此缓缓走到那里，正是时候，到了里面，正赶上孽龙淫乐将睡之际，恰好相机行事，岂不是妙？"余独依言将步子放缓，四外留神观察动静，悄悄前行。正走之间，忽见一片高大森林，大锤说："出林就是仇敌要口，上有山民防守，务须小心。"余独见林中甚是阴暗，绝好藏身外望，仗着一双练就的夜眼，大锤眼力也自不弱，双双提气潜踪，定睛辨路，穿林而入。就在这将出未出林之间，一眼看到林外是一座又大又高雄奇伟峻的广崖，并无通路，只近下面倒崖壁上裂了一个四五丈长四五尺宽窄不等的大石缝，刚上来的月亮正照在上面，看去仿佛很深。石缝口边，有四个山民各持一柄长矛，想因畏热，平日腰间所着藤子编的桶裙俱都脱了下来，堆在一边，饭刚吃完毕，不时把残骨掷下为戏。有的倚壁而立，有的扶桶而坐，个个面目狰狞，身躯高长，神态凶恶非常，正在那里迎风说笑，佶屈聱牙，声音粗犷，一句也听他不懂。内中一个山民竖起手中长矛，一会又去量那月亮的影子，意甚躁急。

大锤轻轻拉了余独一下，低声说道："他这般做作，就快到走的时候了。"余独立时止步，随他伏在一株古树后面探头外望，等那四人一走开便即偷进。间中端详那崖上要口的形势，下面石笋森列，高低错落在竹菁深密之中，几无立足之处。上面又是峭壁摩空，势欲飞压。石缝离地少说也有二十多丈，真个奇险无比，无法上去。只石缝的口边有一副极长的云梯斜倚到地，是用山中产的大毛竹，将一根打通底节，再用一根的竹梢插了进去，一根接一根，长到三十多丈，再将三条插成的长竹并排，中间再用粗细藤蔓节节缠紧，想是山民便用这个来作上下要口之用。因为用得久了，事先藤子和竹又经山民用本山所产沙油浸过，看去黄澄澄亮晶晶的，又光又滑。暗忖：少时山民进山沐浴，这云梯不撤去还好，如若撤去，凭自己轻身功夫，平地往上一纵二十多丈却是难极。崖壁往外斜倒，又少着足之处，纵有一些藤蔓，枝本俱细，而且若断若连，不能直达缝口，就算勉强攀援上去，万一藤蔓吃不住劲断落下来，坠在石笋上面，怕不脑腹洞裂，死于非命！深悔来时没问春桃偷偷要上山的索钩。大锤也未必有此本领上去。要真是两个人都望门却步而归，那才是笑话呢！正在寻思无计，上面石缝中四个山民忽然立起，齐声呼啸，各自穿好桶裙，朝着口里便走。方喜他没将云梯撤去，一转眼间，云梯忽往前拖动，渐渐离地往上升起。正自扫兴，打不起主意，猛觉大锤又拉了自己一下，低语道："还不快抢上去！来不及了。"说罢，身子一纵，首先往崖下跑去。一句话把余独提醒，连忙跟着便追。

二人脚程差不多，余独轻身本领还比大锤强些，怎奈一个路熟，又是自幼在高山峻岭间跑惯了的，一个初涉险地，行时要留心看路，相隔云梯还有四五丈，大锤业已先到，那云梯也拖近崖前有一半光景，斜升起两丈高下，及至余独赶到时，云梯上升越快，离地已有六七丈了。余独一见不好，心中一着急，用尽平生之力，身子斜着向前往上便纵。偏生那云梯重有两三千斤，又是由顶梢往上拉。力量更重出不少，大约除孽龙一人外，谁也拉它不动，放落拉起，全凭口里边一个绑有系梯索的大木绞盘，以前上落都是缒藤，这些法子俱是柳燕代孽龙想的，防守山民照例在晚间离开时，四人合力转动绞盘，将它拉起，一多半横置在口里，另一小半虚悬口外，便即了事。因为从无人敢来惹事，俱都大意。冲里通外面的，除这一条险路要口外，还有两条道路。一条是蔡野神火烧孽龙荡所经之路，自出事后，孽龙嫌它不吉利，自己几乎吃了大亏，外人更容易走进，已将口子堵死。另一条只有他们自己人能走，是个极长的崖窗夹壁，看去没这个难上，可由下面步行通入，可是两边壁上俱是洞穴，沿途还有不少缠藤寨，壁高千丈，宽不及丈，只中午时能通一线天光，外人决混不进去。人行其中，被山民看见，居高临下，不用下来交手，几根长矛、几块石卵立时送终。只有这条要口似难实易，只一上梯去，不但如涉康庄，而且随处俱有藏身之所。大锤和蔡氏夫妻等揣摩打听，已甚熟习，大锤更亲自伏身崖前树林中窥查防守人的进退动作已有多次，早想好了上去的主意。所以梯子一移动，立即冲上前去攀住，忘了事前嘱咐余独一声。

余独本纵得还可再高些，只为当时恐怕落后，心里一慌，纵时万没想到云梯上有藤索系住。设有绞盘升降，越到末了越快，眼看纵及，一伸手便可勾住，谁知云梯倏地往上一起，相差尺许，忽然一个失手，一下抓空，身子虚悬，着不得力。这一失手坠落，掉在刀锋也似的石笋苍莽之中，任是余独本领高强，身子轻灵，如何机警，纵然不死，也必带重伤。就在这危机一发之间，还算好，大锤一到云梯上面便手足齐施，紧紧夹抱着梯的边沿，余独往上纵起时，正赶他拨转头往下观看。余独如赶不及纵上，等自己到了上面寻到预先约定的山娃子，再行设法援他上来。一眼看见余独和飞鸟钻空般，离地六七丈直纵上来，心中刚自佩服，眼看将到，猛觉身子很快往上一起，便知不好。同道关心，身不由己，两足用力勾紧梯沿大竹，倒身伸手往下一捞，无巧不巧，就着身子这一悠荡之势，恰好两手相触，彼此一把捞住。余独气力本大，又在这惊心骇眩之际，气提不住，虽将来手抓住，身子还想就势用力翻上，如何能够？反倒往下一沉，这一来何止数百斤的力量！大锤刚刚抓到余独的手，猛觉往下一坠，沉重异常，再不松手，连两脚在梯上也勾不住，右手一松，身子拼命用力一挺，忙伸左手将梯沿攀住，才没有滑脚坠落。幸而余独紧握大锤的手指未放，一翻未翻上，见大锤手松，喊声“不好”，也一伸右手，正好捞住了大锤的右膀。否则二人不同时被扯坠落下去丧命，稍差丝忽，余独仍难活命。惊魂乍定，不敢莽撞，又因大锤适才松手，恐他吃不住劲，仍有粉身碎骨之虞，悄声低唤：“雷寨主抓紧些，等我翻上去。”大锤也想双手都去抱住云梯，闻言也只嘱：“仔细！这不是玩的。”余独也不答言，先缓了口气，再将全身力量往上一提，抓紧大锤手臂，一个“金龙飞舞”之势，身子倒着往上一挺一翻，两脚先勾穿了梯沿，然后倒出手来，一挺上半身，连脚带手将梯边夹抱了个结实。二人虽可无忧，见梯子还在上升，上面口里四山民走入未远，恐被看破，不能不伏在梯沿下面。直等梯子升与上面口边相齐，悬空支出半截，半晌没听得口内有山民的声息，又探头看了一看，才翻身上到云梯的正面，站起身来，互相伸了伸舌头，顺云梯直往要口内奔去。

那石崖裂缝深约半里多路，月将圆时，两面透光石路也还平坦，不难通过，出口是一斜坡。大锤照着山娃子所说的路径，引了余独顺坡而行，凭高下望，月光照处，铁锅冲全景大半俱可看到：地形洼下，恰好一个釜底，四边都是山岭环带，崇冈萦绕。大锤遥指孽龙潭，就在东北角上，一泓碧水，平铺如镜，天光倒映，月浸波心，只是潭边静悄悄的不见一人。余独悄问大锤，才知孽龙潭自从龙死，已非昔年光景，远看仿佛一片清潭，实则水甚污浊而有恶臭。近来潭边毒沙上蛇虫甚多，沙虱更是奇毒无比，山民除了年时祭拜一往外，轻易已无人前往。他们每日洗澡之处在冲的西北，这里看不见。孽龙所居洞窟的北面离此还远，全冲只那里山明水秀，花木繁多，广崖上更有一大片森林，方圆数十里，各种花果树都有，不过林深菁密，连当地缠藤寨人都不敢过分深入，以前常有人进去就失了踪迹，连尸首都找不见的。余独再顺西北两方一看，只微闻山民狂歌吼啸之声远远随风吹到，山民浴处被山角挡住，只微见山下边一角水影，看不见人。北面山崖上，古木千章围绕之下，现出一座寨洞，乃是就着崖顶当中一块突起的地筑挖而成，隐隐见有灯光透出，知道孽龙新得淫妇，淫乐方酣，时候来得恰到好处。二人算计山娃子必在坡下僻静之处等候，四顾无人，一路低声问答，往下走去。刚达坡底，余独一不小心，踏在一块腐烂将坠的山石上面，滑绊了一下，手一甩，腰间悬挂的那根牦象头骨朵，因为在云梯上翻，滑下了些，一回手正碰上去，撞得手指骨生疼。嫌它这般带着累赘，打算取下来重新佩带，刚一取在手中，人已到了坡下。忽见道旁闪出一条黑影，方自戒备，大锤已看清来人正是那作内应通消息的山娃子，忙即上前相见。

三人见面还没说上几句话，余独猛听身侧嗖的一声，一条六七尺长黑影带起一股冷气打到，知道有人暗算，忙一偏身，顺手一带，绰在手里，乃是一根山民用的飞矛。他和大锤原是并肩斜身而立，如非手急眼快，二人必同时受伤无疑。余独刚把那矛接住，便听一声怪吼，从路旁山石后纵出一个山民，手执长矛，当胸就刺。余独恐将全体山民惊动便难脱身，暗杀孽龙更谈不到，急于杀他灭口，恰好骨朵正拿在手内，顺手一挡，矛锋便自崩折。那山民虎口被震生疼，见势不佳，拔步想逃，一面高声喊人。嘴才张开，余独已连身纵起，当头一骨朵打到。山民听得脑后风生，依着平日习惯，将头往前一探，身子一躬，半腰间藤桶裙升向背上去护后背时，骨朵业已夹后心打了个正着。可怜他哪知敌人兵器这等厉害，连声都未喊出，叭蒲两声，连桶裙带中背心一段，全被这一骨朵打得粉碎，血肉崩裂，倒于就地。余独还恐有别的山民潜伏或是闻声寻来，仔细一搜，附近并无第二人，才略放心。山娃子知道此时决不会有人在此，近前搬转死尸一看，不禁“呸”了一声。大锤一问，才知那山民是孽龙的一个心腹头目，最是勇猛凶恶，深得宠信，垂涎山娃子姿色已非一日。只因那孽龙对那柳燕异常宠爱，入山时曾经言明在先，因言语不通，要将山娃子带在身旁做通事，任何人也不准沾染，山娃子更是睬也不睬。这头目空自情急，无计可施，必是这几日中看出柳燕失宠，不甚吃香，心虽有意，仍是不敢明来，好容易今晚看见山娃子从寨洞中走出，跟了下来，还未及动手便见有人走到。只疑是山娃子的情人赶来赴约，色心大作，醋火中烧，竟没有想到来人是外来的奸细，见二人俱没他高，内中一个尤其矮小，以为也和他同类一样，要身子高长的才有力，自恃勇猛，又是暗算人，满想把来人杀死，再挟逼山娃子从他淫愿，谁想被余独一骨朵死于非命。

大锤深知此人厉害，尤其当地人的藤桶裙，刚中带柔，软中有硬，刀斫斧劈、箭射矛扎全都不怕，身上又是从小满布松香，沙石凝结，皮骨坚凝如铁，号称刀矛不入，况又是群中的大头目，自己上前也未必能胜，却被余独轻巧的一下就打了一个骨断背裂，血绽开花，好生惊喜交集，不知不觉平添了几分勇气。当下把来意和山娃子一说，问她：“此来可曾告知柳燕?”

那山娃子人甚忠于蔡氏夫妻，闻言答道：“日里虽是她叫我送信与寨主，设法里应外合，为她报仇，并代我们除害。等我与你约定回来，心想这淫妇以前快活时与孽龙恩情甚厚，她为人喜怒无常，万一为了新来丑妇夺了她的情爱，一时气忿，不是本心，说了不做还没什么，万一约了寨主们来，她忽然主意中变，献出我们去讨好求爱，那还了得！我深晓得她此时离了孽龙连吃睡都不安，和娃儿没奶吃一样难受，怎会舍得把他弄死？见她回话时，没全敢说出真的你要来见她。只回复她寨主说孽龙厉害，实在难除，如今仗她在此说好话，能保不来侵害已是心满意足，日内或许打发你偷偷来劝她宽宽心，帮助她将新来丑妇除去，为她解恨报仇。她听了我的回话，很喜欢地说还是娘家人好，和她一条心。能这样子做再好没有，也不再提起杀孽龙的话。我听了好捏一把汗，喜得没把话说错。今晚她人好了些，孽龙仍守着那丑妇没来喊她，她又不愿低头去找人家，受丑妇的气，急得在屋里跳脚捶胸，哭老公似的，没得个片刻安然；忽又气极，说宁可一辈子时时难过，也要把这一双猪狗杀了报仇！我才乘机说：你性子急，万一听见她生气不放心，又恐她失了宠爱，孽龙不念前情，前往侵害，急于想将淫妇弄死，一个粗心，今晚就跑了来，路生无人接引，被他们捉了去，岂不叫丑妇说她的坏话？她一想也对,才差我出来,防你万一闯进来的。其实这时她真巴不得见你。孽龙和那新来的丑妇正在饮酒,那丑妇原是腾越的黑蛮子,不知这次怎会从山外捉来,酒量大得出奇,这里那么厉害的石灰蒿子酒,能喝那么好几葫芦,连孽龙都喝不过她。一到她半醉后就浪声浪气的,一闹就是大半夜。今天起,孽龙叫我每日教她说本地话,还没近身,便闻着她身上一股子骚味,臭到极点,献她好脸子!见我教时不肯近前,常时闭口换气,知道是嫌她臭,还说孽龙就爱闻她那股子又腥又臊的骚味呢。如今孽龙得了她,简直贪恋极了,一完事便睡得和死人一样。要有一样方便处,昨晚丑妇和孽龙快活时忽然撒娇,说她因被这里缠藤寨人捉来,见了他们就胆寒,鼓不起劲,再者当着人做事有点害羞,要孽龙把近身几个常在那里服侍的山民打发开去,一个不留。孽龙已被她迷昏了头,居然一口答应,一过黄昏,于肉一端上,便将身旁的人全都轰出。我想这事来得蹊跷,那丑妇既敢和那生相凶恶满身逆鳞的孽龙同睡,却怕他的手下,岂非奇怪?若说这等丑妇会害羞,更是笑话。我想她决没安着什么好心,果真她舍身报仇,能将孽龙刺死,倒是绝妙。就怕孽龙身上刀箭不入,她新来不久,不知他的要害,一个弄巧成拙,她死了不要紧,孽龙回想起柳燕的恩情,除此之外又无人能和他睡的,自必对柳燕更好。柳燕对寨主本已起了坏心,这一来为讨孽龙喜欢和自己快活,不但不会帮我们的忙,将来迟早是我们的大害。此时如有法子下手,真是再好不过。你如要会柳燕,这时她人在冲里洗澡,可从寨后石壁援着老藤上去,钻进石窗洞便是她的屋。只可惜孽龙身上鳞甲比铁还硬,又无人打得过他,无法近身。今晚寨堂上只有他和淫妇两个在那里,如等他们睡熟时下手,只要一下能把他刺死,人不知鬼不觉地就逃走了,可惜不能罢了。"

三人一路低声绕着僻静之处且谈且行,不觉已行抵寨前不远。山娃子又指着余独问道:"这人就是你说那寨主的恩客么?力气真大,他见柳燕不见?"余独正要答话,猛想起适才山民尸首还在坡侧,来时只顾谈说,忘了掩藏一边,少时被他的同类发觉,敢不费手?再折回去又恐误了时候,忙问山娃子是否有碍。山娃子道:"这个无妨。那孽龙除了凶猛残暴而外,并无心眼。这里女少男多,大半四五个男的合有一个女的,争风仇杀的事常时发生,死个把人不算稀奇。又爱以能杀人为勇,无论是同类或是外人,被他们杀了,总在身上取一点东西,如耳朵、手指骨之类取一点回去,钉在墙上做记号,越多越有人夸,孽龙也不问不管。这个死的虽是他的心腹宠信的小头目，他总相信现在无一个大胆的人敢进冲里来，即便有也进不了这两条口子。少时不得报便罢，如若知道，见只一个，又无别的动静，必当作自己人弄死。这人既被人杀死，可见本事不济，凶手必比他更强。再如那头一个发现尸首的是个奸鬼，见尸首身上没有残缺，再要看不出有外人入内，必定割下他一个指头回去，过了两三天，故意使人晓得凶手是他，造出一些假话传到孽龙耳边，因他比死人更强，不但无罪，立时可以得着宠爱，好一点，还可补那死人的缺。这人死的地方又正当出口要路，地势偏僻，除那防守口子的外，平日极少有人打此走动。现在防守的人业已回去，洗澡就要洗上好些时，洗完便去睡了，不到天明回口子，也决不会有人发觉。彼时你已与柳燕相见，要不能当时下手，该是如何商量，也就回去了，还有甚妨碍么？”余独才放了心。

大锤便说余独本领如何高强，自己初会他，才一照面便被擒住，适才一下子将那头目打死你也看见。他并不愿见柳燕，他有两个英雄姊妹，听他说，本事更大。此来只为窥探路径虚实，看看能否就便将孽龙杀死，想暗中偷往寨堂上去，你看走哪一路合适？山娃子闻言吃惊道："这位恩客本事虽大，如说要不想一点子妙法儿，偷偷进寨就将孽龙刺死却不容易。休看孽龙睡得和死了一样，要弄他死真叫难的。他虽为一寨之主，因为秉性凶暴，爱吃人血，又极贪淫。我听这里一个老家婆说，自从有了柳燕能尽他得性，才好得多了，以前天天都要弄死几个妇女。这里女少男多便是由他闹的，性发时，不问是他亲人或是手下人的妇女，只一发了性，立时硬抢了来强奸。女的自然受他不住，不是被他活活奸死，就被他性发太过，一口咬住，吸尽了血而死。这里人都把女人当性命，有的丈夫还拼着死追了来，用刀矛在他身上乱刺乱斫。他只夹紧两肋，低了头，把下巴遮住颈子，连理也不理，直等把下面女的奸死才不耐烦，回转来一把抓住那女的丈夫，一手一只脚，两下一分撕裂成两半，扔往山沟里去喂蛇。日子久了，女的不知被他害死多少。手下人都是又怕又恨，没奈他何。尤其是他那两处要害，不论睡不多时，一挨就醒。我来的那年，有一个力气最大的山民，还是他的叔叔，也因为老婆和三个女儿被他一天弄死了两对，恨得要疯，乘他睡熟的时候偷偷走进去，到了他面前还听他呼声大吼，手中长矛已然比准咽喉要害之处，眼看一下就可刺死，也不晓得那有多快，才一下手他便醒转，一把将矛杆抓住。他叔叔见势不好，才纵身起想逃，便被他捞到一只脚，抡起来在石头上一阵乱掼，人都打成了稀烂。事后一看，那矛尖只刺进他咽喉不至一寸，由此无人再敢行刺。要想看他动静，可随我们同到寨后。往东是柳燕一人的睡处，中间便是寨堂后墙，墙下有一株四五人合抱不过来的大槐树，高齐寨顶，正对着寨堂上的石窗洞，枝叶浓密，足可藏身，看得再清楚也没有，纵进去也极容易。孽龙恨热喜凉，到处都有过风的窗洞，如果进去看出不好，只要腿快，哪个窗洞都可以跳出。惟独西面墙上的窗洞，下面是山沟子，里面毒蛇是孽龙最喜吃的东西，常往各处捉来放在里面，不时扔些新弄死的女人下去喂，也不知有多少，万跳不得！现时去是无妨，如想就此下手，千万小心，免得一个不巧大家遭殃。"

余独闻言，笑了一笑道："我自晓得谨慎，看事做事，你只放心领我前去便了。"说时，三人已由寨前从东面崖脚绕向寨后，顺着坡崖上走，到了崖顶。余独见那崖形恰似用刀从中切开的大半片葫芦，寨就葫芦顶原有石洞上建成，高有十来丈，形圆而陡，东南北三面寨壁下，俱是巉巉危石，丛莽密菁荆棘怒生，不过四外都辟有人行的道路和一块块的空石地，还有着足之处。即便落的不是地方，那些丛莽荆棘俱甚肥壮，用"踏雪无痕"轻身功夫，也还可以在上面提气飞越。惟独西面是与寨削平垂直下去的极深广壑，就是下面没有养着毒蛇也没法纵落，真个雄奇险峻，令人心惊，不敢大意。

三人刚刚走到寨墙之下，便听当中寨堂内怪叫狂吼之声隐隐传来。山娃子越发放低声音，说是孽龙正在行淫快活之际，转过侧面便是柳燕居室，请余独在此暂候，省得被柳燕看见，万一要叫来人同去相见，不允她不好。她将大锤领到后，假作观风，再来引送。山娃子说完，便领大锤顺圆形寨壁绕将过去。余独见那山娃子虽然聪明忠心，只是说起话来噜嗦，比金花娘还要使人不耐。心想前面就是，何必还要她领？如无此人作内应，仍是要来，又当如何？偏生她去得太快，不及向她嘱咐一声，说明路向已足，勿须再来引送。山女蠢的太蠢，似这聪明一点的又太爱充能干，倘如寻来不见，不过又要大惊小怪，并无关系，且由她去，谁耐烦在此久候！正待纵身往寨堂后绕去，忽听鸟鸣之声，月光下两只老鹰正从前面寨堂后树林中飞起，往崖下投去。林鸟早已归巢，如不受惊，决不会夜中飞鸣，不禁心中一动。刚一回脸，猛又见前面两条人影一晃，内中一个好似穿着一身白衣服，还有一人未看清，身法绝快，一瞥一逝，益发惊奇。暗忖此时此地怎会有夜行人到此？适才来时，林璇没说甚话，筠玉直拿话点，又叫带上一根牦象骨朵，在在有少时欲来之意。她二人脚程俱不在自己以下，莫非等自己一起身，就随后跟来不成？否则哪有这等巧法！这两人的穿着身材又绝非此地山民，定是她两个来了无疑。不过自己同大锤攀着云梯上来，并无第三人，进了口边往下面看过，也无一人。山娃子在此，更无内应接引，那么高险的石缝，不用云梯是怎生上来的？这事好叫人难以索解。想了想，终认定是林、毛二人无疑，想是暗地跟踪到了此地，存心取笑，故意现露一点形迹，再过去就是藏蛇的深壑，不怕碰她们不上。更恐二人没人指点，不如自己备知虚实，出了差错，不再思索，连忙赶上前去。

到了中间寨堂后壁之下，四外一看，那里古木森森，果有一株数人合抱的老槐，枝叶扶疏，参天矗立在那里，除树枝鸟巢外，只是不见一人。再追寻过去，便是那藏蛇深壑，寨壁至此而止，哪有踪迹？明明亲见二人闪了一闪，决非眼花，便是走也无这快，何况走时非与自己对面不可，心还不死，以为二人必定藏在别的大树之后。定睛一看，那一片地方并不大，不过亩许方圆。悄悄绕行了一周，用尽目力仔细搜查，始终未见人影。耳听孽龙在寨堂内狂吼怪叫与猫犬叮当之声，中间再夹杂着哼哼唧唧的淫声浪喘，汇为繁响。一赌气不愿再找，连忙提气轻身纵起，抓住树干攀援而上，还未上到树巅，相隔还有三分之一，便看到壁上的石窗洞。择好地势，隐身密叶之中，朝洞里一看，那寨堂只是就着原来的石洞而成，除壁上凿了好些窗洞外，当中又凿通了一个长大天井，另用合抱大树整株排列，上下凿通插在里面，隔成了好些间屋子。通体无门，全是朝外面大敞着，约分内外两层，每间屋子望去都有十多丈方圆，长大天井横断其中，外层差不多一眼可见。寨堂这间最大，好似除尽东头柳燕所居外，都似空洞洞的没有人住，也不知要隔起这两层百十多间空屋则甚。

再顺淫声往寨堂靠西面的一看，那地方适居正中，一座大木排成的方堆，满铺树叶干草，上用兽皮木筏钉好，算做床榻。另外还有一片草席，与蔡野神洞中所见之席一般无二，想是柳燕需索了去的。席横铺在木榻当中，长不过丈许，榻边一个奇丑绝怪的蛮妇，生得扁头凹鼻，横面粗眉，阔口暴牙，赤唇外掀，卷耳猪目，下巴凸出，一脸的豆大麻子，黑肉奇肥如猪，披着满头猪鬃也似的短发。面前微俯着一个满身逆鳞、头如巴斗、极长的凶苗，生得巨口突唇，目闪红光，赤发蓝面，相貌微具龙形，凶恶异常；身材半俯，已比蛮妇高出两倍，大有半倍，正举着那丑妇一双长有尺半、臃肿粗肥、上面满布垢污的蓬船，在那里纵送不已，口中怪吼狂笑，与丑妇淫浪之声互相应和，震得全洞都起了回应，声势惊人。榻旁点着两排长约一丈粗有半尺的大火炬，炬上好似涂有油脂，自初见火光起，这些时候还没烧去十之一二。因为这一双畜类行淫之势奇猛，虽然离榻还有两三丈远近，也被煽动得光焰摇摇，人影散乱。

余独见状甚是厌恶，暗骂："无知孽畜！少时叫你好死才怪！"猛一眼看见炬影晃动中，地下有一圈淡淡的白影时明时晦，轻轻用足勾定树枝，翻身朝上一看，原来洞顶还有一个天生的洞穴，月光由此透下，因了火炬光摇隐现。猛想起林、毛二人俱是青春少女，适才到此，定是不愿见此丑状，又知厉害，不敢轻易动手，特地避向别处，少时等孽畜入睡熟了再来，否则便是看出寨顶有此大洞，藏伏在上面去了。自己怎的粗心，只顾在下面寻找！想到这里，忙援上树巅，恰巧树枝正搭挂在寨顶之上，一点不费力便走了下去，林、毛二人仍是无有。觉着还是头一次想得对些，便伏身洞口，静等时机到来下手。

等了一会，见下面一双畜生兀自没完没了，也不知作出了许多花样，奇恶绝丑不堪入目，加上腥臊之气夹着烈酒的酸辣之气一阵阵传入鼻管，闻之欲呕，实不愿再看下去；离开了，又恐孽龙正在此时入睡，错过机会，并且也无地可去，只得强忍怒火，以待最后一击。闲中无事，便走向寨顶边上，探看那苗娃来未。居高临下，望远处。哪里都看得见，倒是东边柳燕的居室因为寨是圆形，目光不能折下去，只看得一片屋顶，也不知雷大锤还在她室中没有。再看三人分手处，并没见山娃子踪迹，心想幸亏没在那里呆等。再听下面骚声聒耳，势子益发猛烈，再也忍不住怒火。暗忖：孽龙拉拉不过是长得高大凶恶身有鳞甲罢了，自己未和他交过手，只听蔡氏夫妻传言说他厉害，怎便如此胆怯？平日枉以英侠自命，却来这里看活春宫，等着打死老虎，异日传说出去也是笑话。难得有这么好的下落地方，岂不正好出其不意，纵身下去给他一下？想到这里胆气大壮，因知孽龙不畏刀箭，一身只有两处要害，牦象头骨朵虽坚，未必能伤着这生有逆鳞、连上千野骡子践踏冲撞都不怕的东西，一时错了主意，把筠玉行时之言当着随便一说，还是刺他要害的妥当。当下便把牦象骨朵插稳，拔出大刀，握好弩箭，准备下去刺杀孽龙。先拾了一根残枝往下一掷，见孽龙头也不回，仍是纵淫不已，知道他耳听有限、心粗已极，心先放了一半，那淫妇又在闭目呻吟之际，自己如在此时纵落，必不被他发觉。只豁出这把刀不要，走向他的身旁，照准肋下刺将进去，立时赶紧纵开，等他一回身，再向他咽喉要害赏他两箭，必死无疑！想到这里略停一停，先稳住了气，然后施展生平绝艺，从寨顶洞穴中飘身而下，真个轻同落叶捷如飞鸟，落到地上连一点声息全无。

余独在上面下落时，仿佛看见有两条人影在来路转角上闪了一闪，正值蓄势待发之际，全神贯注下面，等到想起那来的莫非是林、毛二人时，身已落地，便不去管她。见孽龙果然肋下有一条尺许长的地方没有鳞甲，只顾荒淫，全没做理会，心中甚喜，暗骂："无知蠢畜！死在目前，还在纵淫无度呢！"一面早端详好了进退和距离，悄悄踅近前去，容到相隔不过丈许之地，再把周身气力全运足在右膝之上，紧握大刀，观准孽龙肋下要害无鳞之处，突然两足一垫劲，一个"孽龙探珠"的招数，一刀刺去。身刚纵起，晃眼似见榻上丑妇忽然睁开双眼，目光正对自己，心刚一动，手中刀业已刺到孽龙肋下。眼看全刀刺入，谁知就在刀光刚像是挨着孽龙皮肉就要透穿这一丝忽的当儿，方显出那孽龙的灵警迅速来。说时迟，那时快！余独猛觉孽龙身子微微一起，手中刀便琤的一声刺滑了地方，触向硬处，同时便听震天价一声怪吼，眼前一暗，一条黑影当头打到。余独暗道一声"不好"，敌高我矮，手长两倍，又是力大无穷，捞着便没了命，哪容有打主意闪躲的工夫！

当这一发千钧之际，幸而余独久经大敌，早就防到败路，一击不中大事全休，就这一刀刺滑已把手震得生疼，哪敢再行交手！未容孽龙举手打下，早就势飞纵起来，朝孽龙腿股上用力一踏，斜纵出去老远。稍一落地，更不怠慢，一手按住弩簧，防他来追，脚一点地，早朝寨顶洞穴飞身直上。虽知无幸，心还不甘，到了上面，暂时还不肯逃去，略停了停，心想孽龙追来势必仰面，就势赏他连珠毒箭，弄巧还许成功。探头往下一看，那丑妇并未容孽龙来追，只把双目紧闭，伸双手将孽龙紧紧抱住，两下贴紧一起，只管迎凑，口中不住浪喘，一面用汉语言道："快些走！没命了哇！"那意思好似故作不知，绊住孽龙，好放自己逃走神气。以孽龙之力，本不难将她甩落，想因疼爱过度，恐伤了她，口中只管怪叫如雷，却不用强力撒扯，只慢轻轻地想将丑妇甩落。偏生丑妇也甚狡猾，一味浪声怪气连哼带喘，手足仍是死命不放。孽龙不觉又勾起性子，也有些心摇，刚一住吼，势子略缓，猛回头，一眼看见刺客还在洞顶上面观望未退，不禁暴怒，野性大发，也不再顾惜心爱的人，一声怪吼，两手轻轻一推，丑妇便倒在榻上，跟着腰背一扭便即挣脱，飞也似仰面追来。余独趁机连发四箭，孽龙只一手护着咽喉，箭打上去立即撞落。余独见弓箭射不中要害，反惹他益发暴怒，眼看追到洞穴下面，不禁心慌，不敢再为迟延，连忙飞身逃走。寨下面便是前崖，余独刚跑到寨顶边上，忽听一声怪吼，沙石惊飞，山鸣谷应。回头一看，那孽龙已从下面上了寨顶追将过来，想因身高体大，上时势子太笨，竟将那一二尺厚的穴边撞裂了两处。余独知非其敌，又恐惊动全岩山民，势孤力弱，更无幸理，心惊意乱，往下接连几纵便到崖底，一时慌不择路，落地之后跑错了方向，本应东南才是归途，却往北方沿崖跑去，跑没多远，耳听后面吼声如雷，孽龙也自追来。

余独虽然练就陆地飞行本领，无奈孽龙生有奇禀也自不弱，加上腿长脚快，又有长力，比余独无形中要胜过一筹。余独本有些相形见绌，偏在此时，忽听前面之人声呐喊，抬头一看，山角边望过去，远远一大片湖水，月光之下，许多赤身缠藤寨人正从水中纷纷爬起，才知前面便是缠藤寨人洗澡的铁锅冲，自己错了方向走入死路。这一吓真是非同小可！一眼看到前面坡上森林蓊翳，郁郁葱葱，甚是繁茂，清辉映彻，幽景如绘，忙中无计，明知路生地险，总比寨上众山民两下夹攻强些，便不问三七二一往侧面坡上便纵。原意只要逃入森林之中便可望有生路，不料孽龙跑起来疾如奔马，微一停顿转折，又被他追近了些。余独地理不熟又吃了亏，容到跑上半坡，孽龙业已将要追上。余独听得吼声已近在身后，知道脚程不如他快，迟早追上，再跑下去终无幸理，不由把心一横，想了一个败中取胜的主意，准备与他一拼死活。谁知竟未容施展，刚一回身，孽龙已自追到，伸出满布逆鳞的长臂朝余独便抓。余独一情急，不及纵避，用尽平生之力一刀斫去。按说孽龙全身刀箭不入，原无所用其闪躲阻隔，只消抢出上前，不问来人兵刃斫向何处，径自伸手便捉，以他那等身长力大步履如飞，余独无论手法多妙，身子多么轻灵，恐也难逃毒手。

也是余独命不该绝，孽龙终是一个蠢物，忽见余独手中大刀寒光映目，冷气森森，比以前所见要强得多，没想到人若到手，刀还不是一样？一见刀到，手不奔人，反奔了刀去，一下迎个正着，抓住用力往横里一甩。余独见刀被抓紧，力量绝大，情知万无幸理。当此间不容发之际，猛地灵机一动，手握刀柄借劲使劲，随着孽龙这一甩之势，纵身随刀而起，再就势松了手，用力在刀柄上一按，人便横飞出十多丈高远，恰巧落在近森林处的边界，逃脱毒手。因为兵刃失去，才想起身后背插的牦象骨朵，连忙拔到手里。正要纵步往林中逃命，忽听孽龙一声怪叫，回头一看，一条人影已从孽龙左侧身畔不远处飞起，往斜刺里纵落。另一条人影刚从右侧飞到，举起手中兵器赶纵起来，朝孽龙左臂上打到。先一人不知打中没有，这一下却恰好打个正准。只听孽龙又是一声暴厉无比的狂吼，身子晃了两晃几乎栽倒，容他立定反身，人已纵开，刚一转背，先纵出去那人又从左侧飞来，大有两下夹攻之势。定睛一看，前动手那人正是林璇，后一人正是筠玉，正在高声招呼，手中都拿着一根牦象骨朵，不由惊喜交集。耳听铁锅冲山角后众山民喊杀之声震动山谷，眼看就要杀到。自己深知孽龙厉害，身入重地，就这明打决难成功，不比牦象是个蠢兽，况又有千百山民相助，一定寡不敌众。惟恐二人有失，一面高声打着招呼，人早跑将过去接应。这时孽龙正被林、毛二女忽前忽后，忽左忽右，杀得顾此失彼，暴跳如雷，虽不似头两下挨得重，却也受伤不少。救兵未到，一时无计可施，一眼瞥见坡上有一株半抱古树，便舍了敌人奔过去，单手抱着，用力往怀中一折，喀嚓一声，齐根折为两断，恰好那树中腰有一条裂缝可以把握，便一把抓住朝二女打去。

原来林、毛二女同了芹芹走向路上，芹芹久惯爬山，又感激活命之恩，拼了命领着二女飞跑。刚刚穿进要口下那片树林以内，芹芹忽说一声“糟了”。二女连忙问故，芹芹道：“这条路径以前曾经和我表哥来过几次，认倒认得，自从受了孽龙的害迁居新洞以后，就不曾再来。前两月听见蜈蚣夹子换班的人回来说起，林外山崖绝壁上已被孽龙辟成出入要口，离地数十丈，又仄又高，险峻非常，并有缠藤寨人持着刀矛弓箭把守，一个人在上面足可敌得我们百个千个。口边还有一架长梯直到地上，休说此时业已悬起，无法上去，便是放了下来，他们居高临下，我们上去也是送死。这条路就是不好上去，只一进了要口，便无甚困难之处了。适才只顾引二位恩人前来，把这些话都忘了，这时方得想起。我们是怎生上得去呢？”林璇便问：“崖壁上有甚藤蔓盘生、手足可以攀援之处没有？”芹芹答道：“那崖壁我们叫它遮天崖，高有千百丈，长于百里。这个半圆形包住的，恰好作了孽龙荡的大半面屏风，哪一处都是直上直下，猩猩猴子都爬不上去。尤其是要口这一面，越往上越往外突，像要往前压下来一样，简直没法上去。

林、毛二女一想，果然糟了，行囊中虽备有爬山用的长索，一则太长，不好携带，早说还可设法，当时怎能回山去取？筠玉囊中虽然带有夜行人用的丝索套钩，但是长才四五丈，这数十丈的悬崖峭壁如何能用？林璇正埋怨行时匆匆大家都没细说，[illegible]玉忽然笑道：“管它呢！仙人锦囊既预算准此是应在今晚，我们三人前去除那孽龙，虽说也要过些险阻，终于成功无疑，到了那里必定有法可想，否则还叫灵么？时已不早，我们其势不能回去，前面就是地头，何不走到了再打主意？在这里干着急有甚用处！”林璇无奈，只得一同仍往前走，芹芹在前引路。

刚要出林，芹芹恐惊敌人，先偷偷地往外一探看动静，忽然回身惊喜道：“二位恩人快来，现在可以上去了。”说罢便往前跑。二女跟踪出林一看，前面参天峭壁的下半截，近地面二十多丈处，竟挂着一面长梯，斜垂到地，上面现一山石裂缝，日光照在里面，静悄悄并无一人防守，俱都喜出望外。林、毛二女料是余独和大锤先来，不知用甚法儿将防守要口的缠藤寨人除去，留着这架长梯，以为他们的退路，连忙一同向梯前奔去。林璇悄向芹芹道：“孽龙凶狠无比，此去深入虎穴，危险异常。好在只一进了要口便能望见铁锅冲孽龙巢穴，无须再要人指引。我看你还是留在下面的好，以免我们到了冲里和敌人动手时，人少势孤，无法顾你。”芹芹却说：“我承毛小姐救命之恩，命是捡来的，赴汤蹈火在所不辞。就是因跟了同去，死在缠藤寨人手里也值得。何况二位恩人本领高强，我也会一点武艺，不致便死。二位恩人终是初来，不知敌人情况，虽然一样是冲里没有去过，如同了去，一则总算多个帮手，二则事急之时，我还可去找着柳燕和山娃子设法出险。”死活都不舍离去。

林、毛二女知道山女多情为义，出诸天性，阻她不住，再者冲里情况只是日间所听说的一些大概，山民习惯起居动作俱所未悉，有她同去也好。不过芹芹虽也身轻力健，行路尚可，如若动手，休说孽龙，便个把缠藤寨人也未必能敌得住，不忍使其失陷，再三嘱咐此去只可做一耳目，动手时无论见有多么危难，切不可上前相助。只许藏在适当隐身之处旁观相候，如见不幸，速速逃回与蔡、杨等人送信，命春桃等六名男女山民绕路护送杨宏道往云龙山去。这虽是不会有的事，也不可不作万一打算。能依了便同去，否则不许。芹芹无法，只得依了。话说完，已到梯前。因为那梯又滑又活，改由林璇在前，芹芹居中，筠玉断后，都是轻脚轻手攀援而上，以防万一口内还藏有山民。不消半盏茶时已离口只有四五尺远近。

为备万一，各打一个手势，芹芹和筠玉便翻向下面梯背藏起身形，再往上爬。林璇却将预先备好的两块小石用力朝口中掷去，耳听石块撞在口内洞壁上，答答两声，往前滑出老远，空洞回音犹自未歇，没听见有别的响动，真个空无一人，益发心定，忙低喊一声“筠妹快上”，身便穿进口去。一看入口最仄，往里较宽，路中心一条粗藤索直通到里面深处，中间黑洞洞，只两头能见月光，留神细视，并无人影，筠玉、芹芹也跟着赶到。这一来如涉康庄，一同飞奔前进。快要出口，看见地下倒着绞那梯子的大木桩和大绞盘，业被人用刀连索带桩架、绞盘一齐斩断斫碎，零乱在地，更猜是余、雷二人先到所为，决无外人。

正走之间，筠玉忽然心中一动，暗忖：余独已先来好些时，锦囊仙札虽命自己和林璇须在子时前赶到接应，毕竟他人单势孤，大锤蠢人，又是几次败军之将，无异废物。孽龙何等猛恶，手下还有那么多的山民，稍一不当心，不死必带重伤。想到这里好生着急，忙催林、芹二人快走。转眼出口，见四外静悄悄的全无动静，看出余、雷二人必然无恙，但是也决未得手，否则不会如此清静，心才略放。忽见前面转角山坡下一个白衣人影一晃，看衣着是个汉人打扮，而且身法绝快，只看了一眼便即失踪。余独平日喜欢穿白，记得他来时明明穿的一身灰，大锤装束更是不类，除他之外，又决不会在这等地方有汉人来往，好生纳闷。一问林、芹二女，却说因往四外端详形势和孽龙所居寨洞，没有看见。暗忖自己莫非眼花？又觉不会。

当下看出寨洞在西北方，连忙顺坡跑去，一会到了坡下。月光下看见路侧有一摊黄水和一团乱发，筠玉见闻较广，知是新死的人，被能手用化骨丹化水，不禁吃了一惊，不顾污秽拾起一看。乃是一个缠藤寨人的头发，顶盖犹未化尽，腥膻之气扑鼻难闻，忙仍丢在水里，心想必是有一能手经此，被一缠藤寨人发现，那能手将他杀了，用药粉将他化成了水，而免被他同类惊觉。余独本领自己深知，终日相处长谈，并没听说他身旁带有化骨的药粉，当真除他之外，还有一个能手在此不成？越想那白衣人影越觉得可疑，幸而看他杀人的行径也像似个同道，来此除孽龙的，否则今晚的事恐怕要扎手了。且行且想，眼看将到寨前崖下，林、毛二女先止了步，命芹芹速速觅地藏起，前行愈险，不可再进。芹芹只得怏怏而止。

林、毛二女看好了她的藏处，方行前进。刚一转过崖角走出十几步，便听前面寨顶上狂吼怪叫之声山鸣谷应，不到一会，便一人由崖上纵下，定睛一看，正是余独，手持大刀，亡命一般往西北方跑去，却不往来路逃走，月光下看去，身后所背牦象骨朵尚在，乌光闪闪，却未见他使用，刚骂得一声“蠢东西”。一转眼工夫，崖上又纵下一个身高一丈六七尺、头上有角、体如龙形、遍体都是逆鳞、周身不挂寸缕、张着两条长臂、摇晃着一双如箕一般大手的怪人,迈步如飞追了下去。筠玉一着急,两足一点劲,凌空数丈高远往前追赶,一落地,正待二次往前飞纵。林璇也自赶到,忙一把将她拉住,且跑且说道:"这孽畜是人,身手灵活,又是刀斫不入,不比牦象蠢重迟钝,莫要看轻了他。你我不可一同上去。"筠玉忙接口道:"对。赶上他时,你往他右边,我往他左边去,两下夹攻。他不怕刀剑,我们给他硬打,追你我攻,追我你攻,叫他腹背受敌,活活将这畜生打死。"二人脚原未住,说到这里把手一挥,各把刀剑插好,一手取出暗器备用,一手将牦象骨朵拔在手里,连跑带纵,往前追了下去。四下里跑得都是飞快,彼此间隔俱在十余丈间。

林、毛二女方自心急,一眼瞥见最前面跑的余独,想是看出路径方向不对,忽然拐弯,往路旁有森林的斜坡上跑去,孽龙也跟踪追赶。两下这一停顿,林、毛二女自然益发追前了些,因为余独在孽龙的前面,不敢出声呼喊,本就打算着用前法暗算孽龙。筠玉仗着身轻,已然超出了些。林璇刚上坡不远,便见余独步法散乱,行动迟缓,已与孽龙首尾相衔,喊声"不好",还未及纵身向前相助,余独倏地回转身来,照准孽龙胁下就是一刀,才斫下去,便被孽龙接着。这时筠玉也上了坡,双双看见余独危机瞬息,这一惊俱都非同小可,不约而同,一右一左飞身纵起空中,紧握那根骨朵,照准孽龙便想打去。

二人正先后纵起,偏巧余独急中生智,就着孽龙捉刀一甩之势,往侧纵出老远。孽龙一偏身,恰好脸先斜背着林璇来路,没有看见来人影子,又因为出世以来终未遇见过敌手,对敌时只知留神护住那两处要害,任你从后如何暗算,全不在他心上,容到兵器打到了身,触怒了他,才回身去捉人撕吃,这已成了习惯,所以先前通没觉察。直到林璇的牦象头骨将要打到他的身上,骨大如栲栳,来势又是绝猛,所带起的风声异常劲急,才有些觉出,回头来看,见是乌光闪闪一条黑影,也没看清是人是物,以为这有甚稀罕!头一偏,不问青红皂白伸手便抓。他却不知数千年牦象头骨乃是旷世难求的异宝,坚逾精钢何止十倍。孽龙不过身长逆鳞,能避那寻常犀利刀箭而已,便是一大方真的钢铁被这东西打上一下,也要打扁,何况他也是个血肉之躯?林璇生具异禀,力气又大,哪里禁受得住?一下正打在手指上,当时觉着生平从未有的奇痛,不由"哇"的一声怪叫,一看手骨已有三根断折,虽然皮连未落,已是鳞翻皮绽鲜血四溅,事出不意,只顾看那痛处,忘了追人。

林璇见未打中他的头，被他手一拦，觉出力量绝大，虎口都有些酸疼，知道厉害，敌人身手长大，恐被捞住，下落时脚一沾地，便自退纵下来。孽龙这时方想起看那伤自己的是什么东西，一见是个女子，更是急怒交加，口中山嚷怪叫，舍了余独不追，径追林璇。刚一举步，忽又觉着脑后风生，和先前一样，已然吃了一次大亏，不敢再回身用手去接，再又发步太猛，一心只注意到前面仇敌，急切间也转不过身来，满想把头一偏避将身去，但这次苦子吃得更大。来人身手灵活，何等机智，他身后又没有眼目，筠玉一头骨原是照孽龙当头打下，见他往右偏出三尺，直下去决打不着，忙就势往外一抡，成了个半圆形，往里打来，这一下正打在他左肩骨上，立时打得鳞翻皮破。虽然筠玉力气较小，没有将他左膀打断，肩骨上半面业已打得粉碎，比起头一次所受的伤自然更痛。这次他如就势和往常对待敌人一般回身就抓，筠玉比林璇较为轻敌，落时没有就势脚不沾尘往后纵退，落处又离他身后不远，他手要长出两三倍，当时回身，岂不抓个正准？一则骨碎奇痛，身子晃了两晃，二则连吃大亏，惊恐与忿怒交加，恐又再吃亏，不但不就势回身，反倒往前纵出数步，再行回头去看，恰巧给筠玉留出脱身机会。

林璇见筠玉纵落在孽龙身后不远，大吃一惊，欺他不通汉语，忙大声喊道："筠妹不可大意！这东西简直近身不得！"这时二人虽见孽龙被打中了两下，看神气以为不过打伤了点鳞皮，俱不知打得他指折骨碎，那般伤重，休说林璇，连筠玉也起了戒心，不敢疏忽，轻易纵身凌空去打，只管一前一后一左一右既纵彼落地跟着他乱转，暗中各打取胜除他的主意。筠玉还顺便发了一镖打他咽喉，也未打中，正自发急，忽听余独高声喊着赶了过来。林、毛二女侧耳一听，果然山后杀声如雷，渐渐由远而近。

这时孽龙已急跑向侧里，将那株枯树扳折，单手抓住下半一个裂孔，连着上面枝干，舞动如飞，横扫过来。林璇忙追过去，见他忽然回身举着一株枯树扫来，无法躲闪，只得抡圆了手中那根骨朵一拦，跟着往后纵起。两下只一碰，树近梢处的枯枝残干被骨朵打断了好些，激荡满空，飞落如雨。林璇退得虽快，还几乎被一根断干打中。筠玉从孽龙身后赶去，孽龙看出她二人的算计，照样回身举树横扫，筠玉也照样用手中骨朵来了一下，再纵将开去，空自把断梗残枝打落满空，使敌人使用起来更为称手，却一丝也奈何他不得，余独上前相助也是无用。三人俱是一个心理，因那牦象头骨屡以铁石相试，微一用力打下去，立时便成粉碎。明见打中，只见后一下，身子晃了两晃，并不似伤重神气，这一把折树折断拿在手里长有数丈，更是无法近身，又见下面千百缠藤寨人各持弓刀喊杀而来，已离坡前不远，经与孽龙斗了这一阵，路又绕曲了些，胜是绝对无望，如由来路逃了回去，须从前面坡下抄出方可纵落，正和缠藤寨人碰上，大是不妥。

三人都在且斗且急之际，筠玉忽然看见那片森林，猛想起仙札上曾有“成功在林”之言，先还当是孽龙该死在林璇手里，如今她和自己一般，是智绌力穷，哪里有望？侧面数步便森林，闻说林中合抱古木又深又密，幽暗曲折，缠藤寨人进去常时迷路不出，孽龙身子高大，林干低压，休说手中枯树无法转动，便跑起来也碍事。自己三人都是人小身轻，动作灵敏，如往林内追赶，缠藤寨人信畏神鬼，鉴于前车，为已死之人传说所震，必不敢进。至多孽龙追进，先将他引入深处，自己三下夹攻，既可乘隙攻击，又便于藏躲，即便打他不死，也受不着伤害。仙札之言或许指此，好在姓林的人与森林都在，必有一林应验。想到这里，忙和林、余二人说了。俱觉除此之外别无良法，如将首恶除去，余下缠藤寨人虽多，便不足为虑了，否则想要逃生都不能够。

当下心同意合，互相一商量，先故意引逗着孽龙往近森林处追赶，等到身临切近，回看坡下，无数缠藤寨人业已杀上坡来，有的手中弓矛已预备发出，知难再延。三人原是一个品字形和孽龙恶斗，余独在前，离林最近，林、毛二女俱在两侧，首由筠玉低喝：“还不快走！”故意退将下去。

林璇乘孽龙反追筠玉之际，本应追上，她却不追，用手中弩箭照准孽龙身后大喝一声发将出去，跟着身子往侧前面一纵，便和余独做了一起。林璇原意孽龙身有逆鳞，已然射过两次俱都无用，不过后来和他斗了这一会，到将退时，见他只是用右手单臂举树应敌，始终未见他使用左臂，手膀老是垂着的时候多，有时微一抬动便自放下，看面容大有负痛神气，心想莫非筠玉先那一下将他打伤？反正要往林中引去，再将下手除他，何不照此试他一下？箭头有毒，万一射进他被筠玉打碎的鳞甲缝里岂不是好？因孽龙身子太高，臂骨虽碎，却有鳞甲遮住，又在月光底下，彼此动作如飞，林、毛、余三人更是丝毫不敢大意，虽然流了一点血，也没有定睛注视的工夫，所以到底不知他受伤轻重。林璇心虽这样想，并不敢功必其成，但求能把他引得回转身来，使筠玉可往林内同逃便足了。哪知一箭飞去，正斜射中在孽龙碎鳞破缝之内，虽未深入，却是疼上加痛。

孽龙把这一男二女三个仇敌暗恨入人骨，尤其更恨筠玉将他打得重伤，左手臂微一转折，便觉疼痛非常，极欲得而甘心。偏生这三人不比蔡野神夫妻和手下人等，一个比一个狡猾，而且还有惊人本领，虽没自己力气大，却是灵活轻快得多，一纵就是十多丈高远，又是三下里夹攻，追这一个那两个便赶过来，真是螳螂捕蝉，黄雀在后，此去彼来，都是如此，手中也不知使的什么兵刃，锋利无比，多粗的树干，挨上便折，那么长的大树，近梢半截已被打断了一小半，如被打中，必和臂骨一般，身受重伤，不能不都顾到，枉着急怒交加，暴跳如雷，一毫也奈何他三人不得。

这一次筠玉因想三人一同逃进林去，特地追得近些，没有招呼大家同退。等孽龙反身去追林、余二人，忽然急中加快，飞身纵起十余丈，举手中骨朵照头便打。孽龙一听脑后风声，不比先前。只在手中枯木所及之处以外呐喊，或是暗放支箭，知道一个不好，又和上次一样受伤，不敢躲闪，忙往前一纵，跳出去两丈许远近。再回身一看，又是上次打伤自己的那个女子，差一点又被她打得筋断骨折，当时恨怒到了极点，口中獠牙一挫，狂吼一声，追上前横木便扫。

筠玉冒险下击时，知道身子落处必在圈内，容易被他大木扫中，早想好逃避之法，料定他是顺手扫来，也不即时退避，暗中蓄好气力，等那大木扫向脚前，双足一按劲，疾如飞弩，竟朝他左侧反手方挨近森林之处，凌空十数丈，让过脚底大木，横飞出去。

孽龙因几乎二次受伤，知道顾此定然失彼，又见自己许多手下的援兵将到，按地形敌人决无法逃走，心中拼命发狠。这次决计先将筠玉得而甘心，其余二人暂且不去睬他，只要脚底加快，容到那二人追上时，这个仇人已到了手，先把她撕成两半大嚼几口再说。如意算盘才得打好，不料筠玉身法多快，这次又是安心想逃，一纵就是十多丈，人没追出多远，早中了林璇一箭，肩骨已碎，如何能以禁受？立觉奇痛剧增，万分苦楚，急怒攻心中，知道后面三人也不能不睬，否则还要中第二箭，更是吃苦，左手已废，又不能持东西，只得将大木往地下一放，伸右手将箭拔下，怒极一捏立成粉碎。丢了断箭再行拾起大木，反身一看，不但放箭女子已跑向那男子身旁，连先进的那个女仇敌，也乘他一拔箭再取大木转背回身这些略微停顿的当儿，先后纵到了一起，正指着他高声指点笑骂呢。

孽龙不知三人要诱他入林，正愁三人分开，难以同时追逐，一不小心便吃大亏，以为三人看见援兵太多，将要到来，害了怕才合到一起，这一来只要顾定一面，岂不正合心意？那森林偏又是外面一层，密石与怪石杂列，只有三人立处有一两丈宽的入口可以进去。孽龙因众人已包抄而上，那森林自己从未进去过，手下人平日更把它视若畏途，由习惯上把三人当作走入死地，无路可通，欢喜忿怒同时并集，满想仇人的血少时必然都到口中。等跑将过去，那三人虽然后退，但是行动已缓，没有先前迅速，颇似畏惧之状，不禁狂喜。

眼看三人退离林口不过数尺，不时互相回首观望，且退且看。孽龙到了这时，仍不知三人是在那里端详退路和林中形势，还当作三人见无路可逃，和他对面，不敢直冲上去对敌，在那里害怕呢。一见两下相隔不过三五丈，一纵即可，也在暗中蓄好势子，又往前跑了几步，倏地一声怪吼，持着手中大木连人纵起，直往三人扑去。说时迟，那时快！林、毛、余三人原要他如此，见他一作势，不等起步，早各自转身一低腰，朝林中月光照不见的黑暗之处平穿进去。

孽龙一则是去势太猛，刚一纵身起在空中，忽见前面三人和狐狸一般一同扭转身形穿入林内，眼看到口之物，情急过度，往前一扑，势子更猛，没有算准落下地方，身不由己直往林内扑去。他身子本来高大，手中又持着一株连株带干的大木头，林口虽宽，无奈树枝低垂，高不过丈，在在都是麻烦。身还未落，手中大木首先被两旁树干挡住，两下一撞，喀嚓一声，互相折断了一大片。叶雨飞洒中，一任孽龙力气多大，其势不能一下把这密密层层十年以上的古乔木连排打断，一个吃不住劲，身子往侧一歪，从一株大有十抱的黄桷树上压着树干直落下来。

那黄桷树乃西南边省山中特产，最难上长，一年之中不过长升尺许数寸不等，枝干如铁，坚硬异常。偏生这森林的前一列，惟独孽龙擦着树干下落的这一株黄桷年代最久，又粗又大，虬干怒撑，枝叶繁茂，这一歪身压下去，只听喀嚓声连着一大片清脆之声，树上枝干虽被他连压带擦折断了好多，手中大木无形中也脱手丢去。可是他那身上的逆鳞去和这么铁一样坚的树干树枝用绝大力量沉重下落之势去硬擦，休说孽龙妖种身还是人，便是真的龙也禁受不住。这一下把他身上逆鳞擦翻了一大片，有的树枝皆乘虚而入刺向肉里，当时本就痛彻心肺，偏巧后面缠藤寨人又在此时将近赶到，一见林、毛、余三人逃入林内，各把木刀矛箭梭镖纷纷往前乱掷。

孽龙落下来，恰好两枝正打在伤处，真是痛上加痛，奇痛无比，不由怒发疯狂,错以为身上痛苦俱是自己人所为,当下疼昏了头,回身便追。缠藤寨人哪知就里?内中有两个小头目还迎上前去想要讨好,刚一近前,为首一个已被他一手捞住抓将起来,只一撕便血淋淋撕成两半,横过来放在口中吸了几口血,便即随手扔掉,心肝五脏洒了一地。

众人俱经过他发狂的时候,当柳燕尚未归他时,每到春天勾动色欲,兽性大发之时,无从宣泄,常是这样。不问是他多近的人,只一在他面前被他捞着,总是将人连撕带劈成了两半,放在口边一阵吸血咀嚼,非等吸血之后昏醉过去再行醒来,不会清楚。如在他吸血昏醉时过去,一样也是性命难保,直和疯魔了一般,所以寻常保不定他什么时候犯性子,谁也轻易不敢近他的身。自从柳燕来到,色欲大畅,好些时不曾犯老毛病。强存弱亡是他们的公理,除那身受其害太甚或是妻女遭其荼毒的不免心中怀恨外,余者仍然对他畏服,不敢丝毫违抗。

这些缠藤寨人原在铁锅冲大水塘里洗澡,闻得他厉声狂喊怪叫,叫大众速来相助捉拿刺客,慌不迭的赶来。一见他突然犯了疯狂,又咬吃起自己人来,俱当作旧疯复发,知道厉害,一个个吓得心胆皆裂,呐喊一声,纷纷四散奔逃。其实孽龙并未发狂,一则连受痛楚,怒发千丈,二则与丑妇厮缠太久还没尽兴,又和仇敌往来追逐了这些时,不由又累又渴,再被自己人的刀矛打在伤处,一时怒火迷心,杀不着敌人生拿一个自己人出出气煞一煞火。等到弄死了一个,见缠藤寨人纷纷惊散,正待再追上去,不料从身后树林内飞来一支铁镖,无巧不巧又正打在他那只断了指头的手背上,奇痛和暴怒自不必说。因这一打,才想起三个仇敌俱在林内,震地价一声怪吼,也忘了重唤手下缠藤寨人相助,一拨头翻身便跑。手中大木头业已丢掉,一眼看见适才夺自仇人手中的那把快刀斜插在一旁土地上,便去拾了来握在手内,飞步直往林中奔去。

他虽生长此间,因为人幼生得高大,里面俱是千年古木,树身虽然高出云表,可是枝柯繁密,离地低得很多。别人入林尚可,他进去却极费事,只小时进去过两次,因嫌它搅头碍手,并未深入。他素来穷凶极恶,并不似别的人信畏神鬼,后来逐渐越长越高,已有一二十年不曾问津,本就不容易进去,无奈报仇情急,不假思索,朝里便撞。入口处有一两丈的空隙,虽然高处枝繁渐密,人还可以通过,及至撞进不到十丈远近,林木渐密,枝干纷披,最矮处竟低及他的胸腹之间,任他身有逆鳞,究不能紧闭双目在繁壮密干中硬冲过去。勉强擦挤了丈许的路，上半身已埋入树潮之内。林中本极阴暗，纵然一双怪眼能在暗中辨物，目光被枝叶遮蔽，也看不见敌人踪迹，只得用手往前一阵乱分乱劈。偏生两手又废了一只，只剩一只右手，不能同时运用，有的枝干坚韧，折它不断，刚把右边的推开，左边的连枝带叶又扫将过来。枉自急得他暴跳如雷，无计可施。前进并没多远，阻滞横生，连那好刀也无心失去。只管暴怒火躁，一面还不得不留神防护那两处要害，以防敌人暗算。

那林、毛、余三人早已深入林内数十丈，端详好了地势再行迎将上来，诱他入伏，一见他这等进既为难退又不甘的狼狈神情，俱都咬紧下嘴唇窃笑不止。筠玉悄告林璇："这时孽龙上身埋在乱枝之中，正好偷上前照准要害给他一下，岂不了账？"林、余二人俱觉不妥。尤其余独，适才行刺经过危险，知道厉害，忙道："要说这一片林枝又繁密又垂得低，我们一样也是不好施展，只能用刀剑去刺他胁下。这畜生对这两处要害感觉最灵，你纵然和我适才一样，刀已然刺到身上，仍要被他警觉滑开，必然回手就捞。一个纵躲不开，这畜生的手又长又快力大无比，捞住便没了命。我那时在寨顶上看得清楚，如非那丑妇故意将他紧紧抱住，也就凶多吉少了。

"现时看出如要杀他，只能用骨朵从高下击，打他的头，还只是试一试，未必准打得死。要打他的下半身，仍和刺他要害一样，他不致死，我们却难免不身受重伤。现在由上去打，此间情势决不可能。前边林木疏密相间，最前面宽处不下数十丈，还可望得月光。那些黄桷老楠大的足有十抱开外，这畜生到了那里，必吃身子太高大的亏，我们却可往来穿行绕走，闪转纵避无不如意。三人仍分着三面去逗弄，等逗弄乏了，用一个人和他转旋追逐，下余两个暗藏在高树上面，也是一边一个，等他打下面经过，手握骨朵用力朝他头上一掷打下，此时仍须防他还手。不问打中与否，即速纵树后溜下，两人相继动手，当无不济之理。难得我们三人各有这一柄利器，还有飞镖弩箭等类。即使不中，他必抬头往上伸手，下面那人又可乘机射他咽喉。半明暗处下手，岂不比这里要强得多？还稳妥些。"林、毛二人闻言，点头称善。

孽龙耳目本灵，三人窃声私说渐渐被他听见，心中恨怒已极，料知仇敌近在咫尺，居然也想了一计。暗中留神，把手缓缓前推了推，恰巧那一排枝干易折，心中大喜，把周身蛮力俾运在右臂之上，使足了劲头，倏地怪吼一声，手在前面开路，全身相随，硬由繁枝密干中往前冲去。那股子神力也委实惊人，只听树声如涛枝叶惊飞中，这一冲竟被他将中间一段枝干最密之处冲过。到了渐稀的一段,目光少了许多阻隔,头也不致埋在枝叶里面。他原是寻声冲入,一停步,首先低头一看,黑影中见有三个人影一闪。仇人相见,当时眼睛急得都要冒出火来,不问青红皂白,往前便追。他哪知自己才一起动,敌人俱练就夜眼,早已看清,微一现身,便由合而分了。这一段林木越往前越稀,再进十余丈,便到了三人准备除他之处。

他本来就安心穷追,认为三人是怕了他,不得而报仇不止。林、毛二女却又怕他中途折回,惟恐其不深入陷阱,不时现形,在他身前引逗。孽龙简直连弯都未拐,一直奔到了地头。他见一大片月光照在当中空地之上,四边林木清疏,月影横空,一株大的老楠木和黄桷树,都生得又粗又大,疏密相间,矗立在那里,却不见三个仇人踪迹。正想照直往前搜寻,忽听左侧有一女子笑骂之声,定睛一看,正是打伤肩臂的仇人,站在一株大树下面,状甚暇逸。正要飞扑过去,忽又听右侧又有一个男子口音喝骂,再转脸一看,正是第一个在寨洞中行刺的仇人,方自暴怒,准备先择一个扑去。猛听身后又是一声清叱,刚一回头,还未及看清,倏地一只飞镖朝左肩头打到,不是举手拦得迅速,几乎又被打中。

这时他人和疯狗一般,也说不出他是急是怒,是惊是恨,因这次是林璇第一个发镖打他,便舍了毛、余二人奔向前去。林璇本来生得长身玉立,英姿飒爽,那株大树恰又正对月光,越显得玉艳花娇,丽绝人间。孽龙还未近前,忽然觉出这个仇人好看已极,不由欲心狂动,胯下翘起。林璇原为引逗来追,将他绕疲乏了便于下手,一见追来,本待绕树退走,见了这等丑恶之态,不由勃然大怒,一摸囊中还有一镖,猛地心生一计,算计那株楠木有十余抱粗细,绝好闪躲,他纵力大,也是无可奈何。先故作迟延,停立树下不去,一手登出镖来,准备使用。

孽龙满想着如意心思,快要追到树前,见林璇并不转身逃去,只管面向着他一步步往树身上退去,色迷昏心,错以为仇人不知身后有株大树,这一扑上前,岂不伸手可得?他哪知林璇早看出他一手已伤,必用右手来抓,好在有树可挡,特地引他上当。把身子往前一纵,待要伸出只手扑将上去便抱,猛觉臂痛异常。刚咬着牙一垂左手,单伸右手,低身上去抓时,眼看人手相隔不过数尺,仇人倏如转风车一般,背贴树身,往左侧溜了过去,一情急扑了个空,忙用手一撑树,待要跟踪绕追,身子刚往左歪得一歪,胯下和驴马肾一般的东西早着了一镖。

林璇因听金花娘说过，他那东西刀斫都不怕，用骨朵去打，又怕相隔太近被他捞住，恰巧囊中还有一支镖，心想横斫不怕，且照他头当中打一下试试。孽龙那东西本竖得又平又直，因他身长丈六七，那东西自然也高出人头。林璇是往右纵退，他往左一偏，对面看上去又是顺手又有准头，相隔又近，这一下恰好打中，那如何禁受得住？还算好，林璇爱好出于天性，虽然生长蛮荒，终是一个少女，几曾见过这等丑恶东西？只知照那东西头上打去，没有比得甚准，孽龙歪身时又颤动了一下，否则这一镖如若无巧不巧打中他的马眼以内，无须少时再费许多手脚，只这一下便送了他的终了。究竟孽龙伤势如何，且看下回分解。

第十五回

电掣星飞　千凶毕命
情深意密　三剑同归

话说孽龙龟头上被林璇打了一镖，他那东西鼓胀起来虽然是其坚如铁，刀都斫不进，可是当头之处总要软嫩得多，何况又是直里打来，不比用刀横斫，是一头悬挂着可以上下晃动，可灭去好些力量，更不比旁的地方生有逆鳞，如何禁受得住？虽然没有打到深入马眼里去，又生得异样的坚实，只被镖尖对着肥头打了一个一两寸深的窟窿，将马眼划破了些，当时甩落，侥幸保得片刻活命。可是就这样，已疼得他酸痛钻心，欲火冰消，通体汗流。惨嗥一声，也顾不得再追仇人，用一只右手紧紧握住，伏腰在树下暴跳不止。

旁边毛、余二人见林璇那般诱敌，敌到不逃，也不知是何用意，俱觉危险非常，各代她捏着一把冷汗。眼看孽龙越追越近，林璇忽然向树后倒纵过去，只一扬手，耳听当的一声飞镖落地，接着便见孽龙受伤，惨嗥怪叫起来。二人俱立在侧边树底，月光之下看得逼真，见林璇打的地方已经可笑，难得恰好一镖打中，又见孽龙手握胯下吼跳如狂，种种丑态。余独少年老成，当着两个年轻女友，还在强忍着不好意思笑出声来，筠玉却是越看越怪，厥状奇丑，平日人本天真，不禁"噗哧"一声便哈哈大笑起来，只笑得背倚树身，花枝招展，再也忍耐不住。林璇原是恨极发怒，本出无心，遥见二人一个忍俊不禁，一个笑声不绝，再一看孽龙握手跳掷痛极叫嗥的丑态，忽然想起打的不是地方，不由连声啐了两口，望着筠玉直瞪眼睛。

这时孽龙在林、毛、余三人合围之中，因为酸疼至极，固然一时顾不得去寻仇人算账，可是林、毛、余三人见他吼声一起，林叶惊飞，四山皆震，双足如钩，跳动处，地下石土非裂即陷，那等凶恶猛烈之势简直难以形容，知道只可容他势子稍缓再行智取，不可力敌，在他急怒如狂之际轻攖其锋，俱各立定静候时机。那孽龙怒极成疯，吼跳了一阵，胯下酸痛略止，其势稍煞，一抬头看见筠玉站在那里，也没分清是否一镖之仇，狂吼一声奔将过来。筠玉年纪在三人中最小，终是童心，觉着那般逗他跳掷好玩，也想抄林璇的老文章，一摸弩筒，箭还存有好几支，正打算等他追到，照原地方赏他两箭，及至往胯下一看，业已低垂郎当，不复弩张剑拔，好生扫兴。

眼看孽龙离身将近，忽然立定了身，伸手向地一抓，两脚也在用力连踏。筠玉毕竟乖觉，不等近前，容他一抬身，手中弩一连三箭。刚刚发出，猛见孽龙身子一跃，手足并举，喊声“不好”，忙往大树后一闪，只听劈里叭嗒之声，山石土块打了一大片，俱都落在树上，没有中人。知道箭同虚发，中如不中，料他必要追来，一纵身连忙绕着各大树后，和捉迷藏一般闪躲起来。孽龙这一用手足抓起地上石土打人未中，却将林璇提醒，也就地上顺手拾起石土，追上前便打。孽龙发觉，反身来追，只一转便隐入树后，毛、余二人也跟着学样。三人仍和林外一样，用走马车轮战法向孽龙引逗，使其疲于奔命，精力竭乏之时再行下手，反正有那多大树做屏障，身不离树，无庸多跑多纵，只在各树之间此伏彼应，东闪西躲，穿梭往来。

孽龙一会追追这个，一会追追那个，越追不着仇人越急躁，有时一抓一个空，气得把那挡前大树乱摇乱抓。树皮虽被他抓了许多裂缝，低的合抱树干也被攀断过几根，那么粗的大树，不比林外枯木易折，终于摇晃不动，渐渐转得他头昏眼花，神疲力乏。一站到中间，见三个仇人俱都出现，咬着獠牙，怒睁怪眼，看看这个，看看那个，也不知到底追哪一个合适。耐了一会，见三人戟指跳足朝他笑骂，万分忍耐不住，猛怒发急，又择定一个仇人拼命追去。林璇镖上有毒，这时又渐渐发作，肩臂被筠玉打得鳞翻皮绽，左手指又断了一根，几处全是重伤，无不奇痛肿胀，苦楚异常。仗着生就异禀，他还能暂时支持，到底逆鳞下面的血肉脏腑不是钢铁打就，尤其是那胯下一镖本就不轻，经他跳掷追逐了这许多的时候，先是毒发肿痛，后忽迸裂，血流如注，并且挨碰不得的那一东西，在林间摇摇晃晃，他跑得又快，哪有不碰着的道理？愈碰便下面愈酸愈痛，牵及全身，通体汗流如雨。这也是他淫毒之报，临到惨死以前还要使他受尽诸般苦楚。有此种种，时候愈久，如何能行？枉自眼望仇人，挫牙一张，直喘恶气，恨不一口将人咬成粉碎，偏偏跑也进不得，休说酸痛难禁，便是急也把他急死。

余独见他脚下迟缓，腿步蹒跚，心欲前而力不继，渐渐跑纵都纵不了多高,知已无能为害,说一声“是时候了”,正要招呼,林、毛二人已同下来。孽龙始终没想起出林逃生,他在这时忽然想起手下还有千百缠藤寨人,怎不唤来相助?便舍了三人不追,张嘴吼啸起来。余独首先听出他那吼声和先前相似,是在喊他手下人。初入林时,众人本恐缠藤寨人一同入内,事便难办得多,那就不得不冒些危险,乘孽龙当先冲入之际跳上前去,三下夹攻,分上下两路一齐动手。胜了,缠藤寨人虽众不值一击,败了,只有冲深林中落荒而逃,再相机应付,看那锦囊仙札的灵否了。及见缠藤寨人未来,知他天夺其魄、自残同类所致,便放放心心地在林中把他逗了个狼狈穷蹙。方在心喜,一听说又在喊人,仗着林中地利太好,虽然不畏,终觉人多扎手,越发望其速死。知他不通汉语,三人彼此遥遥相对一商量,决计仍用前法一同下手除他。

筠玉欺他行动业已迟缓,恐当头一下不死,说要试打一回,叫余独先去引他来追。林璇乘他不觉,藏身树干之上,以便凭高下击。自己藏在前面树后,暗中跃出打他的那只受伤的手臂。分配停当,余独便就地上抓了一把沙土,纵向场中,大喝一声:“该死的孽畜,你的死期到了!”说罢,一扬手打将出去。孽龙原是酸痛交加,疲乏已极,知道白追无用,空自累得要死,以为仇敌都在树林中转,不会往当中空地上来,一面喘着气,一边狂喊求援,并未怎样防备,余独又是从他身侧树后绕纵出去的,没被他看见,容到闻得敌人喝骂之声,遍巧他正张着大嘴在高声狂喊,一下洒了满嘴的沙土,口里自然难容,急得连喷带用手乱抓,拔步便追,只管着急,脚底却跑不甚快。

余独见状,更是定心定意的,先一纵老远,再把脚步放慢了些引他来追,不时抓起泥土打去。孽龙见追是追不上,想不追又忍不下怒火,无奈何只得也抓起地上沙石泥块往前乱打。余独几个起落已到了林内,孽龙知道又要罚他苦力,本想收了脚步。偏生仇敌不容,寻他稍有停歇之意便探身出来引逗,身法脚步捷如猿鸟,又有大树做挡箭牌,沙石益发打他不着,怒火中烧,心中一狠,又往前追去。余独恐他停步,故作迟缓之状,相隔颇近,不由得他不负痛来追,追来赶去,绕了一个大半圆圈,到了伏地。林、毛二人早乘他转身之时,在出口处一株极大的黄桷树间,一上一下埋伏停当,各举手中骨朵,专心致意,待机而动。筠玉隐身树间,见余独和他一前一后快要到来,便把周身力气,全运在右臂之上。余独到了树侧,故意装作疲极奔走不动神气,挨着树身,绕过筠玉藏身之处,往树后一躲。

孽龙把这三个仇人都已恨疯,难得有一个落了单,现出跑得力尽精疲之状,誓欲生嚼裂食为快,即使余外两个仇人又来搅扰,这一次也决不放松,何况并没听见后面有人追赶,以为也和自己一样,力尽精疲躲将起来,一心只注在前面敌人身上,并没留神到树上树下都藏有埋伏,见余独往左边树后藏躲,便也绕树进去。

筠玉看得清切,容他将要跑过,倏地奋起神威,疾如电掣,从树侧绕起,举手中骨朵照准他的左臂横着近上去就是一下,嚓的一声打个正着,就势脚底一点劲,擦着他的左肩,向相反面横纵出去。这一下身手固然真快,可是险也真险,如非在事先详慎算好势子、间隔,孽龙臂受重伤,身已疲乏,骤出不意,来的势子又不顺,这几样当中只差了一样,虽然打中,也不免把自己饶上了。

筠玉身刚飞起,脚还不曾着地,便听身后"咶"的一声惨嗥,接着波叭两响,又是刷刷喀嚓连声,立定回身一看,孽龙拉拉手抓一枝粗有尺许带着枝叶的断干,连身子晃了两晃倒在地上,离适才打他的地方跑出来不过几步。树上的林璇跟踪飞身而下,手却空着。树后余独也转了出来,忙奔过去一看,那么厉害无比的异种孽龙拉拉,业已脑浆迸裂,死于树下。

三人均是大喜,一说彼此的经过。原来林璇自恃从小练就纵树穿枝的本领,到了树上便藏身筠玉间上一株老干的密叶之中。事前没有筠玉精细,只想上下夹攻,却不想孽龙如为筠玉所伤,势必朝前追她,纵然强弩之末,毕竟腿长脚快,力气大,稍一起步,离树便远,怎能打着?眼看筠玉先往后退了退,忽从树侧飞身纵起。只一下便将孽龙左臂打折,挂着一点皮鳞直甩,孽龙痛极,一声惨嗥,拔步便追。林璇没想到筠玉会这般冒险,迎着半边来势纵出下手,那树干甚高,相隔孽龙的头本就将够得着,这被他一走出几步,如能打得中?一着急,两足勾住树干倒挂下来,手举骨朵,想连身子一同甩将出去可以打着。不料当时只顾藏身越隐秘些越好,这一动手须从枝叶中冲出,势子又急,自然枝叶乱动发出声响。

那孽龙也是该死,明看二次打折臂膀的仍是先前仇人,现在前面,刚一起步,忽听头上有了响动,惊弓之鸟,以为又有仇人暗算,不禁将头一偏,转脸一看,果然树上还跨着那拿暗器打伤胯下的仇人,刚向自己头上荡来。心想前边跑的仇人脚步最快,定追不上,这个仇人伸手可得,何不先拿她咬死再说?心里想得现成便宜,身早回过去,纵起便抓。这时情势真个危险已极!幸而林璇自小喜欢在树枝上飞掷跳纵,身手灵活,胆子又大,身子悬下来时,那柄骨朵恰好抡向下半身,月光斜照只及树下,上面有树阴挡住。

孽龙目力虽好,一则是从明处跑来去看暗处,林璇早已静心准备多时,又是以暗视明比较真切;二则孽龙连受重伤,怒火攻心,神志昏乱,只顾看见树上有人便伸手去抓,没看到仇人手中的利器。这里林璇忽然回身,睁着一双放光的怪眼看来,身才甩起,收不住势,心中一惊,喊声"不好",猛生急智,不但没有躲闪,只将身子往他左侧微用力一偏,就势朝前甩去,同时将手中使足十成劲头抡圆了起来的牦象骨朵照准他的脑门脱手打下。紧跟着改用一只左脚勾树,一只右脚脱出来蹬向树干之上,急中加快,右脚一蹬,左脚也早离了树,和飞鸟一般往自己右侧旁株之上飞去,伸手捞着,略一攀援翻腾,便由这树纵向那树,脱出险境。

作者一支笔,写两方同时的事。孽龙刚一纵起去抓,忽听头上风生,暗中似见一团黑影飞来,猛想起那东西厉害,一条手臂便断送在上面,无奈身子业已悬空,不能下落,一着急,顾不得再抓仇人,心中想将这件厉害兵器抓住,先夺了过来再说。不料他纵的势子太猛,林璇打得又准又快,哪还容他转好念头!手伸出去,那牦象骨朵已打到头上,波的一声,脑门打开,脑浆迸裂。虽然死于非命,可是这东西性子真长,身子仍就飞纵上去,恰好抓住林璇藏身的那株树干,被他抓紧往下一扳,叭的一响,刷刷连声,数丈长一尺多粗的老干带着繁枝密叶折断下来,连人坠落,到了地上,身子还挺了两挺方行死去。

这时林璇刚刚蹬着枝干,朝他左肩侧不远飞身穿出,如果他左手还在,休想活命!林璇听得波的一声,知一骨朵已然打中,随后又听见各样响声,也不知打死了没有。受伤之兽性尤猛烈,哪敢停息!接连飞穿了好几处枝干,不听来追,才敢回身注视,孽龙拉拉业已尸横就地,这才飞身下来。毛、余二人也自走过,各将发出的骨朵、暗器拾起藏好。

三人累了半夜,略为歇息,再商议怎样去除那林外的许多缠藤寨人。依了林璇,首恶已然伏诛,无须多事杀戮。筠玉却不赞成,说:"此乃妇人之仁!这些缠藤寨人弱肉强食,以人为粮,淫凶为恶,早已天怨人怒。当初武侯南征,对于孟获那般刁狡,尚不吝七纵七擒,不愿多杀,独对他们的祖先却用盘谷中一场火攻,惟恐烧之不尽。事后虽然叹息,说使这一族人绝种,有伤天和,恐损寿算,那不过是仁者用心,英雄欺人之谈,恐启日后武将好杀之念罢了。一路哭何如一家哭?除恶务尽,万不可姑息一时,使有遗类,以为千万人永久之大患。这种凶顽淫恶的东西,当时武侯必还暗派大将搜寻余孽,所以才有使其绝种之言。想是蛮荒险阻,瘴气猛恶,去的汉将只搜剿了他们大巢,惮于跋涉,没有穷探巅壑,深入窟洞,才留有遗毒在此。武侯有知,当非始料所及。起初他们祖代相传,千载之下犹震于汉兵的威势,潜伏巢山深处,不敢轻出为害,由他自去生死其间,还则罢了。自从出了孽龙拉拉,先则杀害行旅,近年更是四出劫杀奸淫。我们纵能悬尸示众,惩一儆百,但是这等东西近年已尝到甜头,觉出汉人软弱无用,暂时畏服,我们一走,仍要出山为害,渐渐越来胆子越大。他们不畏刀箭,轻易又没人能制得住,岂不害人更多!依我想,还是仿照当年武侯遗意,就用这片森林将他等引诱或是威逼进来,到了深处,四面放火,不分老小一齐焚死,免得后患!"

林璇见筠玉辞色慷慨激昂,英气勃勃,便指着她肩头笑道:"姑娘!我只说你武艺超群可做我的师父,想不到肚皮还这般宽着呢。天已不早,不要再辩今论古了,该怎办就怎办,全依你如何?"余独道:"筠玉妹高见甚是,只是这些缠藤寨人手有刀矛弓箭,均能发准,人数又多,恐怕也不易全除去呢。依我之见,还以小心为是。"还要往下说时,筠玉撇嘴笑道:"没见余大哥这般胆小!他们人虽多,有甚用处?难道头比孽龙还硬么!来时给你骨朵,如若肯用行刺时,早一下把他打死,我们三个人也不致受这场好累了。休说这些缠藤寨人,连那两个淫妇也要一齐杀死,省得听了都令人恶心。全寨除那山娃子外,都给他斩尽杀绝,一个不留!"说到这里,忽听出口那一片树林内有人夸"好"之声。

三人一惊,连忙追入一看,全无影息。余独因本山没有汉人,筠玉又想起来时所遇白衣人影,知非敌人,恐藏在密林暗处存心玩笑,双双各按江湖上的规矩打了几句招呼:"请现身出来,到明处相见。"见无回应,恐遭讪笑,便不多言。林璇却说那东西颇似蛮枭应鸣,互相商量,要将孽龙首级切下,带出林去震吓缠藤寨人,并带与蔡氏夫妇观看。余独大刀已被孽龙夺去,只剩林璇一把大刀和筠玉的一口宝剑。林璇先朝孽龙头间连斫了两刀,刀落鳞上，只听呛呛之声，和斫在铁上一样，并未斫动。余独道："这畜生周身逆鳞，甚是坚厚。这般斫他后颈，必然无用。他那咽喉要害之处不是没有鳞甲的么？"

一句话将林璇提醒，忙招呼余独一同上前，一个一头，用手将孽龙尸首推转过来，仰头朝天。一看这东西，形像真个凶恶无比：头上生着三只极短的角，长才数寸，当中一只仅似一个肉锥，远看不会看出，已被骨朵打破，正是那致命之处，满头脸俱生有细蒜瓣形的密鳞，试用手一摸，又滑又硬，脸长鼻掀，嘴拱面阔，正大张着嘴露出四根獠牙和上下两排犀利若锥的怪齿，委实有些像个龙形。虽然死去，两只茶杯大小的蓝眼兀自瞪得要往外突出，加上鲜血和脑浆四下流溅，污秽狼藉，五色俱备，身上更是奇腥恶臭，闻之作呕，越令人见而生憎，不愿近前。右手树干仍然紧握未放，林璇试用力一夺竟未夺下，暗讶力气委实惊人，一赌气甩开省得刀下去碍事，然后用足力量朝那咽喉上一刀斫去，耳听噗哧玱玱之声，低头一看，只当中要害喉结无鳞之处，斫了进去，其余有鳞之处仍然未伤分毫，气得林璇直骂"好硬骨畜生"。

筠玉生性喜洁，恶闻腥臭，只在远处立观，心想林璇缅刀甚是锋利，自己手中虽是一把好宝剑，但是以前曾和她的刀对敌过，她如斫不落，自己的剑一样也是不行，何况她的力气比自己还要大得多，所以并未上前，及见林璇着急，便问："怎么了？"林璇微嗔道："好姑娘，怕闻臭味又嫌脏，却教我和余大哥受罪，也不帮人个忙，还好意思问呢。"筠玉笑道："你自己呆么！当初牦象的皮有多厚多硬，我们怎么会把它剥去皮，还分了尸，连头骨都做了兵器呢？说是一个人颈都割不下，我就不信。"林璇道："你倒会说现成话！也不要你这千金小姐动手，免得带了臭气在身上。只请堵着鼻子过来看看，他是不是和牦象一般，有口缝么？"正说之间，见余独因筠玉一说，拿刀在挖孽龙的眼睛，筠玉也要近前相助。忽然灵机一动，知道筠玉最厌腥秽，适才之言原不过打哈哈，并非真个嫌她不动。忙拦道："毛姑娘且莫来，我已有主意了，仍请你那边等着吧，省得成了功又说是你教的。"

筠玉笑啐道："没见你这人！还是我姊姊呢，一会这样，一会那样，出尔反尔，没的由你自在调摆！偏要近前，省得说我爱干净，不帮你们的忙。"说时，林璇已将刀放在地下，举起那根骨朵，比准孽龙咽喉刀斫破裂的地方往下用力一杵。说也奇怪，那么刀斫不进的地方，这一下竟将他杵了个鳞破皮绽血肉翻飞，直穿过后颈窝，如陷在上中去，钉在地上。三人见那骨朵无锋无棱，又不甚重，却比极快的刀剑还要锋利十倍，俱各高兴到说不出来。林璇见一下成功，只两旁还稍微有些牵连着地方，忙又接连横着往左右轻轻各杵了一下，一颗又长又大的孽龙首级便自离腔断落下来。

林璇喜不自胜，笑问筠玉道："乖妹儿，你看如何？"筠玉撇嘴笑道："好姊姊，少吹大气了。我不说起割牦象，你想得起么？这还不是我提醒你的？"林璇见她还不离开，故意装作生气，要追过去呵痒模样，将筠玉吓到一旁。正待回身去断干上削下一根树枝来将首级挑起时，见余独又在挖那龙眼，笑问何故。余独说是看它凸出发光，疑心里面也藏有宝珠，想试挖一眼看看。筠玉在远处笑道："呆子，这到底是人变的，身体还没有牦象的腿大，哪来的珠子？你如爱，我那一颗送你便了。"余独闻言，好生惭愧。

这时天已不早，渐渐月移星沉。先时还有斜照，等到林璇接了余独的刀削好树枝去插向首级之内，已离天亮不远。星月既隐，深林阴晦，眼前一片漆黑。三人虽是练就目力，也觉行路不便，好在身旁带有宝珠和新到手的夜明卵，便各取将出来。先使夜明卵，一出手便是荧荧一团光华，波芒变闪，因着林叶石土反映，五色沉耀，转幻不定，甚是好看。及至把那两粒日月珠拿出一比，立时光辉大减。一个是百丈精光，蓝霞万道，一片蔚蓝色的光华，照得森林远近纤微毕现；一个是芒彩锁沉，只似数寸方圆一团呆光，被珠光映成了蓝色，宛如一灯，怎能与天心皓月相提并论？

林、毛二女自得此珠，先是早晚忙于摒当行事，虽曾在暗室中试看过两次，因为室中地总不大，那珠越照远光越强盛。这片森林又是亘古以来除当中那片战场以外不见天光，阴郁幽晦，黑暗异常，格外显出它的威力。二女因这一照，方才深知此珠的神妙处，得胜之余，自然喜上加喜。余独说："那夜明卵也是稀有之物。"恐物物相制，无心中为宝珠所克，便收了起来。当下改由筠玉持珠，余独一手持着骨朵，一手举着树枝，上插孽龙拉拉的首级，当先开路，并肩前行。林璇紧随二人身后，一同且谈且往林外走去。眼看相离出口还有七八丈之遥，筠玉忽嘱"禁声"，一面忙将宝珠放在皮囊之内藏向怀中，一手握剑，一手紧持骨朵，轻轻纵向前去。林、余二人也跟着纵了过去，一同伏身树后探头往外一看，出口外面正是东方，已然是微明的气象。适才那么喊杀震天的许多缠藤寨人，原算计他们素畏鬼神，惑于传言不敢入林，必在林外相候，谁知静悄悄的并无一个人影。

林、余二人知筠玉耳目最灵，便问她："听见了些什么？何事如此大惊小怪？"筠玉悄声说道："休看那多缠藤寨人，倒并不在我心上。倒是来时所见白衣人影和适才林中喊"好"那人必非常人。看他行径，好似和我们志同道合，也是来除孽龙的，但是他既不露面，也不和孽龙动手，叫人不解。如若是因见我们在此，临时相让，见不行了再现身出来相助，余大哥初会孽龙何等危急，却不见他动手。便是我们也有危急之时，始终未见出力，又觉不似。听余大哥说那云梯不是他放下去的，绞盘也没有毁，并且这两样做起来均非容易，此人本领定在我等三人以上，明未动手，却替我们安排好了道路，说不定在前些日途中相遇跟了下来也未可知，看似好意，有心戏侮也是难说。你总说我眼花和听错，我嘴不说心却不信，处处时刻都在留神。因为家父以前在江湖上得罪能人甚多，便是余大哥的对头也不在少处，如若疏忽，在此丢了一个大人，日后怎有脸面见亲友？方才一会我早就说快出林去了不要说话，你两个偏不信，果然我和他正走之间，刚想起珠光太亮，前面就是林外，防人看见，正要收起，忽听林外有人说：'这三个人反正也不能活到地头，就由他去吧！此时我们无须下手了。'另一个还说了一句：'他们真蠢得可怜。'这话颇似讪笑我们。等我们收珠仔细一查看，却又无声无影。事甚可疑，来时家父再三坚嘱，说我年轻气盛，在路上无论遇见怎样的能人，他明我暗固佳，大家都在明处也可无妨，最怕是我们在明处，他却隐在暗处，不易捉摸。当然本领高出己上，否则他就想隐也隐不住。不必动手，已有强弱之分，怎好大意得呢？说好便好，说不好，本是我们三人中的对头，只除孽龙却有同心，见我们也来此，存心罚我们的苦力。这样能手，不致暗中伤人，只坐山观虎斗，等我们将孽龙除了，然后他以逸待劳，现在外面空阔处相候，或是戏侮一场，使我们丢个大人。家父当年对待敌人就常用这样方法，叫你急不得恼不得，又羞又忿，无奈他何，或是叫明原因来路，比拼个强存弱亡。所以我们出去以前，须得事先有个准备。"还要往下说时，林璇拦道："姑娘算了吧！外面还有那么多的缠藤寨人，难道一点声息未听见，就被他们斩尽杀绝了么？焉知不是这里的人在说别样事，你听错了呢？"

筠玉冷笑道："姊姊生长山中，没在江湖上跑，哪知底细。你没听蔡氏夫妻说么，这里一个能说汉话的都没有，至多只有两个近来略知铁洞土语的说还说不全，不然他们要山娃子做甚通事？越是听不见他们声息越有原因，全死虽未必，被来人用计拘禁起来在所难免。我们此时是悄声说话，他听不出，适才他那几句话，分明说与我们听的。不信，我去一看便知善意歹意，现时尚难定准。好在我们各有这一件厉害兵器，不论他使甚东西，碰上必断，这是一个大便宜处。可由我当先答话，姊姊和余大哥随我动止，分三面留神，加些小心，当可无过。须知如是敌人，这个却不比孽龙和蛮人呢！"林璇又问余独可闻人语。余独也说："听是听见两句，因正和她问答以前之事，没有听真。"林璇想起筠玉平日素不低眉护人，既然这般持重，定非虚语。

当下各自当心，在林内又挨了一刻，不时往林外窥听动静，终无声息。见林外天色渐明，方行起身走出。离口丈许，忽又听林外侧面月光看不见处，有一男二女用汉蛮各半的语言在低声说道："那恩人说，叫我两个在此等候，三位尊客已将孽龙杀死，少时便将首级挑了出来。怎么天都亮了，还不见到？"内中一个女的要往林中冒险一探，余下一男一女却又再三拦住，要她等日头上了再说。尤其那女的说林中鬼怪甚多，本地山民入内必死，只柳燕去过一回无恙等语。三人听出内中有两个甚是耳熟，侧耳止步一听，听到后来，筠玉忽然醒悟，不由惊喜交集，喊一声："快随我走！否则异人将要失之交臂了。"相隔外面本来甚近，筠玉当先，林、余二人在后，只一纵便飞身穿出林外。往林侧一看，离林数丈处，山石上坐定一男二女三个山民，男的正是大锤，女的一是芹芹，另一个正是那山娃子，那多缠藤寨人却不见一个。见林、毛、余三人果然挑了孽龙首级出来，一同上前拜倒在地，欢呼如狂。筠玉首先急问："可见一位穿白衣的少年么？"芹芹先答道："有两个穿白衣服的恩人呢！是一男一女，如今早走了，我们的命还是他们救的呢。他们说恩人们业已杀了孽龙，少时便要出来，叫我们在此等候。已有一个多时辰了。行时并叫转告恩人们说，仙师第二锦囊虽然注明时日，要在那天赶到万柳山场见到那人以后才可开看。他们已跟着走了一路，现在却要分手往四川去，日后再向恩人们迎上来。难怪他那么大的本事，原来是恩人们的朋友。二十多个缠藤寨人捉住了我，被他们用一个发大亮光的镜子照了几照，便杀死了。山娃子和雷寨主也是他们从别处救来的，黑地里坐在这有鬼怪的大林外边。山娃子又说，这里缠藤寨人现在实数连男带女还有上千，又怕他们暗中跑来，捉去便没了命，先吓得连话都不敢说。后来静听好久没有响动，山娃子说，就不说孽龙在林内与恩人们打仗，他们不该离开，就拿平日说，他们总是在天明以前要起身往寨中参拜和往各处有事。天都将近亮了，这里是他们一大半的必由之路，怎会不见一个人走过呢？她乍着胆子偷偷跑去一看，冲里死尸不知堆有多少，恐怕全寨缠藤寨人都被那两位穿白衣的男女恩人杀完了呢！”

筠玉闻言，果然异人失之交臂。既提到仙师和锦囊，定是同门师兄师姊无疑。越想越觉可惜，好生后悔：已然看出一些迹兆，却因审慎太过，拿不准来人善恶，以致当面错过！且喜缠藤寨人全数就戮，正合自己心意。大家又欢喜了一阵，先一路去看冲里堆浮的缠藤寨人尸首。到了一看，那地方风景真好，一大片湖荡，三面被山崖挡住，正中一面独为凹下一些，离地高有八九十丈，宽也有三十多丈，上面洪水滔滔，涌到崖边，化为百丈长的广幅天绅，直挂下来，直落湖荡之中，如同银河倒挂，轰雷喧发，玉溅珠喷，雪云雾涌，声势既是惊人，气象又复雄奇伟大。全湖大只二亩，可是水道四出，接湖而流，所以那么大的水势。深只及丈，与崖相差犹有尺许，湖形也似一口仰锅。那些尸首都被水势冲向背水一面，靠边处湖水微黄，与源头之下不类，一股股的浊流，分由两旁水道滚滚汤汤往侧面绝壑之中流去。细一看，那些尸首大半头上穿有一个大孔，全身肉烂见骨，有的连骨也都腐蚀，分明被杀之后，又经那人用了大量化骨丹弹入尸身之内，使其消化成水，随波流上。只不知丹药怎么被大水冲掉，好生不解。男女老少尸身都有，大概悉数就戮，只不知那逃走的三人是谁罢了。

大功告成，百无忧虑，便命山娃子顺来路领去，略观当地形势。刚一转过山角不远，那么大的瀑布吼声竟丝毫也不听见，大家不禁叹绝，共赞造物之奇不置。因山娃子说，寨堂和柳燕所居室内有不少贵重难得的东西，何不将它取了再走。三人问起柳燕和那丑妇的下落，经大锤等一谈，才知柳燕果然心存叵测，大锤和山娃子到了那里，先是甘言留住，一面暗禁山娃子，不准走开。她以为大锤既来，必然不止一人，再三盘问蔡氏夫妻来未，最终竟和大锤明说：自己并无害大锤之心，不过为了固宠求欢，只有把蔡氏夫妻献出。如说要除孽龙报仇，她先本有此心，但是除非天上神仙，谁也无此能力，并且心中也不舍得这么中意的丈夫。现在业已改了主意，想将蔡氏夫妻骗往寨中，绑了献功。既然未来，现有两条路与他走：一条是先行折箭为誓，回去将蔡氏夫妻诓来，再将铁洞山寨中牲粮物品用具献上。由大锤继为寨主，每年向她纳两次贡，有时如须买购汉人物品，话到即行照办。另一条路是闻得山娃子每次前往都只能到蜈蚣夹子新移居的山寨，不特深险，而且防卫周密，埋伏重重，外人无法走进。她已从山娃子口中套出好些，只山娃子也是听说没有去过，要大锤或是做内应将地理图献出，或是告知孽龙去做向导，前往杀人抢劫。

话未说完，大锤如何听得！起身过去抓她。谁知她近来已能通当地言语，不过当着山娃子不说罢了，暗中早就偷偷结了心腹羽党。见大锤来抓，往内屋一闪，早纵出四个先埋伏的缠藤寨人将大锤擒住，连山娃子一同吊起，正要拷打，逼着从她害人，忽听孽龙吼叫之声。叫她手下心腹一打听，说是有一汉人刺客前来行刺，孽龙业已追去。知是大锤、山娃子引来，因她有许多机密事在山娃子手里，正待把山娃子先行杀死，再将大锤绑了献与孽龙，说是适才刚擒到的刺客党羽。刀才举起，忽然飞进一双穿白衣的少年男女。四缠藤寨人正要跳上去捉，来人手里好似拿着一个发出跟电一般亮光的镜子，只抬手向他们五人一照，立时死于就地，接着便引大锤、山娃子出来。到了一个僻静之外，芹芹在那里相候，说是先见林、毛二女去追孽龙，不久冲里又跑出许多缠藤寨人奔向坡上，不知怎的，忽然吓退下来，大半仍往冲里逃去，只有二十几个，到处乱藏躲，一下钻到芹芹藏身之处。他们发现有人，正要淫污加害，也是那两个少年男女赶来，一道光一照，个个穿颈穿胸而死，一个也没有得活。两少年给她另藏了地方，再去搭救大锤和山娃子。

走了不多一会，忽见黑暗中有三个人影闪动，芹芹一看，俱是铁洞自己人。先还以为是蔡氏夫妻得了信派来相助林、毛二人的，等到看清，竟有拜月前要杀她的那个丈夫在内，才知是他没将自己杀成，当众丢丑，心中恨极，约了两个同党暗地跟踪，看出行径，拼了命冒险到此暗加杀害的。正在害怕，两少年忽引大锤、山娃子到来。芹芹的离夫和两个同党想已在暗中看出两少年俱会仙法，知道厉害，忙着逃去。依了两少年中女的一个，定要追上将三人杀死。男的却说："行期已至，还有诸事未办，师弟妹等难免心慈，又来贻害，莫如替他们弄清楚安排好了再走。"当时也没见他二人掩掩藏藏，如在自家一般，竟带了众人去至坡上树林外等候，说了几句话又匆匆走去。众人在路上还远远望见冲那边有好些缠藤寨人影子，直怕他们寻来。等了老大一会，才见他二人回转，走起来脚不沾土，比飞还快，一到便往林内走了。片刻出来，吩咐大家不要走动，一会林、毛、余三人便杀了孽龙出来。跟着晃眼不见。林、毛、余三人一听，才知筠玉出林时所闻之言，竟是说那芹芹的离夫和那两个同党。且谈且行，不觉到了寨堂。入内一看，旁屋内堆积汉、山民的财物甚多，知是抢劫行旅村镇而来。大家拣有用的取了些，就用原在的布帛打成包裹，余下的还多，拿它不完，留着蔡氏夫妻当日率人来取。毛、余二人因忙了一夜，又累又饿，主张回去，林璇却要看看柳燕的尸首。筠玉说："要看，你一人去看。来时也忘了带点干粮，我真有点饿了，回去还有好远的路呢！"山娃子忙道："恩人如饿，柳燕因是山民，虽然淫毒，饮食却近汉人。她要孽龙出山打劫，一半也是为了吃的不惯，平日她不和孽龙同吃，至多睡得高兴时喝些烈酒，吃的都由我和她自煎。昨晚看她存得熟食颇多，去了正好吃些再回去。"筠玉方无话说。

众人一同绕至柳燕所居室中一看，地下只剩了四五摊黄水和五堆头发，哪有尸首。筠玉想起来时头一个发现的死尸，知又是两少年男女用药化去，便和众人说了，俱都惊奇不置。山娃子一到便去寻找食物，林、毛二人忽然想起还有丑妇不见下落，一问间大锤等，也没听两少年说起。余独道："这人如在，就由她去吧。我看她神情，倒似心怀异志，真想行刺孽龙，所以见我下手时，明睁着眼睛，不但不出声提醒孽龙，反倒拼命抱紧，故用汉语叫我逃走。幸而这一耽搁，否则不等你们前来，已被孽龙追上了。"筠玉笑道："照此说来，她还是个有功之人了。"

这时大锤和芹芹正在满屋搜寻贵重有用的物品，三人谈笑之间，忽听里间有一重浊呻吟之声，俱以为藏有缠藤寨人，各举兵刃往室内奔去，见室角有一堆柳燕穿的衣物在那里微微颤动。芹芹不知从哪里拾了一把刀拿在手中，首先抢上前去用刀一挑，忽听一声惊嗥，衣堆里钻出一人。余独一看，正是那丑妇。大锤因心有先入之言，举刀要斫，余独连忙喝住。一问，原来她是离此三百里一个黑蛮的女儿，家只一母。她年才十七岁，从小十二三岁就招了许多野郎，因为天生异禀，也是一个有名的无底口袋。她虽好淫，却极孝母。这次缠藤寨人前去掳劫，她本已藏在土穴之中躲了过去，事后出来，听说乃母被缠藤寨人掳去，知道必无幸理，一时情急，仗着蛮力快腿，不但不逃，反倒拼命追上缠藤寨人，想见母一面，与母同死。到了寨中，同捉来的妇女已被淫杀若干，眼看该轮到她的母亲。她想死在乃母前头，乘孽龙不在意，把乃母向众妇女后面一拉，自己却迎上前去。好在全都吓晕了头，也无人出声。以前那些女人原因不堪承受而死，柳燕月经正来，身又有病，不许孽龙沾染。孽龙正值兴发如狂之际，抓她过来一试，如获至宝，大出意料之外。一个高兴，一个惜命，便命手下把余人带去关起，独和她玩了一夜。第二日她便乘机求把这些妇女送还家乡，她母自然在内，终于获救。

她虽淫浪，却恨孽龙入骨，知道柳燕不除，不独日后难以下手行刺，还是她的大害。即使异日行刺成功，有柳燕在，也逃不出去。正在终日筹思，不敢轻动。一见有人行刺，巴不得能将仇人刺死才称心意，所以故作淫声，抱紧孽龙不放。后见刺客被孽龙追出，猛生一计，想乘此时机去刺杀柳燕，成功了说是刺客所为，不成反赖一口，硬说柳燕要将她捉去暗害。她初来不认得路，耳听孽龙在远处怒吼山嚷，心中又胆寒，好容易寻到柳燕居室，由外面窗洞中往里一看，柳燕刚绑好大锤、山娃子要杀，忽然飞进两个男女汉人，手上发光一照，柳燕和四个缠藤寨人一齐倒地，事后入内一看，业已死去。见室中好些可爱未经见的东西，大起贪心，刚拿了几样要走，猛想起没地方放，而且还恐孽龙疑心她杀了人，一害怕，丢了就走。打算仍回原处，心一慌，出来走错了方向，一眼望见铁锅冲山角底下要路口上站着适才杀柳燕的白衣少年，女的一个却在湖荡边站住，手中仍放大亮光，正和许多缠藤寨人在打。缠藤寨人刀矛掷出来到不了女的身上，女的光照之处，缠藤寨人纷纷倒地便死。有的想往山角外逃走，又被男的截住，一照便死，随手一扔便扔落湖里。再一听寨前已无孽龙声息，以为是天降神人来杀灭全山，孽龙定然身死，不由吓了个胆落魂飞。如被那少年男女看见，必难幸免，哪里还敢走回原处。

东藏西躲，俱觉不妥，末后想起柳燕室中刚被他们杀完了人走去，不致再来，或者比较稳妥。好在已死多人，即便孽龙未死，问起来也有话说，当下便藏入里间。见屋角木板上折叠的新花衣服甚多，不由越看越爱，心想万一全山人都被那两汉人杀死绝了种，把这些衣服得了回去多好！正一件一件翻动，爱不释手，忽听远远多人脚步之声渐渐行近，微闻汉语问答，当是仙人去而复转。此时此刻总算嫁与了孽龙，遇上焉能活命？这一惊真是非同小可，也没细看木板旁有什么东西，忙把大堆衣服抖散，往头上身上一蒙，慌不迭地就蹲伏下去。不料身子一坐，正坐在一根硬东西上，生扎了一下，奇疼非常，拿手一摸，像是一根扁铁棍。刚拨开勉强蹲下一半身子，人已进屋，哪里还敢出声动弹！先听来人在屋外说话，翻找东西，一会又听有人走进里面，益发吓得要命，下面扎伤之处又痛不可当。起立是不敢，蹲又有那放铁棍的木架挡住，身子太胖，蹲不下去，闹得两腿又酸又麻。正在支持不住，忽听出屋外一个男子说话的口气，正是首先行刺之人，难得竟会看出了自己当时救他心意，突然萌发生机，心略一放，不觉呻吟了一声，接着便听众人惊讶喝搜之声，奔了进来。因为来势甚猛，还拿不定是吉是凶，只吓得乱抖。因她这一胆小，如非余独拦阻得快，几乎死在大锤刀下。

众人问明经过，见她生得那般奇丑痴肥，居然还是孽龙的心头爱宠，俱都不禁失笑。虽厌恶她的淫丑，却怜念她舍身救母那番孝思，总算给余独帮了一个小忙。那白衣少年男女洗灭全寨，一个不留，柳燕都未能免死，独给她留了活命，定是存心饶她无疑。筠玉问出她想回去，因相隔太远，恐中途为伏莽蛇兽所伤，一想反正道路相同，自己一行也要打那里经过，便命她暂时相从回山，明日随了大家一同起身，又命山娃子将那携取不完的衣物财帛给了许多与她，丑妇自然喜不自胜。

林璇见筠玉素性喜洁爱好，这时却对一个又肥又蠢的丑妇如此殷勤看重，好生奇怪。后见丑妇因感激过度，一面拼命向众人叩头礼拜，又要拿嘴去亲筠玉的脚。筠玉口里分派，人本离得远远的，忽见她跑近前来，伏身跪倒，要亲自己的脚，腥臊之气触鼻欲呕，急得慌不迭地纵闪一旁，怒喝道："不知好歹的丑货！你这是做什么？"那丑妇一片至诚，原为感恩取媚，不知因何触怒，吓得跪在地下发怔，不知如何是好。众人看了，俱都好笑。余独知道筠玉意思，便对她道："毛小姐爱干净，你也不想想你有多脏，就去挨近她。我们用不着你感谢。各自起去，把给你的东西估着力气能拿的包扎好了，一会好动身。你只离得我们远远的，便无人怪你了。"丑妇闻言，方始明白，才放了心，木怯怯地站了起来，看了看自己，又看了看众人，休说林、毛二女英姿丽质明艳绝秀，便连山娃子也有几分姿色，干净清楚，哪似自己那般粗浊丑怪！一时自惭形秽，不禁面有愧容。众人见她低首害羞神气，把一张又麻又黑又黄的怪脸臊得变成了六月里放坏了的猪肝，不禁又是一阵哈哈大笑。

林璇听余独一说，才知筠玉心中仍是厌恶。猛想起连日路上似见余独关心着筠玉，无论饮食言谈行止，在在自然流露，碧娃更常向余独挤眉眨眼，不时向丹姝耳边窃窃私语，筠玉不似他那样明显，也好似有其意存在。虽然两人言行均极光明，性情又复亢爽豪迈，看去一样是同共患难，情感殷厚，不过总觉与对待别人不同些。今日筠玉厚待丑妇，分明因她曾为余独解围之故，不禁怅然。暗忖，与筠玉相交不久，论情谊已是无殊骨肉，并且拜了姊妹，誓共生死，平日什么心腹话不说？独对垂青余独一节不特未见吐露，连夸赞的话都没有，背地里却各自这等关切。想起筠玉父母健在，又有此知心密友，自已生长边山，从小孤苦伶仃，谓他人父，谓他人母，连一个骨肉宗亲俱未见过，好容易经了多少年才打探出一点下落，此去万里寻亲，也不知如愿与否。念及身世，触动悲怀，好生伤感，连想和筠玉取笑两句也没心肠了。

这时山娃子已寻着许多吃食和糌粑腊肉之类，就外屋角的火池烤的烤，煮的煮，一齐收拾停妥，又去取来了干净山泉请大家同用。筠玉一看芹芹还在里屋未出，便喊道："芹芹，你只管找些什么？还不出来吃完了好走！东西多，不会二次来取么？你看雷寨主，先恨不能连这山也搬走的，现在都停手了。如恐再来没你的份，你也是有功的人，无主之物应该得，还有我们为你做主呢。"一面说，偶一回顾，见芹芹正掩身门后朝她点手，知有原故，便走了进去。见芹芹手上正抱着两个长短铁匣，不等筠玉问，便凑上来附耳低言道："这里头藏有宝贝，应该当恩人得去才好。适才丑妇一走出来，我就在她蹲的地方看见两个铁匣，一个横卧在地，一个斜插地上，不知怎的，当时会留了点心，先拿身子遮住。等大家去到外屋说笑，我才转身进来，偷偷打开一看，有一匣里面藏的是两支宝剑，剑囊上嵌有珠宝，有很亮的光，定是宝贝无疑。这时大锤正跟了进来，怕他要去，连忙放在原处，仍和他装着找翻东西。他以为木架后是空的，没有去看。好容易盼他出去，恩人总把脸背着门，不回过身来。那剑我只拔出了一点，就见光射眼睛睁不开，冷气侵人，我看比恩人那剑还好得多。我想少时恩人就说二次再和蔡寨主来搬取东西，不准他们走进这屋。回到半路上，我和恩人再推说有事，要叫他们都先走一步，我再陪恩人回来取，不是省得他们要吗？"

筠玉闻言，虽然喜她忠心，却也陋得好笑，便道："大锤连山娃子那般功劳都无有，命还是我们自已人救的，东西是我们先寻到的，没有我们的话他哪敢要？我们三人自家骨肉，不分彼此，无须掩饰，明给他们看，怕什么？"芹芹又说："既是不怕同来人要，不过大锤为人量小，恐日后众人走了见怪，最好说出是你进屋来自己找到的，与我无干。”筠玉闻言，略一寻思，点了点头，接过双匣，故作失惊道：“芹芹快来！这是哪里来的？我进来还见木架这一边是空的呢，怎么刚一转背过来就添了这两个匣子，莫非有了鬼么？”外屋诸人正拿起东西要吃，闻得语声有异，头一个余独走了进来。筠玉先朝他使了个眼色，等众人跟着走进，又把前言说了一遍。

大锤因孽龙是林、毛、余三人所杀，寨中缠藤寨人又是三人的朋友所扫灭，自己寸功未立，还承人家救命之恩，又是敬畏又是感激，虽然心性贪恋，先倒没敢觊觎妄取。后见那多东西财货，林、毛、余三人除取了数十斤金沙交给芹芹背回去，准备带至云龙山去作馈赠外，只略取了一些有用之物，余者尽着他和芹芹、山娃子三人携取，剩下的仍可回去同了蔡氏夫妻二次再来，一方喜出望外，一方见山娃子倒颇知足，在寨堂中取了一大包衣物，便去料理饮食，只芹芹取的东西不多，却满处乱翻乱找。他哪知芹芹是想借花献佛，见恩人所取无多，心中不服，打算给他们找一点汉人心爱之物，并非自要，心中好生不快。一则大锤自己没有主权，筠玉事先有话，他们三人都是一样随意取携，惟力是视；又看出芹芹变成了筠玉重用的人，不便出言斥责，只得也比看乱取乱翻，惟恐芹芹将好的都拿了去，不一会，便又弄了一大包。芹芹虽然东找西寻，却未见她取上一件，自己已弄了三大包东西，即此已难于携带，心中还在暗骂：“贱丫头娃！没开过眼，定是丢了这个舍不下那个，所以闹得结局一件也没挑选好，仍是适才在寨堂里取的那些。你还要帮三位恩客背那金沙口袋，就拿也拿不了许多，何苦来哩！”一面又想孽龙为害行旅已有多年，近年更不断往山外打抢劫杀，东西历年存积甚多，俱是自家寨中有用之物。孽龙多半不知用处，都堆在寨堂之上。柳燕这两间屋，所有业都看过，尽是汉客贩的衣、物绸布和从山外劫来的吃食腊味之类，样数还没寨堂上堆积的多，芹芹也全拿不了，反正还要再来，自己手下人多，她只一人，至多加上她那情人，与她急取则甚？想到这里，一赌气，甩手出去，谁知芹芹竟将他瞒过。否则当时看见他终是头子，或好或歹取去，林、毛、余三人原命各碰运气自取，已然到了他手，自然不便失信，至不济也要分他一半，哪能将这人间异宝都得了去呢。

那匣外观如铁，一个长有三尺，宽约半尺，有二指多厚；一个长有二尺，宽厚俱比大匣差一小半，拿在手中甚轻。不顾细看外表，筠玉说罢前言，先打开大匣一看，果然里面剑槽中置着两口宝剑，剑鞘极薄，剑柄上镶有一单两双、三块拇指大小的宝物，颜色一青一白一黄，非珠非玉，光华湛然，芒彩四射，众人已觉惊奇。再握着剑柄往外一拔，微闻“丝”的一声，一道寒光电一般闪出来，照得旁立诸人颜面皆碧，冷气森森，直扑眉宇。筠玉不觉狂喜，再轻轻往外一伸手，“丁”的一声清脆之音，全剑出匣，立时耀碧流青，星飞电掣，光照全室，寒生襟袂，仿佛一道轻虹拿在手里，晶明几可透视，喜得双手发抖，无可形容，忙回手递给余独。

筠玉再将第二剑从匣中拿起，忽见槽内夹有一张二指宽的纸条，忙先拿起一看，只见上面写着几行狂草，词是“尘中寄迹，倏忽百年。仗以伏魔，仗以除奸。今日解脱，售价三千。虽非其主，借作邓传。命浅心毒，明眼何干？银济孝子，剑赠有缘。彼虽两失，我则两全。孽龙恶蟒，劫数当然。余惟怀玉，鲽鲽鹣鹣。璇闺共苦，同隐仙山。往者宝之，勿让勿谦。云腾霞举，璧合珠联。”等二十四句，底下却未写着名姓，只画着一把剪刀、一块石头。心中细释词意，似是剑主是个主人，在缘寂以前将它卖给一个恶人，拿它三千剑价去济了一个孝女。那恶人中途经此被孽龙劫杀，将行李衣物抢上山来，不知匣中有宝，定以为是块废铁，不知怎的被柳燕看出，要来放在这屋内藏起。算计那恶人必有别的遗物可查，见山娃子也跟着惊奇，想必也未见过。当时既不便询问，又因纸上有自己和林、余二人姓名，并且“余惟怀玉”那句话甚是刺心，好生不快，不由瞪了余独一眼，故意喜说道：“原来将才来杀缠藤寨人的，一个是我们的师兄，一个是师姊，奉了仙人之命与我们送剑来的。”说罢，便把纸条往怀中一揣，又去拔第二口剑。

林、余二人因字是狂草，旁立没有看清，向筠玉要。筠玉微嗔余独道：“什么你都要看，这回偏不给你看！少时我只和林姊姊看去。反正这宝物是我们的，仙人已给我们注定了。”说着便去抽那第二口剑。这口剑光却是红的，其赤如火。余独正把玩那第一口剑，尚未还匣，青红二色，两道剑光，相映幻为异彩，辉耀全室，照眼生缬。余、毛二人忙将双剑还匣，再去取那短匣来看，里面却是一口单剑，剑鞘上有朱篆松纹，形式奇古，柄上也镶有五粒明珠，大如蚕豆，晶光流射，迥非凡品。这口本要短去尺许，及至用手轻轻试拔，便“玱琅”一声自己跃出，仿佛活的一般，把筠玉吓了一跳。其长还不到匣底，可是银光闪闪，稍一挥动，剑尖和彗星一样，除本身光同电闪，不可逼视外，还带起尺许长的芒尾，仿佛不止原形那么长似的。匣中别无异状，只那匣和剑鞘俱都非金非玉，不知何物所制。

筠玉细看了看，忽一动念，便双手捧给林璇道："此剑出诸仙赐，大约应该归姊姊所有。只可惜肚中字墨有限，还认不出上面的朱书篆文。请就收下，不必客气，我暂时且取用这两口。这东西不能离身，我们均须从匣中取出来佩好。余大哥缅刀失去，这里找不出好东西。我原来那口也非凡剑，就暂借与他佩用吧。"说罢，解下腰间佩剑递与余独，再开了剑匣取出双剑佩好。林璇将剑取出佩好，要过那柄百炼缅刀给了芹芹，吩咐把那五六十斤金沙取来，暂时倒入两个剑匣之中，交与芹芹，以便少时携带，然后喜孜孜招呼大家到外屋去同进饮食。

适才众人目光俱注定在剑上，又是惊奇又是钦羡，全没注意别的，只林璇先见筠玉看纸条时妙目含嗔，瞪了余独一眼，随后分了一口剑给自己，便将双剑自行带好，对那仙人留的纸条一字不提，情知其中必有原故。剑是三口，人也恰是三名，惟有余独无份。筠玉做人极为义气，就算那剑不该余独得，照情理也应分让一口，何况她先时之言，分明似三人俱都有份，她却把自己原来的剑给了余独。如说心贪垂涎宝物，剑是双的不愿拆开，故意藏起纸条以便独有，筠玉又不是那样，并且这样做法明示人以无私有弊，万不会如此蠢法。林璇心中直爽，如换平日，必认为筠玉事行得不对，决难缄默，这时因看出筠玉对余独也是一样关切，尤其是昨晚到此时，言谈颦笑之间都有一种说不出的亲切情况自然流露，分剑以后，余独更是自甘向隅，毫无失望之色，接过筠玉原有的剑，立时佩在身上，喜气洋洋，意甚自得。两下都是患难至交，暂时也不好提起，反正筠玉已说少时要将仙人留的纸条与她看，且等看了再说。

筠玉食量本小，略用了些饮食，便向余独道："我想在回去以前，到寨堂中再看看去，余大哥陪我一行如何?"余独自然应允。行时筠玉又叫林璇快吃完了先去，说罢便同余独起身，状甚坦白。林璇知二人俱不会避她，匆匆吃完，吩咐余人后来，也赶了去。刚一行近寨堂，便听余独向筠玉道："虽然仙人之命，我与筠妹各人一口，但是此乃双剑，既不愿分，自然该让给筠妹才是，还有甚说的？我得你这一口好剑，业已心满意足，而且此剑既承相赠，也取不回去了。"又听筠玉道："我再三问你，你却执意相让，我也无法。只恨我适才心乱性急了些,外人不知,还道我故意将自己的剑先使你不好意思要,再说要的话呢,真是冤枉。”说时林璇业已走到,因二人语声甚高,明听见脚步之声仍自争论,不像避人,便走了过去问道:“筠玉和余大哥争论什么呢?”

筠玉又重言道:“按仙人留的纸条上写的意思,那单剑该你所有,双剑我和他一人一口。当我乍见至宝,喜极忘形,心有点乱,剑又是芹芹从木架后找出来的,恐大锤日后和他为难,也没想想,匆匆带起。又因三口剑不好一同带,以为自己人,有话事后仍可说,再改正过来,随手把我原来那口故意送给了他。其实我非心贪打算独得,实为剑是双的,分了可惜。好在我们三人情同骨肉,谁得都是一样。后来我吃东西时,越想越不是味。我本要来搜寻这里有无线索可考,看看那买剑送死的人是谁,就便把余大哥喊来,说明今明日上路,这双仙剑仍今归他,免得拆散,我自要还原来那口。他却执意不肯换回,好像我安心使诈似的。你说有多气人!”

林璇一听,果然那剑是该毛、余二人分有,知她坦白,不会语不由衷。不过那双剑虽在一匣中存放,看形式并无与寻常双剑不同,各得其一并无不可,何故筠玉宁甘不要都不愿拆开,余独又执意要筠玉原来那口不说分得的话?好生不解,想了想,便向筠玉要那张纸条来看。筠玉忽脸上一红道:“我说的话,姊姊还不信么?定要看它则甚?那纸上意思是说仙人将剑卖了三千银子与一恶人,由他带到这里,为孽龙所杀,以便我们今日来取。单的归你,双的我和他一人一口。我不愿使神物分开,才有此议。谁知他好好一个人,这等不通情理,姊姊这一定要看,好似不相信我,我倒更不拿出来了。”

林璇知她借此撒赖,但一揣测那双剑独她和余独合得,纸上之言必有不可告人之处,不定便是仙人给他两个撮合,不禁恍然大悟。暗忖:毕竟汉人总有许多男女防嫌,拿筠玉这等豪情胜概,自命英侠的女儿家,也有这般掩藏。他两个本来情感亲密,互相爱重,明明天生佳偶,既有仙人撮合,岂不正合心意?只要不逾份胡为,情爱不专,还有什么不可告人的?怎么反倒不爽快起来了?休说山中那些山民情爱于中即发于外,不能自已,无所用其隐秘,便是换了自己是她,也决没这许多的羞处,最可笑的连男的也是这样。因为汉人男女之间习惯如此积重难返,终恐明揭开来给他二人偾事,心想仙人既给你们注定,早晚仍是你二人共有,便借作解劝暗点道:“我三人情逾骨肉,我是有了,你两个还不是暂时谁带在身旁都是一样,分甚彼此?筠妹如觉剑不好分开，又问心不安，日后各带些时，永远如此，算是公有的，不让它分开来，岂不是好？”

筠玉虽觉话说刺耳，可又不便再说什么，只得闷闷地带了起来，叫余、林二人同找那剑的来源线索。一会，大锤等三人拿了那屋东西相继来到，筠玉命他们也帮着在积物中翻看，有那带字迹的东西无有。大家乱翻了一阵，才在尽底下翻出几口破烂了的箱子，有一口上面贴有云南将军衙门残余的印封，打开一看，里面尽是些零星文具和几本残书。

余独见书上盖有图章，正拿起想看书主人的姓名，忽从书里掉出一张报丁忧开缺的草稿。看完一遍，才知那报丁忧的便是云南将军崇喜。一算年月，大约在去年三月才从云南起的身。这等地方大官，不特应走官道驿路，而且随行的人也甚多，沿途官府承应供张，声势何等煊赫，怎么走错了路也不会走到这等艰险难行的蛮荒之区里来，送死在孽龙手内。再者中途如果失踪，所经官府怎生担待？那还不闹了个乌烟瘴气！怎的在贵州境内并未听人说起？正看之间，又从书中翻出一张大红名帖，木印着“贾本治”三个核桃大字，也不知这两人是否买剑之人。正自不解，忽听筠玉唤道：“余大哥、林姊姊快来，我找出它来了！”林璇也在乱物堆中翻找，闻言一同过去一看，筠玉从一个极讲究精美的细漆竹丝提篮内，翻出几本朱卷、几束宫门抄和一个外用绫包纸封、上写“居官秘纪”的手抄本。

大家聚在一起，翻开首页看了几行，看出书主人便是那贾本治，这本书已第三卷，乃是他的机密日记。除了记他在将军衙门内当幕友，办过几件诬良为寇极机密的案子外，所记尽是当地文武大官的丑事和秘闻，大半均有把柄在他手内。有一段记得很滑稽，说天下做大官和享盛名的都是呆子。人生世上，只钱最要紧，一个一二品的大官不可谓小了，可是单靠俸禄去做清官，他那享受还不如一个能挥霍的大城市中财主。每日还要辛苦劳碌，忧谗讥直到老死，休说自己，连儿孙都沾不着一点光，真叫是何苦乃尔！可是如做贼官，自然是要好些，财也有势也有，尽可穷极豪奢为所欲为了。可是这类贪人大多不知止境，有几个能在风头上收篷的？加上贪为怨府，既不容于伪君子，更见嫉于真小人，即便到了宦囊充足之时，心里忽然明白，打算急流勇退，一想到仇家太多，官场冷暖素所深知，大丈夫岂可一日无权？在马上还防仇人冷不防中暗算，一旦不在马上，岂非自寻死路？再者亲朋党羽全都倚为阴蔽，也不能放他告老还乡。明知危险，也只得一天混一天挨下去，一面以前贪骄的脾气习与性成，改它不了，一面是渐觉所行所为太已过分，在不犯案的当儿已然是心中有病自家知，纵不是终日提心吊胆，也是不免外愧清议内疚神明，穷极富贵舒奢，却无一天心境安舒的日子，终于走到背运上去，身败名裂，危及九族，受不尽身前身后的唾骂。有的因为庭人说他，内里实在气馁心虚，外面却益发横暴，故张威焰，党同伐异，结果并未将仇敌镇住，反速败亡，算起来还是不值。

以自己看来，人生于世，所重在享受与寿长两样。寿不可知，七十已算古稀，享受非钱不可。所以自己自从当年一第之后做了一年县官，便因贪去职，仗着弥缝得好，尚没别的处分。因新官来接任时受了许多冷眼和闲气，老百姓还要和他为难几乎予以难堪。一怒之下，忽发奇想，由此辞官，再也不求升官发达，专心致志学幕三年，不久便成了名幕。仗着机智和谦恭，每到一处，或因东家太蠢自行吐露，或因自己结纳东家的亲友宅眷，先得了他的阴私隐秘不可告人之事，从而挟制生财，为所欲为，表面上还不使他厌恶，使得他受了挟制做了傀儡还心悦诚服，非用自己不可。同时对于上等人格外谦和，只在暗处做事，决不计及名位，即使东家要保举，也必执意坚辞，一心只在利上计算，稍一看出情势不对，立是设辞远走高飞，决不留连。自己平时外表做得形同闲散，人不注及，手法又做得异常干净，事无大小全由东家背包，没有自己相干。当时既免株连，万一他手眼通天得免危难，或是日后起用，好在把柄仍存自己手内，依然可以回来寻他，重新玩弄于股掌之上，不行又走，旅进旅退，无不如意。所以这二十年间只随了几个大东家，论家财已至巨万，年纪也过中年，接交又都是当道大老，不怕人欺。

本该急流勇退，回去享福，不想末一次在浙江跟了一个大官，因想多捞一些洗手，做得略狠了些，对方也不比以前几个东家昏庸，当时受了欺挟还装呆，不但一点没现于辞色，反说了许多至诚合衷的话，心中可是痛恨到了极点，立志非报到仇不可。当时毫无痕迹，直到过了两月，一听自己要告别，先是坚决挽留，后来继以痛哭，说先生如若归隐，如鱼失水，本人花了许多精神财礼，好容易得此优缺，如今本钱尚未到手，如用别人为助，不但难共心腹，弄不到钱，凑巧还闹出事来。打开窗子说亮话，言明以后大家谁不欺谁，东六客四，按成照分，仗着朝中有人，乱子由他去担，当晚并送了一名绝美的丫头做妾。自己一则见他意诚语亮，二则自恃机灵干净，三则既贪财又贪色，不想竟上了大当，没有半年，被他害得家产尽绝，十数年心血经营付于流水，几乎还把命饶上。

当时心中虽仍时刻小心防备，那原是多年照例如此，禁不起对方怨毒太深，处心积虑，丝毫没看出他是歹意。头两月果然同做了两件机密事，得财甚多，把柄也在自己手内。他仿佛示人以诚，问都不问，背后礼貌极隆，当着外人和别的同事，却故作看不起，常时对面申斥。自己原要他这样做法，只有心喜，自然不会见怪。他虽如此厚待，自己却仍始终防着败路。尤其是他送的美妾，只管心爱到了极点，除却加意温存体贴，百般奉承讨其欢心外，休说箧中秘件和那先后几件机密记载与把柄，回家燕居相对，连公事都不提只字。那爱人看去美而本分，极知敬爱夫主，也从未问起过，内衙也轻易不去，不过爱好文章，常要自己教她而已，嫁后三月因祝夫人寿去过一次，女客甚多，宴罢即回。第二次端午，第三次中秋，先后只此三次，除述说夫人德意外，并无可疑之点。

这时将近半年，有一天半夜里忽然隔邻失火，火势甚大，容到惊醒，火已快近房前。那妾偏睡得很酣，好容易将她唤醒，猛想起所有机密文件全藏在房门上夹层门框之内，因为火势太急，其势又不能找外人，只得唤了那妾相助，搭了椅子上去取了下来。那妾取时还怕得要命，说："一些破纸，烧了就烧了吧，也值得如此着急！等火烧到面前，逃不出去怎好？"等取了东西，火也被人扑灭，只烤焦了卧房那一排的墙壁，那妾始终连问也未问。房子不能再住，只得重找，连找几处，那妾俱嫌少一个好花园，最后在西湖边上找着一所带花园的新房子，租价甚贵，为讨那妾欢心，便租了下来。迁进去不到一月，虽已打听出因为自己受惊，地方官受了东家示意，将火头上了站笼，还考查出许多情形，都不似有人故意放火。对那妾仍未把东西让其保管，只劝她入府向夫人道谢，自己乘机仍找了极隐秘的地方把东西藏好。因为上次藏在房内，并还改了地方，以防她即使不存心，万一漏口，防范不可谓是不严了。到晚衙中来人，说那妾被夫人留住，几日方行放回，也未在意。

第二日一早想取那东西看时，忽然全数被人盗去，还留有一封无名柬帖，将自己痛骂了一顿。以为那妾不在家，决与她无干，再一细查行迹，的是外来仇人所为。当时愁急，还没疑心是东家诡计，哪敢声张出去授人以隙？

还以为东家不知重物失盗，打算稳过些日，无论如何借口还乡省墓，到家再以信长辞。妾能同行更好，不能还是自己为重，也就罢了。第三日忽有一件案子，可以纳贿万金，晦气时本不想做，因看银子太多分上，心想不日便收手了，再弄一回，多收点肥盘川也好，便答应下来。万两都是银子，当时就交，连收条都没要一个。休说是帮他赢官司，就是过河拆桥，干没了都不怕，高兴之下，忙去和东家说时，到衙门一问，说是往浙西微服出巡去了，连候数日未归。偏那案子才隔三日就定了案，东家虽是个中丞地位，当时不办，也没法挽回，可是当事人也没来催问，方觉案情虽急，也不到如此快法，心还不舍把到手的银子退还，仗着没有凭据，又有绝大的暗中势力，正想主意干没，忽然臬台衙门派来差人，将自己锁拿了去。只猜是万金案发，虽知不妙，一则身后靠山是本省第一个官，不能不留情面，二则银子早换了金条藏好，对头没有片纸只字的凭证，尚自坦然。

谁知一到后堂，不问青红皂白先毒打了一阵，然后掷下一封公文。拿起一看，几乎气死。原来那公文就是东家行过来的，上写据行贿人告发，幕友贾某倚官诈财，索取万金重贿，以及连日风闻种种不法情事。后经妥派干员密查，证赃确凿，罪无可逭，应请从严刑戮，以彰国法而肃政纪云云。连开好几款，无一条不致命，而且都附有行贿往来书字凭证。自己生平不把字迹落在人手，可是那些收条赃函无一字不确，确和自己写的一般，这才知道不妙。当时本想一体揭穿，和对头拼命，闹个两败俱伤，以泄奇忿奇冤，后来略一定神，人家一点凭证都无有，而且举发人又是他，连银子上什么暗号、现藏何处都指出来，看他不交府县径交臬司，在后花厅密审，必还含有即以其人之道还治其人之身，以报从前挟制他的用意在内。抚臬均贪，如不惜钱，或者还能活命，要是不见机硬来，不但罪状昭然，本人活不了，还许把妻儿老小的命都饶上，家财依然不保。凭自己本领，只要人在，钱照样找得回来，大仇也报得了，不然一体全休。当时灵机一动，打好死中求活的主意。欲知后事如何，且看下回分解。

第十六回

贪美色 恶幕逢奸
拯孤穷 舆夫仗义

话说林、毛、余三人发现恶幕贾本治一本秘纪，不特怀才甚大，而且文章优美，心计周密异常，算计他必是向仙人购剑之人，便看了下去。后来看到二恶斗智，大意是贾本治被他东家暗算，捉向官衙，一见情势不妙，仗着老谋深算，对所犯案情一些不赖不辩，只拿话点问官，说：“犯人糊涂该死，所作所为还不止中丞所说这几条。如今家财已积有不少，只求大人开恩免死，无不甘伏。”那臬司闻言，便命旁立亲信将他押入密室独居，严加防守，自去和他东家商量。于是每日压榨，时软时硬地煎迫了好几个月。果真弄死也罢，说也真做得毒，偏不要他命，直到把他半生所积全数陆续献纳，受了无限苦处，委实再拿不出一点，才取了他的切实甘结把凭，又做了许多手脚，使他今生永无翻本反戈之策，才放出来。始终人不知鬼不觉，做得比他平时所行所为还要干净得多。

最妙是临去之日，东家还为他在签押房内办上一席盛筵祖饯。明知是要刻薄他，一则不敢不去，二则既成不世之仇，豁出受下一场污辱，倒要听他说些什么。到时赴宴，东家屏退从人，一说中计经过，才知自从受他挟制那一回起，心中忿恨到了极点。臬司为人机诈百端，与他既是师生又受提拔，又是两人常狼狈为奸，外面总淡淡的，休说别人，连他自己相随数年也不知底，所以中了道儿。东家受气怀忿，把他暗地找来一商量，不但赠婢泣留以及放火等情都是锦囊妙策，连火后移居的新房都是那半年工夫由臬司派了亲信假名买了来与修改建的，哪一间屋都有暗道与间壁相通。那妾并非婢女，竟是东家的亲侄女，也是机智绝伦，特地为了此事，从原籍去接了来训练之后才相赠的，不问公事不进内衙就为灭他的疑心。原想相机盗取，后见无隙可乘，恐打草惊蛇，又不敢妄自搜探，这才命人带着一个死囚，租了他隔壁房子放火问路。房主便是那死囚，原是边远县分索解上省的，放火以后用站笼站死,以坚他的信心,再由那妾东挑四剔搬入新居,还故意问他要了贵价,诸使就绪,该下手了。其实先是怕他将东西存放外面或是派人送回原籍,所以没有轻动。自从他失火取去以后,那一时也有人暗中看住,随时可以明夺暗取。为求慎密,又恐那妾牵连在内生出别的枝节,决计不使她在场,径去暗中行事,他不将妾支走,本也要借词去接。那妾一进衙内受了机宜,立时由后门换轿回来,却不到家,先到间壁,再由暗道回转家中,算准他这类事必不使外人参与,定要屏去从人亲自下手,远远闪身埋伏,等他放好了东西,一转背便盗入手中,仍由暗道跑出,与他东家送去。当时原准备如被他发觉,两下对了面机谋败露,便由那妾暗中随带一个臬司手下的死士抢上前将他刺死,作为盗杀,东西仍要夺去的。行贿和告发俱是故意使出,笔迹恶证是那妾装着学书每日用心摹仿了去的。

东家说完经过,把他着实挖苦刻薄了一顿,并说:“我如弄死你,一则你多年心血聚敛到不了我手,二则一死百了,反倒便宜了你。不如拿了你的把柄,仍留你活在世上现眼吃苦,每日痛心悔恨无计可施。我已知你因避人耳目,在洗手以前不置一点产业,所积都是金银珠宝,如今一下全空,多少年的血汗全数便宜了仇人,家中只剩吃不饱饿不死的薄田数十亩,要养一家妻儿老小,以你平日享用,连几天也过不惯。我还断了你的生路,除将你那几个旧东家的把柄逐一暗中送还以示同病相怜并多添你的仇敌外,并且永不许你在宦场中讨生活。肩挑负贩、力田耕苦则可,如敢违背,你虽至愚,总应该知道厉害。”这等一番话一说完,才笑嘻嘻把盏送客。

他当时哭笑全非,口吐鲜血而出,人财两空,一病几死,地方官又奉密令逐出境,带病抵家养了一年多,把旧日薄田又花去大半,实难生活,屡发长函,哀求仇人允许他痛改前非,仍向官场中讨生活。一字未复,白添了几件把柄在人手内。每日切齿前仇甚于杀父,昼夜苦思,只得把妻儿老小寄在岳家。幸那岳家以前着实受过他的好处,又知他厉害,不敢招惹,竭力应承,他才得把余田卖了数百银子,仗着口舌伶俐,出来以卖卜为名,随身只带着当初作幕时一只精细考篮和一个小包裹,遍游边远地界。并非为了营求生活,生路为仇人所断,也并不打算死灰复燃,一心只想在风尘中结交下一两个异人奇士,代他去杀那两个仇人,以报前仇。谁知行至川、黔交界,异人未遇上,反被强盗将银子抢去,辗转流徙到了云南。

一日街头行卜,巧遇将军崇喜,先是谈言微中,招入衙内遍相家人,他故意借着批八字显出他那一手好笔墨。崇喜也通文字，一见大惊，问起他如此文才何以落魄？他便改用今名，虚捏故事，一下把崇喜说动，留在衙中办文墨，一面广为延誉，不久在云南名动公卿，急与交纳。他渐渐使出以前手段，着实弄了些金银到手，只是痛心大仇无从得报，引为没齿不忘之恨。可是云南各地的山民也不知有多多少少冤冤枉枉死在他的手内，他却不说了。

正觉渐入佳境，忽然来了一个新到省的知府，经人一引见竟是熟人，乃当年浙江中丞仇人手下的幕宾、自己的旧同事，因中丞业已内用拜了相，念在相随多年提拔起来的，见他还问："好端端地为何改了名字？并且自你走后，中丞一提到你至今还是笑逐颜开，说你好才具，颇有爱惜之意。他现在大拜，旧日同事个个升官发财，连我这最不济的都设法保了一任昆明府。当我走时又是善走，他还挽留过。你怎么有这等上好门路不去钻营，来这边远地方依人则甚？他现颇留意人才，尤其是念旧，你如因相别数年不便出面，我写信禀安时定当为你先容，是义不容辞的了。"人家说的是好话，他却听了句句刺耳，句句痛心。明是仇人当年为想夺取他那多年血汗，做得异常机密巧妙，连美人计都用侄女出马，如生有女儿，许还用自己的亲生呢！所以除臬司外，连有限几个局中亲信也只知奉命而行各做各的，和木人一般牵上牵下，未必尽知底细，休说这是些不大红的同事了。知那知府人极固执，又有两分血气，好管闲事，拦决拦他不住。他是仇人嫡党，明告又所不能，早晚信中一道及，仇人正是炙手可热，权倾朝野之际。当初不要命，一则为了仇报得长些，使自己失志痛心，穷困落魄，全家流离而死；二则为了他本人的利益与官事，并非有甚恻隐之心，如若知道自己在此享福受人敬仰，决不甘休。自己年已近了衰老，被他害死倒也罢了，就怕不死不活，再受他一次挟制煎迫，那就太冤苦奇惨了。越想越害怕，一面力求那知府，说自己无心闻达，只为衣食奔走四方，将军于己有知遇之感，改名避地便为恐受别的东家征聘，无计推却，信中千万不可提及只字。知府虽然答应，看去颇为勉强。

正自疑心生暗鬼、魂梦均惊之际，恰巧将军又报了丁。心想这多年因为前财荡然，越发心辣手狠，单是山民手里得来的沙金就将近好几千两，论资财虽不及早年一半，回家做富翁享福也就够了。定是前生该了仇人的孽债，所以多年用尽心机无计奈何，再不乘机急流勇退，又无幸免之理了。当下打点好主意，先示与将军同进退，辞却别家挽留，他数年所得早已暗中运回家中，函嘱岳家内兄：自己在外发了大财，但是旧日仇人势盛，恐有不便，除重谢岳家一笔好银子外，请他即速将自己全家密迁邻省改了姓名，等衣锦归来再行团聚，另有重谢。这时只新得的一担多金沙和数千两现银，余下多是珠宝，不难暗中随身携带，立即打点归程。

他如和那将军一路走，也可无事，一则做贼心虚恐人看破，二则报仇心切。行前忽听人道及蔡野神夫妻的威名义气，想便道相机接纳，反正有钱有势，除请了封条和将军托沿途地方官照拂外，又用重金聘了省城从未失过事的第一家镖局中的头等镖师数人押运护送，讲明不走驿路官站，径由铁洞山区里经过。也是活该送死，那家镖主为人倔强，自恃武勇，名头高大，未出过事，先也曾护送大帮采办荒金生药的商人打这条险路经过。自从出了孽龙，商旅绝迹，无人敢走，他那镖局却未遇上过一回。他原和蔡氏夫妻有交情，久已想命人探看路径，未得其便，又加生意太忙无空，耽延下来。一心以为一个山民，并非真龙，人们就怕到这步胆小田地！本打算几时召集徒众前去除却，为镖行添点威望，一听客人要打此道走，恰巧手下又新添了两个能手，正是机会，立即应允。

贾本治素来做事细心，一丝不漏，何况又当洗手之时，性命钱财的关连，自免不了逢人打听道途。刚把镖局定妥，因这条路需穿行云岭山脉，经过数千里的丛莽密菁，沿途尽是层峦叠嶂、峻坂危坡，道极险巇，更有三凶之害，多年无人敢走，还多出了一倍的保镖费用。等到隔不几天就要上路，忽又从城外市集上听见两个昔年曾经相助汉人采药去过的山民说起铁锅冲孽龙拉拉简直和魔鬼凶神一样，厉害无比，人遇到他，立时被他抓起，活生生撕裂开来嚼吃，休想活命！以前不出山，难得遇上，还可偷偷碰各人点子的高矮（土语，意谓看各人运气好坏）。近几年越来越凶，休说打他那一带通过，并且常时出山，在邻山各处墟寨集中奸杀掳掠，因他本人和手下个个凶神恶煞，一身逆鳞刀斫箭射不入，无论多少人想尽许多方法都奈何他不得。听说他和三凶中的蔡野神还联了姻亲，益发凶焰可怕，叫人闻名丧胆，渐渐闹得邻山诸墟寨的土著纷纷弃家逃移，千百里方圆不见人烟等语。

贾本治先一听很着慌，忙把那几个护送的名镖师请来商量，颇有改道之意。偏那几个镖师命该遭劫，艺高气盛，又在镖局主人面前告了奋勇，异口同声力说不足为虑。并说蔡野神夫妻武艺高强，手下有好几千铁洞山民，俱经他夫妻多年训练，威震云岭，和镖局曾有深交。以前每打他那里经过，不问绕路与否，必与他送去许多山民心爱的礼物，并在他寨中住上几日才走，走时他必以山中出产的珍贵药材和荒金翠玉之类为赠，两下处得再好没有。近几年因道路传言出了孽龙拉拉，商旅裹足，镖局每年在这一条路上也少了若干生意，路远险阻，加上镖局事忙，才有好几年没和他来往。究其实也只是谣传，并没听有实在的人出过甚事，况且客商信息都相通的，凡是做边山采药采金生意、穿行寨子的老客，至不济多少总会一点子武艺，通晓山情土语，无论孽龙多凶，决不致一走那里过就都被他斩尽杀绝，这些年时无一人逃得性命的。敝镖主去年因听谣言日盛，知道官府对这类事有了苦主尚且不问，没有更不必谈，早有意想派人前往探个虚实，未得其便。这次尊客荣归，照我们镖局江湖上的名头和情面，只在前载上插一杆镖旗，派上一名伙计，至多再有一位保镖的弟兄，便可无事。也因其不可理喻，谣言太多，好汉打不过人多，不可不加小心，所以将我等几个久走江湖的破例都派了出来。原准备他如晓事便罢，稍有不合便杀了他，为行旅除害，替镖局争光。请想客人性命资财固是要紧，敝镖局多少年来的名头，挣到目前却也是不容易。我们遇上扎手的事，宁舍性命也不肯丢人舍脸，把英名丧失了的。即使万一不济，孽龙拉拉所在之处闻与铁洞只三数十里远近，分派一人前去求援也来得及，这都是必无之事。孽龙拉拉不过身长力大长于爬山而已，并不会甚武艺，如说刀箭不入，身上必有致命一处，一望便知。我等全带有见血封喉的毒药暗器，常言十个力夯打不过一个行家，必占上风无疑。山民打胜不打败，头子一死立时瓦解。如见不行，我们都去送命不成！

贾本治一听道理全对，心想偌大名的镖局，难道单在自己身上出事不成？即使不幸，所失财物仍可向镖局索还。从此路走以及雇人保镖等详情，家信已然早发出去，只要自己不受危难，别的全不用操心了。自古以来，凡是深仇大恨，没有不是受尽艰危辛苦才能报的。难得听说有这样有血性的尚义英雄，再如错过，转眼都届暮年，自己不死，仇人也得了善终了。至多不过路上受点辛苦，能算什么！尤妙的是一遇到蔡野神夫妻，前去便是出山坦途，凭自己的能言善辩，生平凡是初遇的人，一席话后无不立成知己，只要遇上，决不会说他不动。那孽龙拉拉虽然凶恶，可是这等野人最是心直粗呆，这几年也不知巧使利用了多少，从无失败。仗这几个名镖师的武力和自己的口才，弄巧还能将他也连带降服使为己用呢。只可惜他生得高大凶恶，江南人烟稠密，无法隐匿，再要亲带入京，容易惊人耳目，恐怕弄巧成拙，不如蔡野神本是汉人，只须心机用到，便可遣其自往，凡百无忧。否则用山民去做那博浪之椎，即使被人擒住，他言语不通，连想供出主谋都不能够，岂非绝妙的刺客么？蔡氏夫妻与镖局是多年深交，事极必能为助。真要和孽龙是姻亲，更无足为虑了。

否则改走官道驿路与崇将军同行，沿途迎送的官府太多，难保其中没有仇人的耳目。如是单走，一个幕宾回家，请了有名镖师保着许多车红货，也是不妥。崇将军动身在前，自己虽曾持有他的阴私，因尚感他难中相救之德，又鉴于前车之失，时机未到，他倒丁了忧，对他个人尚还没有公然挟制，并且代他做了不少的事，各分了好些赃财。这次表面上不同进退，留于好情面在，他哪知自己的难处，必向沿途官府请托照应。他一个皇室宗亲，只是报丁，并非因过，圣眷独隆，官府势必如此巴结，迎送延款，一出云南境，路上就有两县一府是当年的熟人，见面必还认得，如学尹邢逊面，不定要费多少事！而且他们极善居官，决难逃他们的耳目。思维再四，只有照原定的路走最好。

为求万全，又耽延了两天，找了一个熟习各种山情土语的老山民，许以重酬，带作随从通事。另外打听蔡野神夫妻心爱和需要的东西，办了两大挑极丰盛的礼物。知道山民喜爱汉人穿的华丽服饰，偷偷又背了镖师给孽龙备办了一份礼物，除一些吃食玩好，单花衣连整匹带制就的也够有一大挑。好在这些东西多半出于历年东家和各官府的馈赠与行时的程仪，自己只悄略为添补一些不值钱的东西，如针剪丝线盐茶绒球红布糖食之类，这都是历年为虎作伥，惨洗各地土著，就经验所得山民的习尚爱嗜，以备事急时献与孽龙求免赎命之用。对于镖师，更是敬礼优崇，无微不至。为避当地人的耳目，所有行囊资财都在前好些天请镖师在城外前途远处客店中押了镖车相候，每日陆续偷运出去。一切停当，才带了那只相依如命的考篮、两件随身箱箧行李和那老人与一名健仆，择一大吉之日启行。当地官府僚友送别的自不在少，出城之后，有的还要远送，他再三坚辞方行罢手。

走不数里将从驿路走向去云岭的岔道，忽见道旁一男一女两个小孩，大的只十六七岁，女的看去还不足十岁，麻衣麻冠哀哀痛哭而来，各穿一双破草鞋，帮披粗麻布，看去好似穷家人的子女。男孩肩上扛着一根断了的铁锹，两手指甲大半翻落，血迹淋漓，女孩两眼红肿如桃，俱都嗓音暗哑，周身血泪纵横，泥污狼藉，孝服已成了灰黑色。正走到迎面，女孩忽然号得一声“妈呀”便即晕倒，横卧在地。为了抄近路走，经行之处是条田岸，仄不过二尺,他坐的轿子在前,恰巧拦住去路。那男孩见女孩一倒地,一边上来扶救,口里哀声哭喊:“大老爷救命!这是我的八岁妹子。因我母亲被人害死,大娘又将我兄妹从孝堂里赶将出来,要将我妈尸灵焚化。是我兄妹二人再三哭求,只把我妈灵棺抬走,决不再登大伯家门,才抬到荒山里去,丢下不管。我兄妹二人衣无一件,穿着这身孝服,不能向人家门上乞讨,又恐山狼吃了尸灵,只得捡些野果嫩叶充饥。用手做坟,眼看快成,手指甲却扒翻了,疼痛难忍。跑出来数十里路,好容易才讨到这柄断铁锹,只是我兄妹肚内无食已一天多了,我妹妹口心还热,并没有死,只是饿急晕倒。大老爷后面挑子上有的是吃盒,求大老爷发点善心,赏给我妹子一点吃食救命吧!”

那男孩正不住口地哭诉,那贾本治满想择了大吉之日动身,诸事顺遂,不料才一上路便遇见两个孝子,已是满肚子的没好气,偏巧一个女孩又晕死在他面前,男孩又拦轿哭诉,要他吃的,越觉丧气,不由大怒,喝骂:“轿夫混账!为何不走?理这小狗则甚!”一面又命轿后跟随的健仆过来轰他。

西南诸边省民情善直,风俗淳厚,那轿夫见他兄妹哭诉可怜,以为轿中人必发恻隐,一听恶声怒骂,又知他是个下任的师爷,便冷笑一声道:“老爷倒说得好!当老爷的不行善,我们还行善么?无奈他妹子死在轿前没有醒转,他又在轿前挡路,田岸又仄,我们跨过去,他要赖我们是踹死他妹子的,谁个去给他抵命呢?再说老爷发财回家,让一个小娃儿死在轿前不救活她,也背时得很呀!”说罢,不住给男孩使眼色。那名健仆原极精干刁猾,闻命奔将过来,喝一声,正想伸手去将那女孩抓向一旁,好放轿子过去,吃那男孩用手一挡,也哑声怒喝道:“等她缓一缓气,我自会抱,哪个敢动!”那健仆被他这一挡,几乎撞落田里,再一听轿夫之言,也想起了人命干系。虽说乃主人情尚在,到底延误正事,再者这小花子也不好斗,立时收科,踅向轿前打了一千,正要回话。贾本治也闻言触耳心惊,虽然痛恨轿夫话中有刺。心想如在前一月,怕不把你这些混账该死的东西送往县衙一顿板子打烂!今日荣归,不犯与小人怄气,便将嘴往后一努。健仆会意,便轿后食盒中取吃的。

就在这个时候,那男孩已不再乞讨,喊了一声“天”,抱起女孩哭说道:“妹儿你莫死呀,提着点气,前面就有人家,哥哥抱你去讨吃的吧。莫挡了人家的道,要不到一点东西,还当我们诈死赖他哩!”一边说,一边正要抱着女孩避向道旁让路,那轿夫已从怀里找出一大块锅魁递与他道:“小弟儿莫嫌轻。我是想你得点好的吃,先才没拿出来。这是刚才送客打尖拿轿钱买来,虽是剩的，倒还新鲜干净。我看前面转角场坝上有一个乡下老婆婆在施茶水，路也不远，你先让你妹儿吃一点提一提气，到前面再吃吧。你们都是饿久了的人，没有多大气候，招呼吃猛了生病。吃完就在场坝上等我。我们业已拿了老爷一半钱，不能不抬到地头，回来寄放好轿子，就帮你做坟去。"后面轿夫也道："小弟儿莫忙走，我这里也剩有一大块锅魁和一包白糖呢，你正用得着。"

男孩先伸手接过第一块，塞了一些在女孩口内泣道："两位恩人，我抱着妹儿放不得手，我认得你们了，等二天见面时再叩谢吧。"那健仆也拿了一吃盒食物递过，还未张口，那女孩原是一时饿极疲晕，心中明白有了吃后，又缓了缓气，已渐苏醒，用手一扯男孩。男孩两道剑眉突的一耸，说道："谢谢你的好意，我们已能度命了。"说罢，偏身朝外，往轿后趄去，接过第二块锅魁，说声"二位恩人再见"，便自抱着那女孩坐向路旁吃去了。两轿夫和那老人都叹声"难得，可怜"。

贾本治见状愧怒交加，又不便发作，只好隐在腹中干生气。以为不远到店，不会有甚拂意事了。不料走下里许，忽听前面有一人高声长喊道："有人愿买命的，拿钱来啊！"怪声怪气，一递一声，连喊不已，听去甚是惊心刺耳。探头轿外，无有人影，唤过健仆一问，说是一个相貌古怪的矮胖老叟，先时打发小花子时曾见他在对面田岸上，手抱两个铁匣仰天卧地，现正在侧面田岸上往轿前走来，想是抄近路走过来的。正说之间，喊声越近，果见前面来了一个老头，身高不过四尺，人却奇胖，短衣芒褐，足登草鞋，露出雪也似白的肚腹，生得豹头狮鼻，圆脸赤红如朱，满头银发，前额和鼻子下腮两边颧骨一齐凸出，阔口大耳，凹眼金瞳，背后背着一把大铁剪子，短臂短腿，一边胁下夹着一长一短两个铁匣，走路神气连那身材颇似一个不倒翁，真是从未见过的怪相。一近前，便平伸双手将轿拦住，喊："买命的拿钱来！"（这一大段述贾本治起身与孝子兄妹相遇，见死不救以及得剑诸事，贾秘纪上所载极为简略。因孝子兄妹亦为本书主要人物，故特略加叙述。）

健仆见他疯疯癫癫，正要上前轰他。贾本治人甚机警，又略通风鑑，见他生就的五官仰面朝天的异相，尤其是那浓眉底下凹进去的一双金瞳大眼，睁合之间闪闪放光，令人不敢逼视，手伸出来，两只铁匣却凌空悬在胁下，种种怪处，知是异人。暗忖：适才上路便遭拂意之事，行至此间又遇怪人，莫非前路非吉，异人来此点化？莫要错过机会。想到这里心中一动，忙命住轿，下来朝着怪叟问道："我好端端的上路，却向你买命则甚？"怪叟仰面朝天哈哈笑道："你的命有你的交代，我的命有我的去处，我两人有甚相干？我这两个铁匣中有两大一小三口宝剑，卖你三千银子如何？"贾本治问道："这剑什么好处，值得这多银子？"怪叟微哂道："自然是值，才要这许多。内中两口已随我多年，如不是要拿它去接济两个好人，还不卖呢！我只问你是安心要不安心要吧？"贾本治道："我还没见你东西好坏，怎说得上安心要不？"怪叟又哈哈大笑道："如说别人，或者不合他用，或是想要，拿不出这许多银子。按理我卖东西向例凭心，不许看货，如今我因急等用钱，破例给你一个便宜。如不合你的用处，我立时就走，不叫你替我带去了。要是对你的心思，可不许你少一分银子。要看也只许你挑着看一口。"

贾本治心想自己是个文人，要剑何用？因知风尘中尽多异人，惟恐失之交臂。反正他又未说强卖，买否在己，且看一看此剑是怎生会对自己的心思再说，便指那短匣说道："我看这匣短小，内中想是一口。看它如何？"怪叟笑道："你倒还有点眼力。凭这一口，休说卖你三千，就让你暂带上一月半月都不算冤。此剑名为五铢，乃昔年铁肩大师聚十万八千汉五铢钱提炼金精，另取三百六十五个猛恶异类的心血融冶而成，在图南岛之上整整炼了三年零三个月。剑虽炼成，却因无故诛戮异类，伤生太众，耽误功行，几乎不得飞升。后来辗转流入异派妖人之手，新近才被我得到手中。凡是剑仙所用飞剑，大半俱要经过本人多年修炼，方能与身合一，绝迹飞行，来走自如，他人却难于运用。惟独此剑不然，行家用它固然容易已极，便是寻常人得到手内，不问他是否习武，只须刺破中指，滴些血在剑尖上，便能使其飞起，取仇人首级于百里之外，事毕仍就自行飞回。要是武艺精进的人得了，遇见敌人，舞动起来。剑长不过一尺八寸，可是剑尾光芒竟能随心所欲，最长时几达一丈以外。尤其是最善择主，有德者居之，无德者失之，恶人得了反有奇祸。别的好处我也懒得说，你看对你心思不对？"

贾本治闻言，想起那两个大仇，不禁怦然心动。暗忖：果如所云，只消有了此剑，不论买出一个什么人来，俱可将仇人刺死，事极容易，何必再常年累月地访求什么异人奇士，枉用心力呢？见怪叟只顾赞不绝口，剑却不肯出匣，便催问道："老翁你口说无凭，何不取出一见？我还忙着赶路呢。"怪叟道："你听我所说，此剑合意么？不要让我白白费事，看了不要。"贾本治脱口说道："果如你所言，依你何妨。"怪叟道："我是个孤穷老头，却不许说了不算。"随说开了铁匣,里面果然横卧着一口又扁又薄上有松纹朱篆形式奇古的短剑,柄上还镶有五粒蚕豆大小的明珠,映日腾光,耀人双目,不必看剑,单这五粒明珠业已价值巨万。贾本治一见心中大喜,贪念早炽,存了必得之心,惟恐他疯疯癫癫中途变卦,立时伸手便要接将过来。怪叟喝道:"你莫忙!这三口剑反正是你箱中之物,让你带到了地头自己拔看无妨,经了你手拿过,我却不愿再拿它了。三千银子呢?"

贾本治这时心思已乱,利欲与报仇之心同炽,也没听清怪叟语中玄妙,心想明珠虽然值得钱多,那剑不知如何。这老头如是左道幻术,岂不上当?何必心急,且容老头自拔,稍有不符,还可先拿话绕他,少给若干,岂不是好?便答道:"银子现成,剑就由你自拔。可是话得说明在先,如若拔出来不照你所说一样,或是弄甚邪术花巧,等我到手试出破绽,不但不给那多银子,并还送往官府,治你左道惑人应得之罪。"怪叟只哈哈大笑,连说"好好",手握剑柄,全未见动,只听"呛琅琅"一声,一道晶光电闪般飞出匣来,映着朝阳精芒四射,冷气森森砭人肌骨,剑尖上果然带起尺许长的芒尾,和彗星相似,通体都似一道精光包住,中间映出一条不足二尺长的剑影,奇辉闪闪,照眼生缬,几令人不可逼视。贾本治虽是老奸巨猾,也不禁失口说了一声"神物"。

怪叟哈哈笑道:"我再让你看它的妙处!"说罢,用左手朝剑一指,那剑便似长虹刺天,离手飞起,直上青冥,晃眼无踪,再将右手一抬,微闻破空之声,一道丈许长的晶光宛如流星飞坠,依然落在掌中。怪叟不悦道:"无缘无故替人开道,恶蛇虽然该死,余外又不给我一点酬谢。"说罢,又对贾本治道:"此剑刚才飞出,已为你将前途百里之外一条数丈长的青梢大毒蛇腰斩两截,你明早前行便可看见了。我再叫你看不脱手的用法。"说时随手一挥。贾本治觉着精光耀目,一股奇寒之气迎面逼来。心里一惊,吓得往后一退,猛听喀嚓一声,回头一看,老头身子未动,剑犹在手,相距两三丈侧面田岸老黄柏树上一根粗如人臂的旁枝,早随剑尾精芒扫过处断落下来。这时众人俱都看得呆了。

贾本治知道那剑必是异宝奇珍无疑,正要开口,怪叟已将剑递过道:"看你神气是中意了。只你自己用时,还得先挑破中指血,方能在百步之内任意飞回。可要试它一试?"贾本治见那剑如此神异,看适才飞来飞去的声势,早已吓倒,心想自己从未弄过这类东西,飞出时还好,飞回来万一落得不是地方,一个接不准,岂不性命交关?剑尖才挨着一点树都削断,怎敢以身试险前去碰它！反正将来行刺万不能由自己前往，终须买了能人代为下手，只须向老头学了刺血祭剑之法已足。还恐老头藏私，装着立刻就要亲手试验它刺血祭了之后能否飞起飞回，再三不厌求详地问了又问。后来怪叟不耐烦道："尽问则甚？这又无甚难处，一说便会。还不快些试了拿银子来，连这两口一齐给我带去！"贾本治料无差错，又问："那两口有何妙处？"要开匣来看，怪叟怒道："我不是说了么？我凭心卖货，剑只看一口，用法也只传一口。再者那两口虽与此剑不分上下，寻常人却不可妄动，而且放将出去，不离匣还可，只一离匣，不见血不归原，是此剑的搭头，你也用它不了。有这三口剑，包你上大半截路没有精怪虫蛇敢惹，由你安安心心地过这些天好日子，自由自在游山玩景，不白得你三千银子就是了。"

贾本治那等聪明，始终没有醒悟，一味利欲熏心，把自己刚才明看出老头是个异人全都忘了，闻言反借口说："三剑每口一千，末两口无用不值，又不叫看，知是什么破铜烂铁！"想磨出一半价钱。言还未了，怪叟哈哈笑骂道："该死的东西！这几十天无忧无虑的舒服日子都不会过。少一分也不干！我自会给剑主人送去，不用你了。"说罢夺剑要走。贾本治见他倔强固执，不敢再勒，不用说剑，单几粒珠子也贵原价好多倍，还省得带着几千两银子累赘，忙拉紧剑匣说道："老头休急！我和你闹玩儿呢。这就付价如何？"当下便命随行健仆将银箱打开道："这里头整整三千两银子，路上没有天平，你难道还信不过么？"怪叟道："我老头子不似你满腹脏心。我生平没有行强取过别人东西，今天正需录用，所以才拿剑来卖给你。如是硬要，也不和你说这许多废话了！"贾本治见老头成了交还是那等出言不逊，不禁生气，故意难他道："你做了几千银子买卖，我这家人连一双鞋钱都不扰你的么？还有这轿夫们和跟我引路的山民呢？"怪叟笑道："你这话一半也有理。两名轿把式煞是好人，不宜亏他。"说罢，一手拿了两锭五十两的官锭向两轿夫一晃道："你两个良心甚好，应得善报。我此时如给你这些银子，去到前面，他们难保不见财起意。你们快去快回，我也在那场坝上等。回来时每人三百两拿去种点田，自耕自食，省得日晒雨打，汗滴脚板心，不论是人是禽兽都得抬，没的受他娘的球气！他们钱已无用，我也不给。"二舆夫闻言，忙即叩头谢了。

凡事旁观者清，这时休说那二舆夫疑神疑鬼的，把老头当着是个神仙土地之流，便是他那素常助纣为虐的健汉与随行引路的山民，也都惊为异人，心中敬畏，不敢多言。只贾本治一人昏庸，听老头借话嘲骂，出口伤人，益发忿怒，但又不愿吃亏自承，算做骂他，急于上路，懒得纠缠，便喝道："怎么你竟一毛不拔么？回来再给，分明鬼话！我和你讲的三千两剑价，这银箱没饶在内，再要絮叨不取，走时我给你倒在地上了！"说时以目朝那健仆示意，想命他留难勒索。怪叟已然狂笑，接口道："他二人自会信我鬼话，没见给我叩头道谢么？我如不给，哪个敢要！你以为没有这口破箱子便难倒我么？"说罢，手捧银箱两头轻轻举起，翻转身来往下一倒。说也奇怪，那一百五十多个大小官宝三千两重足银，竟都上小下大，一个挨一个，和一座圆的小塔相似叠置地上，老头再将手往下一抄，竟自从容托了起来，笑对贾本治道："你三人快去赶那半截路去罢！"说罢，转身往来路上缓步走了下去。

贾本治还要怪那健仆适才没有会意，不曾需索，那健仆近身悄禀道："主人休怪。江湖上尽多异人，适才主人没见放飞剑出去么？怎好惹他！小的看他举动奇怪，剑上珠子值得甚多，他如不知，怎会要那多的银子？主人如非中了他的邪术，便是前途有事，神仙前来送剑点化了。"一席话把贾本治提醒，猛想起自己这箱中三千两头刚得送来，除健仆外无人得知，他怎不多不少，要价与此巧合？莫非他是个会铁算盘的妖人，被他算出，用幻术骗了去？趁他行走不远还可追上，何不将剑再拔出些一看便知分晓？想到这里，忙开短匣，珠光宝气依然生辉耀目，再三审查，不误丝毫，才料定老头是个异人，虽然失之交臂，因看神气决不会为己用，得此一剑已是万幸，只悔先时自己明已见出非常，为讲价钱，不该轻侮了他。总算今日正当失势求归之际，心平气和，能于忍辱，受他嘲骂没有计较，未致偾事。

回望老头已走没了影，心中一定，贪念重炽。暗忖：武士多喜好兵器，此行全仗那些镖师保护，这等至宝自投其所好，不比金银等常见之物，难保不生心，万一明索巧取，难于应付，势必要藏得隐秘，到家方能取玩。那两口长剑不知有无珍奇之物镶嵌在上，趁着荒野无人，也取出一观，一则放了心，二则可以加细收藏。当下先不上轿，把那长铁匣盖一抽，果有一双长剑横卧在匣槽之内，宝光隐映，分明剑柄之上和短剑一样镶有宝物，不禁心中怦怦跳动。试取出一柄来看，剑刚离槽，便见宝光骤涌，珠霞耀眼，越发狂喜。先因有老者之言，恐剑出伤人，心想只看外表，不将它拔出决然无妨，这时一个喜极忘形，顿昧利害，竟想试为拔出少许，看看有无短剑锋利。方自赏玩迟疑，不舍将剑还槽，欲拔之际，"玱"的一声龙吟，眼前一片奇亮，冷气森森，毛肌粟立，那剑忽然无故出匣两寸，不由吓了一大跳，手一松，几乎将剑坠落在地。还算那健仆在旁手急眼快，胆子较大，冒险接过去，战兢兢手顶剑柄一推，好似并未用力剑已还鞘，忙即嵌入槽内将匣盖好。

贾本治惊魂乍定，连称"好险"。健仆正要开言，忽见主人两道浓眉竟似用刀剪了一般，不禁失口"噫"了一声。贾本治问明，伸手一摸，双眉已化为乌有，只剩一些短眉桩子，知被剑上光芒削断，再隔得近些，怕不将头削碎！好生悔恨不该多事，自犯奇险，幸是眉浓，生人或者还看不出，乐极生悲，扫兴之余，只得吩咐把二铁匣用布包起，放些别的东西作成行囊，到了夜间再背人和健仆取出，装入长箱之内随身携带。严嘱引路人不准与众镖师、随行诸人提起买剑之事，并给了一小锭银子买口，又使健仆防着两舆夫，不许乱说，一到多开些酒资便即遣走，一切思虑停当，然后坐轿起身。

行不多路，前途那些等候的镖师因误了起行时刻，派人骑马入城来问是否当日起身，中途相值。一路更无甚事，到了店内，开发完了轿子，与众镖师周旋了一阵，还以为自己眉浓，不会被剑光扫净，未必被人看出。那些镖师久走江湖，俱是行家，怎能瞒得过那一双眼睛？又是久在省城，平时任他支使主人为恶，自装好人，工于弥缝，也都有个耳闻，早看出他不是善良之辈，不过买卖相交，各按规矩，待承行事罢了。见当日来得这晚，料在途中遇见仇家，亏还一定吃了不少。那只银箱空空如也，既然随身，想必珍贵，必是以财赎命才得逃生。当面不便明着询问，背地向健仆、山民探询途中何事耽延，俱都推说众官祖饯，留访耽延，讳莫如深。明知虚语，因对头能用兵刃迎面削人眉毛不伤皮肉，定是能手异人无疑，较出真情。虽然他来时未带镖旗，没有镖师相保同行，总算镖局已然受了他雇，还出此事，未免也有些丢人。既知不能不管，镖局一出面，万一不是人家对手，多年盛名岂不丧于一旦？主家不说，自然乐得装呆。不过那几名镖师俱非庸手，本路都是熟识，镖局威名远震，论真论假都不该有人侵犯。既有异人名手出现，一则该有个准备，或交或敌，不应不知，日后好作防备，以免再出同样的事；二则那人不等镖车上路，径行下手，看神气决非恇怯，颇似暗与镖局留个情面，或许客人是打出了镖局旗号，才得安全逃命也未可知。江湖上这种人情最不好承受，怎敢大意？互相一商量，事不揭穿，趁着当日不及启行，早借词取物，飞马与镖局送信，请镖头随后向那两名轿夫探问真情，相机应付不提。

贾本治因恰在还乡享福之时得着这三口宝剑，准备回了家乡即行洗手，专打报仇主意。旅夜无聊，拿出匣中秘纪观看，见一生所行所为，也觉过分了些，昔年所遭想是报应。不过仇人与自己原是同恶相济，又为他立过不少功劳，不应出于他的暗算。况且当时见势不佳本欲告退，他偏处心积虑使尽奸巧，不惜把嫡亲亲的胞侄女下嫁，以便自己枉负老谋深算，乖乖上当，这口多年恶气越想越化解不开，尽管自己一边认错，仍然全无悔祸之心，反倒复仇之心更切。闲来无事，便取出箧中笔墨，照旧做他的罪恶日记，并把以前种种悉所归拢，还做了一篇序文，把路遇怪叟得剑经过同自己后半生的心志叙在上面。先时还恐同行诸人偷看，后见无人理会，都是武夫粗人，为了拿取便利，反正路上荒凉，不虞人知，便取来放在相随多半生用作他年纪念的旧提篮以内。

当他第三天上路，行至黄昏时分，忽见前面探路的镖师喘息奔回说："前面途中有条水桶粗细十多丈长的青梢大蛇，尾在山上，身子挂将下来往涧中饮水，没有见头。这东西走起来其疾如风，大都二三尺长，休说是见，连听都未听说过有这般长大的。此非人力所敌，不可招惹，如不绕道改路，便须觅一隐避之处藏起，等它饮完了水归穴，再趁日光赶将过去。"贾本治闻言，方自惊心。随行健仆一听是条青梢大蛇，所行的路又刚过百里，正与怪叟之言相合，悄悄向主人一说。贾本治便问那镖师："可曾近前亲自查看过那蛇的全身形相？可曾动转？"众镖师全冷笑道："这不是闹玩的事！这并非盗贼可比，怎可以近得前的？"贾本治便辩称并非不知厉害，实在另有原因。先探路的方说是虽未近前，但是身半下垂，长亘如虹，绝未看错，好似并未在动。贾本治猜那毒蛇已为怪叟所斩，可是仍不放心，一问相隔不过三里，便叫健仆和引路山民再去看来。这条路镖行原本有人走过，山民原是备而未用，每日现成吃饭得酬，自然不敢推托，健仆又因目睹怪叟神奇，胸有成竹，闻命便携了防身器械，同了引路山民要走。众镖师见客人尚如此胆大，虽然不愿试险，怎肯示怯！只得也选了两个本领较大的同往。

走出二里多路，果见前面悬崖坡涧之间长蛇当道。那健仆仔细留神定睛一看，早知就里，因众镖师平日夸嘴，遇事又胆寒，故作不知，首先朝前跑去。两镖师不便过于拦阻，只得由他向前，自家缓步尾随，不时查看坡上有无隐避之处。见相距那蛇越近仍未止步，正以为此蛇最灵惊，当先的人必难幸免，那山民忽然失声诧道："那蛇莫不是真个死的吧？"二镖师闻言再定神一看，前行健仆已离那蛇咫尺，手起两块大石朝蛇身上打去，那蛇全无动静，健仆正回手招人前往，心中好生奇怪。跑近前一看，谁说不是死的？蛇已无头，只近头半截悬挂涧下，紫血涓涓还在点滴，看去已死多时。想起引路山民之言可疑，因蛇太大，上半悬挂涧中，远看不见，以致闹此笑话，好生难堪。明知贾本治主仆上路时处处仔细，绝无如此大胆，其中必有原因，无奈相形之下太觉惭愧，不便再加细问。到了晚间，才背着贾本治主仆将山民调开，逼着一盘问，才知一切真相，并说："贾本治得剑时，曾再三严嘱，不许向人提起此事。诸位达官千万不要向他二人去问。"

众镖师一想，我等虽然受雇，无异同舟共济，难得有此无上利器，正可明说出来，以备万一有事之用，怎拿我们当贼待？我们只装不知，前途无事则已，如有事，好歹也让你受点虚惊，仍逼你拿出来见识见识。实则那三口宝剑，贾本治如将事情明说，只消借一口与镖师们佩带，休说一个孽龙，再有几个也都了账，偏生起下奸心，自己不会使用却藏起来，以为众镖师是武家，物投所好，惟恐生心，有利器而不用，无异明珠投暗，至宝埋尘，焉有不败之理！众镖师也是命数当尽，不该因客人行为不善，自恃武勇，忘了前途艰危，心想捉弄，以致当时没有询知剑藏何处，日后取用不及，误人误己。因此一来，主客分心，除了寻常敷衍故事而外，众镖师江湖气盛，连话都懒得和他二人多说。贾本治不是没有看出，还只当是因遣健仆探蛇伤了他们面子，好生后悔，事欠婉曲，不住极力敷衍。哪知文不对题，全然无用。行了三十几天，众镖师见他连日殷勤，不好意思再放在脸上，才略假以辞色，贾本治心刚略放。

又走没有三日，正行经一条夹谷之下，眼望前面林菁茂密，山岭杂沓，形势益发险恶。贾本治自上路没几天，便入万山之中，断了人烟。每日沿途登临游览，看众镖师们随便猎取野兽，追飞逐走，起初颇觉野趣甚浓，日子一多，又经了不少险绝之地，瘴岚毒恶，身重心烦，渐觉神志不安，兴味毫无，再加当日天未明就乘月动身，连赶过两条长谷，虽然坐在山兜里无须步行，也是难受，巴不得寻地方歇息。好容易出了谷口，见前行山势越险，只谷口外是一片平阳，左临阔涧，右倚崇冈，浅草平铺，繁花如锦，景物甚是幽丽，因一路长行无事，胆子渐大，不禁畏难苟安起来，忙命随行健仆速跑上前，将众镖师唤回，说难得有这好地方，反正天已不早，大家都累了大半日，不如择地歇息，明早再走。那健仆这几日也是水土不服，生了点病，懒于行动，往前跑没几步，便高声大喊："诸位达官都快回来！家主人相请有话说呢！"

众镖师因为初出长谷，相隔三凶一怪的巢穴不远，特地带了引路山民等分头向前查探，惟恐客人害怕，事前虽没有说，原都耽着一分心。走没多远，忽听健仆在后大喊，声震林樾，不由都有了气，跑将回来喝问，一听说是奉了乃主人之命，便赶向面前含忿问道："是客人要在此歇息么？前面不远便是三凶巢穴，不知今日起早赶路为什么？隐还隐不住，哪有派人乱喊之理！"贾本治只得小心赔话，说并非全是自己主意，因前面路险山高，今天这几名抬兜子的山民除在谷中匆匆一饭外，一直没有歇脚，俱说难以再走，才派人请诸位回来商量。如真不行也就罢了。说时，拿眼一看那健仆，意思是怪他懒，不该人未近前就先喊起。谁知各人都会错了意。健仆本不愿再事跋涉，巴不得能够早些歇息，见主人一看他，以为叫他设法，便朝抬兜子的山民一努嘴。那些山民知甚利害轻重？也自然是能歇脚的好，便异口同声说："腿脚酸软，不能再走。"

众镖师见他主仆口动目语神气，俱以为是存心不走。那两名为首的本来胆大心粗，自恃有着全身本领，心想客人你都不怕，我们还怕什么？况且来时特为派出多人，本打算将孽龙除去扬名开路，反正不遇省事，遇上也说不得了。想到这里，略一端详地势，冷笑道："既然客人愿意在此安歇，我等原无所谓，不过须去右首高冈上择一隐秘之处支搭篷帐。虽然难免迎着山风，居高临下，地势总要好些。"贾本治起初听说行离三凶巢近，也颇惊心，后来一想，这多天都未出事，此刻人困马乏，前行万一遇上更是难敌，与其冒险冲过，还不如吃饱睡足之后明晨天不亮就探索前进为愈，便把心意与众镖师商量。

众镖师原打算乘黑夜冲越过了邻近铁锅冲那一带险地，走入蔡野神夫妻铁洞辖境以内，与蔡氏夫妻见面，问明孽龙虚实以后，有了奥援再定行止，这一来已改了主意，懒得多说，随便应了几句，便领贾本治一行前去相看地方。上冈一看，见冈后那一面丛谷幽深，林丰草密，阳光不能照入，依稀只略辨出一条盘肠般的谷径，看去不似人常经之路。众镖师心中不高兴，一时疏忽，也没下去仔细查看，以为如有动静，定在来路谷口和迎面山林以内，将贾本治主仆等人正好安置在背着盘谷的一片森林危石之间。

七手八脚，刚将行帐支好，为首一名镖师忽见顺冈前行森林中，竟有一条道路可达前面崇山缺口，不禁心中一动，便和余人计议，说这里全是荒山原野，林中那条路必是山民出没之径。乘天未黑派人往探，一会归报，林中的路不但路心寸草全无，像是山民由此经行，并且路旁林梢俱都高达两丈以上，是低枝都似有人拔断的情景，与径外的枝柯低覆四出横生全然不同。为首镖师一听，分明经行的人身量甚高，必在两丈左右，颇与传说孽龙身材高大相似。虽说不怕，到底身在险地，昧于敌情，未免起了戒心。同时又有一人看出行帐周围的林木有好些俱是火后重生，却又不似野烧，都料那地方或者正当虎穴，凶多吉少。

彼此一乱，四顾茫然，到处都觉险境，也想不出哪里安身好些。还是为首一人，较有主见，说道："适才出谷，我便细问那引路老人。他说以前虽常来往，指得出路径方向，可是俱在未出孽龙以前。铁锅冲也未去过，只估量在这一带罢了。如今行帐已妥，天色傍晚，再撤了来搬移，也找不出比这安全的地方。到底这里还有一大片林石可以略作掩蔽，冈后盘谷，草深林密，不似有人行过。只那里不出毛病，敌人从前面来，凭我几人迎上去，擒贼擒王，先给他一个下马威。只头子一打败，余党虽多，不战自乱，才不致伤及客人。江湖上什么险恶阵仗没见过。没的轻举妄动，又叫那厮主仆们笑话。我们几个，连会武艺的伙计和挑手也有二十六人，可分成三队。我看那条林径最是可虑，饭后可由我带七人前去防守瞭望，还余十八人，留六人保护他主仆，十二人去守冈前谷口一带。各自分班歇息，养好了神，乘半夜星月动身，还是寻到蔡野神夫妻再打主意除他的好。"计议定后，一会进罢饮食，便自分头去讫。

其实这地方正邻近孽龙地界，彼时孽龙已和蔡氏夫妻结亲求和，除正式劫杀外，一过午人都回去，黄昏将近，正该淫乐之时，本不会出来。众人只要翻过前面的山，便是蔡野神的防地要口蜈蚣夹子，离此不到十五里路，一赶过去，便脱险境。也是劫数该当，那健仆起初这一喊，空谷传音，竟被崖壁云梯要口上防守的缠藤寨人听去。立由一个人顺盘谷出来，伏身林莽中一探，见来的汉人挑子甚多，俱都带有兵器。人少不敢下手，忙回去一报信。孽龙和淫女沙柳燕正在高兴头上，本不愿亲来，偏巧柳燕连日正想几件汉人用的东西，一听说来人挑子甚重，大合心意，恐来者不善，手下人有了失闪，被他们逃去，一味撒娇，执意要和孽龙同出劫杀。孽龙拗她不过，只得答应。

那条盘谷原是铁锅冲起初出入之路，自被蔡野神偷渡陈仓用了一次火攻，孽龙吃野骡阵的大亏以后，嫌它不利，将通冲荡原道堵死，另开要口，设了云梯上下，谷径只能通至云梯侧面一条崖窗以内，久同废置，轻易也无人由谷中出入。这次因柳燕心急，由前面蜈蚣夹子要口外抄走，既恐蔡氏夫妻万一多事，由贾本治来路长谷抄出虽是出山正路，又觉绕越太远，贪图路近，便率众人由盘谷出去。只孽龙一人仗着腿快，心有忌讳，不走盘谷，径抄了两三倍的远路，由蜈蚣夹子前翻山过去，那便是众镖师防守的林中路径。当众镖师商议时，如真迁地为良，也不致死得那么惨法。这一迟疑，全遭了杀身之祸。

贾本治先见众镖师防守如此周密，甚是夸赞，每人还送了一些酒敬。用罢晚餐，见林木萧萧，声如涛涌，夕阳血也似红，映得人面皆赤，半天流霞，散为彩绮，空山寂寂，涧水澌澌，随处都是天籁，休说人影，连个兽迹俱都不见，想起一路犵鸟蛮花，晴岚瘴雨，山川险阻，跋涉艰难，风景尽多佳妙之区，天气却以本日为最好，临风把酒，其乐洋洋，一高兴，除作了一段写景的日记外，还题了两首诗句在上。他只顾在那里密咏恬吟，会心得意，却不知夕照回光，末日已近。那六名镖行中人原在他行帐外山石上面围坐饮水，因见他摇头晃脑握笔苦思，酸态可掬，看了惹厌，借着起立散步，以为左就无事，贪着夕阳明丽风景佳胜，三三两两信步所之不觉稍微走远了些。

内中有两人，路上多喝了些冷水，见冈后奇花如盘，想去采了来玩，刚下去采到手中，觉着内急，手拿着花，择了一块背着盘谷的大石便蹲上去，一边解手，还拿贾本治主仆当了话柄。谈得正在有趣，不想危机咫尺，就要爆发。内中一个话刚说了半句，猛觉颈项被勒，奇痛异常，眼底发黑，直冒金星，再也不能出声。心还以为石下藏有毒蛇，被它窜出盘绞，一着急，慌乱中便伸手去拔佩刀时，又觉身子往后一拽，似贴在一人身上，才知来了劲敌。刚想起用解法去分来人的双手，无奈要害被人捏紧，力气又大，只觉喉间奇紧，两目发胀，气一闭便自死去。

另一人蹲的地方稍陡，下面满是刺荆，正解完了手站起，忽听同伴话说半句没有声音，心中奇怪，忙偏头一看。脑后风生，一条长大人影子貌相狰狞，由下面纵来，伸出两条紫铜色花纹斑驳的长臂，鬼一般抓到，百忙中眼见同伴已被另一敌抓落石下。这人原是镖师之一，武艺较精，一见敌人暗算，喊声“不好”。事出仓猝，知难抵敌，忙将头一低，身子一伏，脚底下一按劲，连裤子也顾不得系好，一个“长蛇入洞”，先自往前平蹿出去，脚一着地，匆匆将裤子一拽，一手收出暗器，回头照准敌人先打了一镖，然后口中报警，一手拔出刀来。眼看镖到对面，忽将身往下一蹲，头往下缩，腾的一声，镖便迸落。再一看那蛮人，端的丑恶异常，一高一矮，高的一个，身量竟在八尺开外，赤身露体，肤黑如漆，上下满是花纹，只腰间围着一个硬桶裙，一个手持木刀，一个手持竹矛，俱都刚从身边拔出，一声不出，恶狠狠追赶上来，解手同伴业已尸横石下，幸而蛮人只有两个，略觉放心，一面大声呼喊，迎敌上去。

上面四人恰和这两人走的路径相反，容到闻警才得赶来。那镖师先见蛮人所持器械俱是竹木所制，以为蠢蛮无甚本领，及至一交手，才知两蛮人虽然不会武艺，俱都力大身轻，闪躲灵便，刀斫上去准被他那桶裙格住，急切间竟难得手，并且手中木刀、竹矛飞快杀来，如非镖师也是个能手，先还险些抵敌不住。战了两三个回合，其余四人闻警追来，才看出两蛮都只有几个惯用的招数，这才放了点心。大家合力，一拥齐上，凶蛮虽然渐渐现出手忙脚乱，可是他身上大半俱浸有松香之类，又有桶裙护身，刀剑暗器上去，至多只能打中，使受微伤，不能伤他要害。要知后事如何，且看下回分解。

第十七回

烧盘谷 智用奇兵
搜孽龙 同消丑类

话说贾本治自从买了异人三口宝剑,同了众镖师一行人等行经铁锅冲孽龙附近歇了下来,不想被崖上把守要口的山民窥见,赶往冲里报信。孽龙拉拉正值黄昏淫乐之时,本来想亲往劫杀,因为淫娃柳燕听说来了大批汉客,所带行囊箱筐甚多,贪心大动,料出来人不是好相与,又恐孽龙不去,单靠手下不能取胜,一味撒娇,再三怂恿,要孽龙陪了自己一同前往。孽龙无奈,只得应了。因以前在盘谷吃过大亏,不愿走那条路,将手下交与柳燕率领,由要口抄盘谷近路出去,自己绕走蜈蚣夹子翻山过来,到了地头两下夹攻。孽龙虽是腿快,因为多走了两三倍的路,还是柳燕和众蛮先到。

这时众人业经为首的镖师下令防备,分布开来,只留下六人在盘谷高冈之上护卫着贾本治主仆。空山夕照,霞绮满天,大家贪看晚景奇丽,又嫌着贾本治酸得惹厌,再加连日山行从未遇警,便是当地邻近孽龙窟穴,也只出诸传闻。待了一会,见到处静荡荡的,不似有变故发生情况,不觉疏懈了些。内中两名镖师因路上多饮了山泉,腹内作痛,前往冈后,各蹲石上方便。恰值柳燕率众蛮相次到来,当先探路的是两个头目,最是力大凶狠,迅捷如飞,一出谷口便看见那两个解手的镖师,因对方人少,不等柳燕等大队到达,使出平日劫杀行旅的惯技,一人奔一个,轻悄悄绕到两镖师身后纵起便扑,两手勒紧咽喉用力一箍,登时便弄死了一个。另一个本领较高,久经大敌,先听同伴话只说出一半,语声有异,忙抬头去看时,忽听脑后风生,一条长大人影飞扑而至,同时看出那同伴已被另一蛮人弄倒石下,尸横就地,吓得提着裤腰,慌不迭地纵向一旁,避开来势,一落地,一手拽好裤子,一手先登出一只镖来,照准蛮人打去,紧接着拔刀应战,一面大声传警。冈上面远有四个镖行中人,偏又走远了些,打了好几个回合,才闻声赶来。

镖客看出蛮人只是力大身轻,所着桶裙善避兵刃,手中招数无多,估量能以取胜，方自转忧为喜时，忽听盘谷里面黄莺弄啭般一声极清脆的娇叱，当头飞出一个腰围兽皮，此外通体裸露的山女，生得花貌星眸，玉肤如雪，胸前颤动着两个滴粉搓酥的肉馒头，手舞单刀藤板，如飞杀出。接着后面又是一片极粗厉难听的暴噪，谷下丛莽密菁中扑腾扑腾窜出二百多个蛮人，俱是赤着紫铜色的上身，腰围桶裙，手持长大竹制刀矛，喊杀连天，一拥齐上。众人一见大惊，知道来势强盛，不可力敌，一面打着呼哨向分散开的同伴求救，一面互相各打招呼觅路纵退。

众镖师处境虽危，还想顾全客人货物，知道贾本治适才在冈上据石写字，此时必已闻警藏入林内行帐之中，恐引贼入室，不敢向冈上退避，径由冈下绕走。原意为首镖师和大队人等俱在长林野径、冈前谷口一带，正可诱敌前往，三面夹攻，谁知敌人早已窥得虚实底细。众人且战且退，退没多远，因自遇警起连打呼哨。听冈前不时回应，却无一人赶来相助，正自有些惊疑。内中一人忽然想起那为首女酋出谷只一照面，便杂入群蛮之中，不再上前，想不到生蛮野人会有这样绝色女子。正寻思间，人已上到冈尾高处，试一寻视那山女踪迹，猛一看见适才争斗处，深草丛莽起伏波动如潮，时有蛮人头戴鸟羽，和手中刀矛隐现，朝相反方顺冈断绕了过去。适见山女不知何时到了冈上，身后跟了三两个蛮人，似要往贾本治主仆藏身的林内跑进，知道今日之事凶多吉少，一时情急，口喊："众弟兄快随我去救客人！那女山婆往林里去了！"一边喊，顺着冈脊又往来路冈上跑去。余下四人闻言也着了忙。彼时镖行人最重信义，忠于职守，虽在生死关头，仍未忘了保救客人生命财货，又是死得也真冤枉。那柳燕淫凶奸巧，饶有智计，未到以前，早派了四名脚程最快、力大身轻的蛮人分头探查，授以机宜。两个欺敌人少动了手，另两个却乘机绕向冈上。彼时贾本治刚将笔记写完，忽听冈后镖师求救告警之声，因那镖师名头高大，镖师们路上谈起往迹说得有声有色，颇多自负，一则有了先入之见，二则贾本治久惯江湖，奔走四方，已然饱经忧患，颇具识见，虽然事起仓猝未免心惊，总以为镖师们可恃，并未慌乱失措，还拿起笔来写了"余正啸傲烟霞赏心自得之间，忽闻警报起自冈后，镖局诸武师均江湖健者，极负盛名，区区蠢蛮当不难殄灭也"。（贾记至此而止。原文多居官阴谋，本书未尽写出。中间情节及下文，均作者夹叙添写。）写完，听得后面吼杀声厉，兀自觉着心惊手战，气再也沉不下去。正要提着胆子前去探望，忽见那名充向导的老人，同了健仆连滚带爬气喘吁吁跑进林来，没口子悄喊：

"老爷,野蛮子杀来了,还不快逃!"贾本治闻言益发心惊,忙问:"有多少蛮子?"健仆答道:"现在只来了两个。"贾本治一听人少,心神略定,故作镇静"啐"了一口,未及答话。健仆已明白他的心意,忙接口道:"人虽来得少,却凶得很呢! 又高又大,恶鬼一样。那大力气的王镖师已被弄死,蔡镖师刀斫上去,伤不着他半点皮肉。牛镖师同那三个镖局同伴正赶去接应,小的看蛮子要来决不止两个,不早点逃,要是来得多就逃不及了。"

贾本治也是该死,当时如离开财货行囊一逃,藏入冈侧密莽之中,柳燕志在得货,人又杀了甚多,一时疏忽或使漏网。偏生利令智昏,舍不得走开,心中迟疑,又和健仆商量了几句。这一耽搁,被那两个窥探虚实的踅进林来看见,因柳燕恐手下缠藤寨人见了汉人财货乘隙私取,来时再三严嘱:"如见看守行囊货物的汉客,哪怕是手无缚鸡之力的废物,千万不许上前动手,最好面都不露,一人暗中看守,防他取了贵重物品逃走,速分一人归报。"孽龙宠妇之言,哪敢违拗? 一个隐身退向林外,一个径去报信。贾本治先是不舍走开,反斥健仆无知,说自己人弱地生,身在虎穴,知道何处可逃! 众镖师盛名之下定必可恃,此林甚是静密,又有怪石遮蔽,倒是绝好隐身之处。一动不如一静,出去被凶蛮窥见,反倒惹火烧身。所说的话并非无理,无奈命该惨死,事不由心。

等过一阵,忽听冈后缠藤寨人暴躁,喊杀连天,听声音为数不下千百,料出凶多吉少,这才想起相隔战场太近,别的不怕,万一镖行中人寡不敌众逃上冈来,岂不引鬼入室,滚汤泼老鼠,一窝子都是个死? 越想越害怕,还是逃命为要,忙喊健仆老人悄出窥探何方无敌,觅地逃躲。这时健仆老人已吓得和发疟疾也似周身索索乱抖,三十六个牙齿震震有声,休说走动,连话都说不出来。危急关头又不敢高声喝斥,只得提着胆子提着气,轻悄悄地向前去窥探。还未走到林外,便见前面林木掩映处站定一个身材高大生相狰狞的缠藤寨人,偏向着自己,在林外往来闲走,不禁吓了个亡魂皆冒。估量已有人防守,哪里还敢出去? 立时掩手掩脚,绕着林木退回大石后行帐之中。除却这正面出路,一边是冈后盘谷,另一边是数十丈高下的危崖,身后满地丛莽荆棘,高几及人,看去很深,料难通行。想了又想,无计可施,情急呼天,跪在地下不住叩头默祝,乞求神佑,一心只盼众镖师大获全胜。

且不说贾本治自家捣鬼,且说那为首镖师名唤程泰,外号双翅虎,江湖上奔走多年,也颇有名头,先见贾家主仆不肯前进,脚夫们走了一日,齐称力乏饥疲，贾本治又不会用人，心中气忿，勉强答应下来。后一端详形势，诸多可虑，越看越料不是善地，想逼着众人上路，未便出口。饭后将众人一一分配，因见冈侧那条高林野径不时发现人迹，离地一二丈处是枝叶较繁的所在，俱有人手攀折之痕，那林径又不当去蜈蚣夹子的正路，前行地势险恶，尽头处是一座极险峻的崇山，上有缺口，一心以为那是孽龙平日通行之路。此外如有动静，不在谷口冈前一带，预想不是不周密，不过吃了见多识广的亏。因见冈后盘谷虽然盘曲幽险，细查行迹，久已无人出入，照着多年阅历经验，蛮人愚蠢，所行都是熟路，以前既未打此出入，多半是条死谷，无路可通，万一有警，冈上还有六人，由高望下一目了然，临时报警御敌，四面八方均可赶来应接，也不是来不及。所以几条来道全都防到，单疏忽了盘谷这一面，尤其是那条林径，相距前面崇山缺口有五六里路。

程泰久跑南疆，深知土著习性，黄昏前后定要归洞饮食歌跳，先时既未遇上，此时不致出来。见夕阳散彩，山容如画，四山静寂，悄无声息，渐渐宽怀大胆，想起来时镖主嘱咐三凶为害行旅，孽龙尤甚，闹得近年镖局中少做了多少买卖。三凶中一个是怪物，只听传言，不知真假；另一个蔡野神夫妇，与镖主有交情，此去特为多带好些人，最好联合蔡氏夫妇将孽龙除去，再和他打个招呼，不特本镖局威名益发大振，做上一路独门生意，自己也是大有光彩。看前面崇山缺口好似蛮人来路，意欲乘着踩访道路，到山缺口上一看形势，回来逼着众人乘月夜越过蜈蚣夹子，见了蔡氏夫妇再打主意，去除孽龙与他手下那伙缠藤寨人。即使发生事变，有那十八个精通武艺的人分作两班在冈前谷口防守护卫，料也无妨。便和同伴七人说了，趁着衔山夕阳，循着林径，一路探索观察前进，不觉走远了些。盘谷后五人和群蛮交战呼哨求援之声，又吃连冈一阻，声传不到远处。

那在冈前来路谷口上防守的十二人，饭后闲行，也是见空山寂寂，无甚动静，疏懈下来。本是三三两两附近闲游，偏巧两名挑夫在来路谷口内吃酒肉，发现一条手臂粗细的大蛇，丢了碗一惊嚷，有几个挨得近的疑心有警，忙持兵刃往谷中赶去，余人见同伴往谷口飞跑，也都跟去。冈上四人恰也看见，因护客货，虽未跟踪追往，恰值冈后变生，同伴报警，求救之声甚急，疑心敌人分由谷口冈后两路齐来，百忙中忘却和那十二人打个招呼，径往应援。那十二人赶到谷中，见是一条大蛇，却也凶猛，各使兵刃一阵乱斫乱打，将蛇杀死，互相说笑走回。不料柳燕已分出一拨缠藤寨人由冈后面赶绕到，行至谷口，正和十二人碰个对面，厮杀起来。怯于缠藤寨人厉害，敌众我寡，心望援兵，却彼此不能相顾。恶斗了好一会，十二人中已有一人为缠藤寨人所杀，三人受了轻重伤，那些不会武艺的挑夫，更是死得一个不存，缠藤寨人方面虽也有十几个被众人用暗器打中双目和身上要害，死伤在地，无奈缠藤寨人猛悍，众寡悬殊，如何能敌？也只得且战且退，直退到了冈前平地上。

前面程泰等八人已然行近崇山之下，正要攀登，耳听来路似有呼哨之声，忙即回望，才行发觉，看出群蛮势众，知道不好，慌不迭地回身飞跑。跑回约有三里，相隔渐近，遥望自己这面已有四五人倒地，下余的也似有两三个负伤应战，不禁又惊又急，各把脚底加劲，口里打着呼哨回应，往前飞奔。眼看再有里许便可到达，忽听身后面暴雷也似一声怪吼，回头一看，一个怪人身长约有两丈，头如巴斗，略具龙形，巨口突唇，赤须蓝面，红眼凸出，獠牙外露，通体赤裸，露出满身逆鳞闪闪有光，吼声如雷，在斜阳影里疾如奔马，飞步追来。程泰一见，料准来的是孽龙拉拉，形态如此狰狞猛恶，定非善类，继一想群蛮如此之多，擒贼擒王，如不将他先弄死，必遭惨败无疑，回去怎生交代？想到这里把牙一咬，口喊："弟兄们！这孽畜身上生有逆鳞，刀剑恐难伤他。大家须要小心，不可力敌，专用暗器照他咽喉和身上无鳞之处下手要紧！"一言甫毕，孽龙已赶到身前，八人忙向四面分开应战。

内中一个姓张名峦的镖师，单臂使锏，最称力大，外号铁手臂，大力金刚，见孽龙空着两手，自恃练就神力，因孽龙臂长手大，还没敢由正面下手，径由侧后面纵起身来，运足平生之力，照准孽龙背胁上就是一下。这时程泰自当正面，一手鸳鸯拐虚点了一下，孽龙伸手便抓，没有防到后面这一锏叭嚓一声打个正着。如换常人，这一下早打得皮烂肉糟、骨断筋裂，孽龙虽未受着重伤，却将身上逆鳞砸落了两三片。孽龙哪吃过这样的亏？负痛一声怪吼，往侧一纵身，伸手便捞。张峦见一锏打去，孽龙并不怎样，反因用力太猛，铁膀虎口全都震酸，心中吃惊，一疏神，纵出去本就不远，孽龙又是恨极仇敌，奋力追扑，不得不止，力大步长，行动甚是神速，只一纵便被赶上，不问青红皂白和身后敌人夹攻，一伸双手照人便抓。张峦见人已被他双手圈住，逃走不脱，意欲死中求活，不但不往后退，反往前一进步，奋起神威，又用足平生之力当胸一锏打去，叭的一声打个正着，就势身子往下一矮。本想用"就地十八滚"使孽龙抱一个空，往斜刺里滚去，只一脱了毒手，便可纵起逃生。主意原想得好好的，偏他素常多疑，身刚往下一矮，一眼看见孽龙胯下甚是宽大,百忙中猛想起孽龙手长腿快,往侧滚退仍难免不被捞住,何不由他胯下穿向他的身后,岂不比较容易逃出?

说时迟,那时快!他想到了这里主意一改,双脚往前一顺,身子往后一顿,脚前头后,正要往孽龙胯下溜穿出去。不料孽龙自恃刀斧不伤,一心捉人,向不在意敌人兵器,目力又极尖锐,那一锏打中在他胸前最结实之处,连鳞片也未伤着一块,双手一抱抱了空,见敌人身形往下一矮,忙跟着随手抓下,看出敌人身往后仰,疑心跌倒在地,还不知是要打从他胯下逃走。因是忿怒已极,急欲得而甘心,身子一蹲,原欲就势伸手往地下抓起,那胯下垂着驴肾般的东西偏巧碰在张峦的肩头之上,同时张峦身子就在这歘忽之间就要穿胯而过。因这一碰,孽龙方觉出敌人图逃之策,再加手未捞着发了大急,一声暴吼,双腿一并,往下便跪。这一下恰将张峦肩头一带夹住压在底下,张峦立觉骨断筋折痛彻全身,自知难以活命,张口想咬他胯间之物,头昂不起,没有咬中。刚闻得一股子奇腥极臊之味,中人欲呕,人已禁受不住疼痛,晕死过去。吃孽龙伸开蒲扇般大手一把抓向头上,立时鲜血冒处便是五个窟窿,手指深深插入肉内,就势纵身捞起横着向颈间一口咬断颈皮,将人头扯落,对准颈腔"咕嘟嘟"吸入一阵人血,手扬处尸身抛出老远,坠于地上。

当张峦危急之际,程泰等七人刀剑齐上,纷纷向着孽龙乱斫,通没伤着他分毫。后来孽龙吸完人血反身追逐,众人大半吓得心胆皆裂,哪里还敢真个近前,俱想比准咽喉用暗器乘隙取胜。谁知孽龙对身上几处要害防卫紧密,一下也打他不中。众人手忙脚乱,苦斗不过七八个照面,又有四个相次死在他的手里。程泰手中暗器业已用完,再一回看冈前的人伤亡殆尽,只剩两人,正亡命一般往谷口逃去。群蛮追在后面,兀自不舍,这两名同伴都红了眼,毫无退走之意。自己是众人之长,更是不能独生,一阵难过,把心一横,正待拼死上前,用诱敌之策去削孽龙胯间之物,又一寻思,适才曾打中他数镖,俱无用处,刀虽锋利,并非实器,怎能奏功?猛想起贾本治路上曾用三千银子买得异人三口神物,只悔彼时嫌他看不起人,没有索观,看自己的人往谷口内退走,贾家主仆想必隐藏林内,如今事在危急,何不赶将回去取来一用?孽龙厉害只是兵刃难伤,那剑如真是实物,十个孽龙也不济事。一想定,忙喊那两名同伴不可轻生,只仗轻身功夫前后引逗,自己去向客人借了宝剑再来报仇。说罢,舍了孽龙往冈前飞跑,一会赶到冈上一看,冈后防守的六人,有一个尸横就地,三个被群蛮擒住,只剩下年纪最轻最有本领的一个,与一个赤身女酋互相搂抱厮打,在冈上面滚来滚去。

正估量贾家主仆有未遭毒手,群蛮发现来了敌人,一声暴噪杀将上来。程泰恐被他们追去偾事,忙使轻身之法往断崖下纵落,纵到中间,猛见一株小松挺生石隙之内,心中大喜,顿生急智,连忙一把抓住,贴身崖壁,屏息不动,容到群蛮追纵下有三五十个,上面没了动静,才提气沿壁往上爬行。到了崖口探头一看,见他们仍在厮打,群蛮旁观指点说笑,不敢惊动,一路潜踪蛇行到了林内,回头无人,才站起身往贾本治行帐中跑去。这前后一耽搁,林径中那两名同伴势子更孤,一个先吃孽龙抓住,生裂两片,一个知独力不行,心还希冀取来宝剑报仇,纵身往回路飞逃,跑到冈前刚往上纵,后面孽龙已然赶到,平空捞着双脚,往山石一掼便自了账。孽龙甩了死尸上冈一看,见自己心爱的人正和一个少年搂抱,在地上滚扭做一团,不禁醋火中烧,怒从心发,抢步上前,一把抓起。柳燕见孽龙到来,也自心虚吃惊,首先松手。

那少年正是适才发现女酋率众上冈想起客人尚在林内,顺冈脊杀回救自的那五个镖局中人之一,还未抢到林前,惊动柳燕,回身应战,互相恶斗了一会。虽然打倒了几个,五人中却有一个吃竹刀斫裂头脑,死于非命,接着又有三人相次受伤被擒绑起。只剩下这一个姓万的少年镖师,因为年轻俊美,身材健壮,被柳燕一眼看中,一照面便即指挥群蛮合力上前杀那余外四人,留下这一个和自己单打独斗,如不招呼,不许上前相助。斗时一面交手,一面操着不大流利的汉语向来人引逗,说孽龙和手下群蛮如何凶恶。今日所有来人一个也难活命,并且四面都有埋伏包围,万逃不脱。自己爱他生得雄壮美貌,情愿和他私拉相好,教那姓万的镖师暂作被自己擒住,等带回山去假意投降,孽龙对自己甚是宠爱,言听计从,决能保得性命,永享快活。

那姓万的人虽有些风流自赏,美色当前不能无动于衷,转想领着江湖义气,见同伴相次伤亡,怎可独自贪生,觍颜事仇?二则山女淫凶狠狡,又是孽龙妻子,事先还得束手受绑,休说吉凶难定,就是果如所言,这一充了淫娃的面首,再想逃出虎穴决非容易,即使幸而逃出,有何面目做人?当时破口大骂,奋勇厮杀,想乘女酋无人相助,将她杀死,为同伴们报仇。谁知柳燕力大身轻,手脚灵活,一口缅刀一面藤牌舞得风雨不透,虽不似孽龙那样刀剑不入,本领煞是了得,竟占不着分毫便宜。斗到后来,姓万的使出一个绝招,故卖破绽,先迎面虚晃一刀,等柳燕用藤牌一挡回刀来斫,假意身子一侧让过刀锋,装着被地下石块绊倒,往后一闪。柳燕一见大喜,忙将手中藤牌纵起去按时，姓万的就在这似跌未跌之际，倏地一个“怪蟒翻身”，转侧而起，朝柳燕身旁斜穿过去。

说时迟，那时快！就在两人肩腰相错之际，姓万的就势反手背刀，一个“横扫千军”暗藏“叶底偷桃”之式，照准柳燕连着带手臂斫去。柳燕骤出不意，本来危机万分，无巧不巧，旁立一个缠藤寨人头目先和别人对敌，也吃过这样的亏，仗着天生异禀能御刀剑，没将肩臂斫断，挨了一刀毕竟有些痛楚，他在群蛮中比较有些心计，也最得孽龙宠信，知柳燕是孽龙的心肝，如要受伤回山，不知要受多大罪过！今日这些汉客又与往日所遇不同，个个武勇有力，如非人多势众，直难讨好。就如这样，自己一面还伤亡了好几个，见柳燕要单人应战生擒来人献与孽龙下酒，并不许人相助，早就担着心，好容易打得来人俱已死伤成擒，柳燕这里尚无胜负，忙赶过来站在一旁留神注视，防备柳燕失守。一看到姓万的假作失足跌倒神气，与适才那人所使身法全然一样，惟恐柳燕上当，非同小可，忙即抢步上前救助。

姓万的因打了一阵并无一人相助，放心大胆全神贯注女酋身上，不曾防到有人暗中作梗，一刀方斫过去，恰被那头目赶将过来从斜刺里伸手，一把掳住刀背。姓万的觉着手上一紧，刀已被人握住，心中大惊，顺势一夺，缠藤寨人力大没有夺过，反举他手中竹矛刺来，同时柳燕也自让开。喊声“不好”，手一撒刀把方要纵逃，忽见柳燕媚目怒睁，朝着对面缠藤寨人娇吼一声，伏地丢了手中刀牌，一个“饿虎擒羊”之势猛扑过来。姓万的不知就里，怵于缠藤寨人来势，刀脱了手，人刚离地纵起，身子悬空，闪躲不及，吃柳燕扑个正着，双手抱紧，一同跌落地上，由此两下满地翻滚，扭结起来。姓万的双臂连身子被柳燕紧紧束住，力量又大，无法用武，只将两只没被束住的双手在柳燕雪白皮肤上乱捏乱抓。柳燕本就爱他，再经皮肉相接一搂抱，虽还隔着一层衣服，到底汉人皮肉滑腻，比起满身逆鳞的孽龙大不相同，不由触发了天生就的奇淫之性，拼忍一些痛痒，益发牢牢紧抱，口里哼哼唧唧浪声浪气地怪叫，劝姓万的即速降顺，好同他私下快活。滚了一阵，累得粉团般的精白皮肤上通体汗流，腿股间抓伤了好几处，兀自气喘吁吁，强熬着不舍放手。

姓万的因见同伴死伤殆尽，心中悲愤已极，见了这般丑态益发厌恶，先还防着夺刀的缠藤寨人从旁下手，自分万无幸理，嗣见缠藤寨人闪开，看出被女酋喝退，心想群蛮这般畏服女酋，如能反客为主破了她的双手，将她擒住作质，人死了的不说，这几个受伤被擒的同伴和客人货物总可保全。忙停了抓挠的手，一面厮挣，暗中用足气力，正要将女酋双臂振开，下手生擒，忽听怪叫一声，女酋忽然松了两手。方欲翻身纵起，头颈和肩臂上一阵剧痛如裂，自己被人抓住，斜眼一看，乃是一个极长大的龙形怪人，"嗳呀"一声方喊出口，身子已吃孽龙反背一撅，再一扯直开来，照准山石上打去，立时脑花飞溅死于非命。

柳燕见人已死，绝了痴望，因爱成仇，不由恨极，就地上拾起缅刀，朝死尸一阵乱斫，恨恨不已。孽龙虽恨敌人，并不疑心柳燕，大骂手下群蛮为何不上前相助，差点使心爱的人吃了大亏。缠藤寨人们吓得战战兢兢，哪敢还言？倒是柳燕还有担待，说是自己主意，见那人年轻血旺，想生擒下来，献与你去享受，所以不要人助。孽龙闻言，喜得抱起柳燕亲个不住，口里怪声怪气直喊"心肝"，又问他们"人都杀完了么"。柳燕忽然想起此来为何，顾不得多说话，忙伸手一指林内，跳下身来，拉了孽龙往里便跑。

这时程泰恰将赶入行帐，首先看见那名健仆和老人吓得面如土色软瘫地上，缩住一堆瑟瑟乱抖，却不见贾本治何往，忙问健仆："姓贾的藏在何处？他那剑呢？"叵耐那健仆已然失魂丧胆发了痰风不能言动，一句话都答不上来。程泰连问数声，见他如痴如迷答不出声，又想起他平日可恶，今日伤亡多人全误在他主仆身上，不禁怒从心起，劈手一掌打闷在地，闭过气去。还是老人稍微胆大，强挣起一只颤巍巍的手来向行帐后连指。程泰忙出帐赶向帐后面，在乱石堆中将贾本治寻定，见他双手抱定一只竹丝考篮，正向天叩头许愿呢。因事在紧急，不暇多言，开口便问："宝剑何在？快拿了来！"谁知贾本治早从林隙内偷偷外望，看见群蛮凶恶与众人惨死之状，自知难免于死，也吓得神志昏迷，程泰的话全没心听，反指着那考篮颤声说道："东西都在这里。我行走不动，程武师你保我带了它逃出去，情愿分你一半……"言还未了，程泰百忙中会错了意，以为剑在篮中，也没想想考篮多大，剑有多长，劈手夺将过来，见上面还有极精巧的白铜广锁锁住，着急一扭将锁扭断，正要开取，忽然想到这小考篮如何能藏得下三口宝剑？气得将篮往地下一掷，"哗琅"一声，三隔考篮翻倒了两隔，滚了一地的金珠宝玉，益发气急交加，低喝道："我问你路上买的那三口宝剑呢？快些拿来买命吧！"

贾本治见他凶神恶煞之状，既痛惜地上财宝，又误会他变心内叛，所说仍未听清，战兢兢答道："我的心血件件俱在这只箱子里，还有一些金沙值钱，别的……”还要往下说时，因他一说起箱子，将程泰提醒，料那宝剑必在那些长箱以内，此人已吓疯了心，明问无用，忿怒之极，省得和他废话，当胸一把，捉鸡般从山石堆中提起，重又跑回行帐，放在他那一堆箱筐旁，道：“你那三口宝剑快取出来，我就要用！”一言甫毕，贾本治没有答言，随手倒地，再一看，已然连惊带急晕死过去。程泰这时真是啼笑皆非，气不打一处来，匆迫间无计可施，只得一脚将他踢开，举刀往那些箱筐上便斫。偏生贾本治所带得行囊箱筐甚多，有好些都装的是准备结送蔡氏夫妻的布帛之类的礼物，连开好几只箱筐并不见宝剑影子。

这时那健仆恰好微微醒转，先前本听明白程泰所说之言，无奈受惊太过，吓得发了痰风，心里明白，不能言动，吃程泰一掌，虽然暂时打晕在地，醒来却神志渐清，一见程泰翻箱破筐之状，忙高声喊道：“程武师！剑在你身旁第二口长箱里面，有铁匣装着。”程泰忙即如言用刀挑破长箱一看，果见衣被中藏卧着两个铁匣，不禁心头怦怦跳动。刚取起来伸手一按匣盖，猛听健仆“嗳呀”一声惊叫，再回头一看，孽龙拉拉业已如飞钻了进来，伸腰举手一掀行帐，便连帐脚木桩一齐拔起，掀过一旁。

程泰尝过他厉害，心中暗恨又是贾家主仆误事，偏巧慢了一步。生死关头，不暇再计及别的，心中气急，一伸手就地上抓起贾本治朝孽龙飞掷过去，身子忙向帐外纵退，原意孽龙得到人，照今日所见的例，总要咬颈吸一阵血。只他微一耽延，便可取出宝剑报仇雪恨。谁知当日孽龙杀人甚多，血已饮足，手接过人，一撕两半，反当成兵器杀将过来。程泰初开剑匣，又在暮色迷蒙之中，百忙中刚分出倒顺，看清匣口，刚拉开剑盖，孽龙已然杀到，劈脸一只手带着血淋淋心脏的死尸当头打下。程泰往旁一纵，虽未被他打中，可是死人热血洒了一满脸，双眼立时一阵奇热剧痛睁不开来，知道不好，还欲拼死报仇。手刚握到剑柄上面，忽听两耳生风，双目失明，欲逃无路，吃孽龙手下死尸二次当头一下，打倒在地，身后淫娃柳燕跟踪赶上，再补一刀，身首异处。那往谷中逃走的二人也吃群蛮赶上杀死，一行数十人俱被孽龙拉拉和众蛮杀死净尽，无一幸免。

柳燕何等奸诡，杀人时一眼瞥见有物放光，看出那剑是个宝物，忙取在手装入匣内，再一搜寻，又找到了一双短匣。孽龙因见天黑，极盼她同归淫乐，别的通没放在心上。柳燕借此要挟，将当日所得财货宝物全数据为己有，群蛮应得的犒赏俱由她回山第二天再行分配。孽龙应允，群蛮自也不敢违忤。柳燕除认定那匣中宝剑镶有发光明珠，是个宝贝，紧抱在怀不放手外，又因地上散落的金珠，在石堆里寻到那只考篮，将所遗金珠一一拾起装好，连同一些心爱之物，均交与孽龙代拿，将所得财货器械行囊箱筐，连同死伤诸人的衣履全扒下来，包扎聚齐，点明件数，交与几个手下，分同挟起带回冲去。这类缠藤寨人性最凶残，嗜食人肉，贾本治和镖局挑夫等数十具死尸，连几个受伤被擒的镖师，早由那头目派人挟起，同了一队人先行准备回冲大嚼。

柳燕见诸事分派已定，才向着孽龙满脸媚笑，手抱双匣，纵体入怀。孽龙嘻着一张大嘴，一把将她抱起，斜身放坐肩头之上，代携了考篮和所挑几件心爱之物，当时急于回山淫乐，慌不迭拔开步便要由原来的路往回飞跑。柳燕撒着娇，媚声浪气止住他道："我们才走的山夹夹都好好的，你这般猴急，还绕走远路，你等得我还等不得呢！"孽龙闻言，不禁欲心大动，也忘了心中忌讳，撇下众凶蛮，抄着盘谷近路回去。

那随着柳燕做通事的山娃子因柳燕嫁与孽龙日久，言语已通，本无庸长居虎穴，一则柳燕想留她常和蔡氏夫妻传信需索，二则山娃子人甚忠心，情愿冒险在冲里做细作，打探孽龙、柳燕虚实和心意，孽龙稍有动作，一得闲便偷偷出来往蜈蚣夹子送信。柳燕来时，本要带她同往，山娃子一听蜈蚣夹子前面来了大批汉客财货，疑是投奔蔡氏夫妻的人，推说肚痛没有随行，等龙、柳二人一走，连忙由要口跑出，赶往蜈蚣夹子告密。

恰遇大锤轮值防守，因孽龙这场大祸是自己惹开的头，姐姐一谈起就抱怨，好容易弄了柳燕来，只说可以里应外合用计除却孽龙，偏这淫贱不替人争气，日子一久反成了孽龙一党，时常挟势需索，心中气忿已极。一听山娃子报语，夹子前面来了大批客货，想起以前行旅众多，百物均可交易，何等自在？如今被孽龙闹得好些年来无一人敢走这条道路，寨中缺用之物甚多，无法与人交易，难得今天有汉客经过，又吃这孽畜和淫贱发现，想出夹去和他理论，怎奈连番惨败，已成惊弓之鸟，不惹他还恐无事生非来门上寻晦气，如何还去轻捋虎须？即便自己胆大拚险，手下也未必有人敢往，就此罢手，眼看他在夹前猖狂，心又不甘，山娃子走后，越想越烦。隔了一会，因山娃子曾说龙、柳二人同出劫杀时，孽龙因在盘谷道上吃过苦头，不愿走那捷径，由柳燕率众蛮抄出盘谷，他一人独自抄越夹旁崇山绕远路走，不由想起一条计策。心想缠藤寨人素来怕火，盘谷之内尽是险仄崎岖的路，危崖壁立，上下满生林木杂草，极易纵火。难得孽龙不曾同行，柳燕回时不忙，必与孽畜同路，何不也抄旧寨远道赶入谷中，将自家近来备作异日火攻用的山产油块带些前去，伏在他归路西头转角隐秘之处，等众蛮走到中间，两头用火种一点即燃。虽然伤不着孽畜本人，多烧死他二三百个也是好的。好在这种办法无须人多，便将野骡队交与一个可靠的小头目，在夹中率领防守，以备万一。自己只挑了十名亲属曾受孽龙惨杀、素有报仇深心、又胆大不怕死的手下勇士，携了油块火种，绕走傍晚昏林暗径，翻山越岭往盘谷进发，照计而行。

那一带地方本是蔡氏夫妻旧寨，大锤从小生长其地，路径极熟，不比缠藤寨人深居铁锅冲内走没几次，遭过两次火攻即不再走，由别径入谷的路多不知悉，容容易易便被大锤由谷旁翻山进去，深入谷底，相好地势，立时布置起来。这时天已昏黑，谷深林暗，只剩山月斜照到两崖藤荫之上，不时漏下一点点光明，多半暗沉沉的不能辨物。大锤共是十一人，七人在前，自己同了三人在后，分据着谷中一条草深树密的仄径，藏身所在极为隐秘，火一点燃，立可援升上崖会合一起，由间道翻越谷顶出去，不致被人觉察。以前早就相好地势，因孽龙不再走这条路，没有用上，今日正当天黑谷暗之时，真是再好不过。前后相隔，从谷底行，路虽远到三里之遥，可是谷径盘纡，中间恰当最弯之处，如照直说，连一里路也不到。火光极易看见，加以两崖壁立，不下百丈，壁间满生油性易燃的多年老藤，火一发立即蔓延，燃烧成了一片，更难攀升，大锤等十一人另有极巧好隐秘上升之路。那油块是本山天产的老石油，晒干成块，星灰之火一触即燃，比起什么引火之物都要猛烈得多。一切准备停当，孽龙也自赶到。

大锤在后是头一关口，隐身林莽丛中正在延颈眺望，忽听孽龙拉拉怪笑之声由远而近，骤出意料，不禁吃了一惊。今日不是大举准备，知他厉害非常，哪里敢于妄动？呆得一呆，黑暗中眼看孽龙高大人影抱着淫娃柳燕，闪起一对放光的怪眼飞也似过去。前边埋伏的七人不见后面火光，又见是孽龙本人，也没敢发动。等他过了二层埋伏，大锤才想起孽龙并未带着众人，暗中放火不比明处，正好下手，就与他同归于尽也值，为何害起怕来！正后悔间，又听谷口那边群蛮叫啸之声越来越近。这一拨正是那挟带死伤人等先动身走的那头目和手下百多名众蛮，因孽龙行速，入谷不远，便超越到了众蛮的前面，俱想讨好，纷纷脚底加劲，谁知赶来送死！

谷险地黑，众凶蛮不比孽龙天生夜眼能在暗中辨物，有一小半都持着入谷时现扎成的火把，还未近前，便被大锤看见。他不知所劫财货落在后面，心想孽龙已被漏网，这伙蛮人万放他不得！来人一拐过谷弯，便悄悄爬出，将林莽中预存的油块发火点燃，附近林木连同两壁油藤立即跟着燃烧起来。前面七人看见后面火光大作，也将火势引起。两下夹攻，顷刻之间烈焰飞扬，上冲霄汉。大锤等前后十一人火一点燃，先后悄不声地攀升上去。准知这火一起，一会便成了野烧，全谷林木难免都化灰烬，谷顶一样存身不住，不等火发，早绕路翻越回去。

这百多个缠藤寨人满心高兴，饱载而归，准备回去对着星月舞蹈，大嚼一回人肉。先见后面火起，回顾无人，还以为自不小心，路过时手中火把举高了些，无意燎着树枝，虽然无碍，延成野烧岂不断了后面动身人的归路？又得由夹子翻山，多走出老远，互相埋怨推诿，尚未发慌。刚又拐了一个弯，忽见前面去路上也有火起，相隔约有二里左近。群蛮吃过火攻之苦，这才大惊，始而分头乱窜寻觅逃路，一会火势渐盛，前后路全被遮断，益发慌骇失措，纷纷丢了死伤俘虏，亡命一般欲往谷顶攀升。谁知老藤油性易燃，底下的火往中间渐渐合拢其势尚缓，惟有壁上的藤蔓却是一挨就蔓延开来。众蛮有的地方未找对抢攀不上去；有的力猛枝弱一下攀折坠落谷底，先跌了一个半死，仍难再上；有的好容易攀升到了一半，眼看出险，上边藤树之类忽然延烧，欲上无路只得纵落。

群蛮这一阵大乱，火势已然大发，又值山风大作，前边的火正在四下蔓延，越烧越旺，后面的火被山风一吹，又似火浪一般沿着两边崖壁和谷底烈焰熊熊直卷过来，缠藤寨人所着桶裙又是极易引火之物，火星子飞溅上去立即点燃，没有葬身火窟，先烧死了好几十个，同时被烧人的身旁林木藤草也跟着被桶裙遗火燃烧，助长添威，吓得众蛮魂惊胆落，似热锅上的急蚁，走投无路，哭喊之声震得四山都起了回应。哪消半个时辰工夫，火势一合拢，渐渐延烧全谷，成了一条火弄，千寻烈焰突突飞扬，上冲霄汉，照得天都成了红色。众蛮和那数十死伤俘虏，不消说全都烧为焦炭，一个不留。

孽龙仗着腿快走出较远，后来发现火起和群蛮悲号之声，知道不妙，自己吃过大亏，也不敢回身来救，只抱了柳燕往前飞跑，直到跑进要口，回顾野烧已成。柳燕料知后走两拨人凶多吉少，尤以头拨先走的为甚，但是心里兀自舍不得那些东西，总盼拿东西后走的没有遇险，强磨着孽龙再抄远路，由蜈蚣夹子翻将过去接应，并说："火起得奇怪，难保不又是蔡氏夫妻想劫取现成财货起意暗算。天发的野烧还没的说，果如所料，此仇岂可不报！如是蔡氏夫妻所为，你的腿快，此去必能遇上。”几句话竟将孽龙说动，又绕路飞奔前往。

这时大锤等计成归来，中途派人探看，还有百十缠藤寨人手挟头顶着许多财货，想因盘谷火起断了归路，改道夹前走来。当时意欲劫夺，又一想缠藤寨人个个力大猛恶，自己人少，休说打他不过，即使能胜，只逃走几个回去送了信，当时便是一场大祸。想了又想，仍以不妄动为是，便率手下潜伏夹外山缺口旁，窥探他到底劫得了多少东西，一面着人与夹内送信，心还未死。一会遥望众蛮渐行渐近，得的东西真不在少，不禁贪心大炽，几番起意，藏身黑暗之中，照准有那拿着东西走落了单在后面的缠藤寨人，两三人服侍一个，用身带索圈套野狼般套上他两个过来，多少得点现成东西。正寻思欲动间，忽听孽龙怪啸之声由远而近，众蛮闻得也齐声吼啸，相与应和。

原来柳燕不放心，既恐第二拨人也葬身火谷，又恐被蔡氏夫妻用计劫去，老远就逼着孽龙怪啸探听有无回应。这一来柳燕固是宽心大胆，大锤却如凉水浇头，贪念冰消。一会便见孽龙赶来与众蛮会合一起，虽然言语不大通晓，已听出龙、柳二凶有见疑之意，因这场火放得秘，决毫无痕迹，龙、柳与后拨蛮俱未见到一人，以为火把遗火所致，没有找上门来晦气。不禁暗中各吐了吐舌头，等人走远，才回转夹去。与众人谈起，喜得乱迸，总算稍解宿恨。大锤有甚识见？得了一次甜头，觉着用计比用力好得多，还想乘机再来它一回，索性连孽龙一起下手除去，恐乃姊持重作梗，再三告诫众人不许向蔡氏夫妻说起。众人哪敢拗他？并且事又做得称心痛快，俱都依言瞒过不提。

大锤敢于身入铁锅冲，想联合柳燕暗算孽龙，起因便由于此。龙、柳二人回到冲里，先尽情淫乐了一阵，死了那多同族，不但没在心上，反因得了好多心爱之物欢喜。柳燕欺着孽龙无知，先藏过了那两个盛剑的匣子，只把些死人身下剩下来的衣物分与同去众蛮，所有贵重心爱之物，先推说孽龙自要，然后一点点运回房去。她爱那三口宝剑，只为剑上所镶珠宝，并不知是神物，加以和孽龙镇日厮缠在一堆寸步不离，绝少回房时候，更防着别人看见，一直也无暇取阅。直到丑妇得宠，她失欢独宿，才想起取出拔剑来看，手还未将匣盖抽开，便听匣中玱琅之声犹如龙吟，响个不歇，再取另一匣也是如此。蛮人都畏神鬼，见匣中无故自鸣，哪知神物不容淫女污触，疑心内有怪物，恐怕就是死了的汉客鬼魂作怪，一害怕便仍藏起，准备异日托故往看蔡氏夫妻，请神巫看明何故，请问天神之后再行开视，不想没有几天便死于非命。

此剑来历补叙已毕，且说林、毛、余三人看完贾本治笔记，写到"冈后闻惊"而止，料知底下业已遇祸，所以没有下文。这等阴险小人，死有余孽，只不知那些无辜的镖局中人后来逃脱些毒手也未？全记好了那镖局的地名字号，以备异日得便探问下落。大家饮食已毕，又寻得了仙剑来路，这一耽搁，日头已是老高，林璇便将雷大锤唤至身旁说道："冲里众蛮大概已被毛小姐的师兄师姊全数杀尽，不能为害。但是本地情形我等不熟，昨晚杀人虽当众蛮舞蹈洗浴之时，老少男女都聚在一起，但是湖里死尸，小孩妇女好似不多，听说除去来路云梯要口外还有两条道路，一条通出盘谷旧寨，业已堵死，还有一条道路是个崖窗夹壁，有千百丈高下，上面俱是众蛮窟宅，此外难保没有被孽龙派出哨探的党羽。我欲留你在此，恐怕他们无心闯来，众寡不敌，我三人又要回去商量上路，不愿留在这肮脏的地方。这类缠藤寨人天性残忍，杀生害命引为至乐，又好吃人肉，我等除恶务尽，一个也留他不得。我看这里相隔蜈蚣夹子必要近些，你可速由云梯要口下去，将夹子里的人们全数领来，我再请余客人助你下去，以防到了要口万一遇上那几个防守的缠藤寨人作梗。我和毛小姐由这娃子和芹芹领路，由崖窗那条道路抄出，就便搜杀余孽，出口之后，再到下面与余客人会合，同回寨去。你率人再到时，即使搜杀未尽，也不过剩三五个奉派在外的人回来。他们见满湖黄水人发，不见一人，必然惊骇，不明就里。他们虽凶狠多力，也敌不住你的人多，此时我们已然回山，喊你姊夫姊姊带人来此搬取财物，并作接应。纵有几个未尽余孽，也逃走不脱了。"

大锤领令，同了余独自去。那云梯要口相隔大寨颇远，到时，在口内并未遇见有人在防守。余独以为众蛮已吃白衣少年斩尽杀绝，林璇此举未免多虑，又疑她想问筠玉甚话，故意将自己支走，正要顺梯而下，凭崖遥望，目光到处，一眼瞥见前左侧疏林之中草莽无风乱动，耳听大锤低声说道："林小姐果是神算。那不是孽种又在那里撕人肉吃么？"余独定睛往下一看，果然疏林丛草掩映之中蹲坐着四个缠藤寨人，同围着一具新死人的尸身，各用竹刀刺划抢夺那人肉吃，隐隐闻得欢呼怪笑之声。

原来这四个正是当午往云梯要口轮值的孽龙手下，因为窟穴在崖窗夹壁之上，远隔大寨，孽龙自得柳燕，虽难得再将同族妇女强奸惨杀，但是人人俱有戒心，是有妇女的，多半设法移居崖窗去充防守，以避孽龙之害。中有六个缠藤寨人合有两妇，这四便在其内。因冲里近年妇女日少，看得非常珍贵，这六个缠藤寨人又都年壮，除按时该班外，轮流在家守定这两个蛮女争宠献媚，无事轻易不往冲荡里去。昨晚月明，群蛮照例沿湖舞蹈，会浴为乐。四人因两山女同时生病来去，略微应点，洗完便自赶回，因而漏网。照例这四人应在午前往云梯要口接班，黎明起身。六个缠藤寨人像捧凤凰一般，正同围拥着那两个生病的女蛮，在崖壁洞穴中调笑欢唱，去逗女蛮的喜欢，对于昨晚往冲里去的好多同伴天亮不归全未在意。

偏巧芹芹的离夫和那两名同党因刺杀芹芹未成，被两个剑仙惊走，逃时自知违了寨主之命偷来行刺，事又未成，回去还被芹芹泄漏，决难免死，一心慌走错了方向，误走向崖窗要路，打算绕回，又恐与白衣仙人和大锤等撞上，更难幸免，仗着知得路径，以为群蛮俱趁月明会集，崖窗路上无人防守，日头未起，那里危崖高深，天光不照，事出不意，就有人在彼悄悄走过也看不出，意欲由此冒险逃出山去，从此远走高飞不再回寨。谁知道途甚远，险径难行，只平日听蛮娃子口说，初次经历，好容易走完了七八停路，出口已然望见，再有一两停便能脱险。这时崖壁上居住的缠藤寨人不下百十家，十之八九都在昨晚月夜会浴，死于白衣少年男女飞剑之下。所留十九是些妇孺，夹壁阴黑，有的因大人一夜未归，熬到半夜眠倒，尚自熟睡洞中未起。有那大一点的蛮娃子起身得早，约了几个同伴，三三两两援藤而下，拿着竹矢刀矛跑出夹壁，满山刺杀虫蚁去了，只一跑出即便遇上。

没有大蛮在侧也不妨事，原是三人逃走的好机会。不料那六个缠藤寨人据崖欢唱了一阵，见蛮妇面容委顿仍不高兴，都着了忙，各想讨好。缠藤寨人向来恃强凌弱，原无信义，有一个力气最大，想起隔壁那家七八个男女蛮俱往冲里会浴未归，家中只有一个七八岁的孩子，昨晚相遇，曾听他说起黄昏时打得一只肥野猪已剥了皮，还有在前山采来的许多新鲜果子，准备浴罢回来痛快吃它一顿。那家一个女蛮却有七个丈夫，人多东西不甚多，又都吝啬，等回来和她明讨必然不肯，何不乘她未归小孩不敢拦阻，过去硬夺了来，豁出回来与她拼命，也在婆娘前显得自己英雄。想到这里，悄不声的离了蛮婆出洞，向间壁飞纵过去，一手挟了野猪，套了果兜子便往回纵。

那家小蛮虽然年幼，也颇凶悍胆大，已能在壁间攀援上下，不过力量小些罢了。早起见妈妈和一些爸爸一个未回，缠藤寨人常时你抢我夺不论亲戚，家有绝好食物，无人照看不敢离开。眼看邻童相次出游，正在烦躁，拼命吃着山果解闷，忽被右邻来人劈手抢去，不由大怒，拿了竹矛追到穴口，照准来人背上用力便刺。那蛮人回手一把将矛夺去，扔向崖下。小孩着了急，往前一纵，紧紧抱定那人大腿不放，张开小嘴乱咬一阵。那人将脚一甩未见挣脱，一手仍挟着东西，一手抓住小孩身子往起一提。小孩见强他不过，一松手被提起来，小孩更是手急眼快，一面口中怪叫，没等放下，一手打了那人一个嘴巴，另一手便伸出铁一般的小指头朝那人双目挖去。那人大怒，手一甩，便将小孩往崖下丢去，由上至下有数十丈高下，加以力大，下掷之势本无幸理。也是那小孩命不该绝，芹芹离夫三人合当数尽，过时闻得壁崖上缠藤寨人歌唱之声，俱都毛骨悚然，吃了一惊，恐被步履之声警觉，不敢照前疾驰，各把脚步放轻放慢，不时仰观上面动静，一见缠藤寨人在上面纵过，益发不敢丝毫大意，索性停了步，贴壁立定仰视上面，看准无人再走。

实则壁上缠藤寨人只有限几个，又从未出过事，无人注视下面，就此急行本不妨事，这一停正赶上小孩被掷落。那小孩生有异禀，日后也是本书中有数人物，不特胆大矫捷，而且饶有机智，比别的同族迥然不同，落时心神并未慌乱，自知平日由上往下纵跃至多不过三五丈高下，今日势甚危急，落到崖底危石之上要跌个筋断骨折。正惶恐间，离地已只十多丈左近，危迫中猛一眼看见贴壁站着三人，顿生急智，也没看清是否自己人，满心想那三人接他一下，却不料觉出三人好似呆立未动，并无相救之状，心里一着急，腰一躬手足一伸，靠着天赋本能，不知不觉与武家"燕子穿云"之势暗合，径由半悬空改了方向，由中间往壁间三人立处扑落下去。那三人忽见上空一条人影飞坠，因相隔太高，不知是个小孩，只当缠藤寨人发觉追下，各吓了一大跳，不禁失声惊叫，身在虎穴，心虚不敢迎敌，拿起脚来往外飞跑。

小孩目光敏锐，原意想三人接他，不料身随意动变为沿壁下落，还没落到地上，便吃他看见壁间盘生的老藤，伸出小手只一两捞便即抓住，缓了绝高飞坠之势，然后略一定神，又缓了缓气，纵到地上。当时忙迫顾命，没看清三人逃走，见人不在原处也未在意，一心记着仇恨，仰面向上跳足大骂，说那人不该欺他小孩强夺野猪，等爸爸们回来，定要他的狗命，将他生吃解恨！上面穴中还有五个，见前蛮取得美食献与蛮婆，又叫大家同吃，面有得色，相形见绌，本就有些酸溜溜的，一听得小孩在地下乱跳乱骂，才知东西抢自间壁,还未知前蛮对小孩曾下毒手,只知那家山民多力大,不甚好惹,故意当着蛮婆,拿话去激前蛮,说:“小崽在骂你呢!何不纵下去将他捉来吊起,等他大人来讨?索性要惹祸惹个大的,准备一人轮流打他七个,全死了,多英雄!”只管说便宜话,仍无出视之意。

后来前蛮也听小孩骂得太恶,渐将左右对邻中残留的几家蛮婆惊动出询。小孩见有人出,历述前蛮平日怕他几个爸爸,见面连路都不敢并着走,今早趁大人不在家,却以大压小,上门欺人,如今骂他都不敢下来,真比臭虫不如!骂得淋漓壮快,有声有色。前蛮再被这五个同奸一激,实也忍不下去,刚一跑到穴口,二蛮妇和五蛮也跟出想看热闹。前蛮待要援藤下落去打小孩,忽听那几家蛮婆齐声指着前面大叫道:“那是铁洞的人,怎么被他们走进来的?快看呀!”这一喊,六蛮顺指处往谷口一看,果是三个敌人,由内往外已将出口,立时暴喝一声,也不再顾及别的,纷纷取了刀矛竹矢,似猿猴一般援藤纵落,飞步朝前赶去。

可笑那三个铁洞山民先时那样惊窜,嗣见并无人追,坠落只是一个七八岁大小孩,手指崖上怪叫。两下言语不通,不知上面这一段故事,又看出小孩未见自己,只当是在和崖上大人倔强闹脾气。心想既未看破行藏,左就快要出险,还是小心一点,不被他发现,悄悄逃去的好,省得出了口仍要被他追上。于是又放轻了脚步,贴着弯曲的壁径,掩掩藏藏审慎相度前行。不料小孩叫了一阵,渐渐壁上有大人应声出现,先是一面还可贴避遮蔽不致看见,后来人出渐多,两边崖上都有,疑心非被发现不可,二次心里一惊慌,全都沉不住气。一个快跑,两个跟着,只顾急窜,全不顾掩藏行径,焉有不被发现之理?男女缠藤寨人昨晚在冲里的虽然全数就戮,只存下这六个,余者仅剩这大小数十个妇孺,但要收拾这三个铁洞山民,有两三个男蛮已绰绰有余。六个一到下面,三人只管亡命飞奔,不消片刻仍被追上。芹芹离夫较为武勇,还力斗了十几回合,终于受伤力竭倒地刺死。那两名同伴一人敌两,只两三照面便死在长矛之下。

二蛮妇正在想吃肉,六蛮得了三人,喜出望外,事由小孩一骂而起,当时一高兴,前蛮经五蛮一劝说,不特未与计较,反将先抢的野猪山果还与了他。六男二女八个当时先吃去一人,犹未尽兴。一会天将近午,有四个该去值班,便将下余二死人平分,留下一个,由四蛮带一个到云梯要口去吃。到了崖下,见前班的人不在崖口,哪知就里,疑在口里闲坐。有一个说:“前班几人俱好欺人，看见难免强讨，不与又要争打淘气。他们该班时已过去，我们如因争打误了班要受罪过，他却没事，太已吃亏。不如就近藏起来，吃完人肉再去。他们等我们不到，出口来看时再说，至多分他一点剩的骨头，不致被他吃去好的。”俱觉有理，刚刺开人肉吃没两口，便被大锤看见。

余独哪见得这个！立时怒火中烧，一句话也未答，手持野象骨朵，由云梯上当先飞驰而下。大锤借着众人新胜之势，知缠藤寨人余孽所存无多，迥非以前望影先惊心理，也拔出大刀跟踪赶下。四个正吃得兴头上，偶一回头，望见云梯上飞驰下两个人来，认得后面的一个是铁洞二寨主，只料是偷入寨内窥探逃出，如能捉到，既可献功，又可得一顿好人肉吃，各自丢了死尸，怪叫一声迎杀上来。那地方相隔云梯脚下也有里许，加以削壁前石笋怒生，林立若剑，刺藤荆蔓碍足难行，还未近前，余独、大锤已从云梯上冲下。余独不比蛮人在那里跑惯，一见来攻，嫌怪石错落不好用武，意欲纵到林前平地去动手。大锤没有看出他的用意，一心想同杀缠藤寨人，跑得又落后了些，见缠藤寨人快要赶到，只顾立定迎敌，未留神余独业已纵起。大锤虽然在群蛮中比较矫健，又从蔡野神学过武，一人独斗四个却非对手，加以这四个又是缠藤寨人中的健者，劈面一刀照准当头一个斫去，吃那个缩颈藏头用桶裙一架格住，跟着身后三个赶到，刀矛并举，一拥齐上。大锤勉强招架，已是手忙足乱，几被竹矛刺中。

正危急间，幸而余独原意想将缠藤寨人引到平处再打，落地刚要再纵，听得身后喊杀之声，忙一回头，大锤已和四人在乱石丛中动起手来，只得反身相助，又纵回来。恰好内中有两个看见前面还有一个汉人纵起，以为想往林内逃走，舍了大锤追纵过来，两下一照面，举起丈许长的竹矛就刺。余独昨晚曾经独斗孽龙，又恃有利器在手，哪把这两个放在心上！握紧骨朵奋力往前一格，二人来势甚猛，两支长矛全撞在骨朵上，立时断折。缠藤寨人哪知厉害，手足又极轻快，全不想那么粗长坚韧的竹矛是怎么一碰就折的。因敌人一味急进，不似平日铁洞人一面对敌一面留神纵避之状，生得又那么文秀，反倒心喜，仗着身有积年松脂和桶裙护体，善避兵刃，匆匆没有寻思，都想拼着挨上一下上前捉人，双双就势把断矛一丢，纵起身来，各伸双手同向余独扑去。

余独先是一个“推窗望月”之势，单臂举骨朵横扫出去，一打断了敌人兵器，跟着进身一晃骨朵，拿它当了枪使，化成“飞虹绕月”之势，由外圈往里，半片形斜荡上来。原意地下乱石太多，缠藤寨人身高，懒得纵起，改取他的下三路，等缠藤寨人纵避时再换招数，好歹也伤着他一点，不想缠藤寨人竟同抢上来送死，正称心怀，也不再换式子，一骨朵荡起去。头一个来势稍前，见敌人打到，临时变主意，又不想舍那一下，竟自伸手就捞。骨朵无坚不摧，余独舞动又极迅速，便是钢铁铸就之躯也禁不住，一下碰上去，立时骨断手折，“咶”的一声厉吼。余独手中骨朵并未就此而止，顺手扫荡过去，正打在那人的腰胯之上，打了个腰烂肠流，血肉横飞，尸身贴着余力，往斜刺里横倒落去，正撞在那同伴的身上。这人刚纵起，被这尸身一撞，往左侧一歪，一怔神的工夫，余独手中骨朵紧跟着换了“拨草寻蛇”之势扫将过来。缠藤寨人想也知道不好，身子往下一缩，桶裙刚刚升起来挡，已然打中，一声未吼出，连人带桶裙打得稀糟血烂，倒于就地。

这时大锤独断二蛮本就不支，只两三个照面，便心寒胆怯，想退下来与余独会合，抽个空刚刚纵起，落地时一个不留神，吃地下乱石一绊跌倒在地。还算好，当头追来的一个因他也算是敌人之主，意欲生擒了去献功，没有将矛刺下，伸手弯腰正要去抓，不料去势太猛，大锤一倒地见人抓来，仓猝中纵爬不起，恰好身侧有一四五尺高二尺许粗细的半截石笋，当时急于逃脱毒手，也不顾磷磷乱石伤痛皮肉，就地一滚滚了过去。缠藤寨人两手抓空，抢步上前，隔着石笋又要伸手，身子往石那面一俯。大锤借着断石阻隔敌手，一滚到忍着背上痛楚，就势双足用力在石上一踹斜穿出去。缠藤寨人二次眼看抓空，一情急，身子前探，还未起立，恰值余独打死二凶，追来接应。一见大锤奇险之状，隔开三五丈远近便飞身纵起，奋起神威，手举着骨朵，照准石前一个，就着下落之势猛打一下。缠藤寨人耳听头上风声，头才往起一抬，余独一骨朵已自打个正着，克哺叭叉一声，整个人头连颈断落，脑花飞溅，烂饼一般。这一击之威，竟连那半截石笋也都成为粉碎。

后面还有一蛮随追过来，见敌人纵起半空，飞落下来暗打他的同伴，连声怪吼，抢步上前。说时迟，那时快！余独救人情切，纵起时是个猛劲，全无顾虑，一骨朵打中，对面缠藤寨人也自赶到，见敌人不知使何兵器，同伴挨着就死，那大断石竟能随手粉碎，自己还被爆散的碎石块打中脸上，仗着皮肉很厚虽未受伤，吃了一惊，来势略缓了缓。余独便有了准备，因那蛮身手也颇迅捷，地下又是乱石纵横，并无轻敌之念，只站在那里觑准来势还手。那蛮同伴四人倒失了一对半，也知不好，一面动手，口中山嚷怪叫，想惊动孽龙率众来援，斗时也不似前蛮莽撞，并不敢和敌人手中兵器去碰。余独见大锤已然脱险，反正这个逃走不脱，安心逗着玩，约有几个回合，一骨朵又将长矛打折。

那蛮见狂喊救兵不到，敌人厉害，才飞身纵起想逃，不敢往云梯上爬，竟往来路狂奔。余独自然不舍，且追且想，隔了这一阵他们如何未到？正想之间，那蛮腿快路熟，眼看追到前面崖角，忽听一声清叱，那蛮狂吼一声，双手捂了脸，侧转身想往林莽中逃去，走不几步，便被地下石埂绊倒，崖后又飞出一条人影落到那蛮身后，扬手一骨朵，打了个脑浆迸裂，死于非命。余独看清正是筠玉，心中大喜。接着林璇同了芹芹、蛮娃子也相次跑出。最奇怪的是林璇身后跟着一个七八岁大的小蛮孩，哭啼啼满脸泪容追随不舍，后面还跟着三十多个妇孺。欲知后事如何，且看下回分解。

第十八回

蒂绝根诛 独怜小草
烟霏雾涌 共话妖光

林、毛二女自在孽龙寨堂中嘱咐余、雷二人去后，跟踪起身，到了崖窗夹壁之下。正因左邻右舍百十家同族是昨晚往冲里会浴的，全未回转，有的还负有出山瞭望的职司，也不见归来。今早又有这三个敌人由内偷出，疑心冲里出了什么事故，再不就是新旧两个淫妇又出花样，将众人留在冲里，天明后率领出山劫杀远处村镇行旅，每次大队出山，多半经由崖窗夹谷之下通过，神气却又不像。挨到吃完早食，云梯上轮值的四蛮走后，虽没想到大祸临身，但因孽龙凶暴嗜杀，好恶无常，又有淫妇挑唆为厉，那些妇孺都不放心。起初大家聚在谷底叫嚣议论了一阵，认为这样事从来未有，抛开崖居的人不说，日头已然高起，如照往日，应该有人不断走出，怎会除那三个敌人外不见一人出现，也听不见冲里的芦笙和人骨叫子吹动？益发疑鬼疑神。妇孺俱害怕孽龙残暴，不敢前往，纷纷齐用甘言推二蛮领头，往冲里探看有甚事没有。二蛮自分得芹芹离夫的尸首，和两蛮妇裂开四肢大嚼了个饱，高兴头上立时应允。有几个胆力稍壮的蛮妇也试探着跟在身后，还没走完那条夹谷，便遇林、毛等迎面赶来。

山娃子胆小，首先惊喊了一声："前面还有他们的人呢！"说完拉着芹芹的手，带着所携各物，往壁凹里便躲。毛筠玉喜道："姊姊真个高明！果然余孽未尽。我们拿他试一试仙人的宝剑如何？"说罢，放下手中骨朵，丁的一声，双剑出鞘。林璇也想一试那口短剑的威力，跟着放下骨朵，拔剑前纵。二蛮一见从冲里要口中出来四个女子，除山娃子认得外，余者俱都容光照人，秀丽如仙，因有蛮娃子同路，前两个最美的又非山民装束，先还以为铁洞又从别处弄得几个美人前来进献，孽龙高兴，所以留住众人一夜未归，只不知又放她们出来何故，莫非柳燕吃醋不许孽龙享受？命山娃子领了回去送还，但又不应绕走这条道路，方自胡思乱想，竟欲赶上前去拦问。同行几个蛮妇比较细心，看出有异，刚乱喊："莫将她们放走！这是冲里逃出来的！"喊声未歇。山娃子和芹芹害怕飞矛竹箭，恐遭误伤，闪过一旁，同时林、毛二女也拔出宝剑飞身上前。

那些蛮妇见敌人手中青、红、银三色光华电一般地荧荧掣动，虽然惊异，当敌人兵器上挂有镜子，俱不知是什么东西。缠藤寨人无论男女，桶裙和刀矛竹箭之类刻不去身，况且跟二蛮同行的都是一些纯种土著，只力量稍弱，凶残野悍的恶性比男蛮也差不了多少，又都极爱汉人穿用的衣物，同声乱喊："她们手上还有很亮的镜子，我们快抢呀！"一边喊着，手举刀矛迎杀上前。二蛮性更贪钱好色，见美人是文弱汉家女子，哪里放在心上，怪叫一声，抢上前手持长矛，朝林、毛二女腿上打去，一心还想打倒捉个活的。谁知碰见瘟神杀星，一矛杆打出，还未挨着敌人，忽见亮晶晶青、红、银三道电一般的光华一绕，立时眼花缭乱，冒冒失失用矛一拨，先听喀的一声，长矛双双断落，猛觉头颈和腰间一凉，一个腰斩两截，一个身首异处，糊里糊涂就此了账，想必做鬼也不知是怎样死的。二蛮一死，蛮妇们几曾见过这等敌人？登时一阵大乱，又齐声暴喊："那不是镜子，是天上的活闪呀！"各举矛弩，雨一般乱掷过来。

筠玉见状，便对林璇道："我杀她们，你赶过前面去将谷口截住。这类东西一个也不能留，留了反倒害人无穷。"说罢，一声清啸，直往前面杀去，长剑舞动处，周身俱被青、红光华裹成一团。蛮妇矛弩怎能上身？挨着便折断四散飞落，这一来又把敌人当着神怪鬼物，纷纷回身败逃。毛筠玉逐个追上，手起剑落，似斩瓜切菜一般，杀得好不爽利！林璇早已赶向前去，路上还砍翻了两个，到了谷口，先断了群蛮的归路，又复翻身往里截杀。顷刻之间，群蛮余孽杀了有一多半，只剩下二十多个先前就未动手的妇孺，战战兢兢聚集一处，跪在地下，蛮妇多用铁洞土语和山民口吻哀求仙神饶命。筠玉追到面前，正欲用剑排头扫去，还是林璇听出有异，忙即止住，仔细一看，那些蛮妇虽与缠藤寨人一般装束，不特口音面庞迥不似缠藤寨人妇女丑恶悍厉之状，身材也矮小得多，方要喝问，芹芹和山娃子也跟踪赶来。才一到达，内中几个山女竟争先恐后抢扑上前，抱着芹芹、山娃子的大腿，哀声哭喊起来。林璇忙用土语喝令："不许乱喊！饶你们也许问明情由再说。"众蛮妇还未开口，山娃子已代报了来历。

原来当地这些蛮妇，一半是当初蔡氏夫妻在旧寨未败退时，因出外樵采行猎遇上缠藤寨人掳劫了去，准备存过一旁，等孽龙犯性杀人索要妇女，无处寻觅拿去应卯，省得伤害自家亲属用的。有的见山里妇女貌要美些，先是强逼同睡，几人合占一个，能不献出就不献出。近三四年来，孽龙得了柳燕，不再寻同族晦气，用不着她们。再加缠藤寨人妇女历年摧残所剩无多，益发把这些山妇当成了活宝。铁洞防卫紧严，又成了亲戚，无从劫取，是先前得了献出的个个后悔。渐渐赶往山外劫杀，才又抢了些妇女来，数人只有一个，平日争宠献媚，待承正厚，只看守得紧，常年在夹谷壁洞中居住，偶然遇见祭神大典，随所嫁缠藤寨人一进冲里，都怕万一被孽龙看中生事，轻易不敢入内。

山娃子常随柳燕，此路不曾通行，当她们早膏凶吻，从未相遇，这时危急中无心相遇，略悉经过，便向林、毛二女跪下求情，说她们被迫相从，并非缠藤寨人，乞饶性命。林、毛二女方知还有些山女也有山外劫来，并非凶类。只是还有十来个小孽种，俱是这些山女所生，先说只饶大人，话一出口，众妇孺立时儿号母哭，牵衣顿足，悲声大放，状甚凄惨。适才有几个小儿俱是持着刀矛随着山女劫杀，照样纵跃如飞拼命来斗，随手杀去不觉怎样。这十来个年纪既小，至多不过七八岁，小的还未离乳，从动手起就紧贴娘怀，战栗相望，连呐喊助威都没有过，这时又这般惨状，看去实是可怜，再一细看面上神情，因非纯种，也似要善良些，不觉动了恻隐。筠玉首先说了不杀的话，林璇自然赞可。众妇孺死里逃生，立时转悲为喜，跪在地下直叩头，直喊天神。

正嘈杂乱作一团，芹芹猛向一个山女问道："我嫂子也曾被抢到此，你们可知她现在死活么？"山女答道："你的春嫂嫂么？那年和我一同被抢到此，来时怀着两个月的肚子，被五六个占住，隔了八九个月生下一个男娃儿，几个都极爱他，抢着争这儿子。这娃儿也真有本事，力气又大，三五岁便跟着大人出山，好几丈高崖都能跳下。你春嫂嫂今年正月背着人哭，不该因娃儿一问就对他说出以前实话。娃儿性暴，一听就要拿刀替他阿爸和妈报仇，去刺死孽龙和那几个假阿爸。好容易才哄劝住，日常想起，常说等大了来非报这仇不可。幸而说这些话时，都是从小他妈教的我们铁洞话，没被缠藤寨人听出。我们都担着心怕他惹祸。昨晚冲里乘大月亮洗澡，他妈本不愿去，偏那几个都喝醉了点酒，立逼着非去不可，丢他一人守家，一夜未回，今早还和你们先杀死那两个，为抢了他东西吵了一架。适才出口玩的娃儿都回来了，此时不见，莫被仙神姑娘的活闪杀死了吧？"芹芹闻言，料定乃嫂已随群凶惨死湖内，便和那山女说了，并说众人全数被两个白衣仙人消灭，孽龙也被林、毛、余三位恩人杀死，首级现在那边地下，因闻得求救之声耳熟，才放下赶来的。

林璇闻言，深觉那小儿志向可爱，又非孽种，惟恐误杀，忙命那山女查看死未。一言甫毕，隐隐闻得头上悲泣与弓弦折断之声，往上一看，崖壁藤蔓中隐伏着一个七八岁的孩子，山女说就是他。招下一看，那小儿生得粗瘦坚实，二目灼灼有光，果与缠藤寨人生相不一，手里拿着一张断了弦的弓，腰插竹箭。一问哭因，才知他人本在上面崖洞中假寐，闻声惊醒，见二女杀人如切草芥，便顺洞顶据下，隐身藤蔓之中。先见二女要杀与乃母患难交好的女友，心中不忿，原欲暗放冷箭行刺，继见二女释了妇孺，才止了念头，后来闻得乃母和仇人一起惨死，心中酸恸，不禁悲泣起来，手正握着弓弦，情急一扯，随手折断。不料被林璇听觉，心想才一大意，几乎为孺子所暗算。恐崖上洞内还有别的潜伏，一问山女，力说人俱在此。还不放心，又和筠玉飞身上去仔细搜索了一番，只寻到芹芹离夫的半截尸身，另外还有一具死人骨头，闻知经过，想起白衣少年行时所言果然应验，惊佩不已。

当下除铁洞山女外，其余多是别处山民妇女，归道不一，相隔也远，想了想，先命山娃子和芹芹将孽龙首级、牦象骨朵和一应带回之物取来，将所有妇孺一起先带回铁洞再行安置遣送。一走出口，便遇余独赶到。筠玉剑已入鞘，匆匆一弩箭先射瞎了那怪眼睛，跟着飞纵过去，再一骨朵打死。大家会合一处，并肩互说着经过前行。余独猛想起大锤不曾跟踪追来，疑心又遇见别的余孽，出了变故，忙和林、毛二女一说，命芹芹等押着众妇孺等随后跟去，三人一同脚底加劲飞奔。到了原处一看，大锤适才亡命躺地疾窜，硬从乱石上擦过，满肩背都被石尖划破，深深见骨，勉强爬起，改成伏卧，趴在石上，遍体血污狼藉，受伤甚重，行动不得。筠玉忙取出一粒灵丹塞进口去，等后面人来，用剑削了几枝竹子，用春藤编成排床，扶将上去，由众山女轮流分抬。

那小孩乳名鸦鸦，跑时飞快，一直贴在林璇肘下，甚是依恋，编竹排时帮着动手，心思手脚均极灵活，善解人意。三人均怜他孤苦，嫌名字不好听，由余独给起了个名字，因乃父原是雷姓，小小年纪身手那么矫健，改名行捷，由林璇用土语传知。雷行捷听三人谈话用汉语，觉着好听，也跟着学说，一会便会好几句，林璇益发欢喜。大锤受伤，又问出缠藤寨人除那六人外，昨晚全数入冲遇祸，外面无有，无庸再上蜈蚣夹子。

归途仍走原路，走不多远，遇见蔡野神同了十多个山民和春桃、春燕、岑春、十熊、云田、四儿等六人各持器械，飞奔迎至。见面一问，才知昨晚盛会要到日上三竿才止，蔡氏夫妻久候二女不归已经生疑，及至会住以后遍寻不见，俱猜前往铁锅冲涉险，好生疑虑。又想到大锤、余独行时神情也似有异，越想越不放心，料定凶多吉少。林、毛、余三人是恩人好友，萍水相逢，那般义气，如不赶往接应，休说对不起救命恩人，自家也问心不过。如若失陷，就明知不是孽龙敌手，也不能袖手旁观。夫妻二人着了一阵急，所好者山娃子尚无凶信到来。又唤随来众人一问，春桃等六人自把主人誉为天神，连牦象那等力能撞断山岳的上古神兽尚遭杀死，何况这些缠藤寨人！再问杨氏父女，丹姝、碧娃也极力证实其言，并说本领不说，即以三人的居心行事而论，也万不应有什么凶险。

蔡氏夫妻将信将疑，几经计议，最后才一横心，事已至此，成败且付天命。此去如能寻回三人无恙便罢，否则也不再等一切准备停当，今日径将孽龙诱入重地，拚着死伤些人命财产和数年心血，发动地雷，用火攻将他活活烧死，以报积年深仇。主意打定，立即召集山民，一一分布埋伏，自己同了死士当先诱敌，妻子金花娘率了一队山民在后埋伏接应，层层轮战，引其深入，一面命人飞奔蜈蚣夹子。大锤在更好，如已不在，命轮值四头目速率野骡队赶向寨侧埋伏，听芦笙之声取动止。

部署完竣，春桃等六人因主人久出不归，也有一点惶急，坚请随去。蔡野神看出他等武勇忠心，只得应允。眼看出林到达要口之下，沿途未见丝毫动静，也未遇着一个缠藤寨人。尤其近冲一带，休说有人前往挑衅，便是平日无事时，当午前后，缠藤寨人也要出外行猎瞭望，满山满林奔驰叫嚣，声震山野，怎会这样清静？心正奇怪，忽听春桃喜叫道："寨主快看！那不是我们主人来了么？"蔡野神闻言惊喜交集，定睛往前一看，果然树林碧荫中跑来了一群人，多是妇孺，当先正是林、毛、余三人，身侧山娃子用树枝高挑着孽龙的首级，料定大功告成，这一喜真是出乎望外，不同小可，慌不迭地抢步迎上，见大锤受伤，尚在昏迷，也顾不得审视，先朝三人恭施一礼。两口子称了一阵谢，还未张口问讯，筠玉已抿嘴笑道："区区丑类，不值我们一击。如今不特孽龙拉拉，除令亲受伤是他自不小心在地滑了一下外，冲里缠藤寨人俱已全数杀尽。寨主该放心了罢？"蔡野神闻言，益发宽心大放，当时感愧与敬服之心同生,一句话也不好意思答出,只赔着一张涨红了的羞脸,诺诺连声。

林璇心直性厚,已从二春口中问出来意,觉得蔡氏夫妻人甚仗义急难,并非贪生怕死之流,恐他们难堪,轻扯了筠玉衣袖一下,然后笑说道:"寨主夫妇为恐我四人失陷,不惜犯险与缠藤寨人一拼,义气可感,也不枉我们相交一场。他们还未知一切详情,理应说出,大家欢喜,就便派人飞报女寨主放心才是。筠妹只说这些不相干的笑话则甚?"筠玉见蔡野神满脸愧容,也觉自己脱口而出使人难堪,不禁脸上一红。余独连忙插口把昨晚今朝之事逐一详说。蔡野神一面欢喜静听,一面连分三四次人驰报乃妻。反正事已办完,俱不心忙,大家且行且谈。一会金花娘接报跑来,见了三人谢了又谢,看了看大锤伤势,因要陪三人回去设筵贺功,缠藤寨人全灭,冲里无人能至,只派了几个心腹手下去运所有财物回寨。又着人先回,在昨晚跳舞崖顶设下盛筵,命全体山民奏乐出迎。真是人人欢喜,个个精神,把林、毛、余三人敬若天神,前呼后拥,乐声大作,迎进寨主崖上落座。蔡氏夫妇率了手下全体一拥上前,纳头便拜,三人连忙还礼逊谢不迭。蔡氏夫妇率众拜罢,就在这全体山民欢声雷动之中,延请三人和杨氏父女入席,连春桃、春燕等男女六人也成了寨中贵宾,由头目人等另设盛筵相陪。就中只苦了雷大锤一个,服了筠玉灵丹,苦痛虽然渐止,神志也稍清白,无奈背上利石擦破的伤痕深深见骨,流血过多,只能躺着静养,不克参与庆功谢德盛会,有些难受罢了。

席终下入洞底落座,山民将铁锅冲财物一同运回。林璇原意想劝蔡氏夫妻将凶窟出入道路封闭堵死,免将来又出甚事,金花娘却说:"冲里山清水秀,土地肥沃,形似天成,甚是险要,又与旧寨邻近,况且山洞暗道已快修成,意欲迁回原地,将盘谷要路重行开通兴建,与铁锅冲孽龙所居的寨堂两下联成一起作为退身,一旦有事便退入冲里,拉起云梯,闭了两条通路,外人插翅也难飞进,岂不是好?现居的寨洞地势逼仄,当时只为避祸权宜之计,本不合用,不过费了无限心血才行布置成功,弃去未免可惜。迁居以后把它当作分寨,留大锤在此坐镇。"林璇听出他夫妻心怀大志,计虑久长,不似寻常土著得过且过心意,所以三个要地一处也不舍丢开,猛然触动心思,极口称美,蔡氏夫妻自是称意高兴。

林璇因明早就要起身,嘱咐蔡氏夫妻好人须要做彻,那一干妇孺,还有远地土著在内,她们已受了几年活罪,难得死里逃生,可将得来衣帛财物每人分散一些,明日派了可靠的人将她们分别护送回去。蔡氏夫妻连声应允,立将众妇孺召集了来当面散发，连本族被俘去的人也各得一份，并告以恩人德意。众妇孺能脱出蹂躏得庆更生，梦想不到，此举更是喜出望外，纷纷朝上跪谢，感激不尽。蔡氏夫妻又唤进几个头目，逐一问明各人家乡来路，以便明早分送起程。

说也真巧，那些男女小儿个个都有母亲，惟独雷行捷是个孤子，先回寨时，本来依依林璇肘下寸步不离，及至筵开入座之际，有两个小头目知他是洞窟救回的孽子，不随众妇孺一起，却紧依傍着恩人贵客，嫌他不知高低，又想讨林璇的好，悄没声将他拉过一旁，低声喝道："当中都是恩人贵客座位，寨主就要行礼拜谢。你这娃儿怎不知轻重，也在那里鬼混。还不找你大人和同伴过一边等吃酒肉去！"这话如换缠藤寨人说，雷行捷早已倔强反脸，一则心有亡母平日所说先入之言，初返故乡，把全寨中人都当作了亲人；二则见接客时乐声洋洋，行列齐整，尊卑分明，进退俱有序节，迥非缠藤寨人一味蛮横野悍、乌烟瘴气之状；再加当中那一席除尊客数人和山女寨主外，仅有服役做事的小头目和几个山女侍侧，余人都恭恭敬敬排队站立，并无一人高声说话和跳纵，不知不觉为威仪所慑，心下肃然，闻言反倒当是好意关照，连忙应声致谢。那头目看出他聪明听话，也去了不快之感，索性指他站入最后排新归妇孺队中等吃犒劳。

林璇见山民将雷行捷拉走，本要拦阻，一看蔡氏夫妻安排神情，甚是隆重，席间又无他的座位，再一看业已归入同来妇孺之中，未难为他，正想行时嘱咐山民善遇此子，蔡氏夫妻已率众拜倒，感恩欢呼之声大作，一岔也就罢了。雷行捷饭后又欲随同入寨。芹芹见他与入口处山民争执，忙过去拉向一旁，说这里寨主章条规矩甚严，不比缠藤寨人那里可以任性胡行，除执事少女外，连头目人等不奉命都不敢妄入内寨，况又有全寨救命的恩人贵客在此。你误闯进去，岂不将你活活打死？"雷行捷闻言，才知尊卑分严，那神仙一样的汉客不能随便自己永侍身侧，急得两泪交流，望着芹芹做声不得。说时，正值筠玉在洞底问到芹芹，金花娘派人来唤，芹芹下时，雷行捷还苦苦哀求，和神仙客说一声让他下去，跟在身旁服伺。芹芹道："呆娃儿还不明白！少时有空，我上来再和你细说。你什么都不知道，看犯了罪吃苦！千万不要乱走动。"说完自去。

雷行捷正自望眼欲穿，忽听寨主传呼，命众妇孺一同入洞，不由大喜。进洞一看，几个神仙客和寨主俱坐在一间大石室当中，众妇孺一到，隔老远便跪下，谁也不敢近前。因受过芹芹告诫，几番想踅近林璇身前求说永侍三人不离，日后好学她那些仙法，未敢冒失，只管目注三人胡思乱想，别人问答全没心听。一会轮到问他，头目刚走过来张口要问，林璇想起前事，忙代说道："他妈已死，芹芹是他姑姑，这小娃儿可怜，他那一份东西可多给些，交与芹芹代收，日后便交他照看吧。这两个人甚聪明，又有志气，我们走后，还要请二位寨主另眼相看呢。"蔡氏夫妻连忙躬身应诺。

旁立男女山民妇孺等见贵客独对他两姑侄垂青，俱在钦羡。谁知雷行捷另有居心，听到末句，才知神仙客还要远走，自己随侍之心直同做梦，好似心头打了一锤，一时情急，不问青红皂白，猛地由人队中飞跑过去，扑倒在三人面前含泪哭求，力说自己要永侍神仙客，不愿在此。筠玉见他悲泪惶急模样，甚是好笑，便向林璇问知了来意，笑对他道："你原是此地人，如今大仇已报，认祖归宗，寨主和芹芹又待你好，却愿随我们去受苦，岂不是个呆子！"说了几句，猛想起这小孩不通汉话，岂非白说？轻轻啐了一口便即止住，偶望余独正朝自己微笑呢，自己先呆反说人呆。一想也觉好笑，又怪余独不该笑她，微瞪了余独一眼，含着薄愠回过脸来，偏巧碧娃又在看她，两下目光恰恰相对，心中老大不快，低着头生气，不发一言，由此不甚喜欢碧娃，这且不提。

雷行捷经林璇再三开导，一味哀声哭求，跪伏不起。林璇又用虚言恫吓，说："此去长途数千里，怪物凶险甚多。我们不妨事，你小小年纪岂不受苦？弄巧还许送了小命！"谁知雷行捷和林璇有主仆之缘，年幼无知，也说不出一定是甚心意，只觉神仙客太好，宁死也要相随，怎么开导也是无用。金花娘先就嫌这娃儿冒失，竟敢侵扰贵客，因林璇事前就有过嘱咐，不便喝他，及见他执意不听劝说一味厮缠，正要喝人揪出，林璇已为所动，居然答应带走。

恰好筠玉也有一番私心，因芹芹自从死里逃生，心感筠玉切骨，想起情人和自己以前那样恩爱，平日眼看自己受尽离夫折磨，不能相救，后来同逃被捉，他又溜走，自己命在垂危，纵不能相救，也应拼死报仇，竟那般怯懦惜命，置身事外。最可恶是适才因听人说，离夫报仇未成身遭惨死，没了害怕的人，又赶来殷勤献媚，打算重修旧好，越想越寒心。暗忖：男人都没良心，人在这里，就不理他，有这几分容貌，难免不受别人纠缠，自己正想大恩未报，何不苦求恩人携带同行，既免嫁与无情无义的男人，还可终身与恩人在一起，朝夕尽心服侍以报大德。主意拿定，未得自求说，恰值筠玉喊她来问：

交她带回的许多东西放在何处？可速交与春桃等人，明早好上路。因三人互商，临行才使主人知道，以免繁文缛节。问她话时众人在外，喊入金花内室没当着人，并嘱明日早行，事先不可泄漏。芹芹闻言大惊，一看无人在侧，说心腹话正是时候，连忙扑倒在地，抱紧筠玉双腿边说边哭，也是再三苦求携带。筠玉本喜她聪明美秀、矫捷刚毅，一听她所说的话，更觉处境可怜。这等懦夫，嫁与他也真委屈，连劝阻都没有，立即应允。

芹芹正大喜跪谢间，偏遇林璇久候二人不出，入室相唤。昨晚路上已听出芹芹口气，见状明白了多半，尚未知他那情夫如此昧良无耻，想给他二人重圆旧梦，反觉筠玉少不更事，拆散人家恩爱夫妻，笑向筠玉摇了摇头。筠玉的性情，已然答应怎能反悔？无奈来时说明，凡事均推林璇做主，不能不与商量，况且边山多年心腹尚且十九未带，何况路人？心想少时再力为关说，正愁林璇不允要多费口舌，一听收了雷行捷，心中暗喜，故意拿话引逗道："你来时多少部属死命求你你都不带，如今却带这么一个小娃儿则甚？"

林璇明白她是拿话绕着自己，好带芹芹同行，笑答道："你晓得什么！我实见他孤苦可怜，又有志气，想成全他，带往云龙山去教养。我们也不多这么一个娃儿，他又力大腿快，无须大人操心。你想带的那一个，明明人家一对恩爱夫妻，好容易千辛万……""苦"字还没说出口，筠玉已抢答道："什么叫恩？什么叫爱？吃千辛万苦的也只女的一个，这样无情义的懦夫，就她想嫁，我也不许！"接着把芹芹被难寒心以及立志相随之意，连珠也似说了一大遍。林璇方始明白，笑答道："我看你说话像炒迸豆一般，别人竟插不下口去。关你甚事？要你这般着急！"说时，芹芹听出林璇意似不允，大是心惊，众人俱已知悉，此后更难在此立足，不等说完，便含泪跑将过来，方要求说，林璇将她扶起说道："我不知你那情人如此薄情胆小，实不配做你丈夫。毛小姐已然允了你，那还不是圣旨一样？快去收拾好你随身衣物，连你侄儿的做一起。我们一夜未睡，少时吃完夜饭还要安歇，明早天略见亮就起身了。"一句话说顺了口，漏出别意。

蔡氏夫妻方幸三人回来未提"走"字，一听行期如此之速，哪里肯放？再四坚留不舍。三人和杨氏父女只好力说："前途有约，事关紧要，期促路远，贵寨大害已除，实实不能再延下去。昨晚急于前往凶窟，也是为此。"蔡氏夫妻见众人行意坚决，同声请道："诸位恩人贵客这次仗义相助，不异起死回生，又给我们那多财物、布帛，真是恩同山海。本想留住些日，使我夫妇略尽点人心，再行上路。既然执意要走，恐误恩人前行要事，却也不敢深留。但是三位恩人昨晚扫荡凶蛮，一夜未眠，明早就走，太已劳累。我们心实不安，只请暂留一日夜，一则稍息劳乏，二则本山明晚恰有一桩奇事奇景出现。如换常人，我等恐其受惊，也不敢妄使观看。但是这东西也算本山一害，只出有定时，人能避它罢了。它曾和孽龙斗过一次，恩人既然能杀孽龙，定然无碍，如能将它就手除去，我们土著的人倒不相干，日后往来行旅有那不知道的，就可少送性命了。”筠玉便问：“什么东西？可是你们所说仙王洞中那个生亮蛋的石头怪物？”

蔡野神道：“正是。我们以前不知，因死过些人，还按时供祭过它。后来见供也伤人，不供也伤人，只要能躲过它每月那两次在洞中放光喷雾时期，就是平日忤慢了它也无妨碍，反是信奉它的常时晦气，恼得我夫妻虽还不敢径去招惹为敌，却也渐不信服。偏我内弟大锤和手下人们最信鬼神，再三求说，将就到了现在。自从上月来了一个穷道士，去往洞中闲游，我手下的人怕他触怒仙王给本山惹祸，我年来力戒妄杀，加以行旅绝迹，找不到生人祭献，偏他出来时手里又添了两样从未见过的稀罕物事，疑心他偷了仙王洞中之物，不放他走。吃他袍袖乱舞，打倒了几十个。我得信带人赶去，看出厉害，拿了兵器上前围攻，谁知他竟是剑仙，手上放出一道活闪般的剑光，将大家兵器多半削折。幸而我以前常走江湖，识得厉害，连忙服输。他朝我看了一眼，说了些便宜话，才行走去。

“由此我便想探查洞中到底是何神怪，派了几个忠心胆大不怕死的手下，不分朝夕伏藏洞侧近处，才查出那怪物并不出洞，每月却有两次朝着洞外喷雾放光。曾捉了两个活野骡子到时去试，事后连毛骨都找不见，想已整个吞掉。派去的人有一个进到洞内，走了不远，看见壁上满搁着各色亮光的蛋。他还想深入，忽见一团紫光从洞底飞出，与壁间所见相似，朝他打来，洞底又有嗡嗡怪吼之声，知已惊动仙王，不敢再进，吓得连滚带爬逃了出来。当时那人以为必有大祸，谁知后来他却没事。反是有一个诚心许愿、拿着野猪供献的，连人和猪都在洞前失了踪，由此无人敢进。当这仙王洞未开以前，那地方原是石地，诸位饮水的地方名叫神泉池，时有五色光华升起。我们也常时供祭，却没别的伤人异状。后来五色光华不再出现。过没几天，半夜里天崩地塌一声大震，早起去看，山后深草中陷了一个极整齐的洞穴。有人下去探看，只喊得一声“好臭”，立时晕倒洞口，上边人下去救，也同样喊臭晕死。等末一个回来喊人取钩竿去搭时，那两人已没了影子，谁还敢再下去？彼时常有采药的人，有的无事走过，有的刚到洞前便自往洞中飞去，再也不曾出来。凡遇有这等事时，当晚仙王洞那一带必有奇景出现。前后死在洞前的虽不甚多，算起来也有好几十个了。起初未探查得出现时日以前，我们除了因为去供祭，向或误撞上它伤人的时期送命外，轻易无人敢打洞前经过。

“去年七月间，孽龙无心中行经洞前，正值仙王想吃人的日子，五色烟光忽然冒起。也不知是他没有提防被那烟光吸了去，或是他见烟光奇怪，特意入洞探看，一下子落到洞底？当日我们见他带了几个手下越界乱闯，虽然回避不敢过问，心中却恨到极处，又怕他存心寻事，一面暗中埋伏防御，一面我带着人远远尾跟，观察他的动作。见他忽被五色烟光卷落洞底，同行十来个，凡是挨近他身后的也都被烟光卷去，有几个落后稍远的吓住了脚，不敢再进。大家以为他必死无疑，喜欢得乱迸，见还有几个逡巡欲退，依了众人，孽龙一死别无可惧，欺那几个人少，当时便要从隐避之处冲出，将他擒住开了刀，并设下埋伏，用计扫灭缠藤寨人全族，以报积年之仇。还算我主意稳些，一则孽龙如死，众人尽有法子消灭，报仇之事不必忙在一时，况且缠藤寨人力大腿快，只被逃走一个回去报信，引了大队前来报复，我们匆匆尚无准备，力敌是不行，如诱其深入洞寨发动火攻，固然可获全胜，又觉辛苦经营，烧去可惜，对付缠藤寨人无须如此小题大做。万一孽龙侥幸不死，其祸更大，连忙止住众人，不许妄动，且待些时，容想定了再说。一会便听孽龙怪吼之声从洞底透出，自然益发不敢冒失。待有顿饭时候，孽龙一人竟从洞底跳出，满脸惊慌急遽之状，一出洞，带了上边几个从人就往回飞跑。先下去那几个想已葬身洞底，一个未见逃出。几次叫山娃子转告柳燕，托她代向孽龙探听洞中情景，柳燕朝孽龙每一提说此事，孽龙不是掩耳疾走和中了魔一样，便是暴跳如雷，始终不发一言。彼时他们说话须由娃子作通事代为传言，亲眼目睹，决非柳燕知而不说，至今不明他逃出真相与随下众人致死之由。

“明日洞中烟光便要出现，时间不一定，至少有十多次，并不论白天黑夜。不过晚来格外好看得多，而且出现的时间也长。白天大约从过午起，每隔上半个多点时出现一次，久暂无常，人只立得远些，不被烟光笼住便无妨碍，千万不可行近洞前一带，否则哪怕是烟光刚刚敛去，照例要隔些时才出现,可是人一走离着那洞二三十丈左近,那烟光便似一个大彩球,飞一般由洞口抛起,无论你多快的腿也跑不脱,立时被它罩住,只一卷便往回收去,休想活命!起初因祭献而送命的人日日都有,经我再三开导,说祭仙王所为求福免灾,怎么福还未见享受,人先没了影子?还祭他则甚!又极力劝阻。无奈本地人信神怕鬼太过,执迷不悟,我夫妻法令虽严,惟独这敬神的事却不便强制做主。近年来伤人之事迭出,他们求福从未应过,反有灾祸发作,听我话的人仍好好的过着,这才大半改了心意。我又劝他们,一样祭献,何不把祭品放在离洞二三百步的山冈上面,以免被烟光卷去送命?可笑他们人虽听了,却嫌祭品放远了仙王享受不到,祭时人虽立在远些,祭品仍送近仙王洞口。不遇见它伤人的日子,东西放上几天,饿死的饿死,臭烂的臭烂,仍搁在洞口好好的,否则一赶巧,连人带祭品一齐卷去。直到近日,我查得它出现时日。他们头一天往洞口放下祭品,第二天再望洞遥祭,才没有伤人之事发生。他们不说本不该祭这邪神,反以为这样祭法合了仙王心意,将来终有降福之日,真是又可怜又可恨!

"只是大锤原应为本寨之主,一则老寨主死时他年纪尚小,人又愚蠢无知,论本领聪明都远不如他姊姊。自我来此,承他姊姊相让做了寨主,总觉反客为主。他姊姊有时对他严厉,我却不能不让他些。山民信神之念太深,有他提头,除缓缓开导外别无善策。难得明日洞中烟光出现,大锤又因伤卧床,现在全洞人等俱把三位恩人当作天上神仙,感激畏服已极,如能将这妖物除去,免得以后成了气候出来害人,不特我夫妻感恩,也真功德无量。适才想到此事,因那烟光厉害,恐伤恩人,本不应怂恿此事,后来一想,孽龙乃恩人所杀,他既能在洞中平安走出,或者无碍。再者恩人俱是神仙徒弟,见多识广,能否下手一望而知,如能除去更妙,即使事有不便,那烟光出现时也着实好看。借此留住恩人一观奇景,我夫妻和全寨人们得稍尽一日地主之谊,心也安些。前日听手下人归报,三位恩人俱由洞中进出,又得了它两个亮蛋,不知究竟里面是何情景?妖物遇见也未?"

筠玉不等再说,首先抢答道:"这有何难!那妖物只是一个石头生就的。那日见它除能生那亮蛋外,并无甚出奇之处。我们当是制成之物不可毁坏,早知如此害人,当时就拿剑把它斫碎了!我们现在就赶去,弄碎了它如何?"林璇接口道:"筠玉怎的这般性急?我们去时,洞内外都未见有烟光。那像玉蟾的东西无声无气,不似活东西,知是妖物本身不是?我们弄碎一走了账，岂不给寨主惹下祸来？单世伯曾嘱你我沿途多立外功，既有此事，虽然上路心切，也说不得了。打算除它索性就晚一天走。依我想，那亮蛋中藏奇臭汁水，只能在黑暗中放出异彩，一见日月便无光华，分明邪污之物！我们何不将那两粒日月珠与那亮蛋同放在暗处一比？周世伯曾说此珠有辟邪之功，如果见珠不亮，必能克制怪物无疑。要是洞中除了玉蟾另有一妖，非珠之力所能制的话，有这三口仙剑也决不难使其伏诛了。"

筠玉点头称善，见众妇孺和头目人等尚遥遥站立静俟复命，汉语不通，也不知说的什么，正望着众人发呆，便叫蔡氏夫妻发令，只留下芹芹姑侄，将众等遣退，再命随侍山女撤了庭燎火架。先取出那两支夜明卵一看，一紫一青两团鹅卵，大小的晶光奇辉幻彩，荧荧欲流，暗洞之中看去分外鲜明。金花娘道："这样亮光，明晚不知要出现多少，我们俱亲见过。林、毛二位恩人前晚手持此物飞落场中，我们没有吓倒，便为此故。"筠玉闻言，也觉那晚之事做得幼稚，无怪山民不信，意欲解嘲，将夜明卵递与余独持着，旋将自己身旁所带那粒玄牦头上所得的日月珠取出，说道："你们再看看我这个。"说罢将手一扬。万年至宝果然不同，洞中所得石卵虽亮，只是浮光闪闪，不甚强烈，这日月珠才一出手，便似一道奇亮无比的闪电晃了一下，立时满洞屋都是蓝光耀射，照得人眉鬓俱皆成翠色，晶芒万道，耀目难睁，那夜明卵顿如萤火之光，不堪与皓月争辉，光华锐敛，黯无色彩。

蔡氏夫妻乍见异宝，不觉目眩神摇，惊赞不已，林璇也将自己的一粒取出同观。正谛视谈笑间，忽听碧娃说道："怎林姊姊宝珠一拿出来，那亮蛋连一点光都没有了？"一言甫毕，余独正目注宝珠，猛觉手中两支石卵由硬变软，仿佛内中有气，似要胀大，低头一看，珠光之下两枚夜明卵已成了两块顽石，正要喊筠玉看，一句话没说出口，手中石卵微一胀缩之间，倏地波的一声无故自裂，不禁吃了一惊，接着便闻到一股子奇臭极腥之气，中人欲呕，略带微光的流液溅了一地，晃眼浸入石中消灭。幸是余独随林、毛二女往洞中去过，知道石中包有臭汁，弄破之后其味难闻，撒手甚速没被沾染，否则这类东西有毒也说不定。众人俱捂着鼻子同声喊臭，退向别室，忙命人取水来冲洗收拾，谈起都望着余独好笑。经这一番试验三人益发自信，问了问烟光出现时情状，把误入洞中取卵之事也说了一遍。从昨晚起跋涉苦斗一直未歇，俱觉力乏，晚来不愿再看山民庆贺狂欢诸般盛况，天没黑就催着吃了晚餐，同返卧室，各自安歇。

蔡氏夫妻感恩心盛，又加了数十名山女不分昼夜轮流守值服侍。山中虽无多兼味，居然想尽方法，把猪羊鸡牛以及各种山肴野簌诸般果子，凡是想得出弄得到的，也备了好几十样，并由金花娘背人请问杨氏二女："汉人喜吃何物？怎样做法？"恰好杨氏姊妹生小家寒，老父又有口腹之欲，饮食均经二女手制，加以自惭文弱，毫无出力同样受到主人优遇，又喜金花娘性情豪爽，不特每问必答，教了许多烹调之法，并向林、毛、余三人推说："昨晚不知有事，早已随了老父下来安眠。此时不困，意欲与女主人闲谈片时再睡。"等服侍老父就枕后，便悄命春桃取出行灶，要过生肴，当着金花娘连教带做，大半夜工夫，做成了二三十样可口菜肴，每成一样，都给蔡野神、金花娘尝过。山女几曾吃过这样美食，便是蔡野神虽是汉人，以前在江湖上奔走，也只懂得满酒块肉而已。金花娘边尝边默记做法，夫妻二人吃一样赞一样，喜得金花娘搂定杨氏姊妹直喊："心肝！只说你两个生得秀气，却有这大好本事。我如是男人，又怕着恩人生气，杀了我也不舍得放你走了！"等二女做停当仍不放睡，苦苦要留谈一会，把各菜制法问了又问，别时从房内取了两竹筒粗圆豆大珍珠和一大竹筒金沙出来。金沙给春桃、春燕、四儿三山女买口，明早暂时不要说起二女代制菜肴之事，明珠算是二女酬谢。二女背了林、毛、余三人受人之惠，自然不便收取，再三不要。后见金花娘面有不快之容，二女何等胆小，虽知一行有大恩于彼，心中终觉着山民毛脸易翻，有些胆怯，只得勉强收下，明早交与林、毛二人，再行退还。金花娘见二女收了，立时转怒为喜，并说："等寨中诸事停当后，明年春天必去云龙山探望，就便向三位恩人拜谢。"

时将近明，二女人已困极，回房时好生为难，不该多此一举，明早向三人怎样说法？恰巧林璇睡了几个时辰，睡足醒转，见二女不在，榻上的被未动，正向随侍山女低声喝问呢。二女手捧明珠，见林璇已然看见，连睡也不顾，竟直跑过去，悄悄说了做菜得酬经过，自己不敢惹那女寨主发怒，转托林璇代还。林璇一听，也觉主人情重可感，便笑答道："丹妹不说，碧娃妹素来伶牙利齿，连你余大哥、筠姊姊都要取笑的，原来也怕不讲理的野人么？他们喜的只是盐茶布帛以及汉人日用诸物，金沙山中天产，采来和汉人交易并不稀罕，这些明珠虽然看得较重，但是山民性直，最重然诺。我们替她除却心腹大患，所得之物全数归他，只有感恩怀德之情，生死不二之义，因那些东西俱她心爱之物，求觅尚难，送她正合心意，痛快拜收全是真情，你看她几曾谦谢,似汉人那样做作过?两下交好,一个看得起送,一个看得起收,份所当然。你一推辞,倒变成瞧她不起,只管收下无妨。倒是碧娃妹我有几句话想和你说,都未得便,难得他们睡熟,只你姊妹在此,你拿耳朵过来。"

碧娃闻言,先猜透了几分,不禁红了张脸贴近前去。林璇附着她耳朵把声音再放低些,悄说道:"你筠姊姊一身本领,是个女子中的英杰,不消说了。但她为人光明磊落,最不喜人花言巧语。她和余大哥患难至交,本是天生两好,只为汉人最重男女之嫌,说话举动俱不似和我们一样随便。我们想作成他们做夫妻尚恐不济,怎么反去取笑他们?余大哥为了你们父女,数千里跋涉辛苦,冒着险难长途护送,恩德不浅,他便爱着筠姊姊也是应该,何况我们也不过见他对筠姊姊要关心些,笑话通没说过一句,既不便明问,也测不透他真正心意。你昨日言语神情都是小家气象,太不对了。我是已拿定主意永侍老亲,不嫁人罢了。如换是我,你们谁要爱笑我,当着人还更显亲密给你看呢。筠姊姊却不同,她也并非做作,不过她心高性傲一些。万一余大哥有心相爱,你这一取笑使她因羞成恼,不特破坏了他两个的好事。筠姊姊赌气再一走,看余大哥还有心肠送你父女不?休说他两个,便连我也见不得这样婆婆妈妈、全不大方神气。昨晚在铁锅冲得仙剑时,匣中有一柬帖,筠姊姊不肯给我看,神情张皇,面有羞急之容。余大哥应得一口仙剑,让给筠姊姊姊姊反而欢喜,和分得日月珠时神情一样。我猜他不特有心相爱,并且仙人业已将他二人配成一对。今日你又拿眼示意,筠姊姊已现不悦之容。我惟恐上路时你又在说话神情中带出,就不说闹僵,长途同行,一个无心,一个顾忌,有甚意思?你也是女的,难道将来就不嫁人了么?"一席话羞得碧娃颈红脸胀,两眼泪珠晶莹,如非怕人听见,几乎哭出声来。

林璇本爱她聪明美秀,见她窘状,也觉可怜,又婉容劝慰了几句,命她下次千万不可如此轻狂。碧娃平日对林璇也最畏服敬爱,越想越不过味,当时无地自容,身一歪倒向林璇腕间,含泪悄声央及道:"好姊姊,我再也不敢了。余大哥、筠姊姊都是我父女的大恩人,如因我年幼无知招他二人生了气,不成人了!我只因爱二位姊姊不过,又看出余大哥对筠姊姊与众不同,觉着好笑,并非成心笑他们。余大哥量大,只我留点神不再逗他,便不会怪我。倒是筠姊姊性情高傲,万一生了我的气,还求好姊姊可怜我小,做错了事,代我劝她一劝,求一求情,只求她不怪我,哪怕打我两下都甘心的。"林璇道:"这倒无须,一提明反而不美。你只放小心些,不闻不问,即使当时见怪,一两天也就好了。天已太晚，去睡一会吧。”碧娃才含羞带泪与丹姝一同安歇，丹姝自免不了又是一番埋怨。且喜同室诸人俱因连日累极睡得已香，并未被人听去。

一会天明，林璇因怜碧娃体弱，难得别人未醒，直挨到巳正时分，筠玉醒转。杨宏道、余独原已早醒，因未听得林、毛诸女声息，料是累极大睡，贴在塌上相候，及听筠玉在喊林璇说话，才相次起床，连杨氏姊妹一并唤醒。好在众人都是和衣而眠，无甚结束，室中守侍山民忙分别捧上盆水山泉与众人使用，不消片刻便即同出。蔡氏夫妻早在门外相候，仍陪往崖顶之上。今日算是正式酬恩筵宴，又有昨晚一夜请人代庖，比起昨日事出仓猝临时设备自要丰盛得多。杨氏二女所制菜肴全进在中间席上，芹芹姑侄也随在春桃等一桌，成了入座之宾。宾主腾欢，大家开怀饮食。筠玉见上来的菜多半汉家制法，味更腴美，好生惊赞，林璇仍作不知。金花娘见状，只当二女果然未说，众人全不知情，越发高兴，笑吟吟把昨晚之事说了。筠玉笑道：“二位寨主用心诚苦，真可谓主人情重了。我们相聚了这些日，竟不知同伴中还有这么两位女易牙呢，真个失敬得很。明日路上我如再打着山鸡肥鹿，老那么生烤来吃也吃厌了，有劳杨家大姊掺掺玉手代为庖制，使我们一换口味如何？”说时目光笑对着丹姝一人。

林璇见她不提碧娃，知已生嫌，不禁看了碧娃一眼。碧娃心更明白，急得眼花直转，又无法分诉，只红着一张脸低了头，心中难过。林璇对筠玉道：“筠妹你只粗心，便是那烤山鸡烧鹿腿也是丹、碧二妹所传，你在我寨中几曾见有那般吃法？告诉你说，碧妹还做得一手好南菜呢。桌上的菜，因这里无人会下锅，都是丹、碧二妹昨晚做好现热的。你看烹炒的菜一样全无，再者用的东西太缺，她俩个的手法十分没显出三分呢。我先也不知她们有此手艺，因自幼生长边山粗野惯了，吃的素不讲究，周世妹虽会做些家常汉菜，不过碰上或是被请去吃些，只觉味美，终嫌麻烦，极少学样，所以余大哥和杨家父女来时，仍是野人待承。未两天请周世妹做了几样，丹、碧二妹与周世妹很谈得来，随着帮忙，互相一考较，才知她两个竟会做好几省的菜，比周世妹要强得多。我知道了，正想行前大吃几餐，我也沾点口福再动身走，不料接连出事，你来没待两天就一同起程，一直也未大举。可是那几样小吃食都是她两个所传制法，并非寨中原有的，你怎到今天还没知道？”

筠玉未再还言，径问金花娘：“仙王洞妖物既还有人信服，今日出现，可有人备物供祭么?”金花娘道:“昨日因听三位恩人都说区区妖物极易除去,晚来我夫妻便召集大众晓谕他们,说洞中是个妖物不是神仙,三位恩人俱都会有仙法,愿为我们全寨除此大害,以免日后成精贻祸无穷。三位恩人前日深入仙王洞,他们曾有人亲眼目睹,加以孽龙一遭恶报,益发人人敬畏信服。本想不再供祭,无奈祭品早在昨日先期送往洞前放好,我说晚了一步,离妖物出现时候太近,谁也不敢再去将它撤回,现时仍在那里。我们交午就去,还看得见。只第一次洞底冒上烟光,那多东西全没影了。”众人都想看洞中妖物如何将祭品卷走,两地相隔并不算近,打算早点赶去,就便看出一些破绽好下手除它。席散议定,仍是林、毛、余三人合力除妖,余独断后,林、毛二女因有日月珠可以护身,又有仙剑,当先戒备前进。

筠玉常听乃父毛惜羽说起仙家宝剑功用,专能御邪降魔。余独两手空空,自己给他那口宝剑虽比寻常宝剑要强得多,却非宝物,恐为妖气所中,便教余独将原剑交给随行山女,将新得双剑分给他一口,以作防身之用。余独闻言大喜,接过剑来谢了又谢,原剑却斜插背后,并不交人代持。筠玉见他狂喜之状,也不禁心中好笑。碧娃明明看在眼里,知毛、余二人对自己不快,趁着二人未觉,忙装不知,回过脸去向金花娘谈那做菜之法。筠玉果然回眸看了她一眼。杨氏二女胆小,本不想去,偏生杨宏道因在席间听蔡氏夫妻说得烟光那般奇景,又因相处日久,深知林、毛、余三人本领,一时高兴,说要同往一开眼界。碧娃本心想去,丹姝素来先意承志,因老父年老还不甚放心,悄问筠玉:“能同去不?”筠玉笑道:“这有啥子要紧!妖怪又不出来。别的不敢说,你和老伯我一人还保得住驾。”林璇忙接口道:“对,我再保上一个碧妹妹,谁也不用打仗除妖了。要用我们保人时乱子就大了,那还去得!”大家又说笑一阵,估量到了时候,便即一同起身。

一行有的骑马,有的由山民抬着,一同出寨,往仙王洞前赶去。缠藤寨人已灭,别无可虑,全土著听说仙客除妖,无不惊喜交集,只留了少许执事人等,余者倾寨而出。金花娘更是巴结,命去的山民男女排成行列,前有乐队,打着锣鼓,吹着芦笙,余者一律头戴竹皮冠,赤着腿足,腰着鹿皮裙,手持长矛,腰佩缅刀,背挂弓矢,排出去里许路长一队山民,彩羽辉煌,刀光矛影,映着朝日,一色鲜明,声容甚盛。众人看了也自兴高采烈,勇气倍增。一会行抵寨前横冈之上,天还未交午,烟光自然犹未出现。山里妇女业已先期赶到,见寨主陪了仙客到来,纷纷跪接到冈上预设的座位上落座,静候时至。

筠玉见那冈洞相隔约有半里左右，那山冈乃是左侧来路峰岭的余脉，离地虽不甚高，地势却极险峻，下面更是遍地荆榛丛莽密布。山民祭品俱陈列草莽之中，洞在地下，上有深草掩蔽，如非日前来过，依稀记得一些途径，直看不出洞在何处。林、毛二女俱嫌草深，少时与妖物相斗，恐怕碍足不便施展，意欲开出一片平地，先将冈前一带草棘削平。烟光不现，再逐渐往洞前开去，能一直开抵洞前更好。如在中途出现，万一施展不开，便将妖物引到平地上来除它。知山民已吓破了胆，也不会相助，只命春桃、春燕、四儿、岑春、云田、十熊等六人紧随林、毛、余三人身后，将那削断了的草棘用长矛挑过一旁，随同下手。话才出口，先是六人、芹芹、雷行捷姑侄二人急于自效，坚欲随往，接着蔡氏夫妻过意不去，也要率领手下一些忠勇之士相助。

林璇恐那烟光厉害，出现又极迅速，人一多，一个照护不住，反倒误事，万一再伤了蔡氏夫妻，更是不美，再三阻拦，并以去留力争，才行阻止。一面并嘱春桃等八人，近处无妨，如见三人往前，到了烟光可及之处，便不许相隔过近，只可遥遥尾随，见机行事。嘱咐已毕，二女同了余独各将新得仙剑拔出，带来八人，乘着午前片时之暇，照着那些丛莽密荆各展身手，飞也似齐根往下削去。要知后事如何，且看下回分解。

第十九回

火树银花 积秽妖氛飞木难
龙飞凤舞 通灵剑气走青冥

林、毛、余三人所持仙剑俱是神物，虽然未经高人指点不知用法，毕竟非比寻常，才一出匣，先是一青一红一银三道电一般的光华映日生辉，射眼欲花，再一舞动，各带丈许数尺长短不同的芒尾，似天空彗星一般，所过之处，剑还未到，离身丈许以外的深草密莽只微挨着一点余光，不管是杂草或是矮树灌木，立时摧枯拉朽，排头向前齐根倒折，纷纷四下飞舞。身后八人也都是身手灵活的健仆，十六只快手一齐发动，不过帮着挑开，竟跟不上。转瞬之间，先开出三亩方圆一片平地，再隔一会，便将八人落在后面。蔡氏夫妻和一干山民做梦也想不到有此奇迹，十有九人俱当三人不知会有多少神法，益发视为天神临凡，欢声雷动，震撼山谷。

林、毛、余三人正往前开辟得起劲，忽听后面喧哗之声大作，不禁立定了足回头观望。八人中春燕会错了意，以为主人嫌他们慢，手中正挑着一根半抱粗细的短树，心中着急，用力太猛，将一支长矛折为两断，一赌气拔出身后插的牦象骨朵朝定那树便打。原是煞火，谁知应手而裂，一下打了个粉碎稀糟，碎木纷纷飞，爆散如雨，猛地触动灵机，丢了手中断矛，径用牦象骨朵往草地上打，竟然随手压平，不过力量还嫌稍重，将地打了一个凹洞，忙和春桃等五人说了。那个牦头骨，林璇别时除赠人外，共带有八根，恰巧来时余独因前晚牦象骨朵大奏奇功，命六人各带一根，以备万一用着它时好取。因芹芹听说此骨神异，借口代筠玉佩带，也要了一根插向身后。只雷行捷人过矮小不便携带，剩下一根，余独顺手取来，插过身后。筠玉还笑他身上连镖囊弩袋和两口宝剑，又加上一根牦象骨朵，也不嫌累赘，谁知此时用上正合适。

春桃等五人跟春燕一学样，各自放了手中长矛，只用骨朵轻轻朝前打去，不特比前快而省事得多。而且草木性质粗细不同，林、毛、余三人只愿顾快，随手削去，虽然一律削断，草木残根仍然存露地面，高低不等，疏密相间，如在上面与人动手，一样还得留神受绊，经这七根骨朵一打，竟是手随心应，要如何便如何，直似青黄相间的一片地毡，脚踏上去又匀又中实，毫无阻滞之弊。芹芹更是心灵，看见空疏之处，又加上一些残草再打，稍大之树，招呼众人合力移开，越发厚薄相均，坦平如一，无分轩轾了。雷行捷见没他的事，一眼望见前面余独背上插有一根骨朵，连忙飞奔过去索讨。

此时天刚正午，林、毛、余三人已行近洞前不远，见他忽然跑来，林璇笑骂道："你这个小猴崽，这般时候还敢跑来，不怕死么?"雷行捷说了前事，请林璇代索那根骨朵一用。林璇试取过骨朵往草莽中打了几下，果然省事合用，照此打去，直用不着自己使剑削，早知如此，先前就用它好多。忙停了手，命雷行捷速回原地，妖物将出，不可再来犯险，一面将骨朵递还余独，亲自赶回，向七人手内索过两根骨朵。因行离洞近，一则有此利器，片刻工夫即可开抵洞前，凭三人之力已足，无须多人；二则恐他们涉险受伤，吩咐只将烟光不到之处一带的草用骨朵捶平，到了限地，妖物如还未出，可往两侧打去，不得擅自前进。众人应诺。

雷行捷心犹不甘，再三磨住芹芹，要过骨朵，随着岑春、云田、十熊、四儿四个持有骨朵的，往前学样捶打。有时遇到粗矮的树，不问削过没有，高高纵起身来就是一下，打得干断枝折，木屑纷飞，他却高兴非常，觉着使用这种兵器真个爽利，比什么东西都好，越想越爱就越起劲，一路随众捶捶打打，哪消顿饭光景，便到了林璇所指的界限。蛮民多蠢，只知惟命是从，四儿最巧，却又一见雷行捷便不甚喜他，自己急于求功，没有注意。芹芹和二春因骨朵不在手内，同寻了一株横倒的断木坐在上面，各叙以往旧事，并说三位主人如何神奇恩厚，说得高兴，也未顾着前面。林、毛、余三人持了骨朵，又是一往朝前，只林璇取骨回转时，在交界处留了一个记号，剩下那一片，原意地方不大，一纵即过，到了洞前如若无事，再回来平不晚。岑春等四人各遵主命，一到限地，便各往宽处平去。

雷行捷见林、毛、余三人所过之处俱已捶平，只这亩许方圆断木纵横，残草零乱，一心想得主人夸奖，忘了适才叮嘱，仍往前捶去。眼看再有数尺地面便可平完，忽听前面地内泡的一声，万缕彩烟和一团半明不暗的光焰，内中杂着大小相同豆一般的星光从地面上升，晃眼便要飞布开来罩临头上。雷行捷不过是一个七岁无知山童，哪知此物厉害，反倒觉着奇怪，立定了脚向它呆望。眼看危机一发，那团烟光一到头上，便要将他卷走，死于非命，尸骨无存。

幸而林、毛、余三人因已行抵洞前，天又不早，该是妖光出现之时，逐处留神，时刻戒备，一眼瞥见烟光从洞内升起，高出头上，待要向四外分布开去，知它先分散到力所能及之处，再顺地面反卷回来，凡是活的东西，无论人兽虫鸟，全会被它卷进洞去，无影无踪，而且只一被它在上空罩住，多么腿快也决逃走不脱，虽然自信心深，初次见到这等阵仗，又有先入之言，也难免有些心惊。可巧三人都是一般心意，俱不等它飞远再行卷回，林、毛二人双双丢下骨朵，一手握珠一手持剑，和余独同时向空纵起，举剑照定烟光之中挥去。

那剑真乃仙家异宝，一遇妖光，光芒竟长达十丈以上，三人又纵得高，一下撩遇正着，青、红、银三道剑光似长虹一般闪过，只一上下之间，将妖光挥为两断。余独手无宝珠，却多了一根骨朵，落下时正值一团断而未散的烟光星飞下坠，快要落到头上，一着急，右手仙剑左手骨朵，连挥带打同时并用，双双齐中。那烟光中杂有几粒带有豆大微光的黑影，吃剑光一挥，先自散乱，剩有十之一二，吃骨朵打个正着，“波波”两声极清脆的巨响过处，立即消灭碎散，坠落地上。起初被三人斩断的大股烟光，前一半四散飞坠落地消灭，后一半出来极快，回去也极迅速，却是聚而未散，电射星投，直往洞内收去。三人胆力愈壮，忙追到洞口一看，祭品仍在原处未动，还是活的，洞下面烟光已然敛尽，隐隐闻得洞底深深叹息之声凄厉悲酸，甚是难听，弄破石卵所发出来那股又腥又秽的恶臭之味比前浓有百倍，触鼻欲呕。三人只略向洞口下看了一看，便禁受不住，几乎将适才吃的盛筵当了祭品吐向下面，来个还席，连忙纵开，互商进止。

筠玉首先发话道：“我家大人还要我呢。妖怪不怕，这般奇臭实实难闻，谁要进洞，还不把他熏死才怪！”林旋也觉洞底叹息之声，妖物不过惊退，连伤都未必受着，适才是动手得快，没被它那烟光罩住，才得无事。洞中是妖物的世界，不先打好主意下去，彼暗我明，弄巧叹息声就许是它诱敌深入之策，怎又冒昧自取其祸？再者这般奇臭也受不了，好在它当日还要出现，正可在外守候，不弄明白决不妄入。守到夜来出现自不用说，如若就此不出，过了今晚，明早入洞便无妨碍。至多再候上一日，明日正午入洞，将前见产卵石怪用剑斩碎，然后搜查全洞，一起用仙剑给它毁灭，岂不有功无过，决无差池？和毛、余二人一说，筠玉天真，童心未净，更想暂时留着妖物，索兴看了晚间奇景再除才好,闻言正合心意。余独也点头称善。正要举步同回,忽听身后群蛮欢呼声中,似有芹芹急喊乃侄之声,回过头一看,雷行捷已倒卧着,终无动静,闻洞底仍有叹息之声,臭味比前更盛,离洞十丈便难立足,强屏着气跑向洞口,也只能略望即行,稍久便觉头昏胸闷,只得退回。蔡氏夫妻带有大批酒肉菜肴干粮糌粑,就在当地掘了火池,支起火架烤吃。其余山民也都各自带有食物,纷纷席地食饮。等到吃完,已是暝色苍茫,黄昏日下。

时当中旬,月亮正大半圆,不一会便从远山遥岑后面升起,清光所及,照得满山林木清彻如画,惟独仙王洞地势低平,又吃左侧高峰阴影挡住,依旧是黑沉沉的。大家谈笑方欢,山风吹动之间,似闻余独身有臭味,虽不浓烈,颇与洞底所发相似。细一查看,竟从身后所插骨朵发出,上面还有臭汁沾染的痕迹,忙命人拿去洗净。这才想起适才曾用骨朵打碎了两粒带有豆大的微光的黑影,当时曾听破裂之声。那东西定是妖物所产怪卵无疑,因在日光底下,彩光只一点点,雷行捷曾用手去抓,也是中了此物之毒才行晕倒。一问果然,并说那带星光的影子是个宝物,大如鹅卵,握在手中软绵绵的,用力一握便破,旋闻奇臭,便即晕倒,醒来左臂尚自麻木,手上连洗多次仍有余臭未净等语。

林、毛、余三人料知妖光为仙剑斩断,前半没有收回,四下散落,投地而没,许有遗迹存在烟光可及之地。芹芹正过去,刚将他抱起似要跑来,恐烟光再出又有误伤,忙即高声唤止,同取了地上骨朵追过去,雷行捷已然面如乌金,又黑又亮,人事不省了。三人吩咐抱向冈上,取了山民所携水葫芦,由筠玉取出灵丹与他灌入口内。问起芹芹,才知烟光起时,他人在险中,还是一味呆看,芹芹等在远处高声唤他跑回,也不知听着没有,或许烟光发现太快,他见主人动手,也想学样,只见一团斗大烟光朝他头上飞落。他纵得老高,伸手去抓烟中带有微光的黑影,同时又似在用骨朵去打。等烟光退净消灭,赶去喝唤他为何不听招呼,人还没跑到,便听他喊了一声“好臭”,身子晃了几晃便即晕倒。地上三人闻言,越料定妖光中有毒,还有奇恶极臭之味,哪敢造次!蔡野神夫妻和全体山民目观烟光被三人剑上发出来的电光斩断退灭,人却无恙,连祭品也还健在,方知正能克邪,三人身有仙法,奥妙非常,益发信服。山民更把洞中妖物恨入切骨,全数跪拜欢呼,求仙客恩人务把妖怪除去,以免日后害人。蔡氏夫妻也口口声声感谢不已。

三人告以心意,坐在冈上谈笑,静候妖光再现。直等到日色偏西仍未出现，雷行捷仗着灵丹之力不久回生。三人又连去洞前探寻，左就无事，便拔出宝剑纵下冈去，借着日月珠与仙剑光芒纤微毕照，遍寻妖物烟光飞落之处，想看看还有日前所见发光石卵没有，除间或闻着余臭外，并没寻到一个。因那怪卵有形有质，已然斩落，妖物不能收回，怎会沾土即灭？俱不知是何原故。妖洞太臭，懒得再看，仍然回到冈上。又过有个半时辰，蔡氏夫妻见妖光久不出现，恐众人心焦扫兴，便命山民奏乐娱宾，在月下舞蹈唱歌为乐。林、毛、余、杨诸人也愿一观本地土著风光，未加阻止。舞唱了一会，天将交子，筠玉刚对众人笑说："洞中妖物已然吓破了胆，再听外面这大声势，益发不敢出现了。"众人还未及答话，忽听金花娘惊呼："恩人们快看，妖光出现了！"众人侧转身顺她指处一看，仙王洞底忽有数十团其亮如银的明光上下飞舞而出，此升彼降，升沉跳掷，往复不已，看去那么亮的明光，荧荧欲活，却不能照见东西，近洞一片地仍是黑的，暗影中看去分外觉得奇观娱目。林、余二人拔剑欲起，筠玉想起蔡氏夫妻所说，这不过是奇景初现，还有奇丽绝妙之景相继出现，一面阻住林、余二人，稍缓一时，先饱了眼福再作计较，又猜妖光忽出是被乐声引上，力嘱蔡氏夫妻不可住了乐舞，以防妖光隐去。

众人注视了一会，那数十团银光倏地流星陨射往下一落，全都收去。又隔了一会，正恐它不再出，忽又是数十团碧绿光华升起，与前一般上下跳掷。筠玉才放了心，知道妖光必照蔡氏夫妻所说，先变幻彩色相次出现，最后五色毕呈现出奇景，等它将收未收之时，除它未晚，便和林、余二人约定好下手时刻，一同驻足观看。果然那妖光一会落下，又变成深红颜色飞起，入后由红变紫，由紫变黄，由黄变蓝，由蓝变青，由青又转为白色。初出时好似存心试探，升落俱慢，想因无人惊扰，每变一色便加快一些，变到由红转紫，越发隐现得快，明光上升才只俄顷便即飞落，晃眼工夫，重又变色升起。等转回银色以后，暂时不再降落，径在空中随着飞舞升沉之势，逐一变幻不已。色彩甚深，真是其白如银，其绿如翠，红似火齐，紫逾淤血，蓝比天苍，青同柳嫩，黄的更是金光湛湛，鲜明已极，蔚为奇景。

筠玉一心想等末了奇景，却不想妖物修炼多年不曾出洞，今晚恰巧该它成了气候出世之期，身未飞出先受巨创，怒恨已极，众人又久候不退，益发情急拼命，既敢再出必有可恃，危机就在目前，通没觉察，还在不住连声夸妙。细数那彩光，共是四十九个，在空中飞舞变幻，比前较久。约有刻许时辰，忽然众星飞投，一窝蜂似往洞中落去，半晌未出。如照往昔彩光一次一变色，共有两个轮回，六样颜色，一十二次，当晚才只七次，末次转回银色，却在空中变幻，并不降落，连蔡氏夫妻和全体山民也诧为向所未见，光落后正在纷纷议论。

蔡野神猛然想起，上次和穷道人交手，几为他飞剑所伤，行时曾说："我不杀害你们。切记着洞内妖光变色，便是你们这伙人的大难临头之日。"当时备受道人侮弄欺迫，虽知他是剑仙一流，认罪服低，心中却是气忿不过。又因洞内妖光每出总要变幻色彩，只不近至洞前烟光所及之地便不会伤人。过了两次出现之期无事，以为道人意存恐吓，没再放在心上，也忘了对林、毛、余三人说；及见当晚妖光变幻奇怪，偶忆前言，不禁"噫"了一声。林璇问故，蔡野神把前事一说。林、毛、余三人前晚一夜到明，苦斗劳乏，一心盘算行止与除妖之事，听蔡氏夫妻说起那穷道人犹有余忿，当时没有注意，嗣虽想起似个异人奇士，因他一现即去，无人知他名姓来历，问也无用，再被别的话一岔，就此丢开未谈，谁也没想到那道人于己有关。及听野神二次又说，筠玉首先警觉，忙问那道人身相衣著，竟与陆地真人单鹗一般无二，不禁狂喜道："照此说来，单仙师已往此洞来过，定将妖物留与我们来除。如此凶险，他老人家所赐柬贴不会不提，今晚成功无疑的了。"

林璇毕竟心细老练，答道："话虽如此，但是单师伯临去既说妖光变色他们大难临头，今晚妖光恰与往回所见不类。我们人多，还有杨家父女，虽与妖洞隔远，终以小心为妙。妖物不离洞远出自有原因，谁也不能决其永远不出伤人。奇景已现，除妖在即，况且夜深天寒，风多露重，也非老年人所宜。不如先命人抬送回去早些安眠，明日早些起身上路为妙。"丹姝早就要劝老父归卧，因众人尚无归意，也不便启齿，闻言大喜，忙说："姊姊真是厚爱，这般周到，小妹感激不尽。"

林璇一面着人抬送杨氏父女走后，见妖光还未出来，又命止了乐歌，对众说道："妖物如若无知，不成其为妖物了。既能害人，可见厉害。日间为我等所伤，由此不出，还可说是怕我仙剑威力，彼时并无甚大声息。适才乐歌喧阗，那等声势，明知仇敌伺侧，居然还敢再四出现，情景太已可疑。如非见我等不肯深入，志在诱敌，便是意欲拼命，报复前仇。依我看，妖物以前并未遇到过对手，单世伯入洞没有除它不知何故。此次不出斗则已，出必不可轻视。休再迟延观望，我们还是除妖要紧，莫因大意生变。二位寨主所说道人是我的世伯，毛、余二位的师尊。他是一位得道仙人，比我三人胜强百倍。

既有前言，可速率全寨人等退往神泉池那一带山腰之上。我们也不再观奇景，就此前往相候，一出现立即下手，总是谨慎些好。”说罢，力促蔡氏夫妻率众往远里退，连二春等八人也命同退。筠玉因有单鹗之言，又听林璇所说有理，不再坚持成见。总算山民命不该绝，因此数言，临危却步，保全了许多性命。

林、毛、余三人刚纵下冈，往前走出没有多远，先听仙王洞底有重物移动之声，响不一会，便有万缕彩烟由洞内喷出，突突上升，越升越高，作一丛矗立天半，聚而不散，只不似日里往四面分布。适才四十九团彩光紧跟着飞舞而出，各色错综互异，异彩杂星也与先前每次变幻都是一色不同，再被那万缕彩丝上下一笼，越显得十色五光，晶辉荧活，霞芒眩彩，丽景无俦，真是美观已极。筠玉还不舍就此向前，尚欲伫观片时再行动手。林璇有了戒心，执意不肯。因妖洞烟光直立不散，须要行抵洞前方能下手。眼看跑近，烟中彩光跳动愈急，直似无数飞星满空过度。等三人跑离洞口不过十丈，各自举剑纵身飞起，青、红、银三道虹光正要出手挥去，忽又听洞底磔磔一声怪笑，那万缕丝彩数十团彩光，竟似断线风筝星丸脱手，离开洞口直向天空飞去，晃眼工夫便四散分布开来，比左侧高峰竟低不了许多，将仙王洞方圆数百亩那一片地方遮住，平空交织成了一张天幕。日光映照之处，烟光俱要隐晦得多，越是黑暗，光彩越显鲜明，那数十团彩光更是穿梭一般往来飞投，迅速无比，离地何止百丈！三人任是一身本领，矫捷身轻，也纵不了那么高，再看洞底空空，奇臭依然，又无法下，不禁呆在那里，想不出除它之策。

筠玉笑道：“难怪妖物胆大，敢于卖弄，原来它会离洞高升，使人奈何它不得。我们且守在那里不走，挨到天明日出，先看一阵便宜戏法，到底看它往洞里收回去不。”正说笑间，空中彩光忽在妖烟笼幕之中一个对一个，此来彼往互相击撞起来。每一撞上，便听波的一下极清脆的声响，再相交错而过，各往斜刺里投去。碰到另一团彩光，相互一撞又投向别处，再与别一个相撞。后来越撞越紧，飞投也越急，波波波波之声连珠般响成一片，听去甚是娱耳。林璇定睛注视，那彩光每一击撞必换一种颜色，闪烁不停，明灭万变，暗忖：妖洞烟光以前每次出现，至多数十丈高下远近，从未离洞上升，到时又听洞底叹息之声变为怪笑。主持烟光的不论是怪物或是妖人，定然还在洞底。看它这等举动，必有深意，但又无法破它。正嘱咐毛、余二人上防天光下防洞底，切勿分心大意，倏地眼前一亮，又从洞底飞升起一团栲栳般大的明光，晶辉映霞，其疾如矢，直往天空彩幕中升去。

三人骤出不意，一剑又未斫中。那光升到空际，彩网中心便即停升，飞轮电御疾转起来。四外数十团彩光先围着大光团环行，急转了十余回，忽又间隔平均四散飞投出去，到了彩网边上，微一明灭顿息之间，全都变成一色金黄，倏地又直向来路，照准当中大光团撞去。大光团本也是五六种彩色千变万幻，等到光群回撞之际，忽变深红一团，宛如一个大火球悬在空际。光群撞上，密如贯珠的波波声中，同时轰的一声，大光化成一团其赤如血有光无焰的阴火，晃眼工夫，将四十九团黄光包没在内，火光也跟着暴涨不下十倍。这时除林璇一人料知妖光变幻得可虑，危机不知何时爆发，上下关心，随时戒备，余独也受了毛筠玉的引动，深觉妖光美观无比，目光只注定天空，全没顾及下面。正猜不透还要闹甚把戏，猛听林璇一声呼叱纵身而起，知有变故，连忙按剑低下头寻视。只见仙王洞口不知何时现出一个三分不像人七分不像鬼的妖人，形象颇似蛮人中年老女巫，丑怪秽恶却是人间仅见，无与伦比。

那妖巫生得身材伛偻，白发连鬓，蓬生绳结，尘土肮脏满布其上，披拂两肩，将那一张圆而且大的怪脸遮得密密的，仅露出豆大一对碧光闪烁的凶睛和两排白牙，隐现血也似红的嘴角，赤着上身，仅腰间围着一片短裙，也不知何物所制，足大如箕，手似乌爪，指甲长有尺许，通体污秽狼藉，直似粪堆中新拱出来，一手拿着一支上挂十余把小叉的巫杖，杖头上刻着一个与仙王洞中产卵石怪一样的怪鸟，一手颤巍巍戟指三人怪声厉叫，也不知说些什么话。二女手上宝珠，照看得甚是清晰。毛、余二人见状也忙赶去。这时三人因身临洞口太近，恐受暗算，俱走远了一些。等林璇握剑纵将过去，那妖巫乍看似乎行动疲缓，谁知身手轻灵已极。起初一摆巫杖本要迎敌，继见林璇手上一剑一珠虹彩腾辉，晶芒电射，知是仙家宝物非比寻常，不敢遽撄其锋，不等剑光临近，身子滴溜溜一转，旋风般转退出去数十丈远近。林璇一剑刺空，毛、余二人相次追到。

林璇曾闻老父当年传言，滇、黔山民中出过一个惯养恶蛊、厉害无比的妖巫，名唤神婆种三娘，原是种家妇人所生的一个怪胎，一落地便被父母弃向荒山之中，不知怎的未饱虎狼之口，竟会被她在山中长大，还学会许多邪术，专能咒石成蛊，用本身和生人精血养炼，比起五毒八恶、各种虫蛇鳞介之类生物所炼还要恶毒十倍。只为她生相奇丑秽恶，性复淫凶，尝用邪法禁摄山民健男供她淫乐，厌了时再拿人去充作蛊食，在南疆中为恶横行了十多年，资物面首任意取求，也不知害死了多少山民。最后一回恶贯满盈，竟将菜花墟孟寨主的爱子摄了去。孟家山民用十个健男、无数金银彩礼和她掉换，都不肯应，反倒口出狂言，三日工夫，将人弄死喂了蛊遂不算，又亲往寨中索要许她的那些健男重礼。孟寨主心痛爱子，仇怨已深，再受这般欺凌，恐她纵起恶蛊行使邪法，全寨同归于尽，其祸更大，只得忍气吞声，命人向她求说，再多送点重礼健男，请她往别处去取。她不依不饶，出言向来人恫吓。

这里孟寨主满腹冤忿无处泄，又恐她坚持前言，不能不预先将所索男健备好，正在寨前召集寨中众人，含泪悲诉说："我最爱此子，不想被神婆害死。多蒙大家好意选出十人去和她掉，人没掉成，如今又来强索这十个活人。有心和她拼命，无奈恶蛊神法厉害，白白送死。我做了一族之长、各寨寨长，不想被一恶妇制住，也实无颜再定准何人前往送死。如有愿去的，便是大家的救命恩人，请走出来受我一拜。"孟寨主素得众心，起初十人均是自愿前去掉回他的爱子，并未相强，此言一出，是年轻体壮、自问入选的全都站了出来，齐声愿往。孟寨主见手下人等如此忠心义勇，益发伤心，不禁恸哭起来。

大家正看着难过，恰值一个姓罗的道姑走来看见，问起何事。山民见她是个汉人还不肯说，正要轰她，被孟寨主一眼看出那道姑好些异相不似常人，一时福至心灵，略问答了几句，想又看出几分，恭恭敬敬接进寨去哭说完了经过。那道姑闻言好生不忿，力说无妨，立命将去人唤回，由她将种三娘这个妖孽处死。孟寨主居然相信，如言辨理。去人前脚才回，种三娘原是受了孟寨主仇家高楼人的蛊惑，成心寻他晦气，就使依她，仍要需索无厌，何况去人未吐允意，跟踪追至，在寨前只骂了两句恶语，便施展邪法放出恶蛊。谁知道姑是个仙人，赶出寨去，扬手就是满天电火，数十丈长的电光将恶蛊全都烧死。种三娘见势不佳，吓得鬼叫一声，身上放出一条黑气，往空中逃去。那道姑也放出一道电光随后追赶。两下此去都未回头，山民方知道姑是神仙下凡，料定种三娘必被雷火所诛，由此南疆中除却一个大害。

当时传说种三娘妖法异迹甚多，取人性命易如反掌，那生相的丑恶污秽正与今晚所见妖巫相似。如若真是种三娘昔年侥幸逃生，隐伏仙王洞内二次出世，这妖巫不比牦象、孽龙单凭力大凶猛，可以智取，吉凶实难预料呢。林璇想到这里，打算诈她一下，一面追将过去，口中用土语大喝道："大胆妖巫！当年菜花墟幸逃显戮，罗仙姑那里不曾寻到。敢在这里兴妖作怪，今日是你伏诛之日到了!”一句话居然将妖巫蒙住,不禁大吃一惊,凶锋顿敛,不敢遽下毒手。原来那妖巫果是种三娘,昔年被金姥姥罗紫烟雷火、飞剑追迫无路,逃到神泉池附近,万般无奈,只得把鬼母所传化血脱身妖法自破前胸,取出七滴心血,手掐灵诀向前弹去,一面咬破中指,用妖法祭起满天血雾,遮蔽身后敌人慧目神光,本身却行法往神泉池底钻去。金姥姥正追之间,见妖巫忽放起弥天血雾,以为又闹甚鬼,忙发神雷震散妖氛,抬头一看,前面有七团火光拥着妖巫,星奔电驰,其逃已远,匆猝间没看出那是妖巫脱身之计,仍然催动剑光加急追赶,又追有数百里之遥还未追上,刚自心疑,恰遇嵩山二老路过,远远看见妖火,各发神雷、飞剑将妖火消灭。金姥姥见面一问,只是七团妖火,并未见一人一物,方知中计。此巫不除,不知要害多少生灵!忙又一同赶回。妖巫得间,已然下隐黄泉,匿迹销声,哪还查得见踪影?三人一计议,料定妖巫必在血雾起时隐入地底,便寻往起雾所在又仔细查看了一阵,看出神泉池可疑,虽知妖巫十有九潜伏在彼,但在地底潜伏不敢出现,仍就奈何她不得。寻思无计,为防后患,三人同时行使玄门禁制妙术,将那一带地面封闭而去。

那化血脱身之法最损真灵,又被神雷击散收回不得,这一来无异打落了她多一半功行,非苦修数十年不能复原,况又封闭在内,只能下穿地底,不到元神复原满了禁法年限无法出世。妖巫弄巧成拙,尚幸保住残生,强忍着大仇奇忿,在池底苦炼多年。因为不能上升,日以秽土为粮,便一意往地底清处钻去,无意中在地肺近处得到一只前古异虫,名为飞蜍,久埋土内,身已成了化石。她弄到手以后,终日在土内摸索祭炼。她以前炼蛊比人厉害,就为她能使蛊与自身合为一体,在将成未成之际由自身养育一次,和妇人产子一般,在腹内结胎生出,再用心血祭炼。虽然厉害非常,炼时人也吃苦,稍一不慎便要被小蛊咬伤。自得了这恶虫,她知此虫生时必定狠恶,又久得地底灵气,如用法术加以自身精血将它炼得有了灵性,再借它来炼蛊,既省受罪,还比以前厉害。也不知费了多少精神心血,居然将石飞蜍炼得有了灵性,虽还不能破土飞行,每当上下旬月圆前后地气滋润之期,已然栩栩生动,形态欲活了。

妖巫身旁原存有未死完的余蛊,又在地底寻到几种毒物,试用石飞蜍一化育,觉收奇效。后来在地底熬满年限,禁法失效,本可出世,偏生那石飞蜍在地底已万千年,成了纯阴之性,不到通灵能飞食过几个生人心血后,不能出见天光，自己所炼又是太阴秘魔之术，多少犯着一点同样忌讳。尤其久伏暗土双目畏明，不便一举即出，只得仍在地底苦炼。先是每月一两次，在有星无月之际自己先试探着出土。旋又改着月明之夜升。她因常听地面上有人走动，知左近必有山民墟洞，虽在困厄之中，仍然未改以前妖术惑众之习，出时必放起一片彩光故示神奇，以为异日害人地步。

末后一年，地下暗泉冲动，事先未防备，坏了她的居处，稍嫌污湿难耐，顺着地脉旁行，又被她无心发现那个仙王洞，大称心意，便将地底开通一穴直达上面，又移了一块大石封住，自己仍藏在下面，却使飞蜍栖身石上，再逐渐炼到移向日月之下。这一脱了困，又想起前仇，立志报复。一面将地底苦炼数十年未成的厉害妖法玄眚珠加功紧炼，一面用妖法将所有蛊种全数度向飞蜍腹内，使其轮流孕育。等产卵之后，再每月两次逢丁逢癸有星月之夜飞出洞外，在妖烟拥护之下吸收天空灵气。她虽怨毒甚深，积恶不悛，但因忙着祭炼妖法恶蛊，又恐害人多了，法未成时被仇敌查知惹下祸事，除乍出时为要取生人心血与飞蜍食用害过十多人外，不是遇到她每月两次出现之期自去送死，便走进她洞去，只不过于大声将她惊动，也无妨害。她轻易从不出穴伤人，洞门外更是从没去过。林、毛、余三人前日所见发光石卵，便是初生而未成形的恶蛊。

妖巫满拟一切成功，一出洞先寻孟寨主害他全族，然后扰遍南疆，到处寻找那姓罗的道姑以报前仇，谁知恶贯满盈，大限已终。玄眚珠尚未炼成，头两拨恶蛊已然到了成形出世时期。这些蛊卵每次经她用妖法指挥飞出洞去，挨班吸收灵气，到了天明收转，随意存放在洞壁钟乳之上，高高下下，灿若明星。每出之先，必将妖烟放出，凡在仙王洞左近贡身送死的众人和一批虫蛇鸟兽各种生物，全数俱被卷入洞去，以备大嚼。移居不久，每日都有，从不脱空，无须以人为粮，还可以用生人心血祭炼妖蜍。原未打算就出生事，当日出时，忽然发现壁间钟乳上的蛊卵被人弄破了一个，本期所生三个又有两个不见。近来只有牲畜，又无人再来送死，心疑那些供祭的山民乘自己在穴内入定炼法之时偷偷入洞所为，不由暴怒如狂，本就想用妖法将今日洞外上祭的山民一律卷入洞去，拷问情由，再行弄死，万没想到烟光才起，便为敌人所破。她在洞内窥见林、毛、余三人所用剑光竟不在金姥姥以下，当是仇人得信赶来，吓得缩身入穴，躲在地底，不敢再出，以为仇敌定要跟踪入洞搜寻。恰巧退时妖蜍又在产卵，天地间至恶奇秽之气所萃，未生时还可，每当初产落生之际奇臭异常，经日不散，与卵破臭味相同，却要浓烈十倍。飞蜍近来饱经祭炼得了灵气，产时已能发声，林、毛、余三人所闻恶臭和洞底叹息怪声便是此物。

妖巫不知敌人为恶臭所阻，在地底勉强挨到子夜将近，始终不见有人下来，却听上面山民乐歌之声大作，心想再过两三个时辰，一到天明，小蛊如不破卵飞出，势必活生生闷死在内。越想越痛惜，又想起敌人日间斩断妖烟未放雷火，又未入洞搜寻，未必是甚真正能手，忍耐不住，试探着放起烟光。为了能急于收转，并未分布开来，只是朝空直上连试两次，未见敌人来犯，胆子渐大，又猜不是敌人当自己被剑光杀死走去，只剩山民，久不见烟光上升，在那里歌舞贺功，便是敌人虽有利器不能飞起，心中痛恨已极。原意连用妖法将蛊破壳脱了胎，再使它飞出害人，正自聚精会神运用妖法，先使四十九个蛊卵在空中变幻奇光，自相激撞，一面将所炼内丹喷上高空，化为一团阴火。刚刚升起将蛊包住，就待化生，忽听地面上有人疾驰之声。先前把敌人当作了送上门来的礼物，明听人来，不去理他，几乎吃了大亏，如何还肯大意？料定是日里仇敌，无奈时机紧要，空中蛊卵此时收回，无异于前功尽弃，当下把心一横，决计与来人拼个高下。纵身出洞一看，三个仇敌俱都站在地下向空中观望，好似并非道术之士，又是俗家打扮，只不过手中宝剑光华远射，精芒如电，似是神物罢了。宽心大放，反而怒上加怒，必欲得而甘心，正要下手暗算三人，却被林璇一眼瞥见，一声清叱追踪过去就是一剑。

妖巫见敌人手中一珠一剑俱是仙家异宝，剑并不大，使起光芒却长，如非见机神速，差一点没被刺中，怎敢怠慢？刚一转身形行法躲过，忽被林璇道破她的姓名来历，哪得不心惊害怕？心想敌人既知数十年前底细，必与前仇一党，不是好惹的人，否则手里也不会有那样的宝物，一胆虚气馁恐蹈覆辙，不由改了主意，只想挨到恶蛊成形化生便收入洞内，仍向地底潜伏，索性等玄眚珠炼成之后再寻这些仇敌算账较有胜算，一味闪避，不查清虚实不敢妄使妖法致败。这一审慎，却使林、毛、余三人少受一场灾难，否则一动手行法，三人早晕倒了。

先是余、毛二人跟随林璇身后一同上前追杀，继见妖巫满身黑气疾转如飞，那长剑光竟撩不到她的身上，一赌气，三人便品字形分三面堵截杀上前去。妖巫见三人剑光厉害，本来有些害怕，加以身手又是迅捷异常，这一换了战法，格外逼紧，自己心神还要顾到上面，时候一久非受重伤不可。心里一着急，猛想起自己真是成了惊弓之鸟，见人就怕，看敌人剑不离手追逐神气，不特不能绝迹飞行，连宝剑也不能放出伤人。三个凡夫俗子，怕他何来！即使法术无功斗他不过，上天入地均可遁走，决不致有甚大失闪。念头一转，一横手中怪巫杖，二次方要行使妖法。

林璇因知妖巫是当年的神婆种三娘，也是时刻提心在意，屡向毛、余二人打暗号，巴不得在妖法施出以前一剑将她刺死，才能免患。嗣见妖巫一味躲闪满口毒骂，并不还手，更料定她早晚必要闹鬼。加以天中妖烟弥漫，大火球逐渐暴涨，不知有什么玄虚。本就有些惊疑，及见妖巫手持妖杖乱舞、目射凶光、口中喃喃之状，益知不妙。心里一着急，暗忖：这东西忒已狡猾，凭我三人三面夹攻，竟沾不着她分毫。记得贾本治笔记上所载，此剑本能飞出杀人，可惜事前没有试它一下，否则就此发将出去将妖巫杀了，岂不痛快！正寻思间，猛觉手中仙剑颤动欲活，大有脱手击出之慨。手指虎口震得生疼，几乎把握不住，不禁触动灵机，心中默祝道：“仙剑神物，多蒙仙人相赐，幸得佩用。现与妖巫对敌，自惭凡庸，不识使用之法，不敢妄自出手。适觉仙剑大有自起之势，想系通灵神物助我成功，但恐不知收法，去而不归，未敢冒昧。如蒙鉴怜默佑，能以自去自回，便请飞出，斩却妖巫仍然回我手内。”刚想到飞出斩妖，末一句祝告未终，那仙剑竟似有千斤大力夺手而出，一道银光惊虹掣电般直朝妖巫飞去，把林璇吓了一大跳。

毛，余二人正追之间，瞥见一道数十丈长的银虹自林璇手内飞起，也自惊异非常，忙跟踪赶去时，妖巫邪法刚要发动，偏巧林璇剑随念动比她快了一步，不等妖巫手中怪杖祭起已自飞到。这口仙剑乃玄门降魔斩妖异宝，厉害非常，未炼到身剑合一时，使用的人一发出手去，不见血伤物，任你逃到天边也决不飞回。妖巫一见银虹飞来，才知敌人用的果是飞剑，自己不该小觑她，上了大当，以前吃过飞剑大苦，危机瞬息，知难抵御，怪叫一声，就地一滚，化成一条黑烟便想逃避。满拟遁法迅速，又能行法隐身，只须避开来势隐却身形，仍可行法暗算，相机进止。谁知恶贯满盈，劫数临头，一心惦记着天空恶蛊，不肯逃回洞底，那飞剑又是不伤人物不止，紧追在后，竟不容她行法隐身。

妖巫见身后银虹兀自追逐不舍，眼看追上，心里一害怕，万般无奈，只得两害相权取其轻，且作脱身之计要紧，径把手中那根怪巫杖发将出去，抵敌一阵再说。这根怪巫杖乃妖巫采取地底万年精铁所制，经过数十年苦功祭炼而成，与身相合。初炼时因飞蜍是上古恶虫，恐通灵之后难制，于是把飞蜍真灵也禁寄在杖头之上，以便异日飞蜍炼到飞行变化时，生死悉随己意，除每期使飞蜍产卵出洞吸收天空灵气而外，平日轻易也不开禁，以防恶蛊得了灵性乘隙遁走，所以林、毛、余三人初见飞蜍和死物一般。这一离开妖巫之手，便是一团黑烟围着一个胁生飞翼的三足怪物飞起，其大数丈，口中发火，眼射蓝光，扬着前后三只两丈多长的利爪，迎着剑光便要抓去。这恶蛊在古昔虽然厉害，毕竟死去万年，仅仗妖巫心血祭炼略通灵性，身受邪法禁制驾御进止，只知一味猛扑上前，如何能是仙剑之敌？

说时迟，那时快！飞蜍的三只利爪迎着剑光还未抓将下去，银光电掣略一屈伸绞动之间，"唉"的一声怪叫，恶蜍真灵为剑所斩，随着妖烟消灭，丁丁几声，怪巫杖断成十来根残铁坠落山石上面。妖巫原意借此杖稍微支持，等隐却身形再行收转，不料葬送得这般迅速，不禁又痛又惜，吓了个亡魂皆冒！幸而经此一顿逃出稍远，身形业已隐去，同时林璇因自己不会收法，见仙剑飞出，妖巫升空遁走，晃眼工夫追出老远，那么长一道银虹仅剩一线银光在天际闪动，惟恐失去，追又无法去追，不住口在那里望空祷告："请仙剑速回！妖巫既然逃远，不必追了。"筠玉也想试将手中仙剑如法祝告飞出追敌，见了这般情况，惟恐有失，也自息念。林璇正望空渴盼，恰好那剑斩断妖杖应念而归。林、毛、余三人见银光居然飞回，俱都又惊又喜，又不知怎样接法，眼望长虹飞坠，不敢冒昧伸手，方自惶急。林璇猛觉眼前奇亮，剑光已当头飞落，心中未免害怕，勉强藏起宝珠，乍着胆子闭了双目，把双手往前刚一伸，忽觉有物触手，睁眼一看，光芒大敛处，剑已回到手内，仍是先握剑的手，寒芒如电依旧原来神气，方知此剑竟有这等灵异，不由心花大放，喜极欲狂。

这时妖巫不知去向，不知伏诛也未。妖烟织成的彩幕和那一大团红火仍是高悬空中，益发涨大了些。三人计议了一阵，筠玉因林璇之剑既能飞去飞回，何不径将三口仙剑同时放起空中？将妖烟妖火扫荡净尽，再放它入洞去斩石怪。林璇终是要谨慎些，力说："贾纪上所说仙人试剑时只这一口，并说那两口常人不可妄动，我等俱不明用法，万一化龙飞去岂不可惜？便是我这口因才得不久，没有刺破指血去试，如非它自己挣着飞出握它不住，我也不敢松手。我还恐它一去不归，好担心呢！"筠玉闻言，一眼看到林璇握剑的手，失惊道，"姊姊手上哪来的血？怎么弄破了呢？"林璇低头一看，右手果然破了好几处，虎口和五指都有小小裂痕，鲜血点滴未止，正顺着剑柄往下流呢。这才想起仙剑飞起之前在手中挣了一下，当时只觉虎口和手指疼胀欲裂，想必那时已然指破血出流到剑上，无怪仙剑去而能归，后来专心向天凝望所以未觉，忙取止血伤药搽上，止住筠玉剑勿轻发，一面将手中仙剑向空一举，照前默祝，果又一道银光破空而起，照准当中大火球射去。光过处，砰的一声爆裂巨响，火球立即分为两片，似轻云之遇疾风，连卷两卷，往斜刺里飞落一晃无踪。接着从火球中散出无数奇形怪状小虫，见风紧张，各带着五颜六色的彩光，口里发出怪声，唧唧啾啾区区咕咕叫个不已，飞舞满天。

这时妖巫早已遁回，潜伏在侧，那些怪虫便是成形初孕的恶蛊，适被妖巫内丹阴火化去外壳，正当要出未出之际，妖巫收得又缓了一步，蛊虽成形飞出，却吃飞剑斩伤了内丹，益发恨上加恨，仇上加仇，同时又看出三人仍只有仙剑厉害，到底不会法术，胆气一壮，顿生毒计。飞蜍已斩，内丹又伤了真元，发狠一横心，意欲拼着再死伤些恶蛊，来换取仇敌的性命。暗中行法，一口邪气喷向空中，那四十九卵化生出来的恶蛊为数何止千百，立时飞跃起来。林、毛、余三人中，以林璇最明白南疆中的异物奇事，一望而知。毛、余二人虽不如她从小生长南疆，养父又熟悉边情，耳濡目染，多闻多见，但也是从小奔走江湖，久在边境中来往，妖巫出现时又经林璇一提说，俱知此物厉害，非同小可，各自目注空中按剑戒备，以防不测。林璇却向空中仙剑祝告："务请将恶蛊斩尽杀绝，不留一个！"眼望剑光所及之处，蛊群虽似星陨一般，十八成群，带着余光死伤飞坠，无奈数目太多，飞得又散漫迅疾异常，饶你剑电光一般快，往复追杀，一时半时杀它不完，总是神物有灵，那多恶蛊竟没一个能活着飞上伤人的。

这时候天中一道银虹与千百点彩光星飞电掣，跳掷追逐，夹以流光下坠，彩芒乱射，比起先时奇景还要好看得多。三人当妖巫已死，不疑有他，一心只防到空中，正在呆看，妖巫邪法已自发动。一阵阴风起处，沙石惊飞，三人只觉眼前一暗，立时天昏地黑，惨雾沉沉，星月之光全被隐蔽，鬼声四起，大大小小的石块似雨点一般打到身前，阴云暗影之中，只有那道银虹和千百点蛊火妖光仍在当空驰逐隐现，如非手中持有仙剑，几于伸手不见五指。三人中除筠玉手中握有那粒日月珠宝光照耀、身容毕现而外，余独也仅仗着仙剑光华映照略可辨别面目。二人知是妖巫邪法，忙舞动剑光抵御时，一找林璇不见人影，心中大惊，刚要张口呼唤，忽听林璇"嗳"了一声，像似受伤神气。

筠玉着了急，首先循声赶去，珠光照处，一眼瞥见林璇用双手护住身上要害，蹲伏在地，见筠玉到来，急喊道："妖法厉害！我在黑暗中已被石块打中了几下，幸而不重。敌暗我明，我的宝剑要防恶蛊飞下不能收回，速唤余大哥来，将我夹在当中，先杀出雾阵以外再作计较。"说时，林璇背上又中了两石块，幸而天生异禀，未致重伤。筠玉知是吃了黑暗的亏，见她腰间隐隐透出宝光，急叫道："你的宝珠呢？"一句话把林璇提醒，才想起适才伸手去接仙剑，将宝珠放入囊内，继见妖巫施展邪法，忙中有错，只顾想奔向毛、余二人身侧求助，忘了取出，因知恶蛊厉害甚于邪法，此时全仗仙剑在空中堵御诛杀，不敢收回，白挨了几下冤枉打，闻言忙即取出，余独也跟踪快到。三人合在一起，余前毛后，林璇居中，鱼贯往回路退走。

这时鬼声啾啾，魅影幢幢，沙石飞投宛如骤雨，休说林璇，连余独也着了好几下。自从日月双珠一合璧，顿显此宝妙用，不特精光大盛，离身数十丈纤微毕现，比前明亮十倍。那些由暗云惨雾中现形来扑的许多奇鬼恶魅，都无须再用仙剑迎敌，空自张牙舞爪悲号厉啸，一个也不敢近前，便是沙砾石块也再打不到人身上来。三人见状互相一说，才知筠玉适才独未受伤，乃是此珠之力，不由大慰。珠光照处，隐约似见妖巫在暗影中手舞足蹈，嘴皮乱动，意欲追来，却不敢迫近。筠玉心想妖巫邪法既已不能伤人，理宜改退为进除了她为是，似这样退到何处才好？便和林、余二人说了。林璇起初原因积年所闻，先入之见太深，临事心怯，匆匆打不起好主意，只有全身暂退再说，及听筠玉一说，极口称善。因自己无有兵刃，来时连那牦象骨朵也因嫌它累赘，手有宝珠仙剑用它不着，没有携带，想起余独身后带有一根，虽然不比仙剑有用，到底要好得多，忙要过手来，一同朝着妖巫现形所在回身杀去。

妖巫本想行使邪法驱遣阴魂厉魄害死三人报仇雪恨，阴风一起，见那用飞剑斩断自己巫杖乱杀空中恶蛊的第一个大仇人首先受了伤，蹲伏在地，心中大喜，先意用白骨穿心箭将林璇射死，后又想起这个仇敌太已可恶，射死太便宜了。她以为敌明我暗，敌人可不会法术，虽有两个同伴，俱不如她，看神气自顾尚且不暇，决难相援，这等灵秀有根基的少女，去活擒到手来生吃她的心脑，再禁制住她的生魂以为己用，岂非绝妙？她这一改主意，却使林璇免去一箭之灾。

妖巫虽是行动如飞，无奈林、毛二女相隔甚近，又有珠光照路，闻声追寻，数步即得。妖巫起初被敌人珠光照破行藏，更恐再遭飞剑之厄，行法时离开颇远，等飞身切近，正要暗下毒手抓起仇人就走，筠玉已先一步赶到，手上仙剑、宝珠似火蛇乱窜，碧月腾辉。妖巫气馁，微一停顿，林璇又取出一颗宝珠，余独也自赶到，一青一红两道剑光，加上两颗日月珠，惊虹掣电，幻彩腾辉，大放光华，精芒万道，不但鬼物潜形妖法无功，连走近身去都不能够。邪法不能伤人，巫杖又被毁去，手中持着三支白骨穿心箭，也不知是发好不发好，忽见三个仇敌走而复转，反倒追将前来，匆匆未暇寻思，便将三支白骨箭照准三人发去。筠玉在前，一见三条绿火从妖巫手中发出，纵身举仙剑，一个"狂风绞雪"之势，撩个正着，将三条绿火斩为六七段，各带着尺许磷光坠入暗影之中而灭。

妖巫见状，情急拼命，手掐恶诀，口诵邪咒，从身畔取出人皮袋向北一甩，立时飞起千条黑丝，直向三人当头罩去。毛、余二人手举仙剑一挥，虽将前头半截黑丝斩断，无奈这黑丝乃地底千年黑眚之气，毒恶异常，层出不穷。越发越多，稍微疏懈，便要被它缠向身上，一面还得顾注林璇，正自抵御吃力，忽被妖巫看出破旋，手一指，将炼而未成的玄眚珠发将出来，照准林璇打去。筠玉见一团黑影打到，恐伤林璇，侧身举剑一撩，那团黑影应时爆散，千丝万缕分散开来。毛、余二人手有仙剑，还算未被捆住，内中一股正网向林璇头上。

林璇一见势急，百忙中手持牦象骨朵，使一个"拨云见日"的解数向上一荡，顿觉骨朵被黑丝搅住，其力绝大，喊声"不好"，奋起神威，运足全身之力握紧骨朵一舞，黑丝虽没网在身上，却将骨朵网了个结实，力重万斤，再下放手，连人都被拽走。幸而筠玉手疾眼快，一面抵御，抽空回手一剑将骨朵上黑丝斩断，林璇才得脱险，无意中右手沾了一根骨朵上断落的残丝，立觉浑身冷战，瑟瑟乱抖，急中生智，试使宝珠向手沾处一擦，黑丝居然随手化去，方始无恙，知道厉害，忙嘱余、毛二人小心，千万不可使这妖丝沾向身上。说时，黑丝蔽满天空，越聚越密，刚吃仙剑斩断，被后飞出来的一合，又复接上，此断彼续，闹得三人手忙脚乱。

眼看危机紧迫，筠玉忙喊："林姊姊！你还不将你仙剑收回来，要等死么！"一句话把林璇提醒，暗忖自己真是糊涂！三口仙剑只有自己这口能随意飞出诛敌，擒贼擒王，怎不收回斩却妖巫再说，却放它常留空中，中她妖巫声东击西的诡计！随想随即祝告："仙剑速归！"这次有了经验，不似先前慌乱，将手中骨朵并在左手，单伸右手接剑。方见一道银虹自天飞坠，就要落到手上，忽听震天价一个大霹雳，夹着亩许方圆一团雷火，自来路天空中向三人存身的所在打将下来，声势猛烈，震得山摇地撼，目眩耳鸣。三人只当又是妖巫邪法，几乎惊倒。昏眩了一阵，林璇剑已入手，见三人未受伤，插好骨朵，正待二次飞出去斩妖巫，忽听筠玉清叱之声，定睛往四外一看，天空中黑丝业已化为轻烟，在星光之下随风飞散，适才所见恶蛊约有数百，似一队流星成群飞坠，大约已为迅雷震死。妖幕无踪，月朗星稀，依旧清明，斗了半夜，东方已微现曙色，只妖巫不知去向。

跟踪寻将过去一看，适才妖巫立处，土内露出大半个人头，发如乱草，仔细查认，正是妖巫，头顶心有一小洞，有雷火烧焦痕迹。犹恐未死，筠玉又用剑将她劈斩成了数片。再掘开土一看，渐渐现出妖巫全身，当胸也有雷火穿透小孔。三人又是一阵乱剑，斩成无数碎块。再走向仙王洞口，恶臭之气只比前稍逊，仍旧浓烈，不能下人。三人急于斩草除根，天明上路，一商量，由筠玉取出灵丹塞向鼻孔，试着下洞，如能辟臭，再行同入。林璇知筠玉最怕臭，坚欲先行，余独也抢着入内。筠玉笑道："既承二位仁兄贤姊盛意占先，就请一同下去吧。恕小妹不作客套了，我还有点事要办呢。"说罢，取出四粒灵丹递与林、余二人，径自回身走去。

林、余二人只当她要觅僻静之处便解，匆匆接丹塞入鼻孔下去，果然一股清香，恶臭不侵。到了洞底，入内一看，里洞石怪不知被何人腰斩两段。二人不知此物与妖巫手持杖头一体，存亡与共，息息相关，想起适才雷火不像来自天空，甚觉奇怪，莫非又和扫荡铁锅冲一般，有甚异人从旁暗助？可惜当时只顾寻觅妖巫踪迹，没有留神查视，再出不知能否相遇，大约又要失之交臂了。且壁间钟乳上悬搁着怪石卵甚多，五光十色，鲜艳夺目，知非佳物，留必为害，各用宝剑一路穷搜乱斫，应手而碎，满洞腥涎四流，好在鼻有灵丹，也闻不出甚臭味。等将所有石卵全数消灭一个不留，又将那似鸟非鸟似虫非虫的石怪斫了几剑，发现怪腹之内还有少许鲜血和未化尽的碎骨，知能食人为祸，益发不敢大意。二人双剑齐挥，将它斩为粉碎才行住手。遍查全洞，似已肃清，无甚可疑，听得上面筠玉催唤之声，一同纵出。说起洞底之事，筠玉道："你们可知那雷火是天发、是人发的么？"林璇道："我正还想问你呢。"欲知后事如何，且看下回分解。

第二十回

绿野柳如烟 地胜桃源逢隐士
绣坪花自染 筵开水阁话飞儿

筠玉答道："我们都没留神，这事太奇怪了。如是天雷，天上连一点云丝都没有，并且我明见它从东路横冈之上斜打过来，我还当是妖巫闹鬼，放出来打我们的呢，吓了我一跳。过后又扫荡得那般干净，只一转眼的工夫，不特妖巫打死，妖氛尽散，连空中的邪火妖光，那些飞虫恶蛊，全数一时消亡。我小时随家父在洞庭湖边，亲眼得见雷劈过人和大树，家父还说雷火无论劈人劈物，都是电光一闪自天直下，绝非今夜情景。如说有甚仙人奇士相助我们，四面都查看到，又不见一点人影。你两个进洞时，我想着太奇怪，跑回冈上，山民早已退到神泉池左近，一个不在，查遍全冈，只峰尾上边新倒了一块大石笋，似被大雷震倒，此外毫无可疑之状。本想喊过他们来问，因你适才语气颇像要山民畏服我们，乐得借此故示神奇，到口止住。你可觉得有些异样么？"林、余二人也觉奇怪，只想不出是何原故。当下想好言语，一同往回路走。

蔡野神夫妻遥遥看出三人大功告成，已率全体山民欢天喜地奏乐迎来。大家见面，三人索性冒了全功，并说妖巫如何厉害，连雷火也是三人所发。众人原都认得蛊火，亲见林璇放起飞剑在空中扫荡，后来银虹下坠，火蛊成群往冈这面飞来，众人害怕，一声呐喊方要奔逃，便听霹雳响动，雷火弥空，将恶蛊一齐震死，接着便奏全功，闻言自然深信，感激畏服无以复加了。筠玉又说："恶蛊俱是三五尺长短不等、奇形怪状、神态狞恶的虫蛇之类，现俱死去，落在冈前草皮之上，还有洞外妖巫与洞中石怪的残石遗骨，可命人即速用火焚化成灰埋入土内，免留后患。"蔡氏夫妻连声应允，命人即速依言办理，如飞去讫。

三人见天色渐明，催促回寨，略进饮食，当日即行上路。蔡氏夫妻再三挽留，又率全体众人跪伏不起。林璇一想，起初原以为当时可以成功，不想又闹了个整日夜，除杨氏父女半夜归卧外，余人多半累极，就上路也觉力乏。三害两除两收，诸事办完，也不争在这一日，还是休歇个足，大家养好精神，走时多赶些路的好，便答应无论如何只住这一日，明早再不放行就要恼了。众人齐声欢诺，众星捧月一般将三人拥了回去。抵寨，杨氏父女也因三人久出不归心中惦念，一夜无眠，正在盼望，想着人打探呢，见面自然又是一场欢叙，照例用罢盛筵。三人因昨晚除妖，比起铁锅冲之行还要费力，人已倦极，再三力嘱，现须养神安眠，夜将一席移到半夜起身时再用，用完乘着微明上路。蔡氏夫妻只得依了，大家各自安卧。蔡氏夫妻又拉了杨氏二女前去相助弄菜，准备饯行，一切停当，才放杨氏二女归卧。主仆十一人这一睡，直睡到当夜子末丑初，杨氏二女后睡的都醒了，才一个个养足精神，睡醒转来。蔡氏夫妻感恩心盛，始终不曾安歇，到处命人搜罗酒果食品，安排赠送礼物，早在门外恭候，等到一行起身，接上洞顶，重率众人跪谢入席。宾主尽欢，开怀痛饮，并把这一天定为全族的恩日，名为谢客节，每年今日举行盛典，设下酒肉，望空谢客，礼节甚是隆重，由此流传下去，这且不提。

席散，三人吩咐随行人等整顿行装，蔡氏夫妻又献上礼物，共是两担腌鲜和风干了的猪牛羊鹿野鸡之类，两担青稞和蒸熟了的糌粑，五十斤金沙，一百斤银块，十二匹绸缎，春桃等六人与芹芹姑侄备有馈送，并派了十名健仆随行抬送。三人再四坚辞，尤其谢绝派人相送，两下争执了一阵，勉强收下了食物和五十斤金沙，谢了银块绸缎，只允送行出境，不允随去。议定收拾好了，告别起身，天才现鱼肚色。除雷大锤重伤甫愈，筠玉故意说他不可见风，不令送行外，蔡氏夫妻率了手下一多半山民，亲身送到百里以外，几经三人再三谢绝，催归，才留下十个送往前站，率领众人依依含泪拜别而归。

这一天，一行赶走了三百多里，走到日落，觅地支好行帐，进食安歇。第二早厚犒十人，坚辞遣回，重又上路。晨光稀微，轻风拂面，加以沿途垂杨夹道，风景甚佳，山光水色，鸟语花香，人行其中，宛如画里。大家互谈连日所经诸异，无一件不是侥幸成功，出于意料之外。那暗中相助剪灭缠藤寨人的两个白衣少年男女，神龙见首，已经来得奇突，最令人不解的，尤其是那晚击杀妖巫恶蛊的大雷火。事后屡问蔡氏夫妻和众山民，也只说以前单真人在洞中出来，曾顺横冈往孤峰高处走去，在峰腰上耽延了不多一会，嗣因蔡氏夫妻率领山民赶来接应，顺峰尾往上呐喊追杀，才回身下峰，挥动大袍袖将众人打散，折辱了蔡、雷等三人而去。那停留的地方似离雷火发处不远，可是只震倒了一根大石笋，并无遗迹可寻。大家谈说寻思，断定决非天雷，却想不出是什么道理。

筠玉忽然想起白衣少年男女曾说，仙师锦囊注明时日，要在赶到万柳山场之日，见着那人才可开看。这条路一行中十人倒有九人不曾走过，地名更不清楚，知道哪里是万柳山场。那人是谁？近日杨柳甚多，成林夹道，为入山以来所仅见，莫要临近错过。忙取出锦囊一看，离开视日期只有三天。大家都留着心，无奈沿途空山寂寞，不曾遇到过一个人迹，山凹溪谷之间虽然不时发现山民所居的寨洞崖楼遗迹，想因地近铁锅冲，受了孽龙之害，大半烧毁坍塌，成了废墟，除偶见枯骨残骸暴露而外，一无所有，简直无法探索。

大家又走了一天，那一带地方新发生过一回野烧，迥非前数日途中花红柳绿水秀山清气象，童山如濯，遍地焦枯，加以雨水之后霉腐之味触鼻，时见烧残林木又焦又黑，枝叶俱烬，仅剩树干槎枒，和焦炭一般，高高矮矮粗粗细细兀立丁原野之间，间或发现一些青草山花，不是被野火灼枯黄萎了无生意，便是经雨新生又瘦又小，随风摇曳娟娟可怜，这两下一陪衬，越显得景物荒寒，令人闷损。走了一会，竟未遇到过一样生物，大家都觉难受。只得脚底加劲，向前急走，连打尖歇息都无心思，宁愿暂忍饥渴，恨不得早将这一段穷山恶土走过。

一口气跑了数十里，偏生前面以前又是丰林茂草之区，焦木枯草，成丛成聚，地面积得甚厚，低的地方业已霉烂，高处干的劫灰甚多，人行腐烬之上，燥湿既殊，松紧不一，一不小心踏在极糟极烂的地方，腿便陷了下去，等到拔出，往往自膝以下总是秽污狼藉，霉臭熏人，遍地皆然，又没法去弄净它，已令人万分难耐。加上天又有风，高处存积的劫灰因风飞扬，满天乱舞，常似一大片黑云当头罩下，闹得众人满脸污黑，遍体灰尘，行李担上灰积寸许，来时连气都透不过一口。杨氏父女坐在山兜以内，足底无妨，上面可用布单蒙住，比较最是便宜。林、毛、余三人俱是力健身轻，其捷如飞，见有一人上当，知道路难走，各自运用轻功提气急行，除风灰难御外，尚不致陷入污秽之中。只苦了春桃等男女七人，分抬着山兜行帐，兜上俱搭有衣物用具之类，本就不轻，再加上铁锅冲所得和众人所赠五十斤金沙以及别的粮肉礼物，平空添了六七百斤分两，人却只添了芹芹一个。按说七人个个多力善走，即使再加上几百斤重，走那极险峻的山路也未放在他们的心上，可是走到这种污糟稀烂的地方，脚多踏在软处，纵有力也无处使。一路陷拔颠顿，都累得气喘吁吁，汗流浃背，稍一张口缓气，一个不巧遇到狂风，便闹了一嘴的臭灰，喷吐不迭，双目迷糊难睁，耳鼻四孔也都塞了不少进去，互相怨天恨地，其苦不可胜言。

林、毛、余三人因畏风灰侵袭，见风从对面刮来，只有跑过这一片灰地方可无害，知道来路平安，沿途人兽之迹俱所未见，决不致从后面发生事变。春桃等行走不快，如若相候同行，白跟着多吃苦头。筠玉首先提议：一任春桃等落后缓行，赶到前面去等，以便早些脱离苦境。林、余二人也都称善，脚底一着力，如飞赶了下去，春桃等自然越发落后。还算污湿之路不长，走过二三里便到干处，风势也逐渐小了下去，没有先前那般苦难了。

雷先捷因林璇怜他年幼，不令携抬东西，只空身行走。当三人起步时，他正随着芹芹同行，忽然想起了三人没带干粮，为了风沙积土，从早至午未只进食，此去前途难免饥饿，岂不仍须往回赶？否则等众人追上要到几时，岂不饿坏了肚子？一心想讨主人欢喜，恰巧芹芹抬着粮肉，匆匆一说，抢起一袋糌粑、一袋熟肉，往身上一背，拔步飞跑。雷行捷虽然生具异禀，力健身轻，要追林、毛、余三人如何能追得上？加以淤沙松浮，积秽载途，不会轻身提气之功，阻碍横生。先追时相隔不过二三十丈，一张口声还未出，先闹了满口臭沙子，不敢再喊，三人又没回望相候，不消片刻工夫，只见到三个小黑点在前飞驰，相隔老远，渐渐连黑点也看不见了。行捷心急如火，一见脚踏干处，益发奋力狂奔，紧紧追去不提。

且说三人跑出三十余里。见前途高山阻路，上下仍是黑的，且喜路干风息，山上无甚焦木，或许野烧至山而止。正走之间，筠玉忽然想起前事，唤住林、余二人道：“昨日遍地柳树，我就疑心已离万柳山场不远。今日遍地枯焦，柳树不见一株，要错过了才糟。”林、余二人被她提醒，也恐将路走岔。后一思量，顺路行来方向不差，屡次升高眺望，并无人烟，不似错过神气。三个都不愿再往回走这条穷路，互一计议，前山相隔不远，且到山顶看上一回再作计较，于是又往前赶。等到山上一看，山那边乱山杂沓，草木枯焦，仍和来路一般，到处都是野烧痕迹。细察地势，正是日前向蔡野神问路，所说通往云龙山的山径要道铁链山，又叫作野熊窝的方向路径，一点也没走错。再一看去路，无论翻山或是由山下绕过，都得经过乱山中一条里许长的峡谷，尽头处被两边排天峭壁遮住，看不见途径，谷径也与蔡氏夫妻之言相符。思量无计，只得下去探查。谷径甚狭，不能并驾，两边峭壁越往前越高，正料前面不知有多少崎岖险峻的山路,谁知两边峭壁到了尽头处,忽似刀切一般截断,谷径到此,稍向右曲一拐弯走出去,忽呈奇景。

迎面一峰孤立,正对谷口,将去路分成两条。左边一条挨近那些乱山,草木枯焦,一眼望过去都是黑的。右边一条乱石纵横,夹在孤峰崖壁之间,前行只数武,豁然开朗,土平地旷,草木丰茸,又是处处垂柳,因风飘拂,杂花乱开,五色缤纷,最奇怪是连日山行未见人迹,这广原前面,两旁林木繁茂,并列成行,中间却有一条直路,绝似人力所为,否则无此整齐。三人起初未听蔡野神说明,只说过山出谷便是正路,以前还有生蛮聚集,可以投宿,如今不知有未。不意生人未遇,却发现了岔道,两路分歧,各自东西,不知该走哪条为是。好生委决不下。

后来筠玉因又发现许多杨柳,颇符前言,便说:"锦囊开示期近,单真人既注时日,必有前知,这条路必离万柳山场不远。"林、余二人俱觉言之有理,只是后面还有多人未到,恐其走迷,意欲相候,等大家到齐同行。筠玉一心想早探得万柳山场下落,看广原最前面气象蓊郁,似有人家,急欲一知就里,执意先行。林璇近两日见余、毛二人神情落落,没有往日亲密,心中不解,见筠玉独行,余独没有言语,便说:"此地有人家也是生蛮一流,性极凶野。筠妹一人前往纵然无碍,到底势孤,再者一有变故,我们后面的还不知信,难为防备。既要先行,余大哥可跟了同去,一则多一个人相助,容易得手。设见势盛,也可分人急行归报,早作准备。我往山上等他们去。"筠玉虽然聪明,人却直性,当时决没想到林璇不与偕行,令余独守候众人,却令随往,别有心意,反倒高兴,催促余独快走。余独是怎么都可,随了便走。

林璇回向来路山顶上居高下望,待了一会,因被里许外山角挡住,望不见众人影子。默忆来路和众人脚程,尚不该到,又下山入谷。援上谷旁峭壁一看,毛、余业已没入茂林烟树之中,不见踪迹,知已去远,只得回转山顶。又待了半盏茶时,明知离人到尚早,左就枯立,心嫌前面山角遮住目光,不能及远,意欲赶回里许,越过山角去看。刚下山走出半里多路,快到前面山角,忽听山童惊叫之声,颇似雷行捷的口音,猛想起他是空手随行,莫非孤身赶来遇见蛇兽之类?心中一着急,朝前便跑。跑没几步,忽然瞥见雷行捷身上背着两个口袋,口内急喊怪叫,亡命一般从山角林木内转出,如飞奔来。一看他身后并无甚蛇兽追逐,好生不解,方立定喝道:"小娃娃不跟大人一路走,乱跑乱叫啥子?"语声甫毕,猛又见山角后飞来一只怪鸟,翅如车轮,身子却与人一般无二，手里还拿着一块东西，飞得甚是迅速，晃眼工夫，便追到雷行捷头上。这时两下相距约有数十丈远近，看得逼真，上前相救万来不及。林璇喊声“不好”，取出囊中弩箭，往前一纵身照准怪鸟打去时，已自无及。

眼见雷行捷看怪鸟临近，反倒停了脚步，手拿一块东西往上一抛。怪鸟也不理他，仍往下扑，抓住雷行捷肩头上一个口袋冲霄便起。雷行捷见口袋被怪鸟抓去，怪叫一声，纵身一把捞住口袋，往下奋力便扯。两下都是力猛，一下把口袋扯破一角，洒落下好些条块，把雷行捷跌了一跤，怪鸟身上也中了林璇两支连珠箭。等林璇拔出宝剑追将过去，行捷已纵将起来，抱住林璇双脚，大叫：“主人莫放雷电，放他走吧！”林璇见他和怪鸟争持宛如儿戏一般，闻言好生奇怪。一停顿间，那怪鸟身中两箭并未落下，仍任高空回旋了一周，想是看出林璇宝剑银虹耀日，光芒电射，不大好惹，才拨转身，口发人声，怒吼连连，双手抱住口袋向谷那面飞去，瞬息不见。

林璇一看，地下散落着五六条熟肉块，雷行捷手上抛出去的也是一条熟腊肉，忙问遇鸟经过。才知雷行捷这孩子真个淘气已极。论他脚程，林璇等这一会，本该早到。他因苦追二人不见，觉得腹中饥饿，打开口袋，取了块肉来吃。吃时未就糌粑，吃得又多，口中渴极，想找水喝。好容易寻到一条溪涧，埋头下去急饮了几口，忽听有人在旁发笑。抬头一看，涧中怪石后闪过一个与他差不多高的小孩，身穿大红肚兜，手足皆戴金环，身后高出，好似背有两片东西，在那里踏水为戏，激得水花四溅，望着雷行捷发笑不已。雷行捷见那小孩通体赤露，现出一身雪也似白的皮肤，头上秀发披肩，当中梳起一个抓髻，玉齿朱唇，一双凤目又黑又亮。他生长缠藤寨人窟穴，几曾见过这等美秀清灵的人物，打心里一喜欢，连用土语喊了两声。小孩好似不懂，对他摇了摇头。行捷不舍，又改新学会的汉语，连喊带招手。小孩意似懂得，水中一起身，便到了跟前轻轻落下。

雷行捷见他纵起时，背后背的两片东西似乎耸动了两下，当时急于和小孩问话，也没注意，仍用汉语问道：“我们走了好多天不见一人，你家住哪里？我和你交个小伴儿好么？”那小孩汉语竟甚流利，脱口答道：“我家住在前面山场上。你有什么本事，怎敢一人走道？”雷行捷哈哈笑道：“我们本事大着呢！我的主人又会打雷又会放电，连妖怪都能打死，怕啥子？你也一个人，怎的敢走？”说完，满以为小孩定有话回答，谁知小孩意似后悔，又似恼着雷行捷口出大言，更不再吐只字，只拿手向雷行捷肩上一指，意似问他袋中何物。雷行捷便取了一块鹿脯与他。那风干鹿肉乃金花娘特制美味，与寻常制法不同，味绝鲜美，小孩子虽小，食量却大，又是第一次吃到这等美味，斤来重一块鹿脯吃完，不住点头，笑容满面，又向雷行捷索讨。雷行捷见他吃得甚多，取一块自吃，又递了他一块。小孩接过手去，吃完又索。

雷行捷见他贪得无厌，专索鹿脯一样，恐给多了主人见怪，不肯再给。小孩竟不问青红皂白，伸手便夺。雷行捷自然不服，侧身迎面照准小孩胸膛便是一掌。小孩生小无人敢惹，骤出不意，雷行捷力气又大，如换常人早已支持不住，小孩虽未受伤，也被打出一丈多远。雷行捷心中仍是爱他，见被自己打中，方自后悔，想奔过去扶时，不料小孩倏地叫了一声，身后两片东西由合而分，展将开来，乃是两片肉翅，微一展动，便离地飞起。雷行捷当是遇到妖怪，大吃一惊，不敢逗留，拔步便跑，小孩自然不舍。雷行捷闻得头上风声，偶一回望，小孩已横翼追来，快要临近。一时着急，便将手中那块未吃完的鹿脯朝他抛去。小孩伸手接个正着，得肉之后不再追赶，径往斜刺里飞落，享受去了。

雷行捷惊魂乍定，加急前奔，心恐小孩吃完再追，又取了块鹿脯拿在手内，另手拾起一块石头，以备应急之用，边跑边往回看，果然小孩又从后面摩空而来，跑近山角便被追上。这次小孩竟口吐人言，非要他打雷放电，不然便将一口袋肉给留下，只一块不要。雷行捷因三位主人不见影子，相离春桃等人又远，人单势孤，一着急回手打了小孩一石子，吃小孩一手接去扔落，说："你还敢打我？再不听话，连你也捉去给狗吃！"雷行捷没有听清，吓得山嚷怪叫，又不舍将全袋给他，且喜山角下尽是些烧焦了的密林，连忙纵身跃进，亡命飞逃。小孩见槎枒阻碍，无法下手，便在空中跟着，知雷行捷力气不在自己以下，取胜全凭一只肉翅，平地交手尚难讨好，何况林内，恐他藏在林内不好下手，故意放慢了些。雷行捷见小孩不肯入林，好生得意，以为顺着林跑便可无碍，不料焦林只有山角前一片，过此便无，方自焦急，一眼望见前面来了林璇，不由惊喜交集，慌不迭地迎上前去。小孩早在空中尾随，见他一出林，急飞过去，往下便扑。林璇相隔尚远，雷行捷忙中无计，仍然欲以鹿脯缓敌之计。小孩偏要定了他那袋整的抓起便飞，身中两箭而去。

事后林璇问知经过，暗忖：竟有这等天生异人。听小孩所说家住山场，虽未说出万柳，也颇相近。按他说话吃肉神情，决非怪物。早知如此，不该伤他两箭，万一与锦囊所说那人有甚瓜葛，岂不大糟！幸喜不曾放起仙剑，那两支又非毒箭，就这样已生波澜，但愿小孩与那人无关才好。当下斥责了雷行捷几句。时已交到未末，觉得腹饥，将熟肉、糌粑吃了一些，想起毛、余二人俱未进食，前行不知真有人家无有。恐雷行捷又去生事，不便命他追送，后面的人又未到，心悬两地。好容易盼到春桃等七人抬了杨氏父女狼狼狈狈赶来，虽然遍体尘污，还算一路平安未有事故。林璇见众人饥瘦交加，一问溪流甚近，索性命众歇息饮食。七人各去溪涧中洗面更衣，扫去山兜行囊上污尘，再行进发。隔有半个多时辰，俱已毕事。众人餐浴之后，重又振作精神，出谷往前赶去。

一进广场，走了不远，见四外山岚拥翠，俱在阴处，循大路穿出一片桃林，风景愈佳，山环水抱，到处都有溪流萦带，道旁杨柳大均数抱，垂丝密密，迎风飘拂，中杂桑竹桃李之属，遥望最前面一大片尽是杨柳，恰似涌起千顷绿云，轻烟笼行，衬以沿途碧草成茵，山花匝地，宛如锦绣铺成，不觉尘襟一祛，心神俱朗。丹姝见状，忙请老父坐起，一路观赏，仿佛人在山阴，应接不暇。正在互相观赏，忽见清溪阻路，道忽右转。林璇见地下白沙中偶有余、毛二人足印，知未越溪而过，便命人沿溪走去。方自奇怪，那片柳林在溪的对面，二人为何不越溪直走？忽听碧娃笑喊道："林姊姊！你看水里漂来一片胡麻饭，我们似刘晨、阮肇到天台了。"林璇低头一看，乃是顺着上流头漂过来的几片菜叶，哪里有什么刘阮奇遇？心正笑碧娃淘气，又听丹姝喊道："林姊姊！你看那芥菜叶不是野生的，前面还真许有人呢！"一言未了，林璇已望见前面溪回路转，柳荫之下现出一座石桥，其长约有两丈，桥上设有万字朱栏，桥下还有一只小船。妙在船中无人，双桨风横，孤舟自荡，溪水潺潺，激石成韵，越觉身入画境，清丽已极。这一来断定当地不特有人，而且还是高人隐士，决非生蛮野番之流，否则纵有这等天然佳景，也被山民闹得肉臭烟熏，腥风膻气，绝不会有此清丽绝俗的布置，心更放了一半。过桥林径又现，却非杨柳，所经俱是些桑林果树。回望柳林尚在左边，相隔约有数里。循径穿林，行不百步，便见前面里许有了炊烟。

众人渴望到达，各把步履加急。将要到达，渐闻鸡鸣犬吠之声，一会便在绿荫如幕中，稀稀落落现出了几家房舍。近前一看，所有人家都与一条小溪挨近，俱是竹篱为墙，中置房舍，篱前各有两三亩空地，各因地势所宜，一半种菜成畦，一半乱种山花，姹紫嫣红，争妍斗艳，布置隐见匠心，绝不雷同。只向南一家有矮矮一圈蛎粉墙，墙上两扇白板门，看来占地甚大，屋宇也多，院内有好几株大松，只静悄悄的不闻人语。林璇忙命众人停步，放下山兜，刚要上前叩门，隐隐闻得院内笑语之声，门还未开，便见当中堂屋内走出二男二女，毛、余二人便在其内。那一双男女年纪均在二十左右，男的生得猿背鸢肩，相貌英俊，穿着一身前朝装束，山冠野服，甚是雅洁；女的虽然荆钗布裙，却是行动敏速，容光照人——一望而知都是行家。

三人隔墙相望，彼此欢欣，不等门开，先就叫出声来。板门启处，筠玉先向林璇引见道："这位是我才新交的柴姊姊，芳名龙珠。这位丁兄，单名一个单人旁的侗字。他两位一个是梁，一个是孟。"又乱指向丁、柴二人说道："这是我刚和你二位提说林姊姊，这是杨老伯和杨家两姊妹，这小娃儿是林姊姊新从洞穴中救出来的，余下都是随行的山民。"丁、柴二人与来客分别见完了礼。筠玉对林璇道："我和余大哥也只刚到不久。这里隐居的有好些高人，那万柳山场就在西边不远，也打听着了。里面还有柴姊姊的老人家。我们正谈着天，闻得外面有人声喧哗，料是你们寻来，就和他二位贤梁孟接出来了。饿了半天，柴老伯刚命人做好点心，摆在桌上还未吃呢，我们一同进去吧。"

丁、柴二人揖客入内，进门一看，青苔不扫，满院松针积有一二寸厚，当中堂屋甚广，供着祖先牌位。从两旁屋门口望见里面摆着几架木机，却无人在织布。由屋门转进去，又过了一个院落，才是主人晏居之所，一排六大间，纸窗竹屋，几净窗明，后面还有一列明廊，正对溪流，曲槛临风，二十来扇窗户全数洞开，木榻竹几散置其间，甚是爽朗清洁。主人年约五旬，科头野服，道貌岸然，趺坐在木榻之上，见众人走进，从容起立，首向杨宏道举手为礼。

杨、林等人各依次见完了礼，主人让座说道："老夫柴蒙，原是江南人氏，避地蛮荒已十五年了。因为地居万山之中，不当南疆孔道，四面俱有峻险山崖屏蔽，休说外人不到，除了本地居人，连生番野人也见不到一个。去年小女吵着要出山游历长些识见，老夫因听小婿说起，铁锅冲出了孽龙拉拉，劫杀行旅，老夫又有一事未了，未能同行，恐有差池，不令前往。后来缠藤寨人势益猖獗，诸位来路谷口附近原有两个生蛮部落，也遭了缠藤寨人烧杀之祸，男女老少不下百余人全被杀掳，一个未留。小女当时得信，便要赶往相救。老夫因这两族生蛮常时劫杀生客，也是无恶不作。久欲除他，未得其便。遭此恶报，咎有应得。再者本地尚有两位高人均未出头，不欲妄动，为此方寸乐土惹事，也就罢了。

“起初仗着形势险僻，与世隔绝，缠藤寨人不会来此侵犯。不料前月遭了一次地震，将谷口仙人嶂震塌，现出一条通路。本地山清水秀，沃土平旷，那次野烧又没波及，与外面一片焦土相映，更显动人。如有外人走过，必要进来探看。尤其缠藤寨人将附近寨墟抢完，他又不给商客脚夫留道，一味残杀，人人裹足不前。他无所得，日子一久，势必更要往远处劫杀。谷口那条山径，无论是绕出官道或穿行边山，俱是必由之路，我纵不去除他，他也难免不来骚扰。自分力薄才庸，不是敌手，连向这里两位高人求教，俱说缠藤寨人数限已尽，无须多此一举，果然至今未曾来犯。

“今日午饭后，山妻思食平山湖白龙瀑中所产剑鱼，命小婿同小女往取。那湖高居平山顶上，湖口是一片大瀑布，广约二十丈，为本地大小八十一条溪涧的水源。瀑下是一条广溪，溪中滩石，棋布星罗，因上流有这许多怪石间阻，水势才得稍煞，可是近瀑一段，奔流急浪，势绝汹涌，本地百十家居人，能近前者十无二三。那剑鱼便产在湖口惊涛骇浪之中，每年只这两月中繁育味美。此鱼终日游泳急漩之中，长过三寸，便要迎着飞瀑逆流上溯。湖口与下面广溪，水大时高低相差也不下丈许，上面湖水绝深，鱼一归湖，便潜匿湖底石隙以内，不易觅取，再者精力已竭，纵取了来，味也不甚鲜美，非乘它向瀑冲射将至中途时网取，才称绝妙。鱼性又极奇特，往往逆流上升到了中途，便被瀑布冲落溪中，它仍再接再厉，死而后已。那里水力绝大，十条倒有八条冲不上去，不是力竭而死，便是撞在溪中怪石之上裂为数段，能生存入湖的极少。

“取时须着一人用双铁桨驾特制尖头小舟，由一人手持双网兜，到了离瀑两丈许远，那里恰好有一石笋露出水面，舟后持桨的人料准去势站将起来，猛力向石笋上一踹，急忙蹲坐，运桨如飞，由飞瀑中逆流上驶，船头一人便用双网兜顺势兜去。每兜所得，多时不过四五条，有时还许兜个空的。因为前后两人都要心眼手相应，稍纵即逝，有了蛮力，还须巧劲，识得地形水性，缺一不可。一个不小心冲不上去，被洪瀑冲荡下来，撞在溪中怪石之上，去的人都精水性，纵不致和鱼一般惨死，那只小船却撞成粉碎了。小舟到了湖上，往前摇上一圈，略缓一缓劲，再拨头下驶，比较逆流上溯自然省力一些，可是改为二人全在舟后，一人把着新安的舵，一人运桨逆摇，顺流飞落，一泻便是数十丈远近，不能停缓，中途虽有一块怪石，也还容易避过。如嫌所得无多，养上一会气力再取一次，至多取上三回，已然力乏，无能为役了。

因为得之不易，人都视为珍品。今日想佳客到此，运气正好。小婿夫妻只上湖一次，便得了三十余条，为从来未有之多，高兴非常，回舟经过小溪，正遇余、毛二位意欲越溪往万柳山场走去，被小女看见，相约同归。已命人做些小吃点饥，恰值诸位光临，空谷足音，又闻缠藤寨人被诸位英侠殄灭，为此间除一隐患，真乃生平快事！”说时不俟答言，回问龙珠：“去看点心得未？再添点酒菜前来。”杨、林诸人忙躬身回答：“途中已然饱餐，留着晚来再扰吧。”

柴蒙知来客不是客气，笑道：“我因毛、余二位途中未进食饮，适才点心已然做好端上，小婢归报来客甚多，以为和毛、余二位一样，恐冷了不中吃，又命撤去重作。山肴野簌，粗点只堪充饥，想已做好，诸位不妨再补进些须如何？”众人只得谢了。柴蒙一面又向龙珠说：“你毛姊姊饿了，都是我不好，又累她多饿这一会。有什么吃的，还不先去取来！”龙珠转身要走，两个丫角小环先后走进。一人捧了茗碗茶具，向客一一献茶，一人端着食盘，在廊前方桌上摆下四大盘酒菜：一味熏鸡，一味腊肠，一味凉拌黄瓜片，一味卤笋，另有一小碟兜兜咸菜，一小碟豆豉，八副杯箸，一瓷壶酒。柴蒙不吃，只龙珠夫妻二人作陪，空下一个座位。龙珠想起随行还有八人，内中一个小孩甚是矫健异相，俱在外屋，便命丫鬟在厨下取些饮食出去，一面举酒属客。

众人见那些用具件件官窑细瓷，酒菜不多，味道绝美，美食衬上美器，益觉吃得有趣，只可惜途中吃饱。林璇尚可，杨氏父女只略吃了些便住。一会又端上两大盘南瓜、鸡肉，加笋丁、胡椒末做馅的烫面饺一盘，藤花、松仁、脂油蜜糕一盘，黑芝麻和百果脂油做的酥饼，另外每人一小碗鸡汤银丝细面，无一样不是色香味俱胜，精美绝伦。尤其难得是客来不速，咄嗟立办，休说隐居蛮山，便是寻常富贵人家，也未必能有此讲究迅速，大家赞不绝口。林璇笑道：“我因筠妹和余大哥未带干粮，偏了你们，不甚过意，谁知遇到这样贤主人，享此口福。这些好东西，我还能每样吃点，杨老伯和丹、碧二妹只干看着。早知如此，我们路上留着点肚子多好！”说得大家都笑了。

林璇猛想起女主人未见，忙对龙珠道：“我只聆听老伯谈话，还没拜见老伯母呢，真荒疏极了！”筠玉抢答道：“还用你提呢！我早请见过了。柴姊姊说，柴伯母原是四川人，大上前年冬天独自四川省亲，江中遇险受寒，得了半身不遂之症，好容易医好，前月地震之后又犯旧病，现须卧床习静，饮食非到午后不见外客，要明早才能拜见哩。你没听说老伯是江南人，而这些肴点口味却有一半是川味么？”众人谈笑风生，余、丁二人更是莫逆。林璇见这家虽隐居蛮荒异域，饮食起居却是世族排场，初见不知底细，又不便问。自己原为赶往云龙山探亲，仙人锦囊偏要在此开视，日期应在后日，今明还要寄居两天。看筠玉和龙珠倾盖如故、亲热情形，主人必要留住无疑。万柳山场要会的人不知应在这里不在？寻思未已，毛、余二人业已吃毕，丁、柴二人让客入座。小鬟二次献茶，撤去肴点。方要叙话，忽从外面急匆匆跑进一个十二岁的英俊小孩，进门只朝众人看了一眼，便跑向龙珠身旁附耳低声说了几句，龙珠立时面容更变，也不顾给小孩引见，径向柴蒙也附耳说了几句。柴蒙面上神情却不似龙珠忧虑，低头想了一想，才对众人说道："毛、余二位来得早些，谅必无关。林小姐在途中可曾遇到一个胁生双翼的怪童么？"林璇见龙珠面有忧色，知道惹祸，便把前事说了。

柴蒙微笑道："这便还好。且喜其曲在彼，主人极讲理，此子顽劣素所深知，初见时没把他当作怪鸟，先下手放箭。总算还好，夜叉婆和主人又不在此，只要事前将伤医好，不被乃母回时发觉，此子好强，决不自己说出，早些弥缝尚来得及。"说罢，唤过小孩说道："你速拿我一包珠尘粉、一瓶紫琼膏找飞儿去，去给他敷治。休说我和你兄嫂已知此事，拿话羞激他，等他央求你莫向人提说此事，你再教他娘回时莫说，以免闹起来众人皆知。平日在家蛮横，却为抢肉吃，被一个过路女子所伤，多么丢脸！顺便问他父母黔江之行，去时听说明晚赶回，确否？快去快来！"小孩领命，借着龙珠取药余闲，才由丁倜引向众人一一见礼，药取到手，飞奔而去。众人才知那是丁倜之弟丁俊，俱赞他聪明英秀不迭。柴蒙笑对众人道："小女本想留诸位在此住上几日，等乃母稍愈搭伴同行，这一来正好代我留客，诸位只恐暂时走不成了。"林璇虽知行期须过了后日，但也不愿久延，闻言大惊，连忙躬身问故。柴蒙缓缓说了当地详情，一会丁俊回转又提前事，果然前行凶险，不禁焦急起来。

原来那一带地方总名叫作洞天庄，又名碧山城，地居南疆乱山之中。四外危峰峻岭，嶂壁排云，里面却是一片盆地，万顷广场，形势僻险。地震以前，只有一条供庄中人偶然外出的秘径，经年闭塞，十年二十年轻易无人出入一次。入庄共为四五十处奇景，尤以平山湖、白龙瀑、万柳山场和主人所居清溪秋日对面的千丹岩、绣春坪等处为最胜。居人多南宋亡时迁来，宋亡以后，先有一家天潢贵胄同了两家忠臣遗老逃入蛮荒，无心中发现这么一个洞天福地，真比陶渊明所说的桃花源还要胜强十倍。由此避地躬耕，风景之区锡以佳名。因是土地肥沃，物产丰盈，凡百均能自制自给，无须仰给于外，门无催租之吏,地绝红尘之扰,安乐已极,共只赵、李、岳三姓,人口不多。

后来众族繁衍,中间又出了一个能人,订立规条,在三姓中举出族长,轮流值年作主。为使均能自立,不以得天厚而懒废,男女成丁婚嫁之后,便由公项下分出应得的田产,使其自耕自食,暇日仍许随时归省亲族。到了四旬后,子孙成立,始许回到老家。佳节盛日,方全族全庄团聚为乐。未得值年长老之命,从不许他出一步。出必告假,期年累月,允而后可。一样讲究读书,只为明理,不求闻达;一样注重习武,只为居处究属蛮荒,意在保身御患,追飞逐走,不为功名;一样也喜琴棋书画、医卜星相,只为调剂身心,涵养性灵,防治疾病灾凶,不为矜奇炫异,以薄技鸣高,甚而吹弹歌舞百工之艺,凡是有用或可及时为乐者,均都奖倡,所以数百年间,人无废人,地无弃地,十九多才多艺,文武兼通,绝没一个迂人莽夫。真个是人间福地,快活非常。

三姓中论起来自以赵姓为尊,住家平山,聚族而居,高高在上,平畴滨湖,碧波绿野交相映带,当全庄风景最佳之区。只惜人丁不旺,数百年来只有四五十房子孙。岳姓家住青蒻原,因泉辟地,拥有大片水田,人丁更少,才三十余家房头,大小百多个人口。只李姓不特族众丁繁,而且才能辈出,全族本住平山北面青女峡、离珠岭和仙灵境一带。因近数十年间,赵、李两姓各出了一个具有绝大本领的异人,为全山城人造福,御过好几次天灾洪水,经三族推戴,永为庄主,见万柳山场位居中央,二人各带妻妾子女移往坐镇,建了一所园林,备极美胜。

当地本无外人混入,柴蒙是江南世家,又是奇才异能之士,文学武功均臻极顶,又精星相与地之学,见天下将乱,携了妻女入滇避乱,行入南疆之中,偶然望气,知有福地在彼,探索多日,始行发现。三姓先不肯纳,因与赵、李二人相谈投机,立下誓约,永守规章,不得妄泄机密。柴蒙父女带有僮婢戚从多人以及许多人中需用之物,向主人分了应有的田业。自家人口又少,来时就打的是长处久安之计,百物咸备,既多且足,虽然计口受田,并不躬耕,一住十数年,宾主相安,渐渐成了一家。春秋佳日,居人多爱请他前去,聚拢讲那外间之事。

柴家守着前约,从不出山,只前年遇到三姓派人往山外采药材布样和别的需用之物,柴妻因龙珠小时曾许给她姨表兄丁倜,家在蜀中,久无音信,跟着出山了一次。在万县将丁倜寻到,已是父母双亡,只剩丁倜、丁俊兄弟二人,因奉乃母遗命,正要往江南一带寻找岳家下落,见面之后悲喜交集。柴妻只生龙珠一女，自己文武都是行家，见了女婿的仪表比起小时还强得多，并没变相，已是欢欣。再一考他所学，更是文武兼资，不在女儿之下，益发喜极，当时助他兄弟二人料理完了家事和葬亲的债务，准备带回庄完姻。谁知乐极生悲，船行江中触滩遇险。多亏丁氏弟兄俱精水性，从急流中将她救起，因在冬月，命虽保住，人已中寒病废，勉强回转南疆，到了地头，先打发走了脚夫，由丁氏兄弟抬进庄去。柴蒙早算出她有此一场水灾，如不放去，又误了爱女良姻，幸而五行有救，才会前来，屈指归期，早在要口外相候。到家仗着山场主人灵药，居然治愈，但要连治五年连犯四次始能去根，近日正是第三次犯病，方在服药，卧床未出见客。

那山场主人一名赵野樵，年已八旬，最精易理，能知过去未来，生平未近过女色，孤身一人，只有一个行踪飘忽的好友。另一人姓李名半翁，年约五旬，本来博学多能，三十岁上出山办货，在青城山拜一异人为师，传了一部《洞玄经》，长于五行禁制、六戊遁形之法，尤精医理，有起死回生之妙。娶有一妻一妾，妻子赵氏，野樵从妹，人甚贤淑；妾名湘玄，湖南有名神巫罗太冲之女，会有一身法术，虽然有些左道旁门，但对正室尚知尊顺，只从小娇惯，性情不好。她有一个儿子，生具异禀奇资，年才九岁，因生下来就胁生双翼，取名飞儿，便是林璇所见怪童。半翁中年得子，即不与妻妾同室。湘玄对此子爱如性命，每犯了过，总想尽方法代他护庇。飞儿受了乃母遗传，性本刚暴，再被乃母一纵容，小孩子懂得甚事，益发胆大妄为。幸而半翁也精易理，算出此子灾劫甚重，严禁乃母在十岁以前传他武艺道法，以免出山生事。平日虽爱在心里，因他能御空飞行，管束甚紧，轻易不许出山一步。就这样飞儿还不时在庄中惹事，到处闯祸。

庄人因他年幼，看在半翁情面，乃母又不好惹，好在无甚大害，先时十九隐忍，至多只向乃母悄悄提说，不向半翁告发。后来实不像话，不论尊卑长幼，一言不合，动辄将人扔入平山湖里，再不就仗他有力能飞，把人提向高空，强迫认错。居民十九会水，虽未伤过人命，但也被他吓个半死。知向乃母提说，不过听到几句安慰的好话，连摸都不会摸他一下。有时乃母要说他几句，还许再寻一回晦气。逼得众人无法，又不愿半翁有此顽劣之子，只得破除情面，亲自找向半翁告发。人去以后，湘玄还要护庇，代子巧辩。无奈半翁易术精微，一卜卦便知底细，问得湘玄理亏无词，飞儿自然免不了一顿好打，由此加了防范，常向卦中取求，并不准他寻人报复，犯了实打更重。半翁纳妾以前，受过湘玄救命之恩，拜师也出于湘玄所救，彼此感德爱好，成亲甚是恩爱，便是赵氏也视她若妹，不以侧室相待，多少年来从无闲言。为了训子，二人几乎翻脸。

半翁知此子不是凡儿，小时顽皮势所必然，虽然刚暴，性却慈厚，占得上风便足，不致闯出大祸。自己静心参玄，室人常相絮叨泣诉，亦属难堪，也不愿过伤夫妻情好，最后才与湘玄约定，除对飞儿力加告诫外，此后不再以卦象相稽，可是无人告到便罢，如有人告发，仍要加倍处罚。这一来飞儿挨打次数虽少，可是顽劣难改，仍不免在外生事。半翁将他禁闭起来，过不两天，湘玄不是约好嫡室向半翁日夕软磨，便是偷偷给他放掉。赵氏本爱此子，又爱湘玄，也跟着在旁絮叨说："娃儿年纪太小，你那大打已够受了，关禁断乎不可。"闹得半翁无法，终于放出。飞儿一开禁，过不两天故态复萌。人都知半翁不护短，飞儿又极守信约，只要当时答应不再寻人报复，决无后患，虽使他妻妾暂时尢欢，却可免去多次侵害，便去告发。一告发，飞儿必挨打。

湘玄心疼理短，自知不能怪那告发的人，半翁房辈又小，来者非亲即长，未便公然挺身护庇，向人警告理论，自己又劝阻不住飞儿，知庄上百事有序，无为而治，庄人与庄主相见俱有定时。近来众人因知赵、李二人修道习静，除每季节月望照例约集外，终年无人相扰，十有九是为了告发飞儿而来，于是想下釜底抽薪之计，将围着万柳山场的一条小溪用法术封锁，去的人只一过界，阻碍横生，不是走一步跌两跤，便是恶鬼追逐，走了半日仍回原处，晚来必有夜叉恶鬼入梦，说半翁为了全庄出生入死，学成道法，连救全庄好几次危难。妻妾不能再育，只此一子，何苦为了小事，和娃儿一般见识，害他毒打爱子，全家失和。日子一久，庄人知是湘玄闹鬼，顾念所言不为无理，再如认真，必使半翁难堪，除了忍受，别无善法。好在飞儿吃高帽子，受他害时，不拿出尊长的身份向他恫吓，用些软语央及也能打动，不致再扰，略微吃点亏，也就罢了。半翁明知就里，因飞儿稍长自有去处，湘玄只此一子，会短离长，母子相聚岁月无多，护犊爱子妇人恒情，并且不恤人言用心良苦，不愿揭破来伤了夫妻和美，只得睁只眼闭只眼，不再苛求了。

飞儿因极淘气，别家孩子有大人告诫，多不和他同玩，见了就躲，只有丁俊不但理他，柴翁和长儿并曾暗嘱与他结交。丁俊又是天资高超，幼承家学，三岁上就开始习武，年才十二，已练得水陆皆通，文武全才，每日除用功外，多去寻他玩耍。飞儿落落寡合，得此知己，自然喜极非常，成了莫逆，而且言听计从，与人为难时，只丁俊在侧，一劝即止。日久湘玄得知此事，命飞儿将丁俊引向家中相见，看出他彬彬有礼，博学多能，又甚通情知理，飞儿必能受他感化改去恶习。乃子众恶所归，何幸得此益友，更是喜出望外，便是半翁也觉高兴。庄人不使子弟与飞儿同游，湘玄因是儿子自不争气，隐忿在心不能出口气，这一来，益觉柴、丁二人看她母子得重，无形中加了许多情感。丁俊每去，不特优加款待，并偷偷地给了一面通行山场的符令，以便他不必与飞儿同行也可随便出入。

这次半翁、湘玄为了十五年前旧约，前往黔江去收乃岳罗太冲的遗骨。此行难免与人相争，飞儿顽劣，没有带去，行前并卜了一卦，算出飞儿先有小灾，却因此结下了一重好因缘，异日要得许多好处，只要不出山去，那小灾尚可避免，并不妨事。严嘱："只许与丁俊同玩，不许生事出外，父母此行不过月余，不听话，归来定要重责！"飞儿已然允诺，本无出山之意，过了月余均未出生事，庄人都出意料，以为他受了丁俊熏陶，目前改了脾气。谁知这日天才发亮，忽然心动，要去寻丁俊玩。嫡母赵氏知他近日学好，寻的又是益友，只嘱："你丁二哥不似你顽皮，这时想必正用早功，你去如见功课未完，须候一会，不可扰闹相强。"飞儿应了，数里之遥，展开双翼，晃眼就到，果见丁俊在从兄嫂习武，见他只互相招呼，笑了一笑，三人仍自用功。

飞儿一人无聊，他因自己能飞，一心想乃父教他剑术，刀枪拳脚学它无用，懒得再看下去，信步行至屋后，见旭日始升，晴光欲染，小溪弯环，绿波溶溶，方暗赞好，又一眼瞥见柴家朝霞、晚翠两个小丫鬟蹲身溪旁垂柳之下，一个浣衣，一个淘米，正在互相说笑。相对就是绣春坪，上面原种有各色各种的奇花异卉，近十多年来，又经柴氏父女搜罗培植，点缀得终年花开不断，四时皆春，绿野如绣，这时才含朝露，又浴晨曦，万紫千红，争妍吐艳，越显得花光明净，草色肥鲜，丰神朗润，生香欲活，再加上远山横黛，近岭摇青，茂林修竹相与掩映，又有这身容美秀的双鬟在溪旁垂柳下一衬，便是画儿上也找不到这般景致。飞儿本想吓那两个丫鬟一跳，奇景当前，不觉看得呆了，心想今天又是这么大好晴天，柴家不但人个个好，连住的地方也好，如非妈娘不肯，真恨不得搬了来与丁二哥同睡，使早晚看看花也是好的。边想边信步往前走去，忽听朝霞问晚翠道："那孽龙就有那般厉害么？老爷怎倒不许姑爷小姐将他除去？万一走过山口杀了进来，才怕人哩！"

飞儿闻言，心中一动，忙跑过去问道："你们说甚孽龙？我怎没有见过？"

两个丫鬟因听柴叟以前曾嘱丁俊，向飞儿莫提此事，无心闲谈，偏又被他闯来听去，好生后悔，便不肯说。飞儿见她二人支吾，不由性起，低声唤道："好好问你话，你倒不说。休看你两个是女的，惹得我性起时，我照样也把你们提到半空中去活活甩死，再不就扔到平山湖里去淹你个半死！"

二丫鬟知他说得出做得到，有心想喊丁二少爷来救。飞儿业已防到，双手一扬，微耸双翅，便要扑上前去。二丫鬟无法，只得摇手告饶道："幺少爷，不是我们不说，只你爱闯祸。那孽龙又太厉害，听说身上还长着逆鳞，刀斧都斫不进去。我家老爷曾经嘱咐二少爷，不许向你说，何况我们。对你说不难，你只不可招灾惹事，也不许说是我二人说的……"话还未毕，飞儿已不耐烦，抢答道："我做事从不累人，你们只放心快说，迟却不依！"

二丫鬟被逼无奈，只得把前月地震野烧，危壁坍塌，多了一条明显的出路，庄人多半防到铁锅冲孽龙和手下缠藤寨人要来为害，去请二位庄主设法，丁倜夫妻也曾向庄主告过奋勇，均说孽龙行即伏诛，不曾应允等情说了一遍。飞儿又细细打听孽龙生相，心想这东西仍是一个野蛮子，不过身有鳞甲，力猛凶恶罢了，怕他怎的！自己能飞，他必奈何不得，今日正在无聊，何不寻了他去？这等该死东西就该杀了他也不要紧，还算为世除害呢。于是又问去铁锅冲的途径。二丫鬟几曾见过孽龙，所说俱是听来，哪里得知去向途径？力说不知。飞儿先还不信，后见二丫鬟誓神罚咒，方始信了。知道此事如若告知二丁等人，必被劝阻，莫如先和丁俊玩上一会，免去他的疑心，等他旁午读书时，先偷向山外探一回路去。当时仍往屋前去找丁俊，恰为习武已毕，二人玩了片时，自去读书。

飞儿假说嫡母等他回去，不在丁家留饭，等丁俊进屋，忙展双翅飞起高空，乘人不见，径往山外飞行，因为不知路径，径向相左一方飞去。飞了些时，见下面乱山杂沓，人迹全无，疑心不对，又改一个方向飞过一阵，杳无迹象可寻，以为铁锅冲必在近处，不会这远，觉出不似又改。似这样从早至午四面八方俱都飞到，始终没飞向正路。阳光甚暖，不停飞行，人却累了一身的汗。末后飞回原路，看见下面焦厚黑土之中竟有一湾碧水，想下去洗个澡，润润身上肉翅，凉爽凉爽。下去匆匆洗完了澡，把短裤穿上，踏着水玩，忽觉腹中饥饿，才想起过了早饭时候，清早至今水米不曾打牙。刚要飞回庄去，见溪旁急匆匆跑来一个身背口袋的山童，行走如飞，似乎渴急，一到便低头俯身捧水牛饮，狼狈神情甚是可笑，不禁出了点声。山童见他立在水里，用手相招问话。飞儿答了两句,猛想起父母行时再三叮嘱不许出山,尤不许与生人说话,说必有灾,好生后悔,更不再说。

两下初时也颇投缘,后来雷行捷递给他一块风鹿脯,庄中百物皆备,因内外阻绝,独野兽稀少,金花娘所制风鹿脯味极佳美,飞儿又在饥时,益觉鲜美无比,食量又大,吃了一块还想吃。继见山童有了吝色,不禁犯了逞强任性的脾气,雷行捷恰又推了他一下,于是飞起便抢。雷行捷当是怪物,一害怕,甩了一块上去。飞儿接过,落向一旁大嚼,吃完之后,一则还想再吃个够,二则想将这美味带些回去与妈吃,再留些给娘尝新,二次又追去行抢。这一抢却闯出了祸,吃林璇迎来,扬手就是几箭。头两箭吃他用足踢落没射到身上,禁不住林璇箭发连珠,手法又准,飞儿因抢来口袋业已扯破,落了好几块美食,觉着可惜,心顾鹿肉,一疏神,腿股间连中两箭。当时本不肯与林璇甘休,后见敌人拔剑出匣,银光曳芒,耀日生辉。他虽不会剑术,父母究是高人,耳濡目染,不少见闻,知道敌人宝剑决非寻常,再不见机定吃大苦,忿怒无法,只得恶骂连声,展翅逃去。

回到庄中溪旁僻处一看,仗着天赋异禀,肌骨如铁,那弩箭又小,双翼扇风也减去箭力不少,虽然斜穿入肉寸许,并未伤骨,当时拔出,赌气用力扔去,拿着一破口袋干肉脯,股间鲜血淋漓,出生第一次吃外人的亏,觉着丢脸,正不知如何发付,是向嫡母说是不说?恰巧丁俊饭后来寻,过溪遇着一人,问出飞儿未归,知他决不致再在别家吃饭,心中奇怪,连忙赶回寻找,正遇晚翠偷偷告以早间之事,请劝飞儿不可外出。丁俊吃了一惊,断定他出山生事,方欲告知兄嫂出山寻他,忽听头上风声呼呼,飞儿手抱一物掠空而过,投往溪旁竹林深处而去,飞得绝快,似未看见自己在下面凝望。丁俊机智,也不唤住他,径往下面飞步追去。二人相见,飞儿先跳脚痛骂敌人一阵,然后说出经过,要丁俊给他想主意报仇。丁俊先安慰了他几句,待了片时说道:"你已受伤,且藏在这里莫动。待我先给你寻点药来定疼止血,再打主意。"飞儿应诺,自向竹林草地上坐下,丁俊回身就跑。

那片竹林离柴家有里许路,毛、余二人来时,丁俊刚走出,并不知家中有客。这时恰值林、杨一行人等继至,行李甚多,全都堆置院堂以内。丁俊一进门,首先发现一群人中有山童,与飞儿所说形象相似,首先吃了一惊,刚要询问,正赶朝霞出来散给众人食物,见了丁俊喊道:"二少爷,还不快到里边去!我家来了好些好客人,现在内厅上坐着呢。"丁俊忙跑进去,头一个又看见林璇，衣着身相与放箭伤了飞儿的女子一般无二。山居终年无客，既大队来投，定是柴家亲友，这祸一定闹得不小。事一关心，也顾不得和来客见礼，先往龙珠身前奔去，凑着耳朵说了经过。龙珠知飞儿之母护犊，极不好惹，好生惊恐，忙即转告老父。

丁俊奉命取药赶回竹林，飞儿因飞了半日身子疲倦，丁俊一走便自头枕肉袋躺在草地上睡着。丁俊见他未走开，不曾被人觉察，宽心略放，忙将他唤醒，敷上伤药，拿话一激劝。飞儿本听他话，性又好强，恐别人知道他受此挫辱笑话，不但应允不说，还央告丁俊不要告诉柴氏父女和他哥哥。丁俊更会留着后步，便答道："你太呆了！我哥哥嫂嫂和柴姻伯平日对你多好，就知道了怎能笑话你？只有替你瞒的。倒是你得留神些，你平日总爱赤着腿脚，伤偏又在腿上，最好一两天不要过溪那边去，只在家中静养。我明早起，逃上两天学来陪你玩。这伤药是柴姻伯的，灵验得很，过一对时便可能够复原。你先躲着大伯娘一些，真要躲不过被她看见，你就说是从空飞落时，自不小心在树梢上挂的就是了。今天功课未完，不能逃学，我先回家去，明早准来。你可知李大伯和二伯娘准在哪一天回来么？"

飞儿道："我爹娘走时，原说明日准回，不知早晚。顶好夜里回来，伤处已好，要不的话，娘还好说，我爹难哄。他知我出山，这顿背时打又逃不脱了。你先莫忙走，你能想出法子给我寻着对头，打她一顿出气么？"丁俊道："这事莫怪人家，哪个叫你乱抢人家东西！再者你都看出那女的剑上有光，那必是剑仙一流。我们这样，再有几个也打不过人家，岂不自找苦吃？你又抢了人家一袋子肉。这事就算了吧，越闹越丑。本来我哥嫂管得紧，无法逃学，适才听嫂嫂说，柴老伯有几个好朋友，今晚不到明早必到。他们都顾陪客，我却正好陪你同玩。要不怎能整天和你在一处？为叫哥哥信我能一个人用功，此时非回去不可了。"

飞儿闻得柴家行有客至，心中欢喜，忙问："来客是谁？可有和你一样的小朋友？"丁俊笑道："柴老伯都快六十岁了，他的朋友想必也是些老年人，怎能和我们相交呢？"飞儿好生扫兴，别时拉着丁俊的手再三叮嘱："来客如携有小友，明早千万同来一见。"又分了两块风腊。丁俊知来客必以此相赠，固辞不要，叫他留着自吃，说今晚明早山外来客必然带有这类东西，自己拿回去恐招哥哥数说。并教飞儿，如有人问起这袋风腊，就说是柴家送他吃的。说完分手，重又赶回，向众人说了前事。大家都赞他聪明心细，善于辞令。

柴蒙掀髯微笑道："此事看似可以掩过。偏巧李氏夫妻恰在明日回来，不知此事便罢，湘玄如知有人伤了她的爱子，她不用自来寻仇，只须寻到那两支遗箭，在山场上行使禁法，便能使这条路上前行的人无论跑出多远，都会自行投到，任她摆布，真个厉害已极。为今之计，只有釜底抽薪。诸位暂在老夫家中住上几日，她知是老夫的亲友，必不好意思公然就下毒手，即使便暗中闹鬼，只要她丈夫不背理出头相助，也还有防御之法。有这三数日，事已弄明，飞儿能瞒过去固妙，如被查觉，老夫也可见机行事，省得人行路上吃她暗害，老夫纵使得知，也是爱莫能助了。"

筠玉心虽有些不服，但一想起仙人锦囊应在此地开看，那白衣少年男女行时语气，也颇似说山场所遇之人既非寻常，此行所关尤大，便不再言语。林璇心虽焦急，却又无法，何况又有锦囊关系，丁侗夫妻又复殷勤挽留说："只要过却三日无事，便可请求李、赵二主人允准，改由本庄出山秘径通行往云龙山去，路程既近便得多，还少走好些劫余焦土，恶水穷山，何知没有这场耽搁，差不了多少。"

林璇才转忧为喜。柴蒙又问丁俊："你去时可曾见飞儿所中之箭在未？"丁俊说是未见，想已中途失去。柴蒙笑道："诸位才在夸你细心，怎这最关紧要之事你倒忘了探问？好在那片竹林笋多，少时可同朝霞、晚翠假作采笋前往搜寻。他如回庄再拔，必然还在左近，否则明早趁他父母未回去探问一声。山外失落倒还罢了，如已带回，即速设法寻到，送回我处再去。不要忘了！"

众人见柴蒙说得那般神异，多是半信半疑。筠玉更因一出马连经三次怪异奇险，俱未受伤侵害，又恃有宝珠仙剑，胆大气豪，心中别有一番打算，当时不知主人深浅，也未现于辞色，事情算是从了主人之言，没有再提。龙珠要筠玉重叙以前事迹，筠玉初见时，只说路经铁锅冲斩了孽龙拉拉，诛灭缠藤寨人全族无一漏网，并未细说经历诸般异迹，林、杨等一行便自寻来，打断了话头。这时与龙珠谈得投机，便从自己随父隐居黔灵山起，谈及连番所遇奇险异事，把斩玄牦巧得日月双珠、王三赠旗、夜斗蔡野神夫妻打成相识、代除却一恶一怪、得了三口仙剑等情一一说出，只说得龙珠、丁侗夫妻二人眉飞色舞，连柴蒙也不住点头赞妙。

丁俊更是不舍就去，中经兄嫂几次催促，允他晚来重述他听，才行喊了双鬟，如飞往竹林奔去。黄昏回来，说是遍寻无着，只采了一篮鲜笋山蔬，并还遇见飞儿向他探问,说是带回时气急用力扔出老远。假意劝他,恐人发现起疑约往同寻。那落箭之处离竹林甚远,似在火灵凹温泉一带,四人到处踏遍仍未找着,大约不落在热坑里便落入温泉之中顺流而去了。柴蒙低头想了想,没再言语,因筠玉话未说完,接着又往下说。一会天黑,另有丫鬟摆上酒饭,席间又谈了一阵。柴氏父女和丁侗要过林、毛二女的日月珠、三口仙剑,连那牦象的头骨外皮一齐要来看了,俱都赞不绝口。

柴蒙道:“这三口仙剑,上有松纹古篆。一名五铢,乃当年铁肩大师之物。那光如赤电的名为红蛟,碧若青虹的名为寒虹,乃四川剑门山风雨峡槐居士磨剪老人炼魔之宝。老人自元初得道,剑术自成一家,也不算是哪一派,孤身一人游戏人间,当年仗此双剑纵横天下,所向无敌。铁肩大师得道更久,业已仙去多年。三剑能得其一已是旷世仙缘,何况三剑同归,真乃古今奇遇。槐居士老夫虽未见过,屡听人谈起他性情古怪,落落寡合,永远独往独来,连门徒都未收过一个。此番从千里外假手奸人遥遥相赠,必有原因。照贾纪所载卖剑老头形象,正是他本人无疑。三位务要记在心里,相遇时不可错过。那玄牦十二根头骨上成十二岁星,无坚不摧,大有用处。适已分了四根与人,明珠投暗,大是可惜。异日得间,不妨以别样贵重之物易还,使成全璧。老夫学浅,虽未深悉妙用,三位既有此异禀,将来定有仙缘遇合,自知分晓。日月珠上古奇珍,能御水火风雷,更有避兵袪邪之妙,三位连番经历,想已知悉,无庸深说。便是此兽外皮,冬温夏凉,也有许多好处,此后也不可转易妄送与人了。

三人听柴蒙说出剑名及原主来历,益料是个高人异士,好生起敬,因夜来丁侗夫妻要随柴蒙用功,席散便自告歇。柴蒙已命人给来客备好行馆,由丁侗、丁俊、龙珠三人引去安置。一出屋门,便听前院机织之声大作。林璇一问龙珠,才知本庄土地肥沃,差不多四时均有收成。全庄田亩分设成十区,三姓各耕三区,顷数依人口之数为率,多寡不等。另外一小区乃柴蒙迁来时才领的,只有十顷,在绣春坪旁桐子冈后,距家里许,中间还有一片密林,看它不见。柴家族亲世仆也有好几十人,计口躬耕,一守成法。日间幼童都住本山公学读书习武,男的种植耕耘,女的送饭,采取山麻、山棉,黄昏归来纺花织布,习以为常。因有崇冈茂林阻隔,日间冈那边只管熙熙攘攘各了其事,绣春坪一带却是柴扉虚掩,庭有栖鸦,溪流自喧,不闻人语,所以众人来时候那般静悄悄的。

随谈随行，已出户外。众人侧耳一听，果然处处机声，远近相闻。一看住处，丁侗、龙珠并不留客下榻己家，却向斜对门一家竹篱之内领去。还未走到，便听随行男女山民说笑之声。入内一看，竹屋六七间，用物皆备，位置井然，甚是清洁，春桃等八人正和柴家双鬟聚坐一室说笑呢，见了主人到来，俱各垂手侍立。林璇一问，才知他们黄昏即已来此，连夜饭也在这边吃的。柴家共有大小六名世仆之女，二人一班，轮流服侍主人，闲来便去前院房中组织。内中朝霞、晚翠年纪最轻，最得主人怜爱。柴家待人极厚，绝少呵斥，双鬟也会些，因听来客异迹，入耳动心，渴欲一知底细，便讨了安顿、随从的差使，将春桃等送往这里，自居主人，相陪同话，已谈了好些时了。

林璇暗忖：柴家房子看颇不少，不留客住必有原因，听他口气，客到似出无意，怎会仓猝之间腾出一所房子，设备得又如此整齐？心方纳罕，龙珠似已觉察，先将林、毛、余、杨等六人让进上房落座，笑道："寒家逼促，家父夜分又要教我一些功课，难免扰及清梦。恰巧有一家同隐的舍亲有子在下月初成丁，按着庄规，理应各立门户。因是至戚，特许他在此建屋安家，以便随时向家父请益，一切均由他备置停当。尚未移入，恰遇佳宾莅止，正好下榻。自惭简慢不情，尚乞原谅。"众人连忙逊谢。丁氏兄弟和龙珠只略陪坐一会，等双鬟献过了茶，便向众人告别。龙珠并说："明晚无事，或能与诸位姊姊连榻作长夜之谈。"说完留下双鬟服侍，径自走去。

众人送走，回房一看，上房四间，两明两暗。上首两间像是原备卧室，为客新添了二榻，便请杨宏道父女住了里间，林、毛二女住了外间。下首两明间原是书房，兼作晏居之所，壁有弓刀，琴书并列，也新添有一榻，归余独一人去睡。前院春桃等也是一排五间，原是空的，不知何用，新设了八人的卧榻，几桌用具一切无不齐备。适见主人并未分派，丁氏夫妻更未出屋一步，一问起竟是双鬟相度来客身份，因人而设，真是主宾奴慧，好生夸赞。筠玉更因双鬟容华美秀，盈盈十二三，楚楚可怜，唤至身旁，拉了纤手，问她们庄中诸般设施，俱是慧舌灵心，对答如流。众人都喜欢她们，又加天还不算晚，除杨宏道途间劳顿，稍坐即眠外，都愿听她们说那庄中景致、当地人物和入庄道路，不肯就卧。待了一会，杨氏二女才支持不住，不同入寐。室中只剩林、毛、余等五人。

林璇偶见窗外天星灿灿，缺月半圆，甚是皎洁，见夜未阑，意欲出外步月片时再行归卧，问双鬟可否。双鬟与客谈得投机，山居素无客过，为讨客人欢心,便道:“家主人也常乘月夜到对溪场边上看喷火去,只那里最好玩,再不就在平山湖下看飞瀑去也好,没有什么不可。”三人先就听她们说起温泉火穴水柱胜景,一问只那里最近,大家一高兴,竟忘了日间双箭之嫌。筠玉虽然想到,但又想一试山场主人禁法如何,惟恐中止,不肯提醒。

三人说走就走,由双鬟相陪引路。走过前屋,见随来诸人俱已睡熟。出门一看,星月同辉,人影在地,月光虽没有圆时明朗,却映照得远近的林木原野烟霏雾浮,若隐若现,别有一番幽趣。沿途上野花含露,摇曳微风,垂杨拂面,痕影浓淡,溪流激石,潺潺盈中,远近的山光水色深深浅浅,都似在有无疑似之间,看不分明,却又如绘如真。时虽将近夜半,人家机织之声犹未全歇,深林掩映,灯光明灭,间以小儿夜读之声,真个是夜景清虚,情致幽静,大地茫茫,哪里再有这样好所在?

五人缓步前行,且赞且谈,等走到山场前溪边,回顾林野间,人家灯火俱已熄灭,淡月微光之下,到处都是静荡荡的。正行之间,瞥见石桥前横,双鬟却不过溪,领着三人沿溪走去。三人问道:“既说温泉火穴都在对溪,为何不走过去?”双鬟低语道:“李二夫人为了飞儿设有仙法,如无二少爷同行,过去便要吃亏呢。这边一样看得见。”林璇猛地想起前事,主人那般告诫,怎便忘却?深悔此行不该当着外人,又不欲示怯,便拿话点毛、余二人道:“人国问禁。主人不愿客至,何必相忤?天已不早,我们就这边看一会回去吧。”这条缘溪小径宽才二三尺,路两旁均种着花草。五人先本肩挨肩背挨背参差并行,因恐踏了路旁花草,改由双鬟前导,林、余、毛三人仍然并列,五人做两排走。

筠玉心有他图,故意将脚步放慢,让过林、余二人。这时因邻近山场,林璇恐生事端没多说话,以为筠玉仍在身后尾随,也和自己一样心意没有开口。余独是巴不得多一事不如少一事,主人相待既优,自身是客,对方又是个小孩子,胜之不武,何苦惹他?自从铁锅冲得剑之后,筠玉对己,远不似前亲密,平居谈笑,只要单独对她多说几句,便现不悦之容。加以碧娃又取笑过一两次,既恐遭外人误会,又恐恼了筠玉,言谈举止随处都留着神。虽然半晌未听筠玉声息,恐引她不快,大家全未说话,也就忽略过去,并未回顾。谁知筠玉随着走了一会,便转了方向。

林、余等四人直走到相离温泉火穴不远,耳听泉声发雷,遥见对岸疏柳之中,一股清泉和水柱一般由地平面上涌起,约有数尺粗细,笔也似直上冲霄汉，矗立半空，毫不偏射，水头升高到一二十丈高下方始力尽，像花开般由合而分，突突突倒流而下。因是温泉，月光照上去恰似一根擎天晶柱，外面烟蒙蒙笼上一层雾縠冰绡，水光炫彩，热气蒸辉，蔚为出生以来第一次遇到的奇观。方赞造物之奇，余独猛一回首，不见筠玉在侧，忙对林璇一说。先疑觅地小解，彼此一问，都说自经小桥就没听见她步履声息。林、余二人俱想起锦囊"有人相遇"之言，筠玉随时在念，料定是乘机过溪探访，欲应前言，因对岸设有禁法埋伏，不由着起急来。余独首先说："我与飞儿无隙，我看只为防人告她儿子，不过障眼法儿，决无凶险。璇妹可在此相候，无须前往，如见不测，速寻柴老先生翁婿设法解困。璇妹如为禁法所制，被飞儿看见，事情反难办了。"林璇方说："要失陷你去还不是一样？莫如都在此待一会，约计受困，再找柴家父女解救。左就不会伤人，我不露面便无妨害。"言还未了，余独已如飞往来路小桥跑去。

二人问答均急，双鬟当时插不进嘴。余独一走，林璇拔步想追，双鬟当她也是情急，因有日间之事，忙拦阻道："林小姐不用着急。听我家老爷说，李家所用禁法，只禁阻来人到他家去，遇上时至多吓一大跳。知趣的当时回来就没事，要不也只围着温泉火穴一带打转，多跑上些冤枉路，仍然回到原处。你只一想逃，立时自会现出回路。毛小姐决不妨事，去一个人喊她回来也好，免得瞎跑。林小姐倒是不过去的好。即便困住，李家大娘人极长厚，就是飞儿一听说是我家的客出来踏月看泉的，也只有欢喜，不会加害的。"

林璇闻言才放了心，暗忖至多惊动柴家翁婿，丢些颜面也就罢了。为防范一二人被困惊动飞儿出来，看见自己，为仇害事，便和双鬟寻了一个僻静所在，伫候二人归来再走。不料筠玉此行，几乎送了余独的性命。欲知后事如何，且待下回分解。

第二十一回

涉险探消息 入耳惊闻千里讯
深情同患难 此身忍负百年心

毛筠玉原因急于应验锦囊上所说万柳山场相遇之人,同时又因柴家父女说得山场女主人罗湘玄道法那样高强,自恃身有宝珠、仙剑,像仙王洞那么厉害的妖巫尚且奈何自己不得,何况障眼法儿！如真是有甚凶险,锦囊上不该命在此地寻人开视了。有了斩妖巫的经历,以为珠、剑万能,无往弗敌,遇到邪法鬼魅,只须手握宝珠舞动仙剑,便什么都不怕。适见林、余二人走向前去,便即回身,施展轻功,意欲循桥过溪。行至中途,心想溪面不宽,况且她防的是些寻常庄人,不料外人到此,埋伏在桥口正路之上,别处或许没有,何必多费事？能先到场上探看那姓赵的是否锦囊所遇之人,再去试她禁法,岂不再稳妥些？想到这里,便不打从桥上走,脚底点劲,飞身一跃已达对岸,一手按剑,一手伸入袋内握着日月珠,以备不虞。试往前走了几步,并无动静,不禁失笑:柴氏父女翁婿三人说缘溪俱有埋伏,辞色庄重。料无虚语,怎过溪以后毫无所觉？难道是为了留客盘桓些日故作惊人之语不曾？

且行且思,见山场上房舍甚多,因着地势布置,楼台亭阁各不雷同,颇具匠心,也不知走哪一处对。偶见面前繁花夹道,一条石子铺就的小径曲曲弯弯往万柳林中通去,既无阻隔,恐宝光惊人,便不拔剑取珠,一路仍提防着,径循那条石路小径朝前疾走。走了片刻,逐处留神观察,终无迹兆,益发胆大,认定主人留客,危词相诳。正要将脚步放快加急前行,忽然一眼瞥见右侧不远,一根水柱涌雾霏烟,流光幻彩,高出柳林之上,奇丽无俦,知是双鬟所说温泉中冒起的水柱,嫌下半截被柳林挡住,看它不见,忙往前走了几步,路忽分歧,本应到此略拐,径向一座高柳四环的楼台前走去。这一贪赏美景,眼望高空照直前行,无意中循径穿入柳林以内。等到觉出与去路稍左,欲等立回,定睛往四处一辨路,忽又见温泉那边,小楼一角掩映疏林,并且还有两三点灯光从林隙中透出。心想适见杨柳楼台,静沉沉不见灯光,看神气似是主人游宴登临之所,不似有人居住在内,这般深夜还有明灯,人必住在那里,尚未入睡,正好往探。当下不再改向原路,照直前奔,一会便出柳林,适见楼宇豁然呈现。

筠玉隐身树后外望,见楼共两层,做一排建在一座高才十丈的小峰之上,环峰面水,颇具形胜。温泉水柱矗立楼右,水柱下是一个二亩方圆的池塘。池边有两条水道,宽均二尺,不知深浅。一条环峰而流,经由楼下往峰后飞驰,不知所往。另一条也是行曲盘亘,向东路右侧柳林中流去,俱已入溪。遥望林内,大大小小数团白烟凝聚,想是水流所归之处。再一近前,看得更真,水从一二十丈高空倒泻下来,声势奇壮,加以泉温水热,烟雾蒸腾,全池塘俱被热气笼幕,水柱更是离地两三丈便看不见,耳听飞涛怒吼,奔泉澎湃,宛如雷轰电掣,石破天惊。那两条水道热气上蒸,高出地面二三尺不等,只见白烟滚滚,和两条百丈长的白龙一般,飚飞疾卷,蜿蜒贴地,分道疾驰,令人目眩神摇,雄快无伦。刚自叹绝,那根水柱忽从空际直落,立即消沉,只有满地热烟,水气凝高,犹有数丈,一团团行如白云,在月光下轻飘飘随风扬去,知道这飞泉水柱每次出现都在子夜前后,约有两次,末次水力已弱,相隔尚有半个把时辰,比头次出现的声势要差得多,深悔未早赶来看它个够。

照双鬟所说火穴奇景就在近处,也是一个奇观,但须要人发动,否则只是一个锅般的凹地。意欲先探楼中人的动静,先借林木遮蔽,隐身到了楼下,轻轻援上楼廊,走向右尽头那有灯光的一间外面,贴窗悄立,隐隐闻得里面有老少二人对语之声。静心凝神一听,只听老的一个道:"老弟怎的如此性急!休说我老头子占算无差,便是你也解出那日卦象,小朱正灾星未退,以致才有这些波折。他记着当年青城山下一掌之仇,不时向我提起,引为奇耻大辱,几乎还要寻隙报复,垂手不救正是不报之报。他又深明《易》数,不过比我略差一筹罢了。你如操之过急,他稍微疑心,用卦一占知了就里,这辈子你也休想取了药走。我和他虽是至亲,但他知我现取此药无用。我和你分手在七年前,这药恰在飞儿生后二年出天花火毒太重,堪堪待毙无药可医,经他爱妾湘玄照十六年前乃父所传妙法照样制就。当时急于求治,不能延缓,没按着原定季节配药,以致飞儿的病没有除根,每年必犯,须连在病发前服上一次,经过九次之后,不特恶疾永除,因是多服灵药,脏腑清虚,心神空灵,加上本来又是异禀奇资,人已无殊脱骨换胎,有了半仙之份。按说一次所制之药足供三次之需，湘玄疼爱此子，惟恐陈药稍微力薄，又恐万一出错，由此他夫妻每年都要制上一次，其实多疑，并用不着如此。我前年偶闻此药丸清香醒神，取了两丸在此。如是寻常火毒，一二丸已可起死回生，其应如响，偏生小朱王父子中的是千百年深壑中潜聚的桃花瘴，服了令师叔寄去的那多灵丹也只保得命住，可知厉害，此药非多不为功了。”

年少的一个答道：“老大哥的话小弟原也知道，但是小弟来已多日，遥念贤王父子身心俱似火烧，虽仗灵丹保命，终日如居火狱。来时原说往返至多不过旬日，谁知耽误这久，令亲偏又有黔江之行，不由人不盼望愁思，所以连棋都无心和大哥下了。”老的一个又笑道：“单真人既从数千里外传书寄丹预示先机，自然早有安排。照前晚愚兄占算，你候的人已进庄来了呢。”

筠玉越听越动心，再一听二人说到末两句，即是所遇之人无疑，当时惊喜交加。本欲叩关相访，继一想暮夜私窥，径作不速之客，太不合理，况且锦囊之言也应在明日与他相见。林、余二人到了前边不见自己，难免担心，虽然禁法埋伏是句虚言，毕竟早回去好，等到与余、林二人商妥，明日专诚来见此人为是。想到这里正待回身，忽听峰后“嗳呀”一声惊叫，听出是余独受了重伤呼痛之声，心中大吃一惊，身不由己，一个“飞燕投怀”之势，循声往楼下纵去。两下相隔不过十多丈，一两纵便自赶到，隐隐闻得地下余独强忍负痛之声，定睛往前一看，那地方竟是双鬟所说的火穴，穴并不深，隐隐有青烟冒起，知余独必是误落了穴中为火烧伤，否则一两丈高的坑，他的身手一纵即上，这里既无埋伏，又无人见，他那般英雄气概、刚毅性情的人怎会如此忍受不住？况又为寻自己而来，我虽不杀伯仁，伯仁由我而死，便入火穴同死也所不辞。这念头似电一般转过，跑到穴前要跳，猛然情急智生，想起日月珠功能辟火，应变匆匆，不暇再计别的，一手取珠，身子便往下跳，珠光照处，穴底青烟果然四散，再看余独伏卧穴心冒烟之处的旁边，人已晕死过去。

筠玉唤了声“大哥”，不见答应，觉着脚底甚热，又是软的，身有宝珠尚且如此，余独怎能禁受？更不怠慢，连忙双手捧起，带着一道蓝光飞身直上。到了平地，将余独身放地上，见他目闭口开人事不知，又痛又急，忙从怀中抓了一把灵丹给他口内乱塞进去，摇着肩膀喊了两声“大哥”，仍未见醒。正想取地泉水给他灌些下去，偏又未带水具，只得以人就水。刚捧起走没两步，忽听楼上有人唤道：“这位朋友已中地火热毒，幸未坠入火眼，又未用铁器触动将火引燃，尚有救法，无须着急。溪边埋伏甚多，人在归途虽还无害，但经小桥走要远出两倍。可由温泉之东穿林直行，离溪丈许，纵过对岸，便省事多了。”

筠玉听得有人答话，方知自己出声唤人又有珠光照耀，将楼上的人惊动出来。身是女子，却抱着一个男人同行，人已危急待毙，又放下不得，被外人看在眼里，本就有些不好意思。猛一眼看见余独大腿似乎赤露，挂着几块布条，定睛一看，原来余独上半身还不怎样，下半身已吃地火烈焰将衣裤烧焦了十之六七，避火时在沙砾满布的地皮上一打滚，是火烧焦之处多半碎裂，再被筠玉抱起，连纵带摇纷纷碎落。当时尚不自知，这时方低头发现，不由羞愧难当，哪敢丝毫停留再向楼中人答话？吓得连忙把余独直过身来，收了宝珠，用一手抱定，斜担在玉肩之上，如飞跑去。因避外人目光，见了树林就进，慌不择路，竟与楼中人所言巧合，不多远便到溪前。心还不信溪边设有禁法埋伏，跑得又急又慌，一直跑到了溪边，刚要往对岸纵去，猛觉眼旁一花，身左右均似有高大人影袭来。先还没想到是脚踏禁地埋伏发动，一则急于过溪，二则湘玄所设禁法只阻人入庄，退时不过现形相逼，使人逃得快些而已，丈许宽的溪，筠玉虽然抱定一人，也不难一跃而过。到了对岸回头一看，适纵之处竟有无数奇形怪状的恶鬼由现而隐，仿佛犹见飞舞攫拿之状在险云中退去。柴家父女之言并不全虚，何以去时反倒未见？好生不解。关心余独安危，边想边往前跑，才跑几步，正遇林璇同了双鬟从僻处迎出。

筠玉虽急着想寻到林璇、双鬟，遇上时又觉羞急，一见面便急匆匆说："余大哥误落火穴，烧伤甚重，适听他胸口犹在跳动，只是人事不知。姊姊代我抱他一会，我们快回去吧。"边说边将余独交与林璇。林璇先见筠玉从溪对面飞跃疾驰而回，肩上担抱着余独，下半身多半赤裸，衣裤破碎不全，便知不妙，闻言益发大惊，仓猝中未解筠玉托她抱人是何用意，顺手接过抱起，同向来路跑回。一到家，筠玉首先抢进屋去，取了一张布单，等人放到床上，便给余独下身盖去。林璇才明白她是避男女之嫌，见她眼含清泪，满面惶急之状，又见余独气息仅属，势甚危殆，也觉凄然，不便再说什么，忙问："你的药呢？"筠玉已取了泉水赶过，用茶杯舀起往余独口中便灌，一面答道："我从火穴里救起他时，已塞了他一嘴，无奈他已晕死，想必尚在喉间没咽下去，正想取水来灌，手边没有取水的东西，又惊动了外人，只得抱了回来，等灌下一杯水，再把灵丹化开十粒，唤进你的人来给他敷上。我想单仙师灵丹奇效，论他为人也不致遭此惨祸，这是火烧硬伤，皮肉想已烧焦，受罪吃苦大约是不能免了。”

林璇闻言微愠道：“我们几人情同骨肉，难道因为男女之嫌见死不救！适才你原抱着余大哥，转交我抱，还可说抱了一阵力乏。医家有割股之心，何况患难至交！十熊等俱是粗人，怎办得这事？你如避嫌，也不须唤他们来，你去调药，我给他敷如何？”筠玉原是豪迈性情，义侠肝肠，又把余独当成骨肉知己，便共死生在所不辞。只为平日又多读了两句书，从小习闻父母闺训，少女惯羞出于习性，日前又看出碧娃辞色之间似乎有心奚落，剑匣仙柬明示二人姻缘，又羞又急。明知余独光明磊落，对己只有敬爱，其心无他，自己心里也极敬重他，但是表面上不能不改冷淡一些。谁知今晚余独遇难，独有自己一人在侧，当时深情发动，本无丝毫顾虑，偏生一抱起便被外人看见，余独下身裸露实不雅观，匆匆跑回，羞愧之念尚未消释，以致迹与心违，在在自相矛盾。及听林璇之言颇有责她人不义气之意，立被激动，泯了羞念，忙即答道：“姊姊说得极对！小妹也是因他为了寻我才遭此祸，急得糊里糊涂随口乱说。姊姊帮我点忙，还是我来给他上药，你先将他衣服取出，看少时上药后能换不能？”随说随取出身旁灵丹用水化解，回眸看了双鬟一眼。鬟环知机，忙即设辞退出。

筠玉化好了药，忽听榻上余独微微呻吟之声，略一寻思，咳了一声，走近前去一看，并未醒转，忙将布单揭去一看，余独受伤之处俱在腿股之间，除左腿侧面稍重，皮肉业已灼焦发皱外，因误落穴底时是往后倒纵觉出双足踏空，正在提气脚找实地，猛又觉出下面奇热炙人身后尤烈，自知不妙，危机瞬息，百忙中将头朝前，双臂往左右一分，使一个“鱼鹰入水”之势往前一扑，可是下半身已为地火燎着，奇痛无比。余独不知地火燃时虽能发出百十丈的烈焰，不点不燃，惊急骇乱之间，以为身上已然着火，一落地便就势往旁一滚，可是身上虽未烧燃，下半身衣服凡被地火苗燎着的俱已炙得焦酥，人的皮肉如何能得禁受？加以地皮奇热，宛如开了锅的蒸笼一般，还算余独好汉，只脱口惊叫了一声。先还负痛强忍，转眼便火毒攻心晕死过去，因为火穴在后，见机让躲尚速，前身并未受伤。

筠玉忙和林璇一同动手，将他轻轻扶起，面向里榻侧卧，因日月双珠功能避火，试先取出在伤处运转了一阵，伤处皮肉虽仍未改焦黑，皱处却平展了许多，知有效验，便请林璇持珠代亮，自用棉花蘸了灵药将伤处一一敷遍。余独适才微呻，本已回醒，听筠玉要来敷药，也恐羞了她，勉强忍痛装作未醒，容她敷治，运珠敷药以后伤痛居然随手减轻，不似先时剧痛，只是周身如同火炙，胸前犹甚，实耐不住，只得呻吟道："二位贤妹大恩，杀身难报。此时心口内热极，想借日月珠一用，不知筠妹可否？"筠玉见他回生，大喜，忙从林璇手上接过日月珠，解开他胸前衣服，轻伸玉掌握住双珠，在他胸前徐徐运转。因林璇举动言谈英爽豪迈，把筠玉少许儿女子态，全收拾了个干净。余独自然是感恩衔德，浃髓沦肌，心中说不出的喜欢，纵有烦热痛苦也能忍受了。筠玉已然下手，自然也不再害羞，见他半身烧焦，中小衣也穿不上，索性任之。宝珠既能去热，又想起玄牦的皮柔软凉滑，移睡其上必比草席要强得多，刚一开口，林璇也同时想到，走向外进行囊中寻取去了。

余独见室中只有筠玉，悬空伏在自己身上，玉腕如雪，向胸前运转不休，珠光照处，秀目波润，似有泪珠两滴晶莹欲堕，不禁感极心酸，望着她道："筠妹，我和你患难订交，志同道合。你我俱是光明磊落之人，本意千里同行，祸福相共，相处日久，越发亲逾骨肉才是。乃自扫灭缠藤寨人之后，你对我神情淡漠，还不如前，并且时有嗔怪之意。自问愚兄视你胜于同胞，平日惟有敬爱，仔细思维，并无开罪之处，好生叫我不解。几番想问，恐遭筠妹不快，加以当人不便，屡屡中止。今日来时，得与筠妹同行探路，因你走得甚快，途中并无一言，也不好问得。行近小桥，方欲唤住筠妹略吐腹心，恰遇丁家夫妻相偕入庄，当着外人又未得便。适才我和璇妹在前行走，老久不听你的声息，也为恐你不快，未敢回顾相询。等到温泉附近，竟不见你在侧，恐深入山场为禁法所陷，你又好强，万一失闪，有我同在，不问是当地主人或见着柴家人们，总要好些。当时急于寻你回来，璇妹是万不能去的，只嘱她不可前往，也忘了借上珠、剑护身。一纵过溪，走不几步便遇无数恶鬼奇魅相逼，奋力苦斗，几乎被擒受害。后来追迫到了温泉左近，因鬼魅愈众，知不能敌，无心往后纵退。纵得稍远了些，没有留意身后，误坠火穴。当时下半身火烧甚重，遍体火热，如入烈火蒸锅，只说中了妖法，身为异物，不能再与筠妹相见，连急带痛，人事不知。不料筠妹竟是我救命恩人，不避奇险，从烈火里将我救回，又这般不避嫌疑为我施治。休说仙师灵丹能以活命，尤其是见得筠妹并未见外，死生患难之间看出交情。连日我竟料错。人生得此知己，纵然死去，也甘心了。"

筠玉听出他非不知禁法厉害，为了寻着自己，同共甘苦，竟连防身珠、剑也忘了向林璇取用，想见当时不见自己惶忧焦急之状，深情若揭，结果却受了这样大的苦痛，几乎葬身火穴。现服了许多灵丹，周身仍是火热疼痛，纵能痊愈，也不知要受许多活罪，已是难过万分。再一想到他平日英雄气概、侠义心肠，就拿宝珠、仙剑来说，三人同除玄牦，而他从巨蹄之下跌倒奋起，直刺玄牦要害，危机一发，九死一生，智勇绝伦，功劳最大，宝珠偏只得到两粒，他独向隅，已似有些不合。后在铁锅冲巧得仙剑，仙人柬帖明说三人各得一口，自己只为仙人作伐，本心不愿嫁人，一时羞忿，将柬帖隐起不给他看，用一口寻常宝剑与他相换。照说自己既不愿从仙人之命，就该连一口也不要才对，偏又贪得，不舍双剑分开，全数占为己有。而他却始终相让并无愠色，高高兴兴将自己那口剑带起，连问都不问一句，这等胸襟真乃古今所稀。平日相敬相爱着意关垂，直胜同胞骨肉，也并无丝毫不庄重处。不该为了碧娃稍有戏谑便得引嫌，辞色淡漠宛如路人，害他难过了一路，这还不说。假使连日不冷淡他，他对自己行动言语最是留心，从不相违，适才早已问明设法同往，何致有此奇祸？自己去时并未遇见鬼怪，还当柴家说诳，归途虽有，并未为害，也许是此剑辟邪之功。再假使他分有一口，也许不致遭灾。越想越觉对他不住，一阵心酸，不禁流下泪来。暗忖：仙缘前定，临出门时听单仙师和老父的语气，明明是要自己嫁他，想躲也未必如愿。得夫如此，夫复何憾！看他那般相爱，必能言听计从，悉随己意，转不如从了仙人之命，允了婚姻，再和他说明，免去儿女之私，学刘樊合籍，葛鲍双修，日后同寻仙师同修仙业，既慰他的痴情，彼此都省得掩饰矜持，免却许多烦恼。

此时余独因恃伤重出语率真，觉着有些冒昧，见她注视自己凝睇不语，只当筠玉又多了他的心，好生后悔，加上强自挣扎说了好多的话，见筠玉神情似乎不善，心中热念一消，一着急，身上热痛因而转剧，只得闭目养神，负愧不再开口。正悬悬间，忽觉筠玉手按胸前停珠不转，以为真恼了她，越发惶恐，偷眼一看，见筠玉正在举手拭泪，急得低声忙喊道："筠妹筠妹！愚兄伤重糊涂，口不择言，自知说错了话，千乞不要怪我！"说时挣扎欲起，不知如何是好。筠玉见他到此光景还在恐怕自己生气，益发心酸，泪珠儿扑簌簌落个不住，一面先伸手按住余独肩头，急道："哥，你听我话的，快些莫动！等我说。"然后低声说道："我以前待你太不好了。自知该死，悔已无及。从今往后……"刚说到"后"字，便闻院中林璇走进之声。筠玉连忙住口，一手拭干眼泪，将握珠的一只右手按了按余独胸前，再将拭完清泪的一只左手回下来指了指自己的胸前。

余独为人正直，对于筠玉虽然一见钟情，只不过觉得灵心丽质，侠骨仙资，一言一动无不令人爱极，从未存过丝毫遐想。及经筠玉手示目语剖明衷出，得知心心相印，不知怎的，竟会有心花怒放，喜极欲狂，逭一点灵犀立时化为菩提甘露，似醍醐灌顶，向日烦忧为之尽解，身上痛楚也减却了一半，如非下半身烧焦转侧不得，几欲足之蹈之手之舞之了。转眼林璇取了大小三块玄牦的皮走进房来，先将余独床上铺好一张大的，进来同筠玉将余独由二女榻上捧起移向外榻，索性连下半身破碎衣裤全都取下，再盖上一张大的，扶起头来，将小的一张牦皮垫向枕上，然后接着敷药，用日月珠给他周身滚转。余独恐天明丹姝、碧娃起身看见，她姊妹不似林、毛二女豁达，观之不雅，几次想将中小衣穿上。二女见他伤重，说："大家祸福相同，患难与共。你在病中，何须如此拘泥形迹？"余独自己又不能挣扎起穿，只得罢了。

林璇笑道："杨家姊妹真睡得香，我们忙了这一夜，她两个竟会没醒呢。"筠玉微愠道："这位二小姐不醒也好，没的添人心烦。"林璇见筠玉前隙犹自未解，方欲代碧娃解说几句，微闻内屋咳嗽起动之声，便即止住。不一会便听丹姝喊筠玉道："毛姊姊，外屋是哪位在走？这里屋暗些，难道天亮了么？"筠玉原喜丹姝为人厚重诚谨，忙答道："你还不出来看看！昨晚余大哥误坠火穴，差点没烧死，如今躺在床上不能转动，腿都烧糊了哩！"

碧娃原已被三人惊醒，似闻病中呻吟之声，本欲起身出视，正值林璇外出，毛、余二人在那里窃窃私语。她本看出二人比较别人亲密，自从自己日前无心取笑，稍微说错了两句话，二人形迹日疏，对于自己情况更是落寞。想起林璇告诫之言，又无法出口分诉，日盼二人言归于好，悔恨已极，日常自怨自艾，无计可施，一听二人似在互诉衷曲，哪里还敢出去惊扰惹厌！躺在榻上，连大气也不敢出。碧娃醒时，余独正上完了药，毛、余二人语声又低，听到的只一句半句。先并不知余独烧伤得那么重，又未听有外人和随行诸人在侧，以为晚来得病，只奇怪怎会睡在二女榻上。一会林璇取了玄牦皮回转，将余独抬出，才料出是受了点伤，忙把丹姝轻轻摇醒，附耳悄悄告知余独不知因何受伤，林、毛二人正在施治，刚刚搭向外榻。

丹姝年长，较有心计，知道林、毛二人俱是女中英杰，与余独情胜友昆，筠玉和余独更似天生两好，早晚必成连理。他三人相处，起居言谈本无顾忌。偏生筠玉性傲，不喜人激刺她，日前为了碧娃辞色稍有不合，自今无欢，对余独总是冷冷的，以致余独每日也是无精打采。难得伤痛撮合，使其情发于衷，言归于好。林、毛二人正为余独医伤，自比平日还要关切亲密得多。自己姊妹又不通医道，此时出去，林璇无关，筠玉当着人难免又要矜持，岂非帮不了忙反倒碍眼？同是心中忧急，却禁碧娃忙着去探看。后听林璇说她姊妹二人熟睡未醒，又听余独气息紧促、强忍之声，实是担心不过，一面穿好衣履假作初醒出声询问。一闻筠玉所答之言，不禁大惊。碧娃先听筠玉嫌她，本在伤心流泪，不欲出来，闻言也吓了一大跳，慌不迭地随定乃姊跑出屋来一看，余独面朝里卧在榻上，下半身牦皮半揭，露出半焦黑的腿股，筠玉坐在他身侧正蘸着药往上敷呢。

二女同时想起余独冒着险难，间关数千里长途护送之恩，见他烧得这般惨状，忍不住心里一酸，珠泪双流，几乎哭出声来。二女本视余独若兄，当时至情发动，哪还顾甚男女嫌忌？丹姝首先朝榻前奔去，含悲问道："余大哥怎烧成这个样子？筠姊姊灵丹极神效，你看该不要紧么？"筠玉见她出语悲酸，也面带愁容答道："我也是想灵丹神效，决不致命，但是他已服了许多药下去，又敷了好几次伤处，仙师所给灵丹都用得差不多了，又拿日月珠给他周身去滚烧焦的地方，看似平服了些，周身却火热得烫人。听他自己说，疼痛已减不少，只心和身上烧得难过。只恐是故意忍熬着来哄人哩。看这神气，一天半天哪好得了？没的不急死人！"丹姝道："看大哥这样痛苦，要我能替他多好！昨晚半夜还听和二位姊姊在说笑，怎会掉在火里？那大本事的人竟会失足，难道有鬼了么？"

筠玉难受道："这事都怪我害的他。"正要往下说时，猛想起锦囊所说，到了山场见着那人便可开看。昨晚楼中对谈的一老一少所说的话俱似与己有关，还说单真人灵丹只能保命，不能清除火毒，要等李庄主回来设法取了药去才能医治。老的并说有两丸在手边，寻常火毒一丸便可起死回生，后来被他发现，好似说人虽烧伤尚有救法，无须着急等语。当时因余独衣裤烧焦碎裂半身赤露，当着外人不好意思，又羞又急，赶忙奔回到家，便忙着给他施治，情切安危，关心过甚，什么都顾不得想，也未向林璇说起，此时见灵药无功，更是一味焦怨。回忆昨晚之事，明明放有救星在侧，料定锦囊所说定指此事，不禁惊喜交集，顾不得再说别的。因昨日路上虽曾取视，仍存外进房中箱箧之内，跳起身往外便跑。

走到二门口边，对面来了一人，两下都是急劲，如非都是身手轻灵，几乎撞个满怀。匆匆立定一看，为首一个正是柴龙珠，后面跟着她丈夫丁侗，双鬟久未在侧，料已送了信息，忙说道：“姊姊，丁兄，想已知道，请至里面。我有点要紧事，这就来。”说完，不俟答言，转身仍往外走。龙珠见她两眼泪光盈盈，口角边却微有喜容，神色又那等遑遽，不知何意，恐又生事，忙推丁侗快先进去，自己随了筠玉就走。筠玉也无暇周旋，径跑到外进屋内，由行箧中寻出锦囊，一边开拆，一边让客同行，等到里面，已将锦囊看了个明白，进屋喜对林璇道：“果然我所料不差，他五行有救，只不过一日夜的灾星不能避免罢了。”林璇见她忧喜交集，也不知是甚意思，忙接过锦囊一看，才知就里。

原来锦囊大意，是说云龙山主王人武父子同了林璇的老父林衡玑，俱为地底千年郁积的瘴毒之气所中，虽仗陆地真人灵丹保得命在，但要治好还原，非本庄庄主李氏夫妻秘制的灵狮丸不能为功。但是李氏夫妻与王老山主有仇，绝定靳而不与。幸而余独有了这场火厄，可向柴蒙明说此事，将所带牦象的皮送一张与李家做礼物，再向他推说，听柴翁说起他夫妻将归，心慕其人，留住在此，等候拜谒，夜出玩月，不知禁忌，误坠火穴，烧成重伤，求他灵药医治，得到以后再设法掩藏，只说无甚灵效，须要忍痛一日，索到二十七粒之后才可正式吞服，至多服上两粒，再有一日夜工夫，外敷灵药，便可复原。事前飞儿虽有双箭之仇，但他将来也是山中同道，可命丁俊和他说明，引与众人相见，允他异日接引出山，便不会向乃母面前告发偾事。得药到手，人能起坐，即行上路，以免有变。出山不远，湘玄必然发觉飞儿受伤，母子二人追来问罪，路上自有人接引抵御，无须怕她法术，只不可乘胜伤她，为柴翁结怨树敌，日后不能安然隐居。山城庄本来洞天福地，自经地震，屏障倒塌，大是缺陷。李氏夫妻虽能行法堵塞，不能持久，终是缺陷，他也算出时至有人为他弥补。外附新向前辈真仙乾坤正气妙一真人求来的灵符两道，可转交柴翁，嘱其算准湘玄途中受困时刻，寻到她的丈夫，先将第一道灵符向空一展，给湘玄解了困，等她归来，再同他夫妻往来路山口将第二道移山换岳之符招展，即速奔回，自有奇验等语。

林、杨等闻言才放了心。杨宏道也被人声惊醒出来探看，见状自是忧急。碧娃先闻丁侗夫妻在外语声，早将牦皮给余独盖好，等筠玉述完仙谕，丁、杨二人俱要看视，筠玉乘机说道：“余大哥下身衣服全都烧毁，皮肉焦黑，热痛已极，须要用日月珠给他周身滚转才略好些。同在患难，只好从权，也顾不得再避男女之嫌了。”说罢便要去揭。龙珠知她用意，索性凑近前去说道：“我顶恨人拘泥。休说诸位兄姊同生死共患难的交情，便是外人到此地步，我们也不肯为了避嫌视死不救。都是自己人，这有什么要紧？看完了余大哥的伤，还有许多事要做许多话要说呢。”筠玉闻言大喜，忙道：“姊姊义气干云，全不是寻常儿女之态，令人可敬哩。”说时，早将余独所盖牦皮揭去。

余独先听杨氏姊妹出来本就觉着不好意思，又恐筠玉害羞，甚是着急。及听杨氏姊妹也是一样情切安危，全无顾忌，大为感动。未及答话，又听丁倜夫妻相继来到，惟恐丑态被人看见，方幸碧娃手快心灵代为盖好，筠玉说完了话又将它揭去，先本想拦，继一想丁倜夫妻虽然倾盖莫逆，终是外人，一出声反倒不大合适。筠玉性情要怎样便怎样，除却林璇，谁也拦她不住，无殊白说。自己全身热痛难熬，只有用日月珠滚转才能清凉止痛，此事他人不能代劳，丁倜夫妻难免常在跟前，莫如还是假作昏迷听其自然，要少受好些苦痛，仍将双目合上，一言不发。丁倜夫妻见他腿股半焦，俱都吃了一惊。龙珠略看了看，先坐过一旁，对林、余二人说道：“想不到余兄烧伤得这样沉重。看他伤势，定误坠到火眼旁边了。”林、余二人将咋晚涉险之事说了一遍。

龙珠道：“昨夜家父吩咐务要早起，愚夫妇今早天还未明透，朝霞、晚翠跑来报信，只说余兄昨晚步月遇险，语焉不详，不想此中经过还有若许情事。自从上次地震，山场天香小筑附近添了两处奇景。一是温泉汤池，每当子夜前后，池心水眼中必有两三次沸泉冲霄直上。此地新经地震，名为温泉，无殊沸水，其热异常。赵、李二庄主为恐引水入溪伤了水中鱼虾，又欲长留胜迹，按着先天易理妙用，特地开了两条小渠和几处小池，引水环流归源，使其周而复始，到时上升，永不干涸。又在楼侧小山洞内辟了大小二十余间石室，室各有池，另设机关，在左渠之中开了一条小水道，设闸以供启闭，用竹筒连接，注水入洞。平日只一间石室内常期有此热水，余者每月只有朔望两次供全庄上的人随意入浴。另外还有一条长竹管引了溪水调节冷热。此水虽能去病，但本山人都嫌它硫磺气味甚重，不甚喜它。加以李二夫人禁法封锁，虽说天香小筑是赵山主居住之所，禁法到了火穴温泉附近便失效用，可以绕走，因到处水都方便，除了生病无法，轻易无人往洗。近经赵庄主参度地势巧夺天工，把水源培养得日益旺盛，每当月夜泉水沸升之时，望去上面是云峰高耸玉柱撑天，下边两渠更似两条白龙，环山穿林蜿蜒飞驰，倒也真是好看。可是那水太烫，人不能近，十步以外便为热气蒸逼，禁受不住。

“还有一处是小山旁的那个火穴，当初原是地震时的喷火口。那火奇猛至烈，另有特性，与常火不同，平时只见火眼内青烟突突上升，高仅数尺。人如欲观此景，只须站在离穴十余丈远的小山顶上，取一根铁钉照准穴内石壁上掷去，稍微有一点石灰星溅到那股子清烟，简直比雷电还快，立时轰的一声，一条五颜六色的火柱从火眼内冲向天半，最高时也有到二三十丈，与左近水柱相映成趣，聚而不散，火势虽然猛烈到了万分，可是既不蔓延为害，也不会往宽处烧去，笔直一根，粗约数尺，仅火柱顶尖之上有二尺来长和灯芯一样火苗摇闪，下面连大风都吹不弯它，约过有刻许工夫，无须理它，自会下降消灭，待约个把时辰，仍然冒起一股青烟，回了原状。就是每玩一次煤气太重，往往整日不散，左近花木大受其害，美中不足，是个缺陷。大家玩过几次，约定以后三元令节用作点缀，轻易不许人随便玩了。赵山主说，穴中之火乃千年地火精英，厉害猛恶，无与伦比，无论人物，稍被青烟燎着便即烧死，即或当时能活，火毒业已攻心，休想幸免，不特火眼旁不能挨近，便是穴底也和烙铁、烧锅差不了多少。以前曾经试过用一块生肉缒下去，离火眼还是老远，不消顷刻，肉被石地烤熟，人如何能下去得？我听晚翠说，余兄半身衣服已然烧焦碎裂，毛姊姊还能跳下去将他救回，又能冲越湘玄所设埋伏禁法，大是神奇，以为姊姊会有仙法，竟忘了宝珠宝剑功用。

“看余兄伤势和仙人锦囊之言，火毒已然透骨攻心，仙丹均难治好，非李庄主的灵狮丸不可了。按说李庄主人颇义侠，便是湘玄为人，除了护犊，也极见义勇为，休说还重寒家情有面，便是余兄外人，势在危急，只隐过飞儿一节，也无不允赠丹相救之理。不过此丹制时万分烦琐艰难，他夫妻每年费尽心力，所制每次只一二十粒。倒有一多半要被飞儿服去，珍视异常。况且多重火伤热毒，听说至多三丸已足所需。如此之多，李庄主又精通卜筮，一卜卦象便知分晓，只恐难以瞒过。我看仙人事事前知若见，必有可取之道。乘他夫妻未归之际，待小妹请来家父，大家早为计议，想出一个善法来，免得临时匆迫，一着下错满盘皆输。待此救命的不止余兄一人，还有云龙山老少山主与林老伯俱在病重危急，所关特大哩。”

众人看完锦囊，得知林、王三人在云龙山也在危难之中，个个忧急，尤以林璇为甚。无奈相隔太远，李氏夫妻未归，非得到此药不能往救，着急也是无用，以为仙人布置无差，尚能强自宽解，及听说得取药并非易事，全部焦灼已极，闻言惊喜，忙请龙珠陪同前往去见柴翁。龙珠道：“余兄伤重，须人调理，诸位不可离开。多半家父此时已然得信，不请也会来的。不必忧急，吉人自有天相，待小妹看看去。”众人称谢依言，龙珠说罢自去。

隔有顿饭光景，柴氏父女方始到来。柴蒙先看了余独的伤，说道：“余老弟煞是英雄汉子，如换别人，便疼也熬不过了。昨见他面有晦色，却又暗含喜气，曾在袖中暗占一卦，主于先凶不凶，后吉却是大吉，并且此灾只有一日夜过去，人便平安。因吉由凶生，互为倚伏，如若趋避，反多害处，所以不曾说破，只睡前命小女早点起身，以防这边有事，不想所受的伤仍有这般重法。飞儿这层不足为虑，已命俊儿前去寻他早为安排，对他实说，射伤他的乃是寒家至友，事出不知，并说三位俱是英雄侠士，劝他结纳，日后也可到云龙山去相聚。俊儿素常拿得住他，少时便可引来，并再略施小技助他掩盖，三两天内当能瞒过。倒是那丹药，要它三两粒尚属不难，如要这么多恐怕不易。李庄主占卜必灵，即便暗中行法乱了他的卦象，也只不过使其占算不出是仇敌所需而已。这么贵重的灵药拿许多与人，仍是吝惜的呢。”

碧娃接口道：“他既不肯多给药与人，我们仍只要他三粒，先将余大哥的伤治好，向他抄个方子，我们自己配去想可以了。”柴蒙笑道：“谈何容易！休说奇法不舍传人，就是他肯传，但制此药时一要天时，二要精通法术，取得君药，三要有那几种稀有的臣药为辅，第四得要人会制，缺一不可。样样都能办到，还须等到九秋时节，才能采集药料，制好成药总在年底。还有小半年的工夫，病人能等得么？此事看去虽难，如照锦囊仙示，并非不能办到。我说这几句话，无非想诸位随处留意对方不是常人，一步都走错不得的人。”筠玉便将那两道灵符递过，又与柴蒙看了锦囊。

柴蒙笑道：“毕竟赵庄主易理精微，能前知未来。我和李庄主只能推算过去，未来之事一过月便不甚清晓，仅知吉凶大概。当初我见地震山崩，本山门户洞开，破了风水，既恐孽龙缠藤寨人异日为患，又恐日长岁久有外人侵入生事，没有从前隐僻安闲，去和赵、李二位商量，意欲先除孽龙以消隐患，再用奇门遁甲封闭山口。他二人连说无须，不特孽龙有人代除，山口屏障到时还自会有人给它复原，比前更要紧密。后来才知李庄主先也担心，全是赵庄主虔占《周易》，静中参悟出来，今日果然全都应验。假使他与王山主父子无仇，有此两符或者也能应允。适才听小女一说，我又占了一卦，他夫妻回山须在傍晚时分，现在夜短，天亮得早，刚是卯初二刻，为时尚早。我想此事决瞒不过赵庄主，待我命人请他连那位外客一同到舍间吃午饭，就便引见诸位，索性不瞒明人。他和李家虽是郎舅至亲，人却长厚，专识大体，性情冲虚而又见义勇为，纵不相助，也必不致说破作梗，倘能连合一起，便不愁李家夫妻二人不中计了。”说罢，即命丁侗亲去邀请。

林、毛二女因楼中少年从云龙山来，又与单真人相识，正符锦囊之言，均欲一见，闻言甚喜。筠玉因余独背人再三以目示意，满脸惶急，知他不愿被人背后谈论自己，柴蒙未到以前便停了手。此时闻他鼻气甚粗，口张不闭，知道热痛难耐，心中不忍，正想用宝珠给他再治。林璇看出二人心意，暗忖：汉人至有礼法，当着外人，余独既然执意引嫌，强他反使心中焦急，不等筠玉过去，便要过日月珠，喊过芹芹道：“连日看你心灵手巧，比他们强些。可拿此珠给余相公遍身滚去，要匀要轻才好。等少时敷药，再换我们来做。”山女本不拘甚形迹，反觉独命自己脸有光彩，随手接过宝珠，如言办理。筠玉暗骂自己真蠢，明有替人，竟会想不起换，害人多受了半个多时辰的罪，岂不冤枉？余独虽然还是有些不安，无奈热痛异常，只得任之。筠玉因柴氏父女说那灵狮丸那般珍贵灵效，制法艰难，便问柴蒙到底里面有甚出奇贵药，何以如此难制？柴蒙掀髯微笑，说出那灵狮丸制炼的经过。众人听了，俱都惊叹不置。

原来湘玄之父罗太冲，乃湖南有名的排教祖师，不特禁制神妙，道法高强，医术尤极精奇，无论多难治的重病，到他手里均能起死回生。只可惜所学多是道家下乘功夫，经他手制各种灵药虽有奇效，大都伤及生灵，无殊杀一家救一家。他自己晚年来也未尝不知力行善事以期挽盖，无奈功罪只能相等，以致苦修一世，终于不免兵解。

他著有一部道书，内中除了道家吐纳服食和五行禁制之术外，附有数十条各种灵药配制之法。本来严秘收藏不肯传世，因湘玄是他膝前惟一无二的爱女，再四苦求传授。末一次太冲吃爱女纠缠不过，叹了口气说道：“我因所学近于左道，两次遭劫，全仗着术邪心正，积善尚多，临事时逢凶化吉。这两次虽然幸免于难，第三次终恐难于躲过，都由于习练此书而起，传了岂不害你？况且你武功已臻上乘，寻常防身法术差不多已尽得我所传。这又不是修仙言道的门径，你一个女孩子家学它则甚？”湘玄仍是磨着太冲苦求不已。

太冲想了想，取了一根筷子，用手折成粉碎丢在地下，一看卦象，半惊半喜道：“我十六年后本有杀身之灾，道家兵解是喜事，原自无妨，不过对方的仇人太已狠毒，必不容我化形遁去，定使毒计使我形魂俱灭方始称心。如想预先托人解救，未始不能防御，无奈事太艰难，这事又靠不得外人。为今之计，只有将我毕生所学一齐传授给你，再给你物色一个淡泊不慕荣利甘心隐逸终老的好女婿。成婚以后，夫妻同隐深山，从此不入尘世，以免遇着同道，你不寻他晦气，他却逼你为难，因法结怨，又蹈老子覆辙，损人误已。等十六年期至，照我事先安排，四月中旬夫妻同往黔江助我脱难，你可应得？”湘玄为人甚孝，详问兵解时情形，虽然对头厉害，万分险恶，但是救父情殷，不得不依言办理，把平日一心向道不再嫁人的心理丢开，便问：“这样夫婿应往何处寻找？”太冲又卜一卦，应是四川灌县西北青城山下，为期尚有一年。

当下父女二人略微布置了一点家务，也不告人，径自由湘入川。因距姻缘遇合之期尚早，想顺便沿途留连风景，不肯急行。谁知中途路上又遇见一个极厉害的仇家，也是湖南一个女神巫，名叫何五姑，少年时因慕太冲之名，几番欲委身相事。太冲时已娶妻，不喜女色，又嫌她不端重，执意连纳她为妾都不允。五姑由此恼羞成怒，立誓不再嫁人，专与太冲为仇。先用恶术谋害太冲妻子，吃太冲破了禁法将她擒住，未及处治，一时疏忽被她逃去。后来三番五次约了许多能手谋害太冲夫妻，终于乘隙将太冲妻子暗害。五姑自身也受了重伤，削去中指，九死一生，当地存身不住，遁匿他乡，却给太冲树下好些强敌深仇。太冲空自恨她切骨，无奈她为人机智诡秘，匿迹销声，无从寻觅。事隔多年，也只得权且搁下。

太冲此次入川，原由宜昌乘舟上溯，因要在舟中传授法术，不愿人知，又不畏风波之险，快慢随意，船是买的，只在宜昌排上悄悄寻了一个后辈名叫左才的随行驾舟，舟中并无一个外人，逆流上驶，不时登临赏玩，自然有些耽搁。这日舟经叶子滩，正值巫峡风雨之后，雨岸峭壁排云，当顶一条蔚蓝色的晴空，时有孤云飞渡，衬得天宇越发澄霁。两边岸上新添了无数大小飞泉，一眼望过去，恍如天神下注，匹练摇空，龙蛇飞舞，银光万道，奔流打波，声如雷喧，间以声声猿啼，助得滩声益发雄壮。小舟一叶，容与中流，仗着禁法，安然稳渡于惊涛骇浪之中。太冲父女二人凭窗四瞩，正在互叹造物伟大，己身渺小，景物雄奇，观之不尽，忽见前面断崖中间露出一片斜坡，三五人家，青帘处处，知是商旅停船打尖沽饮之所。

太冲猛想起以前听人说过，叶子滩左近案板坡上有一孙家酒店，制得好腊肉酿肠，还有好酒，便命停船。上去一问，那五六家小酒肆都姓孙，随意择了一家进去一问，现成吃食只有主人预备自吃的豆花，平日船行到此，多要往崖上雇纤工，至少耽搁半日，不会买了就开船，所以都得现煮。又令代向别家寻借，去了一会，仅取了半巴掌大一块瘦腊肉巴来。太冲父女一尝，果然横咬立碎，细嫩香腴，风味佳绝。彼时湘玄才十六岁，童心犹盛，一边想吃好腊肉，一边又贪看巫峡雨后奇景。日已偏西，斜阳欲坠，峡中天色本暗，又值下弦近晦，月光不照，恐耽搁时久，看它不够去舍两难。太冲因此行并无人知，孤舟长峡，踪迹隐秘，未免疏忽了些，自己又正要解手，便命女儿御舟先行，自己等他肉煮好了再追上去，就便解手。湘玄忙着赶往叶子滩前看景致，闻言大喜，应得一声，便跑上船去开了就走。

舟行还未半里，湘玄独在船头观望，一眼瞥见前面不远又有一处断片斜坡，坡前站着一个打鱼人，身披蓑衣，头戴竹笠，两鬓白发蓬松，半遮面目，赤着双腿站在近岸水地里，手持一根钓竿，刚钓起一条斤来重的鲫鱼，一面伸出一条又瘦又干的手臂向上去接，头被大笠遮住，好似有些木僵，不能抬起，好容易颤颤巍巍将鱼乱抓到手内，人已仿佛力尽难支，摇摇欲倒。湘玄一则见那渔人老迈可怜，二则自己和老父都喜吃活鱼下酒，意欲多把些银子与他，将鱼买下烧好，等老父买了酒肉回船同吃，便命左才将舟摇近，取出十余两银子向那渔人买鱼。那渔人好似又聋又哑，眯缝着一双老眼，点了点头，将鱼随手递过。

湘玄接鱼在手，见那鱼目眨金光，鲜活肥大，甚是高兴，方想慰问渔人几句。偶一低头，瞥见渔人眼皮微睁，露出半青半白的眼珠，凶光怒射，正在注视自己，口角狞笑尚犹未敛，不禁心中一动，方欲喝问。身后左才久在江湖上行走，也看出那渔人有异，不等说话，忙急把橹一摇，舟才离岸尺许，猛听舟后远远一声断喝道："老不死的泼贱！今日还敢来此害人么?"言还未了，声随人到，太冲已经踏波赶来，手扬处一溜火光刚打向坡上，坡上也起了一丝青烟，耳听远崖之上厉笑磔磔，再找老渔人，已不知去向。

就在太冲将到未到之时，湘玄看出是对头乔装暗算，意欲行法禁制，匆促中竟忘了手中持有禁物，嘴刚一张，忽觉鱼口里射出一丝热气直透胸腹。初逢大敌，手忙足乱，把鱼随手一丢，忙掐灵诀施为时，太冲已自赶到，将渔人惊走。问起前情，顿足忿怒道："我解完了手忽觉心动，不合用禁法催肉速熟，等了拿回，延了这一碗茶的工夫，坐令大仇遁走，你还许有性命之忧，这是哪里说起！不过这老泼妇万恶滔天，我决容她不得！她逃太匆迫，必有禁物，待我寻来。"说罢跃上坡去四处搜寻。寻了好一会，画了好些道现符，才寻到一根七寸三分长的竹钉斜插在水里。太冲大惊道："这泼妇真个狠毒！

我再稍迟一步，连你带她二人会成粉了！”当下拔了两根头发，取来两支竹筷缠好，一根插向水里，一根带在身旁，然后取了竹钉开船，行至半里以外可见斜坡的江面停下，先解开湘玄胸前花服，手掐灵诀，画了一道神符，又从身旁取出竹筷和一丸药，将药与湘玄服了。过一会，问知腹中已不发烧，方命湘玄、左才遥望斜坡那面，自己披发禹步，将竹筷一折两断。

二人一看，适才买鱼之处乃是危崖根脚下一片微突入水的石地，宽仅尺许，哪是什么斜坡！就这一晃眼的工夫，上面崖石忽然中裂，一块十丈方圆的大石平落江中，小舟如在其下，恰好被它压个正着。巨石击波，激起数十百丈的浪花，排空直上，立时波涛汹涌，骇浪掀天，半里以外的小舟被余浪卷起丈多高下，如若不会法术，定须翻沉无疑。湘玄惊魂乍定，好生骇然。

太冲再向二人说起前事，那老渔人竟是大仇何五姑乔装幻化，想是一陆舟尾行多日，惧着太冲不敢下手，好容易见父女分开，乘隙暗算。那鱼倒是真鱼，不过在钓起时已弄了手脚，暗将南疆中敛来的瘴毒之精用禁法放入鱼口之内，看准湘玄口开乘隙射入。犹恐太冲能救，又欲连使毒计，定将湘玄害死才罢。先以断崖巨石连人带舟一齐打碎沉江，她那竹钉便是禁物，不及拔取，太冲便自赶来。她以为地是幻景，竹钉深插水下石缝之内，虽然匆匆逃去，必无妨碍，谁知恶贯满盈，终被搜着。太冲连日舟中无事，正可拿她摆布惨死，以报深仇宿恨。只惜那条鱼被湘玄误弃江中，难于寻回，不能将腹中瘴毒仍使吸去。只仗法术保身，其毒仍在，须等嫁后生产才能带出，可是胎儿产后必难活命。为此又给湘玄服了一粒天象丹，索性使那瘴毒在腹中凝聚一处。嘱咐湘玄嫁后如若有孕，随意存想一样生在胎儿身上的东西，使其附在肉外成长，生后再行设法割去，免伤胎儿本身。就这样胎毒犹重，须在生后三年再服灵狮丸，即能化解了。湘玄领命。

到了子夜，太冲便在舟中设下法坛，取出那根竹钉，用本身命门头发绑住，钉头上滴了中指血插在香炉以内，行法禁祭。这类禁法如害不了对头，反害自身，只有中途自知不胜，拼着身上有一处残废，才能解法中止。太冲也是多年奇愤，才使出这极恶毒的禁法。当夜无甚动静，第二夜便听山崖上笑声磔磔，彻宵不止，几次竹钉无故自拔，均被太冲禁制，知是劲敌，益发提心吊胆不敢大意，守定坛侧，寸步不离。到了第四夜子时，全舟作响欲裂，太冲忙又拔下一根头发将舵柄缠上，舟便稳如山岳。由此渐闻笑声凄厉，微带哭音，知她智绌力穷，胜负已分，父女二人才放了心，末一夜竟闻求饶与怒詈恫吓之声远远传来。太冲是志意坚决，软硬一概不理，最终拔出身旁禁刀，只作欲劈之势一比，那竹钉立从炉中跃起，分裂两半，落在地上，滕踔有声，半晌方息，那绑的头发仍做一圈圈植立炉内，不倒不断。太冲大喜，取来藏好。

这时山崖上一声惨嗥初过，太冲向空喝骂道："你的罪恶如山！所害的人不知多少。今日受此恶报，咎由自取。我身受杀妻之仇，仍然不为已甚，你难道还不服输，要我再下毒手么？"说时，手刚一掐诀，那两片竹钉忽朝舱外波心中飞去。太冲见状大惊，一抢未抢到，微一寻思，对湘玄道："这老泼妇如此万恶，竟会有能人相助为虐。她见无法解救，我又不饶，天明必来报仇。我虽不惧，自问能敌，但是此行原为选婿，未便多树强敌生事，且避过一时再说。"立命收拾衣物行囊，取了两身男女未穿过的衣服，将舵柄上发取下，连同炉中那根放入衣领以内，船头设下酒肴杯箸，衣服取几根木柴撑好，内里各放一个枕头伸出领外，用笔画了五官，一使禁法，便成了父女二人的替身，形态如活。一切停当，三人一同飞身上到崖顶，隐迹下望，小舟仍令逆流上驶。

天才微明，便见上流头有两个人影急如奔马直立水面顺流飞驶而来，近前一看，乃是何五姑两半边尸首，齐头中分，脏腑井然，却无点血，依然目射凶光，神色如生。太冲看它将近舟前，忙即潜伏崖口，向下指了两指，船头上替身微动处便飞起两件东西，照准半尸分别打去。刚一下将五姑尸首打倒。猛听叭叉碎舟之声，同时亩许大小一团火光其疾如电直朝小舟当头压下，火光中舟已分裂，隐见两个替身由波面上凌虚飞起，吃火团往下一压，坠入波心。火光敛处，上流头又飞驶下一个披头散发手持宝剑，剑上挂着一张符箓的恶道，足底踏着一块船板，板前江水和沸水一般，滚滚汤汤，晃眼驶到覆舟之处，仔细看了又看，始而仰天大笑，继而又似有些狐疑不信，略停了停，将剑一指，又向下流头飞驶而去，行更迅速，疾若飘风，瞬息不见。太冲见道人走远，微笑道："这厮空有心计，假作五姑自己报仇，来分我的心神，却在暗中乘隙暗算，想用两半尸身拼我两人，以为必无还手，谁知眼力还是不济呢。我们小舟已破，三峡之游权且作罢，早些赶到青城，免得又生枝节。"说罢行法，不消一日便到灌县。

为避世俗耳目，一行三人扮着江湖上采办野药附带行医的走方郎中，在城中串了几日，不见一个可意之人。太冲料佳婿是从外来的游客，不似当地土著，便在青城山僻静之处结了一个茅篷，先传授女儿的道法，因灵狮丸湘玄生后要用，才传了它的制法，并说："这种制药之法太恶。如生下婴儿鼻梁不塌，头发不秃，那毒气便已全归在怀孕时凝想的东西上面。这东西大都生在腰股肩背等处，或是多出一手，或是多出一脚，或是其他象形之物，全由怀孕时的感触悬想随心而来，不能预卜，可照所传之法割去，无须再配此药。好在相隔毒发还有三年，用与不用尽可从容取决，无须事前准备。不过附生之物忌双不忌单，最怕生在胁下，尤其是两胁一边生上一个，割则立死，不割可活上一年半载，仍是必死。如所附不在两胁，发光鼻陷，割治后三年其毒必发，发时身热如火，接着便出天花。当时无此灵药，要延百二十天方死。但是大毒已然割去，只剩余毒未净，无论多重，当时配制定来得及，心中不必焦急。至多连服三年灵狮丸，每服少则三粒多则九粒，不特除根，而且轻身益智，长力健体，好处甚多，寻常热病火毒或是误为烈火烧伤，不怕垂危将死，只要有一丝气在，研碎此药灌服下去，至多三粒，起死回生立见奇效。婴儿如不需用，千万不可制配，免损阴德。

湘玄领命，太冲又传了些寻常治病医伤的方剂，至于道书上所载各种医药配制之法，仍是坚决不肯传授。见左才本是旧日排上伙计，人极忠诚敏练，此次为了己事，不惜弃了生理千里相从，其志可嘉，也传了好些道法偏方，只是再四叮嘱：只可防身御敌，不许毁人，并不许在人前炫露。左才自是喜出望外，立时拜了师父。由此父女师徒三人晚来一同练习法术，日里多是左才看家，太冲父女出外卖药，物色佳婿。有时候也往山深处采些有用的佳药回来配制。

这日行经金鞭崖下，太冲知道崖顶道观中有青城派剑仙开山祖师矮叟朱梅的几个门人在内隐居修炼，朱真人也常时驾临指点。自己是个左道旁门，如换旁人，邪正不能并立，早就望门敛迹不敢经过了，因生平好善心正，只有无心之过，便是上次报仇也于理无亏，此外从未立意为恶，遇上时必能相容，无须回避。连经崖前几次，有一次远望见有两三人在崖上下棋，只如未见，并无动静，知已见容，益发心安，屡欲登门修谒，终觉冒昧了些，念发辄止。此时走过，方和湘玄述说各派剑仙源流，偶一回顾，遥见观中一个瘦长道士送出一个矮胖和尚，穿着一身旧布僧衣，衣上尽是补丁，却极干净，看去一脸道气，估量既与青城往来，定是昆仑、峨眉两派中的人物，无意中立定脚步多看了几眼。

湘玄见那和尚下崖徐行，往山外走，便问太冲："这位剑仙怎不御剑飞行？"太冲料那和尚住在近处，想探个明白，当下不再采药，径和湘玄遥遥尾随下去。青城山乃道家发祥之所，僧寺绝少，连过几处道观和尚均未进去，末后跟他走到近山脚一个夹壁凹中，才见上面有一茅篷，离地约有三丈。湘玄随老父隐身夹壁外大石之后探头内望，见和尚走到茅篷之下，也没见甚动作，一晃眼便到了上面，步入篷里，始终没有回头看过。湘玄原想看他飞剑，大是失望。太冲断定和尚是个异人，不许湘玄多问，同走回去。后在山中又遇到过两次，太冲父女屡欲上前问讯，和尚一次是改道避去不见，一次迎对了面，未容开口，和尚好似存心不睬，并未见他如何疾走，眼一花人已走出身后老远。知是道不同不相为谋，不寻自己晦气已是好事，怎肯攀交？只得歇了念头，连朱真人也不敢去造次参谒了。

光阴易过，一混多半年，已到了来年春天。算计湘玄姻缘将至，父女二人每日一早起便去青城山下相候。香汛期中朝山之人甚多，其中不少杰出人士，俱与卦象不合。又挨了一月，屈指时间，再过几天便要错过，机会一失，终身无望。这日黄昏，正商量晚来再虔诚卜上一卦，到底人来也未？归途又遇和尚迎面走来，望着二人微笑了笑。太冲刚一心动，已然擦肩而过，只得回转。到了子夜，重又披发掐诀，禹步行法，虔诚占算，竟算出来人姓李，已到多日，不久定可巧遇。再查湘玄，虽是极好姻缘，却是偏房，欢喜之中又生不快之感。幸而湘玄达观颇知大义，力说："只要能救爹爹转劫成道，为奴为婢也所心甘。姻缘早有前定，既然上等，可知那姓李的人品必佳，正妻也定贤淑，必能相敬相爱，区区名份计较怎的？"

太冲闻言又爱又疼，互相奖慰了几句。第二早又去山下守候，仍无所遇。已然回到中途，见斜阳满山，明月初上，晴空苍然，疏星始升，晚景绝佳，不由立定了脚四顾凝眺。正观赏间，忽听右侧山径正路上下山香客丛中飞也似跑过几个壮汉，个个行动矫捷，俱有身手。内中一个道："这姓李的有几根肋排骨，敢和我们少主人动手！我们快收拾他去。"中一个忙喝道："事还不知怎样，这是外边，你乱吼些啥子！"那伙人便不再言语，顺山径疾驰而下。太冲父女一听有姓李的与人相打，想起心事，连忙跟去。一会跟到山下，方要左拐，对面跑来一人，迎着先那伙人，向为首的附耳低声说了几句。

太冲父女虽然尾随尚远，想听他们说话还不容易？立定一听，来人说："适才的事还是昨晚杨老弟惹的，小王得知杨老弟吃了人亏，又受老王爷埋怨数说，代抱不平，昨夜往那客店留柬，约姓李的在山洼子里无人之处决一胜负，老王爷和我们俱不知道。后来杨老弟想起那人手法厉害，小王又不许他跟去，才命时二哥往金鞭崖赶回你们，一面自向老王请罪告发。等老王带了我赶去，姓李的已吃小王一掌打倒，却不服输，不知怎的会知道小王来历，破口大骂，说小王还是他家主人的后辈，有甚奇迹等语。小王性暴，方欲再打得他服才住，不料老王赶到，将小王喝住，挖苦了姓李的几句，回船便命我来赶你们回去立等开船。"说完，那伙人便改道江边飞驰而去。

湘玄不知何故听了生气，意欲行法将那伙人的船禁住。太冲却因那伙人曾提金鞭崖回来，猜与青城必有瓜葛，看他们言语形迹诸多诡秘，说是山大王一流人物，相貌神情称谓又都似是而非，况且人还被他打伤，更不知是所期的人不是。万一不胜对方，弄巧成拙，反而误事，连忙止住湘玄，等寻着了那姓李的问明是非再说。当下照来人想拐走的路一寻，果见一人身子伏卧在山洼之内，已然连伤带急怒晕死过去。太冲轻轻扶起一看，年仅二三旬，骨格相貌无一不似心目中人，料定无差，忙即抱起，由山僻小径赶回茅篷，先命左才取来山泉，灌了两丸安神止痛的保命灵药，然后解开前后心一看，不禁吃了一惊。原来那人身上生得比玉还白，满身虬筋挺起，看出硬功极好，却有一个淡红的掌印隐现在皮里肉外，试完脉象，微一摸按，不特背上肋骨打酥了三根，且已伤及内腑，纵用灵药将他救好，也是不能活过十年以上，方自愁急，药性发动。

那人猛然大叫一声："气杀我也！"口张处喷出大口鲜血便自醒转，一见身居异地，方欲纵起。湘玄已上前将他按住说道："你受了仇人掌伤，我们将你救到此地。伤势甚重，万万用力不得，且安安静静养上些日。"言还未了，那人已倒下去，喘吁吁说道："昨晚我便知有今日，一则算出先忧后喜，中有救星，二则那厮自恃先朝遗裔，只在云龙山自立为王，不思光复故业，已经令人心寒齿冷，又还御下不严，一意护短。既约我单打独斗，焉有畏而不赴之理？只说易理无差，到时必有解救，我也并无伤他之念。谁知这厮见不能取胜，竟自暗行诡计，用重手法打了我一隔空掌，还欲逼我屈服。后来他父赶到，又复出语讥消，并不教训儿子。当时急怒攻心晕死过去。如今伤处不似预计之痛，口有奇香，必是恩人伤药止痛安神之功。虽承大恩解救一时，但这一掌打得十分阴毒，任是多灵效的伤药，也只保得三五年的命在。休说迫于公论，此仇不能去报，即使能报，愚下背骨已被打酥，微一用力便要伤发而死，身同废物，活也无味，可见我所学不精，未能详参微妙，致此杀身之祸。我尚能支持些日，还有两个同伴住在北门内客店之中，请恩人为我送一信去，叫他们雇人抬我回乡，归正首丘，生生世世都感大恩大德。定欲加恩救治，恐非神仙不可了。”

湘玄与那人原有前缘，不知不觉自生怜惜，又见他受着垂死的重伤，辞色还这样慷慨激昂，全无怯疼畏死之状，益发敬佩，正要安慰几句代他报仇，忽听老父喜叫道：“李相公不必烦恼！你不特有救，保你贵体还原，而且还有仙缘遇合，岂不与你《易》象相应么？”湘玄闻言，首先惊喜交集，抢问何故。太冲先朝她使了个眼色，然后说出几句话来。这一来有分教：穴地防凶，月夜晴空飞玉笛；洞天归隐，花团锦簇舞金狮。下文情节越发惊险新奇，要知后事如何，且俟下回分解。

第二十二回

情切隐忧 山中选婿
恩深指点 槐下从师

上回书写到林、毛、余三人月夜往万柳山场观赏火穴温泉之胜，到时筠玉想乘机一探山场主人动静。林、余二人发觉以后，余独恐她中了主人禁法埋伏，关心太过，一时情急，匆匆赶往，不想误坠火穴，几乎烧死。筠玉冒险将他救转，伤已奇重，只仗灵丹宝珠之力苟延残喘。挨到天明，柴蒙父女翁婿三人相次来到，说此伤非灵狮丸不救，同时筠玉开读锦囊仙示，竟是需用此药甚多。于是柴蒙详说山场主人李半翁与爱妾罗湘玄一段姻缘遇合，以及炼制此药经过。

那李半翁因年少气盛，吃云龙山小山主用重手法打倒，身受内伤，已成不治之症。罗太冲为了相婿，费尽无数心力，苦候经年，好容易盼到相遇，却是一个行将就木的病鬼，怎不失望！加以爱女湘玄心高气傲，寻常男子从不放在眼里，这次对于半翁竟是爱护周至，深情若揭，分明一见属意。太冲深知乃女性情执拗，方自为难焦灼，猛想起昨日矮胖僧人之笑有因，不由触动灵机，脱口说道："李相公有了救了！"湘玄闻言大喜，连忙问故。太冲和她使了个眼色，笑对半翁说道："老夫不才，颇知医理，便是李兄的《易》术也极通灵，所算卦象先凶后吉，并无一毫差错。你只听老夫的说话，不特百日之中保你气体复元如初，还可使你学成惊人本领道法，前往云龙山去报今日之仇。但是这百日之内一些也劳动不得，休说用力，连行止坐卧均须人服侍。你这伤势经老夫朝夕三次用药调治本来七天之内即可起床，不过表面上看去虽已痊可，实际相差尚远。到日务望耐心静养，切忌恃强妄用心力，始不负老夫父女一片苦心。否则伤势一发决难再治，老夫岂不白费一番心血？不知李兄能听从否？"

半翁起初在急怒攻心之际，自知勉强救活也成了一个废人，并且活无多年，所以愤不欲生。先听太冲说有了救，生机一现，便想起父母、爱妻和亲属友好，心中一酸，盛气一平，不由起了求生之念，闻言忙答道："愚下老亲尚在，妻室无出，蒙恩人相救，岂有乐死恶生之理？只缘仇敌下手毒辣，即便侥幸暂时治愈，无奈内伤太重，也活不了几年，报仇无望，稍用气力即有危险。老恩公既有回春妙手，生死肉骨，恩同再造，怎敢违命？"还要往下说时，太冲忙拦道："李兄既纳鄙言，说话多了恐劳神思，请闭上双目静养，待老汉父女施治吧。"说罢，又取了两丸药与半翁调服下去。父女二人轻轻将半翁身子扶起，面朝里侧睡好。半翁回醒以后，本觉前后心作痛颇剧，这后两丸药一服下去，不消片刻便自人事不知，沉沉睡着。

太冲将他睡倒。这才拿出平生所学，准备施治，一面命左才趁天黑未久，速买上两只肥大雄鸡以及全副香蜡纸祃，以备子夜行法时应用，然后对湘玄道："我看此人眉宇英朗，骨格清奇，颇有仙根，不应夭折，伤却受得这重。如换常人，经我灵药法术，再嘱咐他几句话，愈后不可动力，至少也活得一二十年。无奈他是你的终身所托之人，如若中道乖违，岂不使你半生受苦伤心？我也问心不过。他又生具至性，决不能守我劝戒。正在担心着急，忽然想起那日金鞭崖所见异人昨日路遇，忽然对我父女发笑，大是有因。为今之计，只有我下些身份，求那异人收他为徒，方是万全之策。再者他已有妻室，你为我故，屈身为妾已是难堪，倘过门以后再一分正侧厚薄，你那性情怎过日子？乐得借此多市恩义，使其终身感德，哪怕名份上稍吃一点亏，夫妻情义却比人深也好。嫡室如贤，她见男人命由你救，稍有良心，自会以姊妹之礼相待。如若不贤，你有丈夫做主，又有一身本领，也决不致吃亏受气。你看如何？"

湘玄便问："这恩怎样市法？"太冲道："我看他人颇正直厚道，又身受我救命之恩，按说这一层也是多虑，不过我儿百年之计，不得不好更求好罢了。我先前教他调养百日，实则行法以后七日便可下床，一则想多过些日，好就便查看他的心迹；二则人非草木，孰能无情？我儿文武精通，才貌双全，长日与他厮定服侍，自生情感。待其自投，比起我们开口许配岂不强些？最关紧要的是异人收他为徒，虽有此想，实无把握。万一对方坚决不允，岂不误了我儿终身？有此百日长时期，当能确定收否。如若异人不收，我宁愿他年受祸，另打别的主意，也不愿为我害你一世。所以你在那和尚未允收徒以前，只管装乖，多献殷勤，切不可和他亲近，以免自误。"湘玄听到末一节，老大不以为然，只不好意思争辩，当时含糊应了。太冲又教她好些做法，一面就茅篷内设下一座神坛。

一会左才将一切应用物品办到。太冲披散头发,命左才将一只雄鸡倒挂门上,手再举着一只,站在半翁榻前。湘玄也将头发披散,准备接替。等行法以后,自己先往和尚那里求告一次,略探他的心意。吩咐停当,诸般就绪,太冲拔出神刀,步上法坛,先祭完了本教祖师,然后左手掐诀,右手举刀,口诵灵文,施展祝由神术,举手中神刀朝左才手间飞掷过去。左才把手一松,鸡方一扑腾,刀已飞到,迎刃而解,齐头顶心分成为两半。刀仍自行飞回,鸡身并无滴血下流,反倒各展片翅,缓缓飞起。

太冲见两半鸡身并不往半翁身上飞去,知道有人暗中破法,不由大吃一惊,仓猝遇变,也不知来人深浅家数,忙举刀往香炉中猛力一插。这一手在排教中最是狠毒,不遇劲敌决不轻用。太冲也是事在危急迫不得已,再者又在救人之时,对方不应下此毒手,心中忿怒已极,才将这厉害解法施展出来。对方道力稍差一点立时身首异处,即便是个能手也必负伤无疑。谁知刀方插下,那两片鸡身不特未如太冲心愿,反倒往起一合还成原状,"喔喔"一声长鸣,昂颈展翅飞到了门首,朝着门上倒挂着的一只腿间啄了一下,绑绳自解,联翩夺门飞去。坛下左才、湘玄俱都慌了手脚,一同上前抢扑时,那鸡竟是捷逾鹰隼,冲霄而起。太冲见状,吓得魂惊胆落,喊声"不好",拔起炉中刀,咬破舌尖喷出一口鲜血,化成一团烈火护着全身,慌不迭地下坛便往门外追去。左才、湘玄惟恐太冲有失,也匆匆各施禁法,持了器械跟踪赶出。

太冲料定来人必在对崖目光看得见法坛所在的地方暗算,既是有心而来,又占了上风,必不会走。及至三人飞向对崖一看,时当子夜,星月在天,山风呼呼,四外静荡荡的并无一个人影,也不见丝毫可疑之状,正惊骇戒备,仔细搜索仇敌踪迹,忽听云中两声鸡叫。太冲定睛一看,星月交辉的遥天空际,似有两只拳大鸟影展翅往山深处飞去,正是鸡声来路,其行甚速,晃眼不见,知是二鸡无疑。暗忖:自己法力在同道中已算是冠绝群伦,似这般劲敌,生平从没遇到过。只奇怪敌人本领分明高出己上,决无怯斗之理,何以得胜之后反倒退去?看神气竟是专为救那二鸡而来,否则就算是名高见嫉,特地来开这一回玩笑,并非寻仇,去得也无如此轻松,好生奇怪。又细看了一看,端的无踪可寻。只得戒备着一同回转。及至进了茅篷一看卧着的病人,不禁又吓了一大跳。

原来半翁伤在后背上,衣已然去净,昏卧榻上,静候施治。太冲等遇变飞出,室中禁法并未撤去,等到回来,也无别的异状,半翁背上却添了十多条红印痕影,深浸肉里,甚是鲜明。先还以为是半翁的对头来此调虎离山,暗下毒手。湘玄忙用火往榻里一照,半翁适才苍白痛楚的面容业已转成红润,呼吸停匀,睡甚香甜,刚喊了声“奇呀”。太冲已看出那背上红印竟是一幅脊骨图形,就这瞬息工夫,已由现而隐直透骨里,已料来人不是恶意,索性连榻抬起,转后为前,一看半翁胸前也有红印映现,只发觉稍晚,深没肉中,没有背上看得真切,一按察脉象,伤处不特转危为安,竟和未受伤的人一般,益发断定来了高人下手援救。但是来势如此汹汹,直似救的虽是病人,却成心和自己过不去,照来人的道行法力,几如仙神一流,自己茫然无知,因恨他阻人为善,理直气壮,不假思索竟下毒手,幸他只是略显神通未曾还手,如换仇敌,室中三人焉有命在?越想越害怕,不知来人根脚用意,自己一世英名,又不便遽然向空谢罪,自找无趣,爱婿痊愈,良姻已定,都顾不得欣喜,只想不出个适当交代。呆思了一会,无奈何到门前朝外拱手说道:“老朽道行浅薄,适才在此救人,不知何方道友匆匆降临,多蒙施展妙法起死回生,身受同感大德。只是道友来去匆匆飞行绝迹,老朽因事出仓猝,莫测高深,愚昧无知,班门弄斧。道友虽然大度包容不为介介,老朽终觉愧对。私念仙踪或尚未远,为此通诚致歉。尚祈不吝教益一现真身,何幸如之!”说完候了半晌,并无回应,只得应然而罢。

湘玄情切病人安危,虽见半翁面容转好,但因今晚之事太已奇突惊人,又见老父疑虑寻思之状,以为吉凶尚难断定。及听太冲向外通白道谢有起死回生之言,屡窥半翁,毫无病容,方放了一半的心,这时再也忍不住问道:“爹爹,今晚的事来得奇怪,莫非来人当真不是我家对头,他那内伤已被人用灵符给治好了么?”太冲闻言方始喜道:“恭喜我儿!李相公的伤已然痊愈了。不过适才这位道友来历家数全看不出,道行法力却比我要高得多,用意如何暂时尚难断定。我想此事决非无因而至,李相公服我安神定痛之药,须到明早方醒。这位道友不知与他有无瓜葛?先前我和你所说的话,明早还须见机行事呢。”湘玄闻言大喜。父女二人又把前事商量了一阵,因来人胜己太多,防不胜防,再四估量,不似含有恶意,只照平日,未将茅篷门外行法封闭,索性相示以诚,径去安睡。

湘玄年轻识浅,心中终是怙惙,稍有风吹草动便即起视,并未睡好,天明将近,似闻对崖有人笑语,悄悄起身,从篷隙中详看对崖。东方未明,疏星在天，草树迎风，飘拂不息，终不见一个人影，方疑自己听错，忽闻崖那边有人遥语道："你总是爱多管闲事。"一言甫毕，便听一人接口道："这事师父不是没对你说过，这人虽不关紧要，不这么做，那奇童怎样生得出来？我为怕误了你的行期，特地到此替他们将人救好。这老东西却不知道好歹，为我救了两只鸡，他卖弄邪术倒无妨，却引了一个冤家对头寻来，睡时偏又不知防卫。我因他不设防是为敬我，不曾和他计较，如遭这妖孽暗算，岂不是我的无心之过？再加这妖孽害得人也多了，早就该除，未得其便，难得他今晚发现老东西的护身邪火，寻踪到此。他来时老东西刚祷告完，我也正隐着身形回去。想是他劫数临头，竟是丝毫没有觉察。我知他必是乘隙暗算，不会做光明事，又恐一人之力不能诛戮他的魂魄，身虽死去，仍能为害人间，才把你约了前来，一同下手。倒看他不出，居然还敢和我们对手呢。"先一人答道："朱师叔也是奇怪，此人之子将来既是他老人家再传高弟，正好拜你为师，拜我则甚？求他老人家的事也不知如何了。明日起我先藏起来，至不济也等他老人家帮了我的忙，我才收呢。"后一人笑道："我师父既然答应代你向掌教师尊求情，虽然久无回音，必有原故，料无不允之理，愁它则甚？你既这等说法，任凭你吧。我将这妖孽尸首先示一会众，等给他父女看了，使其自家火化，叫他知道厉害也好。还须等一会才回观去呢。你还要补功课，不妨先请。"说罢，便自寂然。

湘玄再听无有动静，见东方已现曙色，忙将老父轻轻唤醒，附耳低声告以所闻。太冲闻言，方知昨晚来的果是仙人一流，与爱婿初无瓜葛，倒是仙缘有了遇合，只不知是那和尚不是。自己后来为表诚信，稍一疏忽，不料被仇敌看破行藏来此暗算，又多蒙先来仙人除去，料定尸首必在对崖，不禁惊喜交集。慌忙同了湘玄赶到对崖，寻入崖后僻静之处一看，一块平坦山石上面插着七根尺许长的铁钉，火烧通红，仿佛新从炉中取出一样，石旁倒卧着一个相貌狰狞赤足的尸首，正是江上踏波飞行的仇敌。

太冲识得仇人也是排教中人，昨晚到此，意欲用七煞雷火钉暗害自己性命，已然行法完毕，就要行使毒手。事前不曾防备，本来万无生理，恰值仙人赶来援救，将仇人杀死，斩了魂魄，只留下尸首一具，欲令自己即以其人之道还治其人之身，将他化成灰烬，所以铁钉仍是红的，忙向空跪谢解救并成全婚姻盛德。起来指着恶道骂道："你这妖道！老夫与你素昧平生，有何仇怨？前在川峡为报杀妻之仇，兼与世人除害，杀死妖妇，也是她咎有应得，与你何干？老夫见你助纣为虐虽然可恨，因彼时有事在身，心想冤家宜解不宜结，况我大仇已报，让你一步也就算了。你还这等苦苦寻仇，又不公然一比高下，却在暗中毒手害人。偏生恶贯满盈，自取形神俱灭之祸。留你全尸，天理难容！”骂完回身，手捏灵诀，正要拔取石上火钉，破去禁法火化妖道。湘玄偶一回顾，似觉妖道眼皮略动，目闪凶光，口角狞笑甫敛，忙拦着太冲道：“爹爹留神！我看这厮眼睛怎会动了一下？”

太冲猛地心中一动，暗忖：妖道既用这恶毒之法害人，难道就不防到害人不成转而害己？仙人虽说斩了他的魂魄，也未详加考查，就此下手真是冒失。万一女儿话没听真，或是妖道另有拼死的诡谋，与仙人对敌之际，见势不佳预先遁出元神，只有一魂未斩，稍微疏忽就有杀身之祸，这岂是大意得的！当下忙即停手，与湘玄又在崖前崖后仔细搜查，果然只寻到两件准备附魂遁走的化身，乃是满画符箓、缠有头发的三寸竹筒，俱为刀剑从中劈断。七魄被自己炼的七煞钉钉住，早已看出不足为虑，尚有一魂化身寻找不见，断定二魂已戮七魄受禁，必难脱逃，只找他不到，无计可施，又查不出有无别的诡计，正在为难。湘玄忽道：“爹爹，我们全崖都已寻遍，难道在这厮身底下压着么？”

一句话将太冲提醒，说道：“我真老糊涂了，若非你说，几被瞒过。这一来不怕他不死了。”说罢，指着妖道冷笑道：“你报应临头，有甚本领快使出来，不然我就要下手了！想叫我先拔去你的七煞钉，放出厉魄会合妖魂，那是做梦呢！”说时，妖道嘴直乱颤，一片挫牙切齿之声，倏地怒目圆睁，凶光暴射，瞳大如杯，似要夺眶而出，瞪了太冲父女两眼，喉间微微愤叹了一声，又复闭去。太冲知无能为，吩咐湘玄站远一些，拔出身畔神刀，随手斫一根树枝，咒了几句放在地下，再用刀围住妖道身外画了一圈，且画且咒，又拔下七根头发，打了符结持在左手，右手举刀一指尸身，怒目喝了声“起”。妖道便即缓缓起立站在当地，接着身底下迸起一条三寸多长的黑影，在圈中乱飞乱跳，随跳随落，只在圈子里不能越过。

太冲几番作出欲斫之势，俱未斫下，眼看越跳越急，太冲怒骂道：“无知妖孽！我不过试看你有多大能为，竟敢执意害人，原来也只有限。你当我真的斩你艰难么？”说罢，回手一指，先前的那根树枝便笔立而起，悬空浮沉，离地约有三尺高下，随将左手符结一掷，端端正正套在树枝之上，自行缠紧，再口喝一声“疾”，飞刀照准树枝当头劈下。只听“吱”的一声惨叫，这边树枝劈为两半,刀仍飞回,同时圈中黑影也自中分消散,落下两半片竹板,妖道尸身也跟着倒卧原地。太冲这才二次走向石上行法持咒,手一晃,七根通红铁钉带起七缕黑烟随手而起,忙再举刀一挥,黑烟四散处钉上之火全灭。湘玄回顾妖道尸身似有红光一闪,走近一看,形骸依然犹人,通体已成了一具白灰。

太冲见已毕事,才笑对湘玄道:“这厮虽是排教,又兼学了鬼母罗喉邪术,作恶多端。适才稍微大意,若被他魂魄一合,虽尚不致受他的暗害,我无仙人法力,要想再杀他却是难呢。此时日光已上,病人将醒,我们快回去吧。”父女二人到家一看,半翁已自有了醒意。左才早起,见他父女不在,虽料有事,尚不知如此厉害,正在煮粥,问讯好生骇然。太冲因半翁就要醒转,仍将卧榻搭在原处,留下法坛不撤。又过有半盏茶时,半翁方始醒转,这一觉睡有半个对时,醒来时因伤势全好,睡得又太安适,竟致忘了前事。猛往外一翻身,看见太冲父女满面笑容站在榻前,这才想起自己身负极重内伤,丝毫劳动不得,怎便轻易转折?不禁吃惊,“嗳”了一声,又觉身颇健适,和没事人一般,再看榻对面却添了一座现设的法坛,香案上蜡泪成堆,残烛犹明,太冲正披散着头发。回忆昨日所经,直似做了一场噩梦,心虽料出这家父女必是异人奇士,自己已然遇救,否则决不会这般梦稳神安,痛楚若失。念头一转,猛又想起主人再三叮嘱不可妄动之言,不敢就此起坐,方欲开口致谢并询前事,太冲已先含笑说道:“恭喜李兄《易》数神验,尊体已然转危为安,将近痊愈了。”

半翁喜询道:“如此晚生这时可能起身么?”太冲知他欲起拜谢,便拦他道:“李兄重伤虽愈,但因昨晚服药之后睡得甚熟,小女随侍在侧未敢惊动。今早老夫起身,偏又来了个仇敌,欲用妖法暗害我们,适才方将他除去,尚未细查尊体,此时尚劳动不得哩。”半翁对太冲父女已是感恩切骨,敬若神明,又知昨日伤势奇险,自然不敢造次。因听湘玄为了照料自己,守了一夜未睡,心中好生不安,便答道:“晚生昨日受伤,自分必死。承老恩公允予施治,当时虽曾力说有救,决可痊愈,因伤及内腑,脊骨酥融,便是华、扁重生,未易为力。心虽感极,实未敢信,不想第二次服下老恩公的灵药便即熟睡,至今一觉醒来痛楚若失。天上神仙不过如此,又承女公子镇夜守护,此恩此德杀身难报。适听老恩公说,今早来一仇敌欲加暗害,难道那厮已占上风,还要追尽杀绝,乘人于危么?”太冲笑道:“此事不与李兄相干,说来话长。你我前缘早定,尚须长处。李兄昨夜不曾用饭,此时肚内空虚,且用点粥再为细谈。”

半翁闻言，果觉腹中饥甚，才道得一声“多谢”，湘玄已端着一个木盘，盘内盛着一碗新熬得的香稻米粥、一碟自制的兜兜咸菜、一盘当地名产张寡妇腊肉和血豆腐片、一碟凉拌野芹、一碟油酥蚕豆，碗内放着一把羹匙。一近前，先将木盘放在榻侧小几之上，手中持着一双竹筷，向半翁微笑道：“李相公，你伤才好，我爹爹说你劳动不得，待我来服侍你吃罢。”半翁见她想喂自己吃，好生惶恐，熬粥男子已不知何往，守住医诫，既不能坐起转动，对方又是主人的女公子，其势又不能请求乃父代劳，真个谦也不好受也不好，偏生腹中思食甚切，望见盘中食物样样精美清洁，粥香直透鼻端，益发饥肠雷鸣。正为难间，湘玄已取过一个枕头来垫在他的颈下。半翁转念一想，这家父女俱非常人，行动豁达，自非庸俗，如避男女之嫌，拘拘于世俗末节，难免遭其不快，反而不美，恭敬不如从命，还是大大方方领受盛情的好，忙即正容谢道：“主人这等恩待，真粉身碎骨难以图报了。”湘玄微嗔道：“你这人看去倒好，怎说话却这等迂法？肚子饿了，快些吃粥，冷就不香了。”

半翁文武双全，为人正直，向来目不斜视，何况又是恩人之女，湘玄不时经过榻前，目光扫上去，只觉此女身材窈窕，仿佛甚美，始终也没正觑她一眼。这时玉人近在眼前，皓腕频伸，香泽微闻，想避嫌也无从避起，加以湘玄浅笑轻颦，殷勤劝嚼，举止落落大方，丝毫不作儿女之态，越矜持越显局促。湘玄却是有说有笑，伸出一双柔荑十指春纤，左手喂粥右手夹菜，从从容容行若无事。后来半翁吃她取笑了两回，暗忖：此女如此豪爽，我如过分拘谨，岂不被她轻视？何不也大方些，看她如何？想到这里，不觉将头一偏，湘玄也在看他，二人目光恰好相对，如再回避不看，当着乃父，倒显有心相觑，假赞粥香肴美，说了两句，敷衍过去。这一视之后，半翁顿觉此女不特聪明，而且容光照人，美艳无俦，不知不觉种下情根。虽然自己已有妻室，又受人父女如此深恩厚德，不敢妄设遐想，但那敬爱之心却有加无已了。

这二人一个是饿极健啖，一个是惟恐他吃得不多，只管喂他个不已。半翁也不再作客气，吃得甚是香甜，一连喝了五碗粥，菜肴吃去多半才行谢止。偶望榻前太冲，不知何时走去，方欲询问，便听湘玄娇声喊道：“爹爹，你不是还有事吗？快吃些热粥走吧！”言还未了，太冲已挽好发髻，由隔室中衣冠走出。父女二人先就锅中余粥各吃了些，吃毕走近榻前，太冲给半翁看了看伤处，说道：“李兄痊愈得这般快法，大出人意料之外。只是三五日内，起居饮食尚必需人，切忌劳动，以免伤发难治。如我所料不差，短期内便可还乡，无须百日了。至于昨晚经过，老夫今早尚有一要约须赴，时已不早，且由小女相陪细说详情，恕不奉陪了。”说完，作别走出，湘玄送到门外。半翁耳听湘玄低声对老父道：“此事我实不愿加功，不消说罢。”太冲答语更低，没有听出。一会又听湘玄道：“还是实说的好。今早为了他，我父女全家差点送命。总算天可怜见才有此结果，我想不会有什么错了。”底下的话便听不真。

又隔有半盏茶时，湘玄方始欢然走进，也不说话，只朝半翁微笑了笑，径入内室取来妆具，坐在门侧向阳处，面斜对着半翁，梳妆起来。半翁见她秀发委地，又长又黑，梳挽之间，露出半环蝤蛴、一双藕臂，对镜回眸，顾盼生姿，端的是滴粉搓酥，容华美妙，暗忖：适听所说，好似自己伤愈全出此女之力，乃父曾命详谈，她却一字不提，人正晓妆，未便动问，看了两眼，恐涉轻薄，不敢再看，只得闭目养神，等乃父归来再说。隔了刻许工夫，忽听湘玄在床前娇语道：“李相公，一夜工夫还没睡够么？”半翁睁眼一看，湘玄晓妆已罢，换了一身整洁淡雅的衣服，玉立亭亭站在榻前，经过一番修饰，虽然脂粉不施铅华未御，可是云鬟低压乌黑如漆，更没一丝乱发，越衬得貌似花娇，颜同玉润，远山横黛，秋水含情，仪态万方，不敢逼视，忙即答道：“适见恩人正在晓妆，未敢相扰。偶然闭目养神，并未睡着。昨日仓猝，未曾请问恩人来历。小生劫后余生，微命犹如拾来，闻得尊大人言，今早又有仇人暗算，不知可能见告否？”

湘玄笑道：“我父女忙了一早，头也未梳，尊客在此，不成样子，稍微挽了个发髻，没有陪你。想等得不耐烦了吧？日子长着哩，等我慢慢和你说。”说罢，就榻前竹椅坐下，重把姓名家乡以及今早仇人暗害之事先详说了一遍，然后说道：“我爹爹不但医道高深，专能起死回生，并且精通道法。昨晚见你伤重，正在行法医治。不想我父女诚心感动，来了一位神仙，加用灵符将你治好，否则哪有这等快法？我爹爹说，那仙人颇喜爱你，你如能拜他为师，将来学成道法，可以长生不老。这伤也不会再犯，你可有意么？”半翁闻言，才知太冲父女果是得道异人，细揣湘玄语气和父女二人门外私语，疑心拜师之言乃夫子自道，特命湘玄探口气。命是他救，学习道法正是求之不得，有甚不愿？忙喜答道：“恩人父女早知不是常人，小生本就有心拜求传授，如蒙不弃，真乃三生有幸，焉有不愿之理？”

湘玄知他料错，便止住他道：“你想错了。我父女虽通道术，并不是玄门正宗，学它早晚终有坏处，怎能做你师父？你为人正直光明，心地纯厚，我对你实话实说。我爹爹十五年后便要遭一劫难，因从占卜上算出，将来只你能以救他，特地弃家来此相候，却没料你有此一难。救回你后，见你人虽极好，但是不会法术。你如应得十五年后，到时往黔江一行，救我父亲大难，助他兵解成道，恰巧左近住了一位仙人，我便指你一条明路前往拜师。我爹爹固是得你好处，你却可以学法修真，长生不老。如若不愿，你日内便可回去，也无须再说什么感恩图报的虚话了。”半翁慌道：“恩人怎这样说法？慢说尚得仙人为师，日后无穷受用，拿恩人父女相待恩义，便令我赴汤蹈火，也是万死不辞！”湘玄大喜，接口问道：“既然如此，可见我眼力不差。我爹爹还有一件为难的事，本不想明和你说，我也不便出口。今见你为人这好，我又是个急性，不愿扭扭捏捏，打算和你明说。只怕你一个不肯，羞了我时，却和你不得甘休呢！你且想想再回复我，自问不能便罢，省我说出为难。”

半翁此时已然坠入情网，觉着湘玄容正语言无不美妙动人，守礼自持全出强制，敬爱过度，闻言只顾抢着分辩，竟未暇深思，脱口答道：“适已说过，要命都肯，还有比命再重的么？”湘玄微笑道：“命却不要。只是我爹爹十五年之约事关紧要，恐你到时忘却，口不应心，想命一人终身守着你。如能答应，我爹爹回来再朝你明说，你可应么？”半翁方始恍然大悟，暗忖：得妻如此，岂非幸事？无奈室人贤淑，情爱颇厚，既万不能中道捐弃，又不便使对方屈居侧室，刚一作难，湘玄已自看出，眉颦轻锁，面有愠色。半翁恐她误解，想了想，装呆答道：“小生家有糟糠，人甚贤淑。尊大人所派之人不知是男是女，尚请明告。”湘玄转怒为喜道：“谁不知道你家有位贤德夫人？又无人要夺她的正位，你先打什么招呼呢？”半翁见她双颊红晕，媚目流波，深情若揭，不禁心荡神摇，暗想听她语气，分明早有定见，受人大恩而且甘居侧室，怎能不允？主见一定，情爱自增，假意问道：“小生无不应命。尊大人所遣之人究竟何许人呢？”湘玄知他明知故问，正色答道：“原来你也是个假老实人！我爹爹回来，你自去问他好了。”说罢，忍不住噗哧笑了出来。半翁见她时嗔时喜，庄谐并作，满脸娇羞之状，越发爱极，正要向她调笑，一想不可，又复止住。

左才忽然走回，手里提着许多干鲜果品、糖食菜蔬，进门放下东西，便向半翁为礼。湘玄代引见道：“这是我爹爹新收的师哥，名叫左才。你有甚事，只管请他。我们都是自己人，不要客气。”半翁先向他谢了谢昨晚今早的照拂,左才谦了两句,打了些米,提着菜筐下篷淘洗去了。半翁对湘玄说:"自己同车办货的人甚多,此时必在悬望,意欲请左才入城送个信息,便就叫他们送些银米衣物前来应用。"湘玄笑道:"昨日你虽没有详说来历根底,但我爹爹已算出一半。这事不劳多虑,今早左师哥进城,已命他先捎了一个口信。因我爹爹不喜外人来此,只没告诉我们住的地方。银钱我家虽非富有,却也不短,换洗衣服,我爹爹今早出门已给你置办去了,去取则甚?难道你还怕打搅我们么?不过你的心事尚未问明,还没打发你同伴们回去罢了。"

半翁终恐同来的人不肯深信,未便再说,只得等太冲回来再作商量。又谈了两句闲话,太冲便自回转,果然带来一包衣服鞋袜,正是自己行箱中物,钥匙尚在身旁,外人无法开取,不知怎生取到。心方奇怪,太冲道:"老夫适寻一人未晤,本意往城中去为你购办衣服,后来一想,你衣服已破,现做等不及,买的怕不称身,又恐左才的话说不圆全,特地往你店中探看。到时左才刚走,你那十几位同伴果在疑神疑鬼,议论不放心。事有凑巧,那家店主早年当过湘排上伙计,业已多年不见,还认得我。诸位每来想必都住此店,均信服他。老夫带有你一片破衣,又用它略施小计,假托你意,是你穿过的衣服全数搬运出来,他们才放心相信,都要赶来看望。老夫推说你受伤太重,几于不治,多蒙一位神仙治好,要收他为徒,尚须多日耽搁,此时不能见人。请他们事情办完各自回去,并允在三二日内,由你亲笔写上两三封信与山中两位老人家和令正夫人,免得见你不归愁急。你看如何?"

半翁听太冲所说果与湘玄之言吻合,心又放了一多半。此时诸事不便自主,惟有任之,连声称谢不置。实则太冲行时,料准姻缘无差,先欲半翁拜师,仅为医伤,不使再犯,次晨又联想到十五年后相助兵解之用,重以湘玄所闻天明前仙人对语,颇疑心所拜的仙人仍是前见矮胖奇僧,特地先去寻晤。到了所居谷崖之上一看,茅篷火化,仙踪已杳,又赶往城内去取衣物。本还没打发半翁同伴回山,及至事情办完回来,一进门便看出爱女面有喜色,料知已向半翁实言相告才这般说法,见半翁并无异词,甚是高兴。一会,湘玄使眼色将乃父引入内室,告以经过。

太冲略微寻思,独自走出,在榻旁坐下,对半翁道:"老夫心事,小女已对李兄说了。想老夫奔走江湖数十年,为人处世尚还问心得过,只为所习之道近于旁门,任是如何修为,尚须多转一劫。兵解原是道家常事,本来无妨,偏生老夫平日疾恶如仇,因此树下好些强敌,到了兵解之日必来作梗为害,意欲使我形消神灭,永堕泥犁。嗣经推算来因,只有李兄与小女前缘夙定,可以为助。昨日幸会,见你果然心地纯良,正直光明,根器甚厚。付托得人,深以为幸。小女天性至孝,又极好道,自幼便从老夫学习法术,差不多已得我所学十之七八。本欲出家不再嫁人,为此一劫,竟不惜舍身坏道,其志颇堪嘉尚。她人虽粗野,文事武艺女红以及一切持家之道俱还来得。你我患难至交,不尚虚言。现在老夫欲以小女终身相托,不知中得尊意么?”

半翁庄容答道:“女公子四德皆全,至性过人,加以文武兼资,道法通玄,真乃神仙中人,得承下嫁,几生修到?不过积棘蓬裸已非鸾凤所栖,何况晚生家有结发山妻,并无失德,未便忍心抛弃。适才再四思维,拟与女公子结为异姓兄妹,接往山中同居。至于十五年后黔江之约,晚生百死不辞。此举殊为两全,不知老恩公尊意如何?”太冲明白他并非坚拒,只为结发之情既难负心,一面却使恩人之女屈为小星,于心不安,所以这等说法,便笑答道:“贤契不必如此谬执。小女与你原有宿缘,命中该居侧室。你不肯负心舍此就彼,便是你为人好处。老夫任是昏愚,也无强你委弃结发之理,小女也非不知尊卑分际的人,此层只管放心。彼此有大益处,无须不好意思。快些应诺,好使老夫了却一件心事,贤契也可早日还山,以慰高堂倚闾之望,日内还要设法去寻那位仙人拜师学道。”

半翁本来只有愧对,想把话明说在前,并非真心推托,闻言立时转口,改了翁婿称呼,答道:“既承岳父错爱,执意以湘妹下嫁。自思恭敬不如从命,岂敢再违盛德?但是小婿受此大恩,湘妹屈居侧室,实所不敢。好在妻室人颇贤淑柔婉,极知顺夫之道,况又知小婿的命出诸岳父湘妹所救,必能终始敬爱,决无异言。小婿意欲留住同来诸人,等病愈以后,仍照亲迎之礼请湘妹下嫁,回山以后,只以姊妹相称,无分侧正便了。”太冲料他家有老亲,又是前朝世族,处处都守着古礼而行,回山行礼必有为难,如照寻常纳妾,又觉对不起湘玄和自己,欲在客中行娶妻之礼,以图两面都能交代,便答道:“贤婿之言全是一番好意,我岂不知?但你家有老亲,不问是娶妻纳妾,焉得不告而行?自古名不正则言不顺,小女明是侧室,如何能越礼相待?此事出诸堂上二老,已难免迂人议论,你背地私为,更属不可。依我看,只要你夫妻姊妹一室三好,彼此白头相守,互相敬爱不衰,再不误我十五年之约,老夫于愿已足,计较这些浮文虚礼有何用处?”半翁只得应了。

当下太冲唤来湘玄、左才,告以许婚经过,各人叮嘱了几句。因半翁新愈，肌肉初生，仍命在床静养，由湘玄、左才服侍照料。到第三日早起，太冲给他诊视，知已完全复体，才许下床拜谒谢恩。因拜师学道定还有多日耽搁，事前不愿山中知道详情，也不令半翁与同来的人相见，只令亲笔写了两封长函与父母妻室，告知受伤遇救经过，隐起纳妾一层，并说现在青城从一仙师学道，学成归去再陈详情等语，又给同伴们写了一封短函，促令事完即速回山，自己归期不定，不必相候。写完，太冲也不命人送往城中，特向半翁同伴诸人故示神奇，取了一双竹筷三封信夹住，手掐灵诀一指，竹筷立即夹信飞起送往店内。众人接信，益发以为遇仙，候了几日，不见再有音信，货早办完，只得束装回转洞天庄不提。

半翁、湘玄处了这几日，湘玄又不作儿女之态，日夕嘘寒问暖，耳鬓厮磨，情感自然日益深厚。当日发完了信，一家三人重又商量拜师之事。明知仙人就在本山，只是无可根寻。太冲因奇僧已走，已打不起甚好主意。最后仍是湘玄回忆那早所闻仙人对语，有朱师叔令他收徒之言。青城派开山祖师是矮叟朱真人，此事还须前往金鞭崖跪求一番，以探动静，于是商定即日斋戒沐浴，第二日清早起，由湘玄伴了半翁前往崖下跪祝，试探动静，相机行事。次早二人到了金鞭崖，刚自跪下通诚拜祷，排云峭壁上面便飘下一张纸条。半翁到手一看，上面写着所拜师父乃是太冲父女先遇奇僧，现在移居金鞭崖深谷之中。那里有一株汉槐，树已中空。二人此去如不见他在内，守到子夜时分向树默祝，说奉有朱真人之命前来拜师学道，便可相见。此外另写有两行古篆文，连半翁博学都不认识。

来时不过万一之望，哪想到仙缘遇合如此容易？二人俱都感激狂喜，连忙虔诚拜谢朱真人玉成大恩，赶往谷内，寻到那株汉槐，果不见人，依言跪祝，守到子夜将近。地下虫豸甚多，群来咬啮，湘玄虽会禁法，却不敢使。夫妻二人正自熬痛苦忍，忽见一线金光似电闪一般破空而来，晃眼落在树前现出一人，正是那矮胖和尚，似已知道来意，见面便喝道："你们快些起来！我最不喜人这等做事。"二人不敢违命，只得起身恭立，还未张口，人影一晃，和尚已不知去向。二人跪也不好立也不好，双双向树哀恳。不多几句，和尚忽从树腹内现身出来，向下说道："我因第一次收徒，不愿收你这等自私自利的没收成人。朱师叔偏要我看在你儿子分上。他老人家现时未在观中，我特地择了这个隐秘所在等他。你们这能寻到，是纪长子告诉你的么？"二人便将那日闻得仙人对语、今早往金鞭崖跪求之事说了一遍。

和尚要过纸条，看到末两行，面上便有了喜容，笑对半翁道："朱真人再三相强，真正便宜了你。我尚须住此三个多月，你可仍回你丈人家中安身，每日清早到此。你资质根器均非上乘，我事完又必须远行，相从之日无多。缘法有限，我只传练习飞剑之法与道家入门功夫、防身本领，虽然未尽得我所传，但能照此勤修，他年也不无成就，看你自己修为如何便了。"半翁忙即躬身拜谢，行了拜师之礼。湘玄也欲随同拜师，跪下哀恳。和尚说是无缘，自己也不能收女弟子。不敢强求，只得罢了。和尚又挥手命行，并令半翁明早独来。二人拜辞归途，想起拜的师父是个和尚，却说传授玄门道法，好生不解，造次间也未敢叩问法号。到家告知太冲，太冲也不知是何原故。

由此半翁每天一早便去谷中，从那奇僧练习法术。他人本聪明，又因师徒相聚为日无多，不久分别即难再见，用功益发勤奋，虽只短短百多天的工夫，凡是奇僧所传，无一不心领神会，触类旁通。奇僧也喜半翁天性颖悟，对他说道："你这人真聪明，向道之心也极真诚，只惜你根基尚差，你我师徒缘浅，不能尽得我的传授。这样精进，出我预料之外，用以伏魔防身、祛病延年已是足足有余了。你因举族同隐之故，身为村主，不能出外广积功德，我又不能携你同去，看去虽然不能望到修成正果，但玄门吐纳修炼之功你已得有真传，立下根基，回山生子以后，倘能照此勤修，日夕无间，也能修到地仙之份了。"半翁自是感戴师恩不置，中间也曾请问过师父法讳来历，奇僧总是笑而不答，问过三次不敢再渎，也就罢了。

光阴易过，一晃三个多月。在这期间，半翁每往习法，奇僧常有不在的时候，半翁便在汉槐之下独自勤习，可是候到子夜奇僧必归，总是往金鞭崖寻一姓纪的道友闲谈下棋，知是引进之人，但是那姓纪的却未来过。这日半翁照例前往学道，候到子夜过去，奇僧未归。本订在这几日内传他练剑真诀，益发不敢妄自回家。到了天明，奇僧仍然未到，心想当日总该早回，索性不再回家，就在左近林内采了些果实，准备少时充饥之用，自己照旧练习功课。一晃又过了子夜，仍然渺无踪迹，暗忖：师父原说日期将到，传了剑诀便即分手。屈指行期虽在这几日之内，师父人甚真挚，自己任凭传授，从来不敢强求，决无不言而去之理。看连日师父常时沉吟，似有心事在怀之状，不是有什么要事在外耽搁，便是在金鞭崖与同道仙友相聚。长别在即，万一走开，师父归来，还道我用志不坚，岂不误了大事？寻思至再，不论守上多天，总要见上一面，决计守候下去。

半翁此时法术虽会不少，道力尚极浅薄，不食尚在不能，每日前往，俱由湘玄给他预备好饭团、糍粑、锅盔之类的素食带去。因见每晚必归，所备只是午晚两顿，第一日的粮业已吃尽。第二日苦寻附近，勉强寻了一点山果，匀作两餐已是不够，偏生谷中地方辽远幽僻，花木虽多，果树绝少，有的不到时候，附近有一两株能吃的果树，地阴背阳，结实无多，已被采完，守候无妨，却是吃的为难。第三早勉照师传调息服气辟谷之法试一打坐，坐时果不觉饿。偏生半翁因师父快走，贪着多学道术，又善记，每传一法，一学会便即放开，再请传授其次。平日虽也温习，独这吐纳之功循序渐进，收效最缓，有这练习功夫，还不如多学一点别的，连奇僧也说，他门径已得，还山之后再行勤习，以图精进，此时无须苦练，匀出时间多学一点法术。所以自从学会绝少练过，休说辟谷，连坐的时候都不能久坐，调息咽精，运行真气，一心用功自然无觉，等到运透十二周天，坐罢起身，才只两个时辰，谷没辟成，反因打坐以后，清气上升浊气下降，出了一恭，精神虽然未减，肚里越发空虚起来，饥肠辘辘，既找不到一点食物，又知湘玄父女守着师父之戒，不敢来此探看。想试行禁法，咒运远地果食，又因师父常说，本山乃青城派创立教宗之地，剑仙异人甚多，并且时有异派中的能手来此伺隙窥探，上门寻仇，各正派中剑仙异人也不时过访往来，学成以后不可妄自炫露。乃岳因为夺鸡，放出护身法火，几遭灭门之祸，便是前车之鉴。并且还给自己在树下画了一圈，设有禁制。练习时奇僧在前还可随便，如若出外未回，便须在圈子里，练习时尚且防备外人窥见，焉可妄自尝试？想了想只得作罢。

呆了一会，日已逾午，半翁出身安逸，山居饮食起居备极优美舒服，几曾连饿数日？正饿得难受，猛想起法术不可妄试，何不用易理卜它一下。占看师父到底何往，何时方可归来？附近何地可以觅取食物。万一无有，趁师父未回以前可否回家取食物。如叫师父知道，会不会因而见怪，嫌自己不能以坚毅自持，区区饥饿俱不能忍耐，因而误及仙业。当下默用易理一查卦象，不禁大为惊讶。原来师父为避一仇人，现在东北方金鞭崖上，并有多人相助。本来不畏那人，为办一件要事，故此避而不见。并且那仇人不久就要寻到当地，自己还是那人的克星，来必有损。至于食物，已有亲近阴人来寻自己，就在正南崖上，因不敢近前又有阻隔，望看不见，尚自徘徊未去，赶往相见不特食物可以立致，还得不少助力。

半翁这才想起，自从昨晚起，因知寻不到食物，一直人在圈子里起坐，没有出圈一步。师父常说,圈外设有禁法,除了事先知道底细的同道中能手可以破法入见外,外人眼中只是大树底下一堆乱石。只奇怪师父那么高深的道行,来人竟敢寻仇,可知厉害,自己怎会是他克星?可惜易理不精,难穷微妙,不能深悉底蕴和克那仇人之法,否则岂非大功一件?料那亲近阴人必是湘玄无疑,不如速去商议一回,既免得候久而去无从得食,还可向她求计立功,于是出了圈子往南崖跑去。

果然湘玄因他两昼夜未归,心中悬念,偏生乃父又在昨日出门访友未归,反正相隔不远,一清早就赶了来,想看看半翁在否。遥望树腹中空,树下乱石纵横,虽听半翁说过那是幻相,人在其内,但又拿它不定,守着前戒没敢近前,心想半翁说,除了练习法术在圈子里,常时也在圈外走动,打算守他出现。一直候到过午终不见人,颇疑奇僧将半翁带返仙山,又想半翁为人情重,自己所重也非儿女私情,不愁他背信负恩,中道捐弃,不告而行,终觉不无介介,方自难受,也觉早起未食有些腹饥,意欲回家一行。刚一想走,便见半翁从石堆中现身,朝自己立处飞驰而来,连忙迎下崖去。先还奇怪自己为怕他师父看见不快,藏处绝隐,他远隔二三里外如何能见?及至夫妻相见,半翁备道前事,湘玄寻思了一会,忽然失声惊喜道:“这一来,不但是你,连我父女都要沾点恩光了!”

半翁问故,湘玄道:“你不说那仇人就要寻到此地来么?话若谈多,时候久了,误事可惜,少时再对你细说。你快将进圈之法传授与我。”半翁恐师父见怪,还在迟疑,湘玄发急道:“呆人!包你师父只有喜欢,不会怪我们,再迟就去不及了。你看我这里宁苦守半天,都没敢走近前去,还会不知道轻重么!”半翁深知她聪明机警,胆智过人,见她惊喜惶急之状,忙将进圈口诀传了。湘玄坚嘱半翁:“仍回圈中,万一如有所见,不可稍露声色,我来再说。”说完也不等还言,径自行法飞去。半翁只得回到树下,入圈坐定。等了一会,湘玄携了几件镇物和一些素粮赶来,头上还斜插着三把从未见她用过的金刀,俱都刀锋深陷额际,却不见流出一点血迹,仿佛长在肉上一般。半翁见了骇然,悄问何故。

湘玄闻知无有动静,又四外仔细查看,谛听了一会,方始挨肩坐下,含笑低声说道:“你已饿了一天,时候还早,只顾请吃你的东西,等我慢慢来对你说。”半翁原是饿极,依言取食。一边湘玄说道:“我爹爹常说你卦占极灵,我也极为信服。适才听你说师父三日未回，占出仇人寻隙。想日前爹爹曾会见一个方外之友，此人先也是个汉阳武家，姓陶名钧，外号人称小孟尝，当年极为好客，九流三教，只是有名有本领的人物，无不接待。我爹爹昔年也曾为他家座客，彼时我爹爹在长江做排师，极有威望，彼此慕名，甚是交好。后闻他弃家散财，独身出外，便无音信。谁知那日无心中竟在城中相遇，我爹爹已然老气横秋，他却还是当年气概，衣服却换了一身道装。问他别后行踪，知已学成剑仙，拜在青城山朱真人门下为徒，就在金鞭崖观中居住，新从川边青螺峪访友回来。我爹爹便向他提说你拜师之事，并询问你师父法号来历。

“经他一说，才知你师父竟是一位了不得的剑仙，并无名字，自幼就在东海三仙苦行头陀门下，因他见人爱笑，又喜滑稽玩世，疾恶如仇，与师祖冷面佛心神情迥然不类。东海三仙，第二位是你师祖，第一位是玄真子，第三位便是日前峨眉派掌教妙一真人。这三位仙真虽然佛道各殊，当初都曾做过峨眉派开山老祖长眉真人的徒弟，所传飞剑独步乾坤，神妙无比，起初学的都是剑术道法，所以你师父所学兼有两家妙用。苦行师祖自从炼就无形剑，在首次峨眉斗剑斩了五台派掌教混元老祖连同七十多名余党，不久又在成都慈云寺与各异派妖邪二次斗法比剑，又复诛戮多人，便即收手。他老人家自长眉真人仙去，渐渐勤研内典皈依佛法，这时内外功行均已圆满。成真以前，你师父忽然犯了规条，被罚在东海面壁多年，重炼无形剑，直到去年刚刚期满，炼成了剑出世，前往峨眉山凝碧崖太元洞参拜掌教师尊，并领训诲。行至中途，路过巫峡神女峰，望见山凹之中有人施展邪法。他看出那是赤身教主鸠盘婆的门下的妖法，又极恶毒，意欲为世除害，不问青红皂白，飞剑下去，将那两个行法女子用无形剑一齐杀死，谁知惹下大祸。

“那两个女子，一名金姝，一名银姝，起初确是鸠盘婆的义女爱徒，可是志行高洁，从未为恶，自来不善母师所为。后来鸠盘婆为峨眉派所戮，义女门徒一时都散，二女心慕正教，立志弃邪归正，本欲投到峨眉门下才称心意，无奈又是母师之仇，并且她们还有一个尽得母师传授、厉害无比、又极爱二女的长姊铁姝，屡加告诫，说人各有志，你二人另投师门原无不可，只仇人决不许投，否则莫怪我无姊妹之情，心辣手狠要你性命。二女也觉自己心意说不过去，只得投到半边老尼门下，甚蒙怜爱。二女原在神女峰修炼，这日同门师姊缥缈儿石明珠、女昆仑石玉珠前往相访，因二女精通魔法，反正山深无人，强她们试习来看。石氏姊妹故意陷身魔阵，借此验看近年道力，不料二女魔法果然厉害，石氏姊妹见势不佳，刚刚隐身遁出阵外，便被你师父路过看见，触动疾恶之念。他那无形剑比以前所失还要炼得精妙，无形无声，厉害非常，二女做梦也未想到刚听有人断喝便即了账。石氏姊妹一见，忙即上前喝问。你师父认得石氏姊妹，知错已铸成，连忙飞去。石氏姊妹因二女由她们请其试法而死，又认出行凶之人，追赶你师父不上，径去武当哭诉。半边老尼得信大怒，赶往峨眉向掌教真人理论。

"你师父早知如往峨眉进谒，半边老尼必要寻来，掌教真人反倒不好处置，至不济也要责罚自己狂妄胡来之罪，还是暂时不去为妙。刚一返回东海，便接掌教真人飞剑传书，重责了几句，说已答应半边老尼，为金、银二女凝炼形魄，责令你师父前往北海陷空岛冰洋之下陷空老祖那里寻求聚魄凝魂神胶，以作末尾收功之用。因陷空老祖门人众多，防你师父前往又惹祸事，责令善取，并即日将无形剑暂时缴存，只允一年零三个月为期，过了必予严谴。你师父知道限期虽长，此事难如登天，并且二妹之姊铁姝势必苦苦寻仇，无剑怎能防御？当时又不敢违命，望空缴剑以后，眼看来的一道金光裹住无形剑飞回峨眉而去。思来想去，苦无善策，知道朱真人与师祖和妙一真人至交，又最不喜陷空老祖为人，前来求计，并乞朱真人代为说情，请妙一真人将剑发还，以作防身之用，并求许其邀约两三个同门师兄弟为助。（本节所述笑和尚误斩金、银二姝，求矮叟朱梅说情，大闹陷空岛诸回目，俱载拙著《蜀山剑侠传后传》，此书只略述缘起，因已见他书，后文不录。）朱真人已然答应，连你拜他为师，俱是朱真人所命。

"本要对你说，偏你前晚又没回去。你卦中所说仇人，必是妖女铁姝无疑。你道行法力尚浅，怎么是她对手？你的卦占最有奇验，分明令我相助。你休看我所学近于旁门，却也八九得我爹爹传授，时与为敌必然吃亏，如用我本教中最狠辣之法加以暗算，也非小可。她因你师父是正教中人，必不防到有此一着，岂不举手成功？即使不成，我拼着损伤一点皮肉，你我二人也还有脱身之法，怕她何来？再者你师父他老人家如此神通，又有金鞭崖诸位仙长相助，难道会不晓她来，看我二人吃苦？你担心则甚？据我看，这女的准来无疑。这等邪魔外道，比我们都不如，你没算出来准时候，或者要在子夜前后也说不定。爹爹昨日出门往重庆访友去了,要五六天才回来。我已告知左师哥,家中还有万一之备。我陪你在此等鱼上钩,人来以前我必知道。我一举手,你千万不可出手走动。假如我要叫你取甚东西,也用手比。我们先练熟了它。"说时甚是高兴,似操必胜之券。半翁先颇胆怯,被她这一席话加以鼓励,也跟着眉飞色舞,胆大起来。

这一双初生犊儿不怕虎,却把一个行踪飘忽捷如闪电的有名厉害妖人毁于一旦。后事如何,且看下回分解。

第二十三回

额插金刀 处心诛女魅
瞳渗玉乳 无意拜仙灵

李半翁夫妻二人并肩坐在汉槐之下，守候妖女铁姝到来，说说笑笑，不觉已是黄昏将近。湘玄又将余剩山粮取出，各吃一饱。眼看时过戌初，妖女仍未见到。半翁因湘玄说妖女许在子夜才至，觉着口渴，意欲出圈取些山泉来饮。湘玄一把按住道："你怎这般大意！我虽料她子夜将近才来，并难定准。这等魔教中人形同鬼物，说来便来，万一恰在你走开时来到，被她看破，如何得了！"半翁只得耐住，又停了一会，越思水饮。按日里卦象，妖人明明不久即至，这般久无动静，既恐占算未能全验，又恐妖女神出鬼没，来去无踪，也许早已隐身到此，见当地无人又复走去，自己却在守株待兔。想再占一卦，到底应在何时，来过也未，如真为时尚早，也可乘空饮水。和湘玄一商量，湘玄也想再占一回，查看胜负如何，只是不论早晚均不许半翁离开一步，并笑他道："你枉自还在学习道法，连一点饥渴都忍不住。你真嫌渴，不会调息打坐自生津液么？"

半翁道："我也不是定非水饮不可。因这里水又甜又凉，又喜欢和你谈天，妖女不知何时才到，没空打坐。既这样说，我不去了，且占卜一下再说。"说罢，正待占算，二人同时似闻一人在耳边低语道："妖女要过子时才来，此卦不用占了。此女灵警非常，来时不易查知，丝毫不可大意。树腹内有一蒲团，下面放有一张符箓，可在亥正时分取出。将蒲团放在树根之下，你二人仍回圈内，先运块真石放在圈外，你二人就在石后，面对蒲团守候。妖女身后插有一面幡幢般的宝物，她从远处望见蒲团，必然降落徘徊，见人不在，定必坐在石上，向着蒲团行法隐身，也是想等你师父回来暗下毒手。此时不可造次，须等她全神贯注前面，约有片刻工夫，行法未毕之际，方可下手。由一人手持灵符，另一手去拔她身后所插妖幡，无论有甚幻相，千万不可放手，只将此符向中空一展，自有奇效。拔幡之时，一人即速施展金刀劈魔之法，任她多高道行，骤出不意，必无幸免之理。不过两下俱要胆大心细，同时发动，后一人务要目注前人的手，等他一拔幡立即施为，当机贵速，迟便无及，而且有祸。事完取了蒲团一同回去，明晚子时，再往金鞭崖下见你师父便了。”声细如蚊，入耳却又句句清晰。

湘玄听出是那日清早所闻对崖仙人说话口音，料是引进半翁的姓纪仙人，互相一说，不禁喜极。这一来益发放心大胆，准知时候还早，半翁先去取些山泉饮了。湘玄不等时至，径去运了几块平矮可坐的大山石，对着槐树，环列圈外，又同半翁两次跑去，仔细端详石的形势位置，一一排好。见与圈中幻相石堆外观相合，全无一点破绽，无论何人经此，不论有意无意，除非来人不肯落座，一落座非此不可，方始停手入内。湘玄知那蒲团、灵符既限时取出，必有原故，不比山石可以早为布置，没敢先取。山石运好，仰观天星，才只戌正，尚有余暇，因仙人说妖女来时不易查知，十分灵警，事越严密越妥，便令半翁守在圈内，独自出去，用禁法把二人经行过的踪迹加以消灭，以防被她看出。实则湘玄此举却是过于仔细，无关轻重。

一混到了亥时，二人同入树腹一看，见里面方圆径丈，地下满铺菩提树叶，积有尺许厚薄，叶尖片片朝外，列成一圈，由大而小一圈圈往上加去，层次井然，一片不乱，又平又整，仿佛用树叶织就的一般。圈中有三尺方圆平面，放着一个蒲团，大约三尺，红如朱砂，隐隐有光，提在手内又软又滑，轻如无物，用已多年，却异常精致细密，非丝非麻，非草非竹，也不知何物所制。再看下面菩提叶上，只有一个麻布小卷。半翁见不似符，拾起便想舒开观看，才将布卷略伸，猛觉光华奇亮，自布卷中射出，耀目难睁。湘玄见状大惊，忙劈手夺过，埋怨道：“此乃玄门灵符，不到用时，可以随便展开的么！幸没全开，树腹又深，远处还看不见。这时天已近子，妖女不久将至，如被发现光华，岂不枉费我们这番心血？你少时藏在石后，左手握着这道灵符，用大中二指紧捏好这一头符面，须要使之向外正对妖人。看我手势一出，急忙拔她妖幡，左手扬符。底下不问有天大的事都不用你管，你只坐在下圈中，施展师父所传防身之法，以备万一便了。”商量停妥，同出树腹，将蒲团放在树下，人返圈中。

虽然还有一个时辰左右，二人都是初经大敌，事又犯险，不敢疏忽，老早便伏身石后相待，目光四注，静查妖女来路。起初二人说说笑笑，候了一天都不觉这样长，这一个把时辰的光阴竟是难度。好容易盼到子正，二人不时仰观天星,估量妖女将至,各自屏息凝神,连大气都不敢出。似这样挨时如年,苦心潜伺,眼巴巴盼到子时已过,还无动静。这时月光恰被阴云遮蔽,谷地虽广,三面俱是危崖。峭壁参天,古木成林,竹树干云,那株汉槐荫蔽十亩,况地又当危崖之下,越显得荒凉幽暗,景物萧森。二人在黑影中哪敢出声说话?正在互相以目示意,忽听远远天空中似有一声极低的鸦枭叫声,荒山静夜,幽谷天阴,听去分外凄厉。

二人当是寻常鸟叫,也未在意。谁知一晃眼的工夫,面前古槐之下现出栲栳大一团暗白色的怪火,绕树滚了一转,火光暴涨如人,火中先现出一个人头,逐渐现出全身,乃是一个二十多岁的披发少女,生得眉目清秀,身材婀娜,乍一看去也还仿佛甚美,再一细看脸上,全无半点血色,再被怪火之光一映照,直和死人面孔相似。额上有一束发铁箍,乌光闪闪,一头长发披拂肩背。身穿一件淡绿衫子,前短后长,前只及膝,后却拂地,圆领对襟,式样奇特,非尼非道,露出一环粉颈和两条瘦长玉腿。下面是白足如霜,登着一双草鞋。两鬓之间各有一条白纸钱飘飘下垂。怪火围绕全身,闪幻不定,走起路来飘倏轻盈,如升如降,离地尺许凌空而行。现出人身以后,又绕树走了一匝,比起初到时火光滚转要慢得多。

二人看得逼真。湘玄先以为照自己的法力本领,妖女到前片刻必能警觉查知,想不到来得如此迅疾突兀。幸而事先得着仙人指示,如照白日心意,久候妖女不来,见无动静,此时也许在和半翁问答,岂不大糟?越想越险,益发留心戒备。不一会,妖女转到面前一看,仙人说那背上所插之物,形在幡幢二者之间,柄长尺许,倒插左肩背上,幡头向下,似有五截,俱都裹住,没有展开。妖女绕完一圈,查出仇敌他往,走到蒲团前面停了一停,似要伸手去拾,忽又中止,再四外上下一看,觉无动静,倏地一晃,火光敛处人影全无。二人不是仙人早有嘱咐,几疑她知难而退,湘玄的禁法也必在此时施为了。

过有半盏茶时,火光人影同时又现。此番妖女更不东张西望,只面对着蒲团站立不动。二人在她身后,虽看不见她的面目,却知道是在想害人主意,一会便要往面前石上坐来。正盘算间,猛见妖女戟指蒲团,口中申申,似在怒詈,随即转身向石前走来,这时方看出目闪凶光,口角犹含狞笑,满脸寻仇未得、蕴毒蓄恨之状,与初来时愁惨情景又不相同。湘玄见此女貌相身材均非丑恶,这时看那面上神情,竟说不出的恶毒狞厉,令人见了肌栗毛戴。

见面已觉如此可怖，情知厉害，不是善类。等她坐定，朝半翁打了个手势，叫他下手时留神，要快要准还要稳。就手这么一比，那妖女竟好似有了些微觉察，回脸观看。

妖女面容既是可怖，两下相隔又近，二人疑心败露，吓得心惊胆战，几难自制。幸而湘玄深知圈外禁法妙用，事前再三嘱咐半翁：如不见自己发动暗号，任见甚可惊骇的异状，千万不可妄动！此时于势虽险，终还恃着禁法阻隔，敌人即使窥出破绽，不先行法解禁也不能为害。当时虽勉强镇静心神，屏息未动，终是胆寒。湘玄已在准备万一不济即时遁走之策。还算事有凑巧，妖女回顾之时，恰有一阵山风吹过，吹得四山林木萧萧，声如涛涌。妖女自身所坐是块真的大石，回看身后怪石丛聚，宛如一个石堆，不似有什么异状，再被风声一混，也就回过脸去。又觉那阵山风来得突兀，却又因正教中人从不御风飞行，料有异教中人路过，既不干己，理他则甚？一时疏忽，没有在意，谁知那阵风也是金鞭崖上敌人恐她看出破绽的作为。

妖女也是恶贯满盈，平日那等精细机警，此时胸中偏存着邪正两方行径、施为不同的成见，以为自己本领不在乃师鸠盘婆之下，自从乃师伏诛，自己在天门岭灵髻峰山腹以内守着她的法体残魂，早夜苦修祭炼，求其复活，重整教宗，报仇雪恨，一时群魔齐来归向，威声远播，各异派旁门中的宗主多半交好，纵有不识，也决无人敢轻捋虎须。何况自己正寻峨眉门下为难，只有同仇敌忾，于中作梗万无此理！虽然当地是道家发祥之所，青城派所居金鞭崖相去密迩，但是来时已知矮叟朱梅远出，仇人求他向妙一真人讲情，久候多日尚未回转，剩下纪登、陶钧等一些末学新进，均非自己敌手。自己为了正当时背势衰之际，明知仇人此时也许在那观中，不愿再生枝节上门去寻晦气，免得又与朱矮子结仇，反正有此珍贵蒲团，仇人必是暂出，不会不回，情甘在此耐心守候他回，已是便宜，难道他们就不知厉害！

再者各正教中，除了有限几个教主长老能来去无迹不可端倪外，余者十有九均驾遁光或是御剑飞行，老远便看见宝光剑气，耳听破空之声，仇人无形剑已被掌教追去，人极自负，纵知己来，也必挺身出斗，适间遍查无踪，他去无疑，乐得设下恶毒埋伏隐身相俟，能候到他打坐入定之时，径用天魔摄魂大法将他元神摄去，不特报了二姝之仇，还可用以祭炼法宝，为他年与峨眉斗法之用，岂非绝妙？一心只防到正教这一面。

因笑和尚留下这打坐蒲团，人既不在上面，绝不会在近处潜伏，又见树腹中菩提叶铺得那般整齐,可见在此寄迹已久,明是有事偶出,以为地势荒僻幽寂,那蒲团是他心身相合之宝,内中除戒牒衣钵外,必还藏有什么法宝灵符之类,同道中人见了不会取,异派中人取它不走,取也适足为害,他本人只不死,一收即回,乐得故示无备,借此害人。越想越觉可恨,知此宝必是笑和尚之师苦行头陀旧物,便自己也测不透中藏什么玄虚,安心暗算,不露形迹,便不去动它。有了这些成见和想头,笑和尚为恐半翁道浅力薄,自己不在,练法时为人所算,所设禁法又是当初苦行头陀所传,以虚为实,虽然幻境,仍藏五行禁克,极难窥破,圈外又置下几块真石,所以妖女铁姝竟被瞒过,反因那山石正对蒲团,相隔又近,坐在石上,少时下手极为合宜,否则还须浮立空中,便择下当中一块平而且大的山石坐定。

不想螳螂捕蝉,黄雀在后,半翁夫妻恰好一左一右站在石后,伸手可即,比她所择之地还更合宜得多。二人先见妖女手中掐诀,口中喃喃不绝,绕身灰白光华渐渐由显而淡,继见蒲团周围白光现起一圈,中有九个赤身美女,各携着一群粉妆玉琢的赤体婴儿跳舞翩跹,极妍尽态,妖女诵咒之声愈疾。湘玄见她用志不分,知是时候,刚轻轻朝半翁一打手势,那些魔女婴儿也在此时忽然随光同没。半翁早就伸出手来,全神贯注于妖女背上所插妖幡跃跃欲试,一见湘玄暗令,更不怠慢,运足平生之力,身子照前微一探,右手拔幡,左手便将灵符一抖。

妖女铁姝将埋伏设好,正待隐去身形,猛觉脑后微风,右肩背上一动,才知有人在侧暗算,不禁又惊又怒,忙一回顾,仍是那堆山石,并不见人,可是肩上插的修罗幢已被人乘隙拔去。刚一举手,待要施展恶毒法术伤人,就在这遇警匆迫回头愕顾之间,连身都未容站起,便见一片金霞万点火星,似电光爆散一般从身后纷纷当头罩下。妖女纵然会有一身妖术邪法,似这般事前一无所觉,忽当她一志凝神专注前面之际变生肘腋骤然发动,如何能以抵御?知道不妙,惊急骇怒之中,哪里还敢再延分晷观察敌人所在?慌不迭怒叫一声,化道浓烟望空便起,任是逃走得快,身上已受了不少重伤,双目几乎为金霞中火光打瞎。这还幸是妖女,如换常人,就这一道灵符已早送命了,气得妖女咬牙切齿,痛恨已极。原意来势锐不可当,取宝行法两俱无及,打算先行遁退,避过凶锋,然后看准敌人,与他拼个你死我活,不料大难临头,无可幸免。

圈中湘玄打了手势便即准备,一见半翁得手,更不怠慢,二目圆睁,注定地上预插好的镇物,用手三拍命门,喝一声“疾”,额际三把金刀便自应声飞起,先后按上中下三部朝着镇物劈去。其实这金刀劈魔之法固然恶毒,但是妖女看去却是寻常之宝,可笑妖女已然上了大当,因见身后金光不是旁门路数,依然断定是笑和尚所为,终没料到有旁门中人潜伏暗算。满心只想稍微缓出一两分抵御的工夫,便可以用邪法将它污秽,同时再将法宝魔刀飞出杀敌,此时不过身上受了鳞伤,敌人除了飞剑,更无别的伎俩,百忙中竟未防卫自己的元神。她这里驾起浓烟,才自冲光冒火飞出不远,还未及施展邪法异宝,猛觉颈腹腿三处微一作痛“嗳呀”一声惨叫,便从半空中带着那道残烟坠在蒲团左近,全身自行肢解,分为五截,横于就地。湘玄正要赶出,猛见适间隐去的那些赤身女子、婴儿重又纷纷出现,一齐抢妖女尸身,不由吃了一惊。这时空中金光火星已然敛去,半翁一手握紧妖幡一手握着灵符还在凝望。湘玄看出不妙,忙跑过去,口喝:“速将灵符给我!”随手抢过,往外便抖。灵符展动处,金霞火星二次飞出,照定那些赤身女婴雨雹一般打去。

说时迟,那时快!地上妖女残尸已被那些赤身女婴抢到手中,化成火光相次欲起。湘玄见不是路,知道妖女元神必然还未斩净,如被夺去残尸,难免复活为害贻祸无穷,一边不住向外展动灵符,一面将那三口金刀连珠发出,跟着咬破舌尖,口含一口鲜血朝刀喷去,立时便有一片火云拥着三道黄光飞出。那二九一十八个赤身女婴,先是四个一拨抢了人头,化成一溜赤红火光,在灵符展动以前破空飞去,第二第三两拨,也是两大两小四个赤身女婴各捧着妖女胸腹两段相次上升。正值湘玄察觉,展动灵符,金霞火光发出时,这些女婴似有人暗中主持,逃时疾逾电驰,第二拨直没被金霞中火星打中,第三拨虽打中了些,因湘玄只会持符招展,金霞火光所及均有限度,不会别的运用,一面又忙着施展金刀,依然被她们抢了逃走。只第四五两拨共还有大小六个赤身女婴,分抢着两条人腿,最为落后,刚化火光离地欲起,先吃漫天金霞火星当头罩下打了一跌,紧接着湘玄的三把金刀也自飞来,三刀两腿钉了个结实,手中灵符更是展动不休。那六个魔女婴因妖女已死无人主持,几番冒着霞光冲起,离地丈许又被打落地上。似这样几起几落,每落一次魔火便小了些,上升也越低,耳听鬼声啾啾,入耳凄厉。约有顿饭光景,火光渐灭,那三个赤身少女和三个婴儿身容也逐渐丑怪狰狞,现出本来面目,迥非前见百媚千娇,脂香粉腻,珠靥星眸,玉琢琼装之象,兀自还在跳动不已。

半翁说："妖女已死，魔鬼诛灭，你还不出去早点收拾了它，一同回去！"湘玄把嘴一撇，微嗔道："妖女残尸为九子母魔鬼夺去上体，我们怎敢断定外面没有妖党？在圈子里终放心些，忙这一时则甚？"半翁也觉今晚形势可怖，不再相强。又隔有半盏茶时，"阁阁"几声响过，大小魔鬼齐落地上。二人方收了灵符，戒备着走出一看，妖女两条残腿白生生被三把金刀钉住，那赤身少女婴儿竟是大小六片死人头骨。湘玄为防万一，将残腿枯骨连同那蒲团，一齐行法先运回了圈里。半翁便问："如何处置？"湘玄寻思了一会，过去将残腿上多钉着的一把金刀先行拔下，然后将六片头骨放在镇物一起。刚把她头发披散，正要禹步行法将其一同咒化，半翁猛觉左手妖幡腻然欲活，忙握紧低头一看，那五节卷起的幡幢无风自展，隐隐似闻鬼啸，不禁大惊，忙喊："湘妹快看！"

湘玄见状，猛想起灵符妙用，便将符微展，将妖幡中节里住，立时还了原状，更不再动。知此幡乃妖女所炼魔教异宝，无力破它，不敢尝试，只求无事，于心已足，仍由半翁行法护身，如意握紧，自己重又禹步行法，手指处，地下便冒起一堆火光，将镇物和死人头骨烧将起来，一片焦臭之味。先是头骨烧化成灰，一会工夫，那被金刀劈成五段的木傀儡，两条腿也烧成了灰烬。半翁与他父女相处多日，知他们平常使用代形之物，多半随意折取眼前竹枝木块便可应用，这类木人炼成的镇物，不是强敌当前死活存亡关头从不轻用，乃岳半世江湖，共炼有五个同样男女形的木人，一次也未用过，俱都传与湘玄，并且再三嘱咐：留备他年黔江之用，不可随意取出。前次巫峡舟行遇见那等宿仇大敌均未取用，厉害可想。这代形的镇物烧化到哪里，敌人的尸首也必烧它到哪里，若合符节，丝毫不爽。过去一看，妖女的两条残腿果然成了两段白灰，一触即散，方自赞服，忽听湘玄失惊之声。

原来除这两条腿外，下余三段镇物竟是百炼不化，妖女上半身又被魔女婴儿抢走，料出此中尚有玄虚。湘玄正悔自己疏忽，功亏一篑，猛想起除妖行法已有多时，如被妖党寻踪赶来报复，怎生是好？越想越怕，不敢再延下去，为防后患，收了法火金刀，又折了两根槐枝，刺破二人中指，滴了点血在上面，然后用金刀掘土，将它深深埋在地内，匆匆捡起那三段未烧化的木人，一手挟蒲团，一手挽着半翁手臂，行法升起空中，飞回茅篷。且喜一路无事，平安到达。

左才因湘玄说丑正前后必回，并命代为主持法坛以作接应，以防万一。

及见二人天已快亮还未回转，好生焦急，恐湘玄少不更事，初遇强敌，又带了木人金刀前往，行时力劝不从，万一出了乱子，师父只此爱女，回时怎有面目相见？自己又不能分身往探，焦急万状。思来想去，只有照着太冲行时所嘱：如遇不测之事发时，速将法箱打开，将法磬取出，连打十二下，便可得信赶回。刚打了两下，二人便自飞回。湘玄见法磬设在案上，问起情由，知是好意，但是老父此行也颇紧要，闻警必然赶回，又无法再报平安，此举徒使老父长途跋涉一回，事已做错，不便再说他做得不对，只把磬收起不令再打，又向左才详说夜来所遇之事。

大家自是高兴。半翁便问："回时刺指滴血是何原故？"湘玄道："我因此女代形之物不灭，日后难免寻仇为害。看她心肠十分狠毒，论法术我又相差太远，昨晚之事全出侥幸，明着动手，便是爹爹和我这样的再有十个，也斗她不了。为防后患，特地行法假死灭迹，明晚再将那三块残木人送交你师父，由他处置。就算她和别的妖党知道有这么一人乘隙暗算了她，也必当这人和她旧有夙仇，见她独坐谷中，行法攻其无备，成功之后又为别人所杀，忽然死去。再如知镇物在你师父手中，必还以为杀她二人的是你师父呢。我们只不到处传扬，她多精灵也想不到有此一着，何况她未必真个复活，再加上你师父不能饶她呢。倒是这幡和蒲团关系重要，我看我们三人可将这茅篷行法封禁，着一人手持此幡坐在蒲团之上，余二人径去安卧，轮流歇息。我们总算有功无过，守到晚来，仍是我二人同往金鞭崖下去见你师父好了。"李、左二人俱都点头称善。

三人轮流守到子夜将近，大家也都安歇了个够。半翁夫妻仍留左才守家，携了诸物同往金鞭崖前赶去。笑和尚同了一个长身道人已在崖前相候，二人一一参拜以后，献上各物，知长身道人姓纪，乃是引进半翁并给太冲父女除害的仙人，重又拜倒，谢过救助援引恩德。笑和尚看了镇物，笑向道人道："想不到这恶女会阴沟里翻船，死在两个凡人手里。虽然元神伤而未死，但是两腿已成灰烬，为风吹散，即便勉强复活，也不过和绿袍老妖一样罢了。"道人笑道："此女恶极，经此一来蕴毒愈深，万一鸠盘婆和她相继炼形复体，也未可小视呢。"笑和尚哈哈笑道："这都怪半边老尼不好，专重私情，和我为难，已与掌教师尊有了成约，还是要寻我的晦气，却不想弄死了我，更无人往冰洋绝岛之下盗药，金、银二女怎得重生？再者本门诸位师长与诸同门师徒怎能容她？何况她还制我不死。我不过自知理屈，一时铸错，又敬她是个前辈罢了,当真就怕她么?昨晚如非为她苦苦追逼,来此暂避,有我在侧,怎会放那妖女元神遁去?她又不是不知妖女师徒终为异日之患,她收了金、银二女,一样难免麻烦,这是何苦!有这三块木头,妖女早晚难逃公道,怕她何来?"道人笑道:"他二人为你犯险立功,也该有点奖赏才是。我要回观打坐去了,天明师父回来。天已不早,你走时再见吧。"说罢一举手,一道光华,往崖上飞去。

二人不料笑和尚行期在即,好生惊惶,半翁更是恋恋不舍,现于神色。笑和尚先对半翁笑道:"天下没有不散的筵席,你做这讨厌过场则甚?不如趁我未走以前,办点正经的事多好!"说罢,便当着湘玄传了半翁练剑之法和口诀,然后正色对湘玄说道:"邪正之道不同。你已得你父所传八九,用之于正,足可御患防身。你夫因为日浅,得我传授只有十之一二。你如随学我门中飞剑,第一是你根器不够,第二是好剑难得。便是你夫也须十五年后才有遇合,彼时方可练成,并非易事。第三是你心不纯净。你夫学道时曾经立誓受戒,除他年生子时才可以相机继相授外,不奉我命,不许转传一人,以防贻我门户之羞。再是学成以后稍违我门中规条,我必飞剑取他首级于千里之外。你虽想勉力为善,但是先天恶根未尽,尤喜炫露法术,均非真正修道人所宜。你夫所学既不敢私相授受,你防因此误他,自然也不敢相强。单学练剑口诀,不会玄门吐纳练气之功,毫无用处。有此种种,还是不学为佳。但你昨晚曾经为我出力,处变灵警,尤富毅力,总算难得。况你父所炼木偶,原备他年御变之用,今乃为我用去一个。适才纪真人奖赏之言,我也有心,偏生我素日法宝无多,有几件又是恩师遗物,不便转予,你二人无此道力,也难使用。妖女所用之幡名为修罗幢,魔教中宝物大都采用生魂祭炼,此幡乃是鸠盘婆所炼镇山之宝,独是例外,虽未伤害人命,这上面却附有五个千年精怪生魂。这些精怪现在西川小金山后天魔洞底长眠,并不曾死,不过幡柄上面嵌着一个金钉,与恶女师徒心灵相通。她师徒一旦复体重生,一举手间,此幡便即飞回,持幡的人也必受害。我现行法取了此钉,将幡转赐给你,威力虽要减去许多,可以用之永无后患。有此一物,比你木偶强得多了。你二人持去紧紧藏好,不可妄动,静候十五年后你父临难之时取用便了。"说罢传了用法,交与湘玄。金钉一去,那幡果然不再变,那用法也极简单,用时只消手掐太乙灵诀,用玄门禁制之法,以防使用不慎遭其反噬,然后向敌招展,自有奇验。

湘玄先因笑和尚传剑不曾令其回避，恭立一旁，心中一一默记，不料笑和尚却不许她妄学，方自心凉气沮，忽蒙赐以魔教中的异宝，不禁喜出望外，拜领走立。笑和尚又道："此幡本来还有用法，一则我非魔教中人，未便教人为恶；二则那等用法太毒。适才所说最为妥善，但那幡上精魂虽是异类，苦修到今也非容易，枉受魔毒禁锢，驱使为恶，事出无奈，本非其罪。你仗它救助你父兵解之后，可同你夫速将此幡送往峨眉后山交还。待我详查这些精怪的行为道力，使其生魂复体，予以超度，免使困于邪魔，长此沉沦，岂不也是一桩好事？按说我与你二人本已绝少再见之望，因此一来，十五年后仍得再见这一面。此时徒儿如在别后奋志修为，届期我自有一番恩意。便是你，只要不以所学济恶为非，也必能因之得益不少。仙缘难得，不可自误。"半翁夫妻闻言，自然敬谨承教。

三人正说之间，忽听头上破空之声由西南方面飞来，几道光华直落崖上，接着便听纪真人在崖上对来人说道："笑师兄现在崖下教徒弟呢。诸位师弟师妹，且去至观中小坐吧。"互相寒暄相让，好似来了四五人，声甚欢欣，男女都有。半翁夫妻见师父也喜形于色，知道来的俱是师父同辈仙人一流，心中怦怦跳动，恨不得见上一面才好，只是不敢妄请，又听一少年口音说道："你们自往观中等候。我先看看笑师兄收了什么高足。"又一女子声笑道："去见无妨，芝弟也要跟去，莫不舍见面礼哟！"说时声音渐远，仿佛人已进入观中。晃眼工夫，一道红光自崖飞坠，落地现出一个面如冠玉的少年，手中抱着一个颈戴金环、短衣短裤、芒鞋赤足的三四岁小男娃儿。少年固是英姿飒爽，仪容俊美，那婴儿更是琼玉装成一般，生得欺霜赛雪，融粉凝脂，长眉星目，黑白分明，朱唇玉齿，丰神挺秀，直似天上神婴，人间哪得有此英物？只一桩奇怪：头发和眉毛俱作银色，甚是疏秀，身材尤极轻健，一落地便从少年怀中挣起，直朝笑和尚胸前扑去。

半翁夫妻早料师父好友，不等招呼，先自跪下行礼，暗忖：这小孩面貌颇与少年相似，难道神仙也养儿子？方自乱想，忽见师父抱了小娃，笑对少年道："蝉弟真个淘气，怎么大老远的把他带出来，不怕异派妖邪暗算么？"少年笑道："我们一别十多年没见，你当他还似从前么？自从开府以后，掌教师尊怜他向道真诚，传了他不少法术。各位前辈师伯叔也都怜爱他，尤以白发龙女崔五姑和乙师伯为甚，不知捡了多少便宜，得了无穷好处，不然哪会长得这大？如今休说他身有至宝，精通玄功变化，人不能伤，便是稍差一点的左道旁门,遇见他还要吃亏呢!他因从小受我救护,年时一久,越发亲热得寸步不离,平时总喜欢我抱着。他这次因和你多年不见,又知我奉命相助,磨着我要到此地和你相见。为防万一,我并借来九天十地辟魔神梭,分手时他自会御梭由地底穿行回山,谁还能伤得了他呢?我本心老是以前身材打扮,母亲不许,无法,怎奈长大了些,昔日形貌终是不舍,才教他学我的样,照我当年装束打扮,只头发还没变好,你看像么?”笑和尚笑道:“想不到芝仙道行竟能如此精进,这真是士隔三日,便当刮目相看了。”

芝仙坐笑和尚怀中听少年说话,笑而不语,颇似见了故人得意神情,闻言将小嘴一撇,说道:“我乃草木之灵,无知顽童,在都受着恶人欺负,哪里敢当道行二字?笑哥哥太谬奖了。”笑和尚道:“芝仙生气了,恕我无知吧。”芝仙本是佯怒,忍不住噗哧一声笑道:“我生甚气?倒是你那两个徒弟自我们来就跪在那里。你平日嘻嘻哈哈,一日为师,礼法这紧。幸我和蝉哥哥没有做你的徒弟!”金蝉因知笑和尚别已多年,新近闻他限满出洞又惹了乱子,心甚悬念,适奉命在南海底紫云宫相随三英二云同炼法宝,不能分身往访,昨日方始回山,才知妙一真人已允矮叟朱梅之请,并命金蝉、石生、朱文、申若兰四人相助笑和尚,同往陷空岛冰洋之下取胶,第二日会同朱、石、申三人领了机宜赶来。他和笑和尚当年同门至好,久别重逢,只顾两下叙阔说笑,而又背着半翁夫妻,匆匆没有在意。笑和尚又因芝仙同来,别有心意,没有命起,所以金蝉未见,及听芝仙回顾,忙即唤起,看了半翁夫妻一眼,笑对笑和尚道:“这位姓李的高徒来时,我已听申师妹说起来历,是朱师伯的意思,逼你收的。怎又添上一位女高足呢?”

笑和尚道:“这个不是。他们原是患难夫妻,昨晚曾为我效死力。意欲酬劳,故同唤到此。话长,少时再说罢。”随向半翁道:“这位是你金蝉师叔。我怀中所抱芝仙,是我二人最喜爱的小兄弟,如今又加上同门之谊,也是你的尊长,上前见过。”半翁重向金蝉敬完了礼,又走近笑和尚面前,朝芝仙跪下行礼。虽看出芝仙神异,不是凡儿,心终有些怀疑,未必果如金蝉所言有那等高深的道行法力,匆促之中竟没想到他的名字来历,跪拜时不禁偷看了芝仙几眼。芝仙似已觉察,忽然大怒道:“你这后生小辈!竟敢小觑我么?”半翁见他发怒,恐师父见怪,口说“弟子不敢”,本想低头认罪,不知怎的会把头一扬。芝仙好似越发生气,张开小嘴朝着半翁啐了一口。

半翁惊惶中猛觉甘雨香尘迎面而下,立时七窍生凉,清馨透脑袭鼻,心神大爽，并觉双目中也射了两滴甘露进去。心方骇异，不知所措，芝仙已一怒而起，纵落地上，朝笑和尚嚷道："你这徒弟不好！敢小看师父的朋友。蝉哥哥，我懒得在此看他嘴脸，上边等去吧！"说完，脚一点地，一片祥光围护全身，竟往崖上飞去。半翁方知他果有神通，自己稍微疑心便被知觉，以为师父必然见怪，跪在地下哪敢起立？隔一会，然听师父唤起，并无怒意，回顾湘玄，却是满面喜容，正自不解，忽听金蝉对笑和尚道："想不到芝仙故弄狡狯，倒吓了令高徒一大跳。"说罢，相对大笑。笑完，金蝉又道："芝仙已有所赐，我忝为师叔，似乎不宜空手。只是远来无以为赠，仅有两丸新炼得的灵丹和人英师兄约我长夜峡斩蛟分得的十粒蛟珠，光能照夜，可避蛇蝎。灵丹以备他年危急之用，这两粒珠子，给他夫妻当烛玩吧。你们师徒分手，必然还有话说。我也去观中见见纪、陶诸位去。"说罢递过丹、珠，竟不俟半翁、湘玄叩谢，一纵红光，飞升直上。二人慌忙跪谢不置。

笑和尚重又唤过二人道："今日仙缘，非比寻常。此丹专治邪毒妖气，有起死回生之功，不到危险不可妄用。黔江之行务要带在身旁，不可忘却，以防万一。此珠乃数千年蛟精所炼，也非凡物。我为等你师叔来此赐宝，延了片时，想不到芝仙也加意成全。上面尚有多人相候，他们均不愿见俗人，你二人无须在此相送，可即回转，谨记我言，好自积德累功，以为异日见我之地，也不枉这两番仙缘遇合。"半翁知将长别，含泪跪拜，好生依恋。笑和尚挥手命起，着即速回，不可违命。半翁方欲陈情，笑和尚已驾遁光往崖上飞去。湘玄自不免相随跪叩一番。师命难违，仙人云中来去，绝迹飞行，想留也看不见，只得悲喜交集，一同回转。

到家又是天亮，半翁只觉芝仙一唾以后神清气爽，尚不知长了目力，便向湘玄道："师父说芝仙成全，并无所赐，莫非仙人难测，那一骂一唾就是厚赐么？幸我当时怕师父见怪，没有将他口水擦去，当时觉着清香透鼻，如今头脑心胸爽快非常，必有原故。这大一点小孩竟有那等神通道法，必是仙人修成的婴儿无疑了。"湘玄笑道："亏你还不明白！我早看出来历，偏又没此仙福享受。你当他是人修成的么？"半翁惊异道："前晚所见十八魔鬼，也是变幻婴儿，事后却是死人头骨。虽然乍看去都是雪白粉嫩，但目光闪烁，神情尤其异样，哪比得芝仙骨秀神清，两眼黑白分明，精光湛湛？只头发颜色奇怪。莫非这位芝仙师叔是精怪修成人形的么？"湘玄微哂道："你真罢了！枉做仙人徒弟。可笑你满口还是芝仙芝仙的，竟会没听出师父师叔三人问答话因,哪有这么呆法!”

半翁博极群书,于学无所不窥,只缘初睹仙灵,心惊神奇,又当师徒长别,自己向道虽坚,所学有限,不知将来有无成就,心绪繁乱,只管忧疑感叹,又喜又悲,致将灵机滞住,闻言一寻思,不觉恍然大悟道:“照此说来,芝仙师叔定是千年灵芝修炼成人形的了。照着丹书所载,偶得芝人、芝马,休说服食,便闻上一闻,即可却病延年,何况得了他的口中精液,又是成了仙的芝人。今天真幸遇极了!”

湘玄自问虽不如他,得了两件宝物,分得一粒灵丹,想起也觉深幸。夫妻二人正和左才说得高兴,忽然崖下纵上一人,一看正是太冲回转。

三人拜见以后,湘玄笑说道:“爹爹没想回来,被我们误敲法磬赶回来的吧?”太冲摇了摇头,叹口气道:“幸是左才赶我回转,不然又生事了。如今还不敢定他来不来呢。”三人大惊问故,湘玄更又深知仇人厉害,分外关心,抢说道:“难道那厮又由南疆中脱身寻来了么?”太冲因入门时见三人欢喜异常,急欲知道底细,便答道:“那厮不到十五年后,怎得脱身?此是他的党羽受托寻仇。我已算过,决难害我,少时再说。你们有何喜事,如此欢乐?贤婿更是数日不见,换了满面清光一身道气,此时不去铁锁谷学道,莫非仙师已和你分手了么?”说时偶一回首,瞥见法架上插着的一根修罗幢,不禁大惊失色道:“此乃魔教中至宝,非其人不能用。我才走三数日工夫,你们从何处得来?快些说出,免得取祸!”湘玄见老父惶急神情,忙道:“爹爹休急。此乃仙人手赐,决不为害,还有好些仙人遇合呢。”太冲闻言,心方略放,还自将信将疑。半翁夫妻这才把连日所经奇险佳遇一一详说了一遍。

太冲听完,大为惊喜道:“此乃魔教中至宝。我在江湖上数十年,也只闻名说起它的形式和妙用,并没见教。这五截法幢灵光隐隐,煞气甚重却是一望而知,可惜不知本来用法,只能照仙师所传寻常使用,效力相差太多。否则有此神物,黔江之行必操胜券,连你夫妻都无庸相助了。那芝仙一唾更是旷世仙缘,贤婿此后务要好自修为,神仙位业未必无望呢。”湘玄又问太冲成都之行所遇甚事。太冲变色答道:“事已过去,说了徒乱人意。如今诸事就绪,我还须在此候一好友,约有十日耽搁,等见面后,便送你们夫妻回转洞天庄同行嘉礼。昨早奔波,至今未息,你们连日也颇辛苦,大家都睡一会吧,午后我还要到江边有约须赴呢。”湘玄知老父疼爱自己,每有患难当前,不到事后不说,见他不肯吐露成都之事,料定必有变故,心中甚是忧疑,暗忖问决不说,好在丈夫拜师学道一节竟全功,更无别事何不暗地跟随,作个后备接应也好。和半翁一商量,半翁自恃学了几样防身法术,又感太冲大恩,要跟湘玄同去。

湘玄拦道:“你的意思虽好,无奈你不明白我教中规矩法度,并且学法不久,尚未深造,万一遇上事,无你在旁爹爹最是知机,能敌则敌,不能则退,即使遇险,尚能自全;有了你反多一层阻碍,容易误事。爹爹不是庸手,况他半生吉凶早已占算不差。我料他此次麻烦事是一定有,凶危决然不会。我法力不如爹爹远甚,跟了去也济不得甚事。只因这些仇敌形同鬼蜮,常时伤人于不觉之中,败则远扬,一人耳目有限,有我暗地跟随,终多一层防备,并不致被仇敌事后走脱罢了。你最好还安坐家中,练习仙师所传道法吧。”半翁性情豪迈,与湘玄虽极恩爱,闻言以为湘玄轻视自己,好生不快,当时没往下再说,心中却打好必去的主意。

大家各自睡了一觉,起来用罢午饭,天已未正。太冲嘱咐半翁夫妻看家,不要远出,径带了左才匆匆出门而去。湘玄凭高下望,见乃父已出山口,走上往江边的头路,忙进屋去取了两件应用之物,向着半翁媚笑道:“好哥哥,我去看看,如无甚事,立刻回转。你好好一人看家,我不陪你了。”半翁假意点了点头,等湘玄一走,忙将茅棚的门试用新学会的法术封锁,纵身下崖,尾随在后。这日正值十五,天又晴和,朝山香客络绎往来不绝,江边游人甚多,先恐湘玄看破,相隔总隔二三十丈左近。走了一阵,忽觉湘玄行走甚速,路人只她躲人,无人躲她,有时竟见有三五人并行,向着湘玄迎面撞来,如非湘玄身子灵巧闪避得快,几被撞个满怀。先颇生气,暗骂这里的人怎便如此可恶!有意欺凌孤身少女,方欲赶上责问。嗣见前面游人越多,同样的事连连发生,湘玄只是避而不较,来人仍照旧走他的,并未侧身回顾,不似有心相撞。暗忖湘玄一身本领法术,绝不容人欺负,如说隐了身形,自己怎会看得逼真?好生奇怪。

后来湘玄走入人丛之中,脚底更快,直和穿花蛱蝶一般,时左时右,闪转腾挪,总不使人挨碰着她身子,有时人多拥挤,竟从人头上飞越而过,下面的人偶然也昂首愕顾一下,终似无觉,方知湘玄必已行法隐身,只不知自己何以能见。正狐疑间,路侧忽穿出一群过香会的游人奔集,越聚越众,遥望湘玄在人群中几次飞越起落,身形便被后面人群挡住,不复再见。等半翁挤过人群再看前面,已转过城脚江旁僻静之处,大群游人正追逐在香会之后,往入山方向走去。前行人迹甚稀,哪有湘玄足踪?因湘玄最后一纵、已然越过香会出来的街口,此外更无通路,料定人行在前,被城角挡住,忙赶过去一看,江岸甚长,背城逶迤,满目箫疏,绝少人家,下视江中波涛汹涌,滩声浩浩,水流迅疾,因是绝险之地,船舟不在此处停泊,人迹更不用说了。一望多远,不见湘玄,以为存心隐避,好生扫兴。一转念,岳父和左才曾说往江边有事,湘妹也说他二人是往江边,江岸只此一条,船码头上不见二人,湘妹又往此赶来,二人当必在此无疑,难道也知我来,隐而不见?这般回去,少时岂不更教她笑我?又一想岳父今早回时面有忧色,事必重大,况且左才初学他的法术,不会隐身,莫如再往前边找找,也许藏在什么隐秘之处,不问他父女有事无事,好歹看他回去才罢。当下往前又走了十多里路,江岸逐渐往高,离城已遥,地越荒凉,陂陀纵横,不见一人。

正烦闷间,忽见路旁枯树之下,卧着一个二十多岁的穷汉,刚从地上站起,向来路看了两眼,先见半翁意似惊喜,及见半翁没招呼他,微叹息了一声又复卧倒。半翁已然走过,回顾见状,心想这人虽穷,貌并不俗,独卧在此,必有原故。风尘中颇有异人,即使不是,看他这般窘状,必然困穷,能周济他一点也是好事。左就无聊,何不寻他谈谈?且歇歇脚。想到这里便走回去,在他左近山石上坐下。那贫汉闭着双目,眉头紧皱,似有心事在怀神气,也没睁眼看人。半翁原精相法,越看越觉此人相貌非凡,骨格清秀,决非常人,见他老不理睬,忍不住问道:“荒江断岸,足下来此高卧,兴致不浅。”那穷汉微睁二目,意似惊奇,看了半翁两眼答道:“我看尊兄也非寻常一流。我因有人约在此处相会,原说午后必至,我从今早起就没钱吃饭,停午便来此等他,水还没打牙呢。”

半翁闻言心中一动,答道:“恕我冒昧,尊兄如不嫌弃。通财之事尚可略效绵薄。且请同往市上先用酒饭如何?”穷汉道:“你我通人,虽是萍水相逢,四海一家,相扰无妨。但是约我在此相见的人老成高义,决无失信之理!即使为事后阻,万般无奈,也必差人相告。他约在此相见,办完一点事同去他家。久候不来,适见尊兄到此,还以为是他所遣呢。承你盛意,等他人到再定如何?”半翁脱口便问道:“尊兄约会之人,可是一个长身长须、身着葛衫的老者么?”穷汉闻言,猛地跳起身来,意似十分惊讶,嗣见半翁神色自若,方始答道:“愚下等的正是此人。尊兄与他不是一路,何以知之?莫非这里荒僻,他来时在路上为人所算,被尊兄看见么?”半翁道:“他老先生怎会为人所算?”穷汉插口道:“这事难说。听尊兄口气,好似与他朋友,讲出无妨。他约我本不在此地,还在前途远处。我因发觉有人要暗算他,特地赶前数十里迎头拦堵报警,以免上当,并隐了身形,竟为尊兄所见,足见高明。我此时和他已是利害相关,适才久候发愁也是为此。善骑惯坠,对头又是阴险小人,哪能便可无虑呢!”

半翁见那人一脸正气,英姿勃勃,料定是太冲约会的朋友,便答道:“罗翁乃是小弟至亲,尊兄与他有何交谊?姓名来意可能相告么?”穷汉闻言,微一寻思,喜道:“如此说来,尊兄姓李,是他的东床佳客了?令岳是我师叔,昨晚我在危难之中承他路遇相救。当时因他法物多未携带,事在危急,将我救出之时,其力只能自顾,当时分手,由他断后诱敌,救我出险。事前曾对我说,他向平之愿已是了,为防万一,嘱今日午后在此相会,并未说出山中住址,否则今早我便寻他去了。我先是长沙向五老爹真元的门徒刘炯,不瞒尊兄说,我原是浏阳书香世家,自幼好道,误落旁门,中途生悔,欲待改邪归正,偏生师父同门不允,执意寻仇,我急切间又投不着明师,白受了许多灾难。前年师父听罗师叔苦口相劝,只将我逐出,不寻我背时了。只是同门大师兄顾绶章、二师兄胡畅因我以前曾得师父欢心,又曾将他们强劫来的两个宦家女子私救回去,恨我入骨,两次害我性命,均为罗师叔所救,不但非杀我不可,并迁怒到罗师叔身上。去春师父为害一孝子,被青城派中剑仙所杀。他二人倡言报仇,投入云南边山十八峰黄牛寨鬼影子魔母杨姐门下。这杨姐前几年曾被成都辟邪村玉清观玉清大师用法术禁闭寨中,要经二十一年才得放出。她虽被禁寨中,并不悔过自修,因事由罗师叔而起,势不两立。二人知她被禁难出,欲往解救,费了无穷的事,才得入寨相见。谁知杨姐却说禁法厉害,不到期限,一出寨门立为飞剑神雷所诛,只允收他二人为徒。二人学了一些邪法,便奉她命来寻我和罗师叔报仇。昨日困我的便是胡畅,这人法力尚差,那顾绶章更是穷凶极恶,厉害非常。方侥幸没有相遇,适才在前面忽遇到他两个小徒弟。我偷听他们说话,得知两个恶人俱已寻到此地。如换往日,一个我也抵当不了,何况同来?幸是今早江边闲步遇一异人,也是罗师叔的旧友,竟深知我的底细,只未说出名姓,行时赐了一道防身灵符,百邪不侵。我又知两个恶人新习鬼教,行事多在黄昏时开始,此时尚在前边山洞中摄了两个土妓饮酒淫乐,不会寻到此地。又恐离开,罗师叔来寻我不到,以致有辜盛意。”

半翁也曾听太冲父女闲谈过刘炯为人出身，知他聪明，有志向上，忙答道："这个无妨。适才内子也曾来此寻他，我尾随在后，过了街口便即不见。小弟略知《易》理，待我算他一下便知分晓。"说罢，用金钱卜了一卦，详查卦象，惊道："他父女因中途遇警，人已回山，中途曾命一同伴与你送信，不想为恶人所侮，现正困在前边烂泥坑里，不能得出。我出时因家中无人，曾将门户封锁，他父女恐难入内，难免焦急。盼望刘兄可能同回相见，并救那人出困么？"刘炯道："李兄神算，既能前知，焉有不去之理？"说罢匆匆同向回路。走近街口约二三里，半翁遥见有两个黑影跳掷地上，先当有人相斗，喊刘炯看，刘炯却道不见。半翁一说情状，刘炯惊道："尊兄神志清宁，决无见鬼之理！莫非二贼又在害人么？"

半翁猛想起来时那一带似有不少泥坑，心疑左才被困在内，忙即行法防身，同了刘炯追去。眼看邻近黑影跳掷越快，并不避人，坑中果有一人满身污泥，挣扎欲起，为黑影所扼，起而又仆。再告刘炯，只看见坑中被困之人，黑影仍是不见。二人料定左才为邪法所困，又惊又怒，等赶到了坑旁，黑影仍然侮弄不休。被困的果是左才，他原会有法术，无奈手一掐诀，便被黑影仆倒，再五张口诵咒，又闹了嘴污泥，想因为时已久，头脸皆肿，声力俱竭，神情狼狈已极。半翁方自大怒，二黑影忽朝刘炯扑来。

半翁知刘炯看不见鬼影，因自己已有防身之法，忙往刘炯身上一横，手掐太乙神诀。正待施为，忽见刘炯打了一个寒噤，身上似有一片光华隐隐一闪，"吱吱"两声极低的惨叫，二鬼影同化黑烟而散，刘炯意尚无觉。半翁和他一说，方知身藏灵符功用，好生心喜，忙将左才自泥中救起，呕吐了好些污泥，又用江水漱了。一问才知太冲和他同出，行经大街，正值香会拥挤，忽见两个艳装土妓往江旁去路无人之处走去。原无足异，太冲乃是行家，因见二妓行时身外似有人拥获，那多的人竟无人能近身前，稍一挨近便即无故后退跌倒，知为妖法所摄，加以连日成都道上所遇，料定二恶寻来摄往寻乐，巢穴必在前面不远。当时本想寻去，继而一想，昨日所遇胡畅已觉今非昔比，何况添上一个狠的，既然处心积虑追寻到此，必还奉了仇人之命有所仗恃，所居之地定设有厉害埋伏，自信虽不致受挫，终不如谋定后动的好。正寻思间，恰见湘玄自人丛中飞过，忙即赶上唤住。有了爱女，自然更不愿率尔犯险了，心又惦记前途约有刘炯，他与二恶同门，备知虚实，必能预视机先，昨日受陷乃在醉卧之中忽然相遇，否则也不致逃走不脱。二恶既在前途，或已事先避去。因左才原是排上伙计,与二恶相识,又不知拜己为师,即使相遇也是无害,便命左才往探,自和湘玄抄街中小巷出口,折回山去。

左才出街口走没多远,前面来了两个十六七岁的小孩,那便是刘炯先前所遇二恶的徒弟,入门不久,会点邪法,仗有恶鬼随身,极喜卖弄欺人,见左才身材高大,行路甚急,成心和他撞个满怀,还说左才欺他年幼,硬逼磕头赔礼。木排上人多不好惹,左才性情近来虽好,怎肯听小孩欺侮?免不得说了两句俏皮话,伸手想将二孩推开。谁知这一推却上了大当,只觉脚底一沉,身子一歪,便坠入泥坑之中。方欲行法报复,无奈人立不起,诀掐不成,张口便是满口污泥,由此困陷泥中再也爬不起来。先还听二孩讥笑,逼他叫祖宗叩头才饶。左才急怒攻心,总想行法出险,哪肯输口?后来一孩说了一大套便宜话,说办完了他事回来再替他念往生咒。说罢,哈哈大笑而去。正自筋疲力竭,幸遇李、刘二人走来相救,才得出险。

二人听了,好生气忿,因恐太冲关在门外,连忙一同赶回。到家一看,果然门闭未开,太冲父女也未在崖下相候。半翁忙即收法开门,延客入篷。因左才新吃大苦,命他守门做饭,自和刘炯前往太冲父女常去之地寻找。正走之间,忽见两条黑影行过。半翁悄对刘炯道:“适见鬼影又有两个来了。你的灵符比我行法还快,可惜你看他不见,这鬼影也不知我能见他。你我追上前去,我手指哪里你便往哪里扑,除一个是一个,省得留下害人如何?”刘炯极口称善,半翁也加了几分防备,一同拔步便追,快要追上,忽听湘玄喊道:“那不是他回来了么?幸亏我没出山,又白跑一趟!”半翁抬头一看,前边高坡上站着太冲父女,正指着自己说笑呢,心方高兴,猛又见太冲身旁似有黑影一闪,再定睛一看,太冲身后树林之中黑影幢幢,竟有好几十个,先追那两个也正往上跑,尚不在内,细看鬼影动作,俱似遥立尾随,暂时似无相犯之意,不禁大吃一惊。相隔尚有一段五十来丈长的斜屈山径,又不敢骤然喊破,心里一急,一面悄告刘炯,为图近便援竟舍山径,跃纵攀援而上。

太冲久经大敌,一见半翁先时闻呼甚喜,及至看到自己,忽又惶急慌不择路之状,料知有警兆,四顾身旁和李、刘二人,又无甚可异之处,心正怀疑,半翁在前刘炯在后,已相次纵援上来。太冲父女原因中途折回不见半翁,门平有法术封锁,知半翁尾随前往,中途迷失,没有寻着,尚在江边徘徊。因早间见半翁气色甚佳,不致出错,左就没事,对付仇敌须在晚来,左才去寻刘炯,也还未到,往附近山崖上登临闲眺,免得破法入内,伤了自己的屋宇。太冲因湘玄苦问不休，如不说明问不得，便仍要暗地跟踪，并且见她近来法力精进，胆子越大，恐因隐瞒闹出事来，只得将成都之行所遇一切说出。父女二人且谈且行，直到坡上，始终并肩行止，不曾离开。那些鬼影原是顾、胡二妖人所驱使，本欲暗算太冲，远处峰头上还伏着两个妖党在那里遥望。鬼影近前，太冲无有看破。太冲父女虽然同未觉察，湘玄身上却带着金蝉所赐宝珠。珠本异宝，又经峨眉三英中的严人英用玄门妙法炼过，功能辟邪，妖鬼只在太冲身后近侧林木之中出没窥视，想待隙而动，没敢近前。

这时太冲见李、刘二人来势可疑，心中一动，不知不觉拔步迎上前去。湘玄因为生人同来，仍立原处未动。二人这一离开，却给鬼物生出机会。太冲身离湘玄才只丈许，四外十数条鬼影立即蜂拥而上。太冲虽然不易暗算，即被鬼物困住，也还有术脱身，无如事出仓猝，丝毫没有防备，任是法术高强，小亏终是难免。幸而李、刘二人恰也赶到，相隔太冲立处不过四五丈远近。说时迟，那时快！半翁在前，一眼瞥见四外鬼影纷纷向着乃岳夹攻，眼看围上，太冲通没知觉，不由又惊又怒，一时情急，忙喊："刘兄快去抱住我岳父！"一句话出口，声随人起，早纵到太冲面前，手掐太乙灵诀，照着鬼物便弹，立时指尖上便有无数火星飞出手去。

那些鬼物本已近身，就待下手，太冲猛觉机伶伶打了一个寒战，知道中了暗算，方欲行法抵御，半翁已自赶到施为。同时刘炯听半翁急叫，忙即如言纵起，一落地便伸手朝太冲抱去。百忙中十多条鬼影均被半翁太乙神火惊走，有的还负了伤，纷纷往林中窜去。另有两条鬼影本自太冲身后袭来，太冲觉出有人暗算，关心爱女，一面行法，一面回身忙看湘玄，正值刘炯赶来，从后面拦腰一抱。这两条鬼影本已附在太冲身上，忽见来人手上火星飞射，一害怕，不顾得再下毒手，方欲逃遁，已自无及。刘炯身上灵符，二鬼如何禁受得住？光华微闪，"吱吱"两声惨叫，又是两条鬼命化为乌有。

湘玄虽未看出鬼迹，见状情知生变，也慌忙赶了过来。除半翁能见鬼影外，余人也只最后看见两缕淡烟起自身旁，在阳光中随风消散，鬼声却都听得甚真。太冲四顾，仍看不出有何迹兆，只得暗中行使禁法，加紧防备，见半翁拉着刘炯还想往林中追逐，自己尚且几乎中了仇敌冷箭，恐有失闪，连忙止住，只想不到半翁学法不过百日，竟有如此能力，又喜又愧，悄声一问："我都不知有变，你二人怎的看出？"并嘱："答话不要高声，如有所见，到了别处再说。"半翁便把前事低声一说，并说鬼影已全向左侧高峰逃去。

太冲闻言，方悟他目中受了芝仙灵液浸润，不特妖鬼不能遁形，连寻常旁门中的隐身法都瞒他不过。料定顾、胡二人果将大仇鬼影子所炼百鬼带了前来。这类恶鬼无形无声，专盗敌人法宝神刀镇物和暗伤人的要害，只一被他寻到，如影随形，昼夜守伺不离，得隙即入，防不胜防，又经训练多年，异常灵警机智，诡诈百出，深明各种破法秽法，来去飘倏，休想看出一丝迹兆，恶毒阴险无与伦比。除他却是极难，为数又多，偶然除却一两个并无济于事，反使余鬼多了一层防备，再也不来上当。前日成都遇一道友，听说魔母杨妲自为玉清大师用仙剑、神雷锢禁寨洞，因先炼百鬼已为玉清大师擒她时用雷火聚歼了一多半，余者见主人被擒，全都遁走，为祸山民，勒索供养，日夜骚扰。隔了年余，杨妲又在寨中行法一一拘回，问出这些恶鬼行径，一面仍着四出为害，逼着山民祀她为神，一面又骗他们到处拘擒新死不久的恶煞凶魂，三二年的工夫，重又炼下百个恶鬼，顾、胡二人带来的必是这些新鬼无疑。照半翁日中所见，连先救左才时除去的两鬼，已不下二十个之多，算去纵非全数，也必有好几十个。别的旁门左道，所炼这类供驱遣助恶为害的恶鬼或樟神、柳鬼之类，至多不过有五七个，多了便难驾驭，一个不巧作法自弊，反为鬼弄，尚无如此厉害，有两三个已要昼夜操心时刻防御，何况多到数十。自己纵有法力，万不能终日不眠不息，饮食起居都须行法防身之理。万想不到女婿会有一双神目慧眼能烛知鬼迹，刘炯今朝又得了异人所赐灵符，能使一触即灭。自己道行法力本在顾、胡二人之上，先听人说他们有恶鬼随身，成都归途曾遇胡畅，似乎子虚，以为友人传闻。杨妲虽和自己深仇，不舍以数年辛苦炼成之邪法随便给两个新收的门人，虽然存有戒心，并未加以防御，谁知果有其事。如无李、刘二人，岂非绝大隐患！这一来顾、胡二人不足虑了。

太冲想得正高兴，又听半翁说十多条鬼影齐向左侧高峰上逃去，既未和往常一样远远守伺不退，又未往来路退走，料定高峰上必然有人主持，不是二仇亲到，也系同党，悄嘱三人不可多问，跟着自己行止，也给那行法妖人一个厉害。说罢先朝峰一望，那峰远去四五里外，下面山岭回环，一峰独峙矗立斜阳暮霭之中，凝紫萦青，岚光欲染，上面古木杂遝，仿佛堆荠，仔细审视，不见一个人迹，愈知敌人藏身隐秘，相隔又远，如此胆怯必非能手，悄问半翁鬼影情形。半翁说前行敌鬼已到峰头，转入一根石笋后面，不见再出。余下还有几个似已负伤，其行较缓，正由峰腰上驰。太冲料定人藏石后，更不怠慢，忙就坡上拾了一块尺许大小的石头，命半翁等装着寻觅敌踪遮住前面，以防被他们警觉，暗中掐诀持咒行使禁法。一切准备停当，猛将三人推开，就势拔出腰间行法用的神刀，左手灵诀指定对峰，右手照着石上斫去。这里克铮一声刀落石裂，同时遥望对峰石笋也忽然无故折断，后面跟着倒下一人，连人带石涌起一团沙尘，和白烟一般朝峰底滚落而下。细看那人已腰斩做了两截，先看石笋不算很大，及那石后妖人和它一比，相差甚巨，虽因隔远，听不到什么大震，那坠石轰降，隐隐如走轻雷之声，兀自半晌方息。如临近看那石笋，少说也有三丈多高数抱粗细。太冲再问，半翁说："石倒以后群鬼大半惊散，这一刀并未伤着。剩有少数还在石笋左近略微逗留，此刻也奔向山外去了。"

太冲闻言，细一思忖，疑心敌人不止一个，也许藏在另一隐处，不过斩物代形之法敌人已有防备，再用无效，何不将计就计，反而算他？成固大佳，不成亦无大害。知道坡后有一危崖，中隔小溪，上月曾发现崖下有一大洞，地既幽静，洞复广爽清洁，背山面流，颇具形胜，初来这大半年，竟未寻到这么好所在，枉自辛辛苦苦搭盖茅篷，如早得到此洞在内潜居，那日救治半翁，何致几为妖人所算？如今行期将届方始发觉，也懒得再搬了。当日说起，还在后悔发现太晚，今日岂不正可应用？想到这里，便领着三人前往坡后洞中走去。后事如何，请看下回分解。

第二十四回

鬼影幢幢 古洞深宵歼巨憝
滩声浩浩 长江千里送归帆

太冲等一行四人越过小溪，径往洞中走去。入洞一看，石地平整，洞壁上奇石磊砢，钟乳四垂，地方又深又大。太冲立即行法，在钟乳石屏之后放起几点法火，掩映摇光，山外看内，颇似里面住有居人篝灯夜聚情景，一面悄命半翁守伺洞门右侧，目注对峰，无论是人是鬼到来，先故意让他略微窥探，然后猛然追出，用太乙神火将他惊走，俟其去远方止。半翁领命，在洞口候有顿饭光景，先见峰上树林中鬼鬼祟祟现出一人，探头朝洞这面连试探着张望了好几次，末后忽然纵起，慌不迭地一溜烟往山口外跑去。正以为敌人已逃，不会再有动作，忽又见溪对面似有一黑影晃了两晃。洞中阴黑，洞外斜阳衔山，犹未全坠，天苍浩碧，微有疏星，晴光尚明，外观极真，内视极晦。半翁藏处绝秘，鬼影似已防到敌人能看得出他，并不急于过溪，直到在草树间连隐现了数次，方始现出全身。

半翁先只当是一晃眼间，丛草里又钻了一个出来，好似伏伺已久。定睛一看鬼的形相高矮，竟是和刘炯同归寻找太冲父女在坡下途中所遇的两鬼，想因将要赶到坡上，便见许多鬼伴俱被来人看出打败，就隐向坡后丛草之中，没有露面。原意等太冲等行时尾随，看明落脚之所再行归报，或是竟自下手独建奇功。太冲等过溪时知道厉害，恐被发觉，一直隐而未露，直等了好一会，才行试探着一一出现。实则太冲只防对峰遣鬼来探虚实，不知对峰两人乃顾、胡二恶门徒。此行乃是恃强贪功，向二恶讨了二十个恶鬼，由江旁顺道入山搜寻太冲踪迹。因行时二恶再三嘱咐太冲厉害，命他持着鬼节率领遥制，不可近前，以免太冲制不了鬼却制了人。二徒本不知太冲住处近在青城，乃是二恶耳闻和猜想，追踪到此还拿不定，见那峰孤高可以四望，临时忽又胆怯，各在峰顶觅地潜伏，遣鬼四出，搜寻长发长身，带着一个美貌少女的老者，群鬼精灵敏捷，不久便遇到太冲回转，因门户封闭走出闲眺，无奈湘玄身有辟邪宝珠,不敢近前,枉自远远围伺了好一会。二徒见群鬼老不下手,遥用鬼节催促。群鬼便推出二鬼向二徒报信,等到回坡,便被李、刘二人惊退。

太冲并未防到鬼物近在咫尺,二鬼如当众人入洞之初尾随探看,早已得了虚实回去,二恶怎会同时落网?偏又吃了过分精灵诡诈的亏,见众人久不出洞,认定居此无疑,前往窥探,现身之后还怀着鬼胎,不敢遂进。半翁知鬼胆已然吓破,始终不去睬他。二鬼见无动静,才乍着胆子飞过溪来,行抵洞侧刚一探头,看见洞深处的火光人影。半翁更不怠慢,倏地一纵身形,大喝一声,冲将出去,手中神火似雨点一般发个不已。这种恶鬼得势如虎,失势如鼠,吓得鬼胆皆裂,抱头鼠窜,御风飞驰,往前逃去。里面太冲已将埋伏布置停妥,闻得半翁逐鬼之声,已率湘玄、刘炯一同追出,手一指,在洞口外设下禁法,跟着大喊:"贤婿快追!"三人一同随后追去。

鬼行何等迅疾,太冲等本不想将他们追上,一会追到山外,鬼逃已远。太冲则将三人唤住,忽然失惊,喊声"要糟",忙往家中飞去。三人疑又生变,连忙跟去,回到茅蓬,左才正在倚门盼望。太冲急跑进房,见法架上各物井然,并无异状,方始放心,连道"幸事"。从人问故,太冲道:"我真疏忽!这些恶鬼俱是我仇人杨姐所炼,专惯盗人宝物法器,适才发现时因在坡上,没想到我曾回家一行,门户虽经贤婿封锁,左才回时已然开放,室中尚有我不少要紧东西,尤其那面修罗幢关系我他年成败,如被盗去献与仇人,我等焉有命在?我在山洞设伏,原是故把那洞当着我家,引他来袭,以为诱敌之计,耽延多时。还算天幸,没有中了道儿。看这神气,这些恶鬼必在我离开茅篷时途中相遇,先后差了一步,不知我住此地,未曾来此,否则早被他们分出数鬼,从从容容给我先盗走了。只奇怪照贤婿说,早就遥见群鬼合围在我们父女身侧多时,何以等你二人到来看破之后再后下手呢?"

半翁道:"我看那些恶鬼起初远远围住你老人家,不住交头接耳,此窥彼探,欲前又却,似乎湘妹稍离开岳父两步他便跃跃欲进,等湘妹一挨得近些又复止步不前,意似焦急,直到岳父走离湘妹远了才一拥齐上的。至于湘妹,始终在她离身五六尺以外没有走近,似乎有点害怕之状。小婿先也奇怪,这时才想起,莫非她身旁带有仙人所赐蛟珠的原故吧?"太冲早上初回,倦极思息,午后忙着出门,不曾细看二珠,闻言命湘玄取出一看,果然经仙人用玄门妙法炼过,与寻常宝珠不同,半翁之言料得不差,忙命收好。半翁因自己目能见鬼，刘炯身有灵符，遇上也属无害，只太冲还要时刻行法护身，许多不便，心感岳丈救命之恩，定要将自己那粒赠与太冲。太冲自不肯受，嗣因半翁辞意坚诚，只得暂行借用，他年劫后再行送还。刘炯一日未食，适才忙着寻人，半翁行时，曾嘱左才在家准备停妥。此时已然天晚，该吃晚饭，饭后还须对付妖人。

大家胡乱一同吃了一饱。太冲忙将法坛搭起，命李、刘三人当门防守，以备万一。自己设下镇物，披发拔刀，上坛行法。半翁看坛上禁制之物乃是一堆新取来的碎小山石，另外有一发网张在上面，桌上一大碗清水。太冲上行完了法，手掐灵诀朝碗一指，碗中的水便是一股细泉喷起，落到桌上，横在石堆前面，堆起寸许多高一条，宽只寸许，长有石堆三倍，凝聚不溢，流到尽头处，另一空碗接着，流行不涸。网下石块大小散列，中藏奇门妙用，内中或卧或立放着几根竹签和一些零碎竹木制成的小块。

太冲瞪着一双眼睛，注视那横亘石前的流水，口中念咒，约有刻许工夫将法行完。下坛到门外看了看，知半翁好奇，笑对他道："贤婿，我想恶鬼去时没有回头，这里又没来过，地僻难到，定当我们住在洞内。我今夜所用乃太阴摄形之法，最是恶辣，湘玄已得我所能十之八九，只此未传。二恶未至，必在拥妓为乐或是另有诡谋，因我恐遭天罚，此法轻易不用，连此才得两次，二鬼必然不知。适才只要有一人闯入破法，我便七窍流血而亡，故非有人防守门户不可。现在诸凡停妥，二恶同手下恶鬼子夜以前必到。我们百无可虑，仍借贤婿法力将门户封锁，同上法坛，看我网中捞鱼，以博一笑如何？"半翁巴不得一开眼界，忙即将门关好，如言封锁。大家都上法坛，围桌而立。

太冲为使大家看个真切，抓起一把香灰洒向桌上，持咒一禁制，再叫众人细看。桌上立现山石林木之形，宛然适才所经过的一带山地小影，那堆山石也变成了一座山洞，桌上那条流水便是小溪。洞中人影往来，坐立动作，有一个竟与太冲身容相似，只里面添了一座法坛和动用的家具，不似先前荒凉之状。大家都觉有趣，待了好一会不见动作，李、刘二人俱猜二恶见恶鬼无功反有伤亡，青城山号称仙灵聚集之所，金鞭崖为青城派剑仙所居，更是名闻遐迩，许知难而退也说不定，否则已交子时，为何不至？太冲含笑摇了摇头，又待有半盏茶时，忽然取出一面铜镜往前一掷，脱手飞出孤悬空际，又一一细看了看桌旁几上陈列的十几件神刀、法器之类，然后一指桌上山路入口，再指那面铜镜，命向镜中观看。自己取了两件法器，握刀而待，意似大敌将来,先事预防之状。

半翁看桌上山林掩映中似有四条极小的白影,带着四五十条黑影,大才如米,脚不沾地,贴着桌上假形凌空疾驰,知是二恶率鬼进攻。忙再朝前一看,那面三寸古铜镜已变成二尺大小的一团圆光,明如满月,悬在香炉之上,光中景物正和桌上情形一样,只是望去其深无际,人物均和原形一般大小。二恶为首,身后两个童子和数十恶鬼蜂拥疾行,人走到哪里,镜子也照到哪里,一段段的山石林木马灯般闪过。二恶师徒俱穿道装,相貌狰狞,丑恶眉目毕现,甚是真切。但除半翁外,余人仍看不见那些鬼影。太冲算计二恶、群鬼行抵洞前不远,便将桌上发网收口,指给半翁,吩咐如见群鬼齐到此网所及之处,就将网口一收。二恶来者不善,单凭假形与敌恐不济事,尚须亲自遥为主持,免使一人一鬼漏网。半翁领命,目不旁瞬,注定镜中。太冲又命刘炯手持怀中灵符,一闻招呼,速取出向桌上白影罩下去。

刘炯也领命准备之后,又过了一会,镜中人鬼方到洞前。起初并未入洞,二恶各在隔溪石上坐定,两个门徒各持长幡分列两旁。这时洞中法坛上现出太冲父女正在持剑行法,另有两人背朝里睡在榻上,乃李、刘二人的幻影。二恶向洞中望了一望,一个面作狞笑,一个手持令牌,嘴皮微动,朝众鬼一指,便有三十六个恶鬼分成四面将山洞遥遥包围,当前九鬼径飞过溪去,伏身洞侧,欲入未入。还剩九鬼立在二恶师徒身侧,朝洞内指点欢跃。二恶遣鬼之后,一同伸手拔刀朝洞内一指,便有两股烈火朝洞中飞去。这里太冲早有准备,也忙把手中刀掐诀一弹,洞中幻镜的刀也有一团火光飞出,两下接住,斗将起来。二恶知不能胜,又令二童招展长幡,镜上立时狂风大作,沙石惊飞,山洞似要坍塌,四外群鬼也纵跃欢笑,作势欲入。太冲见状大惊。一面令李、刘二人速作准备,候令施为,万一不济,也不管能否一网打尽了。随说,手中早已取了七粒法米朝桌上掷去,镜中风沙顿息。太冲见状稍喜,回手将几上备就的几十根竹签取了两支,口诵禁咒用力一撅,镜中长幡忽然折断。二恶见妖幡被破,益发大怒,起身堵住洞口暴跳,意似辱骂。太冲一问,说是鬼数共四十五个,多半入了网下,还有九鬼和二恶师徒隔溪未过,尚在网外未进。半翁知二鬼狡猾,这般行径,必还有辣手在后,如不冒险将他诱过溪去赶速下手,久必生变,反而难制。当下将禁法催动,镜中太冲父女便持神刀缓步而出,通体俱有护身法火围住,和真形完全相似。这时双方发出来的烈火已渐消灭,同归于尽,太冲父女幻影方一离洞,两旁恶鬼想因洞中有人能见鬼影，尚在迟疑不前，禁不起二恶手中鬼节频挥，暴跳不已，只得试探着走了进去，瞬见洞中二人面壁酣睡不醒，才大了胆纷纷抢入乱奔向法坛之上，见物就抢。太冲父女幻影到了洞外，与二恶相对戟指骂了几句。二恶刚往囊中取出一物，未及施为，太冲父女幻影忽似发觉有警，拔步往洞中跑去，二恶手中宝物也跟纵放出，乃是两团梭形般的黄光。幻影奔入洞内，二恶似为太冲神色所动，又当群鬼得了手，一指黄光，舍了湘玄，直取太冲，人却双双越溪而过，身后九鬼和那两个该死的恶徒也相纵跟踪追去。

半翁全神贯注镜中情景，目力又强，一见人鬼全数到了网下，知已大功告成，不等太冲招呼，便把手中网口一收。镜中二恶追时，正值群鬼纷乱抢夺之际，一见尚卧着二人，似乎有了警觉，刚把手一挥，意欲退去，一片黑云已然当头罩下。二恶、群鬼想是知道上了大当，内中一个把足一顿，取出一个水晶球，掐诀诵咒便要掷去。太冲因是大功垂成，险期已过，一时疏忽，以为二恶智穷力竭，人鬼行即就缚，目注镜中，正在掀髯得意，没有防到二恶看出他使太阴摄形换禁之法，身已落网，自知无能幸免，顾绥章更是急怒攻心，竟将前师向真元生平惟一至宝人我相晶球取出，意欲与太冲父女同归于尽。

这球有无穷妙用，能随已心随形幻灭，使人碎裂四体血肉纷飞而亡，用完一持禁咒仍可还原，向真元恃以横行多年，死时顾绥章前往收尸，恰好敌人不知他身有此宝，不曾收去，此次如非想要湘玄生擒，早已使用这球，只一被他行法掷碎，二恶、群鬼已然困住固难得脱，可是那座山洞连同这座法坛和太冲父女、刘炯他们三人，除半翁未见过面不知形貌，想象不出形摄不去外，全要震裂而死。幸是刘炯深知此宝来历，起初还以为被杀死向真元的剑仙得了去，一见顾绥章取出，不由心胆皆寒，不等他行法下手，便将灵符往石堆下盖去。等太冲惊悉发令时，那符已盖到桌上，方自暗中侥幸，符底忽然飞起一片金霞，急如电掣，眼前奇亮过处，穿窗而没。众人惊慌骇顾间，再一看镜中景物，二恶手已持球举起。太冲只当邪正不能并立，自已终是旁门，二恶未戮，灵符必已化去，眼看球一下掷全室粉碎，急切间又没有破法，吓得面如土色，正欲拔刀拼着自身残废，断去四肢解救在室四人。一晃眼忽见镜中一片金霞穿破黑云，星飞电闪飞入洞内，连人带鬼一齐裹住，一个不曾得脱，哪还容到二恶施为！就在二恶师徒跳掷骇乱之中，只卷得一卷，金霞敛处，群鬼齐消，乌烟四散，二恶师徒四人尸横就地。

太冲忙命刘炯取符一看，只是一片黄麻，上面原有的朱文符箓已然不见，半翁手上的发网，灵符化去时还好好的，这时却穿了一个小孔。群丑悉诛，由危而安，好生侥幸。太冲惊魂乍定，忙即收了法器，命湘玄、左才看家，自和李、刘二人赶往山洞，想将晶球取回。赶到一看，洞内外一无所有，晶球遍寻不获，地上死尸变作四摊黄水，知已为人取去，法坛偏又未见再有人影，好生奇怪。此外别无可疑之状，只得收了先前一应埋伏，回转茅篷。一问半翁："那两个恶徒可有日间峰头逃走之人在内？"半翁说："逃人身材高大，不相似。"左才却说："这两个恶徒正是途中陷我入坑的道童。"刘炯事前也曾相遇，料知至少还有一个党羽漏网。总算大恶已诛，即使逃往杨姐那里报信，反正她一出困必和自己为仇，让她知道厉害也好。第二日去江边寻访，不曾寻到。半翁一卜卦，算出那人从恶不久，初逢大敌，日里吃亏胆怯，偏巧二鬼命他看守巢穴，到了天明，人鬼一个不归，知无幸理，不敢久停，取了二恶行李衣物逃往江西原籍，也未往南疆报信。那晶球为一剑仙取去，且喜未落仇敌之手，也就丢开不提。

太冲所候的人，是他一位前辈，人称瞎师父，年已过百，道术比太冲还高，却极韬光隐晦，在成都卖卜多年。此次太冲往访未在，留下话说十日内往青城相访。太冲被他两个门徒留住了一天，便被左才催回，行至中途，正行法飞走，忽见荒野中有一古庙，邪焰上冲霄汉，看路数颇似向真元一派，知在那里害命伤生。心想自幼和真元同师学法，虽未存心害人，习的终是左道旁门，无心之过决不在少，仗着妻室贤淑，除有时为人治病不得已外，极为谨慎，惟恐误犯恶行致膺天谴。三十岁上又遇见一位仙人，因己根禀不厚，虽不答应拜师，却喜自己这番向善之心，允作方外之交，传了许多道法，俾将来由兵解入道，当时还强他转劫度化，订了他生之约，由此益发努力向善。不料妖女纠缠不休，终于害了妻子的性命，事后想起，未始不是少年时的恶报，常以警惕。

当向真元未死以前，曾经几次邀约，采割童男女炼那还少丹，服了可以长生不死。自己因炼此丹要伤两条生命，执意不肯，并去信力劝，几于与真元绝交。当他没有自己相助，决计不敢冒冒失失独自祭炼，后闻人言，真元约了一个能手，同在衡岳后山锦屏峰腹，用禁法向地底开了一个极隐秘的洞穴，穴口小只尺许大，人须蛇行而入，再用法术一封，外命二徒把守，并移植了一株树木以掩外人眼目，连在地穴炼了一百零八日，始终竟未出一点事，居然将丹炼好同服下去，此后只要觅一隐秘所在修炼上数年，虽不能羽化飞升，也有散仙之分。他为人又极奸狡，欺软怕硬，同辈邪恶之士多半交好，此关一过，再一洗手归隐，哪还有人与他为难？不似自己多树恶敌，终于难逃兵解。两下一比，他反而要强多了。和女儿说起，这样积恶之人也能幸致长生不受天罚，况且他目前就要隐避遁世，行为又极机警慎密，直无可死之道，断定漏网无疑。不料又隔没有多日，就在他后事齐备就要成行的头两天，往一素识乡绅家作别，稍微伸手管了一点闲事，助那乡绅害一孝子，才一举手的工夫，便遇见一位青城派的剑仙将他腰斩。自己总算见机得早，不为正派仙人疾恶，否则哪敢来这青城山仙灵窟宅左近居住，并得仙人解救危难。

日前青城门下旧友小孟尝陶钧久别相遇，也说自己一脸正气，已种下再世仙根。可见天网恢恢，疏而不漏，祸福无门，惟人自召了。真元已死，庙中行法之人必是他的恶徒顾、胡二人，这两个恶徒最恨自己屡管他的闲事，闻得真元死后又拜在仇人杨姐门下，妖术邪法越发高强，出门时因女婿初习道法尚无成就，生平仇敌又多，以为成都之行往返不过数日，况又来去隐秘，不会和人争斗，即使狭路逢仇，也能从容避去，为备万一，将几件重要法器都留与湘玄应用，不曾携带身旁，二恶又非易与，本欲听之，继一想以前曾经立誓，积修善功，见死不救等于为恶。念头一转，决计惟力是视，救那被害之人。

也是刘炯命不该绝，他脱离师门之后，在长沙常受二恶欺迫侵害，立足不住又想重投正派名师，偶闻同道中人说起峨眉、青城仙人甚多，便回家变卖了些田产，立志入川寻访。在峨眉山连住了一年多，毫无所遇。去时带的川资虽多，一年工夫，大都随手施舍散尽，只剩下几两散碎银子。他虽会一身法术，并精祝由科，但他从不炫露，以此求财，见钱将用完，欲往青城一行，希冀寻到仙人拜师学道。行至中途，忽然腹中饥饿，心想近来钱将用完，立志不肯以财博食，特地山行野宿，掘采黄精山果之类充饥，常难一饱，嘴里更淡出了水，看前途已近青城，何不寻一村镇进点饮食，吃它一饱，再沐浴一回，安歇一宵，将精神养得好好的，明日寻仙也显虔敬，便寻了一个小镇走进。偏是个赶集的日子，熙来攘往甚是热闹。刘炯一高兴，寻到一所酒家，要了两壶大糟酒和豆腐干、椒麻胡豆、斤半锅盔、一碗豆花、一碟咸菜，吃了个酒足饭饱。连日奔波劳累，饭后觉乏欲眠，店主人又极和气凑趣，劝刘炯就住他家，不要宿钱，酒饭钱一共才二十七文，刘炯倒强给他一两银子，店主人自然欢天喜地，给了他安排卧处。刘炯想明早赶到青城，洗了一澡不等天黑，纳头便睡。

谁知地方乡僻，村民多不开眼，这一两银子竟惹下杀身之祸！店主人把他当作奇遇，左邻右舍逢人便告，说今日来客如何大方，看他不带行李，随身只一小包，手生得那么白嫩，决非行商坐贾，定是居官的老爷下乡来访甚案子。偏巧当地又在日前出过一件盗案，于是一传十十传百，店前聚了多人，交头接耳打听不休。店主人又做张做智，叫从人散开，轻些说话，真人不露相，莫把官老爷惊醒，知我说走了嘴，罪当不起！忽见路口官道上远远走来三人，其行甚速，一个挑着行囊。店主人大约也因得了外财高兴，多喝了两杯剩酒，遥见来人打扮异样不似本地人，为证实先前的话，人没看真，便先说道："我说挑行李的上差在后头不是？大家散开些！等我好接待，免得人家还找。"乡人们一听官差前来，自比见官还怕，立即纷纷四散，但又好奇，想看个水落石出，俱都远远立定不走。店主一人老远躬身立在门前，准备接差。一会来人走到，众人仔细一看，哪是什么差官？竟是两个奇服怪眉怪眼的道士，另一个挑着一个行担，众人不禁哗笑起来。

这人正是胡畅，带了两个恶徒由边山起身，往青城去赴顾绶章的约会，本在驿路上行法疾驰，忽然思饮，见道旁小镇人多，前来打尖。一见酒家方要走进，忽听乡人哗笑之声，老大不快，正在发作，还算店主人见机，和众人使一个眼色，故意高声拿话岔开，作为适逢其会，不是笑他，一面恭恭敬敬将恶道师徒接了进去，连忙端上酒菜。恶道不愿吃素，又命杀鸡煮肉，正在大吃大喝。店主人见他粗豪，以为又来了三个财神，不时斟酒端菜，十分巴结。恶道酒至半酣，想起众人笑得奇怪，又见店主人作恭过了火，越发生疑，拿话一盘问。店主人本心正要解释那一笑之过，便把前事一说，说众人笑自己料得不对，并未敢笑道爷，又说："来客穿得虽破，手白如玉，人更大方，如今人还在后面房中安睡。道爷不信，尽可前往偷看，只是不要将他惊醒就是。"

胡畅一听，便料不是常人，不过这等未夜先宿行径决非官府，先当是个独脚大盗，小包中或许藏有金珠财宝，已存下攘夺之心，再一细加盘问，口音声容状态竟似以前长沙逃走的师弟刘炯，心中一动，当时故作不信。店主人有什么见识？竟自开门揖盗，引往偷觑。恶道一看，果是刘炯，狭路相逢，又在熟睡未觉，不似此前可以遁脱，心中好不欢喜！一点事没费，便将刘炯从从容容行法禁制摄了走去。原意带往无人之处拷问一番，再行处死，途中发现荒野中有一座庙宇，地甚僻静，入内一看，庙中只有两个和尚，竟是昔年长沙同恶旧友,在此盘踞为盗,抢劫外路行旅,奸淫妇女,无所不为。相见大喜,先把刘炯辱骂了一番,因途中的酒没有尽兴,并见那家酒肉都好,奉承人也还周到,抢了人就走,还未给他酒钱,一搜刘炯随身小包,只有四两碎银和两三件旧衣,命一恶徒慷他人之慨,持钱前往行沽。

起初欲杀刘炯,这一有了安顿的地方,又想交给两个凶僧囚禁,等顾绶章由青城回来,摄取他的生魂祭炼妖幡,当时押往偏殿之中,等酒后再和凶僧商量,以定行止。那庙外面残破,内殿却有复道密室,藏有不少妇女。凶僧为尽地主之谊,又还有些存酒,邀往内殿行乐,一时疏忽,以为地僻无人,即使有人走过,也只当是座破庙,刘炯能力如何素所深知,此时已受极厉害的邪法禁制,万无逃理,没有在意。

刘炯自知决无生理,连求死也不得,只有任凭宰割。自己虽非胡畅之敌,平日相遇还可隐身避去,或是对了面也能逃走,悔不该贪杯思睡自入罗网,一时情急生智,想起自己受了禁制,逃虽不能,但还会有许多邪法。目前各正派中剑仙疾恶如仇,时显灵异,我何不装着用毒手害人,放起邪雾妖焰?万一有正派中剑仙路过发现,追踪查看,再告以详情,弄巧仇人也和恶师向真元一样为仙人所诛,不特得活,还可以借此报仇,岂非绝妙?想了想明知希望极少,如被恶道发觉,还要多吃苦头,无奈事已至此,无可奈何,只率冒险一试,以求万一之望。不料邪焰上腾没有片刻,取酒的人尚未回转,便被太冲发现。

入殿一看,被困的竟是刘炯。恰巧这类邪法太冲能破,但有一节,此法甚是恶毒。胡畅为防他逃,又在事前拔了他几根头发作了镇物,如当时不逃出百里以外或是将镇物同时盗走,一为所觉,仍有杀身之患。太冲应用法物没有随身,胡畅一人已足应付,再加上两个凶僧,益非易兴,幸而久经大敌,道法高强,一面放了刘炯,匆匆说了几句,命他速往青城逃走,再拔下四十九根头发,咬破舌尖,用血染过备用,自己给他故布疑阵,为他断后,明日午后在灌县城外江旁相会,再同回家中商谈一切。刘炯慌忙叩谢去讫。这里太冲取了七根竹枝将发缠好,掷出七个相反的方向,然后迎上恶徒,将他制倒拥入殿内,比恶道还要周密,绑在那里连声都不能出,再在他胸前插上一根竹枝,行法幻成刘炯形象。刚刚准备停妥,隐身退出。

恶道因酒老不来,先命一徒沿路迎去,又等一会不到,心中起疑,同了一个凶僧出往殿中查看,见刘炯垂头丧气,为法绳绑在殿柱之上,不似有甚动作，可是两个恶徒一个未回。正要赶往镇中探看，忽见后徒急奔而回，说前徒到了酒家，因剩肉无多，又命煮了两大块肥的和一些血豆腐，所以耽搁稍久，店主人亲见他提了酒肉往回路飞跑，一晃便没有影，算计早到，怎路上却未遇见？沿途月明如昼，仔细查看，也不见丝毫被害形迹。恶道知二徒新收不久，人多不识，并无仇家，如遇盗贼，决无败理，同道不会相害，一道起自己姓名必还来晤。生平大仇只有罗、刘二人，一个已然被擒，那一个现在青城，即使来此，照他为人，不会伤一无本领的后辈，假如到此为难，也必将刘炯救走再和自己为敌，怎么想也想不出恶徒失踪是何原故。这么几下里一耽延，便有了时候。

太冲远远遥立，算计百里程途刘炯必已出险，为求稳妥，尚还无心收法使其看破。恶道本也不会发觉，倒是那恶徒机警，想起殿中囚人适才何等昂藏，笑骂不绝，神情自如，我们的人失踪这半会，他在殿中明明听见，怎倒没了声息，不说两句俏皮话？心中起疑，也没告知恶道，竟往查看。被困这一个便是峰头逃走漏网之人，最爱酒肉，在酒家已将日间所剩吃了一顿，意还未足，又另煮了几块瘦腊肉巴带回，准备回庙时师兄弟同吃找补，因恐恶道看见责说，手也拿不了那许多东西，便将肉和另打的一瓶酒揣在身上。新煮的腊肉本来就香，何况又加上那原封的大曲酒，太冲擒他时见他口中酒气喷人，所携酒肉又多，热香四溢，身上酒肉之味为其所掩，只当是才饮烈酒所致，所携虽给弃去，忙中行法，竟未搜他身上。后一个是前的师弟，一入殿便闻得酒肉香味甚浓，不由失惊道："这里哪来酒肉香味？莫非师兄回来醉倒在殿里么？这里阴深，月亮照不进来，师父快些进来看看！"

恶道正站在院中月光之下与凶僧商量，借他地方囚禁仇人，总以为恶徒途中有事他去，少时终会回转，闻得殿中惊呼之声，连忙飞入查看时，后一恶徒已闻得酒肉香味出自囚人身上，忙喊道："这斯身上怎会有这大酒味？和先前不一样，莫非是闹甚鬼么？"这类幻形之法原只蒙混一时，一被叫破，立时看出有异。恶道邪法又颇有根底，一见便知是诈，不由又惊又怒。太冲更会凑趣，竟不俟他动手，先替他解了法术，并在远处喊道："无知孽障！害人不成反害己。刘朋友已被能人救往成都去了，绑的是你那偷嘴吃的孽徒。谅你放他不了，我替你放下来罢！"说时恶道手上已放出邪火，闻声正忍怒谛听方向，忽见法绳寸断，囚人"暧呀"一声缓醒过来，定睛一看，谁说不是先沽酒的恶徒？心中大怒，因敌人尚在说话，料知刘炯必未走远，逃往成都之言定因自己身有镇物之故,心中盘算着毒计,面上强忍怒气喝道:“你是何人?有本领怎不现身出来一比高下?鬼鬼祟祟算得甚人!”太冲遥答道:“好个畜生!你倒乖巧得很。我不在你面前么?自看不见,却怨谁来!”胡畅听出声在西南约有百步之遥,口喊一声,手举处便是三十六支丧门箭,化成数十条碧火,分散开二十来丈地面,朝那发声之处射去。原意只要射中一支便不愁敌人不死伤倒地,一面再将镇物一禁制,去取刘炯的性命。凶僧在旁本想相助,苦于不见敌人踪迹,也在跃跃欲试。太冲料知难胜,早有准备,话未说完,身早往下一俯。恶道因面前一片平地,以为他必向天空或左右两旁逃走,三十六箭三面同时发出,不患不中。不料太冲早行法陷了一个小坑,身子贴地一伏,支支俱从头上射过,跟着不等飞回,纵身飞起,朝四下指了两指,哈哈大笑而隐。恶道见箭未射中,闻得笑声忙即收回时,似见刘炯披头散发满身浴血往南逃去。一面放箭一面纵起追赶时,凶僧方欲动手,月光之下东南方同样又现出一条人影往前疾驰,手拔戒刀一甩,一道浓烟从后追去。恶道追了十来里路未追上,偶一回顾,见凶僧也追一仇人,由东南角上过来,看见恶道,倏地一拨头又绕道树林往庙前逃去。等合力追到庙前,内殿凶僧也得信追出相助。

太冲本未走远,对于三凶,不过因其炼有邪宝,一个又从南疆新来,必有所恃,法物未携,不敢冒失尝试致坠声威,如论道行法力,原在三凶之上。见三凶并逐,诚心戏耍,用法术一操纵,后一凶僧刚出庙门,便见西北方有一逃人,披发浴血疾驰飞逃,也放起戒刀追逐绕了一圈。结果三凶会合,一起同追,谁也不知追的是否一人,追到不见影迹,又见到一个。恶道先还不知分化之法,疑刘炯久未见面,投师学了法术,出于自遁,无人相救,适才发话人又明听出是个同乡,故意改变外地口音,必是刘炯本人,虽经禁制镇物,也许受了点伤并未身死,还想取回免留后患,所以逗留未去,如若有人相助,不会久不出面。料定不差,便叫两个凶僧分头堵截,自己往前追去。追出又是七八里地,二凶僧又各在路上发现一个。似这样拼命穷追,逃人不时分合隐现,一会工夫,三凶越追越远。

太冲猛想庙中尚有被难妇女,何不乘此无人给他放走?当下又使了个化身在庙侧林中一晃,二徒先见还不敢追,急喊了两声“师父”,不见答应,逃人却害怕欲遁,试一追,反身便逃。二恶徒胆子顿壮,也跟踪追了下去。三凶师徒五人分成了四路,急切间且回不来,内殿越发无人顾及。太冲忙即乘虚而入,问明都是附近各县镇的良家妇女,被凶僧威逼奸淫,非出心愿。好在凶僧所劫金银细软甚多,全给分散精光,再放起一把法火,使它由上往下面四外延烧,火焰不扬,外观无觉,等到三凶赶回,全巢穴已成灰烬,存身不得了。

火起后,将众妇女聚集院中,吩咐紧闭双目不可开看,准备摄往附近县镇之中,到了天明,当地有家的更好,否则自去告官,说为仙人所救,请官设法安顿遣送。行至中途,也是二凶僧恶贯满盈,众中有一女子年幼好奇,觉着身子不动,两耳呼呼风声,以为仍在当地,试偷眼一看,孤身站在荒地田岸之上,并非庙中,同逃女伴一个未见,旷野无人,明月正高,离亮还早,不禁大哭起来。那一带地甚荒僻,女子夜哭,即遇有人家,也当是深夜鬼哭,不去理她了。太冲救人匆迫,也未详点人数,送到百里外城镇,寻往衙署左近广场上安顿,吩咐不到天明不可走动,说完隐身赶往青城而去。众妇女都当仙人搭救,纷纷跪拜,少了一人,当时谁都急于自虑,便太冲也未觉察,却给二凶僧留下杀身之祸。

且不说众妇候至天明各自依言行事,那三凶师徒追赶逃人,大半夜过去,始终只在近庙三十里方圆内隐现出没,用尽方法擒他不了。恶道首先生疑,方欲停步寻思善策,忽见凶僧恶徒四人也疑逃人在此,刘炯怎的未见?且追且想,到底地方不大,太冲又未再主持其事,一任行时部署如何参伍错综,迷离变幻,诸恶终有碰对之时。先是两个凶僧追对了头,谁都追没了影,一会又见二恶徒从斜刺里追一逃人,如飞而至,俱不及问询,又帮着同追,追到恶道身后忽然不见。凶僧已知上当,互相一说,气得三凶个个咬牙,人人切齿。这时太冲业已行抵青城不远,为防刘炯化身天明被人得去,行法一收。那七个化身幻影原是守定三凶四外不即不离如影随形,一追便逃,追急便隐,不追又现。三凶师徒正在暴怒万端,无可如何,忽见七个逃人同时在身侧三丈内外四方七面一齐出现。恶道虽然不会这驱遣七煞假形之法,却深知现时只有太冲和成都一老前辈精通此法,料定受了太冲愚弄,刘炯果然早为救走,方喊得一声:“老鬼!气死我也!”竟没等三凶想出一个应付之策,七影一齐披发吐舌,同作揶揄之状而没。

恶道正和凶僧怒说就里,誓报此仇,那法火由内而外,已将全庙化为灰烬。三凶师徒同闻墙倒之声远远传来。凶僧忽然想起庙中还有金珠美女,喊声“不好”,飞步跑回。才近庙前,便见火蛇横穿,山墙已塌了一面,知道不妙。赶到一看，只剩三面烤焦的空山墙，梁木之火犹未全熄，那火由内而外，全庙已变成了一片焦土，四外倒塌之声兀自不绝。三凶知是仇敌所放，还冀可以得点熔化的金银，又奇怪那多妇女，火起时怎会不逃出呼救？莫非全被仇敌禁住，葬身火里？忙同行法一看，一根死人骨头都没有，金银烧残的更是一分俱无。二凶僧数年行劫居积，本想积多之后再行重新庙宇，号召徒党，以图大举，一旦化为乌有，怎不疼心？不禁急怒攻心，又恨又恸。

恶道有甚良心，听二凶僧口气有些埋怨，说事由他起，不等索偿，先冤他们道："银子我们只肯要，遍地都是，手到拿来。此番我去青城，仇也不怕报他不了，倒是那些美人难得。我想仇敌必不肯救她们，定是火起之后引出放走，女人家逃必不远，我们分头去追，只追上几个，既省被人享受，还可问出一点目击真情，放火人到底是老鬼不是。"二凶僧果有心爱之人，不舍割弃，立被说动。恶道假意叫二凶僧做一路，二徒做一路，自做一路，并故走相反之路，言明追回再计，分道追寻，实则早和恶徒使了眼色，等二凶僧走远，便会合一处，绕道赶往灌县江旁去赴约会。万一巧遇逃女，就便自己带走，好在凭本领凶僧未必能是对手，况还有顾绶章相助呢。

他这里遗祸完一走了事，二凶僧却是祸不单行，沿途追行，天甫黎明，便听田野中女子哭声甚是耳熟，料定是火起后逃走的妇女。过去一看正是中途开眼偷看，遗落田野中的少女，大喝一声，伸手便要擒捉。那少女一见二凶僧追来，吓了个魂不附体，便往路侧大树上撞去，欲寻自尽。内中一个凶僧手快，飞纵上前一把捞住，那少女求死不得，便急喊"救命"，大哭起来。二凶僧因此女颇有姿色，抢来不久，正在心爱头上，又仗自己本领，毫不畏人，听见反怒声威逼，喝问："昨夜庙中之火何人所放？下余许多妇女今在何处？"那少女出身良家，为凶僧抢来，受了妖法禁制生死两难，悲愤已极，好容易被人救出，又复自误，再落凶僧之手，已不想再活命，只管拼命挣扎，哭喊求救，一言不答。恼得凶僧性起，要下毒手又舍不得，就这微一迟疑之际，忽听身后有人大喝道："大胆贼和尚！竟敢在此抢劫民女么？"

凶僧忙一回头，声随人到，身后纵来一个道人，生得猿臂鸢肩，仪容俊秀，二目神光足满，英姿勃勃，年纪不过二十多岁，背插长剑，看去武功甚有根底，不禁大怒喝道："无知狗道！竟敢管我闲事！"随说，手拔戒刀往外一甩，一道黑烟裹住一口寒光闪闪的刀影直朝道人飞去。道人大笑道："区区邪术，也敢班门弄斧！"说时伸手一绰，便将刀接住，张口一喷黑烟四散，再把手一折，那刀便成了两截扔于就地，凶僧见状大惊，忙把手中女子放下，口中喃喃，正要行使邪法取胜，道人左肩摇处，一道白光疾如闪电飞将过来。凶僧知遇剑仙，事已危急，拔步欲逃，剑光业已飞到身旁，只一卷间便即尸横就地。

另一凶僧先以为左近必还藏有逃走的妇女，决不止这一个，正在到处搜寻，闻得喝骂之声，知有敌人，意欲赶回相助，不想自来送死。相隔还有二十丈左近，见前一凶僧的戒刀已自飞出，口中一边怒骂，人也飞身纵起，才一落地，瞥见道人剑光飞出，知道不好，哪敢停留？最可笑死在临头还是色迷心窍，没有忘情少女，一把抱起，弄一阵怪风想遁走。身子起地没有三尺，道人手指剑光已自飞来，因他抱得有人，恐将少女误伤，剑光是自上而下将他全身斩为两半，鲜血四溢，洒了一地的肠肝肚肺，死得比前一凶僧还惨。

道人过来一看少女已然吓晕过去，唤醒转来问明经过，少女还欲寻死，道人劝住。因她身上溅有凶僧血迹，所携细软，包中尚有几件女衣，便命取出，背人换了。见地甚荒僻，四无人家，天色甫明，趁着无人看见，将凶僧尸首用药化了两摊黄水埋入地底，然后问明少女家乡，行法摄往，寻到那家落下，交她父母家人，说明前事。少女全家自然感恩戴德，敬若仙神，方伏地跪拜间，一道白光破空直上，人已不见，知是仙人垂救，纷纷礼拜供奉不提。

这道人就是青城派剑仙陶钧，新由成都访友回转，无心中救了少女。知有太冲在内，因自己新近奉命收徒，心想太冲旧友，为人甚是正直，这刘炯为人不知如何。料定必随太冲同返青城，意欲查询一番，行至灌县落下，正欲闲步回山，晚来再访太冲，忽见江旁有一少年闲踱，根器甚好，试一交谈，正是刘炯，再一盘问详情，心中甚喜。知太冲足能了此二恶，便把这场外功留让与他，给了刘炯一道灵符，吩咐见罢太冲，三日外去至后山相见。刘炯知是仙人，拜问明姓名来历，喜出望外。

这时太冲说起前事，刘炯在旁插言。互一参证，众人料出陶真人大有收他为徒之意，俱都代他欢喜不置。太冲本意送女完婚之后，代为物色仙师，这一来不特正符素期，异日学成又是一条臂助，高兴已极，并教他这三日中虔诚斋沐，静俟佳音。先以为陶钧日内必来相访，速去江边和金鞭崖候了两天未遇，第三日刘炯往应仙人之约，太冲翁婿也跟同前往，由天明到达，候及黄昏未至。太冲翁婿多了心，当陶钧不愿当他二人收徒，便令刘炯一人带着干粮守候，二人先回茅篷去相待。刘炯这一候竟三日未归。太冲又想陶钧以前曾允相见，不会避己，长行在即，亟思一晤，并问他年休咎，此别有无再见之期，忍不住又和半翁同往探视。到了后山一看，仍是刘炯一人在彼虔心静守，陶钧仍然未至，干粮已完，当日只采了些山果黄精充饥。正疑仙人有心相试，否则不会失信。又等一会，忽听破空之声，陶钧御剑飞来，三人连忙分别拜见。

太冲便问："何故来迟数日？"陶钧笑道："我回到青城那天晚上，本就想和你相见，谁知回观不久，家师忽出入门户。再者陷空老祖听了恶徒谗间之言，不允赠药，反与笑师兄打赌，限他四十九天之内自盗灵药，如能得手决不追究，否则还要擒了来人亲往峨眉理论。虽然为日尚远，但是人已被困，夜长梦多，恐防他恶徒作祟，私盗乃师法宝暗算笑师兄。笑师兄此次前往，原是家师向妙一真人力保，怎能不问？回观途中，接到笑师兄用家师所传的神音信号求救。家师知道此事只有神驼师伯能随意出入此阵，并助笑师兄成功。无奈这位老前辈性情古怪，凡事均系自愿，谁也不能相强，一个不允，以后永久不会再管，又不便再告知妙一真人。知他最爱芝仙，又和峨眉门下的诸葛警我与司徒平是忘形略分之交，命我先往峨眉寻着三人，与他们商议，再拿家师的手信，一同前往岷山白犀潭侧双清前洞请他相助，并命我次日一早就走。

"本还有些闲时，家师又说你们晚间要和两个妖人斗法，终于得胜，刘炯根基志行俱佳，已在峨眉遇见过两次，命我当晚无须和你们相见，尚有后命。到了子夜将近，果有一海外散仙过访，向家师借一法宝去除一怪物。家师说是无庸，今晚所诛二妖人携有向真元苦炼多年防身之宝，乃是一个晶球。此宝如落异派妖邪手中，必以济恶为害，如无那道灵符，你们全都死于非命，你十五年后便须转劫，既不为恶，要它何用？移赠那位散仙，正是一举两得，便命我去至你们设伏的古洞左近相候。不到刻许工夫，二恶便率恶鬼等前来与你遥遥斗法。其实你们那晚防御稍疏，有我在场，也不会任妖人灵鬼有一漏网。后来这斯中伏情极，意欲两败，我刚想破他，灵符已生妙用。我给刘炯只命他藏在身旁辟邪防身，未传收法，此符乃家师所传玄门降魔妙用，不比你们旁门法术，如何也能代形象制？刘炯一取出，符上神光定必穿门而出，照着你们斗法所在跟踪飞来，幸我当时在场，妖人一死立即将它收去，没有闯下乱子，否则你和妖人虽有邪正之分，行的法术均系左道，纵不回去伤人，你埋伏的诸般法物连同化身幻影也必全要被它扫荡净尽，不过妖人师徒与诸恶鬼均在洞口一带首先遇上,你才没有吃亏罢了。”

太冲等想起那日冒昧使用,以为符在刘炯手内,只要仗它一破镇物,竟没深思,闻言好生骇然。陶钧又道:“我收了此宝回观,由家师交与那位散仙。侍立了一会,天色甫明,便照家师之命行事,也未及通知你们。以为有你同来,久候不至必然回去,或往金鞭崖前叩问。纪师兄知道此事,必出相告,不料刘炯如此向道心诚,甚可嘉尚。我原意奉命初次收徒,又见纪师兄前年收一孤儿,资禀绝佳,成就甚速,他资质尚好,可惜曾入邪途,心尚踌躇,知你必来,打算见面问明盘诘之后,略传入门口诀,令其在外虔修,查看些时再行收归门下,以期慎重,听家师之言,已然赏识,尚有何虑?

“峨眉诸长老自从开关五府之后,幅员越发广大,洞天福地仙景无边,五座仙府共有数百间云房玉屋。妙一真人夫妇和玄真子三位掌教师尊连同十几位前辈长老分居东府太元洞内,长日入定清修,静候三次峨眉斗剑,功行圆满霞举飞升。门下两辈弟子分居其余四府之内,除每月朔日一往朝谒外,不奉法旨不得妄入。众弟子除在洞值年、有职司者外,不是奉命别府清修,炼宝炼丹,便是下山云游各地,积修外功。芝仙离了金蝉、石生二人决不轻出,此去决可相遇。诸葛、司徒二位今年又非值年,如若他出,怎易寻到?固然可以问出他们去处跟踪寻去,也非一朝一夕可以相遇。预计此行,一个不巧便须十日八日方可复命。该当笑师兄等不致久困,事也真巧,到时芝仙和司徒师兄先在那里,谈还不几句,诸葛师兄也奉命采药回来,并且路过岷山,正遇神驼师伯与追云叟白师伯门下弟子岳雯在洞外对弈未终,还约他药送回山即速前去再下一局。我把前事和三人一说,芝仙和金蝉师弟最好,首先惶急。好在目前诸弟子道法已有深造,只不背教规,均可自由出入便宜行事,无须再去禀告请命。

“我四人立即赶往岷山,刚一说,神驼真人已知就里,却记着开府时家师一句戏言,还在不允。我们因他性情奇特,辈分又尊,恐话说僵,都不敢则声。芝仙一听他不肯去,竟发了急,涎皮赖脸猴上身去,搂着他那一颗大头一味撒娇,连哭带央求,说当初开府时曾答应他,任是天大为难之事有求必应,今日怎的不允起来?神驼师伯吃他苦磨不休,方说:‘并非不去,只缘陷空老祖去了难免争持,他虽庇着恶徒多行不义,与我散人何关?实不愿为此伤了故人和气,所以不往。既然你们苦求,只好一行,但是只能明向陷空老祖将人要出,不管别的闲事。’我们俱知他那怪脾气,乃是以前遇劫苦困多年，自身是数百年来散仙中第一等人物，又不想再修到天仙，乐得善善恶恶游戏于仙、人之间有激而成，并非本怀。那陷空老祖人极自恃，负固海底目空一切，性情却真乖谬已极。二人相见定必反目无疑。只愁他不肯前往，或是暗中将人救出了疑阵一走了事，只要明着索人，两下各不服输。此老习性，定非助笑师兄成功不可。家师在我去时，也早料到此老必有这般说法，事前商定了去，谁也不再干求。我还以为他不知我们心意，等诸葛师兄留下观弈，司徒师兄送芝仙回山，我向他拜别，他忽然哈哈大笑道：‘你们这几个小鬼灵精！以为老夫脾气不好，总要和人争斗么？料不着的！那几个被困小鬼莫非都是死人，还非要我这老头子跟着他们做贼偷人东西不可么？’我闻言更放了心。连忙又代笑师兄等拜谢一番，方始归来复命。家师听说，断定此老必先拿情面要人，一个不肯，便有了题目，虽不自己下手，却是笑师兄等一被困或吃亏，立即救援，叫对方急不得恼不得，这个还有多妙！颇夸了我两句。（神驼乙休助笑和尚、金蝉等海底盗胶，均详拙著《蜀山剑侠传后传》，本书不载。）

“我见家师面有喜色，乘机代你求问。大意说你四个大仇敌已去其三，近又得了一粒蛟珠，更可以防身辟邪，余者均已不足为虑，更无一点灾厄，只须多积善功，静俟十五年后妖女杨姐寻仇，你有魔母妖幢，已能抵御，所炼恶鬼目力所不能见，却是厉害。到时我虽命刘炯赶往黔江飞剑相助，但欲借兵解成道，仍非令坦亲往不可。只是杨姐也深知令坦神目慧眼，鬼物不能遁形，前此二恶徒与群鬼这败全由于此，已早防到，部署甚是周密，到时必遣厉害同党分途作梗，使令坦夫妻期前不能赶到。这个却是无用。令坦精于《易》理，彼时更有精进，只须事前占算好日期和妖党埋伏之处，提前数日赶往或是避道而行，万一如有所遇，务须记住恶来不怕，最怕善来。途中无论见甚不平之事，千万不可理睬。一到黔江，父女翁婿相见，便无妨了。”

太冲闻言称谢，又望空拜谢了朱真人成全之德。刘炯自听答应收他，早就拜倒。陶钧挥手命起，侍立一旁，恭听等二人把话说完，又重行了拜师之礼。陶钧说：“师祖已往南岳访友，你罗师叔长行在即，此别多年，可仍去他家暂住，等到行时，我尚须往送，彼时再带你回山，拜见师祖和各位师伯，传授道法，以后就在观中居住修炼便了。”刘炯躬身应诺。

半翁免不了恭请教益，指示迷津。陶钧道：“你祖泽颇厚，无奈本身仙根太薄，所以笑师兄不肯以玄门心法相授，也不允你往峨眉参谒清修。幸有那晚你夫妻同诛妖女,代他除了一害,才允你十五年后往峨眉送还妖幢。多此一面,实非小可,神仙游戏尘寰的甚多,寻常人几曾能够遇到?休看你根资不济,自来人定胜天,事在人为,异类尚可修成正果,何况是人?假使你回山生子之后努力奋志,即照所得入门功夫,也是玄门正宗口诀勤修,一样可以成就。到了送幢之时,令师见你如此向道虔诚,说不定这一面就许是你毕生仙缘所在呢。还有所传法术,因令师曾得佛道两门降魔真传,取法乎上,均是别派中初入门者所难梦见,也非勤习不可。你还有一个跨灶之子,到时自知,难为预示。你我相见,总算有缘。令师尚未传你御遁飞行之法,待我今日传你用法口诀,以备他年事急时应用便了。"半翁大喜,忙又跪领教益,一一谨记。陶钧教完,便自作别飞去。

太冲等三人回去,前后还没等有十日,所候前辈能手瞎师父即来赴约。太冲延到家中,独自屏人,同在内室密谈了一天一夜,谈时并命李、刘、左三人和湘玄分在对崖、篷顶、篷门等处防守查看,如见可疑,即时报警,以恐仇敌窥探言动。篷内还设有禁法埋伏,谁也没听见室内一点声息,不知商谈何事,如此戒备严密。见二人出门撤禁时俱都满面笑容,因太冲事前嘱咐不许人问,估量有好无坏,又未生一点变故,也就不提。来人当即作别而去,行时似望了湘玄一眼,将头一摇。半翁一人看见,因太冲说他瞎子,以为出于无心,加以太冲甚是高兴,仿佛百凡无忧之状,也就没有在意。

次日收拾行囊和太冲连日置办的妆奁,正准备同往金鞭崖下,向纪、陶诸仙遥拜辞别,陶钧忽然来送,说朱真人已回,并阻前往。太冲只得望空拜谢了一番。因带的妆奁行囊甚多,陆行不便,太冲因一切停妥,身心暇豫,决计送女完婚之后,同了左才觅地清修,以俟时至,不再轻用法术,乐得借着水路行走,父女团聚些日,便拟大半截途程走水路,到了难通行处再行起旱,到了山城卸下行李,由半翁先回,着人来接,一点不用法术摄行。左才隔日已将船定好。

陶钧听太冲说起,笑道:"这条水路险滩甚多,并且中间还有难越之处。这般数千里的长途,照你心意,一年也走不到。你既不肯妄施法术,你到船上可对舟人言明,索性将它买下。好在船并不大,人又不多,待我赠你一道灵符,并相助一帆风力。等行到舟船莫通之处,着一人上岸采取隔河之水,到了子夜泼向船头,再使我灵符一招展,便能隔河飞渡,并且缓急随心,遇着好山好水一样可以登临盘桓。山城有湖有溪,你连人带船直驶湖中,岂不省事?"太冲等闻言大喜,谢了陶钧,传了灵符和使用之法,然后同往江边渡口,与舟人商量如言办理,一面雇人随左才运东西。

一切停当,陶钧恐惊世人耳目,吩咐先将船驶往僻静之处。灌县城边一带江水甚急,舟主贪着重价将船卖了,俱不信他们自己能驾舟驶行,又见没有雇人,尤为奇怪。及见左才、湘玄一个持篙一个摇橹,驶行于惊涛急漩之中,甚是自如,方知是个行家,心服散去。船到无人之处,陶钧便命将帆扯起,师徒二人齐向太冲父女、半翁作别,道声"好自为之",拉了刘炯飞向岸去,口诵灵文,喷出满口真气,举手朝船帆推了两推,便无风自饱,船头汩汩有声,催得那船快如奔马,银涛翻雪,滚滚飞花由船头两旁激起数尺高的骇浪,由近而远,向两岸斜行退卷下去。船过处,浪头上平添了无数泡沫,随流疾驶,漩起无数水花,随生随灭。太冲等三人方欲拜谢,晃眼工夫已是几里过去,看不见陶钧师徒影子。

轻舟箭射,瞬越重山,十多天已走了一多半的途程。这还是太冲父女惜别情殷,故意延缓,否则已差不多快到了。后两日半翁忽动思亲之念,见太冲父女沿途选胜登临颇有耽搁,不便拂意催促,力说洞天山城景物幽丽,迥胜晋人所说桃源,坚留太冲就在山城择一幽静之所隐居,无须他去。此去既可稍效半子之劳,湘玄也可长依膝下。太冲执意不肯,说自己无心之恶甚多,此去并非专事清修,尚须勉力为善,哪能享此清福?半翁见他不允,又坚请他在山中住上一年半载再走。太冲听他力请不已,知他一半是想家,一半也真不舍离别,虽未答应久留,却也不再耽延,径命左才连日连夜急往洞天山城赶去。要知后事如何,请看下回分解。

第二十五回

遥山寻远水 迷离春梦孕灵胎
明月棹轻舟 缥缈银潢飞爱侣

太冲父女连同半翁、左才一行四人，用陶钧天风催帆，隔水行舟之法前后行了二十多天，便到了南疆左近的拦江，由此去往洞天庄尚有千百里途程，沿路山顶杂沓，势极险峻，多快的脚程也得走上七八天。这还专是翻山，不遇阻隔，如果遇上山洪暴发，野烧骤起，或是毒风恶瘴凝聚不开，便须绕道攀援，不知要延上多少天方能到达，何况还带有许多行李。庄人每次出入办货，都是到川、滇、黔交界之处起旱，改走驿路，行至相隔洞天庄七百余里的孟王岭，才穿越山民的樵径，循着通入庄口的暗洞秘径而回。本来已极艰难，全走水路，崇山间阻，直不可能。幸而那一带山中到处都有清溪大涧，虽然殊途分流各不相通，仗着仙法神妙，一到不能通行之地，便由半翁、左才二人前去探觅水道，只船容得下，就把水取回，到了半夜如法施为，不消片刻工夫，便听船底水声如雷，一大股洪流将船涌起，和白龙一般直落前途溪涧之中，再御风扬帆而行。瞬息百里，快倒是快极了，无奈这条路四人全未走过，只虚拟着方向行走。当时把路走错，加以山水回环，有一次走了两天竟又绕回原处，只得重又探路取水，改道行法。这一耽延，连赶了六七天，还没望见洞天庄四围峰岭的影子。

这日湘玄代半翁与左才同往探路，连翻了好几座高山峻岭，不曾遇到一道溪流。地势本就不熟，那有水的地方又在凹处，不近前看不见，二人纵会法术，只不过走得快些，路仍少走不了。湘玄因见半翁连日思家心神不安，船又泊在溪源尽头，无路可通，登高四望，除原泊处外不见水影，心恐半翁愁烦，特地请老父陪他谈论道法和旁门中使用邪术的行径为之解闷，自告奋勇代他出来探路，不想寻了半日，未见滴水，也未遇到一个人影。眼看日色偏西，再有两个时辰便要天黑，年轻好胜，心想丈夫面前夸下大口，第一次出来就没法交代，不禁又急又愧，便对左才道："左师哥，今天水路怎的这般难找？

你和李大哥每次出门,至多不过半天,准能把水找了回去。只有一次弄到天黑才回,可是那次路却走了不少。我们这时还没走向回路,真要是找不到水,我有多羞,拿甚脸子见他?他又在想家着急。难道这三二百里方圆的地方会没一点水?好歹总要寻到一条溪涧回去才好交代。天已不早,我们又会禁法,不怕遇着生蛮野兽。我两人分路找吧。”

太冲因大家虽会武艺法术,但是这一带山中毒蛇大蟒甚多,不防备时骤起相犯,难于应付,一则多双耳目要好得多,二则取的水多,行法时一样飞起,力量却可大些。一人之力有限,山路崎岖,万一遇上险阻,中途泼散,岂不徒劳?多一人多一层后备,反正舟中无事,所以每出均命二人偕行。这次因湘玄初次跋涉,非去不可,虽知她所学法术比左才要强得多,但在老父卵翼之下绝少应用,惟恐又如上年川、陕行舟遇见仇人暗算,爱女心切,总嫌她少不更事,再三嘱咐左才:跟定身侧随时留意不可离开。左才如奉了圣旨一般,一听湘玄说要分开寻水哪肯依从?话又说得切真了些,湘玄怒道:“左师哥,你哪是什么怕爹爹知道怪你?难道回去我还对他说么?分明看我年轻,瞧不起人罢呀!本来我不一定分手,为你这一说,我偏分给你看。前面是条横岭,左有平原,右是高山,岭那边是一座高峰,看过去约有百多里路,我两人就此分手。水多在低处流,还给你一点相应。你往左边找去,我往右,各自越过那条岭背,同在高峰之上会齐。爱去不去。你如一同跟我往右去,惹冒了我火,叫你找不到我影子!有水还好,无水死了也不回船,就回也不叫你看出,叫你在乱山中苦找,到船上还告你一状。看哪个合适,随你的便!”湘玄越说越有气,说完,把手一指左边,暗中行法,身子往前一纵,便如飞跑去。

左才知她自幼娇惯,性情执拗,有时连乃父也强她不过,说得出做得出。照她办,只恐违了师命,不依又是不行,还得防她在师父面前使坏,真是左右为难,方喊:“师妹慢些走!我两人商量商量。”湘玄身形已隐,跑了个踪迹全无。左才欲同随往,又恐自己在明处,她在暗处,看出徒生恶感,于事无济,想了想只得高声喊道:“师妹!我都依你就是,只请将人现出,省得到时难找。我在远处能常看见,也放心些!”言还未了,湘玄果在前面山腰上现出,见左才惶急之状,笑答道:“你依我时,我也依你,水寻到快招呼我。一会过了左边这山,你也看不见我了。快走吧,我都急死了!”边说边往前走,左才也飞步朝左近平原跑去。先还一上一下遥相问答,后来越分越远,连比手势都看不真切。一会湘玄便越过山那边去。

左才脚底加劲前奔，也赶到了平原之上。偏生原上深草过膝，林莽密茂，弥望平芜，一色青碧，中间纵有溪流，不到近前也看不见。左才既担心水，又担心人，一边飞跑，一边留神观听，直嫌耳目少生了两双。又因平素经历，这般茂肥的草原，相近必有水源无疑，惟恐藏在两岸深草之间，无心错过，稍有疑似之处，即奔过去查看。中有两次，山风吹过竟是闻得水声潺潺，泉音细碎，就在前面不远，心中大喜，忙循声跑过去一看，连赶走了二三里远，仍是草莽纵横，更无隙地，再侧耳一听，水声琤琮，似与前闻相类，比较还要宏密得多，只不见水源所在。四外细一查看，原来前面是一大片竹林，劲节干云，因风鸣玉，仿佛水声，实由非是，好生失望。

第二次又闻泉声潺潺，就在侧面，因首次把竹枝摇动疑作泉声，先看前面没有竹林，再赶过去，心还以为这回总该有望，及至行约半里也不见有水，而且前边地势渐高，草也不深，有水无水，一目了然，离身三二丈平地深草中卧着一根古松，轮囷蟠拏，夭矫如龙，大可合抱，通体长几十五六丈，由生根之所直伸到对面浅草之中，荫被数亩，最低处离地不过数尺，铁干苍鳞，虬枝攫拿，势俗飞舞，水却仍是不见。爱那松枝奇古，本心坐到树上稍歇，略微观玩再走，继一想适闻水声，莫非又是风吹松响作怪？即止步侧耳再听，偏又风息声寂，再听不出。前面地皮都见，哪来的水？方向又斜对着去路，湘玄已好些时不知所往，急于相见，一赌气，回身便往前面横岭跑去。

走到一看，岭和右山，似连实断，中有凹缝可以通行，无须绕行便可从上面越过。一看岭后高峰不见湘玄，心想湘玄行甚迅速，自己又屡在途中往复搜寻，多有耽搁，按说她应早到，如若寻到了水，更应放起烟光通知，怎么既不闻声又下见人？莫不年幼无知，真个在这个把时辰中间就出了事？越想越怕，不禁着起慌来，便不往岭上跑去，径自穿过山缝往湘玄来路一看，山那边尽是些个危崖怪石，陂陀起伏，只崖缝中稀落落挺生着古松，茑萝四垂，崖壁上老藤蔓生，大如人股，苔藓绣合，间有长卉下垂，花如钗股，清馨时闻，点缀空山，地面上石笋怒立，森如巨剑，长短不一，野草都不大见，哪会有甚溪涧？四外乱山杂沓，陂陀绵连不断，不知有多少远，真个鸟兽绝迹，山花自芳，斜阳红净，幽寂无伦，心恐湘玄找不到水，不向高峰越走去却向旁行，万一走迷或出甚差错，怎归见人？站在斜照中喊了几声“师妹”，空山回响，余音嗡然，声甚凄凉，仿佛鬼应，细听却又不是。心中忧急，万般无奈，只得行法飞奔，上下盘旋，蹿高纵矮，边喊边跑，一连越过好几处小山头。跑有十来里路，跑到一处峭壁悬崖之下，见崖上藤荫碧苔中，挂下许多山女用来迷人的毒草名叫可怜红的，正开着一色的红紫花，在那里无风自动，摇摇欲坠。

左才以前曾随采药客帮往边山中走过，识得此草厉害，红的尤毒，人闻了立即昏迷，须要三个时辰方醒，如若和在酒中饮了，能迷过去三天，人事不知，又可配成媚药，只有此草之根能治。更有一桩奇处，此草天生淫毒，人一离近数尺以内，得着人气，花叶皆颤，采的人如不就此连根拔下，用金簪将花心挑去，不俟取回和药，颤过一阵，花片上便流出比血还鲜艳的汁水，花也立时枯萎，全无用处，得名也由于此。方暗讶这里的毒草竟如此厉害，人还隔着两三丈，便这般急颤起来，可惜现在已跟师父学道，不愿再去害人，否则这多难得的贵药，全采回去卖给山客帮里，还怕不得个千金重价么？人中此草之毒，只有草根能救，其效如神，何不去花留根，多少也可卖些备用？方自寻思，猛想起湘玄尚未寻着，怎倒犯了财迷？一发急不由脱口高叫了一声。

正欲觅路寻找，猛一眼瞥见崖下不远有一株形似丹枫的矮树，朱叶繁茂，浓荫匝地中似有一堆彩影闪动，因看处正对西方斜照，阳光平射，耀眼生缬，乍看疑是蟠着一堆锦鳞大蟒。心中一惊，忙往后纵退丈许，刚在行法防身，定睛再看时，那东西已被他这大声一喊惊动，展开两片六七尺长的彩羽冲霄而起，乃是一只大怪鸟，飞起之时，鸣声咯咯连叫不绝，只在崖前一片高空中上下盘飞，甚是迅捷，目光如火，映日生芒，远射数尺，睹定左才，大有得而甘心之意。

左才原会武艺，近又从太冲学会禁法，见那大鸟头戴朱冠，高几及尺，鸭喙钩吻，两脚微踡粗如人臂，一双乌光黑亮的钢爪其大如箕，虎头火眼，秃尾如锯，身上彩羽若鳞，又紧又密，飞动之间山风大作，刮得树舞藤摇，满地沙石惊飞，势绝猛狠，大有得而甘心之概。知它不怀好意，仗着有法防身不畏下击，便取出一只镖来照头打去，眼看打中，吃那鸟扬爪一下抓住反掷下来，打得山石碎裂火星四溅。那鸟也想是知道下边敌人不是易与，只管怒鸣飞舞，却不轻下。左才原意将它惊走，见一镖未中，鸟越怒鸣示威，兀自不退，不禁怒发，大骂："无知孽畜，定要送死！"随使禁法，又取一镖往上掷去，左手掐诀，道一声"疾"，便有一溜火光随镖而上。正还要禁制它的双翼，那鸟想知不妙，"咶"的一声长啸，冲霄直上，拨转身子，阔翼横空，疾同电射，越山飞去，晃眼不见。

左才料定此鸟凶恶害人，必非善类，拼却舍却一镖，方要指镖引火追去，猛又听叉的一响，疑心又来了什么怪东西。忙一注视，首先发现怪鸟伏身之处，地面上树影参差中隐现出一个人的影子，心中一动，吃了一惊，不顾得再取怪鸟性命，一面止法收镖，赶将过去一看，树后站着一个少女，伏身横枝之上，双手垂搭，软绵绵其状若死，正是湘玄。因阳光从身后斜照过来，人影树影交投地上，适才又有那只杀人怪鸟在侧，疑已受伤致死。这一吓真是非同小可，也不再顾男女之嫌，急跑近侧，抬起她头一看，面色比起来时还要鲜艳，鼻息微渴，双手温热，只是昏迷，人并未死。先因鸟伏在她对面，还疑喷了毒气，偶一低头见她手底下摊着好几十朵毒草可怜红，大概不知采法，业已枯萎。料知误闻花香中毒迷倒，这才宽心大放，忙即跑到崖下，屏着气息连根拔下两丛，折去花叶，将那白如玉嫩如藕形似首乌的花根剔去浮泥擎在手里，恰好寻到两块被镖击裂的碎山石，连镖拾起，然后将湘玄扶卧地上，用石夹着草根，朝她鼻孔一挤，便有一股蛋清般的白浆轧出，点点滴滴落向两孔之中。知已毕事，一会人即醒转，趁着空间，再回到崖前。这回有了解药，只取了两段草根，略微擦破，塞入鼻孔，虽然辛辣难闻，却可避去花毒。当下将所有壁上所生可怜红全数采下，堆了一地，方在折根，湘玄已自回生，尚不知就里，一见左才，忙跑过来问道："这花又不会活，采它何用？你找的水呢？"

这时地上万花齐颤，遍地殷红，映着斜阳，分外鲜艳。湘玄一面说着话，觉着又好玩又好看，伸手便要拾取。左才忙拦道："师妹你不听话，差点把命送了，你晓得么？"湘玄闻言，才想起自己过山寻水，近岭未见，又未见左才报信，心中发急，循着山后往侧反身寻找，走了十来里路，口中干渴，忽见崖花奇丽，方采了两束到手，又发现左侧有一红叶奇树，上面生着两枝黄金色的果子，其大如拳，用手一掐，和桃肉相似，清香流溢。起初因未知名，还不敢吃，试拿舌头一尝，竟是其甜如蜜，芳腾齿颊，不禁咬了一口。觉无甚异，知是佳果，便两个都吃下去。吃时那两束花原搁在树枝之上不住颤动，湘玄已觉奇怪异常，吃完再看内中一束流出许多红水，花已萎谢，另一束也有红珠绽露，活色生香，好看已极。知此花易谢，一会便要残红狼藉，委诸泥沙，又怜又爱，情不自禁顺手拿在鼻间一嗅，刚闻到一股奇怪的温香，忽觉心旌摇荡，面上发烧，眼皮欲开还合，一缕媚思起自脑后，也说不出是什么况味，仿佛见半翁站在面前，猛然身慵欲坠，百骸皆柔，再也支持不住，心中似恨半翁薄情,不来扶抱,往前一扑,神思便自迷忽入睡。嗣觉鼻中辛辣,胸腹奇暖,醒来睁眼一看,人却卧在地上。方在寻思前事,似梦似真,自己怎会忽然在此入睡?一眼看到左才在前,情切水源,未及细想,便忙跑了过来。一听左才说她几乎把命送掉,不禁大惊,这才想起适才睡得奇怪,忙问就里。左才把她误中花毒几为怪鸟所伤说了一遍,又指那被镖掷裂的山石给她看,湘玄方始恍然。

左才匆匆寻根细藤将草根扎好,回船再行炮制,说:"天已将近黄昏,回去太晚,明早再改道寻找罢。否则近处差不多已然踏遍,再往前即使有水,过了三百里远,灵符之力也莫致了。"湘玄心终不甘,自己才惹了乱子,多亏左才赶来相救,不便再使性子,改用软语央告道:"左师哥,如寻不到水,怎好意思见人呢?仙人灵符,不是要过三百里才无效吗?算计途程,还差好些呢。我也不和你强,我们原定是高峰上会齐,并未走到,那峰离这里又不远,我也不再多往前走,只走过横岭,到了那座峰崖上面凭高下望,看上一眼,有水更好,没有我也死了心。再改由别的路径回去,反正会法术,不消多的时候就回船了。"左才听她绕些弯子,表面似乎委曲迁就,末了还是得依她主见,知强不过,心想到了崖上无水,看你还有何说?与她说好到峰即回,以免师父盼望,一同往前走去。绕到岭上,四看无水,又往前跑,折过前面山角,再看去路,高山前横,那座孤峰还在山的侧面。上山一看,左边是乱山杂沓,危径四出,右边却有一条夹谷,层崖千仞,壁立如削,峻险崇高,鸟飞不过。遥望谷尽头高峰若屏,上丰下锐,比谷中两边危壁还要高出一半倍,相去尚有好一段路。湘玄恐左才拦阻,更不则声,仗着身会法术,一掐诀行法,竟自御风而过,落到崖壁之上,沿崖顶飞跑下去。

左才无奈,只得随往,到了尽头,只有那片峰崖,此外更无通路,眼看湘玄人已飞到峰上,心想你要寻水,却往高处乱跑,寻得到水才怪!不到黄河心不甘,到了黄河又当如何?你这般任性胡来,幸是大家都信得过,你本领又比我大,否则孤男寡女荒山同行,出来一大天,这时还不回去,也不怕你老公多心!见那峰太高,上也徒劳,一赌气懒得随上,便停了步站在崖壁之上,等候湘玄失望同回。无聊中偶一回望,见落日已齐地平,只剩半圆,大逾车轮,红光四射,碧空苍苍,略有白云片片,和天际落霞交相陪衬,暮霭浮烟,晴岚拥翠,空山落日,分外鲜明,加以晚风不寒,凉风习习,美景当前,左才虽是粗人,也觉胸际稍澄,烦恼悉蠲。方自得趣喝采,猛见岭那边来路远处,似有一条长若匹练的白影映着落日浮光隐现而出，蜿蜒闪动，和一条极长的银蛇相似，心疑来时怎的未见？仔细一看，不由喜出望外，刚脱口喊得一声“好了”，忽听湘玄也在峰顶上顿足喜叫，高唤：“师哥快来！”

左才料她身在高处，必已发现，忙答道：“是水么？这里看得更真，你快下来！”湘玄好似奇怪，答道：“我还是转过峰这边来才看见，你那里有崖遮住，怎也看见？还是这里看得真切，你快来呀！”说罢连催不已。左才暗忖，你多得见，也须往回走才取得水，多叫我费些力气，何苦来？心虽这么想，因水已得，甚是高兴，多的路都走了，也不在这一点，便行法纵上峰去，方以为所见皆同，欲指湘玄回看，谁知刚一走近，见湘玄笑容满面，指着右侧峰下面笑道：“左师哥，你看那是什么？”左才见她所指方向不同，知又发现第二水源，随手一看已然惊奇，再一端详形势，竟喜欢得连声夸好蹦了起来。湘玄笑道：“不是依我，哪得寻到？这峰崖又高又阔，我也是绝了望想，无心中往这边多绕了一步才得巧遇。如在下走，要命也看不见这边，你是怎会看见的？”左才说自己所见尚在来路，又指与湘玄去看。湘玄笑嘻嘻道：“哪有这个好！不知岭前的水能通到此不能？这时天还没有黑透，人家都没有睡，我们径去里边偷水好吗？”左才笑道：“这有何妨？听说庄子的人只有一个会卜卦的，不会法术，我们隐身入内，怎看得见？”湘玄喜道：“你说得对！此刻就去，索性偷他平山湖上的水回去，回船也不和他说实话。只说水太艰难，我们寻了一整天才寻到。今晚行法，这不足三百里的途程一夜飞到。我逼着他去睡，由我一人驾舟，等到明早忽然落到湖上，叫他又惊又喜，有多么好！”左才只叫事前不要瞒了师父，湘玄应允，遥望下面有人走动，恐被看见，忙即行法，连左才身形一同隐起，往右侧峰下广原之中飞去，径往平山湖边取水去了。

原来这一带峡谷峰壁，正是林璇、余独、毛筠玉等一行初进洞天庄万柳山场的入口处，左才所见岭前大溪，也便是雷行捷遇见飞儿行浴之处。当初未经野烧地震，形势大殊，那片峰崖无殊庄后屏障，全仗它与世隔绝。庄中出口只有暗洞秘径一条，此外别无通路，又当庄后，休说半翁年少，连庄上老人也绝少有人走过。重山外阻，危峰作屏，不能稍窥内中景物，所以半翁离家渐近，毫无觉察。左才先和湘玄分道，如若见水，也不过半夜中飞船到此。水源虽然与庄中相通，无奈尽头处是几条极细的瀑布由石缝中激射而出，绝壁前横，船行到此必疑无路。半翁又想将船引到离原来出口相近的大溪之中，不知路转峰回，见水即渡，无心中绕行到庄后，一个不巧错过那条峡谷，再一误寻到他处之水，势必越引越远，不知要绕行多少冤枉路才行到家！幸是左才粗心，又不忿湘玄不听人劝，先见那条大溪，本是又斜又弯，前半截左才与水平行，因地上草莽太密，相隔还有数十丈远近，路径既生，心思复乱，观察不到。第一次明明听得水流激石潺湲之声，偏生方向略差，没找到溪中多石之处，到的正是溪流平静之处，身已临近，却为那片竹林所误，把清泉奏响当作了风弄竹声，以致近流却步。第二次风吹水响，又复身临切近，初要由深草中再往前走两丈来路，就到溪边，无巧不巧，溪这边偏又生着一株古松，横溪而卧，直伸到对岸老远，对岸的地势斜高，草稀且短，可睹地面。左才神为松移，只想对面无水，却不知溪隐松下。如照他初意，坐在松上略息也好，偏又惦着湘玄。般般凑巧，以致全都错过。湘玄因见四处无水，总以为前行或有希望，不论是山是地，一味往前，行上崖谷，已知无望居多，因峰壁甚高，可以远望，上去一看，一边是峡谷来路，一边是乱山，石骨如洗，草树皆稀，哪会有水？又没法再和左才说找水的话，方难受得哭，不愿回去丢脸，试往右侧绕去，无心中往下一看，首先发现的是林、毛、余三人所经一条通向庄中的草原大道，柳树成行，芳草如茵，山花竞艳，红紫相间，为入山以来所仅见，已甚惊奇。再一望到草原尽头清溪如带，通以红桥，益发惊喜。更望到最前面，竟是垂柳千行，暮烟中涌起一片绿雾，分明与半翁所说的万柳山场一般无二。湘玄虽未到过洞天山城，因与半翁相处数月，闲中无事，常把故山景物当作谈笑之资。一个想博小妻欢心，一个又爱问，此次舟行，半翁去家日近，更把庄中美景说得淋漓尽致，巨细不遗。湘玄也因自己不久便是这个洞天福地的主人，全都记在心里。

地震前峰屏未倒，湘玄立身其上，比林、毛、余三人格外看得真切，越看越觉山原泉石，杨柳楼台，不时又见男女往来，无一处不与半翁所说相似，断定必是洞天庄无疑。否则山民之区，荒山异域，绝无如此仙源无殊的胜景。这一喜真个非同小可，当下同了左才隐身飞入，照半翁平日所说循溪飞驰，一会便到了白龙瀑下，只见危崖百尺，银瀑斜飞，宽达十丈以外，水势洪大，声如雷吼。飞身上去一看，当中一片大湖，水平如镜，直到近崖口处方始急流而下。环湖四周，崖口前面略缺外，尽是平畴绿野，人家水田，到处白光片片，云影相接，湖心轻舟容与，约有七八只打桨往复，时闻啸歌遥相应和，有两只最小船上，一前一后各坐着两个短装袒臂，年约十多岁的童子，手执铁桨，操舟追逐，环湖而行，正追到崖口急流之处。湘玄、左才这时已然飞到湖边岸上，心里落实，贪玩奇景，取了水还不舍就走，见小舟就要顺流下逝，直落十余丈，前舟临险，后舟又复继至，舟中小童还在哗笑不已，正替他担心，想行法将舟挽住。

就在这危机一瞬之中，忽听舟中童子齐声呐喊，舟忽止而不前。定睛一看，舟中四柄铁桨已运得和转风车一般，迅而有力，相隔崖口不过丈许，全湖的水齐向此处汇落，崖口陡斜，水流何等迅急，竟把二舟催动，一任洪波奔流由舟尾中分，绕着舟舷疾驰而下，铁桨翻花，打得水花四溅，小舟直和定在水面一般，才知四童身负绝技，有心戏水，无怪湖中诸舟和岸上人家视如未见。方自叹绝，二舟仿佛手力不济，铁桨微顿处，小舟便顺流往前一滑，眼看离崖口不过三尺，势非下落不可，倏地和巨鱼泼浪一般，不知怎的一来，竟向斜刺里一横，乘着水浪往舟上横推之势，略又往崖口退近尺许，铁桨二反二正同时并举，在水中只一拨，二舟双双掉转头来，紧跟着八桨齐飞，逆流上驶，其疾如箭，眨眨眼的工夫，已划入湖心平波之上，向一舟挨近，唱起歌来。

当舟掉过头来时，舟尾已及崖口，湘玄、左才以为今番万般无救，方在顿足叹惜，不料它并未下落，反倒上驶，大出意外。说时迟，那时快！连掉头带回舟，二人骤出不意，竟没看出是怎样掉回来的，二人才知洞天庄果不寻常，连小孩也有此身手，叹服之极，不禁双双脱口叫了一声“好”。二人立的地方虽在湖滨僻处，可是湖中游船有两三只相隔甚近，内中一只首先听到，船头上站起一个古衣装的少年，朝崖口这面看了一眼，便即高喊“湖中游船全都过来”，一面拾起地上一支铁箫吹了一阵。

湘玄听那少年箫声奇特，与众不同，虽不明白用意，已知自己喊走了口，方欲启行，湖中连那童舟共是九只，已向少年舟边聚拢。箫声住处，沿湖人家纷纷跑出，各持弓矢兵刃，齐聚湖滨。少年二次又将箫声吹动，岸上人群中便有两名壮汉取出一个形如牛角的乐器放在口边呜呜吹起，声甚凄凉，颇似边笳。吹没几声，湖崖十全庄四方八面都有同样的笳声吹动，相次应和，其音颇有节奏，调头不一，仿佛似传警之象。同时湖中平添了无数小舟，来往如织，桨声四起，也不知从哪里摇出。

二人料是在作防御之策，因见少年以箫声指挥进退，井井有条，岸上男女各持器械，动作如一，丝毫不显着慌，甚是整齐。加以暝色凄迷，烟水苍茫，水陆两处的人都似如临大敌神气，越显得沉雄威武，杀气腾腾，自恃隐了身形欲去便去，不会被人看见，满想看会热闹再走，欲行又止，不料这一耽延，几乎将身陷住，丢了大人。先是七八处笳声忽然同音齐奏齐止，湖中数十只小舟也都七横八竖各自停住。少年方始站向船头，向众喝道："我们在此隐居数百年，并无人敢来骚扰窃探。适才有两外人口音喊好，如是正人君子，必从入口扣门相访。就便他和赵庄主的朋友一般是个异人，来自空中，也应公明相见，怎会如此鬼祟行径？定是妖人鬼怪来此图谋不轨。我已向赵庄主和全庄人等报警，各地奇门阵法已都布好，无殊天罗地网。至多能隐形潜迹，躲得一时，想要逃出，插翅难飞！少时只等少庄主一到，定然自行落网。发声之处就在白龙瀑口湖岸左近，四处相隔最近，可领一队人搜去，不问他是人是怪，拿碧焰铳打他好了。"说罢，便见左侧一个中年壮士应了一声，带着三十多人向身前走来，看神情和走的方向，似在寻觅，并未看见自己。

湘玄终恃彼明我暗，还欲再看下去，左才悄说："师妹，这将来都是自己人，你又不能伤他，他却认了真。看这样章法和所说，定还有点门门道道，万一真个被陷，日后有多难看！天都快黑了，不如省点事走吧。"湘玄乍看那些湖舟，都似胡乱停住，闻言心动，再仔细一看，竟似按着奇门生克，各有门户，而且小舟上面俱似有云雾包住，杀气外宣，越来越盛。虽不知其中奥妙运用，也料不是寻常，心想以后有多少看不够？出来太久，同去也好。左才又力劝她由上空御风而行，不走下面，免得遇伏难免争斗。湘玄因自己日内便是新人，也就应允。谁知不动还好，这一想走却难。身才飞起，便似被甚力量吸住，要往湖舟阵中心坠去，同时追来的人业已临近，想因旋风起得奇怪，各将手中铁铳往上一扬，立时便有数十团碗大火球挟着一股碧焰向上打来。

幸是二人俱有一身法术，湘玄这次应变尤速，一见不好，忙即行法护身，未被火球打中，一面正要行使禁法冲出险地，不使身子落入阵中。正在勉力支持，欲下未下之际，忽见湖舟纷纷变动，主舟上不知何时添了一个老者，对那少年道："十六弟你弄错了。来的是自己人，为了自己的事到此，本来一会就走，你却大惊小怪，把他当作妖邪。幸我接到你的笳声传警，因想今年庙祭虔占，近十年中有吉无凶，怎会忽然有警？但也不可不防。一面吹笳，命全庄照我阵法布置，以备万一。忙中又占一卦，才知就里。恐怕闹出笑话，赶紧借用盆中之水飞遁到此。这阵门已被我开放，角笳在此，速代我吹散大家，令各去了埋伏，晚饭后齐集青蒴原。那里地方大，容得人多，到时听我吩咐吧。”

说时湘玄猛觉脚力一松，惊弓之鸟，也没心再听下面的话，朝着左才吐了吐舌头，飞身直上，竟无丝毫阻隔。才一飞起半空，便听湖上笳声吹动，想起老者所说，往下一看，阳乌已逝，皓魄始升，地面上虽然有明有暗，全庄却是静荡荡的不见一个人影，哪有什么埋伏布置？心中暗笑主人言过其实，分明埋伏只有湖舟阵法，自己只是一时大意，几遭失陷，如早离开湖面便即无事。正向来路飞行之间，倏地下面笳声四起，人声庞杂，山谷皆鸣。再往四下一看，不知哪里来的那么多人，都是三四十人一队，每队各有两面旗子，刀光矛影，掩映生辉，高空下望，分外清晰，都是两个执旗的为首，突然出现，步伐整齐，转瞬布满全庄，无处无有，一队接一队，错纵交互，往来如梭，前呼后应，笑语相答，恰似胜兵回营，各归原地，俄顷之间已散了个干干净净，只有少数三两人出没林屋之后。

等湘玄飞上峰崖出了险地，喘息方定，遥望庄中，业已人家饭熟，炊烟四起，依然回了桃源本色。经此一役，湘玄佩服了个五体投地，知道庄中能人甚多，实非易侮，把平日骄矜之念减去大半，佩服已极。自己虽然大意，总还没有落网陷身，出乖露丑，真乃幸事，水也没有在惶急中泼出。时已太晚，老父必不放心，未便再延，忙和左才行法赶行。沿途寻水绕越，路走得虽多，实际相隔不过二百多里的山路。空中御风飞行，直达更要近却小半途程，约有一个多时辰便即赶到。以为半翁、太冲必在愁急，入舟一看，太冲已将饭菜做好，静等二人回来同用。知道半翁因《易》理精微，能泄天地之秘，不遇险急，从不轻于占卜，日前那等思家心切，劝他占卜，俱因守着乃师平日之戒，宁愿时日阻滞，不肯占卜。今日必是久候自己不归，恐有失闪，卜了一卦。恐知就里，心中怀着鬼胎，一探话因，却又没有，看他和老父安闲神态，好生奇怪，忍不住问道：“你见我去这久，不放心吧？”

半翁先问水寻到也未，然后笑答道：“你二人去了一天，下午未回。我正和岳父谈起悬念，忽接陶真人飞剑传书，说了两件事儿。第一是命我回家以后，学道之余勤研《易》理，只是不可轻卜。日内即可到达，现时有人生病，附着三丸灵丹，抵家一服即愈。那道灵符须要缴还，用火一烧，自会飞回等语。第二件却是几句不相干的话，到家再说。并说你今日回来时晚，并无凶险。”湘玄心急，忙问：“是甚不相干话？这时为何不说？”半翁脸上一红，没有答出。太冲见状，朝湘玄微瞪了一眼。湘玄会意，知于自身婚事有关，也不禁脸上通红，头偏一旁，用别的话支吾过去。太冲便问："从何处取得水来?"湘玄便抢答取水如何困难，直寻出老远未见，后反因失望归来，在途中深草中发现水源甚长，又有陶真人预示，想必离家近了，粉饰多辞，说了一遍。湘玄不惯说诳，口角时有笑容，左才又不发言，借着端饭避开，半翁料知必有奇遇，因适才仙人传书，第二件便是说半翁根行太差，异日即有成就，也半仗佳儿之力，回山之后，务须完姻，不可遽萌世外之想。并说当日湘玄途有奇遇，巧食异果，回来必定隐而不说，不到生子第五年上不可向她盘问，尤不可告以所服乃是灵药，以免心有存念，误了佳儿，因此不再盘诘。

湘玄因半翁说起山中礼法仍同前古，日间误中花毒昏卧树下多时，事前既是胡思乱想，必有许多丑态，救自己的又是个男子，惟恐半翁多心，不特自己决不肯说，还恐左才泄漏，再三叮嘱；至于飞渡平湖一节，不过想使半翁惊奇取笑罢了，见半翁全未盘诘，心中甚是得意，饭后故约半翁岸上玩月，匀出空子，使左才将明早可在平湖飞落之事对老父说了实话。太冲因半翁家有病人，纵有灵药，难免担心，有此好音，正该说出，闻言老大不以湘玄童心为然，便将她独自喊回，告诫了一番，说："女婿对你感恩敬爱，你名份终是稍差，理宜加倍恭顺才是正理，怎倒反戏弄他？况且明早平湖飞落，当着全庄无数高明之士，使得他事前毫无知闻，全出意外，一个应对失措，大家都不好看相。何如对他说明，既可使之宽怀喜慰，越发爱你胆智毅力，对他情重，而全庄上的戚眷家人见他被难遇救，不特死里逃生，还学会了惊人仙法，我父女面上岂不大有光辉？夫妻百年偕老，终身之托，彼此戏弄，容易相轻，嫌隙稍生，终身之恨，务要终始厮抬厮敬，情意自浓。况你还未过门，如此行为大是不可。我仍装着不问，你少时回到岸上，作你意思，向他伺便明告，说就因他吃饭时间，防他喜出望外，又引起思家之念，少进饮食，适才入舟已对我先说了，并请问庄人善卜，恐已前知，明早见了诸尊长，如何敬礼称谓，是否暂时回避，礼成后再行拜谒？好在他深知你稚气未退，常时夸你天真，又有患难恩爱之情，话说错了无妨，只以后千万不可存轻视狎侮之念。在你童心未净，弄来好玩，却最易伤损情好。夫妻之间脸稍一破便无救药。古人相敬如宾，实含至理。到了庄中，无论家人怎样尊礼厚待，总要自居妾礼，以谦光来保长久。为父留日无多，免我常时悬念才好。"湘玄闻言，好生凄然，觉老父理长，回到岸上便对半翁说了。半翁果然满心欢喜，爱她已极，不住口地夸奖，只没说起后山中毒食果遇怪之事。左才那束草根背回舟中，便说是壁间发现此花，因它珍贵，可以济人，取根叶花而回，并未说出实话。后来左才随太冲一走，湘玄更不肯说，也就丢开不提。

当晚舟中四人因明早就可飞落平湖，个个高兴。半翁也不再玩月，先和湘玄分别就卧，由太冲、左才操舟，一交子夜，立向船头泼水行法，一股洪流，在月光之下似银蟒一般涌着那一舟四人腾空飞起，往洞天庄平山湖上进发。交丑以后，湘玄先起来替太冲，只不喊醒半翁，让他养好精神，以备明日初归应对繁劳。行至天明，太冲、半翁二人也自一同醒转。半翁见天已大明，忙向左才谢了，又问为何不叫醒他，深致不安。湘玄想说他客套多余，到口又复忍住。半翁因左才累了一夜，便要代他掌舵。太冲道："洞天庄将到，我们俱是生人，好在只此片刻，仍由他一人偏劳吧，我们都站在前面好了。"半翁只得住手。父女翁婿三人因将到达，齐都站向船头等候。正凝望间，忽见前面乱山四围、峰峦环列之中，现出绿青青的地面，间有几十条白影和一块白光。船在云中飞行，相离地面太高，凌空下视，树小如荠，原上山峦俱和小石块相似，那白光白影明知是水，却不见流动，其余人物更看不见了。

湘玄方疑将至，便对半翁喜叫道："到了到了！怎湖上那多的人？难道他们已知我们要由此回来，聚集湖上迎接么？"说时迟，那时快！就这几句话的工夫，船已逐渐降低，越隔越近。太冲父女定睛细看那片白光，已展大了好多，光中有十几条小船，看去比指头大不了多少，光的四围，人和蚂蚁一般，用尽目力才能辨认。一会越看越真，先辨出了地面的高低，后又发现白龙瀑和那许多柳树。有顿饭光景，辨出湖荡溪流，船也往湖上挟水飞落。环湖的村人何止数千，男女都有，少长咸集。舟将到达，湖中大舟想因看来势如天半玉龙飞坠，恐被撞着，齐向四外划退，现出一片空的湖面。那欢呼之声上彻云霄，震撼山谷。

左才见下面人多，湖中又有舟船，恐落得太猛，激起恶浪，离地三二十丈，便将灵符如法展缓，使其挟水缓缓降落。就这样落到湖上，还是惊涛四涌，半晌方息。舟一停住，四外小舟早逆浪飞来，为首一个正是半翁的内兄赵野樵，同了三姓的族长前来迎接村主，余下各舟也俱是三姓中的长老主要人等。半翁忙着一一谢了，再三说自己行能无似，怎敢劳动全庄父老兄弟来此迎接，一面又分别给太冲父女引见。因妻子赵氏未来，又有仙人之言，心中一动，料有重病，忙问野樵，方知不特赵氏，连父母也患病在床，怪不得路上心神那等不宁，好生惶急。野樵笑道："姻伯父母和舍妹患病虽重，救星却应在今日。你到家便好,急些啥子?你快回家禀候医治,尽了子职。大家还为你在青蘋原草地里设下贺筵,等你阖第光临。三位佳客也交给我代陪。你先回家去看望好了。”半翁闻言,一面称谢,又说:“亲病新归,心绪繁乱,盛筵决不敢领。”话未说完,野樵拦道:“二位老人家是日前多吃了些糍粑,夜卧着凉,转成夹食伤寒。我因算出你的归期,带有灵丹,如我开方服治,祛寒除邪,攻下积滞,惟恐贼去城空伤了气体。舍妹是血亏伤阴,转成弱症,连我也治得好。我想灾应今日方消,还是等服灵丹的好。我只开了些固元气的方子,直未理那病症。预计服了此丹,个把时辰,除身容清瘦外,一切均可复原,精神应当比前还好,此时刚天亮不久,定来得及。全村因你平日功高德厚,绝处逢生,借此良机正好欢聚一日,你怎便推托,拂了众人之望?”半翁只得应了。

这时半翁引见左才,那船已由两个小孩抢去驾着。湘玄一看,正是昨日戏水童子,好生暗笑。半翁频向岸上众人举手为礼,二童行船如飞,二人问答之间已然拢岸。半翁匆匆向太冲父女、左才三人道了“怠慢”,又向野樵道了“一切偏劳”,首先纵上岸去,朝着村人一路拱手为礼,飞步往万柳山场跑去。众人知道他老亲、妻子病重,也无一拦阻问话,只有几个在后高喊:“我们俱在青蘋原相候了!”半翁随答随行,早跑得没有影子。这里太冲等三人也由野樵陪了往天香小筑走去,船上行李另有村人携去随行。

三人行过万柳山场,见半翁所居,乃是十行高柳中的一所楼台,溪水当门,山光近吐,繁花乱开,落红成阵,莺喧蝶闹,往复飞鸣,点缀得曲槛回廊,朱兰玉阶益复风华,真个山水明瑟,清丽绝伦。湘玄先自心喜,左才也夸好地方不置。那天香小筑,地震以前尚无火穴奇景,只楼下岩洞中有一股温泉。楼前数百株老桂,花开之际,香闻全庄。野樵最喜桂树,又因那一片尽是各种参天古树,地绝幽静,可以闲居研《易》,养静参玄,门对清溪,又可垂钓。同在山场,与半翁所居益复相近,特意卜居于此。家无眷属,近族照例分居,各有所事。孤身一人,饭食每日由半翁家送去,只有两名小童以供烹茗剪烛、扫地焚香之事,俱由小辈村族中选来服侍长者,兼着从学一点《易》理,有同门弟,并非真个仆僮。房虽不多,客尽够住。野樵原有一客榻,另外设上两榻,匀出两间楼房,一居湘玄,一居太冲师徒已足。太冲虽是旁门,人尚正直不俗,野樵与他倒也谈得投机。各问前情,太冲知他《易》理高深,比较半翁还强,便将半翁遇难和自己选婿经过说了一个大概。湘玄因初到此,不比山中,早向自己房中独自料理物事去了。

野樵等太冲话完,才说前因川中人回,只带来一封短信,赵氏不放心,逼着下了一卦,算出详情。赵氏因丈夫逢凶化吉全出太冲父女大恩,又因之得拜仙师,除了病根,学会道法,纵不成仙,也可得享修龄,休说湘玄为妾,让出正室也所甘心,闻讯立向翁姑先容,请以姊妹相称,无分嫡庶。偏生乃翁素讲理学,大不为然,几于连纳妾都不许。赵氏惟恐回庄时扫了丈夫和恩人的颜面,日夜焦急,不能安枕,病源多半由此。幸而赵氏贤孝,善于持家,全庄交誉,素得婆母欢心,乃翁又颇惧内,后延野樵诊病,代她说出心事,并说赵氏惟恐怕伤恩人,已成心疾,除非依她行事,否则病非药石所治,必危无疑。她婆母才着了忙,立逼乃翁隔着房门大声应允。赵氏素知乃翁迂直,婆母心眼又活,本来不喜半翁纳妾,日久万一中变,便和乃兄商量,反正半翁带有灵丹回来,服了尚可延年,存心不把病给治好,挨到人归成礼之后再行痊愈。野樵先本不愿胡来,经她再三泣恳,始给她想法。为有百日长期,细一诊查脉象,病虽不重,可以立愈,但因本质太弱,暗中伏有不治之症,一发便无救理,目前不论现时之病愈否,均劳动不得。赵氏偏又持家勤慎,事必躬亲,奉事翁姑尤为尽职,决不肯无病偷懒。即无此事,将病治好,将来也害了她,乐得从她心计。也没说明她暗伏危机,以免心虚,反而不妙。只说你休作耍,就是我能用心治,也须半翁到家才能痊愈呢。开方之后,又亲向二老劝说,并劝用介乎妻妾之间的礼节纳娶湘玄,以示感恩优礼之意。至于半翁,身为主者,此事不可为训,当由自己一力承担,向全庄人等晓谕,稍有异言,即行作罢如何?半翁父母素重野樵,还是强而后可。野樵昨日闻湖上传警,又卜出半翁今早准以仙法飞落湖上,知他极得人心,乘机在青蒻原召集全庄人等,先叙说了一切经过,谈及半翁归来,纳一恩人之女为次室,须要给他一个体面。问众有无异词,众人同声赞可,愿惟马首是瞻,无不依允。野樵便做主先给半翁洗尘,全庄设筵欢聚,就在席前令行纳娶之礼,并代定下礼仪:先由半翁为首告庙,拜了天地父母岳丈,夫妾交拜之后,再引湘玄去拜父母,并拜嫡室,嫡室立行答礼平拜,然后由半翁居中,夫妻三人并立拜见。全庄长老小辈以次,进谒分班礼拜,湘玄避席而立,示不敢当,由半翁夫妻答以半礼,礼成同入庄人贺筵,事前奏乐如仪,只免去行聘、奠雁等繁文缛节。女家陪送妆奁,另用音乐送入新房安置。筵散由嫡室引半翁、湘玄入房行合卺礼,新人三谢而后就位,下人称以新夫人,不得以妾媵相待。庄中讲理学的多，这等作法，颇有几人不以为然，一则庄人数百年间久享平安清福，近世子孙渐多逸惰，以致天灾时起，病疫流行，虽未与世相通，受那外人侵害，忧患却不在少。自从近一二十年来选了野樵、半翁做主脑，仗着二人的智能，把全庄治理得比前几世最盛之时还要安乐舒服，加以二人同精《易》理，任何灾变之来，都可消弭无形，以致全庄人人爱戴，个个心服。此次纳妾，嫡妻未逾不育之年，所定礼节又多背理逾分，虽然有些不合，但是所纳女子却是半翁救命恩人，身又怀着仙法，可为全庄异日造福，为首倡议的又是野樵，不便公然违忤。二则野樵早就料到这几个人迂执不好说话，预有安排，示意给一班少年亲近之人，先拿话把全庄人套住，连问数声全无异言，方始出口，话一说完，十有八九齐声赞好，说是情理兼到，我等不特没有话说，并且此事出于非常，也决不引为口实，日后因而效尤，自坏礼法。众口如一，闹得这几个老成人益发开口不出。野樵看出有人不服，重又当众声言道："古礼虽然该守，但是圣人也有通权达变之处。按理说来，李庄主是我妹夫，他今年纪不大，为舍妹计，也应不喜此事之成才对。无奈洞天山城近三十年来正交否运，我虽略通卜筮，能以前知，无奈性喜清净，孱躯不耐繁劳，自从那年受了全庄父老兄弟子侄亲戚之托，畀以重任，自知才力不济，第二年勉拉半翁为佐。先还当他年幼多才经历却差，未必能胜大任，不料他的才力竟是远胜于我，兴革措施与日俱进，整理得井井有条，所为我庄人谋福利者甚多，连生两次大灾变，全仗他毅力智勇转危为安。野樵深庆得人，本欲让贤，卸却仔肩，固辞不获，仅得退而为佐。自愧庸才，无所建立，除有时略卜我全庄休咎处，一切均有半翁大才当前，每日无所事事，忝窃高位，独享清福，形同素餐，问心已自难安，焉敢再做背理之事？只缘半翁为全庄福星，无他不可为治，此次遇险，如无此女，几于不测。我们饮水思源，自不能拂人盛意，致令半翁有忘恩负义之嫌。尤关紧要的是，再过几年，庄外群山齐起野烧，引起本庄地震。此番地火爆泄，来脉甚长，不比前年野烧，可以预防，到日如无人行法禁制善加防御，行见全庄人畜田舍齐化为修罗之场，形同烈火地狱，到处劫灰，绝少幸免，只有半翁和此女合力行法，方得转危为安。半翁得拜仙师，学成妙术，也是此女指引之力，况又须她为助，如不在此时加以优礼，恐未必肯出死力。半翁独力难支浩劫，纵能保全，难保不有损害。我之乐成此事，实有深意，如不见谅，异日休来怨我。"凡是理学先生，虽然喜说乘化归尽，死生乃是常理，仿佛不怕死的，可是一有凶险，却都改说知命者不立岩墙之下，避之惟恐不遑了。所以学二程吟风弄月以归的，只是在平地上走走，一旦发了雅兴，想登泰山而小天下，上去倒还容易，等走到险峻的山头上往下一看，立即头昏眼花，心胆皆裂，哪还挪动半步？结果只好战兢兢学上一回贾长沙，央告山中匹夫匹妇，蒙了双目襁负而下，到了这时，哪怕背他的是个妙龄少女，也决不说男女授受不亲，而要说嫂溺应该援之以手，哥哥登山陨越，妹妹不妨承我以背了。这班老先生的古板方正，原也有变通之时，听到将来有天变凶灾，切身安危，利害所关，哪还了得？如说不信异端，死生有命，未必此女能救，连半翁学道弃儒归邪也是妄言。但明放着一个卜验如神的赵野樵在此，人还未到，说的便和看见一样，而且每次占变俱有奇验，必不会假。《易经》终是圣人之书，古时也重视卜筮之学，他既说明日飞船来自天上，真乃千古未有之奇，渐把心志摇动，相次吞吐发话道："此事真乃神奇！果如庄主所说，事关全庄人命田业，我们几个老朽有何话说？"野樵原意半翁之父李学洙为人迂执，又与这几人气味相投，言听计从，休看全庄人等称可，诸老一言，可以立时偾事，非使他们心服口服，不打破口才好。先没听他们答言，心中不放，闻言大喜，答道："诸位长老全庄重望，一言九鼎，既无异词，可见鄙见尚无大过。只是李姻伯为人方正，虽因我劝应允，难保不中变。此女关系甚大，所望明早再为劝说，以免到时有甚挑剔，反而不美。"诸老听野樵一恭维，立时慷慨答道："民无信不立，李老先生既然允之于先，我等必不容他食言反悔。况且事关全庄安危，非同小可，李先生即有什么不悦意处，我等也必以大义责难，劝其俯允便了。"野樵立即乘机借着分派明日执司，把话给坐实。请诸老明早等半翁父母病愈，立去关说担承，无论如何不得反讦，这事才算停当。接人之后，又先把太冲父女接去，借作女家，一切部署甚是周详。等背着湘玄与太冲略说大概，又告以诸般礼节和新人过门后的情形，太冲自然一点便透，感激非常，忻幸已极，记之终身不提。

二人坐谈了一会，先是男家打发来四名服侍新人上妆的使女，另有下人端来酒菜早点，说半翁到家与父母妻室服了仙药，已渐痊愈。因听赵氏说起今日正是吉日，借着洗尘盛宴接娶新人，一切均已置办停妥。半翁因奉侍二老，未便前来，请野樵代劳陪伴新亲。赵氏服药不久即行起床，闻新人到来喜极，亟于相见，病后新起，此时正在梳洗，妆罢即来看望新人。来人又代二老问候了太冲，也说病起拜访，亲谢大德。野樵问知那几位理学先生已借视病为名前往关说，始而互相争论，嗣又彼此欢喜等情，想起不禁窃笑。太冲见男家礼节周到诚恳，越发心喜，背人再三告诫湘玄，说："嫡室贤淑，他家又是极守礼法的世族华胄，前朝忠勋后裔，嫁后一步也错不得。少时嫡室便来看望，务要恭谨。"隔了片时，赵氏独自走来，左才便避了出去。野樵代向双方引见。太冲正使眼色命湘玄礼拜，赵氏先向太冲拜谢救夫之德，太冲忙即还礼。湘玄喊了一声"夫人"，便即跪倒，赵氏也同时跪倒。

各自拜罢，赵氏重又称谢，坚邀湘玄先拜异姓姊妹，叙了年庚，成礼之后，再拜天地神祇。湘玄受了父诫，坚辞"不敢"，太冲也代逊谢。赵氏恭立庄容向太冲道："侄女夫妇得有今日，皆出长者与女公子之赐。否则半翁如有不幸，侄女义不独生。便退居侧室亦所不惜，况女公子德容皆备，天上神仙，又是救命恩人。既是良缘天定，怎能有所轩轾？翁姑素重古礼，尚且从权，何况侄女此举实为感恩戴德，比于骨肉，以示亲切，期得上效英皇，同事夫子，白头敬爱，共矢明神，勿负初心，未敢云报。如不获齿于雁序，侄女此后只得以姊妹相称了。"太冲何尝不愿女儿与赵氏论姊妹，无分大小？只缘平日听半翁说起庄中文物礼教，已存下先入之见，及至到了庄中，见了这等洞天福地，眼界一开，又见庄人个个容止端凝，威仪棣棣，古色古香，允文允武之概，自己虽然奔走半生，几曾见过这等世面？几疑身入前代，尚友古人，又震于野樵适才之言，以为半翁礼教之家，纳妾老亲尚且不许，稍一越礼，非但当时难堪，女儿岂不受人背后讥议？女儿既是命该为妾，莫如还守侧室身份，不求有功但求无过，只要夫妻恩爱，计这浮名则甚？心里虽庆女儿终身得人，却又在在防到陨越。及见赵氏生得仪容秀美，举止娴静，出语温婉，甚是真诚，料定贤名不虚，加以感恩心切，此后爱女决无错待，人家既这般优礼相敬，自应谦恭自下，才显两好，固辞之言并非假作，嗣听赵氏词益恳切，再推倒假，只得恭敬不如从命，即命湘玄拜了姊姊。赵氏等彼此向太冲、野樵各自拜罢，叙了年庚，仍是赵氏居长。因时已不早，新房虽已托了戚眷代为部署，余事尚多，知湘玄自幼随乃父奔走江湖，惯使刀枪剑戟，绝迹飞行，大家礼节定所未谙，婚嫁更未学过，借口助妆，向太冲告退，亲自陪了湘玄同入房内，一一指点教导。

湘玄因许多话不好向半翁问得，正为此事发愁，见赵氏体贴关照无微不至，人又那般丰神俊朗，秀美出尘，全是大家风度，自己反倒有些自惭形秽起来，不禁又是感佩又是心爱，不住口说："小妹万想不到有此福分，修着这样好的姊姊。"赵氏也爱她聪明美丽天真烂漫，两人亲热已极。赵氏几次要回去料理新房，湘玄却不舍放走，后来赵氏笑道："妹妹痴了！少时便是我家人，想叫我两个分开，也无此理。我去了还来呢。"湘玄又再三拉手，叮嘱务要就来，方行作别走去。繁文少叙，一会半翁父母先来拜谢亲家，李母已听赵氏回去盛道新人之美且贤，入室见了甚喜。湘玄自免不了拜见婆婆，接着半翁也到，便照野樵所拟仪节行礼，赴了盛筵。

成婚第二日，半翁设筵相谢庄人。太冲因庄人闻得半翁说起他的法术，十九要想瞻仰，便借第三日女家酬客为名，独自借用平山湖顶，行法禁制，使全湖的水变成一片水晶，上面坚凝如冰，下面荇藻依依，游鱼可数。又命湘玄从妆奁内取出数百两黄金，头一晚问明众人喜何口味，在湖面上设下千余席，摆好碗碟杯筷，各就所好风味落座。坐齐一施法术，天上先现出万盏五彩明灯照耀全湖，往来上下，绚丽无俦，桌上盘碗全隐。坐观了个把时辰奇景，唤一声请，立时肴酒蒸腾，山珍海味俱如新制。庄人个个叫绝，欢呼痛饮，由中午吃起，这一顿直吃到酉戌之交，俱都恋着空中奇景，不舍就散。太冲忽道："诸位酒后口渴，适从洞庭东山买得五千斤白沙枇杷在此，但恐落下伤人，请至岸上候取如何？"庄人久与世隔，山中枇杷有而不佳，洞庭白沙从未见过，酒后正需佳果，又想看他如何变法，齐都依言往岸上走去。妙在是那大湖面，人才一走，脚底晶面似在催动一般，俄顷抵岸。太冲扬手一挥，一阵风过，立时湖面还原，依旧万顷澄波，粼粼流动。那些桌椅全是四足点水，载着器具自行浮来，当有执事人们取去，还了原借之地。

这时天灯还在湖空上下飞舞，影落波心，分外奇绝。太冲猛喝："诸位贤主人请扬手自取！恕不奉上了。"说完将手一抬，万千盏天灯彩芒顿敛，落将下来，越低越小，接到手中一看，并不甚大，尽是独核白枇杷，甘芳凉滑，其甜如蜜。尤妙的是那些天灯荡漾于碧波明月之下，并不遽然降落，随着和风摇曳，载沉载浮，降得甚缓，越在高处的越亮，光也鲜明得多，初大如拳，降离地面丈许便即停住，缓缓游行。人如去接，却是应手而坠，降得极快，捉到手里方始变为枇杷。吃完再接，恰是正好。吃得快的多接，吃得慢的少接，并无一人落空，也无一枚坠地。这一来，休说一干村人笑口不闭，欢呼四起，便那几位理学先生，大快朵颐之外，也惊奇称赞，把太冲认作古仙人下界，不以为是异端，鸣鼓而攻诸大门以外了。

太冲暗中偷觑，见两老亲家拄杖并立，接了又吃，吃了又伸手向空中去接；半翁夫妻三人随侍在侧，看出二老爱吃，也帮着接来，剥了奉上。学洙夫妻转接过手便放在嘴里，连声夸妙，直说："岭南荔枝有此甘腴，无此隽美。"半翁还是湘玄暗使幻术强塞了一个在他口里，看去也颇爱吃，心想这驱役五鬼传金运物之法行起来甚是费事，这还是前夜和女儿商量，为了今晚宴客，人前争脸，半夜里暗中行法，历时三日始行运来。自己因要应酬新亲，不能终日行法，只得令左才代为主持，如今还关在房里谨守，没有放出。洞庭白沙今年收成不好，果佳数少。真白沙除却供给豪商巨宦、当地官府，所余无多，已被自己行法买光。时已不早，人贵知足，乐不可极，所行之法虽然与人无伤，终是左道邪术，炫露久了，如有什么仙灵或是旁门中高手路过发现，休说下来为难，便开个玩笑，当着这多新亲新友也开不起，万一要来个对头，自己不说，不给半翁和全庄人等惹下后患？真个败固大糟，胜亦无颜，那是何苦？还有亲家和女婿夫妻都极爱吃它，不知自己要费如许手脚，以为容易，可以一招即至，取携无穷。倘如吃完再要，却无处弄去，又不好意思拒绝，岂不也糟？越想越情虚，便把湘玄悄悄招到身旁，示以机宜，命她即速暗往左才房内通知，依言行事。自己交代完毕，立即抽身赶去。速去速回，湘玄领命，暗中告知半翁，托故去讫。

这时还有盈千累万的枇杷灿若明星，浮沉空际，没有下坠。村人纷纷抢着接吃，都想带几个未剥的回去，无奈太冲早想到此，村人抢接不吃，分不匀净，凡接而不吃的只是一个，再接怎么也接不到，也不好意思和太冲说，只好随接随吃。正没法想，太冲忽然开口道："亲翁新愈，天已不早，诸位尊亲如若喜吃，不妨带几个回去，早点安歇，免受风露侵袭如何？"众人轰然应谢。太冲又说："洞庭东西两山俱产枇杷，只东山白沙称为最胜，只惜真者独核，年产无多，今春苦旱，味较往年尤佳，结实却是更少。这几日正值成熟之时，除却官绅豪取之外，所余俱被老朽一人买来。适才默点人数，不问男女老少，每位仅得五枚。戋戋之敬难快齿牙，还望见谅为幸。"说罢暗使禁法幻出一个替身立在当地，真身隐起，跑向半翁身侧，悄嘱几句，遁向左才房中而去。

这里众村人见太冲话才说完，满空星光便向众人头上由大而小照直缓缓下来，更不停歇，也不再似先前往旁处浮游，宛如洒了一天银丽，灿烂无俦，美观已极，纷纷伸手往接，果然接到第五个上再也不能接到。有几个少年好事的，已然将果接够，见天空中还有不少星光缓缓浮沉，方想开口，眼前霍地一黑，再看只剩了半轮明月，耿耿疏星，那枇杷幻成的天灯一个都无，俱各齐向遥立在旁的太冲替身称谢。哪知太冲幸是忽然心细，见机得早，恰在众人接果到手时将法收去，稍差一步，又出了乱子。

半翁因乃岳行时嘱咐，命他守住替身，不可使旁人挨近，自己赶去撤了禁法，命左才收了余果立即遁回，有这接果片刻工夫，决能赶回向众答话。见众人都在举手致谢，仍是替身在彼，真身未回，方自奇怪，忽见太冲隐身遁回，收了替身，向众答谢，并说自己不日将有远行，还要料理一点琐事，夜深露凉，请各安歇，明日再当领教。说罢，又赶向学洙夫妻面前敷衍了几句，并催半翁夫妻速奉二老回房安歇。半翁已是一双慧眼，看出乃岳神色匆惶，强作镇静，又听说话声带微颤，有异寻常，湘玄也未即回，料有变故，便借话悄悄点问道："岳父劳神一天，不觉有点不舒服么？"太冲知被爱婿看破，忙悄答道："适才稍有不适，已然过去。我长行在即，还有话与贤婿商量，睡前能来一谈才好。"学洙听他翁婿低声对语，便问："亲家有何见教？"半翁乘机说道："岳父因有几个药方想传给儿子，问是何时能去受传呢。"学洙对于太冲已佩服得五体投地，忙道："我已痊愈，并不须人服侍。天不甚晚，正好向岳父求教，你陪岳父谈一会去吧。不过适听亲家说是要走，那却不行。我已听小儿说过亲家非走不可，纵不能长此久居，无论如何也要请在敝庄盘桓个一年半载，日后还要常时驾临，才不是见弃呢。"太冲自是逊谢。当下半翁便令赵氏随侍二亲回房，自随太冲同行。

到了左才房内，太冲先令湘玄速去随侍翁姑，看了看房中情景，知未出事，才放心坐下，长长地吁了口气。半翁见左才端坐床上，床前放着一盆水，水当中插着七支香，水上浮着五片箬叶叠成的小船，桨舵篙橹，具体而微，是船上用的东西无一不备；一手执着一面小黑旗注视盆水，直到太冲进屋坐定方始下床，将香自水中拔起，带着火头藏向行箧以内，跟着拈出小船一同藏好，然后朝半翁略微敬礼，对太冲道："适才师妹如若迟来一步，弟子独力难支，那才糟呢！师父可曾知道这厮是谁个么？"太冲道："这事情奇怪。这人决在远处，我必须找去，免他不甘寻上门来。虽说不怕，终惊村人耳目，许多不便。不过贤婿也须助我一臂，能同了去才好呢。"半翁方自应诺，忽闻果香满室，回头一看，床底床侧竟堆了二十多筐白沙枇杷，便问道："这是适才散剩的么？家父家母俱喜食此果，适才连小婿夫妻共接了二十个整的，意犹未足，还说湘妹走去，少接了五个，不然你夫妻三人明日还可多分两个等语。岳父竟还留有如许后场，大好了！"太冲叹道："适才如非看出令尊令堂和贤婿爱吃赶回停散，还几乎为一小人所算，当场出丑呢！”

半翁问故，太冲把前事一说。原来太冲因料防人当他神仙一流，早晚难免让他显露。这类旁门禁克之术行起来多半需时费事，为顾体面，事须隐秘，为此和半翁商量，事前迁了一所静室，与左才一同居住。那地方僻居庄地一角，四面都是苍松翠竹，只东南临溪一面断崖腰上建有五间飞阁，本是半翁、野樵夏日纳凉对枰之所，楼名双清，镇日泉响松涛，鸟音繁碎，境绝幽静，轻易无人前往。太冲因要运用五鬼传金运役之法，至少三天才能运到，加以五小船枇杷为数不少，不便取出存放，须要算准时日如期发散，不能久停，又恐左才道力有限，驾驭不了五鬼，自己每日应酬新亲，不能长期主持，惟恐外人无知闯进房去，事前没有先说，果运不到无妨，倘将那五个恶鬼激怒，伤了来人，惹出乱子，岂不求荣反辱？自行法日起，用盂里江湖，一帆轻风送往姑苏去后，除令左才终日注视盆中五只小船扬帆行进，代为主持外，并把几件克制五鬼的灵符法器放在床边，以备左才万一之际应用。因五鬼去程最关紧要，归途只经行法人把盆中小船拨转，改了方向，便不出毛病。只管防备周密，仍不十分放心，在外酬应稍微持久，必定幻出替身，由半翁夫妻代为遮掩，抽空遁回房中查看，见无甚事方返原处。每天这样跋来报往不知有多少次，端的谨慎又加谨慎，丝毫不敢大意。

到了当时午后，又遁回房中查看，见盆中五小船风顺帆饱，沿着盆边平稳行驶，盆水似箭一般迎船急流，船行极缓，给那对流的水一视，看去仿佛快极，相隔第一日原出发处不过五六寸远近，一问左才，说圈数已将走满，剩不了十圈便该停泊，算计时刻，再有个把时辰即可运到。太冲知洞天庄福地洞天，非特远隔绝人世，这多年来，连异派旁门中人都无一人知这所在，鬼船行将到达，料无差错，心神大放，便嘱左才等鬼船将到时略微禁止缓行，接到自己暗号，仍不令驶近原出发处，只将备就灵符，就水盆中香火点燃，自己自会役令五鬼再施幻法，将满载枇杷幻作星光，由空下坠散给村众，快散完时再分身幻化回来，解法遣送。说罢径去湖上安排。以为这样小心在意，果已运到，只等到时散发解还，万无失散之理，又兼禁制湖水变成水晶宴客，安心在湖上照料酬应，并未回视。

太冲所用法具，乃是一大瓦盆清水，盆边零零落落散放着一圈碎纸剪成的山石草木，多半芝麻大小，山峦崖巇之类，最大的也只两三寸。盆水中按七星方位插着七支点燃棒香，立水不倒。那五只小船用箬叶制成，大才半指。

这原是旁门中一种极高深的邪术，多半用以杀人越货。太冲虽精此道，从未用以害人。此法行使，能将万里江湖代以一盆之水，无论多远，都能随心所欲。只是那五个恶鬼最是凶盛桀骜，又最贪功好胜，受人驱遣大非所愿，初去时尤为强悍不服，道力稍差一个克禁不住，不是倒戈相向，便在途中兴风作浪，闯祸惹事，须等他到了地头将事办完回转，知道交差在即不久免去禁克，气焰忿怒才能平复。小船在盆中绕行一周，鬼船在江湖内少说也走二三百里，所以看去似快不快前进极缓，实则迅速已极。那七支香火乃五鬼镇物，最关紧要，只减去一支或先期单独燃完，法便失效。这类多是外人无知误灭或是对头破法所致，如遇此事，行法人自知不济，速将五鬼遣送，至多白费手脚，将所运之物失去，还不致危及生命。灭或燃尽如在三支以上，禁制全破，五鬼立即回来反噬。灭香人碰上运气也许尚能无恙，主持行法的绝难幸免。

太冲只图为爱女争光，一时好强心盛，几乎出了乱子。也是术邪心正，不该丢脸受害，到时忽然心动，意欲适可而止早点完毕，并给亲家女婿留上一些，打发爱女先回送信，并将室中堆放果筐之地选好，令左才将最末一船用法刀禁住，湘玄从旁相助，等自己行完了法赶回遣散收送。湘玄本也学会此法，只未亲手施为，到时见水中香火高出水面还有三寸，数日工夫仅去原香十分之一，香烟笔也似直上冲楼顶，火头通红燃得正旺，五只小船全停水面，相隔盆沿约有寸许，一二一三两排并列。小船去时本都一样轻浮，这时后列一船吃水独深，仿佛有了重载情景，知另四船枇杷已然散尽，所余只这一船。暗忖爹爹法术功候高深，真个与人不同，否则这等随意驱策，到了不令鬼船拢岸，定起反抗无疑，水中香火也不会如此旺而经燃，烟更如此笔直。方自赞佩，水面上忽似起了大风，波涛汹涌。小船本来稳泊盆中不动，风起后立即颠摆起来，浪头比船还高得多，一个接一个朝小船打去，小船随浪起落。乍一看尚不妨事，晃眼之间，盆沿上一片乌云也似的黑烟扫过，内中一支香火便花花自行往下燃去，一晃去了寸计，盆中风浪也更大起来。跟着第二支又照样往下燃烧，势颇迅速，稍迟片刻便须燃完。

左才忙使法刀禁制，并无效验。湘玄情知有人暗中破法，好生惊惶，见左才禁制无功，料定对头不是等闲人物，刚伸手后脑，想把头发披散，也用厉害禁法制敌。恰好太冲遁回，见状大惊，一把抢过左才手中法刀，咬破舌尖，一口鲜血朝盆中香火喷去，同时又用法刀朝盆内连画了几下，便见一片手掌大的红云罩向小船上面，那两支香火就此不再燃烧，自行往上一起升出寸许，七支香头依旧平齐与前一样。湘玄方觉获胜，盆沿上忽起了一缕黑烟，射向小船，才一到达，便吃红云裹住，活似宝物一般，双方互为进退，支拒起来。

太冲料可支持，百忙中把湘玄遣走，正想破知计策，盆沿上又射出五缕黄烟。眼看红云抵御不住，快要压到小船上面。敌未相见，深浅难知，是否有仇敌寻晦气？更防敌人是在远处江面上发现鬼船，想看行法的人是谁，并比试一个高下，当时不知地址没有下手，在当地暗用禁法与鬼船联系，等到地头停住，再行破法，将行法人引出比斗，敌时稍不小心，便被对头跟踪寻来。这类人十九不是善良之辈，自己如能将他杀死固可无事，否则休说败了祸及全村，就被逃走也有无穷隐害。为此格外小心，虽有厉害法术，不敢遽然使用。但那对头法术颇深，虽不一定高出己上，看神气寻常禁制决克制他不住，只得运用真力，把多年苦炼的元气吹向盆中，红云重又出散而复聚旺盛起来，将黄气托住，才得苟安片刻。

太冲见功力悉敌，两下胜败难分，好生焦灼。暗忖有本领的大仇人只得杨姐一个，远在南疆，禁闭难出，再说也无东来之理。余者还有不少仇家，均在下乘，不是自己对手。这人如此恶闹，不知是何路数。当行法时，也曾防到鬼舟三五千里扬帆，往复数日水程遥远，保不有人途中作梗，继思本门这一派异教，多在滇、黔、川、桂、湘、鄂诸省盘踞行动，江南一带近三十年间极少此辈足迹，至多只不过一些排师木客，道力均不甚高，斗起法来每以性命相搏，无人犯他，决计不肯多事，像自己所行之法，一望而知是个能手，更是不敢。况且运金购物，不过假手鬼力以重价公买，并无假借强力之处，比起劫夺不同，所运又是时鲜果子，于人无碍，即便被正教中人看破，至多说是炫露法术，不至于便有怪罪。为求万全，除用移形换影之法将鬼船加以掩蔽，不使常人目光看见，并还焚了一张带有灵符的全帖，大意说自己习此小技，多少年来从未妄用，此次行法往东洞庭购运枇杷，明知见笑大方，无奈亲朋所迫，情不获已，并非有心人前炫露，如为高明识破，尚乞见谅苦衷赐以放行，稍全衰叟薄面等语。措词谦恭，自卑已极，为旁门左道中人从来未有之举，料想无论何派中人看见这等招呼，也不至于再有阻碍，谁知依然惹出事来。偏那对头仍不丝毫放松，只管把黄气加重，往红云头上压来，颇有相形见绌之势。

太冲心想好人真个难做，人善受欺一点不假。那些依仗妖法作恶横行百无忌惮的，除却报应临头之日，平日极少有人为难。自己安分谨慎，为修善业素不为恶，偏是动辄得咎阻难横生。这人如此不知进退，再不施展辣手，简直非败不可。方自难过踌躇，左才在旁看出师父委决不下，忽然想起还有一件厉害法宝可以应用，忙道师父："我们修罗幢不是取来可以用么？"太冲刚把一口真气喷出助长红云威势，还没想起施展何法才可免去对头寻来，不致扰及村人，吃左才一句话提醒，大喜道："你快取来，我有法子了。"那修罗幢因怕外人无知妄动生事，本藏在法器箱内，外用灵符锁禁，须要解禁方能取出，也是太冲五行有救，不但未将对头引来，反得了许多便宜。日前在行法之时，湘玄在侧说："爹爹既要防得周密，左就此室不会有人闯进，现有修罗幢这样异宝，何不取出放在一旁？以防万一之际取用方便。"太冲还说"无须"，湘玄小孩脾气，因见左才过于戒慎，颇见胆小，笑答："虽然无须，给左师哥多壮壮胆也是好的。"于是连诸法器一同取出，随手悬在床楣之上，想不到救了大急。

太冲说话时心分神散，略一疏忽，等左才将宝幢取下，这一晃眼工夫，盆中黄气骤盛，红云吃不住冲压，立现消沉之势。太冲胸中已有成算，更不惊慌，左才在盆侧取了一件用根三寸长小竹棍上缠五色彩丝的法器和一柄惯用的金刀，先把竹棍一头沾了盆水，笔直往上一扔，紧跟着用金刀反劈上去。竹棍立即分而为二落将下来，正坠盆中，直立水皮之上。盆水和开了锅一般，托住那两片竹棍，波翻浪滚，朝盆边涌去，黄气立即收回。太冲见对头没有还手，果是不知行法人地头，料定要借斗法之便乘隙寻来，幸而有此法宝，不致中他道儿，忙将左手修罗幢握紧，目注盆内。当头半根竹棍快要挨近盆边，忽见几点极微细的火星闪了一下，知道对头借自己法术行法遁来，不消片刻便即遁到，当场出现。自己法术只用了一半，厉害的尚在后头，没有发动，此人明知犯险，竟敢不等法完便即起身，好似有恃无恐，本领可想而知。先想这厮太已可恨，此时如用修罗幢除他，多大本领法术的旁门左道也化成了浓血，何况还有未完之法尚未施为，本来万无幸理，继思对头有无夙仇尚属不知，生平不曾无故伤人，何苦添此杀孽？看那用意，好似只想斗斗自己，并欲寻见开个玩笑，所行之法利害而不毒辣，不似深仇夙怨，一见便想拼个死状之势。人不曾会见，知是什么来历？万一有些瓜葛，后悔无及。再者女婿家中住不几天，上好洞天福地、祥和安逸之居，给人家房中洒上一摊浓血，虽说有法灭迹，新婚尚未满月，终是不祥之兆。念头一转立时改了主意。正要行使法宝，两半竹棍已绕着盆边飞也似疾驶起来，当头半根最是迅速，晃眼穿入七支香火隙中，此出彼入，不住往后穿绕。

太冲忙把丹田之气运足，面对盆中低喝道："这里乃是青城教师朱真人门下弟子清修之所，因是舍亲逼施小技以博一笑，并非有心自炫。老配招呼已然打过，怎还再三相迫？真要见教，请在花山岬江边无人之处暂候三日，老朽事完，三日之内定去拜访，此地实不便代主延客。道友再如不肯相谅，苦苦为难，快请施展七二都天神法防身，以防忤犯，又重老朽不恭之罪。"说完那竹棍还剩一圈便将七支香火绕完，驶行更速，并未停止。太冲厉声低喝道："道友真个不知进退么！"随将修罗幢如法施为，照定当头竹棍只转了一转，棍上立即起了爆音，一股彩烟冒过散成粉碎。那五只鬼船按说相隔尚远，却也受了震荡，连那后半根竹棍一齐颠动起来。太冲知是对头逃时使坏，赶忙收法，先将竹棍和残屑依法取出，又去安定鬼船，事完已急了半身冷汗，暗道侥幸不置。因还要回去答谢村众，不能久停，虽料对头不致再有侵害，终不十分放心，指挥五鬼将余剩枇杷连筐运落门外，自守盆前，由左才作法，一次运入，堆向床侧，跟着遣送五鬼。惟恐对头万一还有诡谋伏在盆内，命左才仍自谨守床前，等自己来了再收香火法物，以防不测。匆匆先赶回场去答谢完了村众，再和半翁一同回房，才由左才收了法物盆水，总算没有弄出别的事故，心才安定。本要早走，经此一来，越发不能久延，便和半翁商量，明早即向主人告辞。

半翁说："二老和全村人恨不能常留岳父移家居此，这般快走，一定强留，其势又不好意思偷偷一走了事。既与那厮约下三天，岳父遁法甚快，何妨多住两日？至不济被他寻来，有甚可虑，非早走不可呢？"太冲答道："令尊和贤婿夫妻以及一般新亲厚意，我岂不知？无奈旁门左道中人多是祸水，尤其我生不辰，赋命奇苦，似贤婿这等洞天岁月，不是前生修积有大福人，怎配享受？何况我又这样的苦命。我原算过，除却他年黔江之约，已然别无灾害，你看在你这里才享受了几天清福，便会无中生有，出来一个对头。再住下去，害人害己，一定无疑。至于左道中似我为人者实在太少，与之结怨固须留意，便接以恩礼，也防因他身上引起后患，简直招惹不得。适才用尽方法防他到此，怎可开门揖盗，等他自来？我岂不知在此久居，静候他年劫运，既可享受清福，与爱女爱婿和许多高明之士日夕盘桓，还可常时筹商，共御他年劫难,并助贵村兴革,彼此有益。偏生命中注定,违天不祥,不能不走,今晚所遇尤应早了,即便明日不走,后日起身万万迟延不得。好在异日有便必来看望,不是相见无期。来日方长,便应劫以后,不论免难或是兵解,想我不致迷昧夙因,终有长聚之日,何必在此数日之聚?贤婿《易》术高明,野樵先生尤为精深,明日你我三人一同占算,看此行所遇是否前仇,主何吉凶?能早打主意,应付足矣。"

半翁方要答言,忽听阁下有人走上,推窗一看,正是野樵,笑道:"你来真巧,快请上来吧。"野樵进室,三人分别叙坐。半翁问他:"夜间到此,有甚事么?"野樵笑指床前枇杷道:"适才舍妹扶侍二老归时,途中对我说起二老喜食此果,空中明星不曾坠完便即隐去,也许姻伯还有存余,适才忘了告知妹夫,与姻伯说上一声,如若还有,再见赠点。同时还有几位尊长托我相机探问,我知此物难致,已婉言推却。我也是个馋嘴,借着传话为名,自己却想要些,因此走来了。适才在场上,看姻伯末后似有甚事情发生,收法时忽起黑云,颇觉太快。先恐村人无知,出什么差错,来时途中占算,始知梗概。姻伯大约后早必须动身,此事不特化忧为喜,对于将来还有助力,但去无妨,有益无损。枇杷这多,姻伯想系留赠亲家爱婿之物,小侄也可分润一些,自无庸说。早知如此,真不应使那几位道学老夫子扫兴呢!

太冲道:"这个无妨。每筐枇杷大约重四十斤左右,现有十九筐半。此果虽不致和岭南荔枝一样,离树两三日色香味三者俱败,但也不能久搁。两位老人病起初愈,也不宜太食过量。我想送给二老四筐,小婿夫妻三人每人两筐,赵兄四筐,下余由赵兄代为分送诸位老长亲,如何?"半翁道:"既然堂上病后不能多吃,我夫妻三人所得太多,只取两筐,下余用来分送村众,以免吃不许多糟掉可惜。"野樵道:"那么一来转倒难于分派,给谁的好?不比送给诸老和你我两家,有个说词。他们吃得已不少了,要不……"太冲插口道:"这个无妨。果虽易腐,小女却有法想,只是不能过于久搁罢了。贤婿仍照我话分留吧。"半翁终觉独食许多于心不安,明日仍按年辈分送了三筐出去不提。

当晚因太冲、左才后早即行,俱都殷殷惜别,直谈到了天见曙色,互劝安歇了两次,又把太冲后早赶往花山岬与对头相见斗法的机宜应付熟计了一番,半翁、野樵两郎舅方始各自告归。次早起视,太冲已然行法,隔夜将枇杷暗中分别运向房内。半翁夫妻问安时禀告父母,学洙夫妻听说大喜,忙命取食。半翁乘机代乃岳致意辞别，说与人有约非走不可，再四挽留，只允再待一天。好在事完之后，还来多聚。学洙夫妻见留不住，又命半翁与野樵商量，告知村众，全村设筵公饯。当日又热闹了一整天，席终各散。湘玄因老父明早远离，自是心酸。夫妻三人连同野樵去至太冲房内聚谈了一夜，太冲再三催歇，四人知他师徒不会再睡，坚欲送别，都不肯走。天将明前，赵氏早命人备了一席样式不多，酒菜精美的饯行宴，另外还备办了许多路菜程仪。太冲力说："自己此后孑然一身，凡百无须，程仪要它无用。"赵氏再三劝说，只允把路菜带去。半翁、湘玄知他实情，并未客套。

容到吃完，天已大亮。左才便去收拾随身包裹，内中只粗布衣服和一些散碎金银。除几件紧要法器和修罗幢，师徒二人暗带身旁外，连法器箱和内中好些法器宝物俱都留给湘玄，没有带走。太冲虽不肯以法物取那不义之财，生平却善经营，多居年积着实不少，来时满船东西俱陪送女儿作了嫁妆，行时仅剩两个光人，行李萧然。湘玄见状不禁痛哭起来，太冲笑道："痴娃儿！你那日和我说，将来还想与贤婿同证仙籍，怎不达观至此？天已大亮，二老我席前已然告辞，他留我午饭后走，我已婉谢，虽未说定，总算交代，再如不走，不特二老要来送别，恐惊动多人。昨晚盆水我还留了点心，以便那厮躲我，好去根寻，此时借它上路。你等我走后，盆水还原，急速将它泼在干地上去便了。"说罢，命左才背好包裹，朝半翁等四人分别谢勉。湘玄忙用双手按定盆边，太冲施展遁法，手指处盆水忽然越长越粗大，冒起一幢水柱，顶陷一三尺方圆大洞，水仍突突上冒。太冲先使中指沾了两点水，向楼窗外弹去，紧跟着手拉左才一同纵入，晃眼被水包没，水也跟着平息还原，人却不知去向。